POLARIS

AF130901

Wolf Harlander

Partikel

Überall.

Unsichtbar.

Tödlich.

Thriller

Rowohlt Polaris
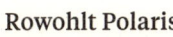

Originalausgabe
Veröffentlicht im Rowohlt Taschenbuch Verlag, Hamburg, Juli 2024
Copyright © 2024 by Rowohlt Verlag GmbH, Hamburg
Copyright © 2024 by Wolf Harlander
Die Nutzung unserer Werke für Text- und Data-Mining
im Sinne von § 44b UrhG behalten wir uns explizit vor.
Covergestaltung ZERO Werbeagentur, München
Coverabbildung Shutterstock
Innengestaltung Daniel Sauthoff
Satz Tiempos Text bei Pinkuin Satz und Datentechnik, Berlin
Druck und Bindung CPI books GmbH, Leck
ISBN 978-3-499-01135-1

PROLOG

Niemand kann sie aufhalten – kein Gefängnis, keine Waffe, keine Armee. Längst sind sie unter uns, haben jeden Winkel unserer Erde besetzt. Winzig klein und unscheinbar. Und dennoch überall präsent.

Eine Bedrohung, der niemand entkommen kann. Die unsere Existenz gefährdet. Die unseren Lebensraum erstickt. Die längst in unseren Adern fließt.

Diese Bedrohung haben die Menschen selbst heraufbeschworen, als sie Rohöl tief aus dem Innern der Erde holten. Findige Alchemisten haben den Stoff in Raffinerien gezähmt, neue Moleküle geschaffen und sie geformt zu einer fremdartigen Substanz.

Ein Triumph der Wissenschaft, ein Symbol des Fortschritts. Ein Sieg der Moderne. Zeugnis der menschlichen Erfindungskraft. Die Schöpfer feierten ihre Entdeckung voller Euphorie und gaben ihr einen Namen: Kunststoff.

Eine neue Ära war geboren. Das Plastikzeitalter.

Plötzlich war alles möglich, der neue Stoff konnte alles sein, alles werden. Getrieben vom unstillbaren Hunger nach immer neuen Produkten, eroberte das Material schnell den Alltag der Menschen. Es ist billig, scheinbar endlos verfügbar, die ideale Grundlage für Abertausende Waren. Ein Wegwerfartikel, der unablässig neu produziert wird.

Ein Stoff der Millionen Möglichkeiten.

Ein Segen für die Zivilisation.

Oder?

Ein Detail hat niemand bedacht. Es ist in der Euphorie einfach untergegangen. Eine kleine Tatsache, nicht ganz leicht zu verstehen, weil sie in den chemischen Zusammensetzungen des neuen Wunderstoffs begründet liegt, und doch monumental wichtig:

Plastik.

Ist.

Ewig.

Niemand hat sich mit der unnachgiebigen Widerstandsfähigkeit des Kunststoffs beschäftigt, nicht mit seiner fatalen Eigenschaft, sich aufzulösen in immer kleinere Teile, winzige Partikel, mikroskopische Splitter eines fehlgeleiteten Traums.

Die Partikel machen sich auf den Weg, die Welt zu vergiften. Über den Boden. Über das Wasser. Über die Luft. Sie infiltrieren die Ozeane, durchdringen die Adern der Natur, wandern von einem Organismus zum nächsten, spannen ein Netz über unseren Planeten.

Jahrzehnte, Jahrhunderte mögen vergehen, doch die Teilchen halten das aus. Sie brechen nicht zusammen, lösen sich nicht auf. Stattdessen werden sie zum Boten einer Krise, die allmählich ihre Macht entfaltet.

Still und unaufhaltsam breitet sich die Gefahr aus. Niemand nimmt die Bedrohung wahr. Doch die Partikel haben sich ihren Weg zu uns zurück längst gebahnt.

Das stille Gift, geschaffen von Menschen, erreicht nun die Menschen. Der Kreislauf schließt sich. Aber anders als geplant.

Es ist überall. Und es hat Zeit.

Langsam entfaltet es seine unheilvolle Wirkung.

Und niemand ist auf diese Katastrophe vorbereitet.

KAPITEL 1
SYLT

Die Autos stauten sich vor dem Parkplatz, die Gäste drängten zum Eingang des Restaurants, wo jeder vom Hochzeitspaar mit Handschlag begrüßt wurde. Es war warm, die Sonne stand hoch am Himmel, und das schicke Lokal lag in den Dünen, hinter denen die Wellen ruhig an den weißen Strand rollten. Die Braut trug ein ärmelloses Seidenkleid mit Spaghettiträgern und Spitze, das bis zu ihren Fußknöcheln reichte und ihre schlanke Figur betonte. Der Bräutigam hatte einen cremefarbenen dreiteiligen Anzug gewählt, der geschickt seinen Bauchansatz verdeckte. Neben den beiden stapelten sich die Geschenke der Besucher auf einem Tisch.

Saskia sah an den Gästen vorbei, die noch vor ihr und Moritz warteten, und lächelte der Braut zu.

«Die Location ist echt der Wahnsinn», flüsterte sie Moritz ins Ohr.

«Er hätte mehr abnehmen können – für diesen besonderen Termin», antwortete er.

Saskia schüttelte dem Bräutigam die Hand und umarmte die Braut. «Du siehst bezaubernd aus. Alles Gute für eure Zukunft.»

Sie waren Kolleginnen, beide arbeiteten gemeinsam in einer Werbeagentur in Hamburg.

Drinnen war der Tisch geschmückt mit Blumenbouquets und silbernen Kerzenleuchtern, kunstvoll gefalteten Stoffservietten, Tischläufern mit Pailletten. Das Farbkonzept war hellblau-weiß, überall waren Kunststoffherzen und kleine Deko-Diamanten aus Plastik verteilt.

«Schade, dass die nicht echt sind.» Moritz nahm einen Diamanten in die Hand und wollte ihn gerade einstecken, als Saskia ihn am Arm fasste.

«Untersteh dich!»

Laut ihren Platzkärtchen waren sie an einem Nebentisch des Brauttisches platziert. Allmählich füllte sich der Raum. Gläsergeklirr und Lachen, man unterhielt sich mit den Tischnachbarn, die Gäste studierten die Menükarten.

«Getrüffelte Kartoffelschaumsuppe zum Start, danach Gemüseterrine mit Balsamicoessig», las Moritz vor. «Klingt schon mal nicht schlecht. Und als Hauptgang pochierte Seeteufel-Medaillons auf Pastinakencreme und Karotten-Julienne. Zum Abschluss: Dessertvariationen.»

«Denk dran, später gibt's noch Hochzeitskuchen.»

Moritz klopfte sich auf den Magen und grinste. «Dadrin ist genug Platz.»

Neugierig beobachtete Saskia die Gäste, die nun ihre Plätze eingenommen hatten. Sie erkannte zwei Freundinnen der Braut, ein paar ältere Herrschaften machte sie als Verwandte aus. Zwei Kolleginnen aus der Agentur hatten abgesagt, aber sie war zuversichtlich, dass sie mit einigen der Gäste im Laufe des Abends sicher ins Gespräch kommen würde. Sie war in den letzten Jahren auf mehreren Hochzeiten gewesen, die ihr alle in Erinnerung geblieben waren, auf gute oder schlechte Weise. Was solche Festlichkeiten anging, blieben die Geschmäcker wohl unterschiedlich, aber zwischen leckerem Essen und Drinks ergab sich fast immer die ein oder andere neue Bekanntschaft.

Die Kellner schenkten Wein und Wasser ein, und nachdem Braut und Bräutigam ein paar Begrüßungsworte gesprochen hatten, ging es schon los mit dem ersten Gang, Kartoffelschaumsuppe mit Trüffel.

Saskia probierte gleich. «Lecker – aber Trüffel schmecke ich nicht heraus. Das werden wohl die schwarzen Punkte sein.» Sie deutete mit dem Löffel auf die Oberfläche.

Moritz schloss genüsslich die Augen. «Trüffel oder nicht, das ist richtig gut.»

Für eine Weile war jeder im Saal mit dem Essen beschäftigt, angeregte Gespräche summten über dem Klappern von Geschirr und

Besteck. Die Suppe schien bei allen sehr gut anzukommen. Saskia beobachtete schmunzelnd, wie Moritz mit dem letzten Löffel im Mund zusammenzuckte, als jemand mit der Gabel gegen ein Weinglas klopfte. Alle drehten die Köpfe in Richtung des Brauttisches. Jetzt begannen die Ansprachen.

«Hoffentlich dauert es nicht zu lange, ich hab Hunger», raunte Moritz ihr zu.

Der über siebzigjährige Brautvater war aufgestanden und hatte einen Zettel herausgeholt. Er räusperte sich und sagte einige nette Sätze über den Bräutigam, gefolgt von einem zehnminütigen Loblied auf die Braut und ihre guten Eigenschaften, die sie schon seit ihrer Kindheit habe. Saskia warf Moritz einen verstohlenen Blick zu, der unauffällig mit den Augen rollte. Endlich kam der Vater zum Schluss. «Darauf heben wir das Glas.»

Saskia griff nach ihrem Wein. Wenn das so weiterging, würde es eine lange Veranstaltung werden.

Nach zwei Stunden weiterer endloser Ansprachen, nur durch das Servieren von Hauptgang und Nachtisch unterbrochen, kündigte der Brautvater eine Pause an. Saskia meinte, kollektive Erleichterung im Saal spüren zu können.

«Gott sei Dank geht's an die frische Luft.» Moritz stöhnte und lehnte sich zurück. «Ich kann jetzt schon nicht mehr, eine weitere Rede, und ich breche zusammen.»

«Und erst die Spiele ...» Sie erschauderte. Der Höhepunkt war gewesen, als die Braut den Bräutigam am Geruch seiner Füße erkennen musste.

Alle strömten nach draußen. Einige Gäste spazierten am Strand entlang, der nur wenige Meter vom Restaurant entfernt war, andere gönnten sich eine Zigarettenpause im Garten. Saskia und Moritz gingen ein Stück und ließen sich auf eine Bank in den Dünen sinken. Es war ein lauer Sommerabend, nur untermalt vom Geschrei der Möwen und der leisen Musik, die vom Restaurant herüberschallte.

«Wenn wir mal heiraten, möchte ich vorher das Versprechen aller Gäste, dass keine peinlichen Spiele gemacht werden», sagte Saskia.

«Und ich würde die Redezeit deines Vaters auf fünf Minuten beschränken.» Moritz runzelte die Stirn. «Vielleicht kann ich ihm vorher vermitteln, dass es niemanden interessiert, was du als Kind für Hobbys hattest.»

Saskia lachte. «Immerhin ist es wunderschön hier, findest du nicht? So direkt am Strand, frische Seeluft weht, die Sonne scheint ...» Sie lehnte ihren Kopf an Moritz' Schulter, und er legte den Arm um sie.

«Und das Essen», sagte er und strich sich über den Bauch. «Gut, dass solche Tage nicht allzu oft sind, sonst sehe ich bald aus wie der Bräutigam.»

Eine Stunde später rief eine Glocke sie wieder herein. Die Gäste gruppierten sich um einen Tisch, auf dem eine dreistöckige Hochzeitstorte, verziert mit Marzipanrosen, aufgebaut war. Unter Applaus schnitt das Brautpaar die Torte an und verteilte die ersten Stücke. Saskia nahm zwei Teller entgegen und stellte sie auf ihren Plätzen ab.

«Endlich wieder was Süßes.» Moritz grinste, machte sich über seine Torte her, trank hastig einen Schluck Bier dazu.

«Nicht so gierig.» Saskia schob sich einen Bissen in den Mund, es schmeckte wunderbar nach Schokolade und Vanillecreme. Das Marzipan schmolz auf der Zunge, die Torte war wirklich ein Meisterwerk.

Moritz wollte schon aufstehen, um sich ein weiteres Stück zu holen, da hörten sie von einem Ecktisch ein gurgelndes Geräusch. Die Gespräche erstarben, einige Gäste wandten sich erschrocken um. Saskia hatte es schon entdeckt: Ein etwa elfjähriges Mädchen würgte an ihrem Kuchen. Sie presste verzweifelt die Hand auf den Mund, doch es half nichts: Ihr Körper verkrampfte sich, und sie konnte sich gerade noch rechtzeitig vom Tisch wegdrehen, bevor sie sich übergab.

Der Mann neben ihr sprang auf. «Sauerei!» Er versuchte, sich notdürftig den Anzug zu säubern.

«Armes Ding, sie hat zu viel gegessen», sagte eine Frau.

Eine andere Dame im hellgrünen Kleid, wahrscheinlich die Mutter, brachte das Mädchen nach draußen, das nicht aufhören konnte zu würgen. Die Tür fiel hinter den beiden ins Schloss, und eine Zeitlang herrschte Stille.

Der Brautvater erhob sich schwankend von seinem Platz. Alle Augen richteten sich nun auf ihn.

«Nicht schon wieder eine Ansprache», flüsterte Moritz.

Doch der Mann stützte sich am Tisch ab, atmete schwer. Sein Gesicht war bleich geworden. Er blickte in die Runde, die Augen weit aufgerissen. Sein Mund öffnete sich. Doch er sagte nichts, sondern schnappte nur nach Luft. Dann kippte er vornüber und fiel zuerst auf die Tischkante und dann auf den Boden. Regungslos blieb er liegen.

Sofort sprang der Bräutigam auf und lief zu dem Bewusstlosen.

«Ein Arzt! Holt einen Arzt!» Weitere Personen beugten sich über den Mann.

«Vielleicht ein allergischer Schock», überlegte Saskia.

«Vermutlich hat jemand … das Essen vergiftet, weil er die … die Hochzeit verderben wollte.» Es sollte wohl ein Witz sein, aber Moritz' Stimme klang seltsam abgehackt.

«Was ist mit dir?» Erschrocken sah Saskia in das verzerrte Gesicht ihres Freundes.

«Mein Bauch … Ich … Ich …»

Dann sank er vor ihren Augen zu Boden.

NDR 2 – Newsflash:

Ein dramatisches Ende nahm gestern eine Hochzeitsfeier auf Sylt: Neun Personen mussten ins Krankenhaus eingeliefert werden. Sie wiesen Vergiftungserscheinungen auf. Ein Mann starb, zwei Personen
schweben noch in Lebensgefahr.
Die Ursache ist derzeit ungeklärt. War verdorbenes
Essen schuld? Der Betreiber des Restaurants weist
jede Verantwortung von sich. Die Polizei hat die
Ermittlungen aufgenommen.

KAPITEL 2
MARSEILLE, FRANKREICH

Kapitän William Johnson ließ sich seine Nervosität nicht anmerken. Michael Naumann, der Erste Offizier, beobachtete ihn aus dem Augenwinkel, bevor er den Blick wieder aufs Wasser richtete. Der Pier tauchte in der Regenwand auf, zehn Meter entfernt. Die Scheinwerfer am Ufer waren gelbe Punkte, die sich zu bewegen schienen – doch es war nur das Schwanken des Frachters im aufgewühlten Wasser.

«Drei Grad Steuerbord, Maschinen stopp.» Unverwandt fixierte Johnson die Hafenanlagen unter ihnen. «Noch sieben Meter, noch sechs, fünf, vier ...» Die monotone Stimme des Kapitäns auf der Kommandobrücke wurde vom Prasseln der Regentropfen auf der Frontscheibe übertönt.

Ein Signalhorn war zu hören.

«Die Mannschaft soll sich bereithalten», rief er Naumann zu.

Es tat einen Schlag, als der Schiffsrumpf der *Indian Rosebud* den Quai berührte.

Kurz danach lag der Frachter still.

«Na, wer sagt's denn, nichts passiert, die gute alte *Rosebud* hat's noch drauf.» William Johnson wandte sich an seinen Ersten Offizier. «Die Männer sollen sofort beginnen, die Ladung zu löschen.»

«Sir, wollen wir das nicht auf morgen verschieben?» Naumann deutete hinaus in den Regen. «Morgen früh wäre früh genug. Der Wetterbericht sagt Sturm voraus, und die Männer haben von Mumbai bis hierher ohne Pause gearbeitet. Die freuen sich schon auf den Landgang. Und ich auch.»

Er hatte vorgehabt, sein Stammlokal in Marseille zu besuchen, er hatte sich schon einen Platz reservieren lassen. Endlich wieder richtiges Essen genießen nach dem wochenlangen Kantinenfutter auf dem Schiff.

Doch der Kapitän schüttelte entschieden den Kopf. «Die Leute werden fürs Arbeiten bezahlt und nicht fürs Feiern. Wir haben Eisenschrott geladen – und Orangen, die wollen unsere Abnehmer frisch. Wir müssen bald wieder aufbrechen. Also macht den Frachtraum leer.»

«Aber ... wir haben doch hier zwei Tage Liegezeit gebucht, bevor es weiter nach Bremerhaven geht. Da könnten wir ...»

«Die Pläne haben sich kurzfristig geändert», unterbrach ihn Johnson. «Der Landgang ist gestrichen.»

«Warum das?» Naumann merkte, wie er ärgerlich wurde.

«Ein kurzfristiger Auftrag.»

«Davon weiß ich nichts.»

«Kam vorhin von der Reederei rein.»

«Diese Typen in der Zentrale haben doch keine Ahnung, wie es an Bord zugeht!» Naumann war lauter geworden. «Die Männer brauchen mal eine Pause, die können bald nicht mehr. Und wir sind auf die Besatzung angewiesen.»

Johnson war ein kleiner, drahtiger Mann mit einem strengen Zug um den Mund, der sich jetzt deutlich abzeichnete. Er räusperte sich und machte einen Schritt auf Naumann zu.

«Es gibt eine Sonderprämie für diesen Auftrag», sagte er leise. «Wenn die Mannschaft das hört, ist der Unmut schnell verflogen. Geld als Motivation zieht bei denen immer. Oder warum glauben Sie, Michael, haben die Männer auf der *Rosebud* angeheuert? Wegen der schönen Aussicht auf unserem Rostkahn etwa?» Er lachte trocken. «Nein, nein, wir sind hier nicht auf einem Kreuzfahrtschiff, hier geht's nur ums Geldverdienen. Und, im Vertrauen gesagt: Auch uns winkt eine fette Prämie.»

Naumann zögerte. «Was für eine Ladung sollen wir denn transportieren? Und wohin?»

«Ziel ist Nigeria.»

«Nigeria? Das ist genau entgegengesetzt zu Bremerhaven!» Er musste sich beherrschen, ruhig zu bleiben. Er hatte sich darauf eingestellt, bald wieder zu Hause in Deutschland zu sein nach den vielen Wochen auf See. Diese Planänderung passte ihm gar nicht. «Was ist denn so verdammt wichtig, dass wir so ein Theater veranstalten sollen?»

«Die Fracht ist geheim.»

«Geheim?» Das wurde immer besser. «Es muss doch was in den Frachtdokumenten stehen, schon allein wegen der Behörden!»

«Nun ...» Der Kapitän musterte die Regentropfen, die sich am Fensterglas zu Rinnsalen vereinigten und sich einen Weg nach unten bahnten. «Offiziell sind in den Papieren gebrauchte Textilien als Fracht aufgelistet – verpackt in Säcken. Die sollen in Afrika wiederverwendet werden.»

«Aber in Wirklichkeit?»

«Mehr braucht uns nicht zu interessieren. Michael, Sie wissen doch, wir transportieren nicht zum ersten Mal ... wie soll ich sagen, *besondere* Güter. Es hat alles seine Ordnung. Auftraggeber ist ein internationales Logistikunternehmen. Der einzige Haken bei der Sache ist: Wir müssen noch heute Nacht auslaufen, so will es der Auftraggeber.»

«Nie im Leben!» Naumann hob bestürzt die Arme. «Für heute Nacht und morgen sind Unwetter gemeldet. Wir sollten froh sein, dass wir es hierhergeschafft haben. Jetzt auszulaufen wäre Wahnsinn!» Er schüttelte den Kopf. «Wir müssen den Auftrag ablehnen, das muss Ihnen doch klar sein!»

Eine Zeitlang sagte niemand etwas. Er spürte die Anspannung Johnsons, der jetzt wieder aus dem Fenster starrte, als würden dort draußen Antworten zu finden sein.

«Das können wir uns nicht leisten.» Der Kapitän drehte sich zu ihm. «Unser Schiff hat schon jede Menge Stürme ausgehalten, da mach ich mir keine Sorgen. Und jetzt bringen Sie bitte die Mannschaft auf Trab.» Er nickte seinem Ersten Offizier abschließend zu. «Für Sie wird es sich auf jeden Fall lohnen, Michael, das verspreche ich.»

Naumann griff nach seiner Regenjacke und stürmte wortlos nach draußen. Noch nie war so verantwortungslos über seinen Kopf hinweg entschieden worden. Johnson setzte das Leben der Besatzung aufs Spiel und zog ihn mit rein. Sollte er einfach von Bord gehen und nicht mehr wiederkommen? Nein, er wusste, dann würde er eine Menge Geld verlieren. Und die Extraprämie konnte er gut gebrauchen. Er biss die Zähne zusammen.

Das Unwetter hatte an Kraft zugenommen, der Wind drückte den Rumpf des Schiffes unerbittlich gegen den Pier. Es gab hässliche Geräusche, als die Bordwand knirschend gegen den Beton rieb.

Sie hatten an einer abgelegenen Stelle des Quais angelegt. Soweit erkennbar, war dieser Bereich des Hafens leer, bis auf ein paar Lkw mit Containern, die in einiger Entfernung parkten. Menschen waren nicht zu sehen.

Naumann befahl den Männern, die Ankertaue fester anzuziehen, berichtete ihnen von der Planänderung und trieb sie zur Eile an. Die Matrosen fluchten – aber sie gehorchten.

Offenbar hatte der Kapitän einen Funkspruch abgesetzt, denn die Scheinwerfer der Lkw leuchteten nun auf, sie fuhren nacheinander vor.

Die Männer machten sich an die Arbeit. Nach drei Stunden war der Frachtraum geleert, Eisenschrott und Orangen waren verladen.

Der Regen war heftiger geworden, die Sicht nun auf wenige Meter begrenzt. Naumann sah durch die Scheiben der Schiffsbrücke und fragte sich, wann die geheimnisvolle Ladung geliefert werden würde. Er hatte sich vorgenommen, der Sache auf den Grund zu gehen.

Die Zeit verging langsam, nichts passierte. Die Besatzung hatte sich auf ihre Posten zurückgezogen, es war immer noch stockdunkel. Der Regen hörte nicht auf. Naumann wollte sich schon bei Johnson erkundigen, wann die neue Fracht endlich käme, da sah er die Lichter. Eine Kolonne Lastwagen tauchte in der Dunkelheit auf, kam langsam näher und hielt vor der *Indian Rosebud*.

Es ging los.

Naumann gab dem Vorarbeiter per Funk ein Zeichen. Der Arm des Schiffskrans schwenkte in Position.

Aus dem ersten Lkw sprangen Männer heraus und schlugen die Planen auf der Ladefläche zurück. Sie luden dunkle Säcke auf Paletten um, die bald darauf im Inneren des riesigen Frachters verschwanden.

Naumann holte ein Fernglas, um alles besser beobachten zu können, aber bei diesem Regen war es hoffnungslos. Er würde selbst nachsehen.

Wie selbstverständlich mischte er sich unter die Besatzungsmitglieder, nahm die Gangway und trat auf den Pier. Es fühlte sich gut an, wieder festen Boden unter den Füßen zu spüren.

Er näherte sich einem der Lkw, wartete einen günstigen Moment ab und duckte sich hinter eine Palette von Säcken. Sie waren aus dicker schwarzer Plastikfolie, der Inhalt fühlte sich weich an. Er sah um die Ecke, von hier aus hatte er das Geschehen gut im Blick.

Die Schiffsscheinwerfer tauchten den Quai in ein fahles Licht, die Gesichter der Lkw-Fahrer, alle dunkel gekleidet, waren im Regen kaum zu erkennen. Die Männer arbeiteten routiniert, schnell war ein Lastwagen entladen und verschwand in der Nacht, um Platz für den nächsten zu machen. Da waren Profis am Werk. Bei früheren Sonderaufträgen hatten sie es immer mit Hilfskräften zu tun gehabt, die sich ein paar Dollar dazuverdienen wollten. Hier war es anders.

Naumann wartete, bis die Lastwagenfahrer abgelenkt waren, und lief zu einem der hinteren Fahrzeuge in der Warteschlange, dessen Motor und Lichter ausgeschaltet waren. Sein Herz klopfte. Immer wieder sah er sich um, ob ihn jemand entdeckt hatte. Doch die Fahrer standen abseits und unterhielten sich.

Seltsamerweise hatten die Planen der Lastwagen keinen Werbeaufdruck, wie es sonst bei Speditionen üblich war. Das war ungewöhnlich.

Er schlich sich von hinten an eines der Fahrzeuge heran und versuchte die Plane hochzuheben, aber sie war fest verzurrt. Schnell ging er zum nächsten Fahrzeug.

Dasselbe Ergebnis.

Beim dritten Lkw saß ein Mann hinter dem Steuer und rauchte. Naumann tat so, als vertrete er sich nur die Beine, und näherte sich der Fahrertür. Er wollte den Fahrer gerade ansprechen, als er etwas in seinem Rücken spürte.

«Langsam umdrehen!» Die Stimme klang befehlsgewohnt.

Nervös gehorchte er. Vor ihm standen zwei Männer mittleren Alters, Maschinenpistolen im Anschlag.

«Was machen Sie hier? Wollen Sie herumschnüffeln?» Der Unbekannte sprach Französisch mit ausländischem Akzent.

Naumanns Gedanken rasten. Er war zu weit vom Schiff entfernt, und seine Leute waren mit der Fracht auf den vorderen Lastwagen beschäftigt, niemand sah in seine Richtung. Was sollte er tun? Die Männer sahen aus, als verstünden sie keinen Spaß. Als würden sie, ohne zu zögern, schießen.

«Ich ... Ich bin der Erste Offizier der *Indian Rosebud*. Ich verantworte den Ladevorgang.»

«Tun Sie das, ja?» Der Mann verzog keine Miene. «Hey! Du!», brüllte er und winkte ein Besatzungsmitglied herbei. Er zeigte auf Naumann. «Kennst du den?»

Der Matrose nickte. «Das ist mein Vorgesetzter», antwortete er in gebrochenem Französisch.

Der Unbekannte wandte sich wieder an Naumann. «Warum sind Sie dann nicht an Bord auf Ihrem Posten?» Er wartete keine Antwort ab, sondern deutete mit seiner Waffe in Richtung Gangway. «Verschwinden Sie!»

Mit weichen Knien ging Naumann zurück zum Schiff. Das war knapp gewesen. Auf keinen Fall wollte er mit diesen Leuten Ärger haben.

Was auch immer sie hier verschifften, es würde sie in Schwierigkeiten bringen, das spürte er. Mit jeder Minute verfluchte er diesen Auftrag mehr und hoffte, das alles bald hinter sich lassen zu können.

Funkverkehr der marokkanischen Küstenwache mit der Zentrale in Casa Nicolasa

Achtung, vermutlich Notfall! Ein Frachtschiff ist vor wenigen Minuten vom Radar verschwunden. Letzte Position war sieben Seemeilen nordöstlich von Tanger. Was sollen wir tun?

Zentrale: Ein technisches Versagen der Anlage ist ausgeschlossen?

Alle Systeme funktionieren trotz des Sturms einwandfrei. Sollen wir Rettungsmaßnahmen einleiten?

Zentrale: Negativ. Bei diesem Unwetter können die Flugzeuge nicht starten. Und für unsere Patrouillenboote ist das Auslaufen ebenfalls zu gefährlich. Der Befehl lautet: Abwarten, bis sich das Wetter gebessert hat. Verstanden?

Verstanden. Ende.

KAPITEL 3
HAMBURG

Aus dem Nebenzimmer tönte lautes Stöhnen. Melissa versuchte nicht hinzuhören, aber die Wände der Dreizimmerwohnung ließen jedes Geräusch durch. Sie saß allein am Küchentisch, rührte in ihrem Kaffee, vor sich den Laptop, auf dem sie ihre E-Mails durchsah. Dutzendweise Werbe-Spam, eine Nachricht von ihrem Bruder Tobias, zwei neue Aufträge der Redaktion.

Das Stöhnen wurde lauter. Melissa sah auf die Uhr, es war bereits halb elf vormittags. Für einen Moment überlegte sie, an die Tür zu klopfen und an ihre Absprache zu erinnern, aber sie wollte nicht als Spießerin dastehen, die anderen den Spaß nicht gönnte. Oder war sie in Wirklichkeit neidisch auf Victorias Liebesleben? Manchmal wusste sie es selbst nicht.

Ein Schrei, dann ein zweiter – dann Stille.

Na endlich. Melissa goss sich neuen Kaffee ein und wartete. Nach zehn Minuten erschien eine etwa fünfundzwanzigjährige Frau in der Tür. Nackt. Die Haare waren zerzaust, um den Hals trug sie ein geflochtenes Lederband mit einer Glasperle.

«Hi! Wo ist das Bad?»

«Guten Morgen.» Melissa machte sich nicht die Mühe, nach ihrem Namen zu fragen, sie wusste, sie würde die Frau nie mehr wiedersehen. «Am Ende des Gangs links.»

Kaum war sie verschwunden, tauchte Victoria in der Küchentür auf. Sie trug einen Slip und ein T-Shirt, das ihre zierliche Figur betonte. Ihr braunes Haar hatte sie zu einem Pferdeschwanz gebunden.

«Ich rieche frischen Kaffee.» Sie goss sich einen Becher ein.

«Und deine Freundin?» Melissa hob die Brauen.

«Ach, das ist eine Bekannte – hab ich gestern Abend im Café kennengelernt. Sie muss gleich weg.»

«Ah. War ja ganz schön … geräuschintensiv.»

«Höre ich da Neid raus?» Victoria setzte sich zu Melissa und grinste. «Wann war denn das letzte Mal, dass du …? Ich kann mich kaum noch an deinen Typen erinnern.» Sie nahm einen Schluck.

«Wir müssen uns auch nicht an ihn erinnern.» Melissa seufzte. «Vergiss ihn am besten. Ich will seinen Namen nicht mehr aussprechen.»

Sie waren ein Jahr zusammen gewesen, bis sie die Streitereien nicht mehr ertrug und vor zwei Monaten Schluss gemacht hatte. Seitdem war sie solo – ein Zustand, mit dem sie anfangs schwer klargekommen war, an den sie sich aber mittlerweile gewöhnt hatte.

Victoria beugte sich über den Tisch und drückte kurz ihre Hand. «Hey, sorry. Hab nicht drüber nachgedacht. Kopf hoch, hm?»

Die Unbekannte kam frisch geduscht und immer noch nackt aus dem Bad und verschwand wortlos in Victorias Zimmer. Nach kurzer Zeit erschien sie wieder – fertig angezogen.

Victoria brachte sie zur Tür. Sie gab ihr einen Kuss. «Bis bald.»

Melissa bewunderte, wie schnell ihre Freundin Kontakte zu fremden Menschen knüpfen und sie für sich einnehmen konnte. Victoria war das Zentrum jeder Party, die meisten Leute mochten sie auf Anhieb. Andererseits war sie notorisch unzuverlässig, was Melissa immer wieder in den Wahnsinn trieb.

«So, jetzt brauch ich wirklich noch einen Kaffee.» Victoria kam zurück in die Küche, füllte ihren Becher auf und setzte sich wieder an den Tisch. «Was liegt an?»

«Wir hatten doch ausgemacht, heute früh zusammen einkaufen zu gehen», sagte Melissa vorwurfsvoll. «Unser Kühlschrank ist leer. Ich bin seit einer Stunde startbereit.»

Weil sie beide knapp bei Kasse waren, allein die Miete fraß das meiste ihres gemeinsamen Budgets auf, wollten sie wenigstens bei den Lebensmitteln sparen.

«Wie du gesehen hast, ist mir kurzfristig etwas dazwischengekommen.» Ihre Mitbewohnerin nahm einen Schluck und grinste.

«Ich hab's gehört.» Melissa verdrehte die Augen. «Ich warte hier die ganze Zeit ...»

«Jetzt mach dich mal locker.» Victoria war von ihrem Vorwurf offensichtlich unbeeindruckt.

«Und unser Geschirr stapelt sich in der Spüle. Du bist mit dem Abwasch dran.»

«Keine Hektik – ich räum schon noch auf. Wir erwarten doch heute keinen Besuch mehr, oder?»

«Kommt darauf an, ob du wieder jemanden anschleppst.»

«Oder du?» Sie hob herausfordernd eine Braue.

«Sei nicht komisch.» Melissa verzog das Gesicht. Der Ärger auf ihre Freundin hielt nie lange an. Sie konnte ihr einfach nicht böse sein.

«Musst du nicht schon längst bei der Arbeit sein?» Victoria gähnte.

«Stimmt. Wir haben heute Redaktionskonferenz. Aber ich wollte warten, bis du ...»

«Mach dir keinen Kopf. Hau einfach ab. Das mit dem Einkauf bekomme ich schon allein hin. Ich kümmere mich um alles.»

Melissa seufzte. «Gerade das befürchte ich.»

* * *

Der Konferenzraum war nur zu zwei Dritteln gefüllt. Einige schwänzten den Termin, andere ließen sich per Videokonferenz zuschalten, obwohl Redaktionsleiter Nolan Adams ausdrücklich gewünscht hatte, dass alle anwesend sind.

Nolan betrat als Letzter den Raum, stellte sein Tablet auf den Konferenztisch und koppelte es mit dem Monitor an der Wand, bevor er seinen Platz am Kopf des Tisches einnahm.

«Was ist mit euch?» Er sprach die drei Teilnehmer an, die auf seinem Bildschirm und jetzt auch auf dem großen Screen zu sehen waren. Der Unmut war aus seiner Stimme herauszuhören.

«Sorry, Nolan, ich bin grad an einer großen Geschichte dran, muss gleich weiter auf einen Termin», antwortete einer der Kollegen. «Da lohnt es nicht, wenn ich extra vorbeikomme.»

Auch die beiden anderen brachten Entschuldigungen vor. Melissa hatte den Eindruck, es waren Ausreden.

Normalerweise kontrollierte in der Onlineredaktion von *Daily Flashlight* niemand das Kommen und Gehen, Hauptsache, man erledigte seinen Job und lieferte gute Beiträge ab. Alle zwei Wochen jedoch plante Nolan die größeren Geschichten für die Website und versammelte zu diesem Zweck seine Mitarbeiter und Mitarbeiterinnen für eine Kreativrunde, wie er es nannte. Und da war persönliches Erscheinen Pflicht.

«Na gut, dann legen wir los.» Der Redaktionsleiter öffnete eine Datei auf seinem Tablet. Auf dem Monitor an der Wand erschienen Grafiken. «Lasst uns gleich zur Sache kommen. Das ist unsere Statistik vom vergangenen Monat. Hier seht ihr die verschiedenen Ressorts, hier die Entwicklung der Klickzahlen im Vergleich zu den Vormonaten.» Nolan sah in die Runde und wartete, bis sich alle in die Zahlen vertieft hatten. «Wie ihr seht, sind einige Balken rot. Das ist scheiße.»

Alle im Raum sahen ihn an.

«Rot bedeutet Rückgang – aktuell gerade bei der Anzahl von *Flashlight*-Seitenaufrufen, aber auch bei Social Media. Die durchschnittliche Verweildauer auf unserer Internetplattform ist ebenfalls leicht gesunken. Die Leute da draußen konsumieren die einzelnen Videos und Textbeiträge immer kürzer. Das darf nicht sein, ich will kein Rot sehen – wir alle wollen kein Rot sehen, oder?»

Er war lauter geworden. Niemand sagte etwas. Melissa nahm einen Schluck aus ihrer Wasserflasche, ihr Kollege Max neben ihr konzentrierte sich auf seinen Notizblock.

«Das ist doch nur vorübergehend, die Nachrichtenlage ist momentan nun mal mau», sagte jemand in der Runde.

«So etwas gibt es nicht!» Nolan schüttelte den Kopf. «Das solltet ihr den Leuten in New York mal erzählen, die lachen euch aus! Bei der *New York Times* lernt man gleich am ersten Tag, dass *überall* Storys zu finden sind. *Überall!*»

«Nicht schon wieder ...», flüsterte Max neben ihr fast unhörbar.

Nolan wurde nicht müde, bei jeder Gelegenheit von seinen erfolgreichen Zeiten in New York und von seinen herausragenden Leistungen als Journalist der *New York Times* zu berichten. Er war besessen von journalistischem Erfolg und großen Geschichten. Offenbar war das auch der Grund, warum die US-Investoren ihn nach Deutschland gesandt hatten, um hier eine neue internationale Nachrichtenplattform aufzubauen. Seit anderthalb Jahren leitete er nun von Hamburg aus das Deutschlandgeschäft von *Daily Flashlight*.

Und dafür war Nolan Adams in den Augen der Geldgeber bestens geeignet: Deutsch-Amerikaner, 41 Jahre alt, die Mutter aus Mannheim, der Vater mit afroamerikanischen Wurzeln arbeitete als Offizier beim US-Militär. Nolan hatte in München und Boston studiert und mehrere Jobs in Medienunternehmen durchlaufen, bevor er zur *New York Times* und dann zu *Daily Flashlight* kam.

Sein Selbstbewusstsein fand Melissa abstoßend, aber sein Erfolg sprach für sich. Jetzt sollte er das Onlineportal zum Erfolg führen, eine Expansion nach Frankreich, Italien, Spanien und Schweden war bereits umgesetzt, weitere Länder befanden sich in Planung.

«Vielleicht können wir unser Layout auf der Website überarbeiten», sagte eine junge Redakteurin und strich sich eine dunkelbraune Haarsträhne hinters Ohr. «Eine neue frische Farbe für die Seitenleiste beispielsweise. Oder mehr Fotos ...»

«Bullshit! Sorry, dass ich das so direkt sage.» Nolan beugte sich auf seinem Stuhl vor. «Das Layout der *Flashlight*-Plattform funktioniert international, das wurde durch unzählige Konsumentenbefragungen getestet. Da hängt auch Social Media mit drin, das alles ist bis ins Kleinste durchdacht. Nein, nein, die Optik unseres Onlineauftritts rühren wir auf keinen Fall an. Das Problem liegt ganz woanders: Wir brauchen Inhalte, versteht ihr? *Content!* Mehr coole Videos, die sonst niemand hat, mehr exklusives Zeugs, das die Leute animiert, unsere Beiträge anzuklicken. Das heißt geile Storys, heiße News – Sachen, die ans Herz gehen und unsere Nutzer emotional packen. *Das* brauchen wir.»

«Dann stellen wir ein paar Katzenvideos ins Netz, das funktioniert immer», sagte einer der externen Teilnehmer der Konferenz und lachte über seinen eigenen Witz.

«Ich bin heute nicht zu Scherzen aufgelegt», blaffte Nolan. «Euch ist wohl der Ernst der Lage nicht bewusst.»

«So schlimm kann doch die kleine Schwächephase nicht sein», meinte ein Redakteur, der ständig nervös an seiner übergroßen schwarzen Brille nestelte. «Das holen wir diesen Monat locker wieder auf.»

Nolan sprang auf. «Ihr habt wohl immer noch nicht kapiert, worum es bei *Daily Flashlight* geht! Wir sind dabei, ein neuartiges weltumspannendes Nachrichten-Netzwerk aufzubauen, wie es die Menschen noch nicht gesehen haben. Wir sind zugleich national, wir sind lokal, wir sind global. Unsere Mischung aus Fotos, Videos und Textbeiträgen soll einzigartig sein – besser als alles, was die Internet-Dinosaurier derzeit bringen. Unsere Investoren geben einen Haufen Geld für das Projekt aus, sie setzen darauf, dass dieses Geschäftsmodell funktioniert. Wenn sie merken, dass es Stillstand oder sogar Rückschritte gibt – dann ziehen sie uns den Stecker! Ich sag euch, ich will nicht ohne Job dastehen. Und ihr sicher auch nicht.»

Alle saßen schweigend da, einige starrten angestrengt auf die Tischplatte. Melissa blätterte in ihren Notizzetteln mit den Themenideen. Sie kannte diese Ansprachen des Chefs, es war sein Standard-Psychotrick, um die Leute zu noch härterer Leistung anzustacheln, aber so deutlich wie heute war er noch nie geworden.

«Man kann doch nicht ewig wachsen», wagte einer der Videoteilnehmer nach einer Pause zu sagen.

«Doch, das kann man!», donnerte Nolan. «Das müssen wir sogar!»

Er ging am Konferenztisch auf und ab. «Wachstum ist die harte Währung in diesem Business, ob es uns passt oder nicht. Die Großen der Branche haben jahrzehntelang jedes Jahr zugelegt. Das können wir auch. Und das müssen wir schaffen! Unsere Geldgeber erwarten das von uns.» Er setzte sich wieder. «Und jetzt beginnen wir unsere Themenkonferenz. Legt los.»

Der Polizeireporter schlug vor, über zwei Prostituiertenmorde auf der Reeperbahn zu berichten.

«Wunderbar! Klingt gut. *Sex and crime* – das geht immer.» Nolan machte sich Notizen. «Möglicherweise können wir das zu einem Kiezkrieg ausbauen oder zu Taten eines Serienmörders. Was meint ihr?»

«Bis jetzt gibt es von der Polizei dazu keine Hinweise», sagte der Polizeireporter.

«Dann find bitte was! Benutz dein Gehirn, geh auf Recherche, grab was aus, dafür bist du da. Dazu am besten noch zwei Videos über die Szene dort, Stimmen von irgendwelchen Kiezlegenden – das gibt haufenweise Klicks. Und denkt immer daran, ob die Geschichten auch für unser internationales *Daily-Flashlight*-Netzwerk taugen. Unsere Partnerländer in Europa und den Vereinigten Staaten lechzen nach Stoff.» Er legte den Stift hin. «So, wer ist der Nächste?»

Reihum trugen die Kollegen und Kolleginnen am Tisch ihre Vorschläge vor. Es entwickelten sich einige Diskussionen, und am Ende entschied Nolan, ob die Themen weiterverfolgt wurden, oder verteilte neue Aufträge.

Melissa tippelte nervös, sie war als Nächste dran. Eigentlich sollte sie mittlerweile an diese Vorgehensweise ihres Chefs gewöhnt sein, schließlich arbeitete sie schon drei Monate hier. Doch dieses Meeting bereitete ihr jedes Mal Unbehagen, sie mochte es nicht, sich der Kritik der Runde und des Redaktionsleiters stellen zu müssen.

Zumal ihr nicht jeder der Anwesenden freundlich gesinnt war. Das lag weniger an ihrer Person als vielmehr daran, dass sie in der Redaktion eine feste Stelle hatte – eine große Ausnahme. Das erzeugte Neid, auch wenn sie nur Volontärin und noch in der Probezeit war.

Die meisten Redaktionsmitglieder mussten als Freiberufler von den Aufträgen leben, die Nolan ihnen zuschanzte.

Nach ihrem abgebrochenen Lehramtsstudium hatte Melissa in München nach einem Job als Redakteurin bei einer Tageszeitung gesucht – doch ihre Dutzenden Bewerbungen liefen alle ins Leere. Da war die Zusage von *Daily Flashlight* eine Chance, auch wenn sie nach Hamburg umziehen und zuerst ein Volontariat durchlaufen musste. Und das Gehalt kaum zum Leben reichte.

«Ich … ähm … schlage vor …» Melissa räusperte sich. Konzentriert bleiben, sich die Nervosität nicht anmerken lassen. Sie hatte drei Zettel mit Notizen vor sich liegen. Ganz ruhig. Sie entschied sich für ihre ersten beiden Themenideen.

«Was denn nun?», fragte der Kollege ihr gegenüber voller Ungeduld. Er trug in der Redaktion ständig eine Baseballkappe und sah damit etwas lächerlich aus.

Sie ignorierte ihn und berichtete von einem Systemausfall der Datenleitungen bei den Kölner Behörden. «Da ließe sich eine Story über die Folgen für die Einwohner machen – mit Umfragen und Erlebnisberichten.» Ihr zweiter Vorschlag war eine Geschichte über eine Vierlingsgeburt in Dresden, die Mutter hatte zuvor bereits Zwillinge bekommen.

«Wer will denn so was lesen?», meinte Jan, der Kollege links von ihr mit dem rasierten Schädel. Melissa hätte ihm am liebsten ihren Bleistift an den kahlen Kopf geworfen, aber sie beherrschte sich.

«Ich finde die Ideen gut», sagte Max rechts neben ihr.

«Tatsächlich? Die Meinung hast du für dich allein.»

«Über beide Themen wurde schon berichtet», schoss eine Kollegin, die Melissa noch nicht kannte, in gehässigem Ton.

«Abgehangenes Zeug», murmelte jemand anders.

Es ging hin und her, Melissa versank immer mehr in ihrem Stuhl. Über alle Themen war diskutiert worden, auch über Max' Vorschläge, etwas über Leerstände in der Innenstadt zu machen – aber mal wieder bekam sie es am härtesten ab.

«Gut, wir vertagen uns jetzt», unterbrach Nolan nach einigen Minuten und stand auf. Melissa hatte noch mit seiner Einschätzung zu ihren Ideen gerechnet, aber er ging nicht darauf ein. «Wir haben alle genug zu tun. Also los, an die Arbeit!»

«Na, das war ja heute wieder eine besondere Vorstellung vom Chef und den geschätzten Kollegen», sagte Max beim Hinausgehen zu Melissa. «Nimm's nicht so tragisch, das wird schon.»

Es sollte tröstlich klingen, doch sie fühlte sich wie vom Lastwagen überfahren. Warum hatte sie ihre Themen nicht besser verteidigt? Warum hatte sie ihren Kritikern nicht Kontra gegeben? Sie wusste es nicht.

Waren alle Redaktionen solche Haifischbecken? Vielleicht war sie naiv gewesen zu glauben, Journalisten seien eine nette und hilfsbereite Spezies. Sie ließ sich in ihren Schreibtischstuhl fallen und schloss die Augen. Manchmal fühlte sie sich zutiefst frustriert, und sie zweifelte daran, ob dieser Beruf der richtige für sie war.

Ihr Vater in seiner bestimmenden Art würde jetzt sicher einen seiner Kommentare abgeben: Ich hab's dir doch gleich gesagt!

Paps hatte sie gedrängt, das Studium zu beenden und Lehrerin zu werden, so wie er und ihre Mutter es gewesen waren. Ein sicherer Job, Beamtinnenstatus – ihr weiteres Leben würde in geregelten Bahnen verlaufen. Aber nach sechs Semestern an der Uni war für sie klar gewesen: Lehrerin war nicht ihr Beruf, es war nicht ihre Leidenschaft.

Ihre Leidenschaft war der Journalismus.

Recherchieren, schreiben, sich nicht verbiegen müssen. Wichtige Informationen für die Öffentlichkeit aufbereiten. Nur der Wahrheit verpflichtet sein. Das war es, was sie wollte.

Ihre Eltern waren über ihren Studienabbruch maßlos enttäuscht gewesen und hatten es sie auch spüren lassen. Der Streit wurde mit jedem Gespräch heftiger, verletzender, die Vorwürfe von Paps und Mam gipfelten in Anschuldigungen, Melissa wisse nicht, was sie tue, sie werfe ihre Zukunft weg, sie werde bald um Geld betteln müssen, um ihren Unterhalt finanzieren zu können. Einmal redeten sie wochenlang nicht mehr miteinander. Und ihre ersten Rückschläge bei der Jobsuche schienen die Eltern zu bestätigen.

Die Ablehnung hatte Melissa zu schaffen gemacht wie sonst nichts in ihrem Leben. Es war eine Zeit des Frusts gewesen, der Enttäuschung, der Niederlagen.

Mittlerweile hatten sich die Fronten beruhigt, aber richtig gut verstanden sie sich nicht mehr, und Melissa bezweifelte, dass das je wieder so sein würde. Die Eltern zogen es vor, nicht über das Thema zu reden, wissend, dass es jedes Mal aufs Neue zu Streit führte. Und sie selbst würde sicher auch nicht wieder davon anfangen.

Für Melissa war es eine schlecht verheilte Wunde. Und sie wusste, dass diese Wunde jederzeit wieder aufbrechen konnte. Aber sie hatte sich vorgenommen, ihren Eltern zu beweisen, dass ihr Weg der richtige war.

Sie durfte sich nicht unterkriegen lassen. Sie musste kämpfen.

Und sie würde gleich loslegen, denn der Arbeitstag hatte gerade erst begonnen. Sie konnte sich ein Seufzen nicht verkneifen.

Ihr Arbeitsplatz war in einem großen Raum, unverkennbar war es früher eine Fabrikhalle gewesen. Die deckenhohen Fenster mit Rahmen aus Gusseisen gaben den Blick frei auf den Hinterhof eines ehemaligen Gewerbegebietes. Die Backsteinwände waren unverputzt, der Boden aus Beton, an der Decke waren die Stahlträger zu erkennen, Glühbirnen baumelten nackt herunter, die Kabelzuführungen für die Computer hingen offen heraus. Nolan bezeichnete die Redaktion als «Loft» und den langen Holztisch, an dem bei Besprechungen alle sitzen mussten, als «Werkbank». Doch für Melissa wirkte alles schäbig und ein wenig heruntergekommen, vermutlich war die billige Miete der Hauptgrund gewesen, die Deutschland-Zentrale von *Daily Flashlight* gerade hier anzusiedeln. Selbst den kostenlosen Wasserspender hatte Nolan vor einiger Zeit gestrichen, angeblich aus «hygienischen Gründen». Nur die Kaffeemaschine war übrig geblieben. Wenn die amerikanischen Investoren tatsächlich

Unsummen in das Projekt gesteckt hatten – an diesen Räumen war es nicht zu erkennen.

Sie fuhr ihren Computer hoch und checkte ihre privaten E-Mails. Zwei waren von ihrem Bruder, eine Rundnachricht von den Eltern aus dem Kreuzfahrt-Urlaub. Sie würde später antworten.

«Wer ist denn das?» Nolan stand plötzlich hinter ihr und deutete auf das Hintergrundbild auf ihrem Monitor. Sie hatte ihn nicht kommen hören.

«Meine Nichte. Gerade zwei Jahre alt geworden.» Melissa fragte sich, was ihr Chef von ihr wollte. Private Dinge seiner Angestellten interessierten ihn eigentlich nicht besonders.

«Hast du Lust, wollen wir einen Kaffee trinken?»

Sie stutzte. Dann nickte sie und stand auf.

Die anderen taten so, als würden sie arbeiten, doch Melissa spürte ihre Blicke auf sich, als sie Nolan folgte.

Er ging zur Kaffeemaschine, schenkte zwei Tassen ein und brachte sie zu einem kleinen Stehtisch direkt am Fenster – es war der einzige Platz in der Redaktion, von seinem Büro und den Toiletten abgesehen, wo man sich einigermaßen ungestört unterhalten konnte.

«Und, wie hast du dich bei uns eingelebt?» Er nahm einen Schluck.

Melissa zögerte. «Gut eigentlich, danke. Für mich ist eben noch vieles neu.»

«Das glaub ich dir. Wie lange bist du nun schon bei uns?»

«Drei Monate.»

«Also mitten in der Probezeit.»

Sie sparte sich die Antwort und rührte stattdessen Milch in ihren Kaffee.

«Du weißt, Melissa, ich war immer angetan von deinem Talent. Das war auch der Grund, warum ich dich eingestellt habe und nicht einen der vielen anderen Bewerber. Obwohl du außer einem Praktikum keinerlei journalistische Erfahrung vorweisen konntest. Aber du hast Grips, bist smart.»

Sie sah ihn an und wartete.

«Trotzdem sehe ich, du tust dich schwer. Ich weiß nicht, woran es liegt. Deine Arbeit ist okay, aber nicht wirklich berauschend. Das kann man bringen, muss man aber nicht. Deine Ideen heute waren Mittelmaß – du hast deine Kollegen gehört. Und gerade von dir erwarte ich mehr.»

«Was genau erwartest du, wenn ich fragen darf?»

«Wie soll ich sagen: mehr von allem – mehr Einsatz, mehr Leistung, bessere Ideen.» Er stellte seinen Becher zur Seite. «Du willst doch schließlich nach der Probezeit bei uns weitermachen, oder?»

«Selbstverständlich.»

«Dann häng dich rein.» Nolan richtete sich auf. «Ich sage es ganz klar, damit es keine Missverständnisse zwischen uns gibt: Wenn von dir nicht mehr kommt, ist in drei Monaten Schluss, so leid mir das tut. Du musst verstehen, ich habe unseren Investoren Rechenschaft abzulegen, da muss ich von der Leistung jedes meiner Mitarbeiter und Mitarbeiterinnen überzeugt sein.» Er nickte bekräftigend. «Aber ich bin sicher, du schaffst das.»

Melissa schluckte. Mit einer so unverhohlenen Kündigungsdrohung hatte sie nicht gerechnet. Sie war schließlich noch Anfängerin, was erwartete er? Für einen Moment hörte sie wieder die Kommentare ihrer Eltern: Wir haben es dir doch gleich gesagt ...

Sie gab sich einen Ruck. «Ich wünsche mir mehr Unterstützung, Nolan – von dir und den Kollegen.»

«Bekommst du. Wenn du etwas brauchst, melde dich einfach bei mir.» Nolan wandte sich zum Gehen.

«Einen Moment noch.» Sie dachte an die dritte Themenidee auf ihrem Zettel. Sie hatte sie eigentlich für zu schwach gehalten und deshalb nicht erwähnt. Aber jetzt ... «Ich hätte eventuell noch eine andere Geschichte für dich.»

«Lass hören.» Er kam zurück an den Stehtisch.

«Die Hochzeitsfeier auf Sylt. Viele Gäste sind erkrankt, einer ist sogar gestorben. Hast du davon gehört?»

«Klar, war ja groß in den Nachrichten. Was soll daran neu sein?»

«Ich denke, einige der Betroffenen müssten nach wie vor im Krankenhaus liegen. Darüber hat noch keiner berichtet: Wie geht es denen, wie haben sie die tragischen Ereignisse während der Feier erlebt? Was waren die Ursachen für das alles? Dazu vielleicht Videointerviews und Bilder von Sylt.»

Nolan überlegte. «Eine Geschichte am Krankenbett der Opfer? Klingt gut. Dazu noch die Tragik, dass so was dem Hochzeitspaar am schönsten Tag ihres Lebens geschieht. Das riecht nach Liebe und Drama zugleich.» Er stellte seinen Kaffeebecher in die Spüle. «Wenn du was Tolles anschleppst, meinetwegen. Mach dich auf den Weg.»

Sie nickte erleichtert. «Dann fahre ich gleich morgen nach Sylt?»

Er lachte. «Ich muss dich enttäuschen, Melissa, aus dieser Dienstreise wird nichts.» Er hob vielsagend die Brauen. «Wie ich gelesen habe, liegen die Opfer mittlerweile alle in Flensburg im Krankenhaus.»

PINNEBERG

Tobias genoss die Ruhe in der Küche, während er fürs Abendessen Gemüse wusch und den Kochtopf mit Wasser auf den Herd stellte. Er hatte die Tür offen gelassen, um zu hören, ob Zoe im Wohnzimmer weiterhin ruhig spielte.

In letzter Zeit war seine Tochter ständig unruhig, sie schlief schlecht, hatte wenig Hunger, wurde ohne erkennbaren Grund jähzornig. Tobias wusste nicht, woran es lag: War es die normale Entwicklungsphase einer Zweijährigen, waren es Launen, die wieder vorübergingen? Sollte er seine Eltern um Rat fragen?

Aber er wollte seine Mutter nicht schon wieder anrufen, sie war gerade mit seinem Vater im Urlaub. Außerdem würde es so aussehen, als sei er mit der Erziehung seiner Tochter überfordert. Und den Eindruck wollte er auf jeden Fall vermeiden. Andererseits hatte es in den letzten Wochen zahlreiche Zwischenfälle gegeben, die ihn beunruhigten, und jetzt war einer der wenigen Momente, in denen er Zeit und Ruhe hätte, mit jemandem darüber zu sprechen.

Was soll's, dachte er und wählte die Telefonnummer seiner Mutter.

«Ja, hallo?» Mams Stimme klang weit entfernt.

«Ich bin's, Tobias. Na, wo steckt ihr gerade?»

«Tobias, wie schön!» Er hörte Wind im Hintergrund, irgendwo lief Musik. «Morgen legen wir in Sydney an. Ich bin schon ganz aufgeregt, das erste Mal in Australien. Und das Wetter ist fantastisch. Papa bucht gerade einen Ausflug, er hat irgendwas rausgesucht, ich lasse mich mal überraschen. Wie steht's bei dir, wie geht es Zoe?»

Er merkte, seine Mutter fragte nicht nach Melissa.

«Ehrlich gesagt ist das der Grund, weshalb ich anrufe. Derzeit ist es etwas schwierig …»

«Was ist denn?»

«Ach, die Kleine macht mir ein wenig Sorgen. Sie ist nicht wie sonst, und ich weiß nicht, ob ihr nicht vielleicht was fehlt.»

«Ach, Tobias», er hörte das Schmunzeln in der Stimme seiner Mutter. «Kinder in dem Alter können ganz schön quengelig sein, du zum Beispiel hast …»

«Mama, bitte!»

«Schon gut, schon gut. Du musst unbedingt Folgendes beachten …» Es folgte eine Reihe von gut gemeinten Ratschlägen – Haferbrei für Zoe, Fieber messen, sie früher ins Bett schicken, eine warme Honigmilch zum Einschlafen –, als wenn er auf diese Hausmittelchen nicht längst selbst gekommen wäre. Für einen Moment hatte Tobias das Gefühl, wieder ein kleiner Junge zu sein, der sich eine Moralpredigt anhören musste. Seine Mutter verfiel schnell in diesen Ton. Aber was sollte er mit solchen Tipps anfangen? Das alles hatte er längst probiert. Er bereute, angerufen zu haben.

«Ich werd's befolgen, danke, Mam», sagte er, um das Telefonat zu beenden. «Grüß Paps von mir.»

«Und gib unserer Enkelin viele Küsse von uns. Wir freuen uns beide auf sie, wir besuchen euch mal wieder, wenn wir zurück sind.»

«Mach ich. Erholt euch gut.»

Er legte das Telefon beiseite. Das Gespräch hatte seine Stimmung nicht verbessert. Im Gegenteil – Niedergeschlagenheit machte sich in ihm breit. Wie so oft in den vergangenen Monaten hatte er das Gefühl, alles werde ihm zu viel und die Arbeit sei nicht zu schaffen. Phasen der Verzweiflung mehrten sich, in denen er mit seinem Schicksal haderte und mit sich und der Welt im Clinch lag.

Lena.

Wie sehr wünschte er sich in diesem Augenblick, seine Frau bei sich zu haben. Sie hätte sofort gewusst, was zu tun sei. Sie hätte diese Situation mit ihrer Tatkraft, ihrer Fürsorge und ihrem sicheren Bauchgefühl gemeistert. Wie vermisste er ihr Lachen, ihren Humor. Ihre Berührungen.

Der Gedanke an sie schmerzte. Obwohl es nun fast ein Jahr her war, konnte er es noch immer nicht begreifen.

Lena hatte über hartnäckige Kopfschmerzen geklagt und Tabletten dagegen genommen. Danach war es besser geworden. Vorübergehend. Doch dann traten Lähmungserscheinungen auf, zusammen mit erneuten Kopfschmerzen, viel heftiger als zuvor.

Die Diagnose der Fachleute war niederschmetternd. Ein Aneurysma, sagten die Ärzte, eine Ausbuchtung einer Arterie im Gehirn.

Nicht operabel.

Eine Woche später war Lena im Krankenhaus gestorben.

Seitdem lag sein Leben in Trümmern. Seine Schwester und seine Eltern hatten ihm über die schlimmste Zeit hinweggeholfen. Beruhigten Zoe, wenn sie nach ihrer Mutter rief und er gerade nicht die Kraft hatte. Kümmerten sich um alles. Unterstützten ihn, so gut es ging.

Doch der Schmerz und die Trauer blieben. Der Nebel über seiner Seele wollte nicht weichen, es gab Tage, da musste er sich zwingen aufzustehen, die alltäglichen Aufgaben zu erledigen.

Er tat es nur wegen Zoe. Sie brauchte ihn jetzt mehr als je zuvor.

Nahm er seine Tochter in den Arm, war alles für eine Zeitlang vergessen. Zoe war der Mittelpunkt seines Lebens, seine Liebe, der Grund, warum er versuchte, trotz allem weiterzumachen.

«Papa, spielen!»

Tobias schreckte aus seinen Gedanken hoch. Er ging hinüber ins Wohnzimmer, setzte sich zu seiner Tochter auf den Boden und half ihr, die Bauklötze wieder aufzurichten. Gleich darauf warf Zoe mit Schwung alles um.

Sie quiekte. «Noch mal!»

Er musste lachen. Zoe entwickelte sich immer mehr zu einem kleinen Wirbelwind. Wieder baute er die Steine auf.

Zoe wischte mit der kleinen Hand darüber. Die Bauklötze verteilten sich auf dem Boden. Sie krähte vor Begeisterung.

«Noch mal!»

«Tut mir leid, mein Schatz, Papa muss kochen, sonst gibt es für uns beide heute nichts zu essen. Spiel allein weiter, ja?» Er drückte sie an sich und gab ihr einen Kuss. «Ich soll dich schön von Opa und Oma grüßen.»

Sie strahlte ihn an.

Wieder wurde ihm bewusst, wie sehr ihn Zoe an seine verstorbene Frau erinnerte. Das offene Gesicht. Dasselbe Lächeln, dieselben Augen.

Er ging zurück in die Küche, gab das Gemüse in den Topf und holte Besteck und Teller aus dem Schrank. Zoe verband ihn mit Lena, über den Tod hinaus. In Zoe lebte sie weiter. Das gab ihm Trost, Hoffnung und Zuversicht.

Seine Aufgabe, die einzige bedeutende Aufgabe in seinem Leben, war es nun, sich um ihre gemeinsame Tochter zu kümmern, sie zu beschützen und ihr ein guter Vater zu sein. Auch wenn er das Gefühl hatte, diese Bestimmung überforderte ihn manchmal, er musste es schaffen.

Gerade wollte er Reis in einen zweiten Kochtopf geben, da hörte er einen Schrei, dann Weinen.

«Was ist los, Schatz?», rief Tobias aus der Küche.

Es kam keine Antwort, und er lief voller Sorge hinüber ins Wohnzimmer. Sofort stürzte er zu Zoe, die gekrümmt am Boden lag. Tobias nahm sie in den Arm und versuchte sie zu beruhigen. Die Gedanken rasten in seinem Kopf: Hatte sie sich verletzt?

«Was hast du, Kleines?» Er wischte seiner Tochter die Tränen aus dem Gesicht, doch es liefen immer neue über ihre Wangen. «Sag Papa, was los ist.»

«Weh», schluchzte Zoe.

Tobias untersuchte sie, konnte aber keine Verletzungen feststellen. «Wo tut es dir weh?»

«Weh-weh, alles weh.» Seine Tochter war nicht zu beruhigen. Er kannte solche Ausbrüche, sie waren in der letzten Zeit immer wieder vorgekommen, ohne erkennbaren Zusammenhang. Meistens half Ablenkung.

«Magst du einen Schokopudding?» Tobias wusste, bei ihrer Lieblingsspeise griff Zoe immer zu.

Er hob sie hoch und nahm sie mit in die Küche, wo er den Kühlschrank öffnete. Erleichtert merkte er, dass ihr Schluchzen weniger wurde.

Er holte einen Puddingbecher aus dem Kühlschrank. «Den?»

Zoe richtete sich auf und nickte. Der kleine Zwischenfall schien fast vergessen.

Er setzte sie auf ihren Kinderstuhl, wischte die letzten Tränchen ab, probierte einen Löffel Pudding und gab den Becher dann seiner Tochter. «Mmh, das schmeckt lecker.»

Zoe schob sich eine Portion in den Mund. Sie sah zufrieden aus.

«Du kannst alles aufessen.»

Erleichtert wandte Tobias sich wieder dem Gemüse zu und deckte den Tisch. Der Vorfall hatte ihm einen gehörigen Schrecken eingejagt. Was war nur mit der Kleinen los? Eben noch bitterlich schluchzend, kletterte sie jetzt von ihrem Stuhl und spazierte mit ihrem Pudding zurück zu ihren Bauklötzen, als sei nichts gewesen.

Bereits seit einigen Wochen weinte sie immer wieder ohne sichtbaren Anlass, verkrampfte sich, wenn er sie hochhob. Er hatte es anfangs auch unter «quengelig» abgebucht, wie seine Mutter. Wenn er danach mit ihr spazieren ging, war die Welt meist wieder in Ordnung.

Zoe hatte mehrmals Durchfall gehabt, aber seitdem er das Essen umgestellt hatte, war das nicht mehr vorgekommen. Ebenso hatte es geholfen, Medizin aus der Apotheke zu holen, als sie über Bauchweh geklagt hatte. War es jetzt wieder der Bauch gewesen, der ihr wehtat? Tobias wusste es nicht, und es schmerzte ihn, seine Tochter so aufgelöst zu sehen.

Er goss den Reis und das Gemüse ab und stellte beides auf den Tisch.

«Zoe, Essen ist fertig! Kommst du?»

Keine Antwort.

«Zoe, bitte.»

Er hörte ein seltsames Geräusch, wie ein Wimmern. Heute war seine Tochter wirklich neben der Spur. Eilig lief er ins Wohnzimmer, in der Tür blieb er erschrocken stehen.

Schokopudding war überall verteilt. Zoe lag seitlich auf dem Boden und hielt sich den Bauch.

«Zoe, was ist?» Tobias' Puls raste. Er fiel auf die Knie und beugte sich über seine Tochter. «Zoe!»

Sie schnappte nach Luft, brachte aber keinen Ton heraus. Ihr Atem ging hektisch. Es schien, als habe sie Krämpfe.

Tobias tastete ihren Bauch ab, er fühlte sich hart an. Es roch nach Kot.

Während er sein Handy aus der Tasche zog, um beim Kinderarzt anzurufen, hob er seine Tochter hoch, trug sie eilig ins Bad zum Wickeltisch und löste die Windel.

Ein unangenehmer Geruch verbreitete sich, anders als sonst. Zoes Stuhl hatte eine seltsame Farbe.

Er brauchte einen Moment, bis er begriff: Es war Blut.

● ● ●

Das Wartezimmer war voll mit Müttern und schreienden Kindern. Tobias versuchte Zoe zu trösten, die leise weinend neben ihm saß. Sie schien keine akuten Schmerzen mehr zu haben, aber sie wirkte abwesend und erschöpft. Weder an den Büchern noch an den Spielsachen, die im Regal neben ihr lagen, war sie interessiert.

Genervt ging er zum Empfang. «Entschuldigung, wann sind wir denn dran? Wir warten schon eine Dreiviertelstunde. Es ist ein Notfall!»

«Tut mir leid, Herr Frey», antwortete die Sprechstundenhilfe. «Die Ärztin tut ihr Möglichstes. Seien Sie froh, so kurzfristig überhaupt noch einen Termin bekommen zu haben. Wir rufen Sie auf, bitte haben Sie noch etwas Geduld.»

Es dauerte eine weitere halbe Stunde, bis sie an die Reihe kamen. Eine junge Arzthelferin brachte sie in ein Zimmer, an dessen Wände bunte Tiere gemalt waren und das, trotz der ärztlichen Utensilien, freundlich eingerichtet war. Die Tür öffnete sich, und eine junge Ärztin kam herein, die sich als Dr. Frank vorstellte.

Tobias erzählte ihr, was geschehen war. «Ich … Ich mache mir große Sorgen, könnte das was Ernstes sein?»

«Das werden wir versuchen herauszufinden. Zuerst müssen wir ihr die Windel abnehmen.»

Tobias zog seiner Tochter die Hose aus und entfernte die frische Windel.

Dr. Frank hob Zoe auf die Liege. «So, jetzt wollen wir dich mal untersuchen.»

Seine Tochter sah ihn Hilfe suchend an. Tobias setzte sich neben sie. «Brauchst keine Angst zu haben, ich bin bei dir.» Er streichelte ihre Hand.

Die Ärztin leuchtete der Kleinen in die Augen, horchte die Lunge ab.

«Und jetzt mach mal ahh!» Sie sperrte den Mund auf, Zoe machte es ihr nach. Mit einer Taschenlampe leuchtete sie in Zoes Rachen. «Sehr gut machst du das. Und jetzt leg dich auf den Rücken.»

Dr. Frank schob Zoe das Hemd hoch und tastete sie ab.

«Der Bauch fühlt sich hart an. Tut das weh, Zoe?»

Zoe schüttelte den Kopf.

«Das ist gut.» Sie wandte sich an Tobias. «Hat Ihre Tochter etwas gegessen, was sie nicht verträgt? Reagiert sie auf etwas allergisch?»

«Nicht dass ich wüsste.»

«Wir sollten einen Allergietest machen, einverstanden?»

Tobias nickte.

Die Ärztin verschwand kurz im Nebenzimmer und kam mit einigen Utensilien zurück.

«Zoe, pass auf, gleich pikst es.» Geübt fand sie eine Vene und nahm Zoe etwas Blut ab. Tobias konnte kaum zusehen. Seine Tochter biss die Zähne zusammen. Die Tränen standen ihr in den Augen, aber sie gab sich alle Mühe, tapfer zu sein.

«Die Ergebnisse erhalten Sie schriftlich, Herr Frey.» Dr. Frank räumte die Instrumente weg. «Und jetzt sehen wir uns deinen Popo an, Zoe. Magst du dich mal umdrehen und hinknien? Gleich spürst du was dahinten, erschrick nicht, es fühlt sich ein wenig kalt an.»

Tobias hielt die Hand seiner Tochter, während die Ärztin weitere Untersuchungen machte, und betete, dass es bald vorbei sein möge. Wie viel lieber hätte er selbst die Prozedur über sich ergehen lassen, statt hilflos zusehen zu müssen.

«So, alles erledigt.» Sie legte das Endoskop beiseite. «Sie können Zoe wieder anziehen.»

«Und, was hat sie? Können Sie schon etwas sagen?»

«Ich kann Sie beruhigen, Herr Frey, es ist nichts Ernstes. Ihre Tochter hat zwei kleine Fissuren, das sind winzige Einrisse im Analkanal. Die haben geblutet.»

Tobias atmete aus, als hätte er die ganze Zeit die Luft angehalten. «Was bedeutet das?»

«Diese kleinen Wunden heilen von selbst wieder ab, keine Sorge. Der Stuhlgang sollte die nächsten Tage unbedingt weich sein. Ich verschreibe Ihnen ein mildes Abführmittel und eine Salbe.»

«Aber mit ihren Bauchschmerzen hat das nichts zu tun, wenn ich das richtig verstehe?» Er legte Zoe eine frische Windel an. «Du warst tapfer, mein Schatz.»

Dr. Frank schüttelte den Kopf. «Da tippe ich eher auf eine Unverträglichkeit, die diese Krämpfe auslöst. Wir haben das bei ihr schon einmal untersucht, aber offenbar haben wir des Rätsels Lösung noch nicht gefunden.» Sie lächelte Zoe an. «Ich habe ja Blut abgenommen und werde einen Allergietest durchführen, dessen Ergebnis wir uns genau ansehen. Was für Sie erst mal wichtig ist: Das Blut in der Windel ist kein Alarmsignal für etwas Schwerwiegendes. Diese Fissuren können immer mal auftreten, bei jedem von uns.»

Tobias nickte. «Danke. Ich bin froh, dass es nichts Schlimmeres ist. Woher kommen solche Fissuren?»

Zoe kletterte auf seinen Arm und legte ihren Kopf an seine Schulter.

«Das kann verschiedene Gründe haben. Meistens sind kleine Essensreste die Ursache, wie scharfkantige Nüsse oder Kerne. Vielleicht hat Zoe auch etwas Hartes verschluckt, wer weiß.» Sie schloss die Patientenakte und nahm eine Broschüre von einem Stapel. «Am besten bringen Sie leichte Kost auf den Tisch, denn der harte Bauch deutet darauf hin, dass Zoes Verdauung nur langsam arbeitet. Das ist nicht problematisch, Sie sollten aber auf jeden Fall beim Kochen darauf achten. Ich gebe Ihnen diesen Merkzettel mit empfohlenen Speisen und Lebensmitteln mit. Und dann bin ich zuversichtlich, dass sich das alles schon bald wieder beruhigt hat.»

Tobias war erleichtert, als sie draußen an der frischen Luft waren. Ärzte erzeugten bei ihm automatisch Unbehagen und Abwehr, er konnte nichts dagegen tun. Schon als er selbst noch ein Kind gewesen war, hatte er solche Besuche gehasst. Er erinnerte sich noch genau daran, wie er sich beim Sturz vom Fahrrad ein Bein gebrochen hatte und zuerst beim Arzt und dann im Krankenhaus alle möglichen Prozeduren über sich ergehen lassen musste, schreiend und von Schmerzen geplagt. Immer in der Angst, er würde nie mehr nach Hause kommen.

Sein Vater hatte mit ihm geschimpft und gesagt, er solle sich nicht so anstellen, er sei doch ein Junge. Auch die Krankenschwestern waren nicht besonders einfühlsam gewesen. Nur seine Mutter hatte Verständnis gehabt.

Dem gebrochenen Bein folgte eine Mandeloperation, eine Woche lag er allein in einem fremden Zimmer. Das Kruzifix und das Bild einer italienischen Landschaft an der Wand hatten sich bis heute in sein Gedächtnis gebrannt.

Von allen verlassen war er sich zu jener Zeit vorgekommen, von den Besuchen seiner Eltern abgesehen. Er hatte niemand Gleichaltriges zum Reden, niemanden zum Spielen gehabt – nur Erwachsene mit ernsten Mienen in weißen Kitteln, die ihn zu trösten versuchten, deren Worte aber gestanzt und leer klangen.

Kurze Zeit danach wurde er für eine Notoperation am Blinddarm eingeliefert. Angeblich war er in einem speziellen Krankenzimmer für Kinder untergebracht, die Wände waren bunt, und Spielzeug stand in einer Kiste in der Ecke bereit, doch er verband mit diesem Raum nur Schmerz und Einsamkeit. Stunden über Stunden musste er dort liegen, ständig darauf hoffend, dass endlich Mama und Papa kamen, ihn aufmunterten und seine Hand hielten. Als er endlich entlassen wurde und in Begleitung seiner Eltern heimdurfte, kam es ihm vor, als sei er einem Gefängnis entkommen.

Deshalb konnte er beim Anblick von Medizinern ein Gefühl von Unwohlsein nicht unterdrücken, auch wenn der Verstand ihm sagte, dass sein Verhalten albern sei.

Wenigstens war es jetzt vorüber. Und wenn es gut lief, würde der Allergietest eine plausible Erklärung für Zoes Bauchschmerzen liefern, und dann würden sie erst mal nicht wiederkommen müssen. Kinder gehörten nicht in Krankenzimmer, und er wollte, dass seine

Kleine gesund und unbeschwert aufwuchs, weit weg von Ärzten und medizinischen Instrumenten.

Er nahm Zoe an die Hand und ging vor ihr in die Hocke. «Ich denke, wir beide haben uns jetzt ein großes Eis verdient. Was meinst du?»

Ihr Kollege Max brachte Melissa einen Kaffee. «Wie immer: mit Milch und ohne Zucker.» Er stellte die Becher ab und setzte sich neben sie an den langen Tisch.

«Danke, nett von dir.» Sie nahm einen Schluck.

«Wenigstens die Kaffeemaschine hat Nolan stehen lassen.» Er schnaubte. «Der Geizhals.»

Max sprach leise, damit ihn die anderen am Tisch nicht hören konnten. Er war zwei Jahre älter als Melissa, hatte schütteres braunes Haar, das er für gewöhnlich mit einer Mütze zu verbergen versuchte. Ihn mochte sie am liebsten in der Redaktion. Vielleicht war er sogar der Einzige, den sie überhaupt mochte.

«Wie geht's Tina?»

Er rollte die Augen. «Sprich diesen Namen nicht aus. Sie will, dass ich in ein Fitnessstudio gehe.» Max klopfte sich auf seinen Bauch. «Findet wohl, dass ich es nötig habe. Was meinst du?»

«Ich mische mich bei euch grundsätzlich nicht ein.» Sie lächelte. «Aber fit zu sein, ist nie verkehrt.»

«Da fahr ich lieber Fahrrad in der Stadt, als zwischen verschwitzten Typen in schlecht gelüfteten Hallen und zu überteuerten Preisen auf Laufbändern herumzuhoppeln.»

«Es gibt in solchen Einrichtungen auch Gruppenkurse. Vielleicht macht dir das mehr Spaß.»

Er lachte auf. «Ich bin doch keine Hupfdohle, die zum Takt seltsamer Musik zwischen den Pilates-Girls hin und her wackelt. Nein, nein, das ist nichts für mich. Und bevor du anfängst: Joggen hasse ich genauso!» Er klappte seinen Computer auf, das Thema war offenbar beendet. «An was arbeitest du gerade?»

«Nolan hat zugestimmt, dass ich die Geschichte von der missglückten Hochzeitsfeier auf Sylt recherchiere. Viele der Gäste liegen noch im Krankenhaus. Einer ist sogar gestorben.»

«Das war doch schon in den Medien.»

«Richtig.» Sie seufzte. «Deshalb muss ich mich ranhalten, um was Neues herauszufinden.»

«Na dann viel Glück! Ich kümmere mich um meinen Bericht über den Megaautobahnstau. Das wird super.» Er verzog das Gesicht.

Melissa sah ihre Notizen durch. Sie hatte bereits mit dem Restaurantbesitzer auf Sylt telefoniert – leider war der Mann nicht bereit für ein Videointerview. Er hatte Sorge, den Ruf seines Hauses weiter zu ruinieren, waren nach dem «bedauerlichen Vorfall», wie er es nannte, doch bereits drei geplante Hochzeiten abgesagt worden. Wenn *Daily Flashlight* Falschnachrichten bringen würde, so seine Drohung, werde er seine Anwälte auf sie hetzen.

Das war starker Tobak. Sie spürte, die Nachforschungen könnten heikler werden, als sie zuerst gedacht hatte.

Melissa lehnte sich in ihrem Stuhl zurück und ließ die Luft aus ihren Lungen strömen. Vor ihr auf dem Tisch verteilt lagen Unterlagen zur Hochzeitsfeier und aus den Polizeiermittlungen. Sie hatte mit dem Brautpaar gesprochen, die beiden waren immer noch aufgelöst und bestürzt über das Drama, bei dem der 73-jährige Vater der Braut verstorben war.

Bisher hatte Melissa immerhin ein Video von Braut und Bräutigam, Fotos von der Veranstaltung, die Gästeliste, Einladungskarten und Hinweise, wer am ehesten zu einem Gespräch bereit sein könnte. Aber neue Erkenntnisse darüber, was eigentlich vorgefallen war, waren das noch lange nicht. Auch der Polizeibericht und die Beiträge in den Medien brachten sie nicht weiter.

Die wichtigste Frage konnte niemand beantworten: Was war die Ursache für die Erkrankungen und den Todesfall?

Zunächst wollte Melissa ihre Aufzeichnungen ordnen und erste Überlegungen festhalten. Sie legte eine Datei an und tippte

Recherchen m.frey

Thesen: Ursachen Sylt

Wahrscheinlich: Lebensmittelvergiftung
Unwahrscheinlich: Drogen
Unwahrscheinlich: Zufall
Sehr unwahrscheinlich: absichtlicher Mordanschlag (Eifersucht?
Rache?)

Lebensmittelvergiftung:
Symptome?
Dauer?
Behandlung?

Welche Giftstoffe? Bakterien, Viren, Schwermetalle?
Woher?
Durch Essen, Trinken, Atemluft?

«Na, versuchst du dich jetzt auch noch als Wissenschaftlerin?»
Jan mit seinem Rasierschädel war hinter ihr stehen geblieben und las neugierig ihre Notizen auf dem Monitor. Sie war immer noch sauer auf ihn, weil er ihre Vorschläge auf der Themenkonferenz besonders hart kritisiert hatte.

«Das geht dich nichts an.» Melissa schaltete ihren Computer aus.

«Ich kann dir sagen, das Hochzeitsthema ist total ausgelutscht. Spar dir die Arbeit, das ist ein gut gemeinter Rat von mir.»

«Überlass das doch einfach mir.»

«Ich will dich doch nur vor einer Blamage bewahren. Such dir was anderes – ‹Neue Kochrezepte aus Indien› vielleicht oder eine Serie: ‹Wie man mit wenig Geld hübsche Blumensträuße arrangiert› ...» Er lachte.

Max sah ihn finster an. «Spar dir deine Flachwitze und verschwinde.» Er wandte sich an Melissa. «Hör nicht hin, dem Kollegen ist einfach langweilig, und der Arme hat sonst niemanden zum Reden.»

«Lass gut sein.» Melissa stand auf, packte ihre Sachen zusammen und musterte Jan kühl. «Und falls es dich interessiert: Nolan höchstpersönlich hat mir den Auftrag erteilt – er findet das Thema klasse.»

«Nolan? Und du nimmst das ernst?» Wieder dieses hämische Lachen. «Bist du wirklich so naiv, Melissa? Ist dir nicht klar, dass das nur ein Vorwand von Nolan ist? Wenn du scheiterst, was mit diesem Thema garantiert ist, hat er ein gutes Argument, dich zu feuern. Und ich kann's ihm nicht mal verdenken.»

Sie schulterte ihre Tasche. «Deine Ansicht hast du exklusiv. Ich bin anderer Meinung. Guten Tag noch.»

Sie war froh, als sie das Gebäude verlassen hatte und auf dem Fahrrad saß. Die dummen Bemerkungen von Jan ärgerten sie. Aber er hatte einen wunden Punkt getroffen: Vielleicht war tatsächlich etwas dran, und Nolan suchte einen Vorwand für ihre Kündigung. Das durfte nicht passieren. Nach all den Absagen konnte sie es sich nicht leisten, nach nur wenigen Monaten erneut auf Jobsuche zu gehen. Deshalb musste sie die Story zu einem guten Ende bringen und es Jan, Nolan, ihren Eltern und all den anderen Kritikern zeigen.

Das Café, in dem Victoria jobbte, lag im Hamburger Stadtteil Sankt Georg in der Nähe des Hauptbahnhofs. Melissa hatte sich mit ihrer Mitbewohnerin dort verabredet. Sie kettete ihr Fahrrad an eine Laterne und trat durch die bunt verzierte Tür.

Victoria umarmte sie zur Begrüßung. «Was willst du trinken? Ich spendiere dir einen Kaffee. Oder willst du lieber ein Glas Wein?»

«Ein Cappuccino wäre toll.» Melissa wählte einen Tisch in der Ecke, stellte ihre Tasche auf den Boden und nahm Platz.

Ihre Freundin brachte ihr die dampfende Tasse. «Ich hab Zeit zum Plaudern, ist gerade wenig los hier, wie du siehst.» Sie setzte sich zu ihr. «Und, wie war dein Tag?»

«Beschissen.» Melissa berichtete von ihrem neuen Recherchethema und dem Streit mit Jan.

«Was für ein Vollidiot, dein Kollege. Darfst du nicht ernst nehmen, glaub mir.»

«Du hast leicht reden.»

«Aber ich habe auch recht», Victoria nickte bekräftigend. «Bleib dran, ich finde das Thema spannend. Und ich lese deinen Artikel auf jeden Fall – wenn es sein muss, klicke ich auch zehnmal darauf, was sag ich: hundertmal, bis mir die Finger wehtun. Das katapultiert die Statistik von *Daily Flashlight* sicher nach oben.» Sie lachte.

«Danke, das tut gut, Zuspruch kann ich gerade gebrauchen.» Melissa schätzte die Hilfsbereitschaft ihrer Freundin über alles. «Wie sieht es aus, kochen wir heute Abend was Leckeres?» Sie löffelte den Milchschaum.

«Tut mir leid, Liebes, ich muss später noch zum Treffen unserer Gruppe. Wir planen ein neues Projekt.»

Melissa hob die Brauen. «Du meinst deinen komischen Verein, wie heißt er doch gleich – *Earth Defender*? Ich dachte, euch gibt's nicht mehr?»

«Erstens sind wir aktiver denn je.» Victorias Ton wurde streng. «Und zweitens sind wir kein Verein, sondern eine ökologische Protestbewegung, die international vernetzt ist.»

«Ach. Ich dachte, das ist mehr ein Debattierklub, nach dem, was du bisher erzählt hast. Wie viele seid ihr denn? Fünf Personen? Zehn?» Melissa grinste. «Sei mir nicht böse, aber ich habe von euch noch nie was gelesen. Wie genau will euer Trupp noch mal die Welt retten?»

«Mach dich nur lustig über uns. Aber merk dir …», Victoria hob den Zeigefinger, «… Durchsetzungskraft hängt nicht von der Zahl der Mitglieder ab, meine Liebe, sondern von wirkungsvollen Aktionen. Und da werden wir demnächst was Spektakuläres durchziehen, du wirst schon sehen.»

«Was genau? Vielleicht ist es *Daily Flashlight* einen Bericht wert. Ich schreibe gerne darüber – wenn ich die Infos exklusiv habe.»

«Das ist leider geheim.» Victoria zuckte die Schultern. «Wir arbeiten ja möglichst im Verborgenen. So kann uns im Vorfeld niemand dazwischenkommen.»

«Verstehe. Wie finanziert ihr eure Aktionen eigentlich?»

«Das meiste tun wir ehrenamtlich, weil wir von unserer Arbeit überzeugt sind. Aber wir sagen nicht Nein, wenn uns Leute Geld spenden und unser Projekt finanziell unterstützen. Von Konzernen nehmen wir natürlich überhaupt nichts an. Keinen Cent.»

«Das ist sehr ehrenwert von euch.» Melissa nahm einen Schluck Cappuccino.

«Du solltest wirklich überlegen, ob du dich uns nicht anschließt. Wir können Mitstreiter brauchen.»

«Ich?» Sie lachte. «Ich glaub nicht, dass ich ein ideales Mitglied wäre.»

«Wir sind da nicht wählerisch. Im Kampf gegen Umweltzerstörung wird jeder gebraucht. Aber du solltest nicht zimperlich sein.»

«Ach so – ihr nehmt gewaltsame Auseinandersetzungen in Kauf?» Melissa runzelte die Stirn. So radikal hätte sie ihre Freundin nicht eingeschätzt.

«Wir wehren uns nur gegen die Gewalt der Konzerne und Politiker, die es immer noch nicht verstanden haben. Das ist gewissermaßen Notwehr, um unseren Planeten zu retten. Gewalt gegen Gewalt. Wir wollen natürlich niemandem absichtlich körperlich schaden, das versteht sich von selbst.»

«Notwehr also.» Melissa war mal wieder überrascht, wie sehr sich ihre Freundin in das Thema hineinsteigerte. «Dann veröffentlicht doch eine Protestschrift – oder so was in der Art.»

Victoria schüttelte entschieden den Kopf. «Nur mit Reden kommen wir nicht weiter. Wir müssen handeln. Wir müssen Vorbild sein für andere, den Menschen einen Weg zeigen, wie sie sich gegen den Wahnsinn der Umweltzerstörung wehren können.»

«Das mag sein», sagte Melissa. «Aber die Erde verlässt nicht gleich ihre Umlaufbahn, wenn du mal eine Pause einlegst und mit mir was Leckeres kochst. Du brauchst kein schlechtes Gewissen zu haben.»

Ihre Freundin lächelte. «Wir kochen bald zusammen – versprochen. Aber nicht heute.»

FLENSBURG

Das Sankt-Franziskus-Hospital lag im Nordwesten der Stadt, Melissa war vom Bahnhof aus zu Fuß gegangen. Ihr Kommen hatte sie bereits vor der Abfahrt aus Hamburg telefonisch angekündigt. Der Mann hatte keine Einwände gegen ein Gespräch mit Videoaufzeichnung gehabt, was sie optimistisch stimmte, ein brauchbares Interview mit nach Hause zu nehmen.

Sie fragte am Empfang nach der Zimmernummer und nahm den Aufzug. Einen Moment zögerte sie, bevor sie anklopfte. Sie war nervös.

«Herein.»

Im Krankenzimmer saß ein junger Mann im Jogginganzug am Tisch, seine blonden Haare standen etwas wirr vom Kopf ab, er wirkte entspannt. Als er sie sah, stand er auf und gab ihr die Hand.

«Sie müssen Frau Frey sein. Ich bin Moritz Aigner, nennen Sie mich einfach Moritz.» Er deutete auf den Stuhl gegenüber.

«Gern, ich bin Melissa. Ich komme aus Hamburg von der Redaktion *Daily Flashlight*.»

Sie nahm Platz. Der Raum war schmal und funktional eingerichtet: zwei Krankenbetten, zwei Stühle, ein Tisch und nebenan ein Badezimmer, dessen Tür offen stand.

«Wo ist Ihr Zimmergenosse?» Sie deutete auf das ungemachte Bett.

«Der ist irgendwo draußen, eine rauchen. Übrigens ebenfalls ein Opfer des Hochzeitsmenüs. Wir beide sind wohl die letzten hier im

Krankenhaus – abgesehen von einer Frau auf der Intensivstation, eine Tante des Bräutigams, hab ich gehört. Die anderen wurden mittlerweile entlassen. Das hat die Krankenschwester erzählt.»

«Dann hoffe ich, dass Sie auch bald rauskommen. Danke noch mal, dass Sie mir ein paar Fragen beantworten. Von mir aus können wir gleich anfangen.» Melissa öffnete ihre Tasche. «Ich würde die Aufnahme einfach mitlaufen lassen, wenn Sie einverstanden sind?»

Moritz Aigner nickte, und sie stellte ihr Handy auf ein kleines Stativ, richtete die Kamera auf ihn und schaltete die Videofunktion ein.

«Moritz, wollen Sie einfach erzählen, was bei der Hochzeitsfeier passiert ist?»

Er nickte. «Es war eine super Location, und das Menü war echt ein Festmahl – zumindest bis zu dem Zeitpunkt, als ich umgekippt bin. Dann bin ich erst im Sanitätswagen wieder aufgewacht.»

«Und vorher? Erzählen Sie.»

«Also, die ganze Feier hat ewig lang gedauert, schon das Essen hat sich hingezogen, und dann war Pause bis zur Torte. Ich hab nicht gewusst, dass Hochzeiten so anstrengend sein können. Es wurden Reden gehalten, Spiele gespielt ...»

«Ist Ihnen etwas Besonderes aufgefallen?»

«Außer der allgemeinen Langeweile während der Reden, meinen Sie?» Er lachte, wurde aber schnell wieder ernst. «Also, die einzelnen Gänge beim Essen waren offensichtlich vorbereitet, das hab ich gesehen, als ich aufs Klo gegangen bin. Wahrscheinlich wurde alles nur aufgewärmt. Aber ich bin kein Fachmann für solche Fragen. Lecker war's, da kann man nichts sagen.»

Melissa nickte. «Wann haben Sie bemerkt, dass etwas nicht stimmte?»

«Das war etwa zu der Zeit, als wir nach der Pause wieder ins Restaurant gerufen wurden. Ich hatte leichte Bauchschmerzen, dachte mir aber nichts dabei. Als ich den Kuchen vor mir hatte, ging's dann schnell. Plötzlich spürte ich ein Stechen – und dann wurde es dunkel um mich. An den Rest kann ich mich nicht mehr erinnern.»

«Und Ihre Begleiterin?»

«Ja, das wundert mich: Meine Freundin hat dasselbe getrunken und gegessen wie ich – aber ihr fehlte nichts. Allenfalls eine Magenverstimmung hatte sie – was auch darauf zurückzuführen sein kann, dass sie einfach zu viel gefuttert hat.» Sein Lachen ging in einem Hustenanfall unter.

«Und was, glauben Sie, war die Ursache für Ihre ... Erkrankung?», fragte Melissa, als er sich wieder beruhigt hatte.

«Wenn ich das wüsste ...» Moritz runzelte die Stirn. «Glauben Sie mir, ich hab mir wieder und immer wieder den Kopf darüber zerbrochen. Tatsache ist: Etwas von dem Zeug, das ich an dem Tag zu mir genommen habe, war nicht gut für meinen Körper. Sonst wäre ich jetzt nicht hier.»

«Waren vielleicht Drogen im Spiel? Hat jemand sich einen perversen Spaß erlaubt und was in die Drinks gemischt?»

Er schüttelte den Kopf. «Nein, die Polizei hat gleich bei allen Opfern Bluttests angeordnet, außerdem haben wir Urin und eine Stuhlprobe abgegeben. Aber bei mir fanden sie keine seltsamen Drogen, nur Alkohol und Reste von Marihuana. Ich rauch gelegentlich etwas Gras. Und ich trink natürlich auch gerne mal einen Schluck. Oder mehrere.» Moritz schnaubte verächtlich. «Aber das haut mich doch nicht um. Der Stoff auf der Hochzeit – was immer es auch war – war viel heftiger. Die Ärzte vermuten eher ein Gift oder eine Allergie.»

Der junge Mann schien jetzt nicht mehr so ruhig wie zu Beginn des Gesprächs. Immer wieder fuhr er sich durchs Haar, sein Blick wanderte umher.

«Und was meinen Sie?», hakte Melissa nach.

«Also, der Wein und der Kaffee waren nicht die Ursache. Ich tippe auf die Kartoffelsuppe mit diesen seltsamen Punkten, angeblich Trüffel. Oder den Seeteufel, der schmeckte komisch, fand ich. Obwohl ich kein Gourmet bin.»

«Brachten Ihre Tests denn sonst noch Ergebnisse?»

«Schauen Sie gern selbst.» Moritz stand auf, holte mehrere Papiere aus seinem Nachtkästchen und gab sie Melissa. «Ich kenn mich mit diesen medizinischen Fachbegriffen nicht aus. Aber wie der Doktor mir erklärt hat, ist alles wieder im Normalbereich. Angeblich wurde auch keiner der typischen Auslöser einer Lebensmittelvergiftung gefunden.»

Melissa überflog die Liste. Es waren die üblichen Begriffe und Zahlenkolonnen, wie sie es von den Bluttests ihres Hausarztes kannte. Nichts daran klang seltsam.

«Darf ich Fotos davon machen?»

«Sie können die Unterlagen mitnehmen, es ist eh nur eine Kopie. Das Original habe ich dem Rechtsanwalt gegeben.»

«Dem Rechtsanwalt?» Melissa wurde hellhörig. «Sie planen, vor Gericht zu gehen?»

«Na klar, jemand ist schuld an meinem Zustand, und ich will, dass derjenige zur Rechenschaft gezogen wird. Meine Freundin ist da ganz meiner Meinung, sie unterstützt mich. Außerdem ist das offenbar die einzige Chance, an weitere Unterlagen zu gelangen.»

«Weitere Unterlagen? Haben Sie nicht alle Dokumente vom Krankenhaus erhalten?» Das wurde jetzt doch recht interessant.

«Nur die üblichen Behandlungsprotokolle und Befunde der Ärzte. Das ist mir zu wenig.» Moritz schüttelte wütend den Kopf. «Und die Polizei mauert. Das lassen wir uns nicht bieten, wir wollen vollständige Aufklärung. Und vor allem», er machte eine bedeutungsvolle Pause, «vor allem *fehlt* ein wichtiger Baustein, um Ansprüche geltend zu machen oder überhaupt Licht ins Dunkel bringen zu können.»

Melissa sah ihn fragend an.

«Die Polizei hat Proben von den Getränken und den Speisen mitgenommen. Die wurden offenbar an ein externes Labor zur Untersuchung gesandt. Die Resultate sollten längst vorliegen.»

«Aber?»

«Aber das Krankenhaus sagt, es seien Unstimmigkeiten aufgetreten, und die Labortests müssten neu durchgeführt werden.» Er beugte sich zu ihr rüber. «Das ist eine durchsichtige Verzögerungstaktik, wenn Sie mich fragen. Ich will Antworten – und zwar schnell. Deswegen soll der Anwalt denen Feuer unterm Hintern machen.»

Melissa war elektrisiert. Das war eine neue Entwicklung. Und es klang nach gutem Material für ihre Story – das war der exklusive Stoff, nach dem sie gesucht hatte. Doch sie würde noch mehr Unterlagen, mehr Informationen brauchen.

«Da haben Sie einen Punkt – das ist wirklich seltsam», bestärkte sie Moritz.

«Eben. Vielleicht hat jemand was zu verbergen? Ich weiß es nicht. Aber wir werden es herausbekommen.»

«*Daily Flashlight* und ich werden Sie und Ihre Freundin dabei unterstützen, wenn Sie wollen.» Sie sah ihn fest an. «Was halten Sie davon?»

Er nickte. «Uns ist jede Hilfe willkommen. Bohren Sie nach, Melissa, treten Sie denen auf die Füße! Als jemand von der Presse können Sie ordentlich Druck machen.»

Melissa beendete die Aufnahme und ließ sich von ihm die Adresse seines Anwalts geben. Diese Wendung hatte sie nicht kommen sehen, und dass sie sehr vielversprechend war, lag auf der Hand. Sobald es vor Gericht ging, lag etwas im Argen. Und das interessierte die Leser.

Sie steckte den Zettel ein. «Ihr Anwalt soll mich bitte kontaktieren, sobald der Laborbericht da ist. Und natürlich, wenn die Polizei erste Ermittlungsergebnisse hat.» Sie schrieb ihm ihre E-Mail-Adresse und Telefonnummer auf. «Und melden Sie sich bitte, wenn etwas Neues passiert.»

Meldung des Hamburger Abendblatts, Onlineausgabe

Horrorhochzeit auf Sylt: Zweiter Gast stirbt

Die aus dem Ruder gelaufene Hochzeitsfeier in einem Sylter Nobelrestaurant fordert ein zweites Todesopfer: Wie das Flensburger Krankenhaus mitteilt, ist eine 82-jährige Frau, eine Verwandte des Bräutigams, verstorben. Die Patientin wurde bereits seit Tagen auf der Intensivstation behandelt. Die Leitung des Krankenhauses drückte den Angehörigen der Seniorin ihr Mitgefühl aus.

Woran die Frau gestorben ist, soll eine Obduktion klären. War vergiftetes Essen schuld? Diese Frage steht nach wie vor im Raum. Auch andere Gäste der Hochzeit mussten sich in ärztliche Behandlung begeben.

Die Kriminalpolizei hält sich mit einer Stellungnahme zurück. Ein Sprecher sagt: «Wir können noch keine belastbaren Aussagen machen. Die Ermittlungen dauern an.»

KAPITEL 5
PINNEBERG

«Und, hast du Mama und Papa erreicht?» Melissa hatte es sich auf der Wohnzimmercouch ihres Bruders bequem gemacht. «Ich hatte kein Glück, offenbar haben sie wieder mal vergessen, ihr Handy anzuschalten. Oder sie sind nur für mich nicht erreichbar, das kann natürlich auch gut sein.»

«Das ist doch Quatsch», antwortete Tobias, reichte ihr ein Glas Wasser und setzte sich mit einem zweiten Glas an den Tisch. «Ich habe sie kurz gesprochen, aber das war wahrscheinlich Zufall. Sie wollen im Urlaub einfach ihre Ruhe haben. Da kann ich sie sogar verstehen.»

«Wenigstens hast du ein Lebenszeichen von ihnen erhalten. Es geht ihnen offenbar gut, das ist schön.» Melissa war enttäuscht, dass ihre Eltern sich nicht bei ihr gemeldet hatten. «Vielleicht rufen sie mich ja auch mal an.»

«Bestimmt. Sie sind, wie sie sind – du kennst sie ja. Gerade Paps kann sehr eigen sein.»

«Und nachtragend.» Melissa fragte sich, ob sich das Verhältnis zu ihrem Vater überhaupt jemals normalisieren würde. Aber sie wollte dieses Thema jetzt nicht länger besprechen. Denn dann würde Tobias sie mit gut gemeinten Ratschlägen überhäufen, ganz in der Rolle des großen Bruders.

«Wie geht's der kleinen Maus? Und was macht dein Job?», fragte sie stattdessen. Eigentlich arbeitete Tobias in Vollzeit im Büro einer Marketingagentur in der Hafencity, aber seit dem Tod seiner Frau blieb er im Homeoffice und beschränkte sich auf wenige Stunden in der Woche – seiner Tochter zuliebe.

Er seufzte. «Ich hab diese Woche meine Arbeit ganz eingestellt, Zoe hält mich momentan auf Trab.» Er berichtete von Bauchschmerzen und einer blutigen Windel der Kleinen und vom Besuch bei der Kinderärztin.

«Oh Gott, was für ein Schreck. Und was hat die Ärztin gesagt?»

«Wahrscheinlich hängen der blutige Stuhl und die Bauchschmerzen nicht zusammen. Was die Bauchschmerzen angeht, warten wir die Ergebnisse des Allergietests ab. Und insgesamt soll ich auf die richtige Ernährung achten. Wenn ich das beherzige, dann geht anscheinend alles schnell vorüber.» Ihr Bruder schüttelte den Kopf. «Als ob ich mein Kind ständig mit Pizza und Pommes füttern würde! Ich achte im Supermarkt immer darauf, hauptsächlich Frisches und nur Bioware zu kaufen, zumindest, wenn es nicht wesentlich teurer ist. Aber ich muss auch auf mein Haushaltsbudget schauen.» Er nahm einen Schluck. «Immerhin greifen mir Paps und Mam gerade finanziell unter die Arme.»

«Ja, und gut, dass es nichts Schlimmes ist bei Zoe.» Melissa dachte an die Krankheit von Lena und wie schnell es zu Ende gegangen war. Sie mochte sich nicht vorstellen, dass ihrer Nichte etwas zustoßen könnte. Das würde ihr das Herz zerreißen. Und Tobias erst.

«Wo steckt denn eigentlich mein kleiner Schatz?» Sie reckte den Hals, um durch die Tür in den Flur spähen zu können. Die Kleine war nach der Begrüßung in ihrem Zimmer verschwunden.

«Zoe, wo bist du?», rief sie lauter.

«Melissa spielen!» Zoe kam den Flur herauf und brachte ihr ein Stoffpferd.

«Was macht mein Liebling?» Melissa hob sie hoch und setzte sie auf ihren Schoß. «Wie heißt denn dein Pferd?»

«Tanja.»

«Ein schöner Name.» Sie strich ihrer Nichte liebevoll übers Haar. Sie war vernarrt in die Kleine und stolz, ihre Taufpatin zu sein. Zoe war ihr einfach ans Herz gewachsen, nach dem Tod ihrer Schwägerin hatte sie sich intensiv um das Mädchen gekümmert. Mittlerweile fühlte es sich an, als sei sie ein wenig in die Rolle der Ersatzmutter geschlüpft. Und das war ein schönes Gefühl.

«Hat denn deine Tanja auch Freunde?»

«Ja, Henna Sildkröte und Mats Delfin.» Zoe hatte schon fast alle Zähne, trotzdem funktionierten einige Laute noch nicht richtig, und sie hatte ihre ganz eigene Aussprache – was sie mit ihren kleinen Händchen und ihrem strahlenden Lachen noch viel süßer machte.

Melissa musste lachen. «Dann hol sie doch mal.»

Zoe lief ins Schlafzimmer und kam mit den Stofftieren zurück. Melissa setzte sich zu ihr auf den Teppich.

«Ich denke, deine Tiere brauchen einen Stall. Was meinst du?»

Sie nickte eifrig. «Stall!»

«Gibt uns Papa ein paar Sofakissen?»

Tobias warf ihr die Polster zu.

Zusammen mit der Kleinen baute sie aus den Kissen ein Viereck und ließ eine Lücke für den Eingang.

«Sieht das gut aus?»

Zoe sah sie ernst an. «Dach dauf, Regen!»

«Da hast du recht.» Melissa nahm eine Stoffserviette vom Tisch und breitete sie über eine Ecke des Stofftierstalls. «Das müsste passen.»

Vor Begeisterung klatschte Zoe in die Hände. Ihr Lachen war einfach ein Quell der Freude, das Kind wirkte so fröhlich und unbeschwert. Melissa hatte das Gefühl, dass sie den plötzlichen Tod ihrer Mutter langsam überwunden hatte. Bei ihrem Bruder war sie sich da nicht so sicher.

«Am besten bringst du Tanja und Henna und Max jetzt ins Bett, oder?»

Zoe platzierte die Stofftiere nacheinander in dem Stall aus Polstern. «Alle slafen.»

«Das ist eine gute Idee», meinte Tobias. «Und auch für kleine Zoes ist es jetzt Zeit zum Schlafen.»

«Zoe nicht müde!» Sie blieb demonstrativ am Boden sitzen.

«Schau, deine Freunde sind alle schon im Bett.» Melissa drückte sie an sich und gab ihr einen Kuss. «Für dich wird es auch Zeit.»

Zoe nahm ihr Stoffpferd und schüttelte entschieden den Kopf.

«Na gut, dann darf Tanja mit ins Bett, und ihr beide könnt noch eine Runde spielen. Aber zuerst machen wir dich bettfertig, ja?»

Sie brachte Zoe ins Schlafzimmer, wechselte ihr die Windeln, wusch sie und half ihr beim Anziehen des Schlafanzuges.

«So, und jetzt ab unter die Decke.»

«Zoe spielen!»

Melissa deckte sie zu. «Dann spielst du hier im Bett noch ein bisschen, aber nur noch eine Viertelstunde. Tanja ist auch schon sehr müde. Und dann komme ich noch mal und sage dir Gute Nacht, Spatz.» Sie gab ihr einen Kuss auf das weiche Haar. «Versprochen.»

Mit ihrem Bruder machte sie es sich auf der Couch im Wohnzimmer bequem, er schenkte jedem ein Glas Wein ein. Sie betrachtete ihn von der Seite. Er sah älter aus als seine 34 Jahre, die vergangenen Monate hatten ihm zugesetzt. Seine Augen machten einen müden Eindruck, feine Fältchen hatten sich tiefer in sein Gesicht eingegraben, die Haut war blass.

«Und, wie geht es dir zurzeit?» Melissa erinnerte sich an die Wochen nach Lenas Beerdigung, in denen Tobias einem Geist gleich durch den Tag geschlichen war, kaum ansprechbar, voller düsterer Gedanken und unfähig, auch nur die einfachsten Tätigkeiten zu verrichten.

«Mal so, mal so.» Ihr Bruder betrachtete sein Glas. «Die Wochen vergehen, der Abstand wird größer – und dennoch muss ich ständig an sie denken. Manchmal fühle ich mich wie gelähmt, dann wieder spüre ich so was wie Energie zurückkommen. Ich weiß einfach nicht, wie es weitergehen soll.»

Melissas Blick glitt über das auf dem Boden verstreute Spielzeug, einiges lag noch genauso da wie bei ihrem letzten Besuch. In der Küche stapelte sich das benutzte Geschirr, im Schlafzimmer lag Zoes Kleidung in einer Ecke, Staub sammelte sich im Wohnzimmerregal.

«Brauchst du Hilfe? Vielleicht jemanden für den Haushalt?»

«Das kann ich mir nicht leisten.» Er schüttelte den Kopf. «Ich komm schon klar.»

«Soll ich dir nicht mehr helfen? Du weißt, ich tue alles für meine Kleine, für euch beide.» Melissa suchte den Blick ihres Bruders. «Du brauchst es nur zu sagen, und ich komme öfter und kümmere mich um den Haushalt.»

«Das weiß ich doch. Du tust schon so viel für uns. Ich weiß nicht, wo wir ohne dich wären.» Tobias füllte die Weingläser auf. «Reden wir lieber über ein anderes Thema. Wie geht es mit deiner journalistischen Karriere voran?»

Sie seufzte. «Durchwachsen. Es gibt Momente, da zweifle ich, ob ich den richtigen Beruf gewählt habe.» Sie erzählte von ihrem Streit mit den Kollegen, den Drohungen ihres Chefs und dem neuen Rechercheauftrag.

«Das klingt ganz schön heftig. Aber du wirst dich schon durchbeißen, wie ich dich kenne.» Er schenkte ihr ein aufmunterndes Lächeln, von dem Melissa sich fragte, wo er es in seiner Situation herholte.

«Mal sehen.»

«Komm, zeig mehr Selbstbewusstsein. So kenn ich dich gar nicht.»

«Ach, ich weiß auch nicht, ich ...» Aus dem Schlafzimmer drang ein Wimmern, und Melissa verstummte. Sofort sprang sie auf und lief hinüber, Tobias folgte ihr.

Zoe lag weinend in ihrem Bettchen. Die Nachttischlampe brannte, das Stoffpferd lag auf dem Boden.

«Was ist, Schatz?» Tobias beugte sich über seine Tochter.

«Papa, Bauchweh. Weh ...»

Melissa schob das Hemd der Kleinen nach oben. «Kannst du uns zeigen, wo genau es dir wehtut?»

Zoe strich über ihren Bauch. «Alles aua!» Tränen rannen ihr übers Gesicht, und ihr kleiner Körper verkrampfte immer mehr.

Melissa tastete den Bauch vorsichtig ab. Er fühlte sich hart an. Das bedeutete nichts Gutes. Zoe wand sich unter ihren Händen und schrie jetzt vor Schmerz.

«Liebling, wir tun alles, damit es dir besser geht.» Tobias versuchte die Kleine zu beruhigen.

«Wir müssen sofort einen Notarzt holen», sagte Melissa. «Zoe muss ins Krankenhaus.»

Sie ging hinaus und wählte die Notfallnummer, erklärte, was passiert war, und bat um einen Krankenwagen. «Und schnell bitte!»

Sie legte auf und lief zurück zu Zoe. Es war kaum auszuhalten, ihre Nichte so leiden zu sehen und nichts tun zu können, außer ihr gut zuzureden. Zoe wälzte sich hin und her, schreiend und wimmernd, die Tränen liefen über ihr Gesicht, das schon ganz rot war. Ihr Bruder und sie nahmen das Mädchen abwechselnd in den Arm, streichelten sie, sprachen beruhigende Worte.

Ohne Erfolg.

Melissa war tief beunruhigt beim Anblick der Kleinen, es kostete sie fast übermenschliche Anstrengung, äußerlich ruhig zu bleiben, während die Panik in ihr hochkroch.

An Tobias' Gesicht konnte sie ablesen, dass es ihm ähnlich ging.

Was um alles in der Welt fehlte dem Kind?

Und wo blieb der verdammte Notarzt?

Das Warten wurde unerträglich. Nach einer gefühlten Ewigkeit hörten sie ein Martinshorn, kurz darauf klingelte es an der Wohnungstür. Melissa ließ den Arzt herein. Zwei Sanitäter folgten mit einer Krankentrage.

Tobias schilderte den Zustand seiner Tochter, und der Doktor untersuchte Zoe kurz, dann wandte er sich an sie beide.

«Ihre Tochter muss sofort ins Krankenhaus, am besten gleich nach Hamburg in die Uniklinik.»

Er gab den beiden Sanitätern ein Zeichen, sie hoben Zoe behutsam auf die Trage und fixierten sie.

«Papa! Melissa!» Es war ein Schrei, der Melissa ins Innerste traf.

«Es wird alles gut», sagte Tobias mit tränenerstickter Stimme zu seiner Tochter. «Du darfst jetzt mit dem großen Auto fahren. Ich bleibe die ganze Zeit bei dir.»

«Ich suche ein paar Klamotten, Windeln und Spielzeug heraus und komm gleich nach», sagte Melissa.

Die Sanitäter transportierten Zoe ab, Tobias lief eilig hinterher.

Melissa hielt den Arzt zurück. «Was fehlt ihr denn?» Sie spürte, wie auch ihr selbst jetzt die Tränen in die Augen stiegen.

«Schwer zu sagen ohne genauere Untersuchung. Es kann alles Mögliche sein. Die Symptome sind durchaus alarmierend.» Er sah sie ernst an. «Im Krankenhaus haben sie die nötigen Geräte für eine detaillierte Diagnose. Dort ist das Mädchen in guten Händen.»

Vertrauliche Depesche des spanischen Geheimdienstes Centro Nacional de Inteligencia an den Bundesnachrichtendienst

Bitte um Amtshilfe
Anfangsverdacht: Terroristische Aktion

Sehr geehrte Kollegen,

vor zwei Tagen wurden neun Leichen an der spanischen Südküste nahe Conil de la Frontera angeschwemmt. Unter den Opfern befanden sich zwei deutsche Staatsbürger. Die Suche nach weiteren Vermissten hält an.

Nach ersten Ermittlungen der Polizei sind alle Männer Besatzungsmitglieder des Schiffes *Indian Rosebud*. Das Schiff ist von der marokkanischen Küstenwache als vermisst gemeldet. Wir gehen davon aus, dass es beim jüngsten Sturm gesunken ist.

Das Schiff verließ den letzten Hafen Marseille nach Auskunft der dortigen Behörden vorzeitig und in einer der geplanten Route entgegengesetzten Richtung. Offenbar wurde kurzfristig Kurs auf ein anderes Ziel als Bremerhaven genommen.

Da die *Indian Rosebud* zuvor bereits wegen möglichen verbotenen Waffenschmuggels unter Beobachtung stand, gehen wir davon aus, dass die Fracht dieser nicht angemeldeten Überfahrt ebenfalls illegal war. Bisher jedoch konnten wir weder die Ladung noch das Schiffswrack orten.

Wir können nicht ausschließen, dass der Frachter und seine Besatzung an der Vorbereitung einer länderübergreifenden terroristischen Aktion beteiligt waren. Ebenso stehen Kapitän und Offiziere unter Verdacht – darunter laut Liste ein Deutscher. Die Reederei, der das Schiff angehört, ist unseren Kenntnissen nach ebenfalls deutsch.

Wir bitten Sie deshalb, weitere Ermittlungen aufzunehmen. Die Einzelheiten finden Sie im Anhang.

Hochachtungsvoll

Pablo García
Centro Nacional de Inteligencia

KAPITEL 6
BERLIN

Nelson Carius gähnte. Seit Stunden las er am Computermonitor Dossiers und E-Mails, überprüfte Berichte, beantwortete interne Anfragen. Am liebsten hätte er ein Videospiel aufgerufen oder im Internet gesurft, aber die strengen Sicherheitsvorschriften beim Bundesnachrichtendienst ließen das nicht zu.

«Ich glaube, du brauchst dringend einen Kaffee.» Seine Kollegin Diana Winkels sah ihn an. Sie war seine Einsatzpartnerin, gemeinsam teilten sie sich ein Büro. Es war mehr eine Kammer, spartanisch eingerichtet mit zwei Schreibtischen, die sich gegenüberstanden, jeweils einem Stuhl, einem Computermonitor und einer Tastatur. Das einzig Private waren ein paar Landschaftsfotos an der Wand, die Diana aufgehängt hatte, er selbst hatte einige Plastikdrachen rund um seine Tastatur verteilt, was ihm regelmäßig den Spott seiner Kollegin einbrachte. Er trug es mit Fassung.

«Gute Idee.» Nelson streckte sich.

«Dann bring mir gleich einen Cappuccino mit.»

«Hey, ich dachte, du holst einen.»

«Falsch gedacht.» Sie lachte.

Er mochte ihr Lachen und ihren Humor. Sie war Anfang dreißig und ein Jahr jünger als er, aber schon um einiges länger beim BND, was sie ihm gern unter die Nase rieb. Die letzten Jahre hatten sie gemeinsam einige Einsätze überstanden – Bombenattentate und einstürzende Bergwerksstollen inklusive –, und er hatte das Gefühl, dass sie sich ihm mittlerweile zumindest im dienstlichen Rahmen etwas mehr öffnete. Dennoch hatte sie bisher alle seine Einladungen abgelehnt, mit ihm auszugehen oder nach der Arbeit ein wenig zu feiern. Überhaupt war sie seltsamerweise sehr verschlossen, was ihr Privatleben anging, und blieb trotz seiner vielen Fragen oft einsilbig. Ob die Geheimniskrämerei mit ihrem Job zu tun hatte? Er wusste nicht einmal, ob sie derzeit einen festen Freund hatte – oder eine feste Freundin.

«Also gut.» Er stand auf. «Noch was Süßes dazu, ein Stück Kuchen oder einen Donut?»

«Danke, Kaffee reicht.»

Die BND-Zentrale an der Chausseestraße im Bezirk Berlin-Mitte war ein neuer Bürokomplex, größer als das CIA-Quartier in Langley im US-Bundesstaat Virginia, sagten die Kollegen. Er glaubte es sofort – Tür an Tür reihte sich in endlosen Gängen, sichtbar eine Behörde, die auf Anonymität bedacht war, daran konnten auch die paar Kunstwerke an den Wänden nichts ändern. Aber die Kantine war gut. Immerhin.

Als er mit dem Kaffee zurückkam, stand Diana bereits auf dem Flur.

«Die Kaffeepause muss warten. Der Chef will uns sehen. Und zwar pronto!»

«Aber ich bin extra ...»

«Tut nichts zur Sache. Beeil dich!»

Eilig nahm er noch einen Schluck, stellte die Becher auf den Schreibtisch und schob seinen Schokoriegel in die Tasche. Dann lief er Diana nach, den langen Flur hinunter.

Ihr Chef Dr. Robert Horn, Leiter der Abteilung TA – Technische Aufklärung, begrüßte sie und bedeutete ihnen, sich hinzusetzen.

«Wo brennt's denn?» Nelson dachte mit Wehmut an seinen Kaffee, der auf seinem Schreibtisch langsam kalt wurde. Für einen Moment überlegte er, seinen Schokoriegel aus der Jackentasche zu holen. Aber der ernste Blick seines Vorgesetzten hielt ihn davon ab. Dr. Robert Horn, ein Mittvierziger mit Anzug und Krawatte, achtete auf angemessenes Benehmen. Ein Beamter eben. So wie der ganze BND ein einziger riesiger Beamtenapparat war.

«Sie sind scharf auf Abwechslung nach all der Büroarbeit, vermute ich», kam Horn direkt zur Sache.

«Wie kommen Sie denn da drauf?» Diana lächelte ihn an.

«Nun, wenn ich mir Ihre vorherigen Einsätze ansehe und dann die aktuelle Situation ...» Er verzog keine Miene. «Jedenfalls hätte ich da was für sie. Wir haben eine Anfrage unserer spanischen Kollegen hereinbekommen, und ich will, dass sie beide sich darum kümmern.»

«Um was geht's?» Nelson war neugierig geworden, das hier könnte spannend werden.

«Die Kurzfassung: Ein Frachtschiff ist im Mittelmeer untergegangen, nahe der Straße von Gibraltar. Unter den Opfern waren Deutsche, unter anderem der Erste Offizier. Auch der Frachter gehörte einer deutschen Reederei. Die spanischen Kollegen vermuten, dass illegale Ware geschmuggelt werden sollte. Das Schiff ist zuvor bereits auf einer Verdächtigenliste im Zusammenhang mit Waffenlieferungen nach Afrika und Asien aufgetaucht, ebenso wie der Kapitän, aber man konnte bisher keine Beweise finden.»

«Im Klartext heißt das, die Kollegen wissen nichts Genaues.» Diana lehnte sich zurück. «Wir können doch nicht schon wieder wegen irgendeines Schiffsunglücks ermitteln. Das ist nicht Aufgabe des BND, sondern der Polizei vor Ort.»

«Sie haben recht, Frau Winkels. Bisher ist alles sehr vage. Zu vage für meinen Geschmack. Aber um der guten Beziehungen willen habe ich eingewilligt.» Horn sah sie beide an. «Außerdem sollten wir die Möglichkeit nicht außer Acht lassen, dass Kriminelle oder Terroristen tatsächlich Waffen in andere Länder schmuggeln, unter Umständen mit deutscher Beteiligung. Das dürfen wir nicht zulassen.» Er nickte bekräftigend. «Es ist unsere Pflicht als BND, derartige Aktivitäten zu verhindern. Es gibt derzeit schon genug kriegerische Auseinandersetzungen auf der Welt.»

«Und unsere andere Arbeit?» Nelson freundete sich bereits mit dem Gedanken an, endlich dem Büro zu entkommen und wieder zu reisen – und Spanien war jetzt im Frühsommer nicht das schlechteste Ziel.

«Die anderen Aufgaben bleiben so lange liegen. Das Thema hat Priorität. Checken Sie, ob an der Sache überhaupt was dran ist.» Horn stand auf, offenbar war die Besprechung beendet. «Und eins noch, Herr Carius, Frau Winkels. Ich erwarte schnelle Resultate und keinen unnötigen Ärger.»

· · ·

Seine Zweizimmerwohnung war eigentlich eine Studentenbude. Nelson hatte sie von einer Frau gemietet, die derzeit im Ausland studierte, deren Name aber nach wie vor auf dem Klingelschild stand. Persönlich getroffen hatte er sie noch nie, er überwies einfach jeden Monat den vereinbarten Betrag auf ihr Konto.

Die fremde Wohnung behagte ihm. Niemand außer seinem Arbeitgeber wusste, dass er hier lebte, niemand klingelte, niemand besuchte ihn. Es war ein Nest, ein kleiner Rückzugsort. Außerdem war er zusammen mit Diana oft dienstlich unterwegs, sodass sich eine größere eigene Bleibe in Berlin ohnehin kaum lohnte. Darüber hinaus besaß er eine Werkstatt in Köln, geerbt von seinen Eltern. Ein kleiner Hinterhof-Reparaturbetrieb im Stadtteil Ehrenfeld, das Einzige, was sie ihm hinterlassen hatten.

Die Räume, die er in Berlin bewohnte, waren von der Studentin bunt möbliert. Der Küchenschrank, wahrscheinlich vom Trödel, die Vorhänge in Pastellfarben, selbst Tassen, Teller, die Lavendel-Duftkerzen und die Dutzend Zuckersorten in getöpferten Dosen stammten von ihr. Er war hier Gast, aber es störte ihn nicht. Es war alles da, was er brauchte.

Nach der Dusche zog er sich an und machte sich einen Kaffee, in sein Morgen-Müsli schnitt er frisches Obst und setzte sich an den Küchentisch. Er ging die Nachrichten auf seinem Mobiltelefon durch und durchforstete die Onlineplattformen nach wichtigen Auslandsmeldungen. Die Welt war wie immer: verrückt, chaotisch – und doch schön.

Nach dem Abspülen räumte er das Geschirr weg. Es war Zeit für ein Update seiner privaten Datensammlung. Aus der Zuckerdose mit den aufgemalten Vögeln nahm er den Speicherchip heraus, den er dort versteckt hatte, und schloss ihn an seinen Laptop an.

Niemand sollte im Zweifel seine Unterlagen entdecken, niemand sollte wissen, was er in seiner Freizeit nebenbei machte. Es würde sehr unangenehme Fragen aufwerfen, wenn ans Licht kam, welches Rätsel er zu lösen versuchte: Er wollte den mysteriösen Tod seines Vaters und seiner Mutter aufklären. Ihr Auto hatte die Polizei vor Jahren im Rhein geborgen. Ihre Leichen waren nie gefunden worden.

Die Reaktion der Polizei auf den Tod seiner Eltern war erbärmlich gewesen. Die Behörden hatten ihr Verschwinden einfach als Unfall abgetan und keine weiteren Ermittlungen angestellt. Angeblich hatte der Rhein die Leichen weggespült.

Damals war er ein kleines Kind gewesen, unfähig zu begreifen, was da vor sich ging, warum seine Eltern ihn verlassen hatten. Ohne ein Wort des Abschieds.

Seine Oma nahm ihn auf, später ging er in die USA, nahm Gelegenheitsjobs an, studierte schließlich in Stanford, lernte Sprachen. Das Angebot, beim deutschen Auslandsgeheimdienst anzufangen, kam ihm dann gerade recht. Er kehrte nach Jahren zurück, besuchte erstmals wieder die Werkstatt seiner Eltern. Schon damals stand sein Entschluss fest: Er würde ihren Tod aufklären, koste es, was es wolle. Die Ungewissheit über ihr Schicksal, die ihn ein Leben lang begleitet hatte, musste ein Ende haben.

Und was war besser geeignet, eigene Nachforschungen anzustellen, als ein Job beim Bundesnachrichtendienst?

Der BND hatte alle Mittel, alle Macht. Quellen, die Nelson nur dort nutzen konnte. Und er musste sie nutzen.

Er rief verschiedene Dateien auf seinem Rechner auf, die er erst jüngst angelegt hatte. Darin war alles gespeichert, was er bisher an Informationen gefunden hatte: Fotos, Dokumente, alte Polizeiprotokolle. Und die Unterlagen, die er sich beim BND besorgt hatte.

Seine bisherigen Rechercheergebnisse bestärkten ihn darin weiterzumachen. Es gab seltsame geheime Querverweise in den Archiven, die ihn an der Theorie des Unfalltodes zweifeln ließen. Und neue Spuren, denen er unbedingt nachgehen musste.

Er würde nicht aufgeben. Niemals. Er würde hartnäckig bleiben. Die Wahrheit würde am Ende siegen.

Das war er seinen Eltern schuldig.

Gleichwohl war er sich der großen Gefahr bewusst, der er sich aussetzte: Niemand durfte von seiner Arbeit wissen. Unter keinen Umständen.

Selbstverständlich war es beim BND streng verboten, die Ressourcen des Geheimdienstes für private Zwecke zu missbrauchen. Und doch war er darauf angewiesen. Deshalb musste er verdeckt vorgehen. Er durfte kein Misstrauen wecken. Er würde sich weiterhin unauffällig verhalten und seine Arbeit tun.

Denn wenn er aufflog, wäre alles vorbei. Er wäre seinen Job los, wenn nicht Schlimmeres.

Das durfte nicht passieren. Er würde vorsichtig sein.

HAMBURG

Die Klinik für Kinder- und Jugendmedizin war ein dreistöckiger Flachbau an der Martinistraße. Drinnen herrschte geschäftiges Treiben, wie in jedem Krankenhaus: Ärzte und Pfleger eilten vorbei, Besucher suchten die Zimmer ihrer Angehörigen, eine Reinigungskraft wischte den Boden. Über allem lag dieser seltsame Geruch, den Tobias verabscheute und der ihm Übelkeit verursachte: der Geruch von Desinfektionsmitteln, von Medikamenten, von menschlichen Ausdünstungen.

Der Geruch von Krankheit und Tod.

Er konnte nicht sagen, was genau dieses widerliche Aroma war oder woher es kam. Er wusste nur, dass alles hier ihn an Lena erinnerte, an die vielen Krankenhausbesuche. An ihre letzten Stunden auf der Intensivstation. An ihren schwachen Körper, angeschlossen an tausend Schläuche, vergraben im Weiß des Bettes.

Und nun Zoe.

Er wollte das alles nicht noch mal durchmachen. Er konnte es nicht.

Womit hatte seine Tochter das verdient?

Womit hatte er das verdient?

Der Sanitätswagen hatte Zoe und ihn direkt vor die Notaufnahme gebracht. Mit geübten Griffen hatten die Männer die Transportliege ausgeladen und durch die gläserne Kliniktür geschoben. Tobias war ihnen in einen Aufnahmebereich gefolgt, wo eine Schwester ihn nach Adresse und Krankenversicherung fragte und alles in Formulare eintrug.

Eine Ärztin kam hinzu, ihr Namensschild wies sie als Dr. Franziska Lorenz aus. Er berichtete ihr von den Schmerzen seiner Tochter.

«Gab es früher bereits ähnliche Beschwerden?» Die Frau tastete Zoe behutsam ab, leuchtete ihr in die Augen, maß Puls und Blutdruck.

Tobias bejahte und fasste kurz zusammen, wie die letzten Wochen verlaufen waren und was die Kinderärztin gesagt hatte.

Seine Tochter wimmerte immer noch, doch mittlerweile war es ein leises, erschöpftes Geräusch. Mit leerem Blick sah Zoe an die Decke. Für Tobias war das noch schlimmer zu ertragen als das Schluchzen zuvor.

«In Notaufnahme zwei bitte.» Dr. Lorenz gab den Pflegern einen Wink.

Tobias griff nach Zoes Hand, doch die Ärztin schüttelte den Kopf. «Wir machen jetzt mehrere Untersuchungen, Sie müssen so lange hier draußen warten, so leid es mir tut.»

«Aber ...»

«Herr Frey, wir tun, was wir können. Bitte warten Sie hier, ich informiere Sie, sobald wir etwas wissen.» Sie verschwand durch die Tür zu den Behandlungsräumen.

«Papa ...» Zoe hielt seine Finger fest, doch ihre Hand war ohne Kraft. Ihre Augen waren voller Angst.

«Schatz, Liebling ...» Er brachte kein Wort mehr heraus. Ihr flehender Blick, die Situation – alles setzte ihm zu.

«Tut uns leid, aber es eilt.» Ein Pfleger fasste Tobias am Arm, eine Krankenschwester schob die Liege in Richtung der Tür, über der «Notaufnahme 2» stand. Die kleine Hand glitt aus seiner.

«Papa!» Zoe weinte.

Dann schloss sich die automatische Tür hinter ihr.

Tobias musste ihr folgen, er versuchte sich loszumachen, diskutierte und bettelte. Vergebens. Der Pfleger drückte ihn auf einen Stuhl.

«Sie können jetzt nichts für Ihre Tochter tun. Haben Sie Geduld.»

Tobias lehnte sich auf dem Stuhl zurück, legte den Kopf in den Nacken und schloss die Augen.

Er hätte nicht sagen können, wie lange er schon so dasaß, als Melissa durch die Tür der Notaufnahme kam. Wahrscheinlich waren es nur Minuten, aber es kam ihm wie eine Ewigkeit vor.

Sie stellte die Tasche mit Zoes Wäsche und Spielzeug ab. «Arme Zoe.» Sie klang niedergeschlagen. «Was sagen die Ärzte?»

«Sie ist dadrin.» Er deutete auf den Behandlungsraum. Er fühlte sich wie gelähmt, unfähig, jetzt ein Gespräch mit seiner Schwester zu führen. Er registrierte nichts um sich herum. Gleichzeitig arbeitete sein Gehirn auf Hochtouren.

Pausenlos rasten die Gedanken durch seinen Kopf: Was fehlte seiner Tochter? Was stimmte nicht mit ihr? War es etwas Ernstes? Woher kam die Krankheit? Konnten die Ärzte ihr helfen?

Er hatte tausend Fragen. Und keine einzige Antwort.

Tobias unterdrückte ein Gähnen. Die Zeit verging zäh. Nach vier Stunden vergeblichen Wartens hatte er seine Schwester nach Hause geschickt – trotz ihres Protestes. Es war inzwischen mitten in der

Nacht, und ein Pfleger hatte ihnen mitgeteilt, es könne noch viel länger dauern.

Er war geblieben, saß immer noch in einem der Besucherstühle, sprang zwischendurch auf und ging im Flur auf und ab, setzte sich wieder. Angestrengt horchte er, ob er etwas aus der Notaufnahme hörte.

Jetzt öffnete sich die Tür, und eine Krankenschwester kam heraus.

Er stürzte auf sie zu. «Was ist mit meiner Tochter? Zoe, Zoe Frey. Was ist mit ihr?»

Die Frau schüttelte den Kopf. «Lassen Sie uns bitte unsere Arbeit machen. Wenn wir Erkenntnisse haben, werden Sie von der Ärztin informiert.»

Sie holte einige Unterlagen vom Empfang und verschwand wieder durch die Tür der Notaufnahme.

Eine quälende Ewigkeit geschah nichts. Eine Uhr an der Wand zeigte mittlerweile zwei Uhr. Die Türen zu den Behandlungsräumen blieben geschlossen. Und wenn ein Arzt herauskam und Tobias ihn ansprach, hieß es nur, die Untersuchungen seien noch nicht abgeschlossen, er solle sich gedulden.

Das Warten zermürbte ihn.

Wie mochte es seiner Kleinen gehen? Warum durfte er immer noch nicht zu ihr? Zoe musste schreckliche Angst haben, und er konnte nicht bei ihr sein. Wieder spürte er den Kloß im Hals, und es wurde immer schwerer, die Tränen zurückzuhalten.

Er ging ein paar Schritte in Richtung Cafeteria, um sich etwas zu trinken zu holen, aber die Sorge, etwas zu verpassen, trieb ihn zurück in den Wartebereich. Er ließ sich wieder in den Stuhl fallen.

Von den Sitzplätzen um ihn herum waren viele besetzt. Ihm wurde bewusst, dass Zoe nicht die einzige Notfallpatientin war. Er blickte in die fahlen Gesichter der Menschen um ihn herum, ihre düsteren Mienen, in denen Verzweiflung und Sorge zu lesen war. Ihnen ging es wie ihm. Doch in diesem Moment war das kein Trost für ihn.

Erschöpft schloss er die Augen.

«Herr Frey?»

Tobias schreckte hoch. Er musste im Stuhl eingeschlafen sein. Draußen dämmerte es schon. Vor ihm stand Dr. Franziska Lorenz, die Ärztin, die Zoe viele Stunden zuvor mitgenommen hatte. Ihr Gesicht war müde.

«Ja, was ist?» Tobias war mit einem Schlag hellwach. Er stand auf.

«Wir haben nun erste Ergebnisse.» Sie klang nüchtern.

Tobias nickte. «Sagen Sie schon, was hat meine Tochter? Kann ich sie wieder mit nach Hause nehmen?»

«Das sollten wir nicht hier auf dem Gang besprechen. Gehen wir doch in mein Büro.»

Er folgte ihr in einen kleinen Raum mit Regalen und Bildern an den Wänden, mehrere Monitore standen auf dem Schreibtisch.

«Nehmen Sie bitte Platz.» Sie deutete auf einen Stuhl.

Tobias setzte sich. Wenigstens würde nun die Ungewissheit ein Ende haben. All die Momente der letzten Wochen, in denen er nicht wusste, was seiner Tochter fehlte. Nach all den Strapazen musste jetzt endlich Klarheit her und hoffentlich ein Medikament, mit dem es Zoe bald besser ging.

«Wir haben eine Reihe von Untersuchungen durchgeführt, deshalb hat es länger als gewöhnlich gedauert.» Dr. Lorenz nahm hinter dem Schreibtisch Platz und blätterte in ihren Unterlagen.

«Und? Was ist mit Zoe?» Er musste sich zwingen, ruhig zu bleiben.

«Ihre Tochter hat sich tapfer gehalten. Wir haben ihr jetzt ein Schlafmittel gegeben. Sie soll sich erholen. Später können Sie sie sehen.»

«Also darf sie nicht mit mir heim?»

«Leider nicht, nein. Wir haben ihr zuerst Blut abgenommen und es ins Labor geschickt. Leider dauert es immer, bis die Auswertung da ist. Unser Verdacht war, dass bei Ihrer Tochter etwas mit dem Magen nicht stimmt, eine Blutung vielleicht, ein Geschwür oder Pilzbefall. Deshalb haben wir unter Narkose eine Magenspiegelung vorgenommen. Ihre Tochter hat nichts gespürt.»

Sie schaltete den Computer ein und rief eine Bilddatei auf. Eine rötliche Fläche flimmerte auf. Tobias konnte nichts erkennen.

Die Ärztin schien seine Gedanken zu erraten. «Das ist die Aufnahme einer Mageninnenwand. Kein Befund, alles in Ordnung.»

«Das ist doch gut, oder?» In Tobias keimte Hoffnung auf.

«Als Nächstes haben wir eine Ultraschalluntersuchung vorgenommen. Das ist Routine bei Bauchbeschwerden.» Sie holte ein weiteres Foto auf den Bildschirm. Es zeigte verschiedene ineinanderlaufende Grautöne, dazwischen schwarze Flecken. Einzelne Formen waren schemenhaft zu erkennen.

«Ist das Zoes Bauch? Was bedeutet das?» Er sah die Ärztin fragend an.

«Richtig, das ist ein Teil des Bauchinnenraumes.» Sie nahm einen Kugelschreiber und deutete auf den Monitor. «Sehen Sie, das hier ist die Leber Ihrer Tochter.» Mit dem Stift fuhr sie die Umrisse ab.

«Und?»

Sie deutete auf einen dunklen Schatten. «Dieser unregelmäßige Fleck ist ungewöhnlich. Das sollte nicht sein. Nicht bei einem zweijährigen Kind.»

«Was ...?» Tobias' Mund fühlte sich trocken an.

«Wir waren uns nicht sicher, was es zu bedeuten hat. Daher haben wir eine Magnetresonanztomografie und zur Sicherheit sogar eine CT, also eine Computertomografie durchgeführt.»

«Okay ...»

«Wir gehen gründlich vor, um Fehldiagnosen auszuschließen.» Franziska Lorenz wandte sich ihm zu, sie bemühte sich um eine sachliche Stimme. Das war kein gutes Zeichen.

Tobias graute vor den nächsten Worten, es fühlte sich an, als würde er gleich eine Klippe hinuntergestoßen. Er klammerte sich an die Stuhllehne.

«Was ist es?» Er brachte nur mehr ein Flüstern zustande, sämtliche Luft war aus ihm entwichen. Er spürte kalten Schweiß am ganzen Körper.

«Es tut mir leid, Ihnen das sagen zu müssen, Herr Frey – aber die Diagnose ist eindeutig, auch der Druckschmerz im Oberbauch und die Übelkeit Ihrer Tochter passen dazu.»

Die Ärztin berührte Tobias' Arm.

«Ihre Tochter hat Leberkrebs. Im Endstadium.»

BERLIN

Nelson Carius überflog das neue Dossier des spanischen Geheimdienstes. Demnach waren mittlerweile dreizehn Leichen geborgen worden, alle identifiziert als Besatzungsmitglieder der *Indian Rosebud*, darunter drei Deutsche. Er notierte sich die Namen und Wohnadressen.

Der Kapitän William Johnson, ein US-Staatsbürger, galt als vermisst, ebenso der Erste Offizier Michael Naumann, ein Deutscher.

«Was haben wir über die beiden?» Nelson brach ein Stück von seinem Schokoriegel ab und schob es seiner Kollegin Diana Winkels auf den Schreibtisch. «Hier, Hirnnahrung.»

«Hoffentlich sind keine Rosinen drin.» Sie biss hinein und spülte mit einem Schluck Kaffee nach. «Schmeckt ganz passabel.»

«Passabel? Du untertreibst wie immer. Es ist ein Schokotraum, zartbitter, im Mund schmelzend, nicht zu süß …»

«Du hast die Akten also nicht bis zum Ende gelesen.»

«Eine Kurzfassung bitte. Dann spar ich mir die Arbeit. Dafür spendiere ich auch einen zweiten Riegel.»

«Na gut.» Diana warf einen Blick auf ihre Notizen, die vor ihr auf dem Schreibtisch lagen. «William Johnson diente bei den US-Marines, wurde aber unehrenhaft entlassen, weil er Munition für seinen Privatgebrauch abgezweigt haben soll. Ausbildung zum Kapitän, Dienst auf verschiedenen Schiffen. Derzeitige Wohnadresse unbekannt. Die CIA hat ihn in Verdacht, illegale Waffentransporte nach Syrien und in afrikanische Länder organisiert zu haben. Man konnte ihm aber nie etwas konkret nachweisen. Außerdem soll er Fässer mit Chemiemüll aus einer Fabrik in Mumbai in der *Indian Rosebud* verladen und anschließend im Ozean verklappt haben. Aber auch dafür fanden die Behörden zu wenig Beweise, um ihn anzuklagen.»

«Und dieser Naumann?»

«Eine Vorstrafe wegen Unterschlagung. Hat offenbar ständig Geldprobleme, musste Privatinsolvenz beantragen. Fährt seit elf Jahren zur See. Nicht verheiratet, aber an seiner Wohnadresse in Düsseldorf ist eine Frau gemeldet, vermutlich seine Freundin.»

«Hm.» Nelson nahm einen Schluck Kaffee. «Sollten sie noch leben, ist es doch auffällig, dass sich die beiden bisher nicht bei den Behörden gemeldet haben.»

«Wahrscheinlich sind sie mit dem Schiff untergegangen, der Kapitän bleibt doch bekanntlich bis zuletzt an Bord.»

Er schüttelte den Kopf. «Irgendwie glaube ich nicht daran. Es hat doch sicher Rettungsboote oder Rettungsinseln gegeben. Vielleicht haben sie sich damit abgesetzt.»

«Dann müsste sie jemand entdeckt haben.»

«Nicht unbedingt. Wenn sie irgendwo an Land gegangen sind ...» Nelson riss die Hülle seines zweiten Schokoriegels auf und teilte ihn in zwei Hälften.

Diana nahm ihm den halben Riegel aus der Hand. «Und das ist nicht die einzige Frage. Laut der Hafenmeisterei in Marseille hat das Schiff spontan seine Route geändert und ist nach kurzer Liegezeit wieder ausgelaufen. Das ist seltsam. Ursprünglich sollte es nach Bremerhaven fahren.»

Nelson biss von seiner Hälfte. «Mich wundert, dass der Frachter noch nicht gefunden werden konnte. Wenn wir die exakte Position des Untergangs wüssten, könnte man ein Tauchteam hinunterschicken ...»

«Die Küstenwachen von Marokko, Spanien und Frankreich wollen in der Sache zusammenarbeiten. Offenbar hat man in einem bestimmten Gebiet große Mengen Plastik gefunden, das auch schon an den Küsten von Marokko angespült wurde. Es ist aber noch unklar, ob das mit der *Indian Rosebud* zusammenhängen könnte.» Sie blätterte in ihren Unterlagen und zog eine Karte der Straße von Gibraltar und des westlichen Mittelmeeres heraus. «Es ist nicht so einfach, das Gebiet ist viel größer, als man denkt.»

«Und Plastik im Meer ist mittlerweile ja nicht mehr unbedingt ein Indikator für irgendetwas», sagte Nelson. «Hast du von diesem gigantischen Teppich aus Plastik gehört, der im Pazifik schwimmt und immer größer wird? Als ich studiert habe, habe ich mich eine Zeitlang näher damit befasst: Zwischen Japan und Hawaii treibt eine riesige Müllinsel, 1,6 Millionen Quadratkilometer – das ist mehr als viermal so groß wie Deutschland. Hat sich dort durch irgendwelche Strömungen gebildet.»

Diana nickte. «Davon hab ich gehört. Da gibt es noch weitere auf der Welt, riesige schwimmende Müllansammlungen, die nie wieder verschwinden werden, weil das Scheißzeug einfach nicht verrottet.»

«Sie werden nur größer und größer.» Nelson riss die Verpackung seines Schokoriegels in kleine Teile.

«Die *Indian Rosebud* hat jedenfalls keinen Notruf abgesetzt, sodass eine Ortung schwierig wird», kehrte Diana zum Thema zurück. «Dazu braucht man Spezialausrüstung. Und jemand muss am Ende die Kosten dafür übernehmen.»

«Das könnte die Reederei veranlassen», überlegte Nelson. «Die muss doch ein Interesse daran haben, ihr Eigentum zu bergen. Oder zumindest einen Beweis für die Versicherung zu finden, dass das Schiff gesunken ist.»

«Dazu steht hier nichts.» Diana suchte in den Unterlagen. «Der Frachter gehört einer Cross Shipping International Ltd. in Bremen. Offiziell jedoch fährt das Schiff unter der Flagge Panamas, vermutlich der Steuern wegen – und weil man nicht an Tarifverträge gebunden ist.»

«Wer steckt hinter Cross Shipping?»

«Das ist kompliziert. Eingetragen sind zwei Firmen mit Sitz auf den Bahamas und eine Privatperson namens Otto Tietz, der zugleich der Geschäftsführer ist. Die Gesellschaft verfügt nur über ein paar Schiffe – gebraucht gekauft und in die Jahre gekommen …»

«Na, das ist doch wunderbar.» Nelson klatschte in die Hände. «Da stellen sich einige Fragen. Ich denke, wir entkommen endlich unserem Büro und machen ein paar Dienstreisen.»

HAMBURG

Tobias saß schweigend am Krankenbett und hielt die Hand seiner Tochter. Melissa hatte Zoes Stoffpferd mitgebracht und neben ihr platziert. Die Kleine schlief. Sensoren klebten überall auf ihrer Haut. Schläuche und Kabel führten zu Apparaten, deren regelmäßige elektronische Impulse das einzige Lebenszeichen waren, das er von Zoe bekam – abgesehen von ihrem flachen Atem, der ihre kleine Brust kaum wahrnehmbar hob und senkte.

Er konnte sich einfach nicht an diesen Anblick gewöhnen: seine Tochter, wie sie hilflos auf der Intensivstation lag, angeschlossen an Geräte, die bedrohlich hinter ihrem Bett aufragten.

Es war ein Stich in sein Innerstes, zugleich fühlte es sich an, als sei ein Teil von ihm gestorben. Er war wie gelähmt von seiner Hilflosigkeit. Das ewige Warten, die Hoffnung, etwas würde geschehen und Zoe könnte wieder aufstehen und mit ihm nach Hause gehen.

Aber das war nur Wunschdenken.

Er hatte jedes Zeitgefühl verloren, war zwischendurch nur kurz in die Wohnung gegangen und dann gleich wieder zurück ins Krankenhaus gekommen. Er hatte sich auf unbestimmte Zeit von seiner Arbeit freistellen lassen, er wollte ganz für seine Tochter da sein.

Jedes Mal aufs Neue musste er sich überwinden, die Klinik zu betreten, aber er wusste, er musste bei Zoe sein – auch wenn er momentan nichts für sie tun konnte.

«Komm, gehen wir nach unten und holen uns einen Kaffee.» Seine Schwester berührte ihn an der Schulter. «Eine kleine Pause tut dir gut – und mir auch.»

«Nein, ich ...» Er wollte protestieren, aber er hatte nicht mehr die Kraft dazu.

Melissa zog ihn sanft nach draußen.

Sie gingen in die Cafeteria, suchten sich einen Platz, Melissa stellte sich am Tresen an. Tobias setzte sich.

In einer Ecke lief ein Fernseher, darauf Bilder von einem Strand, der bedeckt war von einer dicken Schicht Müll, immer mehr Plastik wurde von den Wellen angespült. Abwesend verfolgte er den Bericht, doch es drang nichts zu ihm durch.

Seine Schwester kam mit zwei Bechern Kaffee und zwei belegten Brötchen zurück. Er trank einen Schluck. Das heiße Getränk tat ihm tatsächlich gut, und er atmete tief durch, sog den Geruch ein, der nicht von Desinfektionsmitteln und Medikamenten kam, sondern vom Kantinenessen. Stimmengewirr lag in der Luft und war fast eine Erleichterung nach dem stundenlangen monotonen Piepen der Monitore.

«Diese Intensivstation macht mich fertig», sagte Melissa. «Meine arme Zoe. Ich wünschte, ich könnte etwas für sie tun. Ich habe schon umfangreich im Internet recherchiert, jeden Artikel gelesen, den es gibt. Leberkrebs! Bei einem so kleinen Mädchen! Ich kann das gar nicht begreifen. Vielleicht haben sich die Ärzte geirrt ...»

«Sie haben alles mehrmals überprüft, alle möglichen Tests gemacht», antwortete Tobias, und er hörte selbst, wie matt und mutlos seine Stimme klang. «Das Ergebnis war am Ende immer dasselbe: Leberkrebs im Endstadium. Es ist so ... grausam.» Er schluckte schwer.

«Was sagen die Ärzte, woher kann so etwas kommen, dass eine Zweijährige ...?»

«Zuerst haben sie auf eine genetische Veranlagung getippt. Aber weder bei mir noch bei Lena noch bei den Großeltern gab es bisher einen Fall von Krebs. Das also kann nicht die Ursache sein. Und auch die sonst üblichen Auslöser wie Leberzirrhose oder fortgeschrittene Fibrose fallen weg.»

Er selbst hatte sich immer wieder das Gehirn zermartert: Hatte er etwas falsch gemacht? Hatte er seiner Tochter versehentlich eine Medizin gegeben, auf die sie mit dieser Krankheit reagiert hatte? Stimmte etwas nicht mit dem, was er zu Hause kochte?

Die Ärzte hatten seine Bedenken zerstreut. Aber die Wahrheit blieb auch: Bisher wussten sie nicht, warum Zoe an Krebs erkrankt war.

Es war ein Rätsel.

«Kann man denn wirklich nicht operieren, den Tumor herausschneiden?» Melissa stellte ihre Tasse ab. «Das muss doch zu machen sein.»

Tobias schüttelte den Kopf. «Das Karzinom ist viel zu groß, ich habe die schrecklichen Bilder von ihrer Leber gesehen. Die Mediziner sagen, wenn man das Geschwür herausschneidet, würde Zoe das ... nicht überleben. Genauso wenig wie Bestrahlung und die Behandlung durch Radiofrequenzablation, also die Zerstörung des Tumors durch große Hitze.»

«Und Chemotherapie? Oder andere Wirkstoffe? Ich habe gelesen, dass Immuntherapien helfen sollen.»

«Für Chemo oder Ähnliches ist Zoe zu klein, meinen die Fachleute, aber sie prüfen das noch. Diese Medikamente sind totale Hämmer. Es ist fraglich, ob ihr Körper das überhaupt aushalten würde.»

«Aber irgendwas muss es doch geben. Wir können doch nicht nur still dasitzen und abwarten ...»

«Ich weiß auch nicht, Melissa.» Das Reden fiel ihm schwer. «Die Ärzte haben Zoe Schlafmittel gegeben, damit sie sich etwas erholen kann, während sie sich die nächsten Tage beraten, was zu tun ist. Aber es sieht nicht gut aus.»

Stille breitete sich zwischen ihnen aus. Melissa nahm einen Schluck aus ihrem Becher, stellte ihn wieder ab. «Was sagen Paps und Mam dazu?»

Tobias zögerte. «Ich ... hab sie noch nicht erreicht. Und ich weiß auch nicht, ob ich ihnen die Diagnose jetzt schon mitteilen soll. Sie würden sofort ihren Urlaub abbrechen, auf den sie sich Jahre gefreut haben. Und hier können sie auch nicht helfen.» Er stand auf. «Ich muss zurück zu Zoe. Geh nach Hause, Melissa.»

«Nein, ich bleib bei meiner Kleinen.»

«Das ist lieb von dir.» Er drückte ihre Schulter. «Aber momentan kannst du nichts tun. Geh morgen wieder zurück zu deiner Arbeit. Bitte. Etwas Ablenkung kann nicht schaden. Ich melde mich sofort, wenn es etwas Neues gibt.»

Report des Tourismusbeauftragten, Standort Tanger, an die marokkanische Regierung

Strände kilometerweit verseucht – Ausmaß der Umweltkatastrophe noch nicht abzusehen

Die ersten Meldungen über verschmutzte Küsten im Norden Marokkos haben sich leider bestätigt. Ich bin die Küste abgefahren und habe mir selbst einen Eindruck von der Lage verschafft (die entsprechenden Fotos schicke ich anbei). Die Situation lässt sich nicht anders als katastrophal beschreiben.

Die Strände von Oued Alian, Sidi Kankouche, Playa Blanca und der Stadtstrand von Tanger sind kilometerweit komplett mit einer dicken Schicht angeschwemmtem Müll bedeckt, ebenso das vorgelagerte Meer in einer Breite von etwa fünfzig Metern. Die ursprüngliche Naturlandschaft ist nicht mehr zu erkennen.

An Baden oder andere Freizeitaktivitäten ist nicht zu denken. Die Menschen müssen durch eine dicke Schicht aus Plastikschnipseln und Kunststoffmikrogranulat waten. Die Abfallstücke kleben an den Beinen und der Kleidung. Der Anblick ist ekelerregend und hat bereits alle Urlaubsgäste vertrieben.

Versuche, den Plastikmüll mit Bulldozern oder anderem Gerät abzuschöpfen, sind gescheitert. Es ist angesichts der Menge eine schier unlösbare Aufgabe.

Zugleich wurden Unmengen an toten Fischen und verendeten Möwen gefunden. Derzeit versuchen Freiwillige, die

Kadaver einzusammeln und zu entsorgen. Die heimischen
Fischer haben ihre Arbeit eingestellt.

Die Ursache dieser Katastrophe ist für uns alle unklar.
Ich empfehle dringend, für den Norden des Landes den
Notstand auszurufen.

Mit freundlichen Grüßen

Youssef Hassani, Tourismusbeauftragter

KAPITEL 7

HAMBURG

Das Telefon klingelte. Melissa erhob sich von der Couch und holte ihr Handy vom Küchentisch.

«Ja?»

«Frau Frey? Melissa? Hier ist Moritz, Moritz Aigner.»

Es war der junge Mann aus dem Krankenhaus, den sie besucht hatte, eines der Opfer des Hochzeitsessens.

«Hallo. Wie geht es Ihnen, Moritz?»

«Na ja, ich liege immer noch in diesem verdammten Krankenbett. Das nervt, sag ich Ihnen! Ich dreh hier drin langsam durch!» Er klang wütend. «Die Ärzte wollen mich noch dabehalten, bis sie die Ursache meiner Krankheit gefunden haben. Aber die kommen anscheinend überhaupt nicht voran. Ich fühle mich langsam wie ein beschissenes Versuchskaninchen.»

Melissa musste an Zoe denken, die seit Tagen auf der Intensivstation der Kinderklinik lag. Auch dort gab es keinen Fortschritt, die Ärzte waren sich uneins, wie sie ihre Nichte weiterbehandeln sollten. Immerhin war sie nun ansprechbar.

Sooft es ging, hatte sie die Kleine besucht, ihr vorgelesen, ihre Stofftiere bewundert, alles getan, um sie abzulenken. Doch Zoe war schwach und müde, manchmal hatte Melissa das Gefühl, alle Freude war aus dem kleinen Körper gewichen.

Die Besuche machten sie zutiefst traurig, alle neuen Untersuchungsergebnisse bestätigten den Befund: Zoe würde an diesem verfluchten Leberkrebs sterben, wenn nicht ein Wunder geschah. Und Tobias wirkte von Tag zu Tag niedergeschlagener, was sie nicht verwunderte. Auch um ihren Bruder machte sie sich Sorgen.

«Ich hoffe, Sie kommen bald nach Hause, Moritz.» Melissa musste sich zu einem verständnisvollen Ton zwingen. In Gedanken war sie ganz woanders.

«Danke. Ich hab Neuigkeiten, deswegen rufe ich an. Mein Anwalt hat endlich die geforderten Laborergebnisse von der Polizei erhalten. Das war gar nicht so einfach, er musste denen echt in den Arsch treten und mit einer Klage drohen, bis sie die Unterlagen herausgerückt haben. Die Ergebnisse sind der Hammer, sag ich Ihnen! Der absolute Hammer!»

Melissa richtete sich auf. «Was heißt das? Was steht in dem Laborbericht?»

«Das sollten Sie mit meinem Anwalt besprechen. Das lohnt sich garantiert. In den Papieren steht viel Fachchinesisch, das kann er Ihnen besser erklären als ich. Er sagt, jetzt haben wir sehr gute Chancen vor Gericht.» Er machte eine Pause. «Sie sind doch weiter an der Geschichte dran, Melissa? Sie haben bei Ihrem Besuch versichert, uns helfen zu wollen.»

«Das stimmt.» Melissa überlegte. Sie hatte wegen Zoe eine Woche Urlaub genommen und das Thema nicht mehr weiterverfolgt. Aber diese neue Entwicklung bot eine Chance. Und vielleicht half ihr die Arbeit wirklich, wieder ein wenig in die Spur zu kommen. «Also gut, ich treffe mich mit Ihrem Anwalt. Danach schauen wir weiter. Und natürlich bin ich auf Ihrer Seite und tue, was ich kann. Nach wie vor halte ich Ihren Fall für eine spannende Geschichte.»

«Sehr gut. Die Telefonnummer haben Sie ja, ich habe Ihren Anruf schon angekündigt.» Sie hörte, wie sich im Hintergrund die Tür öffnete und jemand Moritz Aigners Zimmer betrat, vielleicht bekam er Besuch. «Ja, ich muss jetzt auch Schluss machen», sagte er. «Wir bleiben in Kontakt!»

«Gute Besserung, Moritz.»

Sie legte auf. Die Nachricht elektrisierte sie. Aus ihrem Zimmer holte sie einen Schreibblock, dann machte sie sich einen Tee und notierte Fragen für den Anwalt.

«Du arbeitest tatsächlich wieder?»

Melissa zuckte zusammen. Victoria war hereingekommen und beobachtete sie.

«Das ist das erste Mal. Sonst bist du nur in der Klinik oder lungerst auf der Couch herum und schaust vor dich hin.»

«Ja, das stimmt. Zoe ... ihr Zustand macht mich fertig.» Melissa schüttelte den Kopf, schluckte die aufsteigenden Tränen herunter. «Und die eigene Hilflosigkeit ...»

«Ich weiß.» Victoria setzte sich zu ihr und nahm sie in den Arm. «Es ist hart, das ertragen zu müssen. Das arme Mädchen.»

«Ständig muss ich an sie denken. Und doch sitze ich nur herum, diese Ohnmacht macht mich wahnsinnig. Ich kann nur warten, nur hoffen ...» Sie schüttelte wieder den Kopf. «Wir müssen ganz auf die Ärzte vertrauen.»

Victoria nickte. «Im Krankenhaus wissen sie bestimmt, was die beste Behandlung ist. Mir geht Zoe auch nicht aus dem Sinn. Und wenn ich irgendwas für das Kind tun könnte, ich würde es tun, glaub mir ...» Sie sah Melissa ernst an. «Aber Melissa, du wirkst die ganze Zeit wie weggetreten, das muss ich dir als deine Freundin sagen. Ewig kannst du nicht schicksalsergeben dasitzen. Es ist gut, wenn du wieder anfängst zu arbeiten. Das wird dich ablenken, glaub mir.»

«Meinst du?»

«Ja, das meine ich.»

Melissa tat Victorias Zuspruch gut. Sie hatte recht, etwas Abwechslung konnte nicht schaden. Auf andere Gedanken kommen. In die Redaktion zurückkehren, unter Menschen sein. Arbeiten.

«Vielleicht kannst du ja sogar zu der Krankheit recherchieren, Therapieansätze in anderen Ländern in Erfahrung bringen ...»

Melissa fuhr mit dem Finger die feinen Linien auf der Holztischplatte nach. «Aber ich will Zoe nicht alleinlassen. Und meinen Bruder auch nicht.»

«Das musst du auch nicht. Du kannst die Recherche mit nach Hause nehmen und dir deine Arbeit einteilen. Dann bleibt genug Zeit für Krankenhausbesuche.» Victoria nahm ihre Hand. «Und ich bin ja auch noch da. Ich unterstütze dich selbstverständlich, wenn du Hilfe und Entlastung brauchst. Wir bekommen das schon hin. Versprochen.»

LÜBECK

Die Kanzlei des Rechtsanwalts lag in einer Seitengasse der Altstadt. Ein Messingschild mit der Aufschrift *Dr. Koch & Partner* prangte an der Tür, darunter eine Reihe von Namen der Rechtsanwaltskollegen. Offenbar war es eine renommierte Kanzlei, Melissa wunderte sich, wie Moritz an sie gekommen war.

«Sie wünschen?» Die Frau im Vorzimmer musterte sie mit der Routine einer altgedienten Sekretärin.

«Melissa Frey, Ich habe einen Termin bei Dr. Koch.»

Die Sekretärin nickte. «Wenn Sie mir bitte folgen wollen.»

Sie führte Melissa in eine kleine Bibliothek mit einem antiken Mahagoni-Besprechungstisch. Die Regale an den Wänden waren gefüllt mit juristischer Fachliteratur.

«Bitte nehmen Sie Platz. Darf ich Ihnen etwas bringen, Tee, Kaffee, Wasser?»

«Ein Kaffee mit Milch wäre toll.» Melissa blieb stehen und wartete.

Die Sekretärin verschwand wieder.

Wenige Minuten später betrat Rechtsanwalt Dr. Herbert Koch den Raum. Melissa erkannte ihn von der Website seiner Kanzlei: zurückgekämmtes silbergraues Haar, Anzug, buschige Augenbrauen. Er wirkte ein wenig wie ein englischer Landadeliger.

Sie begrüßten sich, der Anwalt bedeutete ihr, sich zu setzen. Gleich darauf kam die Sekretärin und servierte Kaffee, Herbert Koch brachte sie einen Tee.

«Sie sind also die Journalistin, von der mir mein Mandant, Herr Aigner, erzählt hat.» Er musterte sie mit unverhohlener Neugierde.

«Ich arbeite für das internationale Nachrichtenportal *Daily Flashlight*.» Melissa sah ihn an. «Wie kam es dazu, dass Herr Aigner Sie engagiert hat, wenn ich fragen darf?»

«Ich kenne seinen Vater.» Koch nahm den Teebeutel aus seiner Tasse und legte ihn sorgfältig auf ein kleines Tellerchen. «Aber bevor wir weiterreden: Können wir uns darauf verständigen, dass Sie sich mit mir abstimmen, wenn Sie Zitate von mir veröffentlichen? Sie müssen verstehen, es ist ein empfindliches Thema.»

«Natürlich.» Melissa griff in ihre Tasche. «Ich hoffe, Sie sind einverstanden, wenn ich unser Gespräch aufnehme.»

Dr. Koch nickte, und sie startete die Diktierfunktion auf ihrem Handy, das sie mittig auf den Tisch legte.

«Dr. Koch, was versprechen Sie sich davon, mit dieser Klage an die Öffentlichkeit zu gehen?»

«Das ist ganz einfach. Erstens ist es der Wunsch meines Mandanten, und zweitens wird uns das bei diesem Fall ungemein helfen. Schließlich wollen wir am Ende des Tages vor Gericht siegen. Und das werden wir, da können Sie sicher sein.» Er setzte ein gewinnendes Lächeln auf, das er vermutlich für Zeugen, Richter und Journalistinnen reserviert hatte.

«Das heißt, die Laborergebnisse geben Ihnen in Ihrer Anklage recht.»

«Sie haben es erfasst.» Er öffnete die Ledermappe vor ihm auf dem Tisch und breitete einige Blätter vor sich aus. «Es hat durchaus Mühe gekostet, an diese Unterlagen zu kommen. Manchmal muss man bei der Polizei etwas nachhelfen.»

«Moritz hat mir davon erzählt.»

«Gewiss, gewiss. Also, ich habe auf Grundlage der Laborergebnisse ein Gutachten in Auftrag gegeben, das die Ergebnisse auswertet und erläutert. Es ist sehr ausführlich, und ich habe mich in der Zwischenzeit mit dem Gutachter ausgetauscht, sodass ich glaube, ganz gut verstanden zu haben, was die Kernaussagen bedeuten. Ich will Ihnen eine Zusammenfassung geben. Keine Sorge, Sie erhalten später eine Kopie.»

«Ich bin gespannt.» Melissa beugte sich vor, um einen besseren Blick auf die Unterlagen werfen zu können.

Koch deutete auf einen Zettel, auf dem sie, wie auf einem Blutbild, eine Tabelle erkennen konnte, die offenbar verschiedene Stoffe und ihre Menge oder Konzentration abbildete. Sie sah ihn fragend an.

«Die Fachleute haben die sichergestellten Proben vom Hochzeitsessen und den Getränken untersucht», erläuterte er. «Auf unser Betreiben hin haben sie die Analysen auf zahlreiche Giftstoffe ausgeweitet. Und es gab einen Treffer.»

«Welchen?»

«Das einzige belastete Lebensmittel war der Fisch, die Seeteufel-Medaillons. Sonst nichts. Doch der Seeteufel hatte es in sich.»

Er machte eine dramatische Pause. Melissa nickte ihm auffordernd zu.

«Halten Sie sich fest, Frau Frey. Der gesundheitsschädliche Stoff, was sage ich, der tödliche Stoff, der für das Drama auf dieser Hochzeit verantwortlich war – war Plastik. Genauer gesagt: Mikroplastik.»

Die Worte hingen im Raum. Für einen Moment glaubte Melissa, nicht richtig gehört zu haben.

«Mikroplastik?»

«Sie sagen es. Die Experten fanden Mikroplastik im Fisch. Große Mengen. Das war die Ursache für das schreckliche Desaster.»

«Mikroplastik.» Melissa war ehrlich überrascht. «Und es gibt nichts anderes, was der Auslöser gewesen sein könnte – Schwermetalle oder Dioxine etwa? Die findet man in Meeresfisch häufig.»

«Fehlanzeige. Das Labor hatte das selbstverständlich alles auf seiner Prüfliste. Der einzige ungewöhnliche Stoff war Mikroplastik.»

«Aber ... Aber das hätten die Hochzeitsgäste doch schmecken müssen. Das merkt man doch, wenn man auf Kunststoff beißt ...»

«Sie täuschen sich.» Herbert Koch lehnte sich zurück. «Plastik ist für gewöhnlich geruch- und geschmacklos. Außerdem ist Mikroplastik so winzig, dass wir es mit bloßem Auge nicht erkennen können. Allenfalls unter dem Mikroskop. Davon merkt man nichts, wenn man es isst.»

Melissa schüttelte den Kopf. «Das kann ich mir nicht vorstellen. Ich meine, ich weiß, dass Mikroplastik in Cremes eine große Debatte ausgelöst hat. Aber was frische Lebensmittel angeht ... Darin soll unsichtbares Plastik sein, das uns vergiften kann?»

«In der Tat, Frau Frey.» Der Rechtsanwalt nahm einen Schluck von seinem Tee und deutete auf den Tasseninhalt. «Dieser Tee könnte jederzeit mit Mikroplastik kontaminiert sein. Das Zeug steckt praktisch überall drin, ohne dass wir es wissen. Es kann über die Luft eingeatmet werden. Oder über die Schleimhäute aufgenommen. Auch über die Haut, wie Sie richtig sagen.» Er hob beschwörend die Hände. «Das Teuflische daran ist, sagen die Experten, Mikroplastik findet problemlos seinen Weg, selbst durch den menschlichen Magen und den Darm, und landet schließlich in unserer Blutbahn und unseren Organen. Und es ist kaum möglich, dieses unsichtbare Gift zu meiden. Wie gesagt, das Zeug finden Sie praktisch überall – in einer Zahnpasta genauso wie im Lippenstift, dem Baby-Schnuller, der Hautcreme oder dem Duschgel. Ganz zu schweigen von den Millionen Tonnen Plastikmüll, die sich langsam zersetzen und deren winzige Reste in unserem Trinkwasser schwimmen. Und zwar überall auf der Welt. Das führt uns zu den Lebensmitteln: Obst und Gemüse, Fleisch, aber auch viele andere Dinge, die wir täglich essen, können Mikroplastik enthalten.»

«Übertreiben Sie jetzt nicht ein wenig?» Melissa hatte den Verdacht, der Rechtsanwalt wollte lediglich seinen Fall befeuern.

«Ich verstehe Ihre Einwände. Dieselben Gedanken hatte ich am Anfang auch. Aber meine Kollegen und ich haben uns zur Vorbereitung auf den Prozess sehr ausführlich mit der Materie beschäftigt, Unmengen von Studien und Untersuchungen ausgewertet. Die Fachleute sind sich einig. Wir alle, Sie und ich, nehmen jede Woche etwa fünf

Gramm Mikroplastik zu uns. Das ist so viel wie eine Kreditkarte. *Jede Woche essen wir eine Kreditkarte, Frau Frey.*»

Er nahm einen Schluck von seinem Tee, und Melissa starrte einen Moment auf ihre Kaffeetasse, bevor sie ihre Worte wiederfand.

«Was ich nicht kapiere», begann sie. «Wenn das Zeug so giftig ist und alle den Seeteufel gegessen haben – warum sind dann nicht alle Gäste daran erkrankt? Oder gestorben? Und warum haben wir sonst keine Beschwerden, gerade wenn wir anscheinend so viel öfter Plastik zu uns nehmen, als wir denken?»

«Ich würde infrage stellen, ob wir tatsächlich nichts von unserem Plastikkonsum merken», sagte Koch. «Menschen haben vielfach Symptome, die sie nicht zuordnen können, ob es kognitive Phänomene wie etwa Vergesslichkeit sind oder klassische körperliche Reaktionen wie Durchfall oder Magenschmerzen. Die Forschung zur Verbreitung und den Auswirkungen des Plastiks in unserem Körper läuft gerade auf Hochtouren, es gibt schon einige Ergebnisse. Es ist wahrscheinlich, dass die Mikropartikel in Zusammenhang mit neurologischen Störungen stehen, ebenso mit Entzündungen und Krebs.» Er beugte sich vor. «Hier bei unserer Hochzeit handelte es sich um eine besonders erhöhte Konzentration von Mikroplastik, die offenbar extremer und akuter angeschlagen hat. Viele hat es tatsächlich ziemlich schwer erwischt, wie Sie aus den Nachrichten wissen. Obwohl nur neun ins Krankenhaus mussten, hatten zahlreiche weitere Gäste mit Beschwerden zu tun. Es ist wie bei anderen Schadstoffen: Einigen machen diese Gifte gar nichts aus, andere spüren nur moderate Symptome. Und wieder andere erkranken schwer – oder sterben sogar daran.» Er nahm noch einen Schluck Tee. «Denken Sie an Menschen mit einer Unverträglichkeit von bestimmten Medikamenten. Oder so was Alltägliches wie Knoblauch, Gluten und Milcheiweiß. Versehentlich Nüsse verspeisen – selbst das kann für einige tödlich sein. Oder das Gift aus Bienenstichen – die meisten halten das aus, andere sterben daran. Sie sehen, es hängt sehr von der persönlichen Veranlagung ab.»

Melissa atmete tief durch. «Und deshalb sind also zwei der Gäste gestorben, und Moritz ist in der Klinik gelandet? Hat man bei ihm denn Mikroplastik im Körper gefunden?» Sie blätterte in ihren Notizen. «In seinen Krankenberichten, die er mir mitgegeben hat, steht davon kein Wort.»

«Das ist korrekt. Deshalb haben wir darauf bestanden, dass bei ihm nochmals ein spezieller Bluttest durchgeführt wird, von einem Speziallabor. Und auch die Urin- und Stuhlprobe haben wir weiter untersuchen lassen, um akute Überbelastungen zu identifizieren.»

Sie sah erstaunt auf. «Was, ich verstehe das nicht ganz: Laut Krankenakte wurde ihm doch mehrmals Blut abgenommen und ins Labor geschickt. Und auch die anderen Proben hat man untersucht. Ohne Befund.»

«Das ist eben der Irrtum, dem viele Patienten unterliegen.» Der Rechtsanwalt seufzte. «Die klassische Blutabnahme, egal, ob im Krankenhaus oder bei Ihrem Hausarzt, dient nur der Untersuchung gängiger Parameter: Cholesterinwerte, Leukozyten und Thrombozyten oder Hämatokrit. Sonst nichts. Alles andere müssen die Ärzte extra beauftragen. Ebenso bei Urin- und Stuhlproben. Und das tun sie nur, wenn sie einen konkreten Verdacht haben.»

«Auf eine Krankheit?»

«Nicht unbedingt, es kann auch ein von der Polizei angeordneter Test auf Drogen oder Alkohol sein. Oder die Suche nach Krebsmarkern im Blut.»

Melissa dachte an Zoes Krankenberichte. Der Leberkrebs war im Blutbild nachweisbar, dazu hatte das Krankenhaus eine gesonderte Auswertung vorgenommen.

«Und bei Moritz?»

«Das Ergebnis der Tests, die das Speziallabor gemacht hat, ist – wie soll ich es formulieren – erschreckend. Und aus juristischer Sicht fantastisch, was die Beweisführung betrifft.» Er räusperte sich. «Herr Aigner hat deutliche Mengen Mikroplastik im Blut, zusätzlich zeigen die Auswertungen der Stuhl- und Urinproben eine ganz akute Überbelastung im zeitlichen Kontext seines Zusammenbruchs.»

Melissa schwieg. Die Vorstellung von winzigen Plastikkügelchen, die durch menschliche Adern und Organe strömten, ließ sie erschaudern.

«Das ... Das klingt mit Verlaub ... abenteuerlich», sagte sie dann. «Davon habe ich noch nie was gehört. Es muss ein äußerst seltenes Krankheitsbild sein.»

Koch schüttelte den Kopf. «Das Vorhandensein von Plastik im Körper ist keinesfalls selten, im Gegenteil. Die meisten von uns haben Mikroplastik im Blut. Wir bekommen es nur für gewöhnlich nicht mit. Erst wenn die Fremdkörper etwas anderes auslösen, wird es für Menschen ungemütlich.»

«Dann hätten Sie – und ich – diesen Dreck auch in unseren Adern?» Melissa lachte. Es war absurd.

«Lachen Sie nicht, Frau Frey. Seit ich mich mit diesem Thema beschäftige, bin ich aufgewacht, da läuft einiges hinter den Kulissen, glauben Sie mir.» Er trank den Rest aus seiner Teetasse. «Auf jeden Fall werde ich nächste Woche bei meinem Hausarzt einen Bluttest machen. Sie könnten Ihr Blut auch untersuchen lassen – und sei es nur, um sicherzugehen. Außerdem wäre eine solche Reportage live beim Doktor die Schlagsahne für Ihren Bericht, oder?» Er lächelte.

«Na, ich weiß nicht, das geht vielleicht doch zu weit. Ich glaube nicht, dass ich ...»

«Die Wissenschaftler sind anderer Meinung», unterbrach er sie. «Untersuchungen zeigen: Knapp achtzig Prozent der Testpersonen einer niederländischen Studie hatten Spuren von Mikroplastik im Blut. Stellen Sie sich das vor. Achtzig Prozent!»

Melissa schüttelte den Kopf. «Meinen Sie, das stimmt?»

«Das hat nichts mit Meinungen zu tun oder mit Glauben, das sind Tatsachen!» Koch war lauter geworden. «So eine direkte Verknüpfung von belasteten Lebensmitteln und gesundheitlichen Schäden, wie wir sie in Herrn Aigners Fall sehen, kommt bisher selten vor, ist aber umso bezeichnender. Und aufgrund dieser eindeutigen Faktenlage werden wir den Lebensmittellieferanten verklagen, der die

Hochzeitsfeier beliefert hat. Das wird ein Fest. Endlich kommt die Wahrheit ans Licht – gerichtlich bestätigt!»

Melissa musterte den Mann. Das Einzige, was noch fehlte, war, dass er sich vor Freude die Hände rieb. Sie konnte das alles nicht glauben. Sie nahm einen Schluck von ihrem Kaffee. «Aber wenn es Forschungsarbeiten zu dem Thema gibt, dann ist doch die Wahrheit bereits in der Öffentlichkeit.»

«So ist es – aber die Ergebnisse werden ignoriert. Das ist der eigentliche Skandal.» Er hob den Zeigefinger. «Regierungen, Behörden, Großkonzerne – niemand hat ein Interesse, die Bedrohung durch Mikroplastik publik zu machen. Das werden wir jetzt ändern und die Verantwortlichen zur Rechenschaft ziehen!»

«Heißt das, Sie wollen weitere Klagen anstrengen?»

«Selbstverständlich.» Er lehnte sich zurück. «Herr Aigner ist erst der Anfang. Wir bereiten uns jetzt schon auf größere Verfahren vor. Zukünftig nehmen wir die Schwergewichte ins Visier der Justiz. Beginnend mit der Lebensmittelindustrie.»

«Deshalb haben Sie das Mandat von Herrn Aigner angenommen.» Melissa dämmerte, worum es der Rechtsanwaltskanzlei eigentlich ging: Moritz' Gerichtsverfahren als Referenz für weit größere Geschäfte. Ein cleverer Plan.

«Natürlich. Wir hätten ihn auch umsonst vertreten, denn das Urteil wird ein Türöffner für uns – aber das dürfen Sie nicht in Ihrem Bericht zitieren.» Er zwinkerte ihr verschwörerisch zu, und ihr lief ein leiser Schauer über den Rücken. «Was glauben Sie, wer alles wissentlich Mikroplastik in die Umwelt freisetzt? Und wie viele Konzerne dann wiederum keine ordentlichen Prüfverfahren für Lebensmittel etabliert haben und die Gesundheit von Millionen Menschen ruinieren? Unternehmen rund um den Globus haben die Gefahr ignoriert und prächtig daran verdient. Wir treten denen jetzt auf die Füße und ziehen sie zur Rechenschaft. Das sind wir den Menschen schuldig.»

Melissa glaubte nicht an solch edle Motive der Kanzlei. Die Rechtsanwälte hatten hier ein neues lukratives Geschäftsfeld entdeckt.

Wenn sie nur an die Schadensersatzsummen dachte, die in den Vereinigten Staaten vor Gericht erstritten wurden … Kein Zweifel: Es war ein Mega-Milliarden-Dollar-Business.

«Da werden Sie sich sicher jede Menge Ärger einhandeln.»

Koch lächelte. «Glauben Sie mir: Daran sind wir gewöhnt.»

Neu angelegte Computerdatei – Recherchen m.frey

Thema: Studien Mikroplastik im Menschen

Umweltorganisation WWF/ University of Newcastle, Australien:

- Menschen nehmen wöchentlich bis zu fünf Gramm Mikroplastik auf. Das entspricht dem Gewicht einer Kreditkarte.
- «Wir können nicht verhindern, dass wir selbst Plastik aufnehmen», so ein Wissenschaftler. «Mikroplastik belastet die Luft, die wir atmen, unsere Nahrung und das Wasser, das wir trinken.»

University of Arizona, USA:

- Forscher wiesen molekulare Bausteine von Kunststoffen, sogenannte Monomere, im menschlichen Gewebe nach, etwa in Leber- und Fettgewebeproben von Organspendern.

Universität Amsterdam, Niederlande:

- Wissenschaftler haben herausgefunden, dass Mikroplastik in den Gefäßsystemen des Menschen zirkuliert. Die Experten haben in 17 von 22 Blutspenden von anonymen Spendern Mikroplastik gefunden (77,2%).
- Die Hälfte der Proben enthielt PET-Kunststoff, wie er bei Plastikflaschen verwendet wird, ein Drittel der Blutproben Polystyrol, üblich bei Lebensmittelverpackungen. In einem Viertel der Blutproben fand sich Polyethylen, Bestandteil vieler Plastiktragetüten.

Universität Edinburgh, Großbritannien:

- Forscher fanden heraus, dass Konsumenten jährlich im Schnitt 68 415 Partikel allein über die Nahrung aufnehmen. Hinzu kommen

74 000 bis 121 000 Teilchen, die in Form von Abrieben oder Plastik-
staub eingeatmet werden. Leitungswasser spült zusätzlich 4000 Teilchen pro Jahr in den Körper, aus Plastikflaschen lösen sich 90 000
Teilchen pro Person und Jahr.

Universität Wien/Umweltbundesamt, Österreich:

- Die Experten des Umweltbundesamts analysierten im Labor den
  Stuhl von Studienteilnehmern hinsichtlich zehn der weltweit meist-
  verbreiteten Kunststoffe. Bei allen Personen wurde Mikroplastik im
  Stuhl entdeckt, im Mittel 20 Mikroplastikteilchen pro 10 Gramm Stuhl.

Uni Saarland/Uni Tarragona, Spanien:

- Wissenschaftler entdeckten, dass Mikroplastikkügelchen mit einer
  Größe von 1 bis 10 Mikrometern an Zellmembranen haften bleiben –
  was zu einer erheblichen Dehnung dieser Membran führt und dauer-
  hafte Schäden auslösen kann.

Universität Wien, Österreich:

- Wissenschaftler halten erhebliche Folgen von Mikroplastik für den
  menschlichen Körper für möglich: Mikroplastik wurde im Magen-
  Darm-Trakt mit lokalen Reaktionen, aber auch mit der Entstehung
  von Krebs in Verbindung gebracht. Insgesamt bewirkt Mikroplastik
  wahrscheinlich ein erhöhtes Risiko von Entzündungen, die zu schwer-
  wiegenden Schäden führen können.

*Recherche-Memo: Mikroplastik in mehreren Studien in Darm,
Zellen und Gehirn von Tieren festgestellt*

KAPITEL 8

HAMBURG

«**Das** ist krass!», rief Nolan Adams.

Sofort sahen die Redakteure von *Daily Flashlight* von ihren Computerbildschirmen hoch in Richtung Kaffeeecke, wo Melissa und ihr Chef am runden Stehtisch standen.

«Ich übertreibe nicht.» Sie nahm einen Schluck von ihrem Cappuccino. «Ich habe alles schwarz auf weiß, und Moritz Aigner, eines der Opfer, wird uns exklusiv ein Interview geben.»

Sie hatte Nolan ausführlich von ihrem Gespräch mit dem Rechtsanwalt Dr. Koch berichtet und ihm die Kopien der Unterlagen gezeigt.

«Wunderbar. Ich hab doch gewusst, du brauchst nur einen Ansporn – und schon läuft alles super.» Ihr Chef nickte anerkennend. «Aus dir wird noch eine richtig gute Journalistin!»

Melissa wusste nicht, ob sie sich über das Kompliment freuen oder ärgern sollte. Sie war keine Anfängerin!

Sie wollte schon etwas erwidern, biss sich aber auf die Zunge und sagte stattdessen: «Ich freu mich, dass ich bei den Recherchen weiterkomme. Das ist ein wichtiges Thema.»

«Unbedingt. Plastik im Blut – ich hab davon in einem Wissenschaftsmagazin gelesen», fuhr er fort. «Die Forschung sagt, es ist weiter verbreitet, als wir denken. Bisher hab ich mir nicht groß Gedanken darüber gemacht. Aber es kann jeden treffen, wie wir sehen. Jederzeit. Und jetzt kennen wir sogar einen Menschen, den es schwer erwischt hat, Moritz Aigner ist der lebende Beweis.» Er betrachtete nachdenklich seinen Kaffee, den er noch nicht angerührt hatte. «Vielleicht steckt sogar da dieses Kunststoffzeug drin, wer weiß.»

Melissa dachte an den Rechtsanwalt und seinen Tee. «Kann durchaus sein.»

«Wir sollten wirklich besser kontrollieren, was wir so in uns hineinschütten.» Er schob seine Tasse beiseite. «Da weiß man bald nicht mehr, was man noch bedenkenlos essen und trinken kann.»

Melissa schob ihre Unterlagen zusammen. «Also werde ich die Geschichte vorantreiben, oder?»

«Selbstverständlich. Mach weiter, recherchiere, grab alles aus. Plastikmüll ist ein Megathema. Da schwimmen ganze Inseln aus Kunststoffabfällen im Ozean. Und jetzt steckt der Dreck sogar in uns, wie ein Virus, unvorstellbar ist das!» Er klang aufgebracht. «Wer ahnt schon, was da noch auf uns zukommt.»

Melissa wunderte sich ein wenig über den Eifer ihres Chefs. Sonst blieb er immer cool, wie aufregend die Themenvorschläge auch sein mochten.

«Freut mich, dass dich die Story begeistert.»

«Das ist doch klar. Umweltschutz sollte uns alle was angehen.»

«Das stimmt.»

«Und wenn sich daraus für unsere Onlineplattform ein kleines menschliches Drama stricken lässt, umso besser. Das wird für eine Menge Klicks sorgen, da bin ich mir sicher.» Er wischte ein paar Krümel von der Tischplatte. «Ich sehe schon eine Menge aufregender Storys auf uns zukommen. *Das* ist der Stoff, mit dem wir Aufmerksamkeit generieren.»

«Hoffen wir's.»

Nolan überlegte. «Wusstest du übrigens, dass einer unserer internationalen Finanziers bei *Daily Flashlight* sich ebenfalls dem Kampf gegen Plastikmüll verschrieben hat? Sein Name ist Ryan Hill. Er hat zu diesem Zweck sogar eine Stiftung gegründet und arbeitet an Techniken, um das Zeug wieder zu neutralisieren.»

Melissa wurde hellhörig. «Wer ist der Mann?»

«Ich hab ihn ein paarmal auf Investorenkonferenzen getroffen. Ein toller Typ. Amerikaner, verheiratet, immer für neue Ideen offen, spendet großzügig, hat ein Händchen für Geschäfte und investiert einen großen Teil seiner Einnahmen wieder in Ökoprojekte. Das Thema ist ihm ein Herzensanliegen.»

«Klingt spannend.» Melissa notierte sich den Namen. «Vielleicht kann ich ihn interviewen?»

«Das dürfte schwierig werden, er ist viel unterwegs und hat einen vollen Terminkalender. Mal sehen, ob sich da etwas regeln lässt. Aber jetzt konzentrier du dich zuerst auf die nächsten Schritte.» Nolan griff nach seinem vollen Kaffeebecher, ohne zu trinken. Der Kaffee musste mittlerweile kalt sein.

«Da wäre noch etwas ...» Melissa zögerte, den Vorschlag zu machen, weil sie dann als Person ein Teil der Geschichte werden würde. Und die Aussicht auf einen zusätzlichen Arztbesuch verursachte ihr Bauchgrummeln. Aber das hier war eine wichtige Chance für sie, das spürte sie. Sie gab sich einen Ruck. «Der Anwalt meinte, ich sollte mein Blut ebenfalls testen lassen. Das könnte eine weitere Idee für einen neuen Dreh der Geschichte sein.»

«Tu das unbedingt.» Nolan hob den Daumen. «*Daily Flashlight* übernimmt die Kosten. Ich stelle mir schon das Video vor, wie die Kanüle des Arztes in Nahaufnahme in deine Vene fährt. Starke Bilder!» Er grinste. «Unsere Fans werden es lieben.»

DÜSSELDORF

Die Wohnadresse lag im Norden der Stadt in einem heruntergekommenen Mehrfamilienhaus. Graffitis entstellten die Fassade, in der Ecke lagen Kartons mit Abfällen. Diana las die überklebten Klingelschilder und drückte schließlich bei *Naumann*.

Niemand öffnete.

Sie probierte es wieder, ließ es länger läuten.

Nichts.

«Wir sollten nachsehen.» Nelson probierte es bei einer Erdgeschoss-wohnung, und als er eine Stimme aus dem Lautsprecher hörte, rief er: «Entschuldigung, Hausverwaltung, wir müssen nur mal rein.»

Der Türsummer ertönte, sie traten ein.

Im Treppenhaus roch es nach Mittagessen, Kinderwagen standen im Flur, aus einigen Wohnungen war laute Musik zu hören. Im vierten Stock fanden sie das Türschild *Naumann/Hoang*. Sie lauschten.

Jemand schien in der Wohnung hin und her zu gehen.

Diana presste ihr Ohr an die Tür.

«Da ist definitiv wer zu Hause», flüsterte sie.

Nelson klingelte nochmals und klopfte gleichzeitig an die Tür.

«Frau Hoang, bitte machen Sie auf», rief er. «Es gibt wichtige Nach-richten für Sie!»

Eine Zeitlang geschah nichts, dann hörten sie, wie ein Schlüssel im Schloss umgedreht und die Tür geöffnet wurde.

«Ja?» Misstrauisch musterte die Frau Diana und Nelson.

Sie trug einen Jogginganzug, die schwarzen Haare waren frisch frisiert, in der Hand hielt sie eine brennende Zigarette. Laut BND-Unterlagen hieß sie Chau Hoang, war in Vietnam geboren und lebte seit fünf Jahren in Deutschland.

«Wir sind von der Polizei, es geht um Ihren vermissten Freund Michael Naumann.» Nelson wunderte sich immer wieder, wie schnell er beim BND gelernt hatte, sich als jemand anders auszugeben, und wie leicht ihm diese Lügen über die Lippen gingen. «Herr Naumann wohnt doch noch hier?»

Die Frau nickte.

«Dürfen wir reinkommen?» Diana schob die Tür auf und trat ein. «Danke.»

Chau Hoang führte sie ins Wohnzimmer. Es war schlicht, aber ordentlich eingerichtet. Die Vorhänge waren halb zugezogen, eine Fernsehzeitschrift lag auf dem Tisch, daneben standen eine Tasse und ein Teller.

«Entschuldigung, dass ich nicht aufräumen konnte», sagte Hoang. «Ich habe keinen Besuch erwartet.»

«Alles in Ordnung.» Nelson setzte sich auf den angebotenen Sitzplatz auf dem Sofa, Diana nahm auf einem Sessel Platz.

«Ich bin gerade erst aufgestanden.» Die Frau drückte die Zigarette im Aschenbecher aus und setzte sich ebenfalls. «Worum geht es? Was ist mit Michael?»

Nelson kam sie seltsam abwesend vor, sie wirkte überhaupt nicht aufgeregt angesichts des unerwarteten Polizeibesuchs.

«Wir müssen Ihnen leider eine traurige Nachricht überbringen», sagte er. «Das Schiff, auf dem Ihr Freund angeheuert hat, die *Indian Rosebud*, ist gesunken. Es wurden bereits mehrere Opfer geborgen. Die Behörden suchen noch nach den übrigen Besatzungsmitgliedern.»

Die Vietnamesin zeigte keine Regung.

«Sind Sie bereits informiert worden, dass Ihr Freund vermisst wird?», fragte Diana.

«Nun ... ähh ... Herr Tietz, der Chef der Reederei, hat mich angerufen.»

Sie nahm eine neue Zigarette und zündete sie an.

«Und?»

«Er ... Er hat gesagt, man wisse nicht, ob Michael noch am Leben ist. Er war aber optimistisch, schließlich gab es auf dem Frachter Rettungsboote und Rettungsinseln, sagte er.»

«Und Sie haben bislang nichts von Herrn Naumann gehört?»

Die Frau zögerte einen winzigen Moment. «Nein, nein, ich hoffe, es gibt bald ein Lebenszeichen von ihm», sagte sie dann. «Mein Michael ist ein Kämpfer. Er weiß sich zu helfen. Ich mag nicht glauben, dass er gestorben ist.»

Nelson fiel auf, dass sie die Antwort routiniert herunterspulte, so als habe sie sich auf solche Fragen vorbereitet. Hatte die Frau etwas zu verbergen? Hatte sie jemand vor einem Besuch wie diesem gewarnt?

«Wie lange kennen Sie sich schon?», fragte er weiter.

«Fünf Jahre. Seit drei Jahren wohnen wir zusammen.»

«Meldet er sich regelmäßig, wenn er auf See ist?»

«Normalerweise jeden Tag, sofern er ein Signal hat. Wenn wir schon über Wochen und Monate getrennt sind, will ich wenigstens seine Stimme hören.» Sie versuchte ein Lächeln, aber Nelson nahm es ihr nicht ab.

«Wussten Sie, dass der Frachter kurzfristig seine Route geändert hat?»

Sie nickte. «Michael rief mich an und sagte, sie hätten einen neuen Auftrag und die Rückkehr nach Deutschland müsse warten.»

«Sonst nichts?»

«Er sagte, es sei ein äußerst lukrativer Job, da stecke verdammt viel Kohle drin, es würde sich lohnen.»

Diana nickte der Frau zu. «Und das Geld können sie beide gut gebrauchen.»

«Natürlich, wer nicht?» Sie zuckte die Schultern. «Uns geht es momentan finanziell nicht so gut, ich bin gerade ohne Arbeit. Die Extrasumme wäre da genau richtig gekommen.»

«Um was ging es bei dem Transport genau?», fragte Diana.

«Das sagte er nicht.»

«Und wie lange es dauern würde?»

«Auch darüber redete er nicht, er sagte nur, es ginge nach Nigeria.»

Nelson beugte sich vor. «Reden Sie nicht ausführlicher über seine Arbeit?»

«Nicht mehr als nötig.»

«Erledigte Herr Naumann öfter solche Extrajobs?»

Sie zögerte wieder. «Das kam in der Vergangenheit schon vor. Wenn die Reederei einen frischen Auftrag erhält, müssen die Jungs ran. So ist das eben.»

Nelson nickte.

«Vielen Dank für Ihre Zeit.» Diana stand auf. «Sie wollen doch sicher sofort informiert werden, wenn wir etwas Neues erfahren?»

«Natürlich.»

«Dann geben Sie mir freundlicherweise Ihre Handynummer, wir melden uns.»

Sie notierte sich die Nummer, dann brachte Frau Hoang Nelson und Diana zur Tür.

«Auf Wiedersehen», verabschiedete sich Nelson. «Und hoffen wir das Beste.»

Sie verließen das Gebäude, draußen drehte er sich zu Diana um.

«Ich glaube der Frau kein Wort. Wie kann man so ruhig sein, wenn der Liebste womöglich tot ist.»

«Ganz meine Meinung. Deshalb habe ich mir auch ihre Nummer geben lassen. Damit besorgen wir uns schnell eine Liste mit all ihren Telefonaten und beantragen eine Telefonüberwachung.» Sie sah ihn vielsagend an. «Ich bin sehr gespannt, was da herauskommt.»

HAMBURG

«Das wird schon, denk an die super Klickzahlen für *Daily Flashlight*.» Victoria drückte Melissas Hand und lächelte sie aufmunternd an.

Melissa versuchte zurückzulächeln, aber es gelang ihr nicht ganz. Sie saßen im Wartezimmer des Arztes. Melissa hatte ihre Freundin mitgenommen, sie brauchte jemanden, der ihr beistand.

Der Termin bei der Blutabnahme war schon schrecklich genug gewesen. Nicht nur weil ihr Kollege Max die ganze Aktion gefilmt hatte und sie sich als Objekt der Berichterstattung wie ein Insekt unter dem Mikroskop fühlte. Jede Reaktion von ihr würde online Zehntausenden Fremden präsentiert werden – das war unangenehm und beklemmend. Aber auch die Prozedur selbst war wie Folter gewesen. Der Doktor hatte ihren Arm mit einem Gummischlauch abgebunden, dann versuchte er mit einer Kanüle, so dick wie eine Stricknadel, ihre Vene zu treffen.

Das ging schief.

Melissa spürte den Schmerz, als die Nadel ihre Haut durchbohrte. Unwillkürlich sah sie hin – das hätte sie nicht tun sollen. Ihr wurde sofort schlecht. Sie vertrug diese Art von Eingriffen einfach nicht, sie kamen auf ihrer persönlichen Schreckensliste gleich nach Wurzelbehandlungen beim Zahnarzt. Am liebsten wäre sie aufgesprungen und davongelaufen. Doch eine Krankenschwester hielt sie mit unerbittlichem Griff fest, und Max' Kamera hatte sie scharf im Visier, während der Arzt zwei weitere Versuche brauchte, bis er endlich eine Vene traf.

Wie mochte sich Zoe fühlen, die ständig mit solchen Nadeln traktiert wurde?

«Sie können jetzt reinkommen.» Eine Sprechstundenhilfe riss sie aus ihren Gedanken und führte sie und Victoria in den Behandlungsraum. «Bitte nehmen Sie Platz.»

Gleich danach kam der Arzt, ein Mann in den Fünfzigern mit Halbglatze. Er begrüßte sie und setzte sich an seinen Schreibtisch.

«Die Ergebnisse sind da.» Er schlug eine dünne Mappe mit der Aufschrift *M. Frey* auf. «Sie werden überrascht sein.»

Melissa sah ihn erwartungsvoll an. Was hatte das zu bedeuten? Victoria neben ihr rutschte auf ihrem Stuhl hin und her.

«Um es kurz zu machen: Das Labor hat Spuren von Mikroplastik in Ihrem Blut gefunden.»

Die Worte klangen im Zimmer nach.

«Wie bitte?» Melissa konnte nicht glauben, was sie gerade gehört hatte.

Der Mann wiederholte den Befund, rief den Laborbericht auf seinem Monitor auf und drehte den Bildschirm, sodass sie und Victoria das Dokument sehen konnten. Er erklärte ausführlich die Zahlen und Werte. Doch er drang kaum zu ihr durch.

In Melissas Hirn rasten die Gedanken: Sie hatte einen Fremdstoff in ihrem Körper, winzige Teile Plastikabfall. Auch wenn Dr. Koch ihr erklärt hatte, wie schnell Mikroplastik in die Blutbahnen gelangte, auch wenn sie wusste, dass achtzig Prozent der Menschen betroffen waren. Sie hätte einfach nicht gedacht, dass auch durch ihren Körper Plastik floss. Unsichtbar in ihrem Blut verborgen, pumpte ihr Herz den Stoff gleichmäßig durch ihre Adern, winzige Partikel. Was bedeutete das für ihre Gesundheit? War sie krank, ohne dass sie es gemerkt hatte? Verseucht, vergiftet?

Victoria schien ähnliche Gedanken zu haben. «Was heißt das denn jetzt?», fragte sie alarmiert. «Ist das schlimm?»

«Ich kann Ihnen leider keine genaue Antwort geben.» Der Arzt seufzte. «Es ist tatsächlich das erste Mal, dass mir ein solcher Fall unterkommt. Andererseits habe ich das Blut meiner Patienten bislang auch nie auf Mikroplastik untersuchen lassen.» Er wandte sich an Melissa. «Haben Sie Schmerzen, Frau Frey, Unwohlsein oder andere Symptome?»

«Nein ...»

«Dann vermute ich, Ihnen machen die Fremdkörper in Ihrem Blut nicht zu schaffen.» Er schaltete den Bildschirm aus. «Es ist eine Frage der persönlichen Disposition, wie jemand auf solche Stoffe reagiert. Oder ob er eben gar nicht reagiert. Wahrscheinlich haben Sie das Mikroplastik schon lange in Ihren Adern. Ihr Körper hat sich darauf eingestellt und kann damit umgehen. Seien Sie froh.»

«Ich soll froh sein?» Melissa war fassungslos. «Ich soll froh sein, obwohl ich Plastikpartikel in mir trage?»

«Nun, ohne den Test hätten Sie es gar nicht gemerkt, oder? Und das ist ein gutes Zeichen, auch wenn es sich im ersten Augenblick nicht so anhört. Lassen Sie regelmäßig weitere Bluttests durchführen, dann sehen wir weiter. Aber seien Sie ganz beruhigt. Ich erwarte bei Ihnen keine Komplikationen.»

Auf dem Weg zum Parkplatz war Melissa immer noch wie benebelt. Auch Victoria schwieg, bis sie vor ihrem Auto standen.

«Das ist ein Hammer, sag ich dir. Das macht einen fertig.» Sie nahm Melissa in den Arm. «Wenn irgendetwas ist, du kannst immer auf mich zählen, das weißt du.»

«Danke», sagte Melissa matt. «Ich muss das Ganze erst mal verdauen.»

«Vielleicht solltest du dich doch unserer Umweltgruppe *Earth Defender* anschließen. Ich meine, wenn das Zeug schon in dir drin ist, vielleicht hilft dir die Gruppe, besser damit ...»

«Für so was hab ich jetzt echt keinen Kopf.»

«Das verstehe ich.» Victoria runzelte die Stirn. «Mir ist dadrin ein Gedanke gekommen, Melissa.» Sie räusperte sich. «Wenn du dieses Zeug im Blut hast, könnte dann nicht auch dein Bruder ... Und Zoe ...?»

«Was meinst du damit?»

«Ich weiß nicht ... Vielleicht wäre es eine gute Idee, nur zur Sicherheit, wenn sich Tobias auch testen ließe. Und vor allem Zoe ...»

Melissa starrte ihre Freundin entgeistert an. «Was ... Du meinst ...?»

Sofort holte sie ihr Handy heraus und wählte Tobias' Nummer.

Transkription Onlinevideointerview für Daily Flashlight: Melissa Frey im Gespräch mit Prof Dr. Angelika Werhahn, Vorsitzende des Arbeitskreises Medizin des wissenschaftlichen Beirats des DVUHT e. V. – Deutscher Verband für Umwelt- und Humantoxikologie

«Mikroplastik ist ein Gift – und es steckt überall drin»

Frau Professor Werhahn, herzlichen Dank, dass Sie sich Zeit für einige Fragen nehmen.

Prof. Werhahn: Vielen Dank für die Einladung.

Beginnen wir ganz banal: Plastik gehört zu unserem Alltag. Können Sie erklären, was daran so problematisch ist?

Prof. Werhahn: Nun, Plastik im Alltag ist das eine, aber es ist der Abfall, der uns Sorgen macht. Millionen Tonnen, die jede Woche auf unserem Planeten anfallen. Und ein großer Teil landet im Boden oder im Wasser der Flüsse, Seen und Meere. Plastik verrottet nicht, es wird von der Natur nicht abgebaut, sondern bleibt uns Hunderte Jahre und länger erhalten. Jemand hat mal eine sehr passende Formulierung gefunden: Wir leben in einem Plastikzeitalter. Nach der Steinzeit, der Bronzezeit und der Eisenzeit haben wir jetzt die Plastikzeit.

Und das ist in erster Linie ein Problem des Umweltschutzes?

Prof. Werhahn: Ja, aber es bedroht schon lange nicht mehr nur unsere Umwelt. Ein dramatischer Faktor ist das Mikroplastik: Durch diese kleinen Partikel wird das Umweltproblem zu einem direkten Problem für uns Menschen. Denn es gefährdet unsere Gesundheit unmittelbar. Wir alle sind davon betroffen.

Inwiefern?

Prof. Werhahn: Indem wir es auf verschiedenen Wegen aufnehmen. Mikroplastik gehört nicht in unseren Körper, es kann wie Gift wirken. Und die Auswirkungen werden potenziell noch verschärft durch den Fakt, dass das Plastik von der Industrie bei der Herstellung mit vielen weiteren chemischen Zusatzstoffen versetzt wird. Das löst Krankheiten aus, denn unsere Organe können diese Stoffe vielfach nicht abbauen. Und zu allem Überfluss ziehen die winzigen Plastikpartikel weitere Schadstoffe aus der Luft oder dem Wasser wie ein Magnet an, die sich dann an ihnen ablagern.

Wie genau gelangen die Schadstoffe in den menschlichen Körper?

Prof. Werhahn: Wir nehmen dieses Mikroplastik beispielsweise durch unsere Nahrung auf, durch unser Trinkwasser. Wir nehmen es auf über unsere Haut, wir atmen es ein. Kleinkinder kommen damit in Kontakt, wenn sie Plastikspielzeug in den Mund nehmen.
Wir essen Plastik, ohne es zu wissen, etwa wenn Fisch auf den Tisch kommt. Studien haben gezeigt, dass bis zu einem Viertel des angebotenen Fisches mit Mikroplastik belastet ist. Experten haben Mikroplastik in Honig gefunden, in den meisten Mineralwässern, in Bier und in Meersalz. Und es ist genauso in Lippenstiften, Duschgels, Peelings und Reinigungscremes zu finden. Die kleinen Poren unserer Haut reichen schon aus, damit das Plastik in unser Gewebe und in unsere Blutbahnen gelangt.
Beim Waschen von Fleecejacken, von Outdoorbekleidung und synthetischer Unterwäsche lösen sich Mikroplastikfasern und gelangen ungefiltert ins Abwasser und danach in die Flüsse und in unser Trinkwasser. Allein im Rhein fanden Wissenschaftler bis zu 3,9 Millionen Plastikteilchen pro Quadratkilometer – insgesamt ist der Fluss eines der am höchsten belasteten Gewässer weltweit.

Sind für das alles bestimmte Arten von Kunststoffen verantwortlich?

Prof. Werhahn: Eigentlich nicht, die allermeisten Kunststoffe geben kleinste Partikel mit Schadstoffen ab. Dabei ist es egal, ob es sich um Polyamid handelt, aus dem Klarsichtfolien gemacht werden, oder um Polyethylen, das in Plastiktüten, Spielzeug und Lebensmittelverpackungen steckt. Genauso wirken Polypropylen oder PVC, aus dem Rohre, Fußbodenbeläge und Verpackungsmaterial hergestellt werden. Polyurethan finden wir in Schaumstoffen, in Matratzen und als Wärmedämmung in Gebäuden. Und all diese Stoffe schwimmen in unserem Wasser.

Welche Stoffe im Plastik sind für die Gesundheit der Menschen sehr schädlich, und wie wirkt sich das auf uns aus?

Prof. Werhahn: Besonders problematisch ist Bisphenol A, abgekürzt BPA. Diese chemische Verbindung nutzt die Kunststoffindustrie in rauen Mengen für Plastikflaschen und zur Kunststoffinnenbeschichtung von Konservendosen. Menschen in westlichen Ländern sind zu 90 Prozent mit BPA belastet, es findet sich in nahezu jeder Urinprobe. BPA ist laut Weltgesundheitsorganisation ein Stoff mit hormonähnlicher Wirkung. Bereits kleinste Mengen fördern beim Menschen Krankheiten wie Unfruchtbarkeit, Diabetes, Fettleibigkeit und Entwicklungsstörungen bei Kindern.
Gefährlich beim Plastik sind auch Weichmacher mit unaussprechlichen Namen wie Diethylhexylphthalat, Diisobutylphthalat und Benzylbutylphthalat – zu finden in Lacken, Tapeten, Kinderspielzeug und Infusionsschläuchen. Sie stehen im Verdacht, eine toxische Wirkung auf die Leber zu haben, Entzündungen zu fördern und Allergien auszulösen. Leider steht die wissenschaftliche Forschung hier noch am Anfang, sodass es wenig gesicherte Aussagen gibt.

Was bedeutet das jetzt konkret für uns? Was können wir tun?

Prof. Werhahn: Wir werden weiter mit der Situation leben müssen, so unbefriedigend es auch ist. Wir können versuchen, Plastikflaschen zu vermeiden, aber wir können den Partikeln nicht aus dem Weg gehen. Sie sind überall.

Klar ist: Für Lebewesen ist Mikroplastik ein Gift, das, gerade bei kleineren Tieren, in hoher Dosierung wahrscheinlich zum Tode führt. Bei Menschen wirkt es langsamer, aber es wirkt – und das macht diese winzigen Partikel so gefährlich.

Frau Professor Werhahn, vielen Dank für das Gespräch.

KAPITEL 9
MARBELLA, SPANIEN

Sie saßen seit zwei Stunden in einer Tapasbar nördlich des Hafens Puerto Deportivo und beobachteten den Eingang eines kleinen Hotels gegenüber.

«Hoffentlich tut sich bald was.» Diana nippte an ihrem Orangensaft. «Draußen ist bestes Wetter, die Sonne scheint, wir sind in einem Urlaubsort und müssen in dieser Kneipe herumsitzen.»

«Wenigstens sehen wir aus wie Touristen.» Nelson verzog das Gesicht und nahm ein paar Erdnüsse aus der Schale. Diana hatte zwei unterschiedliche T-Shirts mit *Marbella*-Schriftzug und einem Sonnensymbol besorgt, dazu trugen sie passende Kappen und verwaschene Stoffhosen. «Gott sei Dank gibt es in diesem Lokal keine Spiegel, ich würde in Ohnmacht fallen, wenn ich mich so sähe. Und die Warterei nervt.»

«Dann guck dir doch in der Zwischenzeit diese Statistik an, die ich mir aus den Datenbanken gezogen habe – da fällst du tatsächlich in Ohnmacht.» Diana zog ein paar Blätter Papier aus ihrer Tasche und schob sie ihm hin. Nelson warf einen Blick auf die abgebildeten Graphen und Diagramme und las die Teile im Text, die sie mit einem Textmarker pink markiert hatte:

Weltweite Kunststoffproduktion: 460 Millionen Tonnen pro Jahr – Tendenz steigend
Neue Studie der Organisation für wirtschaftliche Zusammenarbeit und Entwicklung (OECD): Bis 2060 wird sich die Plastikmüllmenge auf der Welt verdreifachen, damit wird sich die plastikbedingte Umweltverschmutzung um ein Vielfaches verschlimmern.

Lediglich rund 9 Prozent des Kunststoffabfalls
werden recycelt, etwa 20 Prozent werden verbrannt,
knapp 50 Prozent werden in legalen Deponien entsorgt. Die übrigen 22 Prozent des Plastikmülls
landen in illegalen Deponien, wo sie in offenen
Gruben verfeuert oder in Gewässer gekippt werden.
Auch hier steigen die Zahlen.
Deutschland ist an all diesen Entwicklungen maßgeblich beteiligt.

«Das ist allerdings heftig.» Nelson schüttelte den Kopf. «Falls unsere *Indian Rosebud* also tatsächlich Plastik geladen hatte, ist sie höchstwahrscheinlich Teil dieses internationalen Plastikmüllgeschäfts. Ein Grund mehr, diesen Offizier zu verhören. Hoffentlich müssen wir nicht mehr lange warten.»

«Geduld, er wird schon noch auftauchen. Unsere Spezialisten sind sich sicher, dass Michael Naumann sich momentan in diesem Gebäude aufhält, dann wird das schon stimmen», sagte Diana und sah aus dem Fenster zum Hotel gegenüber.

«Nur weil sie sein Handy geortet haben, heißt das nicht unbedingt, dass der Mann selbst vor Ort ist.»

«Wer geht heutzutage noch ohne Mobiltelefon aus dem Haus?»

Sie mussten sich auf die Informationen ihrer Kollegen verlassen und diesen Naumann schnellstens hier in Marbella verhören. Ein offizielles Hilfeersuchen an die spanischen Behörden würde viel zu lange dauern, da wäre der Mann längst für immer abgetaucht. Als Erster Offizier wusste er sicher alles über die verdächtige Ladung der *Indian Rosebud* und die Umstände des Schiffsunglücks und war dementsprechend auf der Hut.

Nach einer weiteren halben Stunde sahen sie einen Mann mit Strohhut und Sonnenbrille aus dem Hotel kommen.

«Das ist Naumann.» Diana war aufgesprungen. «Jetzt los! Wir dürfen ihn nicht aus den Augen verlieren.»

Schon war sie durch die Tür aus der Kneipe geeilt. Nelson legte einen Schein auf den Tisch und lief ihr nach. Vor der nächsten Straßenecke holte er sie ein.

Der Erste Offizier der *Indian Rosebud* bog in eine Seitengasse.

Sie folgten ihm. An der nächsten Kreuzung bog er wieder ab, Nelson lugte um die Ecke.

Naumann ging zielstrebig weiter, ohne sich umzusehen. Sonst war niemand in der Gasse. Der Abstand zu ihnen war bereits größer geworden.

«Wir müssen warten, sonst bemerkt er uns», sagte Nelson. Er sah wieder um die Ecke.

Der Mann war verschwunden.

«Mist!» Im Laufschritt durchquerten sie die Gasse und stoppten an der nächsten Straße.

Naumann war nirgends zu sehen.

«Das darf doch nicht wahr sein!» Diana war der Unmut anzuhören. Unschlüssig ging sie einige Schritte auf und ab, blieb plötzlich stehen.

«Da!» Sie deutete auf einen winzigen Laden.

Durch das Fenster war Naumann zu erkennen. Er hatte sich eine Zeitung gekauft und blätterte darin. Es sah so aus, als ob er nach bestimmten Meldungen suchte. Kurz danach kam er heraus, die Zeitung unter den Arm geklemmt.

Die nächste Viertelstunde schlenderte er durch das Viertel. Mehrmals blickte er auf seine Armbanduhr, blieb unschlüssig stehen, ging weiter. Schließlich machte er vor dem Eingang eines großen Supermarktes halt, sah sich um, als halte er nach jemandem Ausschau – und verschwand im Inneren.

«Na, dann spielen wir mal überzeugende Touristen und gehen shoppen.» Diana betrat den Supermarkt und schnappte sich einen Einkaufskorb, Nelson folgte ihr.

Es war eine dieser Hallen mit unzähligen Gängen, unübersichtlich und chaotisch. Menschen drängelten sich mit ihren Einkaufswagen vorbei, Musik dudelte aus den Lautsprechern, Plakate verkündeten aktuelle Sonderangebote.

Sie hatten Michael Naumann erneut aus den Augen verloren.

«Wir teilen uns am besten auf», sagte Diana. «Du nimmst die linke Seite, ich die rechte. Wenn wir was entdecken, einfach übers Handy melden.»

Nelson bewegte sich durch einen Gang mit endlosen Metern an Olivenölen und Essig, gefolgt von einer Galerie Tomaten in Dosen und Gläsern. Wer brauchte so viele Varianten? Das meiste kam sowieso aus den gleichen Fabriken, nur die Aufmachung und der Preis waren anders.

Im nächsten Gang stieß er tatsächlich auf Naumann. Der Mann hielt immer noch seine Zeitung in der Hand und betrachtete mehrere Regale voll Pasta, machte aber nicht den Eindruck, etwas kaufen zu wollen.

Nelson legte eine Packung Spaghetti in seinen Einkaufskorb, holte sein Handy heraus und schickte Diana eine Nachricht. Langsam ging er weiter in Richtung des Ersten Offiziers.

Da tauchte am Ende des Ganges ein schmächtiger Mann in einem schlecht sitzenden Anzug auf. Er fixierte Naumann und kam auf ihn zu. Naumann hob seine Zeitung, als sei es ein verabredetes Zeichen.

Die beiden tauschten einige Worte miteinander, leider konnte Nelson nicht verstehen, um was es ging. Der Anzugträger überreichte Naumann ein kleines Päckchen, das der sofort in seine Zeitung einwickelte.

Ohne Abschied verschwand der Fremde wieder, bevor es Nelson gelang, ein Foto von ihm zu machen. Naumann ging in Richtung Ausgang.

«Was ist passiert?» Diana war neben Nelson aufgetaucht.

Er berichtete von seinen Beobachtungen. «Wir müssen uns diesen Typen vorknöpfen. Ich will wissen, was in dem Päckchen ist.»

Sie verfolgten den Ersten Offizier, der in der Obstabteilung haltmachte und sich zwei Äpfel und eine Banane nahm.

«Wir bleiben an ihm dran.» Diana legte sich ebenfalls einen Apfel und eine Banane in den Einkaufskorb. «Ich gehe voraus.»

Naumann wollte offenbar nichts weiter kaufen und steuerte auf die Kasse zu. Diana gelang es, sich direkt vor ihm einzureihen. Nelson stellte seinen Korb ab, ging durch die Kassenkontrolle, ohne etwas gekauft zu haben, und wartete.

Seine Kollegin zahlte ihre Ware und ließ sich Zeit, das Obst in ihre Tüte zu legen. Währenddessen stand Naumann neben ihr und bezahlte.

Er stopfte das Päckchen und seine gekaufte Ware in eine Tüte und verließ den Supermarkt. Diana und Nelson folgten ihm bis zu einer Seitenstraße. Sie warteten, ob andere Fußgänger unterwegs waren. Der Zeitpunkt war günstig.

«Los geht's», sagte Nelson. Sie beschleunigten ihre Schritte.

«Halt, warten Sie!», rief Diana auf Deutsch. «Halt!»

Irritiert drehte sich der Mann um. «Meinen Sie mich?»

«Ja, Sie, natürlich!» Diana klang aufgebracht. Sie blieb vor ihm stehen und deutete auf seine Tüte. «Sie haben versehentlich was von meinem Obst eingepackt!»

Nelson verstellte ihm von der anderen Seite den Weg, und zusammen drängten sie ihn in einen Hauseingang. Diana sah sich um, ob sie beobachtet wurden, Nelson achtete darauf, dass Naumann nicht fliehen konnte.

«So ein Blödsinn!» Er wollte sich zwischen ihnen hindurchdrängen, doch Diana griff nach seiner Einkaufstüte.

«Das gehört mir!»

Er packte ihr Handgelenk und versuchte sie wegzuschieben. Da griff Nelson ein und fixierte Naumanns Arm.

«Lassen Sie mich sofort los! Was soll das?» Er versuchte sich aus Nelsons Griff zu befreien und hielt dabei seine Tüte fest umklammert. «Sie spinnen doch!»

Aber Nelson ließ nicht locker. «Bleiben Sie ruhig. Wir sind von der Kriminalpolizei.»

Naumann sah ihn überrascht an, und Diana entwendete dem Mann mit geübtem Griff die Tüte. Sie öffnete sie und holte das Paket heraus.

«Das ist meins, das geht Sie nichts an! Das ist privat!» Naumann unternahm noch einen Versuch, er wehrte sich nach Kräften, doch Nelsons Griff war unerbittlich.

Diana riss die Verpackung auf.

Zum Vorschein kamen mehrere Bündel Banknoten.

HAMBURG

Tobias konnte nicht länger still sitzen. Seit einer halben Stunde warteten er und seine Schwester auf das Gespräch mit der Kinderärztin. Er stand auf und ging einige Schritte den Gang entlang.

«Was ist?» Melissa sah ihn an.

«Kurz die Beine vertreten.»

Das war nur die halbe Wahrheit. Er wollte sich beruhigen, seinen Gedanken wieder eine klare Richtung geben. Ihn fröstelte, er hatte das Gefühl, als werde gleich zum zweiten Mal das Todesurteil verkündet, und er konnte nichts dagegen machen.

Zoe.

Wie viele Stunden, wie viele Tage hatte er an ihrem Bett gesessen, hatte versucht, optimistisch und fröhlich zu wirken, obwohl ihn innerlich die Sorgen zerfraßen? Wie oft war er an seinem Schicksal verzweifelt?

Durch das Fenster konnte er Patienten sehen, die mit Besuchern im Garten spazieren gingen, einige saßen im Rollstuhl, andere schoben ihr Gestell mit dem Infusionsbeutel vor sich her. So traurig das Bild auch war – diese Menschen hatten Hoffnung, sie würden wieder gesund werden und heimgehen dürfen. Zumindest die meisten von ihnen.

Nur für seine Tochter gab es keine Hoffnung. Krebs im Endstadium. Sie würde sterben. An der vernichtenden Diagnose hatte sich nichts geändert.

Es war so ungerecht. Was hatte Zoe verbrochen, dass sie so leiden musste?

Momentan fehlte ihm jede Vorstellungskraft, wie es weitergehen sollte. Auch mit ihm selbst. Die Düsternis der vergangenen Wochen hatte sich verstärkt, an manchen Tagen musste er sich zwingen aufzustehen.

Er fuhr ins Krankenhaus, so oft es ging, funktionierte irgendwie, ließ sich schlafwandlerisch durch den Tag treiben. Aber er spürte, wie ihn allmählich die Kräfte verließen, immer öfter ertappte er sich bei dem Gedanken, das Leben habe keinen Sinn mehr. Nur Zoe ließ ihn noch weitermachen.

«Sie können jetzt reinkommen.» Dr. Franziska Lorenz stand in der Tür und winkte sie in ihr Büro.

Melissa und er nahmen am Schreibtisch der Ärztin Platz.

«Tut mir leid, dass Sie warten mussten, aber das Protokoll des Tumorboards ist erst jetzt reingekommen. Das ist die interdisziplinäre Arbeitsgruppe aus Spezialisten, die jeden einzelnen onkologischen Fall aus verschiedenen Blickwinkeln analysieren und anschließend ihre Empfehlungen abgeben.»

Tobias sagte nichts. Seine Tochter war zu einem *onkologischen Fall* geworden, einem Untersuchungsgegenstand.

Dr. Lorenz blätterte in dem Aktenordner, der vor ihr lag. «Aufgrund Ihres speziellen Wunsches – und Ihrer Hartnäckigkeit, wenn ich das so sagen darf – haben wir Zoes Blut nochmals untersucht, ebenso haben wir ja eine Blutprobe von Ihnen genommen, Herr Frey.» Sie wandte sich an Melissa. «Ihre Laborergebnisse haben wir ebenfalls vorliegen. Sie wissen ja bereits Bescheid.»

Melissa nickte.

«Zuerst zu Ihnen, Herr Frey. Die gute Nachricht ist: Sie haben kein Mikroplastik im Blut, all Ihre Werte sind normal.»

Er sollte sich vielleicht darüber freuen, doch er konnte es nicht. «Was ist mit Zoe?»

Dr. Lorenz' Blick war ernst. «Das Ergebnis ist überraschend. Ihre Tochter hat tatsächlich deutliche Anteile von Mikroplastik im Blut, und zwar verschiedene Kunststoffsorten, teilweise verunreinigt mit weiteren Giftstoffen.»

Also hatte sich der Verdacht seiner Schwester bestätigt. Zoe war vollgepumpt mit diesem ... diesem Dreck. Ihm wurde schwindlig bei der Vorstellung, und er griff nach der Armlehne, um sich an irgendetwas festzuhalten.

«Dann ... Dann wurde die Krankheit ... meiner Kleinen durch ... Mikroplastik ausgelöst?» Tobias hatte Mühe, die Worte zu formen. Sein Hals war wie ausgetrocknet.

«Die offene Antwort ist: Wir wissen es nicht genau.» Die Ärztin sah sie beide an. «Dazu gibt es in der Medizin noch zu wenig fundierte Forschung.»

«Aber möglich wäre es?», hakte Melissa nach.

«Natürlich. Es sind Fremdstoffe im Blut, die dort nichts zu suchen haben. Und da wir keinen anderen Auslöser für die Krankheit gefunden haben, ist es naheliegend, dass diese Fremdstoffe verantwortlich sind. Vor allem, weil ein anderes Untersuchungsergebnis diese These unterstützt.»

«Was meinen Sie damit?»

«Nun, ein Kollege vom Tumorboard hat darauf hingewiesen.» Dr. Lorenz zog einen Computerausdruck aus der Akte. «Ich muss ein wenig ausholen. Unser Universitätsklinikum Eppendorf hat im Sommer 2022 im Rahmen einer Studie die Lebern erkrankter Patienten untersucht. Das Ergebnis war erschreckend: In vielen geschädigten Lebern fanden die Forscher erhöhte Mikroplastikkonzentrationen. Die Partikel gehörten sechs verschiedenen Kunststoffen an, etwa PVC, PET und Polystyrol. Zudem war die Oberfläche dieser winzigen Partikel verändert, was darauf hindeutet, dass sich die Fremdstoffe bereits länger in den Organen eingenistet hatten.»

«Dieses Plastikgift steckt also nicht nur im Blut, sondern auch in der Leber?» Tobias brachte nur ein Flüstern zustande. «Auch bei Zoe?»

«Wir haben daraufhin nochmals gezielt die Leber Ihrer Tochter untersucht und eine weitere Biopsie vorgenommen, wie Sie wissen», fuhr die Ärztin fort. «Und wir haben tatsächlich Mikroplastik in Zoes Leber gefunden.»

Stille trat ein.

In seinem Kopf rasten die Gedanken, er spürte, wie sein Herz schlug, sein Magen sich verkrampfte.

«Bedeutet das ...?» Er brach ab.

«Also hat das Plastik den Krebs von Zoe ausgelöst.» Melissas Stimme war fest und laut. «Warum hat das Krankenhaus das nicht früher erkannt und reagiert?»

«Ich verstehe Ihren Unmut. Aber bisher ist uns noch kein solcher Fall bei einem zweijährigen Kind untergekommen. Und ...» Sie zögerte. «Und für die weitere Behandlung ist die Diagnose nicht relevant.»

«Das können Sie doch nicht wissen!» Tobias presste die Worte heraus.

«So leid es mir tut, Herr Frey, der Befund ist eindeutig: Ihre Tochter hat ein eingewachsenes Karzinom in der Leber. Und wir können es nicht operativ entfernen, dafür ist es zu groß. Auch die Zerstörung durch Radiofrequenzablation, also durch Hitze, fällt weg. Deshalb bleibt nur die erprobte Standardtherapie.»

«Und die wäre?»

«Wir empfehlen eine transarterielle Chemoembolisation. Bei dieser Methode werden Medikamente direkt in die Blutgefäße gespritzt, die den Tumor versorgen. Das soll das Wachstum der Krebszellen hemmen. Ergänzend käme die Einnahme von Sorafenib in Betracht, ein Wirkstoff, der die Zellteilung behindert.»

«Also doch Chemotherapie.» Melissa schüttelte den Kopf. «Und wie stehen die Chancen, dass Zoe damit wieder gesund wird?»

«All diese Therapien verzögern das Krebswachstum, bieten aber keine Heilung.» Die Ärztin klang ehrlich betroffen. «Es tut mir leid,

Ihnen nichts anderes sagen zu können. Wie gesagt, die Meinung der Tumorkonferenz in dieser Frage ist eindeutig.»

«Dann ... wird Zoe ...» Tobias konnte es nicht aussprechen. Zu schrecklich war die Vorstellung.

«Wir tun unser Bestes, es Ihrer Tochter so angenehm wie möglich zu machen.» Dr. Lorenz sah ihn an. «Sie kann noch ein paar gute Monate haben, Herr Frey. Nutzen Sie sie.»

«Sie haben leicht reden, Frau Doktor Lorenz, es ist ja nicht Ihre Tochter!» Es brach voller Schmerz aus ihm heraus.

«Ich fühle mit Ihnen», sagte die Ärztin. «Ich habe selbst zwei kleine Kinder. Ihnen solche traurigen Nachrichten überbringen zu müssen, belastet mich sehr, glauben Sie mir. Ich wünschte, ich könnte Ihnen etwas anderes sagen. Aber das würde Ihnen auch nicht helfen. Sie sollten sich darauf vorbereiten, was auf Sie zukommt.»

«Aber es muss doch noch andere Wege geben, irgendwas ...» Melissas Stimme klang brüchig. «Kommt denn eine Lebertransplantation infrage? Das wird doch heutzutage häufiger gemacht.»

«Auch die Variante haben wir diskutiert, glauben Sie mir.» Die Ärztin schüttelte den Kopf. «Eine solche komplizierte Operation bei einem zweijährigen Kind vorzunehmen, das in einer so schlechten körperlichen Verfassung ist wie Zoe: keine Chance, so leid es mir tut. Das Mädchen würde den Eingriff nicht überleben.»

«Es kann doch nicht sein, dass das hier der einzige Weg ist. Das gibt es doch nicht!» Melissa vergrub das Gesicht in den Händen.

«Wir arbeiten nach den neuesten wissenschaftlichen Erkenntnissen zum Wohl unserer Patienten. Deshalb schlagen wir nur Behandlungsmethoden vor, von denen wir überzeugt sind, dass sie wirken.»

«Aber Sie haben doch selbst gesagt, bei Mikroplastik sind die Erkenntnisse dünn. Vielleicht sind andere Verfahren gerade in der Erprobung, irgendwo auf der Welt ...», Melissa sah auf.

«Einige Forscher arbeiten tatsächlich an diesem Thema, denn wenn viele Erkrankungen wirklich durch Mikroplastik ausgelöst werden, braucht die Medizin Antworten. Und geeignete Therapien.»

Dr. Lorenz zögerte. «Ein Ärzteteam in den USA forscht gerade an einer neuen Behandlungsmethode gegen Mikroplastik im Blut und in Organen … Nach allem, was ich gelesen habe, machen die ersten Tests und Studien Hoffnung. Und sie richten sich auch auf die Heilung bereits ausgebrochener Krebserkrankungen aus, setzen also an zwei Punkten an.» Sie räusperte sich. «Das alles befindet sich aber leider erst am Anfang. Es fehlen belastbare Erkenntnisse, ob die Behandlungsmethode tatsächlich eine Heilung ermöglicht. Erst müssen die eingesetzten Medikamente ausgiebig getestet werden. Das kann Jahre dauern.»

Tobias richtete sich auf. «Kann Zoe nicht an der Studie teilnehmen? Könnten wir diese Medikamente nicht nach Deutschland schicken lassen?»

Gab es doch eine Chance, wenn auch eine winzige, dass seiner Tochter geholfen werden konnte?

Die Ärztin schüttelte den Kopf. «Das geht aus vielen Gründen nicht. Wir dürfen solche Medikamente hier in Deutschland nicht benutzen. Und keine Krankenkasse würde das übernehmen. Eine Behandlung wäre nur in den Vereinigten Staaten möglich. Und die Kosten sind immens – bei zweifelhaftem Nutzen.»

«Von welchen Beträgen reden wir?», hörte er sich fragen.

Sie senkte den Blick. «Etwa zwei Millionen Dollar.»

«Zwei Millionen Dollar?»

Weder er noch Melissa noch sonst jemand in der Familie verfügte über eine solch absurd hohe Summe – sie hatten nicht einmal einen Bruchteil davon.

«Sie machen Witze.»

«Leider nein. Die medizinische Versorgung in Amerika ist teuer – nur wenige können sich solche Spezialbehandlungen leisten.»

Die Erkenntnis traf ihn wie ein Faustschlag: Zoe könnte – vielleicht – gerettet werden.

Doch Heilung war nicht möglich. Weil sie das Geld nicht hatten.

MARBELLA, SPANIEN

Nelson zeigte die Dienstmarke, die ihn als deutschen Kriminalbeamten auswies. Er ließ Michael Naumann nicht aus den Augen. «Was machen Sie mit so viel Geld? Zum Einkaufen im Supermarkt brauchen Sie das sicher nicht.»

Diana hielt Naumanns Geldbündel immer noch in den Händen, der Mann traute sich nicht, danach zu greifen.

«Das geht Sie nichts an!»

«Wir können auch gleich zum nächsten Polizeirevier gehen, wenn Ihnen das lieber ist, die interessieren sich ebenfalls für die Banknoten.» Das war ein Bluff, niemand hier wusste von deutschen BND-Agenten im Außeneinsatz. «Wir arbeiten selbstverständlich mit den spanischen Behörden zusammen, die Kollegen sind über unseren Einsatz informiert.»

Der Erste Offizier wich leicht zurück. «Es ist nicht verboten, Bargeld mit sich herumzutragen. Das ist kein Verbrechen!»

«In dieser Summe lässt es aber in jedem Fall Fragen aufkommen.» Diana packte das Geld wieder in die Tüte und steckte sie in ihre Tasche. «Machen Sie jetzt keinen Ärger, Ihre Situation ist auch so schon schlimm genug.»

«Herr Naumann, wir dürfen Ihnen übrigens schöne Grüße von Ihrer Freundin Chau Hoang ausrichten», ließ Nelson die Bombe platzen. Spätestens jetzt wusste Naumann, warum sie wirklich hier waren. «Sie hat Ihnen sicher schon von unserem Besuch bei ihr berichtet, oder?»

«Was ... Wie ...?» Naumann sah erschrocken zwischen Nelson und Diana hin und her. «Wie haben Sie mich gefunden?»

«Handyortung.» Diana lächelte. Nachdem sie sich die Einzelverbindungsnachweise von Naumanns Freundin besorgt hatten, konnten sie seine Nummer schnell identifizieren, denn Chau Hoang kontaktierte kaum jemand anderen. Die Ortung seines Telefons war für die

BND-Spezialisten dann kein Problem mehr gewesen. «Ein Kinderspiel.»

«Warum verstecken Sie sich hier in Marbella?» Nelson verschärfte seinen Tonfall. «Warum melden Sie sich nicht bei den Behörden?»

«Das geht Sie gar nichts an, ich habe nichts verbrochen.» Naumann versuchte sich zwischen den beiden auf die Straße zu drängen, doch Diana versetzte ihm einen Stoß.

«Sie sollten Ihren Mund nicht so aufreißen, Herr Naumann. Das sind sicher mehr als zehntausend Euro», sagte Nelson und deutete auf Dianas Tasche, in der das Geldbündel steckte. «Das macht Sie der Geldwäsche verdächtig. Außerdem, und das ist viel schwerwiegender, stehen Sie wegen des Untergangs der *Indian Rosebud* potenziell unter Verdacht der fahrlässigen Tötung. Es sind dreizehn Besatzungsmitglieder ertrunken.» Den Terrorismusverdacht erwähnte er noch nicht, dazu würden sie noch kommen, sollten sich die Anzeichen verdichten.

«So ein Schwachsinn! Es war höhere Gewalt!» Naumann wurde hektisch. «Wir sind in einen fürchterlichen Sturm geraten und gesunken.»

«Das mag die Wahrheit sein, wir haben dennoch einige Fragen.» Dianas Tonfall war ruhig und sachlich. «Hören Sie, wir machen Ihnen einen Vorschlag. Uns interessiert vor allem die Ladung des Schiffes und wer für das Unglück verantwortlich ist. Wenn Sie uns die gewünschten Infos liefern und uns überzeugen, dass Sie nichts mit der Sache zu tun haben, kommen Sie vielleicht mit einem blauen Auge davon.»

«Nutzen Sie die Chance», assistierte Nelson. «Am besten unterhalten wir uns in Ihrem Hotelzimmer weiter.»

Der Mann schien zu überlegen. «Also gut», sagte er dann. «Ich habe nichts zu verbergen.»

Diana machte einen Schritt zurück. «Dann bringen Sie uns bitte in Ihre Unterkunft. Und denken Sie nicht mal im Traum daran abzuhauen.»

Naumanns Hotelzimmer war spartanisch ausgestattet, ein Bett, ein Schrank, ein Tisch, zwei Stühle. Er ließ sich aufs Bett fallen. Nelson und Diana setzten sich an den Tisch. Der Mann starrte angespannt auf den Boden. Auf Nelson wirkte er nicht wie ein Verbrecher.

«Also, woher stammt das Geld?», begann Diana.

«Ich sage nichts.» Naumann verschränkte die Arme. «Müssten Sie mir nicht meine Rechte vorlesen? Darf ich nicht einen Anwalt rufen?»

«Wie gesagt, wir beschuldigen Sie gerade noch nicht, Herr Naumann, somit kann das alles noch glimpflich für Sie ausgehen – vorausgesetzt, Sie zeigen sich kooperativ.» Diana setzte ein kühles Lächeln auf. «Sehen Sie es einfach als eine nette Unterhaltung.»

«Nett? Dass ich nicht lache! Wer garantiert mir denn, dass Sie mich nicht reinlegen – und am Ende bin ich am Arsch?»

«Wenn wir Sie einfach verhaften und nach Deutschland überstellen wollten, hätten unsere spanischen Kollegen das längst für uns erledigen können.» Nelson hoffte, der Mann würde nicht nachfragen. Tatsächlich würden sie später die Behörden vor Ort um Amtshilfe bitten, um vorläufige U-Haft würde er nicht herumkommen. «Stattdessen sind wir hier. So bleibt unser Gespräch informell – falls Sie sich nichts zuschulden kommen lassen haben. Herr Naumann, es sind Menschen gestorben.»

«Ich bin unschuldig, das habe ich doch gesagt!»

Nelson lehnte sich zurück. «Überzeugen Sie uns.»

Naumann wand sich, schien dann aber zu entscheiden, dass es ihm gerade wichtiger war, seine eigene Haut zu retten. «Also gut. Was wollen Sie wissen?»

Nelson beugte sich vor. «Was ist mit dem Geld?»

«Otto Tietz, der Besitzer der Reederei, hat es mir über einen Mittelsmann geschickt», begann Naumann zögerlich. «Ich hatte ihn kontaktiert. Schließlich muss ich zurück nach Deutschland. Als die *Indian Rosebud* sank, bestiegen wir die letzte Rettungsinsel und wurden in Spanien an den Strand gespült. Ich konnte nur eine Tasche mitnehmen, und meine Geldbörse und mein Ausweis gingen verloren. Dieses Geld soll meine Rückreise nach Deutschland ermöglichen.»

«Wer ist wir?»

«Kapitän William Johnson, zwei Besatzungsmitglieder und ich. Wir waren die Letzten an Bord. Es ging alles sehr schnell.»

«Wo sind der Kapitän und die anderen jetzt?»

«Wir haben uns gleich getrennt, als wir an Land waren. Ich vermute, William ist untergetaucht. Er weiß, was ihm blüht, wenn man ihn erwischt.»

Diana richtete sich auf. «Also wussten Sie, dass etwas Illegales geschah?»

«Nein, nein, so meinte ich das nicht, ich wusste gar nichts. Sie ... Sie verdrehen mir die Worte im Mund!» Ärger und Frust lagen in seiner Stimme.

«Erzählen Sie weiter», sagte Nelson, doch Naumann verschränkte nur die Arme vor der Brust.

«Kommen Sie, Herr Naumann, denken Sie an Ihre Freundin.»

«Lassen Sie Chau da raus!»

«Was glauben Sie, was passiert, wenn Frau Hoang erfährt, dass Sie in spanischer Auslieferungshaft sitzen?», sagte Diana. «Anwalt hin oder her – das kann sich hinziehen, bis Sie sie wieder in die Arme schließen können.»

«Meine Freundin hat damit nichts zu tun.» Naumann hob die Hände, dann ließ er sie mutlos fallen. «Wir wollen nächstes Jahr heiraten.»

«Also, dann helfen Sie uns. Und keine Lügen bitte. Dafür ist Ihre Lage zu ernst.» Nelson beugte sich vor. «Haben Sie dem Auftrag deshalb zugestimmt? Um sich was extra zu verdienen?»

Naumann senkte den Blick. «Ohne Geld kann man nicht heiraten. Unsere finanziellen Mittel sind derzeit etwas ... beschränkt.»

«Warum hat die *Indian Rosebud* den Hafen von Marseille vorschnell verlassen?» Diana fixierte den Mann.

Naumann atmete tief durch. Dann berichtete er stockend vom überraschenden Sonderauftrag, der Fahrt nach Nigeria, den sein

Kapitän erhalten hatte, und von der geheimnisvollen Lieferung mit bewaffneten Begleitern.

Nelson horchte auf. «Was war die Ladung?»

«Tonnenweise in Folie gewickelte Pakete. Der Inhalt war von außen nicht erkennbar. Der ganze Laderaum war voll. Es fühlte sich an wie Gebrauchtkleidung, so was haben wir früher schon transportiert, und das stand auch in den Papieren. In Afrika werden die Klamotten aufbereitet und weiterverkauft.»

«Dazu braucht man aber keinen bewaffneten Begleitschutz.» Dianas Ton war sachlich. «Also, was haben Sie wirklich transportiert? Waffen? Drogen?»

«Ich schwöre, ich wusste es nicht, als wir ablegten!» Er klang jetzt ehrlich verzweifelt. «Es war sowieso Wahnsinn, das Wetter war viel zu schlecht. Aber William bestand auf der Fahrt.»

«Und was war nun Ihre Fracht?», fragte Nelson.

Naumann erhob sich, öffnete den Schrank, holte ein Päckchen heraus, eingewickelt in schwarze Folie, und legte es auf den Tisch. «Das habe ich heimlich mitgenommen und in meiner Tasche versteckt. Ich dachte, wenn es ernst wird, habe ich eine Rückversicherung, einen Beweis.»

Nelson hob das Päckchen auf. Es fühlte sich leicht und weich an, als wäre eine Kissenfüllung darin. Vorsichtig schnitt er mit seinem Taschenmesser eine Seite auf, und kleine bunte Plastikschnipsel quollen heraus. Sie rochen streng. Es war eindeutig Abfall.

«Das war unsere Lieferung. Plastikmüll nach Nigeria. Ob es dort verbrannt werden sollte oder einfach im Meer versenkt – ich weiß es nicht.» Naumann sah sie beide an. «Was ich aber weiß: Das lohnt sich, da lassen sich fette Gewinne erzielen. Wir haben früher schon mal indischen Plastikmüll transportiert – ganz legal. Und die Europäer zahlen noch viel mehr für die Entsorgung. Die wissen gar nicht mehr, wohin mit dem ganzen Abfall.»

Nelson und Diana sahen sich an. Jetzt bestätigte sich, was sie vermutet hatten, und es gab eine Erklärung für die Unmengen von Plastik in der Straße von Gibraltar, für die von Plastik überfluteten Stände im Norden Marokkos, die seit Kurzem in allen Nachrichten gezeigt wurden.

Naumann hob die Schultern. «Glauben Sie mir, ich hatte wirklich keine Ahnung. Aber eins sage ich Ihnen: Plastikmüll verschwinden zu lassen ist mittlerweile viel lukrativer als Drogen oder Waffenschmuggel. Da lockt das ganz große Geld.»

Neu angelegte Computerdatei – Recherchen m.frey

Studien und Fallbeispiele: Wie Mikroplastik den Tieren schadet

Meerestiere: Eine Studie des WWF und des Alfred-Wegener-Instituts (Deutschland) ergab: Heute ist fast jede tierische Art im Meer mit der Plastikverschmutzung konfrontiert – bei rund 90 Prozent der untersuchten Arten sind negative Auswirkungen zu beobachten. Mikroplastik ist nicht nur in die marine Nahrungskette eingedrungen, sondern beeinträchtigt ernsthaft die Produktivität der wichtigsten marinen Ökosysteme wie Korallenriffe und Mangroven. Regionen wie das Mittelmeer, das Ostchinesische und das Gelbe Meer haben bereits kritische Verschmutzungs-Schwellenwerte überschritten. Erhebliche ökologische Risiken drohen.

Blauwale: Forscher der Universität Stanford (USA) haben herausgefunden, dass die größten Tiere unserer Erde täglich über 40 Kilogramm Mikroplastik fressen.

Bienen: Dänische Wissenschaftler untersuchten Tausende von Bienen aus 19 verschiedenen Bienenstöcken. Sie fanden verschiedenste Anhaftungen bei den Tieren: 15 Prozent der gefundenen Partikel waren Mikroplastik. Die Analyse bestätigte das Vorhandensein von 13 synthetischen Polymeren, das häufigste war Polyester, gefolgt von Polyethylen und Polyvinylchlorid.

Seevögel: Australische Wissenschaftler untersuchten 186 verschiedene Arten und rechneten die Ergebnisse hoch. Danach nehmen 90 Prozent aller Seevögel Mikroplastik auf.
Greenpeace hält fest: Mehr als eine Million Seevögel und 100 000 Meeressäugetiere und Schildkröten sterben jedes Jahr an Plastikmüll im Meer.

Elefanten: Forscher der Universität Neu-Delhi (Indien) untersuchten den Kot von wild lebenden Elefanten. Resultat: Kunststoffpartikel machten 85 Prozent der gefundenen Fremdabfälle aus. In Sri Lanka wurden 20 tote Elefanten in der Nähe von illegalen Müllkippen gefunden, die Tiere hatten Plastikmüll gefressen und waren daran verendet.

Recherche-Memo: Bereits mehr Kunststoffe als Tiere auf der Welt – ist unser ganzer Planet längst unsichtbar verseucht?

KAPITEL 10
HAMBURG

«**Jetzt** fangen wir an, richtig auszumisten!»

Victoria kramte im Küchenschrank, öffnete Schubladen und Fächer.

«Was suchst du?» Melissa beobachtete sie vom Esstisch aus.

«Das kannst du dir doch denken. Ich werde alles aus Plastik aus unserem Haushalt entfernen. Und zwar sofort. Das gibt alles Partikel ab, und dieses Gift wird es in unserer WG nicht länger geben.»

Sie stellte zwei Salatschüsseln und ein Sieb aus Kunststoff auf den Tisch, legte Kochlöffel, Vorratsboxen und das Schneidbrett daneben. In einer Ecke fand sie Plastiktüten, aus dem Bad holte sie Zahnbürsten und verschiedene Cremetuben.

Melissa nahm ihrer Freundin die Tuben ab. «Bist du verrückt? Das sind meine Lieblingscremes. Und meine Lippenstifte lässt du bitte auch in Ruhe.»

Sie sortierte einige ihrer Kosmetikprodukte aus dem Haufen und brachte sie zurück ins Bad, dann stellte sie ihren Lieblingsthermosbecher zurück in den Schrank. Sie nahm einen bunten Kuchenspatel, den ihre Mutter ihr geschenkt hatte, und drehte ihn in den Händen, doch statt ihn zurück in die Lade zu legen, ließ sie sich wieder auf ihren Stuhl fallen.

Victoria setzte sich zu ihr und nahm ihr den Spatel ab. «Wenn du es ernst meinst, musst du dich von den Dingen trennen. Sei konsequent – auch wenn es wehtut.»

«Du hast leicht reden.» Melissa versuchte den Spatel an sich zu reißen, aber ihre Freundin schob ihn außer Reichweite. «An solchen Sachen hängen Erinnerungen, das sind nicht bloß Gegenstände. Außerdem will ich gar nicht wissen, wie viel Plastik wir in unserer

Wohnung haben, das macht die ganze Scheiße auch nicht besser ...»
Ihre Stimme brach.

Victoria seufzte. «So kommen wir nicht weiter.» Sie drückte Melissas Hand. «Ich mag mir gar nicht vorstellen, was du gerade durchmachst. Und Zoe erst. Es ist so schrecklich.»

Melissa schluckte die aufsteigenden Tränen herunter, als sie an ihre Nichte dachte. Noch immer fiel es ihr schwer, die Tragweite dessen zu begreifen, was die Ärztin ihnen erklärt hatte. Gruselfilme kamen ihr in den Sinn: Menschen, die von unbekannten Substanzen in ihrem Blut in Zombies verwandelt wurden. Sie schüttelte den Kopf, um den absurden Gedanken zu vertreiben, und atmete tief durch.

«Ich glaube, es macht wenig Sinn, einzelne Plastikteile auszusortieren», sagte sie. «Dafür haben wir zu viele hier.»

«Aber irgendwo müssen wir doch anfangen.» Victoria legte frustriert den Kopf in den Nacken. «Wenn wir schicksalsergeben herumsitzen, kommen wir ganz bestimmt nicht weiter.»

«Aber willst du wirklich deine Jogging-Leggings ausmustern? Und deine Laufschuhe? Alles ab in den Müll und dafür nur noch Leder und Naturfaser-Klamotten?»

Ihre Freundin überlegte. «Du hast recht: Es ist einfach alles aus Plastik. Aber das heißt nicht, dass wir deshalb kapitulieren müssen.»

«Will ja auch keiner, aber ein paar Strohhalme und Einwegbecher weniger retten die Welt leider auch nicht.»

«Da bin ich anderer Meinung.» Victoria stand auf. «Jeder Einzelne kann etwas tun. Wir alle *müssen* etwas tun! Sonst ersticken wir im Müll.» Sie war in ihren Aktivistinnenton verfallen, und Melissa verkniff sich ein Schmunzeln. «Wir haben es selbst in der Hand. Jeder Einzelne!»

«Das klingt alles toll. Aber Plastik ist so allgegenwärtig, dem können wir doch gar nicht entkommen.»

«Das ist auch nicht der Punkt. Es geht darum, die Abfallmengen drastisch einzuschränken und alles in einen Recyclingkreislauf einzuspeisen.» Victoria ging jetzt in der Küche auf und ab. «Wenn wir alles wiederverwenden würden, wäre das Problem lösbar.»

«Es wird doch schon alles Mögliche recycelt. Und überall stehen die speziellen Mülltonnen, und bei Geschäften kann man den Kunststoffabfall abgeben, viele Produkte haben dieses Zeichen ...»

«Ach, das ist lächerlich!» Ihre Mitbewohnerin war lauter geworden. «Nichts als Lügen der Industrie, und wir machen es uns leicht, indem wir den Schwachsinn glauben!»

Melissa war überrascht von Victorias plötzlichem Ausbruch. «Und woher hast du deine Weisheiten?»

«Das kann jeder nachlesen! In Deutschland wird nur rund die Hälfte des Plastikmülls recycelt, in ganz Europa ein Drittel, weltweit sind es *neun Prozent*! Der große Rest landet – irgendwo. Das ist total erbärmlich, eigentlich ist es ein Skandal. Wir werden von den Unternehmen und der Politik verarscht, und zwar auf ganzer Linie.»

Melissa hob die Brauen. «Spricht da etwa die tapfere Kämpferin der *Earth Defender*?»

«Mach dich nur lustig darüber.» Ihre Freundin schüttelte den Kopf. «Die Dinge stehen nicht gut. Und ja, der Kampf gegen die giftigen Abfallberge ist unser Thema. Weil es wichtig ist. Und zwar nicht nur Plastikmüll, sondern jede Art von Müll. Da kenn ich mich aus.» Sie sah Melissa ernst an. «Gerade du als Betroffene solltest die Sache angehen. Als Journalistin hast du mehr Möglichkeiten als andere.»

«Was soll ich denn deiner Meinung nach tun?»

«Fang einfach an.» Victoria setzte sich wieder. «Und zum Start ein kleiner Tipp: Unsere Gruppe wird demnächst in Bremen eine spektakuläre Aktion starten. Das Wann und Wo ist noch geheim, aber ich würde dich kurz vorher informieren.»

«Eine Exklusivgeschichte für *Daily Flashlight* kann ich immer gebrauchen.» Melissa fragte sich, was ihre Freundin plante und warum sie plötzlich doch darüber sprach. «Und etwas Action wird mir vielleicht sogar ganz guttun. Ich habe momentan meinen Kopf nicht richtig frei.»

«Das kann ich verstehen. Die Sache mit Zoe beschäftigt dich sehr, oder?»

Melissa seufzte. «Ach, was mich ständig umtreibt und mir den Schlaf raubt, ist eine Frage: Gäbe es im Ausland eine Heilungschance? Ich hab dir ja davon erzählt. Mein Bruder und ich suchen nach einer Lösung, um Zoe eine Behandlung in den USA zu ermöglichen. Aber der Betrag von zwei Millionen ist Lichtjahre außerhalb unserer Reichweite. Und keine Bank der Welt würde uns dafür einen Kredit geben.»

Victoria überlegte. «Ich wüsste vielleicht einen Weg.»

Melissa sah auf.

«Du kennst doch Crowdfunding. Da werden fremde Leute aufgefordert, Geld für ein Projekt zu spenden. Das machen heute viele, Privatpersonen wie Start-ups, die sonst keinen Zugang zu Finanzierungsquellen haben. Und es funktioniert – am besten via Internet.» Sie lächelte. «Einen Versuch wäre es doch wert, oder?»

KÖLN

Nelson war am Wochenende zur alten Werkstatt seiner Eltern gefahren. Das heruntergekommene Hinterhofgebäude in Köln-Ehrenfeld hatte er jahrelang gemieden, doch in letzter Zeit zog es ihn immer wieder hierher. Vielleicht, weil es so was wie seine eigentliche Heimat war. Und das einzige Erbe seiner Eltern. Hier hatte er seine Kindheit verbracht, seinem Vater bei der Reparatur der Elektrogeräte zugesehen, mit seiner Mutter gespielt. Zugleich war die Werkstatt ein erstarrtes Bild seiner Vergangenheit, sie weckte Erinnerungen, fröhliche wie schmerzliche. Kaum war er in den Räumen, wurden die Gedanken in ihm laut, frühe Szenen und Gespräche, versteckt irgendwo in seinem Gedächtnis, traten hervor und wurden lebendig. Wehmut überwältigte ihn.

Deshalb konnte er sich auch nicht überwinden, die Werkstatt leer zu räumen. Er hatte alles so gelassen, wie er es vorgefunden hatte: die alten Radiogeräte und Röhrenfernseher in den Regalen, die sein Vater für spätere Reparaturen aufbewahrt hatte, Vaters von Staub überzogene Werkzeuge, seinen Arbeitsstuhl, die altersschwache Lampe. Die Kücheneinrichtung, der wackelige Esstisch, das verschlissene Sofa, die Matratze in seiner früheren Spielecke auf dem Dachboden – alles stammte noch aus der Zeit seiner Eltern. Deshalb hatte er hier angefangen, nach Hinweisen zu suchen, die ihn der Wahrheit über ihren Tod näherbrachten. Und tatsächlich hatte er etwas gefunden.

Er legte das alte Fotoalbum auf den Tisch und rief auf seinem Laptop den Ordner mit den eingescannten Dokumenten auf.

Die chiffrierte Notiz, die im Einband des Albums versteckt gewesen war, hatte er mittlerweile entschlüsselt. Die zwei beschriebenen Blätter enthielten lediglich die geografischen Daten zweier Punkte in Frankreich und Österreich. Warum hatten seine Eltern sich solche Mühe gemacht, sie sicher aufzubewahren?

Er hatte die Daten auf einer Karte im Internet gecheckt: Die eine Stelle war in einem Wald im Süden Österreichs, die andere an einer Straße in Lyon.

Bisher hatte er sich nicht die Mühe gemacht, extra dorthin zu reisen, was sollte er schon vorfinden, so viele Jahre später. Doch die Koordinaten gingen ihm nicht aus dem Kopf: Es musste ja einen Grund haben, dass die Blätter so gut versteckt gewesen waren. Sollte er doch hinfahren, nur um sicherzugehen, dass es eine Sackgasse war?

Vielversprechender waren die Resultate seiner privaten Recherchen beim BND – getarnt als Ermittlungen zu einem anderen Fall. Die Analyseprogramme des Nachrichtendienstes hatten zwei der unbekannten Personen identifiziert, die auf den beiden Aufnahmen zu sehen waren, die er ebenfalls im Einband des Fotoalbums gefunden hatte, gut versteckt, zusammen mit den Koordinaten.

Er betrachtete die beiden Schnappschüsse. Der eine zeigte zwei

Männer vor einem Geschäft. Der andere einen weiteren Unbekannten und eine Frau auf der Straße, das Bild war allerdings zu unscharf und hatte keine Ergebnisse gebracht.

Einer der beiden Männer vor dem Geschäft war laut Akten ein Franzose mit Namen Alain Dupont, geboren in Paris, Botschaftsangehöriger, verheiratet, ein Kind. Früher war die Familie oft in andere Länder umgezogen, offenbar aufgrund von Versetzungen in andere Botschaften.

Der andere Mann auf dem Bild hieß Louis Favre, arbeitete jetzt aber unter Decknamen. Offiziell war er Schweizer Staatsbürger, sein derzeitiger Aufenthaltsort unbekannt. Laut den Geheimdienstberichten war Favre als international tätiger Vermittler von kriminellen Waren und Dienstleistungen aller Art aktiv: Waffen, Drogen, Geheiminformationen, Söldner und Auftragsmörder. Er stand auf der Fahndungsliste von Interpol, war aber noch nie vor Gericht gelandet. Auch der französische und der spanische Geheimdienst suchten ihn, wie Nelson herausgefunden hatte. Angeblich hielt sich der Mann vorzugsweise in Ländern auf, die von seiner Arbeit profitierten und ihn schützten. Das musste aber nicht heißen, dass er der Geschäfte wegen nicht doch in Europa unterwegs war.

Was hatte dieser Kriminelle mit dem französischen Botschafter zu schaffen? Welche illegalen Machenschaften liefen hier ab? Weshalb hatten Nelsons Eltern, die er immer für unbescholtene Bürger gehalten hatte, Bilder der beiden Männer, die offenbar heimlich aufgenommen worden waren? Wer hatte sie ihnen zugespielt? Und wieso waren sie so gut versteckt gewesen?

Er überlegte, wie er hier weiterkam. Der Botschaftsangehörige musste mittlerweile kurz vor der Rente stehen. Vielleicht sollte er ihn auf gut Glück besuchen. Mal sehen, wie sich das Treffen entwickelte.

Oder er würde Louis Favre aufspüren. Das war wahrscheinlich vielversprechender, und er konnte es, wenn es hart auf hart kam, vielleicht sogar irgendwie mit Recherchen für den BND begründen, was bei dem Botschaftsangehörigen schwierig werden würde.

Über allem stand für ihn eine Frage – und die war äußerst beunruhigend. Was um alles in der Welt hatten seine Eltern mit solchen einflussreichen, zwielichtigen, kriminellen Figuren zu tun?

Er musste es herausfinden.

PINNEBERG

Tobias war zehn Minuten zu früh dran. Nervös lief er vor dem Eingang der Bank auf und ab, überlegte, ob er vor der verabredeten Zeit hineingehen sollte. Er entschied sich dafür, sich erst mal am Schalter die neuen Kontoauszüge ausdrucken zu lassen. Sein aktueller Kontostand deprimierte ihn. Deshalb hatte er sich einen Termin bei einem Kreditberater geben lassen. Wenn er überhaupt irgendeine Chance hatte, sich das nötige Geld für Zoes Behandlung in den USA zu leihen, dann hier bei seiner Hausbank. So eine Bank verfügte über riesige Summen. Aber große Hoffnungen machte er sich nicht.

Er meldete sich bei einer Frau an der Anmeldung, die ihn in den hinteren Bereich führte. Sie klopfte an eine Tür, öffnete.

«Ihr Kunde ist da, Herr Mayer.»

Ein junger Mann Ende zwanzig mit Anzug und Krawatte sprang hinter seinem Schreibtisch auf und kam Tobias entgegen.

«Guten Tag, Herr Frey.» Er schüttelte ihm die Hand und deutete auf einen kleinen Besprechungstisch in der Ecke. «Setzen Sie sich bitte.»

«Danke.»

Der Bankberater schenkte zweimal Wasser ein und nahm ihm gegenüber Platz.

Kaum hatte Tobias seine Jacke und seinen Rucksack abgelegt, kam Mayer schon zur Sache. «Ich war bereits so frei, mir Ihre Kontodaten anzusehen. Ihre letzte Gehaltsabrechnung haben Sie dabei?»

Tobias nickte und reichte ihm einen Ausdruck.

«Wie Sie am Telefon gesagt haben, wollen Sie über einen größeren Kredit sprechen. Ist das richtig?»

Er nickte wieder.

«Kein Problem, dafür sind wir da.» Der Bankberater setzte ein unverbindliches Lächeln auf, das nichts bedeutete. «Um was geht es denn?»

Tobias räusperte sich. Er hatte sich vorgenommen, nicht lange drum herumzureden. «Ich brauche das Geld für eine medizinische Behandlung meiner zweijährigen Tochter in den USA. Sie hat Leberkrebs im Endstadium.»

«Oh. Das ...» Der Mann guckte irritiert und wusste offenbar nicht, was er sagen sollte. «Das tut mir leid.»

«Bedauerlicherweise ist die Behandlung sehr teuer – und dafür reicht mein Geld nicht. Deshalb das Darlehen.»

«Verstehe, verstehe.» Herr Mayer nestelte verlegen an seiner Krawatte. «Und Ihre Krankenkasse übernimmt die Kosten nicht.»

«Genau.»

«Nun, das ist ungewöhnlich, aber wir haben schon für ganz andere Projekte Darlehen vergeben. Und wenn es Ihrer kleinen Tochter hilft ...» Wieder dieses unverbindliche Lächeln. «Von welcher Summe reden wir denn hier?»

«Zwei Millionen Euro.»

Das Lächeln im Gesicht des Bankangestellten gefror. «Das meinen Sie nicht ernst, oder?» Er lachte kurz auf. «Das soll ein Scherz sein?»

Tobias schüttelte den Kopf. «Ich meine es todernst.»

«Aber ... Herr Frey ... Ihr Kontostand ... Ihr Einkommen ... Das Geld können Sie in Ihrem ganzen Leben nicht mehr zurückzahlen. Verfügen Sie über weitere Sicherheiten? Gold? Immobilien? Oder Ihre Eltern, Ihre Verwandten? Hätten Sie Bürgen?»

Tobias schüttelte wieder den Kopf. Er war mit wenig Zuversicht hierhergekommen, doch die Worte des Kreditberaters raubten ihm nun jede Hoffnung. Hier ging es nur ums Geschäft, nicht um

Menschen, nicht um Schicksale. Es war eine niederschmetternde Erkenntnis. Das überwältigende Gefühl von Hilflosigkeit und Frustration raubte ihm den Atem.

Der Bankangestellte stand auf, ein Zeichen, dass das Gespräch für ihn beendet war. «Wir können Ihnen nicht weiterhelfen, fürchte ich. Diese Bank muss Gewinne erwirtschaften, das fordern unsere Eigentümer. Wir dürfen kein Geld verschenken, so leid es mir tut.» Er streckte Tobias die Hand hin. «Alles Gute für Ihre Tochter.»

Tobias drehte sich wortlos um und ging.

Noch als er zu Hause war, klang das Gespräch mit dem Bankberater in ihm nach. Die entschiedene Antwort hatte ihm unmissverständlich klargemacht, dass jede Bank und jedes Kreditinstitut seine Anfrage abschmettern würde. Auf diesem Wege hatte er keine Chance.

Eigentlich hatte er gleich wieder ins Krankenhaus gewollt, aber Melissa war überraschend zu Besuch gekommen und erzählte ihm von der Idee ihrer Mitbewohnerin Victoria, eine Crowdfunding-Aktion zu starten, um das nötige Geld für Zoe zu sammeln. Sie war ganz aufgeregt.

«Was hältst du davon?»

«Das kommt überraschend, ich muss darüber nachdenken», antwortete er zögerlich.

Sie nickte. «Dann tu's.»

Er holte eine Kanne mit frischem Tee aus der Küche und schenkte nach. Langsam ließ er ein Stück Würfelzucker in der Flüssigkeit versinken und rührte um.

«Du meinst also, wir sollten fremde Leute anpumpen, möglichst viele, damit die zwei Millionen Dollar zusammenkommen?»

«So ist es.»

«Früher sagte man dazu Schnorren. Und das war kein schmeichelhafter Begriff.» Ihm behagte der Gedanke nicht, andere Personen aktiv um Spenden angehen zu müssen. Es fühlte sich an wie Bettelei.

«Mag sein. Aber heute ist Gruppenfinanzierung total etabliert. Wir würden nur einen Spendenvorschlag machen, alles ist freiwillig, keiner wird gezwungen.» Melissa nahm noch ein Stück von dem selbst gebackenen Zitronenkuchen, den sie mitgebracht hatte. «Außerdem tun wir es nicht, um uns persönlich zu bereichern, oder für dubiose Zwecke. Wir tun es für Zoe. Nur um sie geht es hier.»

«Ich weiß nicht, Melissa.»

Er merkte, wie sich etwas in ihm sträubte. Gab es wirklich keinen anderen Weg? Er hatte sich schon den Kopf zerbrochen, war aber zu keinem Ergebnis gekommen. Der Bankbesuch war sein letzter Ausweg gewesen, zumindest hatte er das gedacht. Bot dieses Crowdfunding eine neue Chance?

«Und du glaubst, es gibt genügend Menschen? Das müssten Tausende, wenn nicht Zehntausende sein, die uns einfach so Geld schenken?»

«Ich weiß es nicht. Bei anderen Vorhaben hat es funktioniert. Probieren würde ich es. Was hast du schon zu verlieren?»

Das stimmte. Er war ganz unten angekommen. Sein Frust und seine Verzweiflung hatten von ihm Besitz ergriffen. Seine Tochter rang mit dem Leben, und die einzige winzige Möglichkeit, sie vielleicht wieder gesund zu bekommen, scheiterte daran, dass er und seine Familie nicht reich genug waren.

Er atmete tief durch. «Wie soll das praktisch funktionieren?»

«Nun, wir suchen uns im Internet eine Crowdfunding-Plattform und präsentieren unser Thema. Du müsstest dich und Zoe vorstellen. Private Geschichten von euch, etwas, das ans Herz geht. Auch wenn das jetzt ein wenig zynisch klingt.»

Er sah sie verständnislos an. «Wir sollen öffentlich eine Show abziehen? Und Zoe wildfremden Menschen wie auf dem Jahrmarkt präsentieren?» Der Gedanke erschreckte ihn.

Melissa zuckte mit den Schultern. «Da wirst du nicht drum herumkommen, befürchte ich. Glaub mir, von der Arbeit bei *Daily Flashlight* weiß ich, wie so was läuft. Du brauchst bestenfalls Bildmaterial, etwas, das die Leute emotional abholt. Du nimmst sie auf eure *Reise* mit, wie man immer so schön sagt. Das ist der Preis, den du zahlen musst, wenn wir Erfolg haben wollen.»

«Ich soll meine Tochter also ins Internet stellen. Wer weiß, wie sie darauf reagiert? Sie leidet schon genug.» Er dachte an Zoe, die wahrscheinlich gerade schlief, wie meistens in den letzten Tagen. Heute Abend würde er wieder bei ihr übernachten, damit sie nicht allein wäre in ihrem Krankenhauszimmer.

«Wenn Zoe keine Lust hat oder sich schlecht fühlt, brechen wir das Ganze ab, das ist doch klar.» Melissa suchte seinen Blick. «Ich verspreche dir: Es ist ganz allein deine Entscheidung. Du kannst auch später noch jederzeit Nein sagen.»

«Meinst du?»

«Ja. Vertrau mir einfach. Vielleicht ist das Zoes Chance.»

Tobias nickte. Seine Stimmung hob sich, zumindest ein wenig. Zum ersten Mal spürte er so etwas wie Hoffnung, wie Zuversicht.

Ihm kam eine Idee. «Wozu brauchen wir eigentlich eine Internetplattform, wenn wir mit *Daily Flashlight* die ideale Website mit viel größerer Reichweite haben?» Er sah Melissa an. «Und du mit deinen Connections kannst das Ganze in die Hand nehmen. Dann würde ich mich dabei wohler fühlen, als wenn ich Zoe auf irgendein Portal hochlade, zwischen Spendenaufrufen für teure Hobbys und irgendwelche Start-up-Ideen.»

«Du meinst, ich sollte Zoes Schicksal in der Redaktion vorstellen und darauf drängen, eine Story daraus zu machen?» Melissa runzelte die Stirn. «Jetzt muss ich darüber nachdenken.»

«Wenn du die Verantwortung trägst und das Thema aktiv steuerst, kann weniger schieflaufen. Bei Fremden wäre ich mir da nicht so sicher.»

Melissa schwieg, sie schien zu überlegen.

«Du hast recht, einen Versuch ist es wert», sagte sie nach einer Weile. «Ich schlage es der Redaktion vor. Aber du musst bereit sein mitzuspielen – auch wenn es manchmal unangenehm werden könnte.»

Er nickte entschlossen. «Für Zoe tu ich alles.»

Subject: Unbekanntes Wrack geortet

Der Kommandant der Cristóbal Colón teilt mit, dass
im Rahmen einer Aufklärungsfahrt bei der Straße
von Gibraltar ein nicht identifiziertes Schiff am
Meeresgrund entdeckt wurde. Nach den Messungen des
bordeigenen Sonars und weiterer Aufklärungsmaß-
nahmen durch Tauchroboter handelt es sich um ein
Frachtschiff, das auf 412 Meter Meerestiefe liegt,
die Steuerbordseite ist der Länge nach aufgerissen.
Die entsprechenden Unterwasseraufnahmen schicken
wir zeitnah.

Bitte teilen Sie uns mit, wie wir weiter verfahren
sollen.

KAPITEL 11
MITTELMEER, SÜDLICH VON SPANIEN

Der Wind zerzauste sein Haar, Gischt spritzte an Deck, die *Neptuno* schaukelte durch die Wellen. In der Ferne war die Küstenlinie erkennbar. Nelson hielt sich an der Reling fest, sein Magen rebellierte, er machte einige tastende Schritte hin zu Diana.

«Du siehst blass aus», sagte sie. Ihr schien der starke Wellengang nichts auszumachen. «Willst du eine Kotztüte?»

Er winkte ab. «Wie lange brauchen wir noch?»

«Laut dem Kommandanten haben wir gleich die angegebene Stelle erreicht.»

Ein Signalhorn ertönte, das Bergungsschiff der spanischen Kriegsmarine drosselte seine Geschwindigkeit.

Im Wasser sahen sie ringsum Plastikteile und kleine Kunststoffgranulatstücke schwimmen – die Verschmutzung der Meeresoberfläche war immens, auch wenn ein großer Teil des Plastiks längst an Land gespült worden war. Die Bilder der Katastrophe waren in allen Medien präsent: Drohnenaufnahmen von den Küstenlinien und Stränden Marokkos, die von bunten Teilchen bedeckt waren, glitzerndes Plastik schwappte mit den Wellen auf den Sand, es sah surreal aus. Und auch andere Länder meldeten größere Mengen Plastik als normal, viele Urlauber hatten sich bereits über die verschmutzten Strände beschwert, berichteten Hotelbetreiber.

Nelson verbot sich, über die Kurzsichtigkeit dieser Leute zu urteilen, deren größte Sorge im Zusammenhang mit Plastik die Sauberkeit des Strandabschnitts war, an dem sie in der Sonne brutzelten. Vielleicht hätte er vor ein paar Jahren noch selbst dazugehört. Wie tief die Erde schon im Plastik steckte, davon hatte er lange keine Ahnung gehabt.

«Schon eklig, nicht?» Diana musterte ihn von der Seite. «Im Zuge unserer Ermittlungen habe ich mich ein wenig schlau gemacht und alle möglichen Studien gelesen. Demnach landet jede Minute mindestens eine Lkw-Ladung Plastikmüll in den Ozeanen, wahrscheinlich eher zwei. Und da die Kunststoffe nicht verrotten, sondern nur in kleinere Teile zerfallen, bleibt der Abfall ewig im Wasser. Ein gewöhnlicher Joghurtbecher oder eine Plastikflasche brauchen bis zu 450 Jahre, um sich aufzulösen.»

Nelson schwieg.

Nach einigen Minuten erstarben die Maschinen, und die Mannschaft ließ einen Anker zu Wasser. Aufgrund der ersten Ergebnisse in den Ermittlungen zur *Indian Rosebud*, die sie durch die Befragung von Naumann und die Identifikation der Fracht vorweisen konnten, hatte das spanische Außenministerium den BND eingeladen, jemanden als Beobachter zur Untersuchung der Fundstelle zu schicken. Die Marine ging davon aus, dass das Wrack am Meeresgrund die *Indian Rosebud* war. Aber der endgültige Beweis fehlte noch.

Capitán Manuel Ruiz kam von der Brücke herunter.

«Frau Winkels, Herr Carius, will jemand von Ihnen beiden bei unserer Rosinante mitfahren?», fragte er auf Englisch. «Ein Platz wäre noch frei.»

Er deutete auf den Kran, der gerade ein gelb lackiertes Mini-U-Boot aus der Verankerung hob. Das U-Boot sah aus wie eine zu groß geratene Krabbe aus Stahl mit Bullaugen in der Front und an der Seite, zwei Greifarme ragten empor. An der Seite war ‹Rosinante› zu lesen – wohl eine Anspielung auf Don Quichotte.

«Mich in dieses enge Ding zwängen? Nie im Leben!» Nelson schüttelte sich. In dem gelben Kasten abzutauchen musste sich anfühlen wie eine Seebestattung in einem Stahlsarg.

Ruiz sah zu Diana.

«Ich bleibe an der Seite meines Kollegen und halte sein Händchen.» Sie grinste. «Dieser Ausflug ist offenbar nicht sein Ding.»

«Kein Problem.»

Der Kapitän rief einige Befehle, zwei Marinesoldaten stiegen in das Tauchboot, Matrosen verriegelten die Einstiegsluke von außen. Auf Ruiz' Zeichen hin hob der Kran das Boot wieder an und schwenkte es über die Bordkante.

Langsam sank es ins Wasser. Ein Schwall Luftblasen stieg auf, nach wenigen Sekunden war das U-Boot in der Tiefe verschwunden.

«Sehen wir uns das am Monitor an», sagte Ruiz.

Nelson und Diana folgten ihm unter Deck zu einem Kontrollraum, der vollgestopft war mit Bildschirmen, Steuergeräten und Computeranlagen. Ein Marinesoldat bediente alles. Er nickte ihnen zu, als sie hereinkamen.

«Dann möge die Show beginnen.»

Sie stellten sich hinter den Soldaten und sahen auf den Monitor.

Eine Zeitlang blieb alles dunkel. Dann erschienen am Bildschirm schemenhaft einige Fische, die gleich wieder verschwanden. Nelson fand die düstere Perspektive irgendwie unheimlich, und er war froh, nicht in dieser Kiste zu sitzen.

Das U-Boot sank langsam.

«250 Meter, 300 Meter, 350 Meter, 400 Meter», sagte der Soldat an.

Plötzlich erschien wie aus dem Nichts der Sandboden im Scheinwerferlicht.

«Sie haben den Grund erreicht», sagte Ruiz.

Ein Schiffswrack war nicht zu entdecken.

Der Kapitän überprüfte die Positionsdaten und gab der Crew über Funk die Anweisung, das U-Boot ein Stück weiter Richtung Nord-Nordost zu bewegen. Das Bild am Monitor änderte sich, als das Tauchboot die angegebene Richtung einschlug. Sand wirbelte auf, Gestein war zu sehen.

«Was ist das?» Diana deutete auf einen bunten Fleck am Bildschirmrand.

«Müll», antwortete Ruiz. «Das ist im Mittelmeer normal. Das Wasser hier ist eine einzige Müllkippe. Jeden Tag passieren 300 Schiffe, viele nutzen die Gelegenheit, vor Anlaufen eines Hafens ihren Dreck über

Bord zu kippen, gerade nachts. Leider erwischt die Küstenwache die wenigsten.»

Der Fleck wurde größer, als das U-Boot vorbeifuhr. Es waren Reste eines rot gemusterten Schlauchboots. Kurz danach waren Teile eines Fischernetzes zu sehen, ebenso Flaschen, Kunststoffkanister und Plastiktüten, dazwischen undefinierbare Kleinteile. Der gesamte Meeresgrund schien von Müll bedeckt zu sein.

«Sieht schrecklich aus.»

Es war das erste Mal, dass Nelson direkt mit solchen Mengen Abfall in der Natur konfrontiert war. Obwohl er schon davon gehört hatte, war er entsetzt. Wie mochte es in anderen Meeresregionen aussehen?

Der Kapitän nickte. «Das Problem wird von Jahr zu Jahr größer.»

Etwas Schwarzes erhob sich schattenhaft auf dem Bildschirm. Als das U-Boot näher fuhr, wurden die Umrisse eines Wracks erkennbar.

Es war ein Frachtschiff von enormer Größe. Der Rumpf war zur Seite geneigt, die Bordwand war aufgerissen und hatte große Löcher, die Ladeluke fehlte. Die Aufbauten, ein Teil der Kommandobrücke und die Masten waren abgerissen. Um das Wrack herum lagen überall Metallteile.

«Das ist es.» Der Kapitän schien zufrieden. «Jetzt müssen wir einen Beweis finden, dass es sich tatsächlich um die *Indian Rosebud* handelt.»

Er gab der Tauchbootbesatzung den Befehl, das Wrack zu umrunden. Meter für Meter schwebte das Unterwasserfahrzeug an der Bordwand entlang. Am Bug stoppte es. Im suchenden Kegel der Scheinwerfer leuchtete ein verwitterter Schriftzug auf: *Indian Rosebud*.

«Okay, da haben wir es. Für heute haben wir unsere Mission erfüllt, für weitere Schritte sind wir gerade nicht ausgerüstet.» Ruiz beugte sich zu dem Soldaten am Kommandopult. «Die Männer sollen wieder auftauchen.»

«Einen Moment», sagte Diana. «Könnte die Crew noch den Frachtraum untersuchen und, wenn möglich, etwas von der Fracht bergen?»

«Kein Thema.» Der Kapitän gab neue Anweisungen.

Das Tauchboot beschrieb eine Kurve und steuerte durch einen Riss in der Bordwand direkt in den offenen Laderaum. Einige schwarze Säcke hatten sich an Metallteilen verhakt. Manche waren intakt, von vielen waren nur noch Fetzen übrig. Fast die gesamte Ladung hatte das Schiff verloren, als es im Sturm beschädigt worden war, und die meisten der Säcke hatten sich im Wasser geöffnet, das war an der Oberfläche nicht zu übersehen.

Der Greifer des U-Bootes fuhr aus und packte einige der Säcke.

«Reicht das?» Ruiz sah Diana an.

Sie nickte.

«Auftauchen!»

Wieder an Deck, dauerte es eine Weile, bis die Mannschaft das U-Boot in den Halterungen vertäut hatte. Nelson war froh, aus dem Kontrollraum raus zu sein und wieder Frischluft zu atmen, der Wellengang war ebenfalls geringer als zuvor. Sein Magen meldete sich. Er konnte etwas zu essen gebrauchen. Das war ein gutes Zeichen.

Ein Matrose brachte die vier Plastiksäcke aus dem Laderaum des Frachters. Nelson schnitt sie auf. Unmengen von Kunststoffmüll quollen heraus. Es roch streng, wie in Naumanns Hotelzimmer. Er verteilte den Müll an Deck.

«Also tatsächlich illegale Entsorgung, Naumann hat recht gehabt.» Diana machte Fotos. «Da unten im Rumpf des Wracks müssen sich immer noch Unmengen von dem Zeug befinden.»

«Das, was noch nicht im Meer treibt oder angespült ist», sagte Nelson.

Sie untersuchten die zerkleinerten Abfälle. Manches waren aufschriftlose Folien und Plastikchips, auf anderen Stücken konnten sie Überbleibsel der ursprünglichen Beschriftung lesen. Der Großteil war nicht mehr zu identifizieren, es war gehäckselter Müll, zahllose kleine Plastikteilchen.

Nelson pfiff durch die Zähne. «Das Zeug stammt offenbar von überall. Wenn ich die Aufdrucke richtig entziffere, aus Deutschland, Österreich, Frankreich, Italien und Belgien, vielleicht aus noch mehr Ländern. Wir werden alles zur Auswertung mitnehmen.»

«Hoffentlich lässt sich der Rest aus dem Wrack bergen», sagte Diana. «Wenn die übrigen Tüten mit der Zeit auch noch kaputtgehen …»

Er schüttelte den Kopf. «Ich befürchte, das interessiert niemanden. Wer sollte sich verantwortlich fühlen, diese Müllkippe unter Wasser zu beseitigen – im Wrack oder sonst wo im Meer? Die Aufräumarbeiten würden ewig dauern. Und diesen Aufwand will niemand leisten – von den Kosten ganz zu schweigen.» Er blickte aufs Wasser. «Nein, der Müll wird dadrin bleiben, so wie der ganze andere Abfall, der die Meere verseucht. Und offenbar hat damit niemand ein Problem.»

HAMBURG

«Das ist wirklich schrecklich mit deiner Nichte, die Arme.» Max klang aufrichtig traurig. «Ich versteh dich vollkommen, dein Bruder und du, ihr müsst was unternehmen, jede Chance ergreifen – und wenn es nur ein Strohhalm ist …»

«Ja, das versuchen wir. Aber meinst du, das ist auch ein Thema für unsere Plattform?» Melissa hatte ihrem Kollegen von der Idee berichtet, für Zoe eine Fundraising-Aktion auf *Daily Flashlight* zu starten. Jetzt saßen sie gemeinsam in den Redaktionsräumen, in wenigen Minuten begann die wöchentliche Themensitzung. «Meinst du, ich soll die Idee gleich auf der Redaktionskonferenz vorstellen?»

«Auf jeden Fall! Ich werde dich unterstützen, mach dir keine Sorgen.»

«Danke, das ist nett von dir.» Melissa zog einen Computerausdruck hervor und überflog ihn. «Mein Spickzettel. Falls Fragen von Kollegen kommen.»

«Zeig mal her.» Max nahm ihr die Seite aus der Hand. Darauf stand:

Mikroplastik wird vom Menschen über drei Wege aufgenommen:
- *über die Haut (Kosmetik, Cremes, Zahnpasta)*
- *über die Luft (Feinstaub, freischwebende Partikel)*
- *über den Mund (Essen und Trinken von kunststoffbelasteten Nahrungsmitteln)*

Babys und Kleinkinder sind besonders gefährdet:
- *Forscher fanden Mikroplastikpartikel im Kot von Neugeborenen und Einjährigen, außerdem zehnmal so viel PET-Plastik wie bei Erwachsenen*
  - *Ursache: Aufnahme der Kunststoffe durch Babyschnuller, Kinderspielzeug oder PET-Milchfläschchen*

Häufigste Quellen von Mikroplastik:
- *Abfallentsorgung, Reifenabrieb, Abrieb von Schuhsohlen (Turnschuhe), industrielles Kunststoffgranulat, Plastikverpackungen, Kunstfasertextilien, Reinigungs- und Pflegemittel*

«Krass.» Max gab ihr den Zettel zurück. «Besonders das mit den Babys finde ich ganz schön heftig.» Er sah auf die Uhr. «Komm, wir müssen los – ich bin gespannt, was die anderen dazu sagen.»

Sie gingen hinüber in den Besprechungsraum, wo viele Kollegen und Kolleginnen bereits Platz genommen hatten. Heute nahm niemand digital teil, alle waren da. Kurz darauf kam Nolan herein.

«Guten Morgen allerseits.» Er nickte in die Runde.

Ein paar Mitarbeiter murmelten eine Begrüßung, andere ordneten noch ihre Notizen, während er sich in seinen Stuhl fallen ließ. Melissa spürte, wie Nervosität in ihr aufstieg.

«Also, kommen wir gleich zur Sache. Was haben wir Feines für die nächste Woche?»

Es ging wieder reihum. Der Polizeireporter berichtete von mehreren Razzien in Frankfurter Shishabars und dem Verdacht auf terroristische Aktionen.

«Das klingt toll. Gekauft! Weiter.»

Die Redakteurin für Natur und Umwelt schlug eine Fotostrecke über eine Gartenschau in Stuttgart vor.

«Zu langweilig. Wenn es wenigstens exotische Blumen wären ...»

Der Sportreporter erzählte, ein Münchner Profifußballer habe eine heimliche Geliebte.

«Ist das sicher? Gibt es Fotos?»

«Es ist noch ein Gerücht, basierend auf einem wackeligen Schnappschuss.»

«Dann schreib über das Gerücht und versuch, eine Stellungnahme zu bekommen. Und such Aufnahmen aus dem Archiv heraus, von der Ehefrau und ihm.»

Ein paar weitere Ideen wurden vorgebracht, Nolan gab Feedback. Als niemand mehr etwas hatte, lehnte er sich zurück.

«Wenn wir dann durch sind, möchte ich gern zu unserem Hauptthema kommen. Dank der hartnäckigen Recherche von Melissa sind wir auf eine Megastory gestoßen. Erzähl, Melissa!»

Sie war überrascht über das ungewöhnliche Lob vor versammelter Mannschaft. Sie räusperte sich und berichtete von den bisherigen Fakten, der Klage von Dr. Kochs Kanzlei und ihren Recherchen. Zoes Krankheit erwähnte sie vorerst nicht.

«... das Ganze wird nicht nur einen großen und medienwirksamen Rechtsstreit nach sich ziehen, gleichzeitig ist die Wahrheit, die hinter alldem steckt, ganz schön erschreckend. Das wird eine enorme Wucht haben, und *Daily Flashlight* ist mittendrin», schloss sie ihren Vortrag.

Ein Raunen ging durch den Raum.

«Klasse Leistung», sagte jemand.

«Respekt», meinte eine andere Volontärin.

«Anfängerglück», zischte kaum hörbar Jan, der ihr gegenübersaß.

«Aber das ist noch nicht alles.» Nolan wartete, bis alle wieder schwiegen. «Auch Melissa hat das Zeug in ihrem Blut.»

Schlagartig wurde es still. Die Kollegen und Kolleginnen starrten Melissa an. Am liebsten wäre sie unter den Tisch gekrochen.

«Das klingt dramatisch, oder nicht? Ihr erinnert euch doch noch an den Videobeitrag bei der Blutabnahme?» Nolan blickte in die Runde. Einige nickten. «Nun ist das Laborergebnis da.»

«Und die Werte zeigen, dass auch ich betroffen bin, das stimmt», sagte Melissa. «Die Wissenschaftler sagen, es ist verbreiteter, als wir denken.»

«Wirst du daran ...» Der Praktikantin war der Schrecken ins Gesicht geschrieben.

«Ähh ... nein. Eigentlich fühl ich mich ganz gut.» Melissa bemühte sich um ein Lächeln. Sie hatte sich selbst schon genügend Gedanken gemacht, vor allem, weil offenbar niemand wusste, was die Langzeitfolgen waren. Aber sie hatte aktuell keine Beschwerden, und deshalb hatte sie beschlossen, nicht weiter darüber nachzudenken und dieses Thema weit von sich wegzuschieben. Es gab genügend andere Dinge, die ihr Sorgen machten, allem voran Zoe.

«Die Diagnose klingt natürlich zuerst einmal schlimm für unsere Kollegin, aber wie sie sagt, ist sie putzmunter», ergriff Jan das Wort. «Und mit Plastik haben wir doch alle jeden Tag zu tun, das ist in den Medien rauf und runter erzählt, Umwelt hier, Plastik da – alles nichts Besonderes mehr.» Er fuhr sich über seinen rasierten Schädel. «Deshalb finde ich das jetzt keine so große Meldung, wenn ich ehrlich bin.»

Melissa sah aus dem Augenwinkel, wie Max zum Widerspruch ansetzte, doch Nolan stand auf und hob die Arme. «Leute, seht ihr denn nicht, wie wir die Geschichte weiterdrehen und uns damit auch als Redaktion ganz persönlich präsentieren können?»

Einige sahen verständnislos drein, niemand sagte etwas.

«Melissas Bluttest war erst der Anfang. Ich schlage vor, wir alle lassen uns jetzt untersuchen, ob vielleicht noch jemand betroffen ist. Ich bin der Erste – selbstverständlich live, für unsere User.» Er ging um den Besprechungstisch herum und blieb hinter Jan stehen. «Das wird ein Knaller für *Daily Flashlight*. Und ich hoffe, ihr macht alle mit!»

«Wir ... sollen uns auch Blut abzapfen lassen – einfach so?» Max war blass geworden. «Mir ist immer noch schlecht von Melissas Arzttermin. So dicke Kanülen ...» Er schüttelte den Kopf. «Danke, kein Bedarf.»

«Natürlich kann ich niemanden dazu zwingen, der Test ist freiwillig. Aber was ich kann, könnt ihr auch, es ist im Grunde harmlos, Leute.» Er ging wieder zurück zu seinem Platz und lehnte sich auf seinen Stuhl. «Ich erwarte von euch allen jeden Tag überdurchschnittlichen Einsatz, das wisst ihr. Jetzt haben wir eine exklusive Geschichte, und alles, was ihr tun müsst, ist, einen Piks auszuhalten. Das ist eine Chance für uns – und für euch.» Er blickte voll Eifer in die Runde. «Übrigens ist der Labortest gratis, *Daily Flashlight* übernimmt selbstverständlich die Kosten. Und am Ende habt ihr bestenfalls die Sicherheit, dass nichts in eurem Blut ist, das da nicht hingehört.»

Melissa hatte das Gefühl, jetzt wäre die passende Gelegenheit, ihre Fundraising-Aktion zu platzieren. «Ich hätte eine Idee, wie man das Thema noch länger aktuell halten kann.»

«Lass hören.» Nolan setzte sich.

Sie erzählte von Zoes Krebsdiagnose, dem Mikroplastik in ihrer Leber und der Chance, für zwei Millionen Dollar in Amerika eine experimentelle Behandlung zu erhalten. Und von der Möglichkeit der Gruppenfinanzierung durch Spenden.

«Das alles könnte auf unserer Website stattfinden», schloss sie. «Wir haben eine große Reichweite, vielleicht lässt sich dadurch etwas bewirken.»

«Du willst euer Familienthema auf *Daily Flashlight* ausbreiten?» Jan schüttelte den Kopf. «Ich sehe nicht, was deine privaten Probleme, so gravierend sie auch sein mögen, auf unserer Website zu suchen haben. Wie kannst du das mit deiner journalistischen Ethik vereinbaren?»

Damit traf Jan einen wunden Punkt, darüber hatte sie sich schon ausgiebig den Kopf zerbrochen. Wenn sie sich selbst, ihren Bruder oder ihre Nichte zum Gegenstand der Berichterstattung machte, verlor sie die journalistische Distanz und damit ein Stück weit ihre Unparteilichkeit. Sie wechselte vom Spielfeldrand auf das Spielfeld. Andererseits war es gerade im Fernsehen und im Internet nicht ungewöhnlich, dass Reporterinnen sich selbst in Szene setzten, Ereignisse subjektiv kommentierten und ihre persönliche Haltung preisgaben. Und hier ging es ja nicht um sie, sondern um Zoe, um das Leben ihrer Nichte. Diese Aktion war ihre einzige Chance.

Und auch wenn *Daily Flashlight* über ihre Familie berichtete, Melissa blieb immer noch der Wahrheit verpflichtet – und nichts als der Wahrheit. Das war ihr Leitmotiv. Daran würde sie sich halten.

«Ich finde es vollkommen in Ordnung, wenn Melissa das tun will», entgegnete Max. «Sie stellt sich – und die Kleine – damit in den Fokus und setzt sich den Kommentaren und Meinungen unserer User aus, das wird ihr klar sein. Aber sie erzielt auch Reichweite, und zwar für eine wichtige Sache. Das ist authentisch, das ist glaubhaft – und es wird jede Menge Klicks generieren.»

«Das sehe ich auch so.» Nolan sah Melissa an. «Dir ist klar, was das bedeutet? Du, dein Bruder und die kleine Zoe müssen präsent sein, das Material muss Emotionen wecken. Sonst funktioniert es nicht.»

Melissa nickte. «Ich weiß.»

Nun gab es kein Zurück mehr.

«Gut, dann lasst uns ein Konzept ausarbeiten.» Nolan klatschte in die Hände. «Und als Startkapital auf dem Weg zu den zwei Millionen wird *Daily Flashlight* 10 000 Euro spenden.» Er lächelte. «Na, ist das was?»

Aktualisierte Liste der EU-Kommission, zum digitalen Versand an die Parlamentsabgeordneten

Meeresabfälle – die häufigsten Verursacher

Aufgrund einer erweiterten statistischen Erhebung geben wir Ihnen hiermit die neuesten Daten zur Abfallproblematik in Meeren und an Küsten frei.

Die wichtigsten Erkenntnisse:

Meeresabfälle nach Kategorie
49 Prozent Einwegkunststoffprodukte
27 Prozent Fischfanggeräte
18 Prozent nicht kunststoffhaltige Abfälle
6 Prozent andere Plastikprodukte

Top-Zehn-Kunststoffartikel, die an Stränden am häufigsten gefunden werden:

1. Getränkeflaschen, Verschlüsse und Deckel
2. Zigarettenstummel
3. Wattestäbchen
4. Tüten und Verpackungen von Chips und Süßigkeiten
5. Hygieneartikel (Tampons, Feuchttücher etc.)
6. Plastiktüten
7. Besteck, Trinkhalme, Rührstäbchen
8. Getränkebecher und Deckel
9. Luftballons
10. Lebensmittelverpackungen

730 Tonnen Abfall landen jeden Tag im Mittelmeer.

Detaillierte Auswertungen finden sich im Anhang.

Das Europäische Parlament fordert Maßnahmen zur dringenden Reduzierung der Meeresabfälle, unter anderem weitere Beschränkungen für Einwegplastik und die Verwendung nachhaltiger Materialien im Bereich des Fischfangs. Der Meeresabfall schädigt neben den Ökosystemen auch die Verbraucherinnen und Verbraucher sowie die Fischerei an sich. Es muss schnellstmöglich gehandelt werden.

Für Fragen stehen wir jederzeit zur Verfügung.

Das EU-Umweltkommissariat
Zuständigkeit Ozeane und Fischerei

KAPITEL 12
BAD WIESSEE

Diana lenkte den Wagen an der Uferstraße entlang. «Hier kann man es aushalten – viel Grün, Berge und der Tegernsee vor der Haustür.»

«Dich kann ich mir in Bayern schon vorstellen.» Nelson betrachtete die Hotels und Villen, die am Autofenster vorbeizogen. «Als echte Bayerin mit Bier und Weißwurst.»

«Warum nicht?» Diana grinste. «Nein, ich glaube, hier ist mir die Welt doch etwas zu in Ordnung. Aber mal einen Urlaub am Tegernsee zu verbringen, das wär was.»

«An der nächsten Kreuzung müssen wir abbiegen.» Nelson studierte die Karte auf seinem Handy. «Eigentlich seltsam, dass so ein Nordlicht aus Bremen gerade hier im Süden einen Zweitwohnsitz hat.»

Sie hatten das Büro von Otto Tietz kontaktiert, dem Geschäftsführer und Eigentümer der Cross Shipping International Ltd. Seine Sekretärin hatte ihnen mitgeteilt, der Herr Honorarkonsul Tietz halte sich gerade in seinem Haus in Bad Wiessee auf, sie werde gerne einen Termin vereinbaren.

«Anscheinend fühlt er sich wohl hier unter den Millionären», sagte Diana. «Das Geschäft mit Frachtschiffen lohnt sich offenbar. Ich bin gespannt, was dieser Herr zum illegalen Mülltransport seiner *Indian Rosebud* sagt.»

Sie ließ das Auto auf einem Kiesweg ausrollen, der zu einem schmiedeeisernen Eingangstor führte. Ein weitläufiger Garten war mit ausladenden Büschen und Bäumen bepflanzt, dahinter waren Teile eines Wohnhauses zu sehen. An einem Mast flatterten eine Deutschlandflagge und die grün-weiß-grüne Flagge Nigerias.

«Er hat ein seltsames Verhältnis zu staatlichen Symbolen.» Nelson stieg aus.

«Herr Tietz ist Honorarkonsul von Nigeria, das will er eben allen zeigen.» Diana sperrte das Auto ab und deutete auf die Überwachungskameras. «Jedenfalls ist das Grundstück gut gesichert.»

Nelson drückte den Klingelknopf, und nach einer Weile ertönte aus dem Lautsprecher eine männliche Stimme.

«Ja?»

«Diana Winkels und Nelson Carius vom Bundesnachrichtendienst. Herr Otto Tietz? Wir sind verabredet.»

«Sind wir das?», sagte die Person aus dem Lautsprecher.

«Ihre Sekretärin in Bremen hat den Termin bestätigt.»

«Tatsächlich? Na, dann kommen Sie herein.»

Das Eingangstor öffnete sich elektrisch, und sie folgten einem Weg aus Natursteinplatten, der sich durch die Sträucher schlängelte, vorbei an Blumenrabatten. In den Beeten steckten Bambusstangen mit Glaskugeln und Tonfiguren.

Von links rauschten zwei Schatten heran. Nelson brauchte einen Wimpernschlag, bis er erkannte: Es waren Hunde, kräftig gebaut und mit schwarz glänzendem Fell.

Zwei Rottweiler.

Kurz vor Diana und ihm blieben sie stehen und fixierten sie, bereit zum Sprung, die Zähne gefletscht. Sie ließen ein böses Knurren hören.

«Müssen wir uns den Weg freikämpfen, um ins Haus zu gelangen? Schade, dass wir kein Pfefferspray dabeihaben.» Diana hielt ihre Hände abwehrbereit. «Wo zum Teufel kommen diese Viecher plötzlich her?»

Nelson fühlte sich unwohl und musste sich zwingen, nicht zurückzuweichen. Er hatte schon immer einen großen Respekt vor solchen Hunden gehabt, sie hatten etwas Einschüchterndes.

«Castor! Pollux! Sitz!», ertönte eine Stimme.

Die Hunde gehorchten.

Ein Mann erschien auf der Terrasse des Hauses. «Bitte treten Sie näher, meine Lieblinge tun Ihnen nichts. Sie kommen doch in guten

Absichten, oder?» Otto Tietz lachte, sein Bauch wackelte dabei. Er wirkte älter als 56 Jahre, was laut Akten sein Alter war, hatte eine Halbglatze und eine ungesund gerötete Gesichtsfarbe, trug eine Stoffhose und eine Trachtenjacke.

Vorsichtig schoben sich Nelson und Diana an den Tieren vorbei. Die Rottweiler rührten sich nicht vom Fleck, ihre Augen registrierten jede Bewegung.

«Castor, Pollux – in eure Hütte! Sofort!» Tietz klatschte in die Hände, und die Hunde verzogen sich widerwillig in den hinteren Teil des Gartens.

Er begrüßte Nelson und Diana mit Handschlag. «Es tut mir leid, dass meine Hunde Sie erschreckt haben, sie spielen sich gern etwas auf. Kommen Sie herein.» Er deutete auf die Terrassentür, und sie traten ein.

Das Wohnzimmer war im Landhausstil eingerichtet, ein Bauernsofa mit Sesseln, eine rohe Eichenplatte auf einem groben Gestell diente als Tisch, von der Decke hingen Lampen mit geschnitzten Trachtenmotiven, an den Wänden ausgestopfte Tiertrophäen.

«Ich bin Jäger», antwortete Tietz auf Dianas fragenden Blick. «Mein Jagdrevier befindet sich nur ein paar Kilometer entfernt. Setzen Sie sich bitte.» Er deutete auf die Couch und ließ sich in einen der Sessel fallen. Diana und Nelson nahmen Platz.

«Und nun erzählen Sie mir, warum sich der Bundesnachrichtendienst für mich interessiert.»

Tietz strahlte eine unerschütterliche Gelassenheit aus, Nelson fragte sich, ob alles nur gespielt war oder ob sich der Mann seiner Sache wirklich so sicher war.

«Wir ermitteln grenzüberschreitend, wenn der Verdacht auf bestimmte Straftaten vorliegt», begann er. «In diesem Fall geht es um die *Indian Rosebud*, das Frachtschiff Ihrer Reederei, das kürzlich gesunken ist.»

«Und welche Straftaten sollen das sein?» Tietz wirkte überrascht.

«Da kommen mehrere infrage – immerhin starben beim Untergang der *Indian Rosebud* nach vorläufigen Ermittlungen dreizehn Personen, darunter auch deutsche Staatsbürger. Außerdem transportierte der Frachter illegale Ware.»

Der Mundwinkel des Mannes zuckte. «So bedauerlich das Unglück auch ist – was hat das mit mir zu tun? Ich bin nur der Reeder und nicht für das Wetter oder das Fehlverhalten anderer verantwortlich.»

«Das muss sich erst herausstellen.» Diana lächelte ihn kühl an. «Deswegen sind wir hier.»

«Und was heißt hier illegale Ware?» Tietz gab sich unbekümmert. «Das Schiff sollte Textilien nach Afrika liefern. Zum Recycling. Das war der Auftrag.»

«Haben Sie dafür Belege?», fragte Nelson.

«Meine Sekretärin in Bremen kann Ihnen den Auftrag heraussuchen. Er kam überraschend rein, von einer belgischen Firma. Es ist alles dokumentiert.»

«Haben Sie deshalb die kurzfristige Kursänderung nach Nigeria angeordnet?» Nelson lehnte sich zurück. «Das ist sehr ungewöhnlich.»

«Junger Mann, Sie wissen offensichtlich nicht, wie es im Schifffahrtsgeschäft zugeht. Die Frachtraten sind schlecht, überleben ist alles. Da nimmt man, was man kriegt. Wenn jemand überraschend einen lukrativen Auftrag anbietet, dann überlege ich nicht lange, dann greife ich zu. Und für die Jungs auf dem Schiff sollte auch eine Sonderprämie herausspringen.»

«Haben Sie die Ladung nicht überprüfen lassen?»

Er schüttelte den Kopf. «Warum sollte ich? Der Kunde hat sich um die Anlieferung nach Marseille gekümmert und uns bestätigt, über alle notwendigen Papiere zu verfügen. Damit war die Sache für mich erledigt.»

«Sie haben also einfach darauf vertraut, dass schon drin sein wird, was draufsteht?» Diana runzelte die Stirn. «Das klingt mit Verlaub etwas naiv.»

«Sie wissen, mit Verlaub, überhaupt nichts über diese Art von

Deals.» Der Mann deutete mit dem Finger auf sie. «Recycling, Wiederaufarbeitung und Zweitverwertung, zum Beispiel von Kleidung, sind ein Riesengeschäft und gut für unsere Umwelt. Das gilt natürlich auch für andere Bereiche der Abfallwirtschaft. Deshalb habe ich vor Kurzem zusätzlich in Firmen investiert, die auf diesen Gebieten aktiv sind. Schließlich will ich meine Risiken streuen – wer weiß, wie lange das mit der Reederei noch funktioniert.» Er lehnte sich zurück, wobei sein Hemd gefährlich spannte. «Die deutsche Regierung kümmert sich nicht um uns kleine Fracht-Unternehmer, sondern belastet uns mit immensen Steuern und Millionen bürokratischer Vorschriften, selbst wenn wir zum Recyclingkreislauf beitragen. Das ist zum Kotzen! Ich sag Ihnen, die da oben sind zu nichts nutze.»

«Also tun Sie ein gutes Werk damit, Kleidung nach Afrika zu schippern?» Die Ironie in Dianas Stimme war unüberhörbar.

«Ja! Was ist schlecht daran, den armen Schweinen dort unten ein paar Pullover zu liefern, damit sie nicht frieren müssen?» Er lachte, sein Bauch wackelte.

«Nur haben Sie keine Kleidung geliefert, sondern illegal Plastikmüll entsorgt», sagte Nelson schlicht. «Die spanischen Behörden haben das Wrack der *Indian Rosebud* am Meeresgrund untersucht.»

Er beobachtete den Mann genau. Niemand sonst wusste bisher vom Fund des Wracks, die Marine hatte alles geheim gehalten.

«Was ...? Wie ...?» Für einen Moment bekam Tietz' selbstgefällige Fassade Risse. «Sie wollen sagen ...?» Er räusperte sich. «Davon weiß ich nichts!»

«Das hoffen wir für Sie.» Nelson richtete sich auf. «Unsere Untersuchungen sind noch im Gange. Aktuell verschmutzt der Plastikmüll, den Sie verschifft haben, in erheblichem Maße das Meerwasser im Bereich der Straße von Gibraltar und im westlichen Mittelmeer, vielleicht haben Sie es in den Medien mitbekommen. Das ist ein Schaden, der noch gar nicht abschätzbar ist. Und natürlich muss die Verantwortung bei den Menschen gesucht werden, die in die Sache verwickelt sind, in erster Linie Ihre Reederei.»

Tietz sah ihn entgeistert an. «Sie ... Sie ... wagen es, *mich* zu verdächtigen? Dass ich an dieser Plastikflut schuld bin?» Er war aufgestanden. «Was fällt Ihnen eigentlich ein? Wissen Sie, wen Sie hier vor sich haben? BND hin oder her: Sie sind auch nur zwei von diesen Staatssklaven, nutzlose Beamtenseelen, das sind Sie!»

«Herr Tietz, bitte beruhigen Sie sich ...», begann Diana.

«Mir reicht's!», donnerte Tietz. «Das Gespräch ist beendet. Sie können sich mit meinem Anwalt unterhalten.» Er deutete zur Tür. «Gehen Sie!»

Draußen atmete Diana hörbar aus. «Das war ein heftiger Auftritt. Schlecht vorstellbar, dass das nur Show war. Aber der Typ ist abgebrüht.»

Sie folgten dem Weg zum Tor.

«Ich bin mir sicher, er hat nicht damit gerechnet, dass das Wrack tatsächlich gefunden wird», sagte Nelson. «Wir sollten weitere Recherchen anstellen. Dieser Typ hat etwas zu verbergen.»

Ein Geräusch ließ sie innehalten.

Aus den Augenwinkeln sah Nelson, wie die beiden Rottweiler heranjagten.

«Oh, Shit!», rief Diana.

Zwei Meter vor ihnen stoppten die Hunde. Sie knurrten und fletschten die Zähne. Es konnte allenfalls Sekunden dauern, bis die Tiere zum Angriff übergingen.

«Pollux, Castor, Sitz!»

Sie reagierten nicht auf Dianas Befehl, sondern kamen näher. Angriffsbereit.

«Verdammte Viecher!»

Nelson und Diana wichen zurück, die Hunde nicht aus den Augen lassend. Hektisch sah Nelson sich nach etwas zur Verteidigung um. Er entdeckte im Beet einen Bambusspieß mit einer aufgesteckten Glaskugel und griff zu.

Diana nahm eine der Tonfiguren.

Der erste Rottweiler schoss vor, um Nelsons Arm zu packen. Mit aller Kraft schlug er zu, ohne genau zu zielen.

Er traf den Hund auf der Schnauze. Jaulend wandte sich das Tier ab.

Der zweite Rottweiler sprang auf sie zu. Gerade noch rechtzeitig brachte Diana ihren Fuß außer Reichweite. Ein hässliches Geräusch ertönte, als die Kiefer des Hundes aufeinanderschlugen.

«Du blödes Vieh!» Sie schleuderte die Tonfigur auf das Tier, sie zerschellte an seinem Kopf.

Der Rottweiler kippte zur Seite.

«Jetzt aber los, bevor die Viecher sich wieder berappeln.»

Diana rannte aufs Tor zu, Nelson folgte ihr. Hinter sich hörten sie einen der Rottweiler hecheln. Das Geräusch kam näher. Offenbar hatte sich eins der Tiere schneller erholt als gedacht.

Mit einem Satz schoben Diana und Nelson sich durch das Eingangstor und schlugen es zu.

LÜBECK

Zoe schlief friedlich im Buggy. Tobias war froh darüber, jetzt konnte er ein wenig durchatmen. Sie hatten noch Zeit bis zum Termin der Videoaufnahme für *Daily Flashlight*. Er war etwas nervös, er wusste nicht, was ihn erwartete, was er vor der Kamera tun sollte. Die Redaktion hatte vorgeschlagen, die historische Kulisse Lübecks für den Dreh zu nutzen, es sollten ein paar ungezwungene Aufnahmen werden, um ihn und Zoe vorzustellen.

Seit seine Tochter wieder zu Hause war, hatte sein Leben eine neue Richtung genommen. Er musste ihr Krankenpfleger sein, zugleich ihr Tröster, Unterhalter und Begleiter zu den Untersuchungsterminen in der Klinik.

Ihr Zustand war schwankend, manchmal war sie aufgeweckt und fröhlich, manchmal schlief sie Stunden über Stunden, geschwächt von den Medikamenten, oder sie jammerte leise vor sich hin, ohne dass er herausfinden konnte, was die Ursache war. Zumindest schien sie den Ernst der Lage nicht zu bemerken. Wenn sie wach war, spielte sie wie immer mit ihrem Stoffpferd, verteilte Bauklötze am Boden und stapelte sie zu Türmen, nur um sie dann mit Schwung umzuwerfen. Hatte sie Appetit – und das kam leider selten genug vor –, verschlang sie ihren Nachtisch.

Es war nicht leicht, aber da Zoe medikamentös gut eingestellt war, gelang es ihnen doch, einen Alltag zu meistern, in dem die Krankheit nicht ständig bedrohlich im Raum stand. Das war ein kleiner Trost für ihn. Wenn es für Zoe wirklich keine Rettung gab, was er nicht glauben wollte, dann sollte sie noch so lange wie möglich ein einigermaßen normales Leben führen können. Aber daran wagte er gar nicht zu denken.

Er musste seine Tochter in Amerika behandeln lassen. Unbedingt. Das war der einzige Ausweg.

Er hatte im Internet recherchiert: Es gab nur eine Handvoll Spezialisten in den USA, darunter die Mayo Clinic in Arizona, das Memorial Sloan Kettering Cancer Center in New York City und das Johns Hopkins Hospital in Baltimore, wo experimentelle Leberkrebsbehandlungen zu Forschungszwecken durchgeführt wurden. Doch neben den zwei Millionen Dollar Behandlungskosten gab es eine weitere Hürde, mit der er nicht gerechnet hatte: Die Kliniken behandelten bevorzugt US-Staatsbürger, und es gab lange Wartelisten für die Teilnahme an solchen Forschungsprojekten. Man brauchte Geduld – und Zeit.

Zeit, die Zoe nicht hatte.

Vor allem aber fehlte das Geld. Sosehr er sich wünschte, anonyme Spender würden diese riesige Summe aufbringen, so skeptisch war er – auch wenn er das niemandem sagte. Melissa hatte recht, es war einen Versuch wert. Und er würde alles tun, um das Projekt voranzubringen.

Gleichzeitig waren schwierige Entscheidungen für Zoes weitere Behandlung zu treffen. Bisher hatte er einer Chemotherapie nicht zugestimmt, zu erschreckend waren die Ergebnisse seiner Recherche zu Chemotherapien bei Kleinkindern – und zu groß seine Hoffnung, dass sich vielleicht doch noch eine andere Lösung ergeben würde. Andererseits konnte er nicht tatenlos zusehen, wie Zoe abbaute und der Tumor weiter wuchs. Sollten sie doch mit der Chemo beginnen – trotz der schlimmen Nebenwirkungen? Vielleicht würde die Therapie entgegen den Prognosen der Ärzte sogar anschlagen und den Krebs zurückdrängen. Er wünschte sich nichts mehr als das. Er würde das Thema noch mal mit seiner Schwester diskutieren. Immerhin bestand durch die Chemo die Chance, dass Zoes Krankheit weniger schnell voranschritt. Die gewonnene Zeit könnte er nutzen, um das Geld für die USA-Reise und die Behandlung aufzutreiben.

Und damit das schnell geschah, musste er eben bei dieser Fundraising-Aktion von *Daily Flashlight* mitspielen. Der Arbeitstitel des ersten Beitrags lautete ganz harmlos: «Vater und Tochter beim Familienausflug in Lübeck».

«Wichtig sind Emotionen», hatte der Mann am Telefon gesagt. «Zeigen Sie Gefühle, reden Sie über Ihren Schmerz, Ihre Hoffnungen. Zeigen Sie sich als fürsorglicher Vater.»

«Und was ist mit Zoe?»

«Wir werden die Kleine beim Spielen filmen, beim Essen und Spazieren durch die Stadt. Kinder vor der Kamera funktionieren immer, wenn man die Herzen der Menschen erreichen will, glauben Sie mir. Da müssen wir gar nicht viel tun. Ein Kollege wird Sie in Lübeck treffen.»

Tobias war nach wie vor wenig begeistert von dieser kühlen, technokratischen Denkweise des Redakteurs. Es ging um das Leben seiner Tochter! Aber er sagte nichts. Er würde mitspielen müssen.

Von einer Parkbank winkte ein fülliger junger Mann mit Baseballkappe. Tobias ging auf ihn zu.

«Hallo, schön, Sie kennenzulernen. Sie sind der Bruder von Melissa?»

Er nickte. «Tobias.»

Der Mann stellte sich als Max vor. Er beugte sich zum Buggy hinunter. «Und das ist die kleine Zoe. Wir sollten sie noch ein wenig schlafen lassen. Mein Kollege hat Sie informiert, was wir vorhaben?»

Wieder nickte Tobias.

Max zog ein Handy heraus und nahm einige Einstellungen vor. Er klipste Tobias ein drahtloses Mikrofon an.

«Keine Videokamera?», fragte Tobias.

«Heutzutage für unsere Zwecke nicht mehr nötig.» Max sah sich kurz um. «Wir sollten gleich anfangen, das Licht ist gut.»

Er dirigierte Tobias mit dem Kinderwagen vor das Holstentor und ließ ihn mehrmals auf und ab fahren, filmte dabei aus verschiedenen Perspektiven.

«Und nun eine Großaufnahme von Ihnen, Tobias.» Er steckte das Handy auf ein Stativ. «Schauen Sie mich an, sprechen Sie einfach drauflos.»

«Was soll ich denn sagen?»

«Erzählen Sie einfach, wie die letzten Wochen für Sie waren. Reden Sie von der Krankheit Ihrer Tochter, von dem Schock, als Sie die Diagnose hörten, davon, was die Ärzte sagen. Sprechen Sie von der Hoffnung auf eine rettende Behandlung der Kleinen in den USA und warum Sie Unterstützung brauchen. Und zeigen Sie ruhig Gefühle, Sie brauchen sich dafür nicht zu schämen.»

Tobias bemühte sich, aber es fiel ihm schwer, auf Kommando entspannt zu sein und perfekt formulierte Sätze aufzusagen. Immer wieder verhaspelte er sich, begann von Neuem, bis er zu schwitzen anfing. Am liebsten hätte er abgebrochen, er war kein Typ für die Kamera. Doch der Gedanke an Zoe ließ ihn durchhalten. Das hier war wichtig.

So absurd es sich anfühlte, es konnte ihr Leben retten.

HAMBURG

«**Was** ist denn hier los?» Melissa stellte ihre Tasche neben ihrem Arbeitsplatz ab und sah sich um. Überall standen Kollegen in kleinen Gruppen und tuschelten. «Muss denn keiner arbeiten?»

Max sah von seinem Monitor auf. «Heute ist der große Tag. Die Ergebnisse der Bluttests sind da. Das wird dramatischer als die Verkündung der Zehn Gebote.»

«Gott sei Dank hab ich's schon hinter mir.» Sie fuhr ihren Computer hoch. Eine neue Mail blinkte auf.

Absender: Tobias Frey
Betreff: Chemo für Zoe

Liebe Melissa,
danke für die ausgiebige Diskussion letzte Nacht. Ich habe noch mal nachgedacht. Du hast recht, die Behandlung in den USA verspricht am ehesten Erfolg. Und die Belastung für Zoe wäre bei einer Chemotherapie enorm.
Aber ich habe mich entschieden: Ich will einen Versuch wagen und der Chemo dennoch zustimmen. Ich könnte mir nie verzeihen, wenn ich nicht alles Menschenmögliche probiert hätte. Und vielleicht brauchen wir genau die Zeit, die uns die Chemo verschafft, damit wir am Ende doch in die USA fliegen können. Ich habe gerade mit dem Onkologen telefoniert, Zoe wird bei den Ärzten in Hamburg in besten Händen sein, da habe ich ein gutes Gefühl. Morgen erfahre ich mehr über den Behandlungsplan. Drück Zoe die Daumen, dass alles gut geht.
Tobias

Melissa atmete tief durch. Sie konnte ihren Bruder verstehen. Das letzte Foto von Zoe, das er ihr geschickt hatte, hatte ihr einen Schrecken versetzt: Ihre Nichte war abgemagert, die Ärmchen dünn, das Gesicht schmal. Der Krankenhausaufenthalt hatte ihr zugesetzt, die Medikamente, die Nebenwirkungen. Ohne Sofortmaßnahmen würde Zoe nicht mehr lange leben, das war ihr spätestens in dem Moment klar geworden. Der Gedanke trieb ihr die Tränen in die Augen.

Verdammtes Mikroplastik! Beim Gedanken an die winzigen Kunststoff-Fremdkörper, die in ihrer Blutbahn herumschwammen, wurde ihr flau im Magen.

Sie schluckte ihr Unwohlsein herunter und schloss Tobias' Mail. Max neben ihr scrollte auf einer Website herum, auf der es um die Plastikkatastrophe im Mittelmeer ging. Drohnenbilder von plastiküberspülten Stränden füllten den Bildschirm, Videos zeigten, wie Menschen mit schwerem Gerät versuchten, der Lage Herr zu werden. Sie schienen immerhin etwas voranzukommen.

«Hast du Angst, was bei dir rauskommt?», fragte sie Max.

Er sah sie verständnislos an.

«Beim Bluttest.»

«Ach so. Du lebst ja auch noch, also was soll's.» Er zuckte die Schultern und klappte den Laptop zu. «Meine viel größere Angst ist, dass mich Tina in ihr neuestes Diätprogramm einbezieht, du ahnst gar nicht, was ich mir derzeit alles anhören muss.» Er rollte mit den Augen. «Sie will mir mein Feierabendbier verbieten. Und meine Spaghetti carbonara. Kannst du dir das vorstellen?»

Melissa musste schmunzeln. «Richtig gesund ist das nicht, da hat sie schon recht.»

«So viel futtere ich gar nicht – und ich gönne mir auch höchstens eine kleine Süßigkeit zum Nachtisch. Dann ist Schluss. Da hab ich einen eisernen Willen.» Max seufzte. «Und zum Runterspülen eignet sich ein leckeres kaltes Bier einfach am besten, ich kann doch nicht dauernd Wasser trinken, abends auch ...»

Die Tür ging auf, und Nolan kam herein. «Alle mal herhören, es gibt Neuigkeiten, die euch sicher interessieren.» Er wedelte mit einem Stapel Papiere.

Sofort trat Ruhe ein.

«Wie ihr wisst, hat das Labor die Testergebnisse an mich geschickt, da hattet ihr alle euer Einverständnis gegeben. Das ist eine Überraschung, sag ich euch.» Nolan blickte in die Runde. Er verstand es, die Spannung zu steigern. «Wir werden dazu auf jeden Fall morgen ein Special für *Daily Flashlight* machen, das ist guter Nachrichtenstoff. Und für die Emotionen werdet ihr sorgen.» Er grinste. «Wenn jemand nicht will, dass ich seinen Befund vorlese, dann meldet euch bitte jetzt.»

Keiner sagte etwas.

«Nun sag schon, wen hat's erwischt?» Jan fuhr sich wie immer über seinen rasierten Schädel.

«Also ...» Nolan blätterte in aller Ruhe in seinen Unterlagen. «Zuerst muss ich noch mal sagen, die Ergebnisse bedeuten *nicht*, dass die Betroffenen *krank* sind. Zumindest zum aktuellen Zeitpunkt.»

Melissa beobachtete ihre Kollegen, die sichtlich nervös waren. Sie war sich sicher, dass einige in der Redaktion einen positiven Befund hatten. Das war unausweichlich, rein statistisch.

«Also zuerst die gute Nachricht: Ich habe das Zeug nicht im Blut.» Nolan nickte. Dann las er die Namen derjenigen vor, deren Test ebenfalls negativ ausgefallen war.

Als Max seinen Namen hörte, rief er «Ja!» und ballte die Faust, als habe er gerade einen wichtigen Sieg davongetragen.

«So, das waren die Glücklichen», schloss Nolan seine Aufzählung.

«Und was ist mit mir?» Die Praktikantin hielt sich an einer Stuhllehne fest.

«Tut mir leid, in deinem Blut fanden sich Rückstände, genauso wie bei Jan und einigen anderen.» Nolan las die Namen aller Betroffenen vor, in deren Blut Mikroplastik nachgewiesen werden konnte.

Die Praktikantin wurde blass und ließ sich auf einen Stuhl neben

Melissa sinken. Melissa fasste sie ermutigend an der Schulter, doch sie starrte nur leer vor sich hin.

«Ich bin also positiv?» Bei Jan klang es mehr wie eine Feststellung als eine Frage. «Das klingt, als hätte ich verdammtes Aids!»

«Keine Panik, ihr müsst euch keine Sorgen machen, ihr seid gesund, ihr habt keine Symptome – genauso wie Melissa», sagte Nolan mit ernster Stimme. «Aber unterm Strich bleibt festzuhalten, dass über die Hälfte der Redaktion dieses Zeug in ihrem Körper hat.» Er blickte in die Runde. «Zweifelt jetzt noch jemand daran, dass Mikroplastik ein wichtiges Thema für *Daily Flashlight* ist?»

Keiner widersprach.

«Wenn du diesen Blödsinn nicht angeschleppt hättest, hätten wir mit der ganzen Scheiße gar nichts zu tun», wandte Jan sich an Melissa.

Sie sah ihn verständnislos an. Das konnte er doch nicht ernst meinen?

«Jetzt werd nicht albern, Jan», sagte Nolan. «Wir haben das Zeug ohnehin im Blut, der Unterschied ist nur, dass du jetzt darüber Bescheid weißt.» Er wandte sich an alle. «Die Aussagen der Ärzte sind eindeutig: Wir nehmen die Partikel durch unser Essen, unser Trinken, unsere Haut und wer weiß wie sonst noch auf. Wir können dem gar nicht entkommen.»

Aufgeregtes Getuschel war immer lauter geworden und füllte jetzt den Raum. Nolan hob die Hand, bis wieder Ruhe einkehrte.

«Ihr könnt euch gleich weiter darüber austauschen, zuerst noch eine sehr gute Nachricht: Die Spenderkampagne für die kleine Zoe springt phänomenal an. Heute haben wir die 100 000-Euro-Hürde übersprungen. Wenn das kein Erfolg ist!»

Einige applaudierten. Die anderen blickten gedankenverloren vor sich hin, noch benommen von den Laborbefunden.

Melissa freute sich über diese Summe. Doch unter ihre Freude mischte sich ein bitterer Beigeschmack, denn sie waren Lichtjahre entfernt von den benötigten zwei Millionen. Hoffentlich hielt die Spendenfreude weiter an.

«Und das Allerbeste ist: Die Klickzahlen der Kampagne gehen durch die Decke», fuhr Nolan fort. «Ebenso die Verweildauer auf den Beiträgen und der Anteil derjenigen, die die Artikel und Videos bis zum Ende gelesen oder gesehen haben. Das sind absolute Bestmarken seit Bestehen unserer Plattform. Und ihr alle habt mitgeholfen. Danke!»

Wieder klatschten einige, und Melissa kam nicht umhin zu bemerken, dass ihrem Chef die Auswirkung der Kampagne auf seine Klickzahlen offenbar wichtiger war als die Spenden.

«Deshalb dürfen wir nicht nachlassen und müssen ein weiteres Scheit ins Feuer werfen.» Nolan sah diejenigen an, deren Bluttest positiv ausgefallen war. «So schwer es euch im Moment auch fallen mag, ich erwarte von euch, dass ihr vor der Kamera erzählt, was das Ergebnis mit euch macht. Wir drehen weitere Videosequenzen. Das muss richtig knallen.» Er nickte bekräftigend. «Und jetzt wieder an die Arbeit.»

Als die Kollegen zurück an ihre Arbeitsplätze gingen, winkte Nolan Melissa heran.

Sie ging zu ihm. «Was ist?»

«Erst mal danke für deinen Einsatz, ich weiß das zu schätzen. Bleib auf jeden Fall dran an dem Thema. Ich habe was Neues für dich.»

«Was denn?»

«Ich hab dir doch von unserem Geldgeber Ryan Hill erzählt, der sich stark in Sachen Umweltschutz und Abfallbeseitigung engagiert.»

Melissa nickte.

«Mister Hill ist in zwei Tagen in Deutschland, um seiner Firma einen Besuch abzustatten. Da könnte ich vielleicht ein Interview arrangieren.»

Sie sah ihn überrascht an. «Das klingt gut. Um welche Firma handelt es sich?»

«Um Cyaclean Ltd.» Nolan schaute vielsagend. «Kennst du nicht? Du wirst begeistert sein. Das ist ein geiles Start-up.»

BREMEN

Der Zug hatte eine Viertelstunde Verspätung, und Melissa hatte Sorge, es nicht mehr rechtzeitig zu schaffen. Sie sprang aus dem Waggon, drängte sich durch die anderen Reisenden und ging im Schnellschritt durch das Bahnhofsgebäude in Richtung Altstadt. Es war später Vormittag, die Geschäfte hatten geöffnet, Menschen bevölkerten die Straßen, Melissa vermutete, dass viele Touristen oder Studenten waren.

Sie selbst machte eine spontane kleine Dienstreise für *Daily Flashlight*: Sie hatte Nolan am Telefon von einer exklusiven Videoreportage überzeugt.

Auslöser war Victorias merkwürdiges Verhalten am Vorabend gewesen. Als Melissa nach der Arbeit in ihre gemeinsame Wohnung gekommen war, hatten seltsame Gegenstände auf dem Küchentisch gelegen: Klebeband, ein langes Kettenschloss, wie man es für Fahrräder benutzte, ein Rucksack, in dem eine Wasserflasche und ein Overall verstaut waren – und eine Windel für Erwachsene.

«Was willst du denn mit diesem Zeug?» Sie hob belustigt die Windel hoch, als Victoria aus dem Bad kam.

«Lass das.» Ihre Freundin riss sie ihr unwirsch aus der Hand und stopfte sie in den Rucksack. «Ist für einen Kollegen.»

«Man wird ja noch fragen dürfen.» Melissa versuchte die Situation zu entschärfen. So hatte Victoria noch nie reagiert. «Seit wann machst du Besorgungen für Kollegen? Ist der Herr inkontinent?»

«Spar dir deine Fragerei, es ist eben für einen Kollegen!» Victoria war lauter geworden.

«Schon gut, du brauchst deswegen nicht gleich aufzudrehen.» Es war wohl besser, das Thema zu wechseln. «Wie sieht's aus, soll ich uns was kochen?»

«Sorry, ich hab noch was zu erledigen.» Sie verschwand wieder im Bad.

Melissa blieb erstaunt zurück. Was war mit Victoria los? Was hatte sie vor?

Ihre Neugierde war geweckt.

Sie lauschte an der Badtür und hörte das Wasser rauschen, offenbar duschte Victoria. Schnell untersuchte sie den Rucksack. In einer der Seitentaschen fand sie eine Zugkarte nach Bremen, auf der Rückseite eine handgeschriebene Notiz: *Treffp. Schütt.* Das Ticket hatte eine fest gebuchte Abfahrtszeit am nächsten Morgen.

Dafür gab es nur eine logische Erklärung: Ihre Freundin startete mit ihren Mitstreitern der Umweltgruppe *Earth Defender* eine Aktion. Es musste die Aktion sein, über die sie Melissa eigentlich hatte informieren wollen, damit sie darüber berichtete. Offenbar hatte sie sich umentschieden.

Melissa steckte die Karte zurück und brachte den Rucksack wieder in Ordnung, gerade noch rechtzeitig, bevor Victoria aus dem Bad kam.

«Sorry, ist echt viel los gerade», murmelte sie, griff sich den Rucksack vom Tisch und verschwand in ihr Zimmer.

Sofort holte Melissa ihr Handy heraus und checkte die Verbindungen nach Bremen. Ihr Entschluss war gefasst: Wenn Victoria nicht mit ihr sprach, würde sie sich selbst ein Bild machen – ohne ihrer Freundin etwas davon zu sagen. Wozu war sie schließlich Journalistin?

Es hatte noch einiger Vorbereitungen bedurft, aber jetzt war sie endlich am Bremer Marktplatz angekommen. Einige Lieferantenfahrzeuge parkten vor einem Lokal, japanische Touristen machten Fotos von der Skulptur der Bremer Stadtmusikanten, zwei Polizisten patrouillierten vor dem Haus der Bürgerschaft.

Sie vermutete, «*Schütt.*» war die Schüttingstraße in der Nähe, alles andere ergab keinen Sinn. Und wenn die Aktivisten sich dort trafen, würde ihre Aktion, was immer es war, mit hoher Wahrscheinlichkeit hier auf dem Marktplatz stattfinden. Melissa bezog eine Position etwas seitlich des Bremer Rathauses, von der sie einen guten Überblick über den Platz hatte. Victoria war nirgends zu sehen.

Plötzlich gab es ein lautes Geräusch, wie ein Knall. Danach noch einen.

«Hey, was soll das?» Der Ruf eines Mannes schallte über den Platz, Melissa sah ihn auf der gegenüberliegenden Seite aus einem Restaurant laufen. Der geparkte Wagen des Lokals stand auf der Straße am Dom. Die Reifen waren platt.

Zwei vermummte Gestalten flüchteten in Richtung des St.-Petri-Doms und verschwanden in seinem Innern. Die beiden Polizisten liefen ihnen hinterher, während der Besitzer sein kaputtes Fahrzeug untersuchte. Er fluchte so laut, dass Melissa es deutlich hören konnte.

Plötzlich fuhr einer der Lieferwagen los und stoppte vor dem Alten Rathaus. Die Hecktür öffnete sich, und acht Personen stürmten heraus. Alle trugen Mützen und Masken, manche hatten zudem Sonnenbrillen auf, um sich unkenntlich zu machen.

Die Unbekannten rannten vor das Alte Rathaus und verteilten Plastikmüll aus mitgebrachten Jutesäcken auf dem Boden. Danach befestigten sie an der Fassade des Gebäudes zwei Banner.

Auf dem einen stand «Die Erde erstickt am Plastik!» und darunter in kleinerer Schrift *Earth Defender – Rettet den Planeten*. Die Parole auf dem zweiten Plakat lautete «Plastik tötet Menschen – wehrt euch!», ebenfalls signiert mit *Earth Defender – Rettet den Planeten*.

Der Trupp rannte zur steinernen Roland-Statue auf dem Marktplatz, dem beliebten Wahrzeichen der Stadt. Die Aktivisten bildeten einen Kreis um das Denkmal, holten Handschellen, Schlösser und Ketten aus ihren Rucksäcken und fesselten sich damit an das Schutzgitter. Ein Helfer sammelte die übrig gebliebenen Säcke und Leitern ein und lud sie in den Lieferwagen. Sekunden später brauste das Fahrzeug davon.

Die ganze Aktion ging so schnell vonstatten, dass Melissa keine Zeit hatte, mit ihrem Handy ein Video zu machen. Das war ärgerlich, denn deswegen war sie gekommen. Vorsichtig, um nicht gesehen zu werden, suchte sie sich eine Position im Schatten einer Ecke des

Alten Rathauses. Von dort aus war sie nah genug dran und hatte eine gute Sicht auf das Geschehen.

Insgeheim bewunderte sie, wie professionell die Attacke ausgeführt worden war. Es war eine Tat von Sekunden gewesen. Die Abläufe mussten die Aktivisten lange geplant und sich penibel auf alles vorbereitet haben.

Wer aus der Truppe war Victoria? Mit ihren vermummten Gesichtern waren die Leute kaum zu identifizieren. Größe und Körperbau nach zu urteilen, musste es die Person sein, die mit dem Rücken zu ihr am Boden saß. Sollte sie sich bemerkbar machen? Melissa entschied sich dagegen, sie hatte ein schlechtes Gewissen, weil sie heimlich Victorias Rucksack durchsucht hatte. Und sie war ja eigentlich hier, um Aufnahmen für *Daily Flashlight* zu machen.

Jetzt wusste sie auch, warum ihre WG-Genossin eine Windel brauchte: Die Demonstranten mussten vielleicht stundenlang angekettet ausharren – aufs Klo gehen war da nicht drin.

Mittlerweile hatte die Polizei reagiert. Drei Mannschaftswagen fuhren mit Blaulicht vor, schwarz gekleidete Beamte in Kampfausrüstung mit Helm und Schlagstock sprangen heraus und verteilten sich auf dem Marktplatz. Ein weiterer Trupp baute Absperrungen auf.

Melissa richtete ihr Handy aus und drückte auf Aufnahme.

Touristen schien das ungewohnte Spektakel zu faszinieren, sie scharten sich um die Aktivisten und machten Bilder von der Aktion, das war viel besser als die üblichen Urlaubsfotos. Endlich passierte mal was. Auch Angestellte, Geschäftsleute und Anwohner aus den umliegenden Häusern traten auf den Marktplatz. Ein paar waren offensichtlich aufgebracht.

«Verschwindet, ihr Penner», rief ein Rentner den Demonstranten zu.

«Habt ihr sonst nichts zu tun?» Ein Mann im Arbeitskittel baute sich direkt vor den Vermummten auf. Sein Tonfall war aggressiv. «Geht arbeiten!»

«Blödes Pack!», rief jemand anders.

«Ihr macht unseren Roland kaputt.» Eine ältere Frau packte ihren Regenschirm und richtete ihn wütend auf die *Earth Defender*. «Verschwindet! Demonstriert woanders. Und nehmt euren Plastikmüll wieder mit!»

Fast unbemerkt war eine Gruppe jüngerer Sympathisanten aufgetaucht. Sie bauten sich neben den Demonstranten auf.

«Die Leute haben völlig recht, wir ersticken im Müll. Lasst sie doch demonstrieren, das ist ein Grundrecht!», rief ein junger Mann.

Sie versuchten die wütenden Anlieger wegzudrängen. Es kam zu einem Gerangel, einige erhoben die Fäuste, die Frau schlug mit ihrem Regenschirm um sich, dann flüchtete sie sich aus dem Pulk.

Die Stimmung war aufgeheizt. Die Demonstranten blieben auf dem Boden sitzen, die Arme untergehakt, und rührten sich nicht. Keiner antwortete, keiner sagte ein Wort, während um sie herum immer härter gestritten wurde – teilweise entstanden kleinere Prügeleien, in die sich immer mehr Menschen einmischten.

Melissa war überrascht. Sie hätte nicht gedacht, dass die Situation so schnell eskalieren würde.

«Hier spricht die Polizei», tönte es jetzt aus dem Lautsprecher eines Einsatzwagens. «Verlassen Sie sofort den Platz! Ich wiederhole: Verlassen Sie den Platz. Das ist eine illegale, nicht angemeldete Demonstration.»

Die Aktivisten ließen sich nicht davon beeindrucken, sondern verschränkten ihre Arme nur noch fester miteinander. Zwei Trupps Polizisten rückten an, trennten die Streitenden und umstellten das Denkmal. Die Sympathisanten versuchten sie daran zu hindern, doch die Polizisten zückten Gummiknüppel und gaben Befehle.

Tatsächlich zogen sich die jungen Fürsprecher zurück, das Ganze schien ihnen zu heikel zu werden, die meisten verschwanden in die Seitenstraßen – nur die *Earth Defender* saßen noch immer regungslos am Boden.

Melissa ließ sich nicht beirren und filmte weiter.

Eine neue Polizei-Einsatzgruppe rückte mit Bolzenschneidern vor.

«Geben Sie auf, das ist Ihre letzte Chance! Sie begehen hier mehrere Straftaten. Machen Sie sich los!»

Keine Reaktion von den *Earth Defendern*. Melissa holte tief Luft. Jetzt würden die Polizisten eingreifen.

Jeweils zwei Beamte packten einen Demonstranten und hielten ihn fest, während zwei weitere Beamte die Ketten durchtrennten. Dann trugen sie den Vermummten zu einem vergitterten Polizeiwagen. Genauso verfuhren sie mit den anderen Demonstranten, einer nach dem anderen wurde grob gepackt und weggetragen.

Melissa sah in die entsetzten Gesichter der umstehenden Passanten und Touristen, viele hielten weiterhin ihr Handy auf die Szene gerichtet. Sie wahrten sicheren Abstand, keiner von ihnen wollte sich mehr einmischen.

Sie wandte sich wieder den *Earth Defendern* zu, es waren nun fast alle Ketten durchtrennt. Als Nächstes war Victoria an der Reihe.

Plötzlich schallten laute Rufe über den Platz, und aus einer Seitenstraße erschienen weitere Demonstranten. Melissa erkannte ein paar der Sympathisanten von vorhin, doch ihre Anzahl hatte sich mindestens verfünffacht. Einige waren ihrerseits vermummt.

«Vertreibt die Bullenschweine!», schrie jemand. Es klang wie ein Schlachtruf, dem mit lautem Gegröle geantwortet wurde.

Für einen Moment schienen die Beamten von der überraschenden Wendung irritiert, sie waren offenbar unschlüssig, ob sie sich den neuen Angreifern entgegenstellen oder ihre Arbeit fortsetzen sollten.

Da flogen die ersten Farbbeutel und trafen die Helme der Polizisten. Einige Demonstranten nahmen die Teller und Gläser von den Tischen eines Lokals, dessen Gäste längst aufgestanden und zurückgewichen waren, und schleuderten sie auf den Marktplatz.

Vom Einsatzleiter kam ein neuer Befehl. Ein Teil der Polizisten widmete sich nun den Demonstranten. In Formation liefen sie ihnen entgegen. Die jungen Leute zerstreuten sich und traten scheinbar den Rückzug an, nur um sich an anderer Stelle wieder zu sammeln.

«Holt uns doch, ihr Säcke!», rief einer.

«Bullenschweine!», schallte es aus einer anderen Ecke.

«Demonstrieren ist ein Grundrecht!»

Die übrigen Beamten versuchten weiterhin, die Sitzblockade aufzulösen, die mittlerweile nur noch aus Victoria bestand. Sie durchtrennten ihre Kette und hoben sie hoch, während um sie herum Farbbeutel und Geschirr flogen und Demonstranten von Polizisten überwältigt wurden.

Melissa konnte sich nicht länger ruhig halten, die Lage drohte für ihre Freundin gefährlich zu werden. Sie spürte den überwältigenden Impuls, Victoria zu helfen.

Da warfen sich sechs junge Leute auf die Polizisten, die ihre Freundin gerade wegtrugen. Die Männer strauchelten und stürzten zu Boden. Victoria gelang es, sich loszureißen, und sie rannte in Richtung Weser. Mehrere Beamte liefen ihr hinterher, die Gummiknüppel in den Händen.

«Victoria!», schrie Melissa voller Sorge.

Ihre Freundin drehte sich für einen Moment um. Ihre Blicke trafen sich. Sie erkannte Melissa. Dann rannte sie weiter.

Und ihre Verfolger waren ihr dicht auf den Fersen.

Sylter Hochzeit hat ein Nachspiel

Restaurantbesitzer drohen hohe Strafen / War Mikroplastik schuld?

Sylt. Die verunglückte Hochzeitsfeier in einem Sylter Strandrestaurant mit zwei Toten und mehreren Verletzten hat nun ein gerichtliches Nachspiel. Wie die Redaktion aus Justizkreisen erfuhr, hat die renommierte Lübecker Anwaltskanzlei *Dr. Koch & Partner* Klage gegen den Restaurantbesitzer, den Lebensmittellieferanten sowie gegen unbekannt eingereicht.

Im Raum steht unter anderem der Vorwurf der mehrfachen fahrlässigen Körperverletzung, teilweise mit Todesfolge, darüber hinaus geht es um finanzielle Schadensersatzforderungen. Bei einer Verurteilung droht den Angeklagten eine Gefängnisstrafe.

Die Kanzlei vertritt vier Gäste der Hochzeitsfeier. Sie werfen dem Restaurant sowie seinen Lieferanten vor, grob fahrlässig gehandelt und nicht ausreichend auf die Qualität der Speisen geachtet zu haben.

Laut einem Gutachten, das der Redaktion vorliegt, wurde Mikroplastik sowohl im Blut als auch in erheblichen Mengen in Stuhl- und Urinproben der Opfer gefunden, ebenso in Proben des Fisches, der während des Hochzeitsmenüs serviert wurde. Von einem akuten Zusammenhang des Plastiks mit den körperlichen Reaktionen der Gäste ist laut Gutachten fest auszugehen.

Der Restaurantbesitzer war bis Redaktionsschluss nicht für eine Stellungnahme zu erreichen.

KAPITEL 13
BERLIN

Sie hatten die U-Bahn genommen und stiegen am Potsdamer Platz aus. Das Bundesumweltministerium lag gleich um die Ecke in der Stresemannstraße. Es war ein renoviertes Gebäude mit heller Fassade.

«Na dann los», sagte Nelson.

Diana und er betraten die Eingangshalle und meldeten sich beim Empfang. Nach den üblichen Sicherheitskontrollen setzten sie sich auf zwei Stühle und warteten darauf, abgeholt zu werden.

Den Besuch hatte ihr Vorgesetzter Dr. Robert Horn angeordnet, das Umweltministerium habe sich bei ihm gemeldet, ein «informelles Gespräch» mit Staatssekretärin Dr. Heike Vogel sei erwünscht.

«Was haben wir mit denen zu tun?», hatte Diana gefragt.

«Nichts – jedenfalls nicht direkt», antwortete Horn. «Aber Ihr Einsatz in Sachen illegale Plastikentsorgung ist wohl zu denen durchgedrungen, und nun sieht das Ministerium Gesprächsbedarf.»

Nelson war über diese Anfrage verwundert. «Und um was geht es?»

«Wie gesagt, um einen allgemeinen Austausch. Hören Sie sich an, was die Staatssekretärin zu sagen hat. Es kann nicht schaden.»

Nun saßen sie also in der Lobby und warteten. Nach etwa zehn Minuten kam ein Mann Anfang dreißig im Anzug und mit schwarzer Designerbrille auf sie zu. «Frau Winkels, Herr Carius?» Er stellte sich als Assistent der Staatssekretärin vor. «Wenn Sie mir bitte folgen wollen.»

Der Mann brachte sie in einen Konferenzraum im vierten Stock.

«Einen Moment noch.»

Er verschwand wieder. Der Raum war nüchtern und zweckmäßig

eingerichtet, lederne Konferenzsessel, ein Bildschirm an der Wand, ein Besprechungstisch aus hellem Holz, darauf Getränke.

Nelson nahm einen Keks von einem Teller und sah aus dem Fenster. «Ich bin gespannt, was uns hier erwartet. Der Termin erscheint mir reichlich ungewöhnlich.»

«Vor allem spricht eine Staatssekretärin normalerweise direkt mit unserem Vorgesetzten. Wir sind doch für sie nur das Fußvolk.» Diana sah ihn tadelnd an. «Und lass die Kekse noch liegen.»

Eine Viertelstunde später betrat Dr. Heike Vogel den Raum. Eine eher kleine Frau mit blonden kurzen Haaren und der Präsenz einer Politikerin. Sie schüttelte ihnen die Hand.

«Nehmen Sie Platz.» Die Staatssekretärin selbst setzte sich mit dem Rücken zur Tür und deutete auf die Getränke. «Bitte bedienen Sie sich.»

Nelson griff nach einer Cola, Diana schenkte sich Wasser ein. Heike Vogel nahm nichts. Sie wartete, bis beide ihre Gläser gefüllt hatten, bevor sie zu sprechen begann.

«Frau Winkels, Herr Carius, schön, dass Sie kurzfristig Zeit finden konnten», begann sie. «Sie fragen sich sicher, warum Sie hier sitzen. Ich will vorausschicken, offiziell plaudern wir nur, es wird kein Protokoll über das Gespräch geben.»

«Normalerweise hat das Umweltministerium keine Fragen an den Bundesnachrichtendienst», sagte Diana. «Deshalb sind wir schon ein wenig überrascht über die Einladung, das stimmt.»

Es war natürlich keine Einladung, sondern eine dringende Bitte ihres Abteilungsleiters gewesen, der eine dringende Bitte des Ministeriums vorangegangen war. Und solche «dringenden Bitten» waren in Wirklichkeit eher ein Befehl.

«Das verstehe ich, deshalb will ich gleich auf den Punkt kommen.» Heike Vogel lächelte zum ersten Mal. «Wie wir gehört haben, ermitteln Sie beide in dem Fall des gesunkenen Frachters *Indian Rosebud*, der einer deutschen Reederei gehört. Das Unternehmen soll in Verdacht stehen, im kriminellen Kontext Müll zu verschiffen.»

Nelson nickte. Jetzt wurde es spannend. Welche Botschaft wollte die Staatssekretärin loswerden? Was erwartete sie vom BND? Hatte Otto Tietz seine Beziehungen spielen lassen, um weitere Ermittlungen zu stoppen?

Andererseits konnte er sich kaum vorstellen, dass der Reeder in diesen Kreisen vernetzt war – zumal er sich ja nicht unbedingt als Fan des Staatsapparates gezeigt hatte.

«Nun, niemand wird sich in Ihre Ermittlungen einmischen, das versteht sich von selbst, aber wir sind, wie soll ich sagen, ein wenig ... besorgt.» Heike Vogel machte eine Pause. «Denn die Entsorgung von Plastikmüll ist ein heikles Thema – gerade in Deutschland.»

«Inwiefern?», fragte Nelson.

«Sehen Sie, ohne Zweifel ist es eminent wichtig, dass Plastik nicht in die Umwelt gelangt. Dafür hat die Ministerin immer gekämpft. Der beste Weg ist, Kunststoffe zu vermeiden, wo es geht. Aber das gelingt nicht immer.»

«Oder eher selten», warf Diana ein.

«Es kommt darauf an, auf welches Land man blickt. Bei uns in Deutschland wird etwa 60 Prozent des Plastiks recycelt, in Europa insgesamt jedoch nur ein Drittel. Das ist unbefriedigend, sehr unbefriedigend, wie Sie verstehen werden.»

«Weltweit sehen die Zahlen noch schlimmer aus», sagte Nelson. «Das meiste landet auf nicht registrierten Deponien in Polen, in Tschechien, im Kongo, in Nigeria oder Malaysia – oder sonst wo auf der Welt. Sie finden den Dreck – unseren Dreck – überall. Und viele Kriminelle verdienen sich damit eine goldene Nase.»

Diana stellte ihr Glas ab. «Ich verstehe immer noch nicht, wie der BND da helfen kann.»

Die Staatssekretärin legte die Hände ineinander. «Ich möchte Sie – und den BND – dafür sensibilisieren, dass dieses Thema mehr Facetten hat, als man glaubt. Die Gesamtlage ist schwierig – gesellschaftlich, wirtschaftlich und politisch.»

«Das bedeutet?»

«Sehen Sie, Plastik ist das Megaproblem der westlichen Wohlstandsgesellschaften. Die Menschen konsumieren, und die Güter, die sie kaufen, sind oft in Plastik verpackt oder bestehen sogar aus Kunststoff. Nun wäre es am besten, diese Produkte ganz zu vermeiden. Allerdings wollen wir den Bürgern nicht ihren Konsum vermiesen und ihnen das Kaufen ausreden.» Sie seufzte. «Kein Politiker und keine Politikerin, die wiedergewählt werden möchte, wird so etwas empfehlen – obwohl es für die Umwelt besser wäre.»

Nelson nahm einen Schluck von seiner Cola.

«Privater Verbrauch ist gut für unsere Volkswirtschaft – genauso wie die Industrieproduktion und das Handwerk», fuhr Heike Vogel fort. «Wenn wir hier die Daumenschrauben anlegen und sehr strenge Entsorgungsauflagen einführen würden, würde das Wirtschaftsministerium sofort aufschreien. Man kann es gut oder schlecht finden – aber was würden wir heute ohne Kunststoffe machen? Sie sind der Treibsatz moderner Industriegesellschaften. Und selbstverständlich macht Wirtschaftswachstum vieles leichter und besser finanzierbar – gerade auch beim Umweltschutz. Deshalb pochen die Kollegen vom Wirtschaftsministerium darauf, dieses Wachstum nicht durch rigide Vorschriften beim Plastikmüll abzuwürgen, damit die Unternehmen wettbewerbsfähig bleiben.»

«Man könnte es auch so sehen: Die Großkonzerne, die weltweit für die Plastikproduktion sorgen, haben eine mächtige Lobby. Sie möchten nicht auf ihre Profite verzichten – schon gar nicht durch Umweltauflagen oder Gesetze», bemerkte Diana. «Und das spiegelt sich auch in unserer Wirtschaft wider, die abhängig vom Plastik ist. Diese Situation schafft natürlich Konflikte. Wie man in der Zeitung liest, liegen sich die Umweltministerin und der Wirtschaftsminister ja ständig bei allen möglichen Streitthemen in den Haaren.»

«Ich würde es lieber als intensive politische Diskussionen bezeichnen.» Die Staatssekretärin straffte sich. «Aber unter uns gesagt: Die Ministerin hätte es gar nicht gern, wenn bei der heiklen Frage der Plastikmüllentsorgung der Dreck an ihr kleben bleiben würde, sie also allein unpopuläre Entscheidungen treffen müsste. Das wäre schlecht fürs Image. Und dieses Schwarzer-Peter-Spiel macht sie nicht mit, da können Sie sicher sein.»

«Wie soll denn die Lösung aussehen?», fragte Diana. «Die Positionen des Wirtschafts- und des Umweltministeriums scheinen mir ziemlich unvereinbar.»

Heike Vogel nickte. «Das ist richtig. Tatsache ist, eine schnelle Lösung ist nicht in Sicht. Wir sind als führende Exportnation auf Handel und internationalen Austausch angewiesen. Zugleich wachsen die Müllberge bei uns. Deshalb, so traurig es auch sein mag, ist Deutschland von allen europäischen Ländern der mit weitem Abstand größte Exporteur von Plastikmüll. Das kann aber nicht so bleiben: nicht zuletzt, weil immer weniger Länder bereit sind, unseren Abfall aufzunehmen.»

«Deshalb nutzen Firmen illegale Wege, um ihren Müll loszuwerden – wie im Fall der *Indian Rosebud*», sagte Diana.

«Sie sagen es.» Heike Vogel seufzte. «Wir müssen schnellstens alternative Methoden der Entsorgung etablieren, um die Plastikflut – irgendwann – in den Griff zu bekommen. Nur das dauert.»

«Welche Alternativen gibt es?» Nelson schenkte sich Cola nach. Er rätselte immer noch, was genau die Staatssekretärin von ihnen wollte. Ihre Gesichtszüge verrieten nichts.

«Nun, eine Reihe von Verfahren werden bereits eingesetzt oder sind in der Testphase. Man kann Plastik in der Müllverbrennungsanlage zu Energie umwandeln, in speziellen Deponien lagern oder mittels eines mechanischen und chemischen Prozesses aufbereiten und beispielsweise zu Pellets verarbeiten. Aber all diese Verfahren bergen große Umweltrisiken. Wir setzen mehr auf moderne Alternativen wie die Umwandlung von Plastik mittels Algen oder Bakterien. Einiges davon erscheint uns recht vielversprechend.»

«Und was soll der BND da tun?»

«Nun, zuerst mal herrscht in der Regierung die Überzeugung, und da sind wir und unsere Kollegen und Kolleginnen vom Wirtschaftsministerium uns ausnahmsweise mal einig, dass wir diese neuen Technologien nicht verschlafen dürfen – wie einst bei der Windkraft. Damals haben wir das Feld ohne Not den Chinesen überlassen. Das darf sich nicht wiederholen!» Für einen Moment war die Staatssekretärin energischer geworden, aber sie hatte sich gleich wieder im Griff. «Wir müssen diese neuen Technologien fördern, wir müssen sie unbedingt im Land halten», fuhr sie in ruhigem Ton fort. «Deutschland darf sich bei solchen Zukunftsthemen nicht abhängen lassen. Es winkt ein Riesenmarkt. Das ist gut für die Umwelt, das ist gut für die Wirtschaft und nicht zuletzt für die Bürger und Bürgerinnen.»

Für Nelson klang die Frau wie eine Politikerin auf Wahlkampftour. Hatte sie vielleicht Ambitionen auf ein Ministeramt? Es schien fast so, und langsam verstand er auch, was sie von ihnen wollte: Sie sollten bei dem Thema nicht zu viel Staub aufwirbeln, weil Deutschland ansonsten nicht so gut dastehen würde. Wenn die Ermittlungen des BND im Fall der *Indian Rosebud* Wellen schlagen würden, könnte öffentlich werden, was für einen schlechten Job Deutschland in Sachen Plastikentsorgung macht und wie tief die Regierung in dem dreckigen Geschäft mit drinhängt. Der gute Ruf des Landes würde geschädigt werden, das Umweltministerium würde mit massiver Kritik umgehen müssen. Und das würde Heike Vogels privaten Karriereplänen massiv schaden.

«Und jetzt unsere Bitte an Sie», sagte sie. «Passen Sie auf, bei Ihren Ermittlungen nicht in den Strudel unterschiedlicher Interessen zu geraten. Derzeit sind die Pfründe auf diesem Geschäftsfeld noch nicht verteilt. Deshalb gibt es hinter den Kulissen einen Kampf mit harten Bandagen.» Die Staatssekretärin sah beide eindringlich an. «Lassen Sie sich bitte nicht instrumentalisieren. Und gehen Sie bei der Recherche mit der nötigen Diskretion vor. Aber was sage ich: Das wissen Sie beim BND natürlich. Wir alle wollen nicht, dass Deutschland als Hightech-Standort in Misskredit gebracht wird, oder?» Sie erhob sich. «Sie können Ihren Teil dazu beitragen. Es liegt jetzt an Ihnen. Gehen Sie verantwortungsvoll mit dieser Ermittlung um.»

HAMBURG

Tobias schluckte schwer, als Melissa Zoe aus dem Kinderwagen hob und sie in den Rollstuhl setzte, den die Schwester von der Kinderstation der Uniklinik Eppendorf am Eingang bereitgestellt hatte. Er ließ es sich nicht nehmen, Zoe selbst zur Onkologie-Abteilung zu schieben. Wenigstens etwas, das er jetzt für seine Tochter tun konnte.

Zoe saß still da, die Arme lagen in ihrem Schoß. Das Gesicht war blass, große blaue Augen blickten ihn an. Er beugte sich zu ihr hinunter.

«Kleines, Tante Melissa und ich sind bei dir, du bist nicht allein.»

Es sollte beruhigend klingen, aber für ihn hörte es sich hohl an. Denn die nächsten Stunden musste seine Tochter die Tortur der ersten Chemophase durchstehen – und letztlich konnte ihr niemand dabei helfen. Es blieben nur Worte, Streicheln, Umarmungen.

Er musste jetzt schauspielern, so tun, als würde alles gut werden, um Zoe ein wenig aufzubauen. Aber wenn er an den Schmerz und das Leid dachte, das die Behandlung mit sich brachte, wurde ihm übel. Wie gern hätte er mit seiner Tochter getauscht, ihr die Krankheit abgenommen, damit sie unbeschwert leben konnte.

Doch es gab keine Alternative. Die USA-Behandlung war bislang ein Wunschtraum und lag in weiter Ferne. Und ohne Sofortmaßnahmen würden Zoes Überlebenschancen rapide sinken, hatten die Ärzte erklärt.

«Guten Tag, Herr Frey, Frau Frey.» Die Kinderärztin Dr. Franziska Lorenz kam ihnen entgegen. «Und da haben wir unsere kleine Patientin.»

Sie beugte sich zu Zoe hinunter, begrüßte sie und untersuchte sie kurz. Zoe sah sie an, in ihrem Blick lag Interesse und Misstrauen.

«Wenn Sie mir bitte folgen wollen.»

Schweigend gingen sie einen endlosen Gang entlang, andere junge

Patienten mit Verbänden und in Bademänteln oder Jogginganzügen kamen ihnen entgegen. Besucher mit Blumensträußen in der Hand eilten vorbei. Melissa ging die ganze Zeit neben dem Rollstuhl, strich Zoe übers Haar und hielt ihr Stoffpferd.

Die Kinder-Krebsstation war in hellen Farben gehalten, fröhliche Bilder von Tieren und Landschaften an den Wänden, eine Spielecke mit Bauklötzen, Malbüchern und Farbstiften. Über allem lag ein seltsamer Geruch von Desinfektionsmitteln und Medikamenten, der Tobias noch mehr Übelkeit bereitete. Die Klinik hatte alles getan, um die Abteilung freundlich zu gestalten. Und doch war es für ihn ein deprimierender Ort: Hier also kämpften die Kleinen um ihr Leben, es war die letzte Station der Hoffnung.

Elternteile, die gerade nicht bei ihren Kindern sein konnten, saßen mit ernsten Gesichtern im Wartebereich, die Anspannung war ihnen anzusehen. Wie er vertrauten diese Mütter und Väter auf die Methoden der modernen Medizin. Glaubten an die Kraft der Therapien. Oder beteten für ein Wunder.

Die Ärztin übergab Zoe einer Kollegin für eine kleine Voruntersuchung, führte ihn und Melissa in einen gesonderten Besprechungsraum und bat sie, Platz zu nehmen.

«Sie haben also die Zustimmung für die Chemotherapie gegeben, Herr Frey.»

Tobias nickte.

Franziska Lorenz reichte ihm einige Formulare. «Lesen Sie das in Ruhe durch und unterschreiben Sie es danach. Es ist eine Aufklärung, welche Folgen und Nebenwirkungen die Therapie haben kann.»

«Was genau sind die Nebenwirkungen?» Melissa richtete sich in ihrem Stuhl auf.

«Dazu komme ich gleich. Wie in der Vorbesprechung erläutert, möchte ich noch einmal betonen, dass diese Behandlung keine Heilung bringen wird. Unsere Experten vom Tumorboard sind sich da einig. Wir wissen nicht, wie die Therapie bei dem Kind anschlägt.»

«Und im besten Fall?»

«Wird das Wachstum des Malignoms verlangsamt. Dadurch gewinnen wir Zeit. Aber um Ihre Frage vorwegzunehmen: Niemand weiß, wie viel Zeit Zoe dann noch bleibt.»

Melissa schien mit der Antwort nicht zufrieden. «Was machen Sie bei dieser Behandlung mit Zoe?»

«Sie erhält einen erprobten Medikamentenmix in leichter Dosierung. Die Infusion dauert mehrere Stunden. Das an sich ist für die kleinen Patienten natürlich belastend, jedoch nicht schmerzhaft.»

«Aber?»

«Die Zytostatika und Tyrosinkinasehemmer haben deutliche Nebenwirkungen, die später spürbar werden, denn die Medikamente greifen nicht nur die Krebszellen an, sondern belasten den ganzen Körper.» Die Ärztin sprach ruhig. «Sie müssen mit Haarausfall und Nervenschmerzen rechnen, die Kinder fühlen sich erschöpft. Erbrechen und Übelkeit sind häufige Begleiterscheinungen. Bei Zoe kommt erschwerend hinzu, dass sie noch sehr jung ist und wir nicht wissen, wie sich die Mikroplastikpartikel in der Leber und im Blut auf den Therapieerfolg auswirken.»

Eine Pflegerin klopfte und steckte den Kopf herein. «Zoe ist nun bereit.»

Die Ärztin stand auf. «Begleiten Sie die Kleine jetzt gern ins Behandlungszimmer.»

Tobias reichte ihr das unterschriebene Formular. «Hoffen wir das Beste.»

Sie gingen in einen großen Raum, in dem mehrere Behandlungsstühle nebeneinanderstanden. Er hob Zoe auf den Stuhl direkt beim Fenster. Alle anderen Plätze waren mit Kindern und Jugendlichen belegt. Einige trugen Hauben oder Baseballkappen, um den Haarausfall zu verdecken, andere hörten Musik über Kopfhörer, wieder andere spielten mit ihren Handys. Neben ihnen reihten sich Halterungen für Infusionslösungen, von denen Schläuche zu den jungen Patienten führten. Manche hatten ihre Eltern dabei, andere saßen allein hier.

«Bitte jetzt tapfer sein.» Dr. Lorenz holte eine Infusionsnadel.

Zoe sah sie mit großen Augen an. Sie sagte kein Wort, als begriffe sie nicht so recht, was gerade vor sich ging.

Melissa gab ihr ein Küsschen und drückte ihr das Stoffpferd in die Hand. «Tanja wird dich beschützen», sagte sie mit tränenerstickter Stimme.

Zoe murmelte etwas Unverständliches. Tobias nahm ihre Hand und beugte sich über ihr Gesicht.

«Papa, heim», sagte sie leise.

Er fühlte einen Kloß im Hals. Seine eigene Hilflosigkeit wurde ihm schlagartig bewusst. Er räusperte sich.

«Ich bring dich bald wieder nach Hause, Liebling. Versprochen.»

●　●　●

In der Nacht hatte Melissa kaum geschlafen, immer wieder war sie hochgeschreckt, die Bilder aus der Kinder-Krebsstation beherrschten ihre Gedanken. In ihren Träumen sah sie sich selbst im Krankenbett, das Mikroplastik in ihrem Blut hatte ihre Organe befallen und sich dort bösartig verändert.

Früher als sonst stand sie auf. Sie lauschte, ob sie Victoria hörte, ging zum Zimmer ihrer Freundin. Auch wenn ihr letztes Gespräch nicht gerade freundlich verlaufen war – sie brauchte jemanden zum Reden. Sie musste irgendwie versuchen, den gestrigen Tag zu verarbeiten.

Sie klopfte an. «Victoria?»

Keine Antwort.

Behutsam öffnete sie die Tür. Der Raum sah aus wie immer, das Bett war unbenutzt. Victoria war nicht da. Melissa war allein in der Wohnung.

Was war geschehen?

Sie duschte und zog sich an, danach machte sie Kaffee und schüttete Müsli und Milch in eine Schüssel. Lustlos löffelte sie ihr Frühstück und schaltete den Laptop ein. Sie googelte «Demo Marktplatz Bremen».

Auf der Website des *Weser-Kuriers* fand sie eine Meldung:

Demonstranten auf dem Marktplatz – gewalttätige Auseinandersetzungen mit der Polizei

Eine unangemeldete Demonstration sorgte gestern für Aufregung in der Bremer Altstadt. Ein Dutzend überwiegend junge Menschen, die sich selbst «Earth Defender» nennen, verteilten Plastikmüll am Rathaus, hängten Banner auf und ketteten sich anschließend am Roland-Denkmal fest.

Die Polizei forderte die Demonstranten auf, den Platz zu räumen. Da die Gruppe der Aufforderung nicht nachkam, durchtrennten die Einsatzkräfte die Ketten und trugen die Männer und Frauen zu den Einsatzfahrzeugen, wo sie vorläufig festgenommen wurden.

Eine Gruppe von Sympathisanten verwickelte die Polizei in gewalttätige Auseinandersetzungen. Es kam zu chaotischen Szenen. Die Beamten setzten Schlagstöcke und Tränengas ein. Zweiundzwanzig Personen wurden verhaftet.

«Diese Gewalt ist inakzeptabel», erklärte der Bremer Polizeipräsident. «Jeder hat das Recht zu demonstrieren, aber nur im Rahmen der Gesetze. Zum Schutz unserer Bürger dulden wir keine Ausschreitungen. Es ist unsere Pflicht, dagegen vorzugehen.»

War Victoria auch verhaftet worden? Es sah danach aus. Gestern am Marktplatz hatte Melissa sie aus den Augen verloren und war sofort zurück zum Bahnhof gegangen. Sollte sie sie auf dem Handy anrufen? Oder direkt bei der Polizei nachfragen? Vielleicht brauchte ihre Freundin Hilfe.

Doch Melissa verwarf die Idee. Sie fühlte sich unwohl bei dem Gedanken, ihrer Mitbewohnerin erklären zu müssen, warum sie von der Demonstration wusste. Victorias Rucksack zu durchsuchen – im Nachhinein bereute sie, was sie getan hatte.

Es blieb ihr nichts anderes übrig, als zu warten. Sie machte sich in Ruhe fertig, ließ sich Zeit, falls doch plötzlich die Tür aufging und Victoria heimkäme. Als sie wirklich nichts mehr fand, was sie noch hätte tun können, nahm sie ihre Tasche und brach in die Redaktion auf. Unterwegs machte sie einen Abstecher zu dem Café, in dem Victoria arbeitete. Doch der Besitzer sagte, sie habe sich für heute freigenommen. Schon vor Tagen habe sie das angekündigt.

Melissa bedankte sich und verließ das Café. Sie hatte keine weitere Idee, wo sie nachfragen konnte, ohne dass jemand unangenehme Rückfragen stellte. Für den Moment musste sie wohl einfach warten.

Gerade hatte sie sich an ihren gewohnten Arbeitsplatz gesetzt, als Max herbeilief. «Du sollst sofort zum Chef kommen!»

«Was ist denn so eilig?»

«Keine Ahnung, er hat schon mehrmals nach dir gefragt. Das macht er sonst nie. Es muss was Wichtiges sein.»

Sie ging zu dem Glasverschlag, dem improvisierten Büro, in dem Nolan residierte. Er winkte sie herein.

«Ich habe gute Nachrichten», sagte er zur Begrüßung. «Verdammt gute Nachrichten.»

«Gute Nachrichten kann ich heute gebrauchen – nur her damit.» Melissa setzte sich auf den Stuhl vor seinem Schreibtisch.

«Unser Investor Ryan Hill, ich hab dir von ihm erzählt, ist bereit für ein Gespräch.» Der Redaktionsleiter klatschte begeistert in die Hände. «Der Mann macht sich sonst rar, gibt kaum Interviews. Fantastisch, dass er für *Daily Flashlight* eine Ausnahme macht! Das wird unsere Klickzahlen in die Höhe treiben, sag ich dir. Es passt perfekt in unsere Themenreihe. Und die Konkurrenzmedien werden vor Neid vergehen.»

Melissa war überrascht. «Wow, das freut mich. Aber wie kommt der Mann dazu, ausgerechnet für uns eine Ausnahme zu machen?»

«Er hat deine Berichte über eure Crowdfunding-Aktion gelesen und dass Mikroplastik an Zoes schlimmem Schicksal schuld ist. Das hat ihn interessiert – du weißt ja, er ist beim Thema Umweltschutz sehr engagiert. Ich habe bereits einen Termin mit seiner Sekretärin für dich arrangiert.» Er grinste sie an. «Jetzt ist es endlich so weit, Melissa. Dir winkt eine schöne Dienstreise!»

KLAGENFURT, ÖSTERREICH

Nelson hatte das verlängerte Wochenende für einen privaten Ausflug in den Süden Österreichs genutzt. Diana hatte er nichts davon erzählt. Er war nach Salzburg geflogen und hatte sich dort einen Mietwagen genommen. Es ließ ihm keine Ruhe: Er wollte zu der Stelle, deren Koordinaten seine Eltern einst notiert und dann versteckt hatten.

Auf der hochauflösenden Satellitenkarte, die er sich heimlich beim BND besorgt hatte, war dort nur Wald, sonst nichts, und so rechnete er nicht wirklich mit einer Entdeckung, die ihn bei der Spurensuche weiterbringen würde. Er konnte sich auch nicht vorstellen, was sein Vater und seine Mutter an diesen abgelegenen Ort verschlagen haben könnte. Er hatte das Gefühl, dass er sich diesen Ausflug eigentlich sparen konnte. Andererseits – er musste sichergehen, dass dort auch wirklich nichts war.

Er lenkte den Wagen durch die Innenstadt von Klagenfurt und fuhr die Süduferstraße des Wörthersees entlang, bis sein Navigationsgerät ihn aufforderte, links in eine kleine Straße abzubiegen. Diese mündete in einen Feldweg, dort stellte er das Auto ab und ging zu Fuß weiter.

Bald verlor sich der Weg, Nelson bewegte sich immer tiefer in den Wald hinein. Der Wind pfiff durch die Baumkronen, irgendwo kreischte ein Vogel, sonst war nichts zu hören.

Gespannt blickte er auf die Kartenanzeige seines Handys. Er konnte nur noch wenige Meter von dem Ziel entfernt sein, das er eingegeben hatte. Doch außer Bäumen und Waldboden, unterbrochen von Inseln aus Farn, Moos oder Gras, war nichts zu sehen.

Laut Display war er schon zu weit gegangen. Er blieb stehen und sah sich um, dann beschloss er, die Stelle im Umkreis von fünfzig Metern abzusuchen. Er musste sichergehen. Schritt für Schritt tastete er sich voran, achtete auf Auffälligkeiten.

Aber da war nichts – nur Wald.

Gerade wollte er zum Auto zurückkehren, als ihm eine grasbewachsene Erhebung am Boden auffiel, wie ein kleiner Hügel. Das passte nicht so recht in die Umgebung, die von Gestrüpp überwuchert war. Auf den ersten Blick schien es eine Anomalie der Natur zu sein.

Er ging näher ran. Eine Seite der Grasfläche war mit Reisig und morschen Ästen bedeckt. Vorsichtig schob er die Äste beiseite. Und tatsächlich: Er ertastete ein Metallblech, das von Moos bedeckt war und sich kaum vom Untergrund abhob. Es ließ sich zur Seite ziehen, darunter war eine steile, verwitterte Rampe im Boden zu erkennen. Sie endete an einer Stahltür.

Es war ein alter unterirdischer Bunker.

Die Tür war rostig und mit Flechten bewachsen. Ein Vorhängeschloss sicherte den Eingang. Nelson rüttelte daran, es gab nicht nach. Das Schloss schien jüngeren Datums zu sein.

Er hatte nicht damit gerechnet, hier überhaupt etwas zu finden, geschweige denn eine Tür. Dahinter musste ein Raum liegen. Was verbarg sich im Inneren? Seine Neugierde war geweckt. Er rüttelte noch mal am Schloss, doch es half nichts. Er musste sich Werkzeug besorgen.

Nelson hatte bis zum Einbruch der Dunkelheit gewartet. Er war nach Klagenfurt gefahren, hatte ein Brecheisen und eine starke Taschenlampe gekauft, alles im Wagen verstaut und war eine Weile zu Fuß durch die Altstadt geschlendert, um die Zeit zu überbrücken. Dann hatte er in einem Lokal zu Abend gegessen, und nun war er mit dem Auto auf dem Weg zurück zur Fundstelle.

Seine Entdeckung hatte ihn überrascht: Woher wussten seine Eltern von diesem Versteck? Waren sie selbst einmal hier gewesen? Würde er hinter dieser Tür Hinweise darauf finden, was mit ihnen passiert war?

Der Wald wirkte in der Finsternis unheimlich, alles sah anders aus als am Tag, und einige Vermisstenfälle kamen ihm in den Sinn, bei denen Menschen in Wäldern spazieren gegangen und nie wieder aufgetaucht waren. Er war froh, als im Licht seiner Taschenlampe die Stahltür erschien.

Es gab ein lautes Geräusch, als er das Brecheisen ansetzte. Das Schloss zeigte sich widerspenstiger als gedacht, er brauchte alle Kraft, bis der Stahl endlich nachgab und der Bügel sich krachend öffnete. Er drückte gegen die Tür. Mit einem Quietschen schwang sie zur Seite.

Der Bunker war aus Beton gebaut, vermutlich ein Überbleibsel aus dem Zweiten Weltkrieg und längst vergessen. Es war nur ein einziger Raum – und er war leer. An zwei Wänden standen verfaulte Holzregale. Es roch modrig.

Nelson leuchtete jeden Flecken des Bunkers ab. Er fand Papierschnipsel in den Regalen sowie einige Stücke Metall, deren Sinn er sich nicht erschließen konnte, und steckte alles in eine kleine Plastiktüte. An ein paar Stellen hatte sich der Boden verfärbt.

Alles in allem war er enttäuscht. Im Stillen hatte er sich mehr erhofft – einen Fingerzeig, der ihn endlich weiterbrachte. Das war nicht der Fall. Er hatte hier unten nichts mehr zu tun.

Er zog die Stahltür hinter sich zu. Genug gesehen. Er würde zurück in die Stadt fahren.

«Hände hoch.» Die befehlsgewohnte Stimme eines Mannes.

Scheinwerferlicht flammte auf und blendete Nelson. Er beschattete die Augen und versuchte etwas zu erkennen.

«Haben Sie nicht verstanden? Ich mache keine Scherze!»

Nelson wandte sich nach rechts. Er blickte direkt in die Mündung eines Gewehrs.

HAMBURG

Zoe lag in einem Zimmer zusammen mit einem anderen kleinen Mädchen. Die beiden Betten waren durch einen Vorhang voneinander getrennt. Selbst gemalte Kinderbilder hingen an der Wand, durchs Fenster konnte man die anderen Sektionen der Klinik sehen, darüber blauen Himmel.

Tobias strich seiner Tochter übers Haar und gab ihr einen Kuss auf die Wange. Er erschrak, wie heiß sich ihre Haut anfühlte.

Zoe hatte die Augen geschlossen. Sie schien zu schlafen. Ihr Anblick schmerzte ihn. Sie wirkte dünn, die Arme und Beine zerbrechlich. Ein Bluterguss hatte sich um die Einstichstelle der Infusionskanüle gebildet.

Ein Schlauch verband die Kanüle mit einem Behälter, der an einer Halterung über dem Bett baumelte. Was mochte darin sein? Schmerzmittel? Medizin? Er konnte beobachten, wie die Flüssigkeit langsam aus dem Beutel tropfte und sich den Weg in Zoes Adern suchte. Auf dem Nachttisch stand eine Metallschüssel, falls sie sich übergeben musste.

Die Chemo schien Zoe in sich zusammenfallen zu lassen, verschwunden war der Rest Freude und Lebensmut, den Tobias vor einer Woche noch bei ihr beobachtet hatte. Zwischendurch war sie ganz munter gewesen, sie hatten sogar einen Beitrag für das Newsmagazin drehen können. Zoe hatte zwar wenig Appetit gehabt, aber sie war aufgeweckt umherspaziert, interessiert an der Welt um sie herum.

Jetzt war der Einbruch unübersehbar, seit zwei Tagen lag sie in diesem Krankenhausbett wie ein Häufchen Elend. Die erste Chemo schwächte sie mehr als gedacht, und Dr. Lorenz hatte empfohlen, die Kleine auf ein Zimmer auf der Kinderstation zu legen und dort weiter zu betreuen, bis sie sich etwas erholt hatte.

Tobias strich seiner Tochter über die Stirn. Ihr Haar schien dünn, die Krankheit und die Behandlungen hatten Zoe Nährstoffe entzogen. Nicht mehr lange, und die Kleine würde durch die Chemo schlimmstenfalls all ihre Haare verlieren. Er hatte keine Ahnung, wie er seiner Tochter das erklären sollte. Genauso wenig wusste er, wie er ihr in dieser Situation Hoffnung schenken konnte.

Seit er Zoe in die Uniklinik eingeliefert hatte, lebte er unter einer Glocke, abgekapselt von der Welt um ihn herum. Er war selten zu Hause, dort wurde ihm die deprimierende Lage noch stärker bewusst. Er beschränkte die Hausarbeiten in der Wohnung auf das Nötigste. Beim Essen brachte er nur ein paar Bissen herunter. Das Kinderzimmer, das herumliegende Spielzeug, ihre Schuhe im Flur – alles erinnerte ihn auf Schritt und Tritt an seine Tochter. So schnell wie möglich kehrte er deshalb jedes Mal ins Krankenhaus zurück.

Was hätte Lena getan? Er wünschte, sie wäre jetzt hier und würde ihm beistehen. Sie hätte es sicher geschafft, Zoe schnell aufzuheitern. Sie hätte versucht, das Beste aus der Situation zu machen und Optimismus zu verbreiten. Lena war seine Stütze gewesen. Seine Liebe. Wie sehr vermisste er sie. Nun hatte er nur noch Zoe.

Er hatte solche Angst davor, bald ganz allein zu sein.

«Papa.»

Es war mehr ein Flüstern. Seine Tochter hatte die Augen geöffnet. Sie versuchte sich aufzustützen, aber sie war zu schwach. Er half ihr, schob ein kleines Kissen in ihren Rücken.

«Wie geht's dir, Liebling?» Er streichelte ihren dünnen Arm.

«Wo ist Tanja?» Zoe drehte mühsam den Kopf.

«Deine Freundin hat gewartet, bis du aufwachst.» Er nahm das Stofftier vom Nachtkästchen und stellte es auf die Bettdecke. «Tanja freut sich, bei dir zu sein. So wie ich.»

Eine Zeitlang betrachtete Zoe das Stoffpferd. An ihrem Gesicht war keine Regung abzulesen. Dann hatte sie die Lust verloren und wandte sich ab.

Die Tür ging auf, und Dr. Lorenz kam herein. Sie begrüßte Tobias, untersuchte Zoe kurz, dann schlug sie ihre Unterlagen auf.

Tobias sah sie an. «Und, gibt es etwas Neues?»

«Wir können aktuell noch nicht viel sagen, es ist noch zu früh. Es sieht aber aus, als würden sich die Blutwerte Ihrer Tochter leicht verbessern, ebenso die Krebsmarker.»

«Das ist doch gut, oder?»

«Es ist ein Anfang. Wir hoffen, dass sich diese Tendenz verstärkt. Aber zur Wahrheit gehört auch: Der Krebs ist weiterhin da und vermehrt sich – wenn auch langsamer.»

Das war nicht die Nachricht, die er sich erhofft hatte. Aber er wusste, er musste geduldig sein und durfte kein Wunder erwarten.

«Wann kann ich meine Tochter mit nach Hause nehmen?»

«Wir möchten sie gern noch eine Nacht zur Beobachtung hierbehalten. Außerdem müssen wir Zoe erst noch aufpäppeln, die Chemo hat sie sehr geschwächt. Gehen wir also von morgen aus, spätestens übermorgen. Vielleicht können wir die nächsten Therapiesitzungen dann ambulant durchführen. Bis dahin kann sie sich zu Hause erholen.»

KAPITEL 14
DÜSSELDORF

Die Pension im Süden der Stadt lag in einer Seitenstraße. Melissas Zimmer war klein, aber sauber und ruhig. Sie packte ihre Sachen aus und legte sie in den Schrank. Sie fühlte sich nicht wohl, hatte Bauchweh und Kopfschmerzen. Waren das erste Anzeichen des Mikroplastiks in ihrem Blut? Sie wischte den Gedanken beiseite. Jetzt bloß nicht verrückt machen lassen.

Auf dem Handy hatte ihr Bruder ihr eine Nachricht hinterlassen und berichtet, dass Zoe noch eine Nacht im Krankenhaus bleiben musste. Sie hoffte inständig, die Chemotherapie würde anschlagen.

Zum wiederholten Mal sah sie nach, ob Victoria sich gemeldet und eine Nachricht hinterlassen hatte. Fehlanzeige.

Ihre Freundin hatte letzte Nacht wieder nicht in der Wohnung geschlafen, ebenso wie die beiden Nächte davor. Ihr Zimmer war immer noch unberührt gewesen, als Melissa an diesem Morgen nachsah. Vielleicht sollte sie doch etwas unternehmen? Aber was könnte das sein? Zu Victorias Aktivismus-Freunden hatte sie keinen Kontakt, und zur Polizei zu gehen, schien ihr auch nicht passend. Außerdem war es nicht das erste Mal, dass Victoria für ein paar Tage nicht auftauchte und sich nicht meldete, sie kam öfter mal bei Freundinnen unter oder hatte eine Affäre. Nur dass sie ihre Mitbewohnerin einfach nicht erreichen konnte, beunruhigte Melissa.

Sie beschloss, das Thema zu vertagen und noch zu warten. Zuerst einmal musste sie sich auf ihren Auftrag konzentrieren.

Sie rief sich ein Taxi und wartete unten vor dem Gebäude, bis es kam. Ein wenig aufgeregt war sie schon: Es war schließlich der erste Besuch bei Cyaclean, heute würde sie diesen Ryan Hill kennenlernen.

Die Fahrt führte zum Düsseldorfer Hafen am Rhein. Bürogebäude wechselten sich mit Lagerhäusern und Produktionshallen ab. Das Taxi hielt vor einem Tor. Melissa zahlte und stieg aus.

Das Gelände war mit einem übermannshohen Metallzaun umfasst, üppig gepflanztes Grün versperrte den Blick. Überwachungskameras sicherten das Areal, nur ein schlichtes Schild mit der Aufschrift *Cyaclean Ltd.* wies darauf hin, dass sie an der richtigen Adresse war.

Sie sah eine Videogegensprechanlage an der Eingangssäule und drückte den Knopf.

«Frau Frey, herzlich willkommen», tönte es aus dem Lautsprecher. «Bitte kommen Sie herein.»

Melissa war von der Begrüßung überrascht, offenbar hatte man sie bereits erwartet. Ein Summer war zu hören, und das Tor öffnete sich. Sie ging hindurch und folgte einer Straße, die nach etwa fünfzig Metern eine Biegung machte und nun die Sicht freigab.

Im Hintergrund, nahe dem Rhein, stand ein großes zweistöckiges Gebäude. Die Fassade war mit bunten Graffitis bemalt, auf dem Flachdach reihten sich Sonnenkollektoren. Vor dem modernen Bau erstreckte sich eine weitläufige, gepflegte Gartenanlage mit Bäumen, Blumenrabatten und Rasen, dazwischen waren Sitzbänke aufgestellt. Sogar ein Karpfenteich war zu sehen, an der Seite gab es ein mit Sand aufgeschüttetes Rechteck für Beachvolleyball, mehrere Tischtennisplatten und Sonnenliegen, daneben eine Bar mit Hockern. Es wirkte mehr wie die Außenanlage eines Urlaubshotels als eine Arbeitsstätte.

Melissa ging durch die Parkanlage auf das Gebäude zu. Eine Frau mittleren Alters kam ihr entgegen. Sie hatte halblange, nach hinten frisierte Haare und trug eine hellblaue Stoffhose, Sneaker und ein T-Shirt. Nach Melissas Recherchen war Jessica Weiss 43 Jahre alt und hatte lange Zeit als Geschäftsführerin von Greenpeace in der Schweiz gearbeitet, bevor sie vor zwei Jahren die Stelle als Leiterin von Cyaclean Deutschland in Düsseldorf angetreten hatte.

«Schön, dass Sie da sind, Frau Frey. Mein Name ist Jessica Weiss. Nennen Sie mich gerne Jessica, hier bei uns duzt jeder jeden.»

Melissa nickte. «Ich bin Melissa. Danke für die Einladung.» Sie schüttelte der Frau die Hand. «Schön habt ihr es hier.»

«Danke. Wir geben uns Mühe, alles im Sinne unserer Mitarbeitenden zu gestalten. Sie sollen sich bei uns wohlfühlen, das ist das Wichtigste für uns.»

Jessica führte sie zum Haupteingang und hielt die Tür auf. «Ich schlage vor, ich zeige dir erst mal unser Unternehmen.» Sie drückte Melissa eine Zugangskarte zum Anstecken in die Hand. «Sonst gelangen wir nicht in die sensiblen Bereiche.» Sie lächelte. «Wie du bemerkt haben dürftest, ist das Gelände gut abgesichert. Wir wollen unsere Erfindungen schützen, denn die Konkurrenz würde alles dafür geben, unsere Verfahren auszuspionieren. Unser Sicherheitsverantwortlicher Axel Turner wird dir später noch ein paar Hinweise geben, eines jedoch vorweg: bitte keine Fotos oder Videos vom Produktionsbereich.»

«Klar. Ist denn Mister Ryan Hill schon da?», fragte Melissa.

«Du wirst ihn später treffen, nur Geduld. Wusstest du übrigens, dass du die erste Journalistin bist, die wir eingeladen haben? Wir haben hier in Deutschland bisher keinen Wert auf Publicity gelegt.»

Das war Melissa tatsächlich neu und ließ die Nervosität wieder aufflackern. «Ich weiß das zu schätzen», sagte sie und lächelte. «Ich bin sehr gespannt, was ihr hier tut, und freue mich natürlich, den berühmten Gründer kennenzulernen. Ich habe viel über ihn gelesen.»

Jessica lachte. «Da wird er sich freuen. Ich finde es super, dass wir auch hier in Deutschland mehr auf uns aufmerksam machen.» Sie öffnete eine Glastür zu ihrer Linken, und Melissa folgte ihr einen hellen Gang hinunter.

Je mehr sie darüber nachdachte, desto begeisterter war sie von der Idee, als Erste einen Beitrag über den Mann und sein Projekt zu machen. Das würde Wellen schlagen – national und international. Es wäre ein Ritterschlag für sie als Journalistin. Endlich konnte sie ihren Eltern beweisen, dass ihre Berufswahl doch die richtige war – und sich in der Redaktion weiter nach vorn arbeiten.

«Hey, Jess.» Ein junger Mann in Jeans und Sweatshirt kam vorbei und hob die Hand zum Gruß.

«Hey, Tom.»

Sie gingen durch eine weitere Glastür in einen großen Raum voller Leute. «Das ist unsere Chill-out-Lounge.» Jessica winkte in die Runde, ein paar Mitarbeiter grüßten zurück. «Wann immer jemand das Bedürfnis verspürt, kann er oder sie hier relaxen.»

«Auch während der Arbeitszeit?»

«Wir haben keine festen Zeiten, jeder soll sich seine Arbeit frei selbst einteilen. Wir denken, unsere Mitarbeitenden sind klug genug zu wissen, was zu tun ist.»

Eine Gruppe junger Männer und Frauen trug Kopfhörer und sah sich gerade eine Dokumentation an, die auf einem überdimensionalen TV-Gerät an der Wand gegenüber flimmerte. Zwei Männer unterhielten sich auf einem Sofa, die Beine lässig ausgestreckt, zwischen sich einen kleinen Teller mit Snacks. Eine Frau hatte es sich in einem Liegesessel bequem gemacht, sie schien zu schlafen. In einer Ecke, abgetrennt durch ein Sideboard und einen Vorhang, durch dessen Schlitz Melissa hindurchsehen konnte, bearbeitete ein Mann im weißen Kittel gerade den Nacken einer Person auf einem Massagetisch.

«Ihr habt Physiotherapeuten hier? Ist er krank?»

Jessica lachte. «Nein, nein, das gehört zum Programm. Den Masseur bezahlen wir. Wer wegen der Bildschirmarbeit verkrampfte Glieder oder einen steifen Nacken hat, kann einen Termin buchen. Komm, gehen wir weiter.»

Sie zeigte Melissa die Teeküche mit mehreren Kaffeeautomaten, einem deckenhohen Getränke-Kühlschrank voll mit allerlei Drinks und einer Mikrowelle. Überall standen Körbe mit Schokoriegeln und Obst.

Die Cyaclean-Geschäftsführerin griff nach einem Apfel und biss hinein. «Jeder kann hier essen und trinken, was er will – natürlich kostenlos. Das gilt auch für unsere Kantine, wo es Frühstück, Mittagessen und Snacks für den Abend gibt – alles garantiert bio. Sogar die

Schokoriegel.» Sie lachte wieder und führte Melissa in einen hellen Saal. «Und hier ist unsere Kantine. Manche nutzen sie auch als Arbeitsplatz.»

Zwei junge Männer sahen von ihren Laptops auf und lächelten Melissa kurz an. Neben sich hatten sie Kaffeetassen stehen. Es herrschte Bistro-Atmosphäre, kleine Tische und Stühle aus Naturholz, an der Wand standen Ablagen für die Essenstabletts, alles war gemütlich gestaltet. Die Fensterfront gab den Blick frei auf den Garten und den Rhein.

«Oben sind die eigentlichen Arbeitsplätze.» Jessica führte Melissa eine breite Treppe hoch. «Viele arbeiten am liebsten dort, weil sie die Office-Umgebung mögen.»

Es war ein großer Raum, aufgeteilt in einzelne Bereiche, die durch Glaswände abgetrennt waren. Es sah irgendwie futuristisch aus. Überall saßen Männer und Frauen vor ihren Computermonitoren.

«Kein Großraumbüro? Ich bin überrascht.» Melissa dachte an die Redaktionsräume von *Daily Flashlight*. Die Arbeitsplätze selbst waren dort genauso modern wie hier in Düsseldorf – und doch kam es ihr gerade vor, als bewege sie sich in einer anderen Welt.

«Großraumbüros sind ein überholtes Konzept. Wir haben unsere Mitarbeitenden befragt – und das ist das Ergebnis.» Jessica öffnete eine der Glastüren. «Hier ist mein Büro. Setz dich gern.»

Der Raum, wenn man es so bezeichnen konnte, war nicht größer als die anderen und für jeden einsehbar. Ein Schreibtisch, Regale mit Andenken aus Urlaubsreisen, ein paar Bücher. Vier Sessel, gruppiert um einen kleinen Besprechungstisch. Melissa nahm auf einem der Sessel Platz, Jessica setzte sich ihr gegenüber.

«Was zu trinken? Etwas Obst?» Sie deutete auf das Tablett auf dem Tisch. «Bedien dich.»

Melissa nahm einen Orangensaft. «Und wo sind die Produktionsstätten?»

«Im hinteren Bereich des Geländes, direkt am Fluss. Ryan wird dir später höchstpersönlich alles zeigen.»

Melissa nickte. «Du hast gesagt, ich bin die erste Journalistin hier bei Cyaclean. Warum habt ihr eure Meinung über solche Berichterstattungen geändert?»

«Ryan hat das Gefühl, unsere Technik ist nun so weit entwickelt, dass wir sie der Öffentlichkeit vorstellen können. Die Phase der Tests und Experimente ist praktisch abgeschlossen. Es ist fantastisch, sag ich dir, du wirst es selber sehen. Endlich ein Verfahren, das Plastikmüll effektiv und umweltfreundlich beseitigt.»

«Ja, es ist wirklich spannend. Und wann geht es im großen Stil los?» Melissa hatte einen Block herausgeholt und machte sich Notizen.

«Wir verhandeln gerade über eine formelle Zulassung unseres Verfahrens. Sobald wir die in der Hand haben, starten wir.»

«Das wird mit einer Menge Bürokratie verbunden sein, kann ich mir vorstellen. Warum setzt ihr euer Projekt hier bei uns um und nicht in Spanien oder den USA?»

«Deutschland mit seinem hervorragenden Ruf als Technologienation hat eine Leuchtturmfunktion für uns.» Jessica Weiss nahm sich ebenfalls einen Saft. «Funktioniert es hier, funktioniert es überall.»

«Das wird ein Multimilliardengeschäft, vermute ich.» Melissa dachte an die ungelösten Plastikmüllprobleme in allen Regionen der Welt. Eine effektive technische Lösung würde sich vor Nachfrage nicht retten können.

«Das wird es in der Tat.» Jessica lehnte sich zurück. «Aber das ist nicht unser Antrieb, musst du wissen. Ryan braucht das Geld nicht, er ist bereits vielfacher Millionär. Er will das Verfahren in eine öffentliche Stiftung einbringen und so für jedermann zugänglich machen. Auch arme Länder sollen davon profitieren. Nur gemeinsam schaffen wir es, den Plastikmüll von unserem Planeten zu verbannen.»

«Ziemlich selbstlos von ihm.» Melissa runzelte die Stirn. «Das sagen viele andere auch, und dann ...»

Jessica Weiss schmunzelte. «Stimmt, aber Ryan redet nicht nur, er tut aktiv etwas. Du hast es vermutlich längst im Internet gelesen:

Der Mann engagiert sich für ein intaktes Meeresökosystem, fördert Projekte wie *Rettet die Wale* und finanziert kostenlose Gesundheitsvorsorge für arme Kinder in Dritte-Welt-Ländern. Er braucht niemandem mehr etwas zu beweisen.»

Sie hatte recht: Die Liste der gemeinnützigen Projekte dieses Amerikaners war beeindruckend lang.

«Bist du deshalb von Greenpeace weggegangen?», wagte Melissa sich vor. «Es ist ein großer Schritt von einer Nichtregierungsorganisation hin zu einem kommerziellen Unternehmen.»

«Der Schritt ist in diesem Fall kleiner, als du denkst – und ich habe ihn noch keinen einzigen Tag bereut.» Jessica sah sie ernst an. «Weißt du, ich hatte die Nase voll davon, immer nur zu kritisieren und anzuprangern. Ich wollte auch mal einen positiven Beitrag zum Umweltschutz leisten, der die Menschen weiterbringt. Diese Chance habe ich hier.»

«Verstehe. Und was macht euch so sicher, dass sich euer Verfahren durchsetzen wird – und nicht das der Konkurrenz?»

«Weil unsere Entwicklung funktioniert. Wir haben viel Herzblut und noch mehr Arbeit unserer Mitarbeitenden in das Projekt gesteckt, haben Dutzende von Patenten angemeldet. Unser Erfolg lässt sich nicht so einfach kopieren. Deshalb sind wir auch so vorsichtig und stellen Sicherheit an erste Stelle, wie du schon gemerkt hast.»

«Von außen wirkt das Gelände wie ein Hochsicherheitstrakt, das stimmt.»

«Die Vorkehrungen sind leider notwendig. Niemand soll in Versuchung kommen, unser Verfahren zu stehlen. In dieser Branche wird mit allen Mitteln gekämpft, Regeln werden nicht akzeptiert. Jeden Tag registrieren wir Dutzende von Cyberangriffen auf unser Computernetzwerk.»

«Wirklich?» Melissa war überrascht. «Ist das eine so reale Bedrohung? Wer steckt dahinter?»

Jessica zuckte die Schultern. «Du glaubst nicht, wie viele Wettbewerber hinter uns her sind oder probieren, uns Steine in den Weg zu legen. Du kannst es dir ja vorstellen: Wenn unser Reinigungsverfahren quasi kostenlos ist, können alle anderen Unternehmen einpacken, die mit ihren Methoden Geld scheffeln wollen.» Sie beugte sich vor. «Aber wir wissen uns zu wehren, es steht zu viel auf dem Spiel.»

Melissa konnte die Entschlossenheit in ihrem Gesicht ablesen. Die Frau konnte hart und durchsetzungsfähig sein, kein Zweifel.

«Melissa, wenn du keine Fragen mehr an mich hast», sagte Jessica, jetzt wieder ganz entspannt, «was hältst du davon, eine Pause in der Kantine zu machen? Unser Sicherheitsbeauftragter Axel Turner, übrigens ein Kanadier, holt dich danach ab.» Sie lächelte. «Er wird dir weitere Dinge erklären, die vielleicht sogar noch spannender sind.»

Melissa checkte ihre Nachrichten, während sie in der Kantine anstand. Ihr Bruder Tobias schrieb ihr, Zoe gehe es etwas besser. Auch Blutwerte und Krebsmarker hätten sich positiv entwickelt, aber an der Unheilbarkeit ihres Krebses ändere das nichts, sagten die Ärzte. Sie schrieb ihm eine tröstende E-Mail zurück und bat ihn, ihrer Nichte einen dicken Kuss von ihr zu geben.

Nachdenklich holte sie sich ein Tablett und wählte einen griechischen Salat und einen frisch gepressten Orangensaft, zum Nachtisch eine Schoko-Mousse mit Himbeeren.

Die Tische waren alle besetzt. Es waren bunt gemischte Truppen verschiedenster Nationalitäten, viele Angestellte unterhielten sich angeregt, unterbrochen durch Gelächter, einige beugten sich über Papiere, andere starrten auf ihr Handy.

Sie entdeckte einen Tisch am Rand, an dem nur ein junger Mann in Jeans und T-Shirt saß, er war über seinen Laptop gebeugt. Melissa glaubte, ihn schon beim Rundgang gesehen zu haben.

Sie steuerte auf den Tisch zu. «Ist hier noch frei?»

Der junge Mann sah auf und musterte sie. Melissa fühlte sich unwohl unter seinem Blick.

«Jeder kann sitzen, wo er will.» Er widmete sich wieder seinem Computer, ohne sie weiter zu beachten.

Melissa stellte ihr Tablett ihm gegenüber auf den Tisch. Ihr Glas berührte versehentlich seinen Laptop.

«Verzeihung», sagte sie.

Der Mann setzte eine genervte Miene auf und rückte sein Gerät näher zu sich ran. Er hatte ein schmales Gesicht und trug eine Brille, sein Haar war halblang und hatte offenbar schon länger keinen Friseur gesehen. Er war Ende zwanzig, Anfang dreißig, schätzte sie.

Sie hatte sich vorgenommen, auch mit den Mitarbeitern ins Gespräch zu kommen, um zu erfahren, ob das Unternehmen wirklich so hip und cool war, wie es sich gab. Hier war sie offenbar an genau den Falschen geraten. Aber auch wenn er nicht aussah, als wäre er an ihr interessiert, wollte sie es zumindest versuchen.

«Mein Name ist Melissa, Melissa Frey, ich komme aus Hamburg und arbeite als Journalistin für *Daily Flashlight*.»

«Wie schön.» Es klang, als spreche er mit sich selbst.

«Und wie heißt du?»

«Sorry, ich muss arbeiten.»

«Sorry ist aber kein Name.» So schnell wollte sie sich nicht abfertigen lassen – ein wenig höfliche Konversation war schließlich kein Verbrechen.

Der Mann atmete hörbar aus. Er fixierte sie. «Mein Name ist Leon Feininger. Und ja, ich arbeite hier, wie du bemerkt haben dürftest.»

«Spannend.» Sie lächelte ihn an. «Und was machst du bei Cyaclean, wenn ich fragen darf?»

«Computerzeugs, Laborkontrollen, was man halt so macht.» Er tippte weiter in seinen Laptop.

«Hast du kein eigenes Büro?» Melissa pikste mit der Gabel ein Stück Fetakäse auf und schob es sich in den Mund, danach machte sie sich über die Tomaten und Oliven her.

Er rollte mit den Augen. «Du kennst doch unsere Räume, Jessica hat dich herumgeführt.»

«Du hast mich also schon bemerkt.»

«Das war unübersehbar. Und außerdem hat sich natürlich herumgesprochen, dass eine Journalistin zu uns kommt und Ryan Hill interviewen wird.»

Melissa störte seine besserwisserische Art. Waren hier alle so abweisend? «Also bin ich bei euch Gesprächsthema.»

«Nein, bist du nicht.» Leon Feininger schüttelte den Kopf. «Ich dürfte eigentlich gar nicht mit dir reden. Ihr Journalistinnen verdreht einem das Wort im Mund.»

Melissa stutzte. Mit dieser Wendung hatte sie nicht gerechnet. «Wie kommst du darauf, dass ich dir das Wort im Mund umdrehen würde? Hast du schlechte Erfahrungen gemacht? Oder hast du das irgendwo aufgeschnappt?»

«Bitte, jetzt mach mal halblang. Sprich doch einfach mit jemand anderem, es sind genug Leute hier. Oder verschwinde wieder. Es ist mir total egal, was du tust – oder nicht tust.»

Langsam wurde sie ärgerlich. Dieser eingebildete Typ, was hatte sie ihm getan? «Na ja, ich interviewe Ryan Hill, deinen Chef», sagte sie herausfordernd. «Interessiert dich das gar nicht? Sollten interessierte Leute da draußen nicht wissen, was er so zu sagen hat?»

«Siehst du, das ist genau, was ich meine!» Leon zeigte mit dem Finger auf sie. «Du verdrehst meine Worte. Das habe ich nie gesagt! Ryan ist ein klasse Typ und ein visionärer Unternehmer. Ich bin stolz, hier zu arbeiten.»

«Darf ich das zitieren?»

«Untersteh dich!» Er verschränkte die Arme. «Und ich sage jetzt kein Wort mehr.»

Ein Mann, Mitte vierzig, Typ Fitnesstrainer, kam heran.

«Hey, Leon.»

«Hallo, Axel.»

Er wandte sich an Melissa. «Ich heiße Axel Turner und bin hier der Sicherheitsbeauftragte. Darf ich dich kurz entführen, damit wir unseren Check durchführen können, bevor wir zu Ryan gehen?» Er sah zu Leon Feininger. «Du hast doch nichts dagegen?»

Der schüttelte den Kopf. «Absolut nicht.»

Melissa stellte ihr Tablett in einen der Ständer und folgte Turner zu einem abgetrennten Raum im hinteren Bereich. «Sind alle eure Mitarbeiter so einsilbig? Dieser Feininger war nicht gerade zum Plaudern aufgelegt.»

«Du darfst das nicht so ernst nehmen. Leon ist einer unserer Softwarespezialisten, diese Computertypen sind immer etwas – wie soll ich sagen – anders drauf.» Turner lachte. «Er arbeitet bei uns als Datenanalyst fürs Labor, hat früher kurz Biochemie studiert, dann aber das Studium geschmissen und umgesattelt auf IT. Du kennst das ja.»

Offenbar hatte Cyaclean bereits Erkundigungen über sie eingezogen. Sie dachte an ihr abgebrochenes Lehramtsstudium, ihre Eltern kamen ihr in den Sinn, und sie schob den Gedanken weg.

«Ihr seid gut über mich informiert.»

«Ein Hintergrundcheck gehört immer dazu, egal, wer uns hier besucht. Gerade Labor und Produktion sind sensible Bereiche, da wollen wir sichergehen, nur die richtigen Leute reinzulassen.» Er bat Melissa, den Inhalt ihrer Tasche zu zeigen, und prüfte alles sorgfältig. Dann reichte er ihr eine Chipkarte. «Gilt nur für den heutigen Tag. Bitte wieder abgeben, wenn du das Gebäude verlässt. Das System registriert über die Karte, wer sich in den gesicherten Bereichen bewegt. Fotos und andere Aufnahmen sind dort verboten, außerdem bitte nichts anfassen, das versteht sich von selbst.»

«Ihr nehmt es ja ganz genau.» Sie steckte die Chipkarte zu ihrer Besucherzugangskarte.

«Das muss sein. Unsere Mitarbeitenden sind mit den Maßnahmen einverstanden. Wie du siehst, sind überall Überwachungskameras. Und unser Computernetzwerk ist noch mal extra gesichert.» Turner war sichtlich stolz auf seine Arbeit. «Die Erfahrungen anderer Unternehmen zeigen: Meist sind die Angestellten die Schwachstelle, sei es mit Absicht oder aus Nachlässigkeit. Das können wir nicht gebrauchen. Deshalb all die Maßnahmen, zusätzlich gehören regelmäßige Sicherheitsschulungen zum Pflichtprogramm jedes Einzelnen.» Er lächelte sie offen an. «Und nun gehen wir zum Chef.»

Sie steuerten auf einen gläsernen Konferenzraum zu. Ein Mann in Turnschuhen, Jeans und Sweatshirt stand dort, er hatte ihnen den Rücken zugekehrt. Als sie eintraten, drehte er sich um und kam auf sie zu.

«Herzlich willkommen, Frau Frey. Ich darf Sie Melissa nennen?», sagte er auf Deutsch mit hörbar amerikanischem Akzent.

«Gerne. Freut mich sehr.» Sie nickte und schüttelte ihm die Hand.

Axel Turner verabschiedete sich und verschwand.

«Ich heiße Ryan. Leider sind meine deutschen Sprachkenntnisse etwas eingerostet.»

«Wir können auch auf Englisch weitermachen», bot sie an.

Doch Ryan Hill schüttelte den Kopf. «Lassen Sie uns ruhig auf Deutsch sprechen, das ist für mich ein gutes Training.»

Laut ihren Recherchen war er 48 Jahre alt, aber er wirkte jünger: Seine Augen strahlten, sein Gesicht war offen. Wenn er lächelte, bildeten sich Grübchen an den Wangen. Sein Auftreten war herzlich, er nahm den Raum für sich ein und hatte die Ausstrahlung eines Mannes, der von seiner Sache überzeugt war.

«Schön, dass es mit dem Termin geklappt hat.» Er setzte sich an den Konferenztisch und deutete auf einen Stuhl gegenüber. «Bitte, mach es dir bequem.»

Melissa setzte sich. «Es freut mich ungemein, dass Sie ... dass du Zeit für ein Gespräch hast.» Sie holte ihr Handy heraus, und auf sein zustimmendes Nicken hin startete sie die Tonaufnahme. «Darf ich fragen, warum gerade ich?»

Sie wusste, das klang nicht unbedingt selbstbewusst, aber der Gedanke ging ihr nicht aus dem Kopf. Dieser Unternehmer hätte sich jedes erdenkliche Medium für ein Interview aussuchen können. Er war in der Vergangenheit wegen seines umfassenden Umwelt-Engagements bereits auf den Titelseiten der berühmtesten Magazine gewesen. Stattdessen saß sie hier, Volontärin einer Internet-Newsplattform.

«Eine berechtigte Frage.» Er lachte. «Es sind mehrere Gründe. Der eine ist ganz simpel: Ich bin einer der Investoren bei *Daily Flashlight*, und ich will meinen Teil dazu beitragen, dass dieses Projekt ein Erfolg wird. Ich glaube, die Welt braucht eine unabhängige internationale Nachrichtenplattform, die multimedial arbeitet und ihre eigenen Themenschwerpunkte setzt. Nolan Adams macht da einen guten Job.»

Melissa nickte, das ergab Sinn.

«Zum Zweiten stehen wir in Deutschland vor dem Durchbruch mit Cyaclean. *Daily Flashlight* wäre das erste Medium, das darüber berichtet. Nach dieser Initialzündung folgt der große internationale Auftritt. Wir werden unser Reinigungsverfahren für Plastikabfälle nach und nach immer größer bewerben und damit immer mehr internationale Aufmerksamkeit generieren, bis niemand mehr an unserer Technologie vorbeikommt. So ist unser Vermarktungsplan.» Er nahm einen Schluck von seinem Orangensaft. «Aber ich will eingestehen, es gibt noch einen persönlichen, einen privaten Grund für unser Gespräch.»

Melissa blickte von ihren Notizen auf, er sah sie ernst an. «Ich habe auf *Daily Flashlight* eure Crowdfunding-Aktion für deine Nichte Zoe gesehen, das hat mich berührt. Ich habe auch zwei kleine Töchter.»

Er holte sein Handy heraus und rief ein Foto auf. Darauf waren eine Frau und zwei kleine Mädchen zu sehen.

«Das ist meine Frau Sunita, sie ist Inderin. Das Mädchen auf dem Bild links ist unsere vierjährige Charlotte und daneben unsere kleine Emily, sie ist zwei – so alt wie Zoe.» Er legte das Mobiltelefon wieder beiseite. «Deshalb kann ich nachfühlen, wie es ist, wenn ein Kind, das man sehr liebt, von einer so schlimmen Krankheit bedroht ist. Wie ich gelesen habe, sind schon über 150 000 Euro zusammengekommen – ein schöner Erfolg.»

«Das stimmt.» Melissa schluckte. «Leider reicht das Geld bei Weitem nicht.»

Sie erzählte von den Behandlungskosten in einer amerikanischen

Spezialklinik und dass Zoe eine Therapie bräuchte, die nur dort durchzuführen ist.

«Oh, das tut mir leid.» Ehrliche Betroffenheit lag in Ryans Stimme. «Die Medizin ist ein faszinierendes Feld, es ist beeindruckend, wie viel schon möglich ist, um Krankheiten zu heilen. Umso frustrierender, wenn der Zugang zu einigen innovativen Ansätzen nur bestimmten Menschen vorbehalten ist und wenn ausgerechnet Geld die Hürde ist, die man nehmen muss, um daran teilzuhaben.» Er machte eine Pause, bevor er weitersprach. «Wie gesagt, ich habe mich im Vorfeld bereits mit dem tragischen Fall deiner Nichte beschäftigt. Eure Berichterstattung darüber ist übrigens wirklich ansprechend, sehr behutsam und persönlich, nicht voyeuristisch. Das alles hat mich sehr berührt, und ich habe 200 000 Euro für euer Projekt gespendet.»

«Danke. Das ist ... Das ist fantastisch.» Melissa war überrascht, zugleich freute sie sich ungemein über die Anteilnahme und die Unterstützung. Sie räusperte sich. «Vielen herzlichen Dank.»

«Gerne, wirklich. Ich drücke die Daumen, dass alles gut wird.» Er lächelte sie an. «Aber deswegen bist du eigentlich nicht gekommen, oder?»

«Das stimmt.» Sie bemühte sich um einen professionellen Tonfall, obwohl es ihr schwerfiel nach diesen Neuigkeiten. Das brachte sie ein ganzes Stück weiter, und sie freute sich darauf, Tobias davon zu erzählen. Aber eins nach dem anderen, jetzt musste sie sich erst auf ihr Interview konzentrieren.

«Also», begann sie. «Erzähl gern ein bisschen was über Cyaclean. Was war der Antrieb für dieses Projekt?»

«Dazu muss ich etwas ausholen.» Ryan nahm eine Fernbedienung und schaltete den Konferenzmonitor ein. «Wie du weißt, engagiere ich mich schon lange für viele verschiedene Umweltprojekte. Bei meinen Besuchen verschiedenster Länder auf allen möglichen Kontinenten traf ich an den schönsten Flecken der Welt immer – ohne Ausnahme – auf einen unerwünschten Gast, der schon vor mir da war: Plastikmüll.»

Er drückte einen Knopf der Fernbedienung, ein Foto erschien auf dem Bildschirm. Es zeigte Delfine, die in Resten eines Fischernetzes gefangen waren. Die nächsten Aufnahmen waren verendete Seevögel mit Verletzungen durch Plastikflaschen und eine Schildkröte, in deren Panzer ein Plastikring eingewachsen war. «Die Natur leidet an diesem Müll. Millionen Tiere sterben daran, jedes Jahr. Sie sterben, weil sie sich verletzen oder weil sie Mikroplastik mit der Nahrung aufnehmen, das sie verseucht. Oft sind es auch größere Plastikteile, und ihre Mägen werden mit dem Zeug verstopft.» Ein neues Foto von Elefanten erschien auf dem Monitor. «Auf Sri Lanka starben kürzlich viele dieser großartigen Tiere, weil sie Plastik von einer Mülldeponie gefressen hatten. Sogar in Mägen von Eisbären am Nordpol wurde dieser Abfall gefunden.» Ryan schüttelte den Kopf. Er rief ein Bild von einer wilden Mülldeponie am Meer auf. «Die Natur kann dem Plastikmüll nicht mehr entkommen. Das ist in Südindien, der Heimat meiner Frau. Plastik, überall Plastik entlang der Küste, Kilometer über Kilometer. Es sieht schrecklich aus.» Auf einem anderen Foto waren kleine Reste von Kunststoffabfällen zu sehen. «Das kennen wir von Stränden auf der ganzen Welt, das Alfred-Wegener-Institut Bremerhaven hat es jüngst ganz im Norden entdeckt, in der Arktis. Selbst das Eis unserer Pole ist mit Plastik versetzt, insbesondere mit Mikroplastik, das wir gar nicht sehen können. Die Wissenschaftler dort haben die Herkunft der Partikel untersucht. Das Ergebnis macht nachdenklich: Das Plastik stammt aus einer Vielzahl von Ländern wie China, den USA, Russland, Brasilien und Deutschland. Selbst wenn die Verursacher Tausende von Kilometern von der Arktis entfernt sind, beweist das doch: Mikroplastik findet immer seinen Weg – über Tiere, über Abwässer, über Flüsse ins Meer – und verteilt sich so auf unserem Globus. Es ist eine weltweite Seuche. Du, einige deiner Kollegen und die arme kleine Zoe haben das Zeug bereits in sich, ebenso wie wahrscheinlich Milliarden andere Menschen, ich selbst auch. Welchen Beweis braucht es noch, dass Plastik eine riesige Bedrohung ist, neben dem Klimawandel wahrscheinlich die größte unserer Zeit?»

Damit hatte er recht, dachte Melissa. Es *war* eine weltweite Seuche. Eine Krankheit, für die es keine Heilung gab. Eine unberechenbare Katastrophe.

«Aber man muss gar nicht so weit reisen, um den Horror des Plastikmülls zu erleben.» Ryan spielte eine Videosequenz ab, es war eine Luftaufnahme aus einem Flugzeug. Sie zeigte Millionen bunter Punkte auf einer Wasserfläche. Als die Maschine tiefer flog, lösten sich die Punkte in unzählige Plastikmüllreste auf. «Du hast sicher von dem havarierten Frachter im Mittelmeer gehört. Seitdem breitet sich der Abfall vor der Küste Marokkos aus – wie ein Geschwür, wie eine ansteckende Krankheit. Bereits jetzt schwimmen Tonnen davon in den offenen Atlantik. Die Küsten von Südspanien und Portugal sind ebenfalls bereits betroffen. Und niemand kann das Unheil aufhalten.» Er wandte sich ihr wieder zu. «Du siehst, es gibt viel für uns zu tun.»

«Nach meinen Recherchen versucht eine ganze Reihe von Initiativen auf unterschiedlichstem Weg, die Müllflut zu beseitigen.» Sie beugte sich vor und goss sich ein Glas Wasser ein. «Cyaclean setzt dabei auf Algen. Warum sollte das die beste Methode sein?»

«Weil alles andere nicht funktioniert, davon bin ich felsenfest überzeugt. Zumindest nicht in großem Maßstab. Und wir müssen bei diesem Umweltproblem groß denken.» Ryan richtete sich auf. «Wir verfolgen eine Mission. Und wir glauben, nein, wir sind uns sicher, mit Algen haben wir die Lösung.»

«Wie sieht diese Lösung aus?»

«Das zeige ich dir gleich beim Rundgang durch unser Labor», sagte er. «Zuerst will ich kurz erläutern, warum ich von unserem Verfahren so überzeugt bin.»

Melissa nickte und nahm einen Schluck.

«Meine Grundidee dabei war: Lassen wir die Natur den Job erledigen, denn sie arbeitet selbstständig und zuverlässig, und sie wächst. Das ist doch am einfachsten, oder nicht?» Er holte ein weiteres Foto auf den Monitor. Es zeigte eine Zellstruktur unter einem Mikroskop.

«Deshalb sind wir auf Algen gekommen. Das hier auf dem Bild ist ein Exemplar. Entscheidend ist: Algen sind Lebewesen, das muss uns bewusst werden. Sie können groß sein oder so winzig wie diese Alge, die wir mit dem bloßen Auge nicht sehen.»

Melissa sah sich das Bild genau an. «Ja, das ergibt Sinn. Und wie können die Algen das Plastikproblem lösen?»

«Wir Menschen unterschätzen die Bedeutung dieser Kleinstlebewesen. Sie verfügen über enorme Power, sie können Großes leisten.» Ryan hob beschwörend die Hände. «Algen haben beispielsweise die Fähigkeit, Kohlendioxid der Atmosphäre zu entziehen und einzulagern. Wissenschaftler haben errechnet, dass die Algen in den Ozeanen einer der wichtigsten Kohlenstoffspeicher überhaupt sind, sie nehmen bis zu fünfzig Prozent des von Menschen verursachten Kohlendioxidausstoßes auf. Damit sind Algen mit die wichtigsten Klimaretter, mehr noch als Bäume. Und es gibt noch viele weitere tolle Einsatzmöglichkeiten.» Er hob die Brauen. «Plastik können sie nämlich auch. Und das machen wir uns zunutze.» Er schaltete das Board aus und stand auf. «Aber jetzt genug geredet. Schauen wir uns das Ganze live an.»

Ryan hielt seine Zugangskarte ans Lesegerät der Tür. Geräuschlos glitt sie auf.

«Hier sind unsere ‹computer girls and boys› zu Hause, sie werten die Daten unserer Versuchsreihen aus und kontrollieren die gesamte Anlage.»

Sie durchschritten einen langen Raum, links und rechts saßen Cyaclean-Angestellte vor ihren Monitoren. Einige hoben neugierig die Köpfe, als Ryan vorbeiging. Melissa sah Leon Feininger auf einem der Arbeitsplätze. Er schien sie nicht zu bemerken, sondern starrte konzentriert auf seinen Bildschirm.

«Und nun betreten wir gleich unser Allerheiligstes – das Labor mit den Produktionsanlagen», kündigte Ryan an. Wieder benutzte er seine Chipkarte, die Tür öffnete sich. Sie erreichten einen Vorraum mit Regalen voller Schutzkleidung.

Ryan reichte ihr einen Schutzanzug und einen Mundschutz. «Bitte anziehen.» Er selbst streifte sich ebenfalls einen Overall mit Kapuze über und legte eine Schutzmaske an.

Eine weitere Tür öffnete sich. Sie gelangten in eine Halle, die offenbar die ganze Breite des Gebäudes einnahm. Melissa rief sich den groben Grundriss der Anlage vor Augen und erkannte, dass sie sich im hinteren Bereich des Grundstücks befinden mussten, in direkter Nachbarschaft zum Fluss. Kunstlicht beleuchtete alles gleichmäßig, ein seltsames leises Summen und Blubbern war zu hören. An der Wand standen deckenhohe Stahlzylinder, in der Mitte zogen sich drei Reihen rechteckiger Becken mit Glashauben über die gesamte Länge. Darin schwamm eine dunkle Brühe. Gestalten mit Schutzanzügen hantierten an den Armaturen herum, andere prüften die Daten der Messgeräte.

Aus verschiedenen Richtungen führten Edelstahlleitungen zu den Becken. Überall waren Warnschilder mit dem Totenkopfsymbol und der Aufschrift *Rauchen verboten – kein offenes Feuer – Lebensgefahr* angebracht.

Melissa deutete darauf. «Was hat es damit auf sich?»

«Das ist eine reine Vorsichtsmaßnahme», erklärte Ryan. «Hier befinden sich Wasserstoffbehälter, und im Freien stehen Sauerstofftanks. Die Leitungen transportieren den Sauerstoff in die Becken, und wir wollen verhindern, dass es durch ein Leck zu Bränden oder gar Explosionen kommt.»

«Und wofür braucht ihr so viel Sauerstoff?»

«Damit reichern wir die Nährlösung für die Algen an, damit sie schneller wachsen.»

Er ging zu einem der Becken und öffnete einen Glasdeckel. Es roch nach Vergorenem und nach fauligem Schlamm. Blubbernd drangen Luftblasen an die Oberfläche der braunen Flüssigkeit. Melissa fand es eklig. Das waren also die Kunststoffkiller. Irgendwie hatte sie Spektakuläreres erwartet als diese stinkende Brühe.

Ryan bemerkte ihr skeptisches Gesicht.

«Es sieht nicht gerade appetitlich aus, ich weiß.» Er lachte. «Aber in dieser Algensuppe steckt unser ganzes Know-how. Wir haben es geschafft, Algen zu züchten, die in Turbogeschwindigkeit Mikroplastik verdauen und zu Biomasse machen. Nötig sind dazu natürlich noch ein paar Zutaten, die diesen Prozess erst ermöglichen.»

«Zutaten?», fragte Melissa.

«Ja, den Algen müssen noch ein paar Stoffe zugesetzt werden.» Ryan deutete auf die Stahlzylinder. «Dort haben wir die Zutaten gelagert. Die Kollegen steuern die Zuleitung in die Becken – noch – per Hand. In Zukunft soll alles vollautomatisch geschehen.» Er wandte sich wieder Melissa zu. «Das sind nur natürliche Stoffe wie Sauerstoff, Stickstoff und Wasser.»

Melissa deutete auf einen wuchtigen Stahlschrank. Die Türfront war aus massivem Panzerglas und mit einem Code-Schloss gesichert. Dahinter waren Reihen von dünnen Stahlzylindern zu sehen und versiegelte Reagenzröhrchen, jedes einzelne mit einer Zahlenreihe beschriftet.

«Und wofür ist das?»

«Der Inhalt dieses Schranks ist hochsensibel. Ich möchte dich aus Sicherheitsgründen dringend bitten, nichts darüber zu veröffentlichen.»

Melissa nickte.

«Ich kann dir so viel sagen: Wir nehmen jeden Tag zur Qualitätssicherung eine Probe von der Algenlösung und bewahren sie in den Reagenzröhrchen auf. Unser Archiv gewissermaßen. Die Zahlen auf den Röhrchen stehen jeweils für ein spezielles Datum.» Er zeigte auf die Stahlzylinder. «Und in denen befindet sich die entscheidende Essenz, die den biochemischen Prozess anstößt. Aber den genauen Inhalt und die Zusammensetzung kann ich natürlich nicht verraten. Das ist unser Geheimrezept. Du kannst dir vorstellen, dass alle Welt hinter diesem Rezept her ist. Es ist ein Vermögen wert, Konkurrenten würden töten, um es in die Hände zu bekommen. Wir lassen die Nährlösung von Speziallaboren in Deutschland herstellen, denen wir die entscheidenden Zutaten zuliefern. Nur wenige Labore mit den höchsten Standards kommen infrage, da sind wir penibel.» Er lachte wieder. «Natürlich habe ich nicht vor, es kommerziell zu vermarkten. Das ist keine Geldfrage für mich. Von dem Verfahren sollen alle profitieren.»

Melissa musste an Jessica denken, die diesen Punkt auch betont hatte. «Gab es schon konkrete Angebote?»

«Einige. Aber ich bin nicht interessiert. Dabei soll es bleiben. Meine Mitarbeitenden sorgen dafür, dass das Projekt zu einem guten Ergebnis kommt – ohne Störungen von außen.»

Sie nickte. «Wie genau?»

Er hob die Schultern. «Da musst du Axel oder Jessica fragen. Ich kümmere mich nicht um Details oder geschäftliche Fragen, dafür sind andere da. Ich will nur meine Vision verwirklicht sehen. Die konkrete Umsetzung lege ich in die Hände meiner Angestellten.»

«Keine Kontrolle?», bohrte Melissa nach. Sie dachte an Nolan und seine Qualitätsansprüche und Themenrunden. Ryan Hills Philosophie schien das Gegenteil zu sein. «Hast du keine Sorge, dass etwas anders läuft, als du es dir vorstellst?»

«Weißt du, ich glaube, man kann dieses Business nur betreiben, wenn man den Leuten vertraut, mit denen man zusammenarbeitet.» Er deutete auf seine Labormitarbeiter. «Ich hätte auch gar nicht die Zeit, bei jedem meiner Projekte nachzuprüfen, ob wirklich alles in Ordnung ist. Am Ende zählt für mich nur das Ergebnis. Dafür setze ich mich ein, mit Leidenschaft – und mit allem, was ich habe.»

KLAGENFURT, ÖSTERREICH

Das Bezirksgericht war ein moderner Zweckbau an der Feldkirchner Straße nördlich der Altstadt. Nelson parkte sein Auto, fragte am Empfang nach der Grundbuchabteilung und nahm den Lift in den dritten Stock.

Noch immer steckte ihm der Schreck in den Knochen, wenn er an die vorangegangene Nacht im Wald dachte. Er war aus dem Weltkriegsbunker gekommen, und plötzlich hatte ein Scheinwerfer ihn grell angestrahlt, und ein Mann in Jagdkleidung hatte ihn mit einem Gewehr bedroht. Nelson konnte im hellen Scheinwerferlicht nur seine Umrisse erkennen.

Sein Herz schlug ihm bis zum Hals. «Bitte nehmen Sie die Waffe weg.»

«Sie haben gar nichts zu melden», antwortete der Mann und zielte weiter auf ihn. «Was haben Sie hier zu suchen?»

«Hey, Mann, ich bin unbewaffnet, was soll das?» Nelson versuchte, ihn besser zu erkennen. Vermutlich war er Jäger. «Wollen Sie wirklich auf einen harmlosen Spaziergänger schießen? Sicher nicht. Also nehmen Sie schon das Gewehr runter!»

«Harmlos?» Der Gewehrlauf zeigte weiterhin auf ihn. «Treiben sich mitten in der Nacht im Wald herum. Sie sehen aus wie ein Verbrecher. Was wollten Sie stehlen?»

«Was soll ich hier stehlen, in dem alten Bunker ist nichts. Schon gar nichts, was man mitnehmen könnte.»

Der Jäger schnaubte. «Das haben Sie aber erst im Nachhinein gemerkt. Welcher Spaziergänger bricht ein Schloss auf?»

Nelson ahnte, er würde diesen Mann nicht so einfach umstimmen können. Er musste mit der Wahrheit herausrücken – ein wenig zumindest.

«Hören Sie, ich bin vom Bundesnachrichtendienst aus Berlin», begann er.

«Haha, jetzt wird's lustig.» Die Stimme des Unbekannten klang ganz und gar nicht amüsiert. «Ein Spion wollen Sie sein? Eine bessere Ausrede haben Sie nicht auf Lager?»

«Ich weiß, es klingt unwahrscheinlich, aber es ist die Wahrheit. Wenn ich in die Tasche fassen darf, zeige ich Ihnen meinen Dienstausweis.» Nelson war froh, den Ausweis eingesteckt zu haben.

«Sie wollen nur ablenken. Ich verständige die Polizei.»

«Zu der können wir gerne fahren, aber geben Sie mir bitte die Chance, meinen Ausweis zu zeigen.»

Der Mann überlegte. «Also gut», sagte er dann. «Aber machen Sie keine unangekündigten Bewegungen, ich verstehe keinen Spaß.»

In Zeitlupe holte Nelson den Ausweis aus seiner Jackentasche und reichte ihn seinem Gegenüber.

Der Mann leuchtete mit der Lampe darauf. «Nelson Carius, soso», las er vor. «Und wer sagt mir, dass dieses Ding nicht gefälscht ist?»

«Ich bitte Sie, wir sind doch nicht im Kindergarten.» Nelson war langsam genervt. «Ich bin hier dienstlich unterwegs, und wenn Sie endlich die Waffe runternehmen, erkläre ich auch, warum. Vielleicht können Sie uns sogar helfen.»

«Also gut. Aber bleiben Sie auf Abstand.» Der Mann senkte das Gewehr und schaltete den Scheinwerfer aus. «Was hatten Sie im Bunker zu suchen?»

Nelsons Augen brauchten einen Moment, um sich an die Dunkelheit zu gewöhnen. «Wir verfolgen gerade die Spur eines internationalen Drogenrings und erhielten Hinweise, dass dieser Bunker vielleicht als Lager genutzt würde. Aber es sieht nicht danach aus.» Es war die erste Geschichte, die ihm in den Sinn gekommen war. Hoffentlich überzeugte sie den Unbekannten.

«Drogen, sagen Sie?»

«Genau. Aber wie es aussieht, waren in diesem muffigen Raum nie Rauschmittel gelagert. Ich vermute, Sie sind Jäger und kommen öfter hier vorbei. Ist Ihnen etwas aufgefallen? Das Vorhängeschloss ist neuer als die Anlage.»

Der Mann wiegte nachdenklich den Kopf. «Der Bunker war schon immer hier, seit dem letzten Krieg. Eine Zeitlang diente er als Weinkeller, soviel ich weiß, dann stand er leer. Irgendwann wurde er wieder benutzt, keine Ahnung, von wem. Jetzt habe ich hier lange niemanden mehr gesehen. Aber das neue Vorhängeschloss habe ich auch bemerkt.»

«Wem gehört das Gebäude?»

«Vermutlich der Stadt Klagenfurt. In diesem Bereich des Waldes gibt es keine privaten Eigentümer, da bin ich mir sicher. Im Bezirksgericht müssten Sie fündig werden.»

Das war noch mal gut gegangen, dachte Nelson jetzt, während er im Sekretariat des Grundbuchamtes wartete. Der Mann hatte sich offenbar sehr wichtig genommen in seiner Aufgabe, im Wald nach dem Rechten zu sehen.

Eine Frau rief Nelson auf und riss ihn aus seinen Gedanken, er folgte ihr in ein kleines Büro, wo er sein Anliegen schilderte und die Stelle im Wald beschrieb, an der er den Bunker gefunden hatte. «Ich würde dort gerne einige Geräte abstellen, wissen Sie, ob man den Bunker pachten kann?», fragte er abschließend.

«Einen Moment.» Die Frau verschwand und kam nach kurzer Zeit mit einer Übersichtskarte wieder. «Also, der Bunker gehört zu den Liegenschaften der Stadt.» Sie deutete auf ein Flurstück. «Für Vermietungen und Verpachtungen dort ist eine andere Abteilung zuständig. Ich schreibe Ihnen die Flurstücknummer auf und die Nummer des Büros im zweiten Stock.»

Nelson nahm den Zettel und fand überraschend schnell das Büro, vor dem ein paar leere Wartestühle standen. Er klopfte, und ein älterer Herr mit silbergrauen Haaren bat ihn herein. «Die Kollegin hat mir Ihren Besuch angekündigt, was kann ich für Sie tun?»

Nelson schilderte nochmals sein Anliegen.

«Mieten wollen Sie den vermoderten Kasten? Na, dann viel Spaß.» Der Mann lachte. «Ich muss in der alten Dateiablage nachsehen, einen Moment.»

Er verschwand in ein Nebenzimmer und kam einige Minuten später mit mehreren Karteikarten zurück, die er auf den Tisch legte. «Das ist komisch», sagte er. «Nach diesen Unterlagen ist der Bunker immer noch verpachtet. Es gehen jedes Jahr Mietzahlungen ein.»

Nelson versuchte einen Blick auf die Unterlagen zu werfen, konnte aber nichts erkennen.

«Gibt es noch ältere Mietverträge?», fragte er. «Es wäre sehr freundlich, wenn Sie noch mal nachsehen würden.»

«Meinetwegen.» Der Mann verschwand wieder. Die Karteikarten ließ er liegen, wie Nelson es gehofft hatte.

Er blickte sich um, die Türen zu den Nachbarbüros waren offen, aber es war niemand zu sehen. Schnell holte er sein Mobiltelefon heraus und fotografierte die Dokumente. Dann legte er sie wieder an ihren Platz.

«Leider nichts zu finden.» Der Beamte schloss die Tür hinter sich. Er sah auf die Karteikarten und nahm sie an sich. «Tut mir leid, ich kann Ihnen nicht helfen.»

«Dann war das wohl ein Fehlschlag.» Nelson lächelte. «Trotzdem vielen Dank für Ihre Bemühungen.»

Auf dem Weg zum Parkplatz rief er die Fotos von den Unterlagen auf.

Eine Firmenadresse stach ihm ins Auge. Er zoomte ran. Kein Zweifel.

Er kannte diese Firma.

Aktueller Audioclip auf Daily Flashlight (frei zum Download):
Melissa Frey im Gespräch mit Frau Prof. Dr. Jacqueline Nicolas vom
Labor für experimentelle Zoologie in Roscoff, Frankreich

«Wundermittel Algen?»

Hallo, ihr Lieben, willkommen bei Daily Flashlight – Good to Know, eurem Format des Vertrauens für die tägliche Portion Wissen. Mein Name ist Melissa Frey, und heute beschäftigen wir uns mit sehr kleinen Lebewesen, die nicht nur Gegenstand intensiver weltweiter Forschung sind, sondern vielleicht echte Problemlöser für eine unserer größten Krisen: Es geht um Algen, die Mikroplastik abbauen. Bei mir ist Frau Professor Nicolas zu Gast. Nochmals ein herzliches Willkommen!

Prof. Nicolas: Vielen Dank für die Einladung. Ich freue mich sehr, hier zu sein.

Frau Professor, Sie sind eine der führenden Expertinnen auf dem Gebiet der Algenforschung. Ist es tatsächlich möglich, dass diese Kleinstlebewesen Mikroplastik unschädlich machen können?

Prof. Nicolas: Das ist durchaus denkbar, ja. Experimente haben gezeigt, dass bestimmte Arten von Algen Plastik zerlegen und in harmlose Biomasse umwandeln können. Eine Reihe von Forschungseinrichtungen arbeitet derzeit an praxistauglichen Verfahren, und auch kommerzielle Unternehmen sind natürlich längst auf diesem Feld aktiv, beispielsweise bei uns in Frankreich, in Deutschland, Italien oder den Vereinigten Staaten. Wenn Algen in großem Maßstab angebaut werden, tragen sie außerdem maßgeblich dazu bei, den Kohlenstoffdioxidgehalt in der Atmosphäre zu reduzieren und den Klimawandel zu bekämpfen.

Sie sind also echte Multitalente, wenn es um den Schutz unserer Erde geht, sehr beeindruckend. Worauf kommt es an, wenn Algen Plastik abbauen und damit eine spürbare Wirkung entfalten sollen?

Prof. Nicolas: Zunächst muss es wirklich um Masse und um Effizienz gehen: Bei den Millionen Tonnen von Mikroplastik allein in unseren Gewässern müssen die Verfahren sehr effektiv sein, um große Mengen unschädlich zu machen. Algenbiotechnologie ist komplex und nicht so einfach, wie es sich anhört. Das Entscheidende ist, denke ich, die richtige Algenart zu finden und Einflussfaktoren wie Nährlösungen, Licht, Luft, Temperatur und so weiter präzise zu steuern, damit wir eine maximale Produktivität der Algen erreichen können.

Welche Algen taugen Ihrer Meinung nach am besten für diese Arbeit?

Prof. Nicolas: Das ist schwer zu sagen. Algen gehören verschiedenen Gruppen an, darunter Blaualgen, Grünalgen, Rotalgen und Braunalgen – es gibt Tausende von Algenarten auf der Welt. Und ständig entdecken wir neue. Es gibt viele unerforschte und unbekannte Arten, insbesondere in den Tiefen der Ozeane. Das macht das Thema für Wissenschaftler so spannend.

Die meisten von uns kennen Algen vom Essen, auch wenn es vielen nicht bewusst ist: Die Nori-Alge beispielsweise finden wir in Sushi. Kombu ist eine braune Alge, die oft in Suppen und Eintöpfen der japanischen Küche verwendet wird. Und Spirulina ist eine mikroskopisch kleine Alge, die als Nahrungsergänzungsmittel in Form von Tabletten oder Pulver angeboten wird und das Immunsystem stärken soll. Algen sind reich an Vitaminen, Mineralstoffen und Proteinen und werden in vielen Kulturen seit Jahrhunderten als Nahrungsmittel genutzt.

Welche Alge für den Abbau von Mikroplastik am besten geeignet ist, ist noch gar nicht abschließend geklärt. Es gibt viele vielversprechende Ansätze mit unterschiedlichen Algen, das meiste ist noch in der Entwicklungsphase.

Sie sprachen vorhin von Algenbiotechnologie. Können Sie unseren Hörerinnen und Hörern erklären, was es damit auf sich hat?

Prof. Nicolas: Algenbiotechnologie ist die Anwendung von Algen in der Biotechnologie. Algen sind einzellige oder mehrzellige Organismen, die Photosynthese betreiben und somit in der Lage sind, Kohlendioxid zu absorbieren und Sauerstoff zu produzieren. So haben Algen das Potenzial, zur nachhaltigen Entwicklung beizutragen, indem sie in verschiedenen Zusammenhängen eingesetzt werden, neben der Beseitigung von Plastikmüll zum Beispiel als Energiequelle und als umweltfreundlicher Rohstoff. Da gibt es vieles zu untersuchen, zu testen und zu analysieren, und dieses Forschungsfeld bezeichnet man als Algenbiotechnologie.

Das ist interessant, erzählen Sie uns gern etwas mehr darüber, was mit Algen gerade alles ausprobiert wird.

Prof. Nicolas: Da gibt es viele Beispiele. Algen sind etwa eine erneuerbare Energiequelle zur Produktion von Biodiesel und Biogas. Und sie können als Rohstoffe für die Herstellung von Baumaterialien wie Ziegelsteinen, Mörtel und Beton verwendet werden. Oder zur Herstellung von Bioplastik, wie es Kollegen bei Ihnen in Deutschland an der Ludwig-Maximilians-Universität in München gezeigt haben. Außerdem produzieren einige Algen natürliche Pestizide, die in der Landwirtschaft nützlich sind. Und nicht zu vergessen die Wasseraufbereitung: Algen reinigen Abwasser und entfernen Schadstoffe wie Stickstoff und Phosphor aus Gewässern.

Das klingt sehr vielversprechend. Und beeindruckend vielseitig, Algen scheinen wirklich kleine Alleskönner zu sein, oder?

Prof. Nicolas: Ja, das stimmt! Ein weiteres spannendes Forschungsgebiet ist die Verwendung von Algen zur Herstellung von Wasserstoff als erneuerbare Energiequelle: Unter bestimmten Bedingungen können Algen Wasserstoff als Nebenprodukt der Photosynthese produzieren. Das ist *sehr* vielversprechend und eines der größten Forschungsgebiete. Ein anderes Feld ist die Nutzung von Algen zur Produktion von Medikamenten und chemischen Verbindungen in der Pharmaindustrie. Und, nicht zu vergessen, die Kosmetik: Bestimmte Algenarten enthalten hautpflegende Substanzen, die wir in Cremes, Lotionen und Shampoos finden.

Also könnte ich mich beim Duschen schon jetzt unwissentlich mit Algensubstanzen einreiben?

Prof. Nicolas (lacht): Das ist nicht ausgeschlossen. In der Dusche sind uns die Algen tatsächlich schon sehr nah. Aber wie gesagt, es gibt noch viele weitere Möglichkeiten, wie wir Algen sinnvoll anwenden können, und die Forschung auf diesem Gebiet läuft auf Hochtouren.

Frau Professor, das war sehr interessant. Wir sind gespannt, was wir noch vom Alleskönner Alge hören werden! Vielen Dank für das Gespräch.

Prof. Nicolas: Vielen Dank – und noch einen schönen Tag!

KAPITEL 15
PINNEBERG

Das Grab seiner Frau Lena befand sich in einer Nische am Rand. Es war ruhig, Büsche rahmten die Stelle, Bäume spendeten Schatten. Tobias war längere Zeit nicht mehr auf dem Friedhof im Norden der Stadt gewesen. Er tat sich schwer mit solchen Besuchen, die Erinnerung an die heiteren gemeinsamen Zeiten übermannte ihn jedes Mal.

Den Kinderwagen mit Zoe parkte er neben dem Grab, dann stellte er den Strauß Rosen, den er mitgebracht hatte, in die Vase. Zoe schlief. Schweigend stand er da. Bilder fluteten sein Gehirn, er dachte an die schönen Momente als Familie und an die schrecklichen Wochen in der Klinik, als sie bereits wussten, dass die Krankheit seine Frau besiegt hatte.

Und nun der Kampf um das Leben seiner Tochter.

Es tat gut, im Stillen Zwiesprache zu halten. Seine Frau hatte ihm immer beigestanden, was auch immer ihn früher bedrückt hatte. Im Nachhinein kam ihm das alles so klein vor.

Er dachte daran, wie sie es geschafft hatte, Zoe den ungeliebten Grießbrei schmackhaft zu machen. Wie sie ihr geschickt und mit theatralischer Geste eine kleine Wunde verbunden und das Ganze zu einem unterhaltsamen Spiel gemacht hatte, sodass Zoe den Schmerz ganz vergaß. Wie sie der Kleinen beim Zubettgehen immer eine kurze Geschichte erzählt hatte.

Er blieb noch einen Moment stehen, dann machte er sich mit seiner Tochter auf den Rückweg.

Zoe wachte auf, als er sie aus dem Auto hob.

«Es gibt etwas Süßes für dich», sagte er zu ihr und bemühte sich um einen fröhlichen Ton. «Ich habe probiert, einen Kuchen zu backen.»

Drinnen deckte er den Tisch so, wie es Lena getan hätte, mit bunten Servietten und dem Blumengeschirr. Zoe lachte, als Tobias eine Gabel voll Kuchen wie einen Hubschrauber in ihren Mund fliegen ließ. Genussvoll kaute sie.

«Mehr!»

Er war erleichtert, seine Tochter wieder einmal so zufrieden zu sehen. Zoe hatte sich etwas erholt, sie schien die neuen Medikamente besser zu vertragen. Sie wirkte zwischendurch fast so, wie er sie von früher kannte: ein fröhliches, lebendiges Mädchen, das unbeschwert spielte. Bis sie wieder erschöpft war und sich hinlegen musste, weil das alles sie doch sehr viel mehr schwächte, als es oft schien. Er schluckte schwer.

Er wollte die Zeit anhalten, das Böse vertreiben, das auf sie zukam. Er klammerte sich an den Gedanken, dass die Chemo vielleicht doch unerwartet gut anschlagen und Zoe wieder gesund werden würde, ohne eine experimentelle Spezialbehandlung über sich ergehen lassen zu müssen, von der er weder wusste, ob sie ihr helfen würde, noch, ob er sie überhaupt jemals bezahlen könnte. Denn wenn er ehrlich war, waren die Aussichten, die dafür nötigen zwei Millionen Dollar aufzubringen, sehr schlecht. Daran änderte auch der aktuelle Stand von 362 000 Euro nichts.

Das war viel Geld, und er war den vielen Spendern zutiefst dankbar, insbesondere Ryan Hill, aber die Lücke zur benötigten Summe war riesig. Und der Spendenfluss ebbte langsam ab – trotz der regelmäßigen Videos auf *Daily Flashlight*, in denen er auftrat, mal mit seiner Tochter, mal ohne sie. Kameras hatten ihn beim Mittagessen mit Zoe begleitet, beim Einkauf von Medikamenten, beim Ausflug auf den Spielplatz. Er hatte alle Videos im Nachhinein zur Freigabe bekommen, und er war sehr einverstanden mit der Art und Weise, wie Zoes Schicksal erzählt wurde. Es hatte nichts Reißerisches, im Gegenteil waren die Aufnahmen dokumentarisch, ihre Geschichte wurde gut transportiert. Er wusste, dass Melissa das im Vorhinein mit ihren Kollegen so besprochen hatte. Und offenbar fühlten sich viele Zuschauer abgeholt.

Dennoch waren sie von der gewünschten Summe meilenweit entfernt. Und auch er selbst wurde immer mutloser. So viele Gespräche hatte er mit anderen Ärzten, mit anderen Kliniken in Deutschland geführt, jeder neue Termin brachte dasselbe Ergebnis: Niemand konnte – und wollte – diese teure Behandlung mit einem nicht zugelassenen Medikament durchführen. Jeder verwies auf die unkalkulierbaren Risiken und die geringen Erfolgsaussichten. Und selbst wenn sich jemand bereit erklären würde, ging die Wahrscheinlichkeit, das Medikament nach Deutschland transportieren zu dürfen, um es hier zu verabreichen, gegen null.

Das Telefon klingelte. Tobias sah am Display, es war seine Mutter, die aus dem Urlaub anrief. Er ging nicht ran, sondern ließ es weiter klingeln, bis es aufhörte.

Er hatte ein schlechtes Gewissen, denn bisher hatten weder er noch Melissa ihre Eltern über Zoes Krankheit informiert. Er wollte dieses Gespräch nicht führen, wollte sich weder mit den klugen Ratschlägen seiner Mutter auseinandersetzen noch mit ihrem Schmerz, wenn sie verstand, was die Diagnose bedeutete. Außerdem waren seine Eltern seit über vier Wochen auf einem Kreuzfahrtschiff durch die halbe Welt unterwegs, sie konnten ohnehin nichts für Zoe tun. Deshalb hatte er in normalem Ton auf ihre Nachrichten geantwortet, nur ab und an kurze Gespräche geführt und Fragen zur Route gestellt, die Urlaubsfotos bewundert, die seine Mutter per WhatsApp schickte, und verschwiegen, dass Zoe schwer krank war. Das mochte egoistisch sein, aber ihm fehlte die Kraft, sich dafür auch noch Vorwürfe zu machen.

Andererseits konnte er es jetzt wohl nicht weiter hinausschieben, die Gefahr war zu groß, dass seine Eltern die Website von *Daily Flashlight* besucht und von der Crowdfunding-Aktion gelesen hatten. Und sie würden sowieso bald von ihrer Kreuzfahrt zurückkommen, spätestens dann ...

Wieder klingelte das Telefon. Seine Mutter. Tobias seufzte und nahm ab.

«Hallo?»

«Tobias! Warum bist du eben nicht rangegangen?», sagte sie tadelnd. «Ich hab schon versucht, dich zu erreichen.»

«Ich war grad auf der Toilette», log er. «Wie geht es euch?»

«Ach, uns geht es wunderbar», schwärmte sie. «Dein Vater sonnt sich in einem Liegestuhl auf dem Oberdeck. Wir laufen morgen in Alexandria ein. Wir sind schon ganz aufgeregt, es muss eine tolle Stadt sein.»

«Schön, dass ihr eure Reise genießt. Willst du Zoe sprechen?»

«Ja, gib sie mir.»

Er hielt seiner Tochter den Hörer hin. «Da ist Oma.»

«Hallo, hallo», krähte sie ins Telefon. «Hallo.»

«Mein lieber Schatz, geht's dir gut?»

«Oma! Ja, Oma», brabbelte Zoe, widmete sich aber gleich wieder ihrem Kuchen.

Tobias nahm das Telefon zurück. Seine Mutter hatte schon wieder angefangen, von ihrer Kreuzfahrt zu erzählen, als er ihr ins Wort fiel.

«Mam, ich muss dir was sagen.»

Er ertrug es nicht länger, seiner Mutter den unbeschwerten Sohn vorzuspielen. Es fühlte sich einfach falsch an. Aber konnte er seinen Eltern die ganze Wahrheit zumuten?

«Was ist denn?» Ihr Ton war sofort todernst.

Mit stockenden Worten schilderte Tobias Zoes Erkrankung. Er ging nicht zu sehr ins Detail, erzählte nur oberflächlich, wie schrecklich der Weg zur Diagnose gewesen war, und blieb bei den Fakten. Bald hörte er seine Mutter wimmern, bei den Worten *Leberkrebs* und *Mikroplastik* schluchzte sie auf. Bei *zwei Millionen Dollar* verstummte sie. Eine Zeitlang war es still in der Leitung.

«Mam?»

«Ja, ich bin noch da. Mein Gott, das ist schrecklich, meine arme

Zoe.» Ihre Stimme klang tränenerstickt. «Wir kommen sofort nach Hause. Wenn wir in Alexandria einlaufen, buchen wir einen Flieger zurück.»

«Bitte, Mam, ihr könnt momentan nichts für Zoe tun.» Vielleicht war es ein Fehler gewesen, dieses Gespräch jetzt zu führen. «Es geht ihr gerade auch schon wieder besser. Ich würde sagen, ihr beendet eure Kreuzfahrt ganz planmäßig, ihr habt euch doch Jahre darauf gefreut. Es sind eh nur noch ein paar Tage.»

«Aber ... ich habe jetzt keine ruhige Minute mehr. Und dein Vater wird auch darauf bestehen. Außerdem wirst du Geld brauchen. Wir werden zu Hause sofort auf die Bank gehen und unser Erspartes abheben.»

Das wird leider bei Weitem nicht reichen, wollte Tobias antworten. Aber er ließ es. Er brachte eh kaum mehr ein Wort heraus. «Mam ... die paar Tage ändern nichts. Bitte ... denkt noch mal darüber nach. Wir telefonieren wieder.» Er schluckte. «Ich hab euch lieb.»

Dann legte er auf.

HAMBURG

Melissa goss sich noch einen Kaffee ein, als das Telefon klingelte.

«Hallo?»

«Ich bin's, Moritz Aigner, erinnern Sie sich noch an mich?» Der junge Mann aus dem Krankenhaus, eines der Opfer der Plastikvergiftung auf der Sylter Hochzeitsfeier, war dran.

«Natürlich, wie geht es Ihnen?»

«Immer noch beschissen. Gott sei Dank bin ich wieder zu Hause.» Er klang entspannt. «Weswegen ich anrufe, es geht ganz schnell: Mein Anwalt verklagt jetzt auch die Großhandelskette, die den verdorbenen Fisch geliefert hat. Vielleicht ist das einen weiteren Bericht wert. Schauen Sie sich die Meldung auf seiner Website an.»

«Vielen Dank für den Tipp – und weiterhin gute Besserung.»

Auf der Homepage von Dr. Koch & Partner fand Melissa die Mitteilung, dass die Anwaltskanzlei bereits Klage gegen die Muttergesellschaft des Fischlieferanten erhoben hatte. Im Wesentlichen ging es um Schadensersatz in Millionenhöhe. *Wir prüfen zudem, ob weitere Konzerne aus Handel und Industrie zur Verantwortung gezogen werden können,* hieß es am Ende.

Sie machte sich Notizen und rief die Website von *Daily Flashlight* auf.

Nach wie vor war sie allein zu Hause, von Victoria hatte sie nichts gehört. Sie beruhigte sich damit, dass ihre Mitbewohnerin vermutlich bei Freunden untergekommen war, aber sicher war sie sich nicht. Morgen würde sie zur Polizei gehen, das hatte sie sich fest vorgenommen – auch wenn Polizisten wahrscheinlich die letzten Menschen waren, von denen Victoria gefunden werden wollte, und Melissa so nur neuen Zorn auf sich ziehen würde. Es war ihr egal, sie hielt das so nicht mehr länger aus.

Sie versuchte sich abzulenken, indem sie durch die Artikel scrollte. Ihr Interview mit Ryan Hill hatte ihr die meisten Klicks seit Bestehen der Plattform eingebracht. Fast alle Besucher der Seite hatten den Artikel bis zum Ende gelesen. Deutsche und internationale Medien hatten darüber berichtet. Leider hatte niemand ihren Namen als Autorin genannt. Aber das war zu verschmerzen. Sie hatte jedem in der Redaktion – und außerhalb – gezeigt, was sie konnte. Sie war ein Profi, das musste jetzt allen klar sein – auch ihren Eltern. Doch von Mam und Paps war kein Anruf gekommen, keine E-Mail. Vermutlich waren sie nie auf der Website ihrer Zeitung unterwegs, es interessierte sie nicht. Denn sonst wären sie an ihren letzten Beiträgen nicht vorbeigekommen.

Bei Tobias hatte ihre Mutter angerufen – was Melissa schmerzte. Einmal mehr hatte sie das Gefühl, allein zu sein. Sie schob es beiseite.

Die Zahl der Kommentare unter dem Bericht über Ryan Hill erreichte ebenfalls neue Rekorde, das würde Nolan freuen. Fast alle waren positiv, wie Melissa beim Durchlesen fand:

Geile Story! Glückwunsch, Daily Flashlight.
Bro137

Wusste gar nicht, dass es so was gibt. Weiter so mit euren Berichten!
Julie-mouse-online

Jetzt haben wir die Chance, doch noch die Welt zu retten.
muskeetier_berlin_kreuzberg

Ich liebe diesen Ryan Hill. Wo wohnt er?
woman_frontline222

Zwischen solchen Kommentaren entdeckte Melissa immer wieder einzelne negative und boshafte Beiträge. Sie schüttelte den Kopf über so viel Frust, versteckt hinter anonymen Posts. Warum konnten die Menschen nicht einfach sachlich bleiben? Sie hatte einen ordentlichen Job als Journalistin gemacht, keine Frage. Jeder durfte seine eigene Meinung haben und diese auch mitteilen. Aber so?

Toller Werbe-Artikel über Cyaclean. Wie viel haben sie euch für den Scheiß bezahlt?
Der_Große_Mahner

Hat sich die Schlampe Frey etwa von diesem Drecks-Amerikaner f*cken lassen?
stahlkämpfer_66

Was für ein einseitiger Artikel! Algen sind wie Bakterien auch Lebewesen. Cyaclean spielt Gott und greift in die Natur ein. Das gehört verboten!
cosmocreaturesalliance

Ab in die Tonne mit der Firma – und die Autorin gleich dazu!
watchlister_on_the move

Melissa hatte beim Durchlesen den Eindruck, eine Reihe von Hassnachrichten wiederholten sich. Inhalt und Wortwahl waren verändert, aber es klang doch wie von demselben Autor. Waren hier etwa professionelle Trolle am Werk, die den Auftrag hatten, das Projekt zu torpedieren?

Wahrscheinlich sah sie Gespenster.

Sie scrollte weiter, doch je mehr sie las, desto mehr setzten ihr die einzelnen negativen Kommentare zu – mehr, als sie sich anfangs eingestehen wollte. Sie blieb besonders an denen hängen, die sich auf sie selbst bezogen. Was bildeten sich die Leute ein? Sie nahm das persönlich – wenn sie einem von diesen Typen tatsächlich mal begegnen sollte, dann ...

Die Wohnungstür öffnete sich wie aus dem Nichts. Melissa zuckte zusammen, doch ihr Schreck wurde sofort von einer Welle der Erleichterung verdrängt: Victoria kam herein, einen Rucksack geschultert.

«Victoria!» Melissa sprang auf, lief auf die Freundin zu und umarmte sie. «Gott sei Dank ist dir nichts passiert. Ich hab mir schon Sorgen gemacht. Wo warst du die ganze Zeit?»

Victoria blieb steif stehen und sagte nichts. Sie legte ihren Rucksack ab.

«Willst du einen Kaffee?» Melissa deutete auf den Küchentisch. «Komm, setz dich, erzähl mal ...»

«War die Polizei hier? Hat sie nach mir gefragt?»

«Ähh ... nein? Du bist also nicht verhaftet worden? Nun sag schon, was ist passiert?»

«Ich konnte rechtzeitig abhauen», sagte Victoria knapp. «War eine Weile bei einer Freundin.»

«Warum hast du nicht angerufen?»

«Darf ich kein Privatleben mehr haben? Du bist nicht mein Babysitter.» Sie klang wütend.

Melissa wich zurück. «Was hast du, Victoria? Was hab ich dir getan?»

«Das fragst du noch?» Ihre Mitbewohnerin schüttelte den Kopf, ihr Gesichtsausdruck war düster. Sie sah aus, als wollte sie noch etwas sagen, doch stattdessen drehte sie sich um und verschwand in ihrem Zimmer.

Melissa überlegte einen Moment, dann klopfte sie. «Komm schon, reden wir drüber. Das bist du mir schuldig ...»

«Ach ja?» Victoria öffnete die Tür. «Gar nichts bin ich dir schuldig, Melissa. *Gar nichts.* Du hast dein Leben, ich hab meins. So einfach ist das.»

«Bist du sauer, weil ich bei eurer Demo in Bremen aufgetaucht bin?»

«Ich hab dein Video auf *Daily Flashlight* gesehen. Du musst ja mächtig stolz sein – ein Exklusivbericht. Da hat dich dein Chef sicher gelobt.»

Melissa zögerte. «Victoria, ich bin Journalistin. Ich berichte – über Neuigkeiten. Ich habe ein Berufsethos, auch wenn du das nicht glaubst, und solche Aktionen sind für die Öffentlichkeit interessant, deswegen macht ihr sie doch: um Aufmerksamkeit zu erregen. Also, was erwartest du?»

Victoria schnaubte. «Dein sogenanntes *Berufsethos* – erlaubt das auch zu lügen und zu hintergehen?»

«Was meinst du damit?»

«Halt mich nicht für blöd! Woher wusstest du von unserer Aktion in Bremen? Wir haben nie darüber geredet.»

«Ich ...» Melissa schluckte. Am besten rückte sie mit der Wahrheit heraus. «Ich habe eine Notiz gefunden ...»

«Du wolltest sagen, du hast meinen Rucksack durchsucht.»

«Ja.» Sie senkte den Blick. «Dein Verhalten war seltsam, da war ich neugierig.»

«Und ich habe dir vertraut», sagte Victoria verächtlich.

Melissa merkte, wie sie langsam selbst wütend wurde. «Jetzt tu mal nicht so überlegen. Fass dir vielleicht mal an die eigene Nase: Du hast mir versprochen, mich vorab über eure nächste Aktion zu informieren. Das hast du nicht getan. Wie nennst du das?»

«Das war kein Versprechen, ich habe es dir nur in Aussicht gestellt. Das ist etwas anderes. Und jetzt beenden wir das Thema.»

Die Tür flog vor Melissa ins Schloss. Sie blieb allein im Flur stehen.

Schriftliche Anfrage des EU-Abgeordneten Dr. Peter Voss an die Präsidentin der Europäischen Kommission

Prüfung von Wettbewerbsverzerrung und Gesetzesverstößen durch Nicht-EU-Unternehmen

Sehr geehrte Frau Präsidentin,

aus mehreren Medienberichten (Kopien siehe Anlagen) habe ich erfahren, dass die US-amerikanische Firma Cyaclean Ltd., vertreten durch Herrn Ryan Hill, plant, eine Anlage zur Entsorgung von aufbereitetem Mikroplastik in Düsseldorf zu betreiben.
In Ausübung meiner Pflichten als EU-Abgeordneter für die Bundesrepublik Deutschland stelle ich folgende Fragen mit der Bitte um zeitnahe Beantwortung:

1. Hat Cyaclean eine offizielle EU-Genehmigung zum Betrieb einer solchen Anlage?
2. Liegen Gutachten vor, die die Unbedenklichkeit der Methode (Plastikabbau durch Algen) bestätigen?
3. Könnten manipulierte Algen ohne vorherige Genehmigung gegen EU-Recht verstoßen?
4. Hat die EU dem Unternehmen Subventionen in Aussicht gestellt, falls es weitere Anlagen in anderen europäischen Ländern betreibt?
5. Gibt es informelle oder offizielle Absprachen mit der deutschen Bundesregierung oder der Landesregierung in Nordrhein-Westfalen?
6. Werden andere – deutsche oder europäische – Initiativen zur Beseitigung von Plastikabfällen in gleichem Maße gefördert?
7. Wie stellen Sie sicher, dass keine Wettbewerbsverzerrung zulasten heimischer Unternehmen eintritt?

Mich treibt die Sorge um, dass mit Cyaclean ein Präzedenzfall geschaffen wird, der ein Einfallstor für die Testung potenziell umweltgefährdender Verfahren ausländischer Unternehmen in der Nähe deutscher Gewässer schafft. Schließlich sind die Gefahren der Freisetzung manipulierter Algen in die Natur unübersehbar. Und eine Ökokatastrophe sollten wir alle vermeiden – vor allem, weil längst etablierte Verfahren zur Plastikentsorgung bestehen.

Ich danke Ihnen für die zeitnahe Beantwortung meiner Fragen und für die sorgfältige Prüfung des Unternehmens Cyaclean im Kontext der genannten Punkte.

Hochachtungsvoll

Dr. Peter Voss
Partei *Der Neue Weg*

KAPITEL 16
BERLIN

«**Ich** könnte immer noch ausrasten, wenn ich an unseren Tegernsee-Besuch denke.» Diana knallte ihren Kaffeebecher auf den Schreibtisch. «Hetzt dieser Arsch tatsächlich seine Hunde auf uns!»

Nelson sah von seinem Monitor auf. «Beruhige dich, wir kriegen den Kerl schon noch dran.»

«Das nächste Mal nehme ich meine Pistole mit. Und dann ...»

«... wirst du ein Massaker veranstalten.» Nelson schmunzelte. Selten hatte er seine Kollegin so wütend gesehen. «Und dann machen wir einen Kinofilm draus. ‹Das Rottweiler-Massaker›.»

«Du solltest höchstens als Statist auftreten, bei deinen Schießkünsten.» Diana grinste. «Sonst verletzt du noch Unbeteiligte.»

«Wenn es drauf ankommt, funktioniert es», protestierte Nelson, der wusste, dass er in Schießtrainings nicht der sicherste Schütze war. «Außerdem bin ich die letzten Male besser geworden.»

«Wie man's nimmt.»

«Hör auf zu ärgern, sieh dir lieber die Akten über diese Reederei noch mal an.» Er deutete auf den schmalen Stapel auf dem Schreibtisch. «Ich gehe währenddessen die digitalen Handelsregisterauszüge durch und schaue, was ich sonst noch im Internet finde. Tatsächlich stimmen die Angaben, die Tietz über den belgischen Auftraggeber der Plastikabfall-Verschiffung gemacht hat. Unsere Forensiker haben den verwaschenen Adressaufkleber auf der Plastikpackung lesbar machen können, die wir aus dem havarierten Frachter geborgen haben – Absender ist genau die angegebene belgische Recyclingfirma.»

Diana nickte. «Die Recyclingfirma, die vorgibt, Textilspenden zu verschiffen. Dann müssen wir nach Belgien.»

Die nächste Stunde waren sie damit beschäftigt, Dossiers zu sichten,

Daten abzugleichen und Berichte durchzulesen. Es gab zahlreiche verschiedene Akteure in der Plastikmüllindustrie, die alle miteinander in Zusammenhang standen und sich an Gesetze und Richtlinien halten mussten, die regelmäßig aktualisiert wurden. Dennoch nahm das Plastikproblem zu. Nelson musste an die Staatssekretärin denken, die Ihnen zu verstehen gegeben hatte, dass man sich zu viel Strenge im Umgang mit Plastik wirtschaftlich nicht leisten könne – oder wolle.

«Wusstest du, dass laut Interpol der illegale Plastikmüllexport nach Asien extrem zugenommen hat?» Diana referierte aus einer Studie. «In Vietnam werden 88 Prozent des Mülls nicht fachgerecht bearbeitet, in Indien 87 Prozent und in Indonesien 83 Prozent. Dabei sehen die Kollegen einen Zusammenhang zwischen kriminellen Netzwerken und der legalen Abfallwirtschaft. Reguläre Entsorgungsunternehmen werden von Verbrecherorganisationen zunehmend als Deckmantel für illegale Operationen verwendet. Dokumente und Zeugnisse würden gefälscht, um den Anschein der regulären Entsorgung zu wahren. Damit werden Milliardensummen verdient.»

«Da musst du gar nicht so weit reisen, zumindest legt das eine Untersuchung nahe, die ich gerade durchackere. Demnach gibt es in Deutschland mindestens 300 illegale Mülldeponien. Allein die Beseitigung dieses Drecks würde den Steuerzahler über eine Milliarde Euro kosten.»

Nelson war überrascht, wie groß dieses Thema war und wie wenig die Bevölkerung darüber wusste. Zwar mochte er diese öde Schreibtischarbeit nicht, aber ihm war bewusst, wie wichtig es für die Ermittlungen war, das System Müll zu verstehen. Und die Erfahrung zeigte, dass sich irgendwo, verborgen hinter Aktendeckeln oder tief im World Wide Web, fast immer eine Spur fand, die sie weiterbrachte.

«Ist dir klar, dass dieser Tietz Mitglied in drei verschiedenen Parteien war oder zumindest offen mit ihnen sympathisierte?», fragte Diana.

«Welche politische Richtung?»

«Das ist ja das Verrückte – da waren linke wie rechte Parteien dabei, meist kleine Gruppierungen. Ich vermute, der Herr Reeder wählt seine Gesinnung so, wie es gerade zu seinen Geschäften passt.»

«Wie sympathisch.» Nelson scrollte durch eine Datei. «Er besitzt offenbar weitere Immobilien in Frankreich und England und eine Wohnung in New York sowie ein Ferienhaus auf Zypern.»

«Was nicht verboten ist.»

«Ein Aktenvermerk der Steuerfahndung weist auf den Verdacht hin, Tietz könnte illegale Konten und Scheinfirmen haben. Aber es gibt keine Beweise.» Nelson seufzte. Der Mann verstand es, seine Aktivitäten zu tarnen.

«Hat Tietz uns nicht erzählt, er habe Beteiligungen in der Abfallwirtschaft?» Diana reichte ihm einen Computerausdruck. «Hier sind ein paar Firmennamen, die mit ihm in Verbindung stehen. Guck mal, was du dazu findest.»

Er tippte die Namen in die Suchmaske ein. Nach und nach erschienen die Resultate auf dem Bildschirm.

«Wow, der Typ hat wirklich überall seine Finger drin. Er ist Mitgesellschafter einer Innovative Cleaning GmbH mit Sitz in Frankfurt und hat Minderheitsbeteiligungen an zwei Müllverbrennungsanlagen in Tschechien und einer Recyclingfirma in Ungarn.»

«Das heißt immer noch nicht, dass er sich strafbar gemacht hat», meinte Diana. «Er ist eben ein umtriebiger Unternehmer.»

Nelson nickte. «Aber es lohnt sich, ein wenig im Dreck zu wühlen, da bin ich mir sicher. Vielleicht gibt es Querverbindungen zu den Auftraggebern der Plastikmüllentsorgung, in die die *Indian Rosebud* verwickelt war.»

«Schön wär's, wenn das so einfach wäre.» Diana seufzte. «Aber wahrscheinlich stoßen wir auf neue Namen. Ich schätze, dass die Spuren zu ganz anderen Personen führen, die in das Ganze verwickelt sind. Da kommt ein Haufen Arbeit auf uns zu.»

Das Telefon läutete. Er nahm ab. Es war sein Vorgesetzter Dr. Horn, der ihn zu sich ins Büro bat.

«Der Chef ruft.» Nelson stand auf. «Bin gleich wieder da.»

«Und ich?»

«Er will nur mich sehen.»

Diana hob die Brauen. «Vielleicht sollst du ein weiteres Schießtraining absolvieren ...»

«Herr Carius, wie gehen die Ermittlungen in der Plastikmüllsache voran?» Horn deutete auf den Besuchersessel.

Es war ein nüchterner Raum, größer als das Gemeinschaftsbüro von Diana und Nelson, aber sonst die üblichen Standardmöbel des BND, Tisch, Aktenschrank, Besprechungsstühle, an der Wand Fotos von Landschaften. Der Schreibtisch war leer geräumt bis auf Tastatur und Computermonitor, nicht mal ein Bleistift oder Kugelschreiber war zu sehen. Oder eine Kaffeetasse.

Nelson setzte sich. Er war verwundert, warum der Abteilungsleiter nicht auch Diana berichten ließ, wie sonst üblich. Routiniert gab er Horn eine Zusammenfassung ihrer bisherigen Ermittlungen.

«Bleiben Sie weiter dran, und halten Sie mich auf dem Laufenden.»

«Das tue ich.» Nelson stand auf, doch Horn hob die Hand.

«Einen Moment noch. Setzen Sie sich bitte.»

Er nahm wieder Platz. «Ja?»

«Haben Sie bei Ihrem Bericht nicht etwas vergessen?»

Nelson war irritiert. «Was meinen Sie?»

«Ich meine Ihren Ausflug nach Klagenfurt. In meinen Unterlagen habe ich von Ihnen keinen Reiseantrag nach Österreich gefunden. Oder habe ich etwas übersehen?»

Nelson zögerte nur einen winzigen Moment. «Das war privat. Ein Trip übers Wochenende. Urlaub.» Er bemühte sich, seinen normalen Tonfall beizubehalten, doch sein Herzschlag beschleunigte sich, ihm wurde heiß. Waren seine privaten Ermittlungen über seine Eltern aufgeflogen? Was wusste sein Chef? Wollte er ihn gar entlassen, war das der Grund für das Gespräch?

«Das ist aber ein seltsamer Urlaub, bei dem man fremden Menschen den BND-Ausweis zeigt und so tut, als sei man dienstlich im Einsatz.» Horns Miene blieb unbewegt.

«Ja ...» Nelson räusperte sich. «Wie soll ich sagen ...» Sein Gehirn arbeitete fieberhaft. Er brauchte eine plausible Erklärung – und zwar schnell. Sein Vorgesetzter hatte einen messerscharfen Verstand und ein Gespür für Lügen. «Es ist ein wenig kompliziert ...»

«Dann machen Sie es für mich doch bitte einfach. Damit ich es verstehe.» Sein Vorgesetzter fixierte ihn. «Fakt ist: Ein Jäger hat sich bei der Klagenfurter Polizei erkundigt, ob es tatsächlich einen BND-Mitarbeiter namens Nelson Carius gibt, den er im Wald bei einem Weltkriegsbunker angetroffen hat. Die Polizei hat die Anfrage an uns weitergeleitet.»

«Das stimmt.» Nelson bemühte sich, Horns Blick standzuhalten. «Ich hatte einen Verdacht, hatte eine bestimmte Person im Blick. Und diesem Verdacht bin ich nachgegangen.» Er räusperte sich. «Aber da die Hinweise so vage waren, wollte ich nicht gleich eine offizielle Ermittlung anstoßen, um mich nicht zu blamieren. Deshalb habe ich den privaten Ausflug genutzt, um ein wenig ... herumzuschnüffeln. Leider hat mich dieser Jäger mit seinem Gewehr bedroht, deshalb habe ich meinen Ausweis gezeigt, um die Situation zu entschärfen. Und es hat funktioniert.»

«Sie sind also auf eigene Faust losgezogen, sagen Sie. Warum haben Sie nicht bei mir nachgefragt? Ich hätte Ihnen schon gesagt, ob Ihr Verdacht, auf was auch immer er sich bezieht, eine Dienstreise rechtfertigt.»

Nelson nickte. «Vielleicht war das ein Fehler von mir, aber ich wollte erst sichergehen.» Die Richtung, in die dieses gefährliche Gespräch sich bewegte, ließ ihn selbstbewusster werden. Offenbar wusste Horn nichts von seinen geheimen Recherchen. «Sie sagen uns doch selbst immer, wir sollten Eigeninitiative zeigen. Das habe ich getan.»

Sein Chef beugte sich vor. «Herr Carius, Ihre eigensinnigen Alleingänge sind mir bei Ihren letzten Ermittlungsfällen schon sauer aufgestoßen, wie Sie sich sicher erinnern.»

«Aber sie waren erfolgreich.»

«Und was ist nun in diesem Fall konkret Ihr Verdacht?»

Jetzt musste er auspacken. Aber wie weit, entschied er selbst. «Ich bin auf einen Kriminellen mit Namen Louis Favre gestoßen, der in alle Arten von schmutzigen Geschäften verwickelt ist: Drogen, Waffen, Geheiminformationen. Ich vermute, er könnte auch mit illegaler Abfallentsorgung zu tun haben. Und dieser Mann hat früher diesen Bunker benutzt.»

Nelson dachte an das Ergebnis seiner Recherchen im Bezirksgericht Klagenfurt: Der Mieter des Bunkers war eine Tarnfirma, die er auch in den Akten zu Favre gefunden hatte. Er betete im Stillen, dass sein Vorgesetzter nicht weiter nachfragte. Zu erklären, wie er auf Favre gekommen war, würde schwierig werden.

«Das klingt sehr vage», sagte Horn.

«Das stimmt.»

Sein Chef lehnte sich zurück und überlegte. «Also gut, sehen Sie es als Verwarnung. Machen Sie weiter. Und informieren Sie mich – umgehend – zu diesem Fall, sollte es etwas Neues geben.»

Das war noch mal gut gegangen.

«Darf ich dann den Ausflug nachträglich als Dienstreise abrechnen?» Nelson versuchte ein Grinsen und stand auf.

«Verschwinden Sie!»

Mit weichen Knien verließ er Horns Büro.

DÜSSELDORF

Leon Feininger gab sein Passwort ein und rief die Datenreihe der letzten Kontrollmessung auf. Es war Routine, einmal am Tag überprüften seine Kollegen und er, ob die Testproduktion in der Anlage reibungslos lief und die Algen arbeiteten. Er las die Zahlenkolonnen zu Sauerstoffgehalt, Wasserstoff, Lichtintensität, Temperatur und Konsistenz der Flüssigkeiten. Er checkte die Durchmesser der Mikroplastikteilchen, kontrollierte die Fließgeschwindigkeit in den Zuleitungen.

Alles in Ordnung – er war zufrieden. Später würde er Wasserproben aus den Inkubatorbecken nehmen und die Zusammensetzung untersuchen. Nur wenn die Mischung aller Zutaten exakt eingehalten wurde, lief der biologische Prozess wie gewünscht. Danach gab er die Probe in ein Reagenzröhrchen, beschriftete sie mit einer Zahlenreihe, dem verschlüsselten Datum, und übergab sie Axel Turner oder Jessica, die die Röhrchen versiegelten und in dem großen Panzerschrank verschlossen.

Das war das Schöne an seinem Job – ihm wurde nie langweilig, denn er hatte die Möglichkeit, hier an etwas Großem mitzuarbeiten. Keine Sekunde hatte er es bisher bereut, die sichere Stelle als IT-Spezialist bei einem Softwarekonzern in Stuttgart gegen das Abenteuer bei diesem Start-up in Düsseldorf eingetauscht zu haben.

Cyaclean hatte eine klare Mission, die er als überaus wichtig empfand, und bot alles, was er sich von einem Arbeitsplatz wünschte: eine Aufgabe, die Sinn hatte, flache Hierarchien, nette Kollegen, eine angenehme Atmosphäre. Und das Gehalt war auch nicht zu verachten.

Er schloss die Tabellen und sperrte seinen Laptop. Zeit für eine Pause. Er ging in die Kantine und genehmigte sich einen Cappuccino. Jessica Weiss saß mit ihrem Espresso und einer Müslischüssel an einem der Tische und winkte ihn zu sich.

«Du musst die neuen Schoko-Cookies probieren, die sind himmlisch», sagte sie zur Begrüßung. «Extra von einer kleinen Konditorei auf unseren Wunsch hin gebacken.»

Leon nahm den Keks, den sie ihm hinhielt, und biss hinein.

«Wirklich lecker.» Er biss noch einmal ab. «Besser als die abgepackten Riegel, um ehrlich zu sein, die sind nicht so mein Ding.»

«Ja, das habe ich schon von einigen gehört.» Sie deutete auf den Stuhl gegenüber. «Setz dich doch.»

Er nahm Platz. War es nur eine nette Plauderei in der Pause, oder steckte mehr dahinter? Bei Jessica wusste man es nie so genau. Sie konnte ihre Anliegen sehr charmant verpacken. Leon war das lieber als eine schroffe Anweisung, aber man konnte sich auch nie ganz sicher sein, was sie im Schilde führte.

«Du hast doch diese Journalistin kennengelernt», begann Jessica, «die den Artikel für *Daily Flashlight* geschrieben hat. Melissa Frey, erinnerst du dich?»

Er nickte. «Der Bericht war klasse – eine gute Erläuterung unseres Projektes für die Öffentlichkeit.»

«Genau, das finden wir auch. Ryan war sehr angetan von ihr. Deshalb meinen wir, falls die Redaktion mitspielt, sollte sie gerne eine mehrteilige Serie über uns machen. Wir haben noch sehr viel mehr zu erzählen.»

«Klingt gut.» Er nahm einen Schluck vom Cappuccino und wischte sich den Schaum von den Lippen.

«Vielleicht können wir auch so eine Aktion starten wie bei *Daily Flashlight* und uns alle auf Mikroplastik im Blut testen lassen, um noch mehr Aufmerksamkeit zu erzeugen.»

Er zuckte die Schultern. «Wäre eine Idee.» Wieso erzählte sie ihm das?

«Nun, du fragst dich wahrscheinlich, was das mit dir zu tun hat.» Sie lächelte ihn an. «Die Sache ist die: Ryan kann sich nicht ständig um die Journalistin kümmern. Und ich auch nicht. Deshalb haben wir gedacht, du könntest das übernehmen.»

Leon hatte gerade an seinem Cappuccino genippt, verschluckte sich und fing an zu husten. «Was ... Wie bitte?»

«Du hast schon verstanden.» Sie nahm noch einen Keks. «Wenn uns Frau Frey wieder besucht, wäre es schön, wenn du für Fragen und Wünsche bereitstündest. Du weißt über die Abläufe bei uns Bescheid wie sonst keiner, und ihr kennt euch bereits.»

«Aber ich bin doch nicht der Babysitter für irgendwelche Journalistinnen. Das ist nicht meine Aufgabe!» Er war unwillkürlich lauter geworden. Einige Kolleginnen am Nebentisch drehten sich zu ihnen um.

Was stellte seine Vorgesetzte sich vor? Wenn er bloß an das letzte nervige Gespräch mit dieser Melissa dachte, hatte er schon keine Lust mehr ...

«Jetzt mach mal halblang. Du sollst sie ja nicht heiraten.» Jessica fing an zu lachen. «Außerdem ist Melissa Frey eine clevere und talentierte Frau. Und sie sieht auch nicht schlecht aus.»

«Na und? Sie kann meinetwegen Supermodel oder Atomphysikerin sein – ist mir egal. Ich will meine Ruhe und mich auf meine Arbeit konzentrieren.»

«Heißt das nein? Es war Ryans persönlicher Wunsch.» Jessica legte den Kopf schief. «Dann solltest du es ihm selbst sagen. Er ist in seinem Büro.»

Leon schwieg. Was er am wenigsten wollte, war, mit banalen Ausreden vor seinen obersten Chef zu treten. Das hatte Jessica wieder raffiniert eingefädelt.

«Gut, dann nehme ich das als ein Ja. Versuch es wenigstens, und gib dem Ganzen eine Chance.» Sie stand auf und nahm ihr Tablett. «Übrigens, eine Lieferung unserer aktuellen Mixtur kommt gerade rein. Vielleicht checkst du mal, ob alles in Ordnung ist.»

Und sie verschwand in Richtung Ruheraum.

Leon trank seinen Cappuccino aus, ging nach draußen ins Freie und beobachtete, wie Axel Turner einen Lastwagen auf den Parkplatz im hinteren Bereich des Grundstücks dirigierte. Zweimal die Woche brachten Lieferanten Nachschub für die Testproduktion: gepresstes Mikroplastik, technische Gase, Tanks mit frischen Algen und einen versiegelten Stahlzylinder mit einem Cocktail aus Nährstoffen, der aus einem der Speziallabore stammte.

Ein paar Arbeiter errichteten gerade eine Reihe Gitterboxen zum Lagern künftiger Vorräte, andere schweißten Stahlträger zusammen, die Funken flogen.

«Macht mal Pause, wir müssen abladen», rief Turner den Schweißern zu. Dann sah er Leon, grüßte und kam auf ihn zu. «Hoffentlich gehört die Baustelle bald der Vergangenheit an, ständig muss ich die Leute beaufsichtigen, es ist wie im Kindergarten.»

«Immerhin musst du dich nicht persönlich um sie kümmern.»

Leon ignorierte den fragenden Blick seines Kollegen, hielt seine Chipkarte ans Lesegerät, sodass das große Tor aufging, und winkte die Kollegen aus der Halle heraus, in der die großen Algenbehälter standen. Er gab ihnen eine kurze Anweisung, aber eigentlich war das hier reine Routine. Die Männer in Schutzanzügen übernahmen die Fracht und brachten sie ins Labor. Unter Aufsicht von Axel Turner verstauten sie die Stahlzylinder im Panzerschrank.

Der Rest der Arbeit – Behälter befüllen, Leitungen anschließen, Abdichtungen prüfen – war jetzt ein Job für die Mechaniker. Alles in bester Ordnung.

Er ging zurück ins Gebäude, baute einen Umweg über die Kantine ein und holte sich einen Orangensaft, bevor er sich wieder an seinen Arbeitsplatz begab.

Kaum saß er, erschien eine Alarmmeldung auf seinem Monitor. Nicht schon wieder. Es war die dritte Fehlermeldung in dieser Woche. Ein Wert in einem der Inkubatorbecken war unnatürlich hoch.

Er holte sich die Messwerte der anderen Algenflüssigkeiten auf den Computer, konnte aber nichts Auffälliges entdecken. Auch die Zuleitungen zeigten keine Abweichungen bei Druck und Temperatur.

Mittlerweile wusste er, wo das Problem lag. Verdammte Sensoren. Trotz der Hightech-Ausrüstung bei Cyaclean gab es immer wieder was zum Nachjustieren. Er seufzte, holte sich einen Schutzanzug, Mundschutz und Gummihandschuhe und ging ins Labor.

Die Deckel des Inkubatorbeckens ließen sich geräuschlos öffnen. Luftblasen schlugen ihm aus der dunklen Brühe entgegen, es roch erdig. Vorsichtig tastete er an der Wand des Beckens entlang, bis er eine runde Metallmanschette berührte – den Sensor. Mit den Fingern rieb er mehrmals darüber, in der Hoffnung, damit die Oberfläche von der Algenschicht zu befreien.

Genauso verfuhr er bei den übrigen drei Sensoren. Das musste reichen. Er nahm sich vor, mit Jessica darüber zu reden, ob sie nicht andere Messfühler einbauen sollten.

Leon ging zurück zu seinem Computer und startete das Programm neu. Nach einer Minute blinkten die Säulenanzeigen der Sensoren wieder grün.

Zufrieden lehnte er sich zurück.

Es war alles unter Kontrolle.

Was sollte auch passieren?

Aufruf von #cosmocreaturesalliance in den Kommentarspalten mehrerer Nachrichtenportale und Umweltkanäle auf Instagram und Facebook

Wehrt euch gegen die Zerstörung unserer Lebensgrundlagen!

Wie Konzerne unter dem Deckmantel der ökologischen Mikroplastikbekämpfung unsere Natur manipulieren

Das Düsseldorfer Unternehmen Cyaclean, das Privathobby eines amerikanischen Multimillionärs, hat öffentlich verkündet, es könne Mikroplastik mittels Algen in harmlosen Bioschlamm verwandeln. Das klingt auf den ersten Blick gut, heißt aber in Wirklichkeit: Kleinstlebewesen, dazu zählen Algen, werden genetisch verändert und getötet.

Dieser Eingriff in die Natur ist untragbar! Und die Folgen sind unabsehbar.

Kämpft gegen die Zerstörer natürlichen Lebens!

Steht auf und wehrt euch!

Noch ist Zeit zum Handeln!

Schließt euch uns an, demonstriert mit uns, kämpft mit uns. Verbreitet diesen Aufruf weiter.

Tierschutzbewegung Cosmo Creatures Alliance
Wir werden nicht ruhen, bis wir gesiegt haben.

KAPITEL 17

DRESDEN

Das Büro von Dr. Peter Voss lag in der Inneren Neustadt, im Erdgeschoss eines unscheinbaren Mietshauses. *Bürgerbüro – Der Neue Weg* stand neben seinem Namen auf einem Messingschild am Eingang.

Melissa klingelte. Sie hatte von Nolan den Auftrag bekommen, mit dem Mann zu sprechen. Zuvor hatte Voss die Redaktion mit E-Mails bombardiert und mehrmals bei ihrem Chef angerufen, um sich darüber zu beschweren, dass *Daily Flashlight* einseitig über Cyaclean berichte und abweichende Meinungen nicht berücksichtige.

«Hören wir uns den Kerl an», hatte Nolan gesagt, «ich bin zwar nicht begeistert, solchen Spinnern eine Bühne zu geben, aber ich spendiere dir ausnahmsweise eine Dienstreise nach Dresden. Wir wollen nicht als parteiisch gelten.»

Im Internet hatte sie nur wenig über Peter Voss gefunden: 64 Jahre alt, verheiratet, drei erwachsene Kinder, Maschinenbaustudium in der ehemaligen DDR, Mitglied der Sozialistischen Einheitspartei Deutschlands, der SED. Später als unabhängiger Kandidat im Dresdner Stadtrat, bis er vor sechs Jahren mit Gleichgesinnten die Partei *Der Neue Weg* gegründet und ein Mandat als Europaabgeordneter errungen hatte.

Der Türöffner surrte. Melissa betrat das Büro, das früher wohl eine Wohnung gewesen war. Ein Mann Mitte dreißig empfing sie, Bürstenhaarschnitt, ganz in Schwarz gekleidet. «Frau Frey?»

Melissa nickte.

«Folgen Sie mir, Dr. Voss erwartet Sie bereits.»

Sie gingen einen Flur entlang bis zur letzten Tür. Der Mann klopfte und trat ein, ohne eine Antwort abzuwarten.

«Ihr Gast ist da.» Er machte einen Schritt zur Seite, damit Melissa ebenfalls eintreten konnte. «Darf ich Ihnen was zu trinken anbieten, Frau Frey?»

«Gerne einen Kaffee, danke.»

Das Zimmer diente gleichzeitig als Büro und Besprechungsort. Dunkel gebeizte Möbel aus der Gründerzeit beherrschten den Raum, wandhohe Bücherregale umrahmten einen lang gezogenen Konferenztisch mit Stühlen, am Fenster stand ein überdimensionierter Schreibtisch.

Dahinter saß Peter Voss. Er erhob sich, die Anzugweste spannte über seinem Bauch, er strich sich über sein graues Haar und breitete die Arme zur Begrüßung aus. «Da ist ja die Dame aus Hamburg, die Reporterin dieses Blattes, dieses ... was ist dieses *Daily Flashlight* eigentlich?»

«Ein Nachrichtenportal.» Ihr gefiel der herablassende Tonfall des Mannes nicht. «Danke, dass Sie sich Zeit für mich nehmen.»

Der Sekretär brachte ein Tablett mit zwei Tassen und einer Kanne herein und verschwand wieder. Voss deutete auf den Konferenztisch. «Setzen wir uns doch.» Er ließ sich in einen der Stühle fallen und schenkte ihr und sich selbst Kaffee ein. «Sie sind noch nicht lange bei diesem ... Portal angestellt, wenn ich es richtig sehe, oder?»

Melissa schwieg und nahm ihm gegenüber Platz.

«Was sagen denn Ihre Eltern zu diesem ... diesem Job? Ich weiß nicht, bei so einer Internetseite? Kann man sich da Journalistin nennen? Wobei sich Journalistin auch jeder nennen kann, oder?» Er hob die buschigen Brauen.

Melissa biss die Zähne zusammen. Wenn er wüsste, dass sie noch in der Ausbildung war. Nur nicht provozieren lassen.

«Politiker kann sich auch jeder nennen, der sich für ein gesellschaftliches Thema engagiert, oder? Ist Politiker ein richtiger Beruf? Oder eine Beschäftigung auf Zeit – die Zeit, die die Wähler und Wählerinnen Ihnen geben?»

«Berufung – das ist das richtige Wort.» Er lächelte selbstgefällig.

«Man muss für die Sache brennen, für sie kämpfen, *das* ist Politik. Deshalb habe ich den *Neuen Weg* gegründet. Ich engagiere mich für spezielle Themen.»

«Was ist *Der Neue Weg* genau?» Melissa stellte ihr Aufnahmegerät auf den Tisch und schaltete es ein. «Auf Ihrer Website habe ich nur Unverbindliches gelesen, das könnte überall so stehen.»

«Ich bitte Sie!» Empört richtete der Mann sich auf. «Wir setzen uns dafür ein, dem ganz normalen Bürger ein Sprachrohr zu geben. Wir wollen denen da oben in der Regierung einen Arschtritt verpassen, sie aus ihren elitären Klubs verjagen. Das Volk braucht wieder eine Stimme!»

Melissa lehnte sich auf ihrem Stuhl zurück. Peter Voss schien ziemlich aufbrausend zu sein.

«Klingt nach einer rechten Protestpartei, wenn ich das so direkt sagen darf», bemerkte sie.

«Was erlauben Sie sich!» In seinem Gesicht bildete sich eine Zornesfalte, er kam ihr bedrohlich über den Tisch entgegen. «Wir sind eine rechtmäßige und demokratische Partei, man wird ja wohl noch gegen die Dinge aufstehen dürfen, die in diesem Staat schieflaufen!»

Melissa zwang sich, nicht noch weiter wegzurücken. Dieser Mann duldete keinen Widerspruch.

Doch Voss hatte sich schon wieder im Griff. Er lehnte sich zurück und fuhr mit normaler Stimme fort. «Wissen Sie, wir lassen uns nicht auf eine politische Richtung festlegen. Wir lieben unser Land, wir sind nur für unsere Bürger da!» Er räusperte sich. «Aber lassen wir das. Ich wollte mit Ihnen über Ihren Artikel zu Cyaclean plaudern. Da hat man Sie mit einer wichtigen Aufgabe betraut. Sie sind noch jung, es ist verständlich, wenn Sie das Thema nicht ganz durchdrungen haben. Deshalb erlauben Sie mir, ein paar Anmerkungen zu machen.»

«Bitte sehr.» Sie ignorierte die Anspielungen auf Ihre mangelnde Kompetenz und ermahnte sich innerlich, objektiv und neutral zu bleiben, auch wenn es ihr schwerfiel.

«Bei allem Jubel, den dieser Ryan Hill verbreitet und dem Sie eine Bühne geben», begann Voss, «wer weiß wirklich, was der Amerikaner vorhat? Warum betreibt er sein Geschäft in Deutschland und nicht in den Vereinigten Staaten? Das ist doch verdächtig.»

«Viele Unternehmen aus Übersee investieren in der Bundesrepublik und der EU – das ist nichts Besonderes, sondern sogar gewünscht», sagte Melissa kühl. «Nicht zuletzt wegen der Arbeitsplätze, die geschaffen werden.»

«Aber deswegen dürfen wir doch die Augen vor den Gefahren nicht verschließen! Es droht eine Ökokatastrophe, diese dubiose Algensuppe hat niemand untersucht. Meiner Meinung nach wird die Cyaclean-Anlage illegal betrieben, weil sie sich nicht an bestehende Vorschriften hält.» Er hob drohend den Zeigefinger. «Glauben Sie mir, ich werde dagegen vorgehen – mit allen Mitteln. Das ist ein typisches Beispiel für das Gemauschel der Mächtigen, die in Hinterzimmern nach eigenem Gusto Subventionen verteilen. Wir brauchen Transparenz!»

«Die Informationen liegen doch vor.» Melissa runzelte die Stirn. «Ich kann da keine Geheimnistuerei erkennen. Alle ziehen an einem Strang, Deutschland soll als Innovationsstandort gestärkt werden, und die Technologie ist vielversprechend.»

Voss beugte sich vor. «Die Frage ist doch, warum *brauchen* wir überhaupt die Amis, um Plastikmüll unschädlich zu machen? Haben Sie sich das mal gefragt? Es gibt genug deutsche – und europäische – Firmen, die das auch leisten. Und deren Methoden sind jahrelang geprüft. Deshalb wäre es das Mindeste, wenn Cyaclean zu weiteren vertiefenden Qualitätskontrollen verpflichtet wird. Dafür setze ich mich ein.»

«Qualitätskontrollen gibt es doch bereits.» Melissa nahm einen Schluck Kaffee. «Herr Voss, was wollen Sie eigentlich konkret?»

«Was ich will? Die Politik muss den Betrieb in Düsseldorf schließen. Sofort! Sonst ...»

«Was sonst?» Sie setzte ihre Tasse ab.

«... sonst befürchte ich, dass wütende Bürger aufstehen und ihr Recht einfordern. Das Recht der deutschen Wirtschaft. Ich würde das verstehen. Aber warten wir ab.» Voss zog seine Weste glatt. «Übrigens: Selbst Sie, Frau Frey, glauben offenbar auch mehr an die Fähigkeiten der Amerikaner als an unsere.»

«Wie meinen Sie das?»

«Ich habe auf Ihrem Portal über das Schicksal Ihrer Nichte gelesen. Es tut mir leid um die Kleine, ich wünsche ihr alles Gute.» Er machte eine Pause. «Sie wollen Ihre Zoe nach Amerika zur Behandlung bringen, ist das richtig?»

Melissa nickte. Sie war überrascht über den plötzlichen Themenwechsel, und sie hatte keine Lust, sich mit diesem Mann über Zoe zu unterhalten. Was sollte diese Frage?

«Nun, als EU-Abgeordneter bin ich gut vernetzt und habe bedeutende Freunde. Ich könnte was für Ihre Zoe tun. Es gibt auch in europäischen Ländern Spezialisten für Mikroplastikvergiftungen und medizinische Innovationen in diese Richtung. Wenn Sie wollen, kontaktiere ich einige Ärzte und mache einen Termin für Sie. Und dafür brauchen Sie mir keine Millionenbeträge auf den Tisch zu blättern.»

«Und die Gegenleistung?» Melissa ahnte, worauf das Gespräch hinauslief.

Voss lachte gönnerhaft. «Sehen Sie, Frau Frey, ich wünsche mir von Ihnen objektive Berichte über unsere Bewegung *Der Neue Weg* und einen deutlich kritischeren Blick auf Cyaclean. Das ist doch nicht zu viel verlangt, oder?» Er nickte ihr zu und stand auf. «Überlegen Sie es sich. Sie können mich jederzeit anrufen.»

FRANKFURT AM MAIN

Schon ein paar Kilometer vor dem Flughafen hatte sich ein Stau gebildet. Nur schrittweise schoben sich die Fahrzeuge voran.

Tobias sah auf die Uhr. «Verdammt, verdammt», sagte er zu sich. Sie waren spät dran, sie würden die Ankunft der Eltern verpassen.

«Papa, Auto. Viele Autos.» Zoe zeigte aus dem Fenster. Sie freute sich über die Abwechslung. Die ganze Fahrt von Pinneberg in den Süden hatte er sich bemüht, seine Tochter bei Laune zu halten, und die meiste Zeit war es ihm gelungen. Irgendwann war sie eingeschlafen, vor einer halben Stunde aber wieder aufgewacht, und jetzt blickte sie zwar etwas erschöpft, aber gut gelaunt nach draußen und beobachtete die anderen Autos.

Es war eine lange Fahrt, am liebsten hätte er sie gar nicht unternommen. Er wollte Zoe nicht zu sehr belasten. Aber seine Mutter hatte darauf bestanden, dass Zoe und er seine Eltern am Flughafen abholten und nach Hause nach Heidelberg chauffierten. Sie wollten ihre Enkelin unbedingt sehen. Und wie immer hatte er sich überreden lassen. Ein wenig Abwechslung würde seiner Tochter ohnehin guttun, sie musste mal was anderes erleben als immer nur die eigenen vier Wände ihrer Wohnung und das Krankenhaus.

Zumal es Zoe ein wenig besser ging. War das ein Erfolg der ersten Chemotherapie? Sie hatte wieder eine gesunde Gesichtsfarbe, und sie klagte seltener über Schmerzen, was vielleicht auch an den Tabletten lag, die sie dauerhaft einnahm. Ihr Appetit erholte sich nur sehr langsam, aber auch da meinte Tobias, zaghafte Verbesserungen festzustellen. Noch immer wirkte sie zu klein und schmal, aber dass sie etwas aufgeweckter war, erleichterte ihn. Es gab ihm Hoffnung.

Endlich erreichten sie die Einfahrt in das Parkhaus, und Tobias gelang es, schnell einen Stellplatz zu finden. Er nahm Zoe auf den Arm, drückte ihr ihr Stoffpferd in die Hand und eilte in die Ankunftshalle.

Die Anzeigetafel meldete, dass der Flieger dreißig Minuten Verspätung hatte. Er ließ sich auf einen Sitz fallen und setzte Zoe auf seinen Schoß. Etwas Zeit war also noch, bis seine Eltern hier wären. Er wusste, dann würde sich vieles ändern. Sie würden in jedem Moment präsent sein, egal, ob er mit Zoe hier oder in Hamburg wäre, und sie würden den Kampf um die Gesundheit ihrer Enkelin zu ihrem persönlichen Kampf erklären.

Ihm war unwohl bei dem Gedanken, welche Pläne seine Eltern wohl hatten, um Zoe zu helfen. Er kannte ihre Entschlossenheit, ihren Eigensinn. Sie waren Zeit ihres Lebens Lehrer gewesen. Das Belehrende, das Bestimmende hatte ihn und seine Schwester durch ihre Kindheit begleitet – und es hatte auch nicht geendet, als sie erwachsen wurden. Einerseits war das in Ordnung, schließlich hatten alle Eltern irgendwelche Macken, andererseits war es anstrengend und oft nervig. Gerade jetzt. Gute Ratschläge hatte er seit Zoes Erkrankung genug gehört.

Menschentrauben strömten aus dem Gepäckbereich. Laut Anzeigetafel mussten das nun die Passagiere aus dem Flieger seiner Eltern sein. Er stand auf und versuchte die Menge zu überblicken, da entdeckte er sie in einer Gruppe Senioren.

«Schau, dort sind Opa und Oma», sagte er zu seiner Tochter und winkte seinen Eltern.

Sie winkten zurück und steuerten mit ihrem Rollwagen auf ihn zu, der mit vier Koffern voll beladen war.

«Mein Schatz, da bist du ja.» Seine Mutter nahm Zoe aus seinem Arm und wiegte sie hin und her. «Hast du Oma vermisst?»

«Oma, Opa!» Die Kleine strahlte und griff nach den Fingern ihres Opas, der ihr zur Begrüßung scherzhaft förmlich die Hand reichte.

«Hallo, junge Dame», sagte er und zwinkerte ihr zu.

«Willkommen zurück!» Tobias umarmte seine Eltern. «Wie war der Flug?»

«Anstrengend», antwortete sein Vater. «Ich kann dir gar nicht sagen, wie froh wir sind, bald wieder zu Hause in Heidelberg zu sein.» Er streichelte seiner Enkelin über die Wange. «Die Kleine sieht gut aus, etwas dünn, aber rosige Bäckchen hat sie. Kaum zu glauben, dass sie mit diesem Gift ...»

«Wir werden unser Blut ebenfalls untersuchen lassen», unterbrach seine Mutter. «Auch wenn es nicht vererblich ist – du hast ja nichts von diesem Mikroplastik in dir –, aber man will es irgendwie auch einfach wissen, nicht wahr?»

«So ist es», stimmte sein Vater zu und sah sich suchend nach dem Ausgang um. «Wollen wir?»

«Ja, los geht's. Schöne Grüße von Melissa.» Tobias steuerte den Gepäckwagen Richtung Parkhaus.

«Danke, ja», antwortete seine Mutter. «Ich vermute, ihr geht es gut?»

«Frag sie doch.»

«Tobias, momentan haben wir andere Sorgen.» Sie schüttelte den Kopf. «Es geht um unsere Enkelin.»

«Melissa setzt sich sehr für Zoe ein.»

«Ja, wir haben gesehen, sie veröffentlicht Artikel über die Kleine und dich.» Seine Mutter klang pikiert, und Tobias merkte, wie ihn das ärgerte. Melissa hatte in den letzten Wochen alles getan, um ihm und Zoe eine Stütze zu sein.

«Und das hilft uns», sagte er. «Sie hängt sich voll rein, glaub mir. Sie unterstützt, sie kämpft, sie sorgt sich. Genauso wie du und Paps», fügte er hinzu.

«Das mag schon sein.»

«Ihr solltet sie anrufen. Am besten gleich. Sie will wissen, ob ihr gut gelandet seid und wie es euch geht.»

«Ja, das tun wir schon noch», sagte seine Mutter schlicht. «Später. Jetzt wollen wir erst mal heim.»

Am Auto verstaute Tobias das Gepäck im Kofferraum und schnallte Zoe im Kindersitz an. Sein Vater setzte sich neben sie auf die Rückbank, seine Mutter stieg vorn ein. Sie fuhren los, und Schweigen erfüllte das Auto. Wie ein düsterer Elefant stand das Thema im Raum, das sie alle fürchteten.

Als sie die A 5 in Richtung Süden erreicht hatten, legte seine Mutter die Hand auf seinen Arm.

«Nun sag schon, Junge, wie schlimm ist es wirklich?» Ihre Stimme war leiser als sonst. «Sag uns die Wahrheit.»

Tobias holte tief Luft. Er sah in den Rückspiegel, Zoe war eingeschlafen. Stockend erzählte er von der Diagnose der Ärzte, vom Leberkrebs, von der Mikroplastikvergiftung, der Chemo, den fehlenden Heilungschancen in Deutschland und der letzten Hoffnung auf eine teure Spezialklinik in den USA. Diesmal ließ er nichts aus, einige Infos kannten seine Eltern bereits, aber die brutale Wahrheit der letzten Wochen hatte er ihnen bisher noch verschwiegen.

Als er endete, sagte niemand ein Wort.

«Aber das kann doch nicht sein, dass es keine Alternativen bei uns oder anderswo in Europa gibt, wir leben doch nicht in der Dritten Welt», durchbrach sein Vater die Stille. «Du solltest dich noch mal reinhängen und alle Fachleute abklappern, Tobias – die kennen sicher weitere Experten.»

«Was meinst du, was ich die ganze Zeit tue?» Tobias konnte seinen Unmut nicht unterdrücken. «Denkst du, ich bin wild auf diesen ganzen Wahnsinn mit den USA?»

Seine Mutter tätschelte seinen Arm. «Schon gut, mein Junge, wir wissen, was du gerade durchmachst. Es geht uns auch sehr an die Nieren – Zoe ist unsere Enkeltochter. Wir wollen doch nur helfen, und wir wissen, dass du alles tust, was du kannst. Aber einen erneuten Versuch wäre es doch wert, oder?»

«Ja, bestimmt.» Tobias wollte diese Diskussion beenden.

«Auf jeden Fall gehen wir gleich morgen auf die Bank und lösen unser Aktiendepot auf. Das ist zwar nicht viel, aber immerhin ein Anfang. Das Geld kannst du sicher gut gebrauchen.»

«Das ist lieb von euch. Aber wartet noch ein wenig, bis klar ist, ob überhaupt die Chance besteht, dass wir die ganze Summe zusammenbringen», sagte er. «Momentan sieht es nicht danach aus.»

«Es ist auch eine Schnapsidee, fremde Leute übers Internet um

Geld anzubetteln.» Sein Vater klang verärgert. «Du solltest an die Krankenkasse schreiben und den Fall schildern, die helfen sicher.»

«Hab ich schon getan, sie haben abgelehnt.»

«Ich kenn einen Professor an der Uniklinik in Heidelberg, der hat meine letzte Bandscheiben-OP gemacht. Den werde ich fragen, ob er einen Tipp für diesen Fall hat.»

Tobias nickte. «Mach das.»

«Oder du schickst eine Petition an die Gesundheitsministerin. Ich könnte dir bei den Formulierungen helfen», meinte seine Mutter.

Er antwortete nicht.

«Möglicherweise ist es auch nicht so schlimm, und die Kleine erholt sich wieder. Heutzutage sind die Medikamente und die Chemo sehr effektiv ...»

Tobias starrte auf die Fahrbahn. Der Rest der Fahrt verlief schweigend. Er war froh, als sie endlich das Reihenhaus am Stadtrand von Heidelberg erreichten, das seine Eltern für ihren Ruhestand gemietet hatten.

Er trug das Gepäck hinein, sein Vater nahm Zoe, die aufgewacht war und sich erstaunt umsah.

«Ihr bleibt auf jeden Fall ein paar Tage bei uns.» Der Tonfall seiner Mutter duldete keinen Widerspruch. Sie hatte das schon angekündigt, und Tobias hatte ein paar Sachen für sich und Zoe mitgebracht, doch die Autofahrt hatte ihm noch mal klargemacht, dass Zeit mit seinen Eltern eigentlich das Letzte war, für das er gerade die Nerven hatte.

«Da kann sich die Kleine erholen, wir werden sie verwöhnen. Und dir mach ich dein Lieblingsessen. Dir schaden einige Tage Nichtstun auch nicht. Du hast schon besser ausgesehen.»

Zoe patschte mit ihren kleinen Händen ins Gesicht ihres Großvaters und quiekte vor Vergnügen.

«Ich kann mit der Kleinen nicht so lange wegbleiben, wenn was passiert, müssen wir sofort in die Klinik in Eppendorf», startete Tobias einen halbherzigen Versuch. «Außerdem steht bald der zweite Chemozyklus an.»

«Aber bis dahin!» Seine Mutter nickte energisch. «Und falls etwas sein sollte, haben wir auch ein Universitätskrankenhaus, nicht bloß ihr in Norddeutschland. Du brauchst dringend Ruhe, mein Junge. Wir kümmern uns um alles.»

Er seufzte und nahm seine Tasche aus dem Auto. Vielleicht hatte seine Mutter recht, und es würde ihm helfen, etwas zur Ruhe zu kommen. Wahrscheinlich waren ein paar Tage hier unten gar nicht schlecht.

Und wenn es ihm zu viel würde, könnte er jederzeit nach Hause fahren.

DÜSSELDORF

Die Espressomaschine zischte und dampfte, langsam floss die dunkle Flüssigkeit in die Tasse. Leon genoss diesen Moment am Morgen, dieses Ritual nach dem Aufstehen. Ihn faszinierte der Prozess immer wieder aufs Neue. Deshalb hatte er sich vor zwei Monaten dieses chromblitzende Siebträger-Ungetüm gegönnt, obwohl der Preis unverschämt hoch gewesen war. In zwei Schlucken trank er das Gebräu, ohne Zucker, wie immer. Der Tag konnte beginnen.

Er duschte und suchte seine Jeans im Kleiderschrank und danach unter dem Bett, bevor er sie in einer Ecke unter einem Sweatshirt fand. Er nahm sich vor, endlich sein Schlafzimmer aufzuräumen. Auch konnte seine Zweizimmerwohnung wieder mal einen Generalputz vertragen, er beschloss aber, das Thema auf die nächste Woche zu vertagen.

Während er in der Küche sein Toastbrot mit Marmelade bestrich, überflog er auf seinem Laptop die Nachrichten. Dann wechselte er auf die Website *Daily Flashlight* und gab in das Suchfeld *Melissa Frey* ein. Er las, was er an biografischen Daten über sie fand, sah sich ihre Artikel an. Bei der Fundraising-Aktion für ihre Nichte blieb er hängen. Es war schon krass, was dem armen Mädchen da widerfuhr. Und es nötigte ihm Respekt ab, solch eine Geldsammelaktion durchzuziehen und sich dafür als Familie so in die Öffentlichkeit zu stellen.

Er klickte auf das grüne Feld. Er würde auch spenden.

Der Verkehr floss ruhig. Leon schlängelte sich mit seinem Rennrad zwischen den Autos hindurch bis zur nächsten Ampel und bog ab, umrundete den Rheinturm und fuhr am Parlamentsufer entlang.

Schon fünfhundert Meter vor dem Cyaclean-Gelände stieß er auf eine Polizeisperre, die Beamten leiteten alle Fahrzeuge um.

«Was ist los?», fragte er einen Polizisten.

«Eine Demo von Tierschützern. Wir müssen großräumig absperren.» Der Mann deutete in Richtung der Umleitung. «Da kommen sie am besten voran, wenn Sie aufs Gelände wollen.»

Leon bedankte sich, entschied sich aber gegen die Umleitung, auf der sich bereits ein Stau gebildet hatte, und umrundete stattdessen die Absperrung. Langsam radelte er weiter. Am Straßenrand standen mehrere Mannschaftswagen, von Weitem konnte er einen Tumult erkennen. Zwanzig Meter vor dem Eingang hatten sich junge Leute zu einer Sitzblockade versammelt und untergehakt. Polizisten in Kampfmontur versuchten, Einzelne herauszulösen und wegzutragen.

Weiterfahren war unmöglich. Er sperrte sein Rad ab und ging zu Fuß an der Blockade vorbei, niemand beachtete ihn.

Eine zweite Gruppe von etwa zweihundert Demonstranten hatte sich vor dem Eingangstor versammelt. Sie standen einer Phalanx von Polizisten mit Helmen und Schlagstöcken gegenüber, die den Zaun und die Zufahrt sicherten.

Zwei Frauen hatten es geschafft, sich am Zaun festzuketten. Neben ihnen hingen Stoffbanner mit handgemalten Aufschriften:

Weg mit Cyaclean!

Rettet die Natur – Cosmo Creatures Alliance!

Demonstranten hielten Schilder hoch:

Stoppt die Algen-Zerstörer

Keine Steuergelder für Mörder

Algen sind Lebewesen!

Im Chor riefen sie Parolen wie *«Kill Ryan Hill!»* oder *«Macht den Laden platt!»*.

Ein junger Mann mit Sturmhaube dirigierte die Demonstranten mit einem Megafon. Er schien der Anführer zu sein.

Leon schob sich an ihm vorbei, doch dann kam er nicht weiter. Zu groß war das Gedränge. Ihm fiel auf, dass der Mann mit dem Megafon ein Tattoo mit dem Buchstaben A in einem Kreis an seinem Handgelenk hatte. Er fragte sich, ob er das Zeichen irgendwo schon mal gesehen hatte, als plötzlich sechs vermummte schwarz Gekleidete mit Motorradhelmen in die Mauer der Polizisten rannten und versuchten, über den Zaun zu klettern.

Es kam zu einem Gerangel. Fäuste flogen. Die Beamten setzten Gummiknüppel ein, die Angreifer antworteten mit Farbbeuteln.

Geschrei, Rufe. Die Masse kam in Bewegung.

Den Tumult nutzte Leon, um sich bis zum Seiteneingang vorzuarbeiten. Eine Frau Anfang zwanzig in Lederjacke stellte sich ihm in den Weg und packte ihn am Ärmel.

«Wohin willst du?», schrie sie. «Gehörst du auch zu diesem Cyaclean-Pack?»

«Lass mich durch.»

«Du Mörder! Du bist Teil des Systems!» Sie versuchte ihn festzuhalten, doch er machte sich los und schaffte es bis zum Seiteneingang. Dort zeigte er der Polizei seinen Zugangsausweis. Ein Beamter öffnete ihm und schloss die Tür gleich hinter ihm wieder.

Leon atmete durch. Noch nie hatte er eine so aufgeheizte Demonstration live und von innen erlebt, er war erschrocken, wie aufgeputscht und emotional die Menschen waren.

Er checkte sich ein, ging durch die Sicherheitsschleuse und in den ersten Stock. Dort sah er aus dem Fenster in den Hof, der still und vom Tumult unberührt dalag. Ihm fiel auf, dass innerhalb des Geländes Männer in schwarzen Uniformen patrouillierten, an ihren Gürteln hingen Knüppel und Pistolenhalfter. Ein Trupp schützte die Handwerker, die im hinteren Bereich des Grundstücks die neuen Lagerboxen zusammenschweißten.

«Was sind das für Typen?», fragte er Axel Turner, der neben ihn getreten war.

«Privater Sicherheitsdienst. Wir haben sie engagiert, um sicherzugehen, dass niemand auf das Grundstück gelangt. Sie werden spätestens morgen wieder abziehen, wenn die Demo vorbei ist. Ist nur vorübergehend.»

In der Kantine war die Nervosität zu spüren. Die Angestellten sahen aus dem Fenster und beobachteten die Szenen auf der Straße, viele standen in Gruppen zusammen und diskutierten.

«Irgendwie bedrohlich», hörte er eine junge Frau sagen.

«Und wir sind mittendrin», meinte ein Labormitarbeiter.

«Das kommt davon, wenn man unser Projekt an die Öffentlichkeit zerrt.» Ein IT-Kollege schüttelte frustriert den Kopf. «Wir hätten diese Journalistin nie reinlassen dürfen!»

Leon holte sich einen Espresso, er war nicht so gut wie aus seiner Maschine, aber immerhin. Mit einer Flasche Wasser setzte er sich an seinen Arbeitsplatz und schaltete den Computer ein. Er checkte die Messdaten, alles im grünen Bereich. Auch die Sensoren funktionierten einwandfrei.

Zwei neue interne E-Mails poppten auf. Die erste war von Ryan Hill, der für elf Uhr zu einer kurzfristigen Betriebsversammlung einlud.

Die zweite kam von Geschäftsführerin Jessica Weiss:

Betreff: Bluttest

Lieber Leon,

ich danke dir, dass du an unserer freiwilligen
Testaktion teilgenommen hast. Gerade erhielten wir
die Ergebnisse des Arztes.
Ich freue mich, dir mitteilen zu können, dass dein
Bluttest negativ ist.
Das heißt, du bist gesund und hast kein Mikroplas-
tik in dir. Die detaillierten Resultate findest du
in den Dokumenten im Anhang.

Beste Grüße
Jessica

Also Fehlalarm. Das war wirklich eine gute Nachricht. Er hatte sich sofort für den Test angemeldet und sein Einverständnis gegeben, dass Jessica sein Ergebnis vom Labor übermittelt bekommen und an ihn weiterleiten durfte, wie viele andere Kollegen, die an der von ihr organisierten Testung teilgenommen hatten. Er hatte ohnehin nicht geglaubt, das Zeug im Blut zu haben. Doch ein mulmiges Gefühl war zurückgeblieben. Das Ergebnis erleichterte ihn.

Bis kurz vor elf Uhr arbeitete er die Kontrollprotokolle ab und machte gewohnheitsmäßig einige Tests, ob die Sicherheitssoftware für den Laborzugang einwandfrei funktionierte. Dann ging er zusammen mit den Kollegen in die Kantine.

So voll hatte er den Raum noch nie gesehen. Er wusste nicht, ob es daran lag, dass Ryan vor Ort war, an der Demonstration oder an den Ergebnissen der Bluttests. Die Angestellten drängten sich dicht an dicht und unterhielten sich leise miteinander. In den Gesichtern war Ratlosigkeit und Besorgnis zu lesen. Es war eine bedrückende Atmosphäre.

Ryan stand neben Jessica an der Theke. Gerade wandte er sich den Anwesenden zu und hob die Hand. Sofort kehrte Ruhe ein.

«Liebe Kolleginnen und Kollegen, wir erleben aufregende Zeiten», begann er.

«Das kann man wohl sagen», murmelte jemand hinter Leon.

«Und deswegen stehen Jessica und ich hier, um eure Fragen zu beantworten. Eine Bemerkung vorab: Wir sind uns darüber im Klaren, dass unsere innovative Methode viele Neider und Feinde laut werden lässt. Einige davon sehen wir heute vor unserem Firmengelände. Ich weiß nicht, wie es euch geht, aber ich sage euch: Ich lasse mich davon nicht beeindrucken. Im Gegenteil – das bestätigt mich, dass wir auf dem richtigen Weg sind. Und so wahr ich Ryan Hill heiße: Ich verspreche euch, dass wir diesen Weg bis zum Ende gehen. Am Ende steht der Erfolg!»

Applaus brandete auf.

«Keiner muss sich sorgen, angegriffen oder persönlich von den Demonstranten bedroht zu werden», ergriff Jessica das Wort. «Die Polizei und unsere private Security sorgen für die Sicherheit. Ob das da draußen Überbesorgte, Verwirrte oder Radikale sind, denkt daran: Jeder hat bei uns in Deutschland das Recht zu demonstrieren.»

«Was ist denn diese *Cosmo Creatures Alliance*?», fragte eine Kollegin.

«Offenbar eine radikale Tierschutzbewegung, erst vor Kurzem gegründet», sagte Ryan. «Wir gehen der Sache nach. Wer weiß, wer wirklich dahintersteckt.»

«Mich interessiert viel mehr, warum mein Labortest positiv ist und ich Mikroplastik im Blut habe», rief Leons IT-Kollege. «Das ist eine totale Scheiße, wo kommt das her?»

Ein Rumoren ging durch den Raum. Viele sahen besorgt aus, andere nickten betroffen. Offenbar hatten sie die gleichen Hiobsbotschaften via E-Mail erhalten.

Jessica machte ein Zeichen, ruhig zu sein.

«Ich weiß, viele mit positivem Laborbescheid machen sich nun Sorgen. Leider ist mehr als die Hälfte der Mitarbeitenden betroffen.»

Lauteres Raunen.

«Das hat mir gerade noch gefehlt», hörte Leon eine Kollegin flüstern. Er nickte ihr verständnisvoll zu.

«Wir bieten jedem Einzelnen von euch ein privates Beratungsgespräch mit einem Facharzt an, ihr braucht euch bloß zu einem Termin anzumelden», fuhr Jessica fort und versuchte, das Gemurmel zu übertönen. «Es mag jetzt kein Trost sein, aber Studien zeigen, dass sehr viele Menschen solche Partikel einfach unbemerkt in sich haben. Deswegen ist niemand krank, macht euch keine Sorgen.»

Ihre Botschaft hatte nicht die beabsichtigte Wirkung, der Unmut war immer noch deutlich hörbar. Leon musste unwillkürlich an die kleine Zoe denken, die Nichte von Melissa Frey.

«Leute, hört mir zu!» Ryan übertönte die Anwesenden.

Sofort wurde es wieder still.

«Was predige ich die ganze Zeit, euch und der Welt da draußen? Dieser Plastikmüll, diese winzigen Kunststoffpartikel sind die Geißel der Menschheit. Das ist damit ein weiteres Mal bewiesen.»

Er ließ die Worte wirken. Einige nickten.

«Aber gerade deswegen sind wir doch hier, oder nicht? Wenn es jemand schafft, diesen Dreck unschädlich zu machen, dann sind das wir bei Cyaclean. Und dabei kommt es auf euch alle an!»

Er zog ein Blatt Papier aus der Tasche und hielt es hoch. «Das hier ist mein Laborbericht. Was meint ihr, was drinsteht?»

Niemand sagte etwas.

«Ich bin auch positiv getestet!»

In den Gesichtern der Leute um ihn herum konnte Leon Überraschung lesen. Der Chef selbst hatte das Zeug in sich?

Ryan ging auf die Menge zu. «Mache ich mir deswegen Sorgen?

Nein! Ganz und gar nicht. Im Gegenteil: Das ist für mich – und ich hoffe, auch für euch – ein Ansporn, energischer weiterzuarbeiten als je zuvor. Wir bei Cyaclean sind die Einzigen, die eine wirkliche Lösung für dieses Jahrhundertproblem anbieten.» Er blickte in die Runde. «Deswegen zähle ich weiterhin auf euch – auf jeden Einzelnen. Lasst es uns angehen!»

Schreiben an den Ministerpräsidenten des Landes Nordrhein-Westfalen

Bitte um Entzug der vorläufigen Betriebsgenehmigung für die Firma Cyaclean Ltd. in Düsseldorf

Sehr geehrter Herr Ministerpräsident,

in tiefer Sorge um die Konkurrenzfähigkeit der heimischen mittelständischen Wirtschaft wenden wir uns an Sie.

Hintergrund ist die Bevorzugung des Unternehmens Cyaclean durch die deutsche Regierung. Es ist nicht hinnehmbar, dass ein amerikanisches Unternehmen eine Sonderbehandlung erfährt, indem etwa normale Genehmigungsverfahren abgekürzt werden, während deutsche Firmen nicht in den Genuss solcher Vorteile gelangen. Diese Wettbewerbsverzerrung zulasten etablierter ökologisch ausgerichteter deutscher Firmen wie Innovative Cleaning kann nicht hingenommen werden. Wie Sie vermutlich den Medien entnommen haben, formiert sich bereits heftiger Widerstand von Umweltgruppen. Und auch die Wirtschaft ist alarmiert.

Bitte veranlassen Sie umgehend eine Prüfung der laufenden Genehmigungsverfahren und sorgen Sie dafür, dass Cyaclean den Betrieb einstellen muss, bis alle Prüfungen abgeschlossen sind. Setzen Sie eine Qualitätskontrolle an. Stoppen Sie den Wahnsinn, damit nicht noch mehr Schlimmes passiert. Unterstützen Sie die Wettbewerbsfähigkeit der deutschen Betriebe – gerade auf einem so wichtigen Gebiet wie dem Umweltschutz. Ansonsten sehen wir eine einschneidende Benachteiligung unserer Aktivitäten und befürchten einen nicht wiedergutzumachenden Rückschlag bei der Entwicklung umweltfreundlicher Entsorgungs- und Aufbereitungsverfahren für Plastikmüll. Weitere rechtliche Schritte wären dann unvermeidlich.

Wir freuen uns, bald wieder von Ihnen zu hören, und verbleiben

hochachtungsvoll

Rudolf Hoppe
Geschäftsführer
Innovative Cleaning GmbH, Frankfurt am Main/Kiel

KAPITEL 18
ANTWERPEN, BELGIEN

Laut den Unterlagen befand sich das Unternehmen im Hafen. Trotz Navigationsgerät war sich Nelson nicht sicher, ob sie auf dem richtigen Weg waren. Straßenschilder fehlten, das ganze Gelände erstreckte sich kilometerweit zwischen dem Fluss Schelde und verschiedenen Kanälen, es war wie eine kleine Stadt in der Stadt.

Dutzende Frachtschiffe lagen an den Kais, Container stapelten sich in den Himmel, Kräne schwenkten über das Wasser, dazwischen Lagerhallen, Bürogebäude und Industrieanlagen.

«Irgendwo da vorne muss es sein.» Diana deutete auf das Display des Navigationssystems. «Vielleicht noch hundert Meter.»

«Dann gehen wir den Rest besser zu Fuß.»

Nelson parkte den Wagen hinter einer Baracke und holte den Rucksack mit dem Werkzeug aus dem Kofferraum. «Hier ist es total unübersichtlich, kein Mensch zu sehen. Hoffentlich klaut niemand das Auto.»

Der Weg führte an weiteren Baracken vorbei und endete an einem Zaun, der zusätzlich durch Stacheldraht gesichert war. Schon ein Stück vorher mahnte ein Blechschild *Stopp!*, darunter hing eine unscheinbare Holztafel mit der Aufschrift *WastLess Solutions Ltd*.

Das Grundstück, soweit sie es sich von hier aus erschließen konnten, war riesig. Sie konnten große Berge von Müll erkennen, die im Freien lagerten, und ein flaches Bürogebäude an der Seite. Vor der Einfahrt hatten sich zwei Wachen postiert.

«Hier sind wir richtig.» Nelson zog Diana hinter eine Baracke außer Sichtweite der Wachen.

Die Firma *WastLess Solutions* sollte laut den Papieren des Reeders Otto Tietz die als Altkleidung deklarierte Plastikfracht an die *Indian*

Rosebud geliefert haben. Sie hatten Zweifel, ob hier tatsächlich alles mit rechten Dingen zuging. Vielleicht war die Firma eine getarnte Verteilstation, ein weiteres Glied in der Kette, um Plastikmüll illegal zu exportieren? Schließlich deutete der Adressaufkleber, den sie aus dem havarierten Frachter geborgen hatten, genau darauf hin. Diente die Firma in Wirklichkeit dazu, Spuren zu verwischen?

Nelson konnte sich einfach nicht vorstellen, dass Tietz tatsächlich nichts von der Plastikfracht gewusst hatte. Und wenn der Mann tatsächlich die Wahrheit gesagt haben sollte: Wer war dann das Mastermind hinter alldem?

Ein Lkw fuhr vor. Die Wachen öffneten das Tor und schlossen es hinter ihm wieder. Der Fahrer stieg aus und verschwand in dem Büro.

«Der Laster sieht aus wie die Fahrzeuge, die nach den Aussagen von Offizier Naumann im Hafen von Marseille aufgetaucht sind, um die angeblichen Altkleider anzuliefern», sagte Nelson. Er machte ein Foto mit seinem Handy. «Wir sollten uns drinnen umsehen.»

Diana nickte. «Aber die Wachen werden uns kaum auf einen Kaffee einladen.»

«Da hilft nur der gute alte Bolzenschneider.»

Sie gingen im Schatten der Baracken am Zaun entlang bis zu einer Stelle, die von der Einfahrt nicht einsehbar war. Nelson zog das Werkzeug aus seinem Rucksack. Er durchtrennte an mehreren Stellen den Maschendraht, bis eine Lücke entstand. Nacheinander schlüpften sie hindurch und liefen geduckt zu einer Palette Ölfässer, um abermals in Deckung zu gehen. Niemand schien sie bemerkt zu haben.

«Und jetzt?» Nelson packte den Bolzenschneider wieder weg.

«Was meinst du?» Diana sah ihn an und hob die Brauen. «Wir machen eine kleine Geländebesichtigung.»

Sie schlichen entlang der Fässer weiter, bis sie zu einem Parkplatz kamen, auf dem weitere Lkw standen. Dahinter türmten sich die Abfallberge.

«Den Müll sollten wir uns ansehen», sagte Nelson und machte Fotos von den Lkw. «Benutzen wir die Lastwagen als Sichtschutz.»

Als sie gerade loslaufen wollten, hörten sie hinter sich ein Knurren. Langsam drehten sie sich um. Vor ihnen stand ein Schäferhund, die Zähne gefletscht. Das Tier fixierte sie.

«Nicht schon wieder!» Diana verdrehte die Augen. Sie zog ein Pfefferspray aus der Tasche. «Dieses Mal bin ich vorbereitet.»

«Warte.» Nelson griff in seinen Rucksack. «Ich bin auch vorbereitet – vielleicht ist der arme Kerl nur hungrig.»

Er zog ein Päckchen Alufolie hervor, packte ein Stück rohes Fleisch aus und warf es dem Tier zu. Der Schäferhund senkte den Kopf und roch daran. Dann schnappte er sich den Brocken und verschwand zwischen den Fässern.

«Das beschäftigt ihn eine Weile.» Nelson war zufrieden. «Jetzt haben wir freie Bahn.»

Vorsichtig umrundeten sie den Parkplatz, immer darauf achtend, nicht ins Blickfeld der Wachen zu geraten. Diana schlich voran, Nelson folgte ihr und sicherte den Raum hinter ihnen. Bald erreichten sie den ersten riesigen Müllberg.

Es waren Tonnen von Altglas, achtlos zusammengeschoben. Überall lagen Splitter. Öllachen bedeckten den Boden. Daneben hob sich ein Berg von Eisenschrott in die Höhe.

Sie hörten eine Laderaupe heranrattern, und Nelson zog Diana zwischen zwei große Metallteile. Hier konnte sie niemand entdecken, es sei denn, er stand direkt vor ihnen. Ein Lkw fuhr vor und rangierte rückwärts, er hatte einen offenen Container aufgelegt. Die Schaufel der Raupe griff in das Altglas und beförderte die Ladung mit Getöse in den Container.

«So viel Müll habe ich noch nie auf einem Haufen gesehen», flüsterte Nelson.

Diana richtete sich auf. «Stellungswechsel.»

Sie hasteten aus ihrem Versteck. Zwischen Altpapier und Aluminiumsammlung hindurch gelangten sie zum Dock. Ein Frachtschiff ankerte dort, ein Gabelstapler belud es mit schwarzen Plastiksäcken.

«Die kommen mir bekannt vor», sagte Nelson.

Es gelang ihnen, sich ungesehen bis auf zehn Meter heranzuarbeiten. Nelson machte weitere Fotos. Er deutete auf die Plastiksäcke. «Sehen wir nach, was drin ist.»

Diana gab ihm ein Zeichen zu warten, bis der Gabelstapler wieder auf dem Deck des Schiffes angelangt war. Danach sprinteten sie los und hockten sich zwischen die Säcke. Es roch faulig.

Nelson nahm sein Taschenmesser und schlitzte einen Sack auf. Winzige Plastikschnipsel quollen hervor, dazwischen rieselte Kunststoffgranulat wie Sand heraus.

«Volltreffer!» Er nahm eine Handvoll und stopfte die Plastikteilchen in seinen Rucksack. «Das sind dieselben Abfälle wie auf der *Indian Rosebud*. Offenbar lagert hier noch mehr von dem Zeug. Endlich haben wir einen handfesten Beweis für die Anlieferung des Plastiks durch diese Firma – auch wenn wir noch keine Ahnung haben, wer dahintersteckt.»

«Eigentlich müssten wir in das Bürogebäude», sagte Diana und warf einen Blick zu dem flachen Bau auf der anderen Seite des Geländes. «Aber wir haben hier keine Befugnis, so etwas Ärgerliches. Es darf auf keinen Fall rauskommen, dass dieser Sache auf oberster Ebene nachgegangen wird – damit würden wir unsere eigene Ermittlung sabotieren.»

Nelson nickte. «Wenn die Strippenzieher wirklich Dreck am Stecken haben und mitbekommen, dass wir Untersuchungen anstellen, sind sie über alle Berge, bevor wir ‹Plastik› sagen können.»

«Ich will trotzdem versuchen, da reinzukommen.» Diana klang entschlossen. «Wir müssen einen Blick in die Unterlagen dieses Unternehmens werfen. Beeilen wir uns hier, und dann versuchen wir unser Glück.»

Sie wühlten sich durch weitere Plastiksäcke, auf einigen klebten verdreckte Lieferscheine. Nelson fotografierte sie, einen riss er ab und steckte ihn ein.

«Leg das sofort zurück, du Penner!», donnerte plötzlich eine Stimme auf Französisch. «Sofort!»

Nelson drehte sich langsam um. Hinter ihnen standen die beiden Wachen. Sie hatten sie nicht kommen hören. Diana neben ihm richtete sich auf. Er tat es ihr nach und sah sich unauffällig um. Niemand sonst war zu sehen.

Die Männer hatten eine kräftige Statur und kurz geschorenes Haar. Ihre Gesichter wirkten entschlossen. Beide hielten Stahlruten in den Händen.

Nelson war wie erstarrt. Seine Gedanken überschlugen sich. Sie brauchten schnellstens einen Ausweg. Diesen Typen traute er alles zu.

Langsam machte er zwei Schritte weg von Diana, um die Aufmerksamkeit auf sich zu ziehen.

«Wir haben uns nur ... umgesehen.» Er ärgerte sich, dass ihm auf die Schnelle keine bessere Ausrede einfiel. «Wir gehen gleich wieder.»

«Das könnte euch so gefallen.»

Die beiden Männer kamen näher. Diana und Nelson waren nun fast in Reichweite ihrer Waffen.

Nelson ging einen weiteren Schritt zur Seite. Und noch einen. Er hoffte, dass Diana sich ebenfalls in Position bringen würde.

Sie hob die Hände. «Bitte lassen Sie uns gehen! Wir haben nichts getan.» Sie versuchte, ängstlich zu klingen. «Bitte.»

Er konnte sehen, dass sie etwas in der Handfläche verborgen hielt.

«Halt's Maul!» Einer der Männer drehte sich zu ihr. «Warum schnüffelt ihr hier herum? Wie Diebespack seht ihr nicht aus.»

«Rucksack auskippen», sagte der andere zu Nelson. Seine Stimme war bedrohlich. «Schön langsam.»

Nelson hob den Rucksack, wechselte einen Blick mit Diana.

«Nein, bitte!», schrie sie.

Für einen Moment blickten beide Wachen zu ihr. Diese Ablenkung nutzte Nelson. Blitzschnell schleuderte er dem einen Mann den Rucksack ins Gesicht, dann hechtete er auf ihn zu. Er bekam seinen Arm zu fassen und riss ihn zu Boden.

Im gleichen Moment sprühte Diana ihr Pfefferspray.

Der zweite Mann schrie auf und hielt sich die Augen. «Du verdammte Bitch!»

Mit dem freien Arm schlug er wild um sich, doch Diana wich aus und trat ihn in die Kniekehle. Der Mann knickte ein. Sie versetzte ihm einen Schlag gegen die Schläfe, und er fiel zu Boden.

Nelsons Gegner bekam ihn am Hals zu fassen, nahm ihn in den Schwitzkasten und drückte ihm die Luft ab. Er wehrte sich, doch er spürte, wie der Mann immer fester zudrückte. Es war ein verbissener Kampf.

Nelson wurde schwarz vor Augen.

«Schluss jetzt!»

Diana hatte die Stahlrute in der Hand und schlug zu. Sie traf den Mann am Kopf. Er kippte zur Seite und blieb liegen.

Nelson richtete sich auf.

«Alles muss ich allein machen.» Sie half ihm hoch.

Aus der Ferne hörten sie Hundegebell. Der Schäferhund.

Nelson packte den Rucksack. «Ich denke, die Sache mit dem Büro wird nichts mehr. Wir sollten jetzt verschwinden.»

HEIDELBERG

Das Handy klingelte, und Tobias hob ab. Seine Schwester war dran.

«Sind sie gelandet? Warum ruft mich niemand an?», sagte Melissa zur Begrüßung.

Tobias seufzte. «Du weißt, sie haben ihren eigenen Rhythmus, sie werden sich noch melden.»

«Ist Mam oder Paps gerade in der Nähe? Gib sie mir mal.»

Er rief nach seinen Eltern.

Seine Mutter kam herein. «Was ist?»

«Melissa ist dran. Sie möchte dich sprechen.»

«Sag ihr, ich ruf sie später an, ich bin gerade mit Zoe beschäftigt.»

«Mam, bitte!»

Er drückte ihr das Mobiltelefon in die Hand und stellte sich direkt neben sie, um mitzuhören. Sie warf ihm einen vorwurfsvollen Blick zu.

Er verstand nicht, warum das Verhältnis seiner Eltern zu Melissa immer noch so belastet war. Sie war mittlerweile nicht unerfolgreich als Journalistin, und eigentlich hatten seine Mutter und sein Vater dem, was ihre Kinder machten, immer positiv gegenübergestanden. Ihre Belehrungen hatten sie sich nie verkneifen können, aber diese Ablehnung Melissa gegenüber überraschte ihn doch immer wieder. Andererseits war es erst ein paar Monate her, dass seine Schwester das Studium geschmissen und einen anderen Weg eingeschlagen hatte, und die heftigen Streits darüber waren ihm noch klar im Ohr. Vielleicht brauchten seine Eltern einfach Zeit, das Ganze zu verarbeiten.

Unwillig ging seine Mutter ans Handy. «Ja?»

«Wie geht es euch, Mam? Wir haben lange nicht mehr miteinander gesprochen.» Der Vorwurf in Melissas Stimme war unverkennbar.

«Ihr hättet euch melden können.»

«Du weißt doch, Melissa, wir waren die ganze Zeit auf See und sind erst jetzt wieder zu Hause.»

«Eine Nachricht zwischendurch ist ja wohl nicht zu viel verlangt. Wo ist Paps?»

«Im Wohnzimmer, er schaut Fernsehen.»

«Richte ihm einen schönen Gruß von mir aus.»

Eine Pause entstand.

«Wir sollten uns wieder mal treffen, vielleicht einen Kaffee zusammen trinken», sagte Melissa.

«Sollten wir.»

Pause.

«Wie fühlt sich Zoe?»

«Es geht ihr besser, sie macht einen guten Eindruck.» Der Ton seiner Mutter war bestimmt. «Ich muss sagen, mir sieht sie nicht nach einem schwer kranken Kind aus, wirklich nicht.»

«Leider haben die Ärzte eine andere Meinung. Es wäre fahrlässig, das nicht ernst zu nehmen», sagte Melissa. «Wenn wir keine Lösung finden, werden wir Zoe verlieren.»

«Bitte, Kind.» Ihre Mutter klang verärgert. «Du hattest schon immer einen Hang zu übertreiben. Man muss solche Prognosen auch immer kritisch hinterfragen, gerade bei Kindern.»

Wieder war Stille in der Leitung, und Tobias sah seine Schwester vor sich, wie sie sich Mühe gab, ruhig zu bleiben.

«Wir versuchen gerade, für Zoe eine Spezialbehandlung in den USA zu organisieren», lenkte Melissa ab.

«Ich hab davon gelesen, auf deiner Daily Delight oder wie diese Website heißt.»

«*Daily Flashlight,* Mam, und die Plattform ist hilfreich», sagte Melissa ruhig. «Damit können wir was für Zoe tun.»

Seine Mutter verzog missbilligend die Miene. «Kind, ich sehe nicht, was eure Artikel und Videos bringen sollen. Das Privatleben so extrem ins Scheinwerferlicht zu ziehen, die Kleine in irgendwelchen Filmchen vorzuführen, was soll das? Zoe braucht einen Arzt, der sich auskennt. Wir sollten eine zweite Meinung einholen.»

«Tobias hat schon eine zweite, dritte und vierte Meinung eingeholt», widersprach Melissa. «Die Diagnose steht, Mam, wir *brauchen* diese Therapie. Und immerhin haben wir schon über 380 000 Euro gesammelt, das ist doch was, oder?»

Tobias hörte an der Stimme seiner Schwester, dass sie allmählich ärgerlich wurde. Es würde nicht mehr lange dauern, dann …

«*Erbettelt* hast du das Geld! Von fremden Leuten! Die Summe könnt ihr nie im Leben zurückzahlen.»

«Das müssen wir auch nicht. Es sind Spenden.»

«Spenden tue ich fürs Rote Kreuz oder für die Caritas. Aber nicht für

Privatpersonen.» Seine Mutter war lauter geworden. «Außerdem hat mir Tobias erzählt, ihr braucht viel, viel mehr Geld.»

Damit traf sie einen wunden Punkt. Er glaubte mittlerweile selbst nicht mehr richtig daran, dass sie den gesamten Betrag zusammenbekommen würden. Die Gelder flossen nur noch schleppend, und sie waren noch nicht einmal in der Nähe der zwei Millionen.

Er nahm seiner Mutter das Telefon aus der Hand. Wenn er jetzt nicht einschritt, würde das hier eskalieren.

«Danke, Mam, du kannst Melissa später noch mal anrufen. Ich würde jetzt gerne mit meiner Schwester sprechen.»

«Das ist wahrscheinlich besser», sagte seine Mutter verkniffen. «Ich gehe in die Küche und mache das Abendessen.»

Tobias schloss die Tür hinter ihr und setzte sich auf die unterste Treppenstufe. «So, ich bin's wieder.»

«Mam ist störrisch wie immer», sagte Melissa. Resignation schwang in ihrer Stimme mit.

«Du kennst sie doch.»

«Ja.» Sie machte eine Pause. «Du, ich wollte dir noch was anderes sagen.» Sie berichtete von ihrem Treffen mit einem Politiker namens Peter Voss und dessen Angebot, einen Spezialisten für Mikroplastikvergiftungen hier in Europa zu vermitteln. Aber nur unter bestimmten Bedingungen. «Ich wollte das nicht für mich behalten, du solltest auf jeden Fall Bescheid wissen.»

«Das klingt doch gut!» Die Nachricht gab ihm Hoffnung. «Und du hast schon zugesagt?»

Sie zögerte. «Nein, hab ich nicht.»

«Aber du wirst zusagen.»

«Tobias, das kann ich nicht tun. Es ist ein Köder, dieser Typ ist raffiniert. Wenn ich seine Bedingungen akzeptiere, verliere ich meine journalistische Unabhängigkeit. Und das will ich nicht. Er würde das garantiert für seine Zwecke ausnutzen.»

«Wie bitte?» Tobias stand auf. «Was juckt dich das? Du hilfst damit Zoe. Nur das zählt doch!»

«Ich halte es sowieso für einen Bluff», sagte Melissa. «Es gibt keine Alternativbehandlung – außer die in Amerika. Du hast gehört, was die Ärztin in Hamburg gesagt hat. Und die kennt sich aus.»

«Nein, nein, warte mal.» Tobias lief im Flur auf und ab. «Du musst noch mal mit diesem Voss sprechen und dir den Kontakt geben lassen. Das geht doch noch, oder?»

Melissa holte tief Luft. «Tobias, ich werde das nicht tun.»

«Melissa, ich verstehe nicht, warum du Zoe nicht helfen willst!» Er war fassungslos.

«Ich werde mich nicht manipulieren lassen und in die Hände eines windigen Politikers begeben. Ich bin als Journalistin nur der Wahrheit verpflichtet.»

«Wenn du dich selbst hören könntest ... Komm mal runter von deinem hohen moralischen Ross, Melissa. Es geht hier ganz allein um das Leben von Zoe.»

«Ich weiß.» Ihr beschwichtigender Ton machte ihn noch wütender. «Sie liegt mir genauso am Herzen wie dir.»

«Scheint aber nicht so.»

«Tobias, Zoe ist mir das Wichtigste, das weißt du!»

«Tatsächlich? Du scheinst aber ganz schön viel an dich zu denken.» Er wusste, dass das unfair war, aber er konnte seine Enttäuschung nicht verbergen.

Melissa schwieg einen Moment. «Tobias, hör zu. Ich habe einen Vorschlag.»

«Was denn?»

«Wenn es in Europa tatsächlich einen Mikroplastikarzt geben sollte, dann müsste er doch zu finden sein, oder? Der wird sicher schon mal irgendwie in Erscheinung getreten sein.»

«Worauf willst du hinaus?»

«Du und ich – wir beide legen uns ins Zeug und recherchieren noch mal. Existiert dieser Spezialist, dann finden wir ihn – auch ohne diesen Voss. Und sollte es dann nötig sein, dass uns jemand bekannt macht, kann ich mich immer noch bei Voss melden.»

DÜSSELDORF

Nach der üblichen Sicherheitsprozedur drückte Axel Turner Melissa die Chipkarte in die Hand. «Damit kommst du überall rein – gültig bis vierundzwanzig Uhr. Ryan erwartet dich schon.»

Er führte sie zum Büro des Cyaclean-Gründers, klopfte und öffnete. Dann verschwand er.

«Komm rein.» Ryan Hill kam ihr entgegen. Am Tisch saß seine Geschäftsführerin Jessica Weiss.

Melissa trat ein und begrüßte beide.

«Es freut uns sehr, dass *Daily Flashlight* weitere Berichte über uns machen will.» Ryan strahlte übers ganze Gesicht. «Es gibt auch noch viel zu erzählen.» Er deutete auf den Tisch. «Setzen wir uns doch.»

Melissa nahm Platz. Ihr fiel auf, dass die Geschäftsführerin müde aussah, als hätte sie nicht viel geschlafen. Vielleicht machten die Demonstrationen vor dem Gelände ihr zu schaffen, schließlich war sie selbst mal bei Greenpeace gewesen – sie kannte die andere Seite, auch wenn sie nicht mehr dazugehörte. Vor ihr lagen einige Auswertungen, Melissa erkannte Zahlentabellen. Jessica schob sie zusammen und steckte sie in eine Mappe.

«Wir werden dich natürlich in allen Belangen deiner Recherche unterstützen», sagte sie, «du musst nur sagen, was du benötigst.»

Melissa hatte nach der Demo bei Nolan dafür plädiert, einen weiteren großen Bericht zu bringen: Sie wolle den Gründen des Protestes persönlich nachgehen, denn sie fand es seltsam, dass es Gruppen gab, die dem Verfahren zur Plastikmüllvernichtung offenbar feindselig gegenüberstanden – obwohl doch jede Methode zu begrüßen war, die es endlich schaffte, die winzigen Kunststoffpartikel unschädlich zu machen. Sie fragte sich, ob noch etwas anderes dahintersteckte.

Der Redaktionsleiter hatte kurz telefoniert, und schon hatte sie einen neuen Termin ausmachen können, das Unternehmen gleich noch mal zu besuchen. Ihre Berichte über den Kampf gegen Plastik sollten ohnehin weitergehen – worauf sie sich freute, denn die Recherchen an einem so spannenden Thema machten Spaß.

«Danke für das Angebot», sagte sie. «Ich würde mich gerne noch mal genauer umsehen, bei der ersten Führung ging alles sehr schnell.»

«Kein Problem.» Ryan trank einen Schluck Saft. Er deutete auf sein Glas: «Mango-Lassi – sehr lecker, musst du mal probieren.»

«Ich nehme später einen.» Melissa lächelte ihn an. «Einige Fragen hätte ich vorab.»

«Leg los.»

Sie holte Notizblock und Stift hervor und startete die Tonaufnahme. «Wie bewertet ihr die Demo dieser Tierschützer von *Cosmo Creatures Alliance*? Die haben hier für ordentlich Wirbel gesorgt, wie ich gelesen habe.»

«Das stimmt. Dabei ist gar nicht klar, wer eigentlich hinter der Gruppe steht», sagte Jessica. «Die sind bisher nirgends aufgetaucht, es finden sich keine alten Interneteinträge. Offenbar eine Neugründung.»

«Jeder kann ja demonstrieren, so viel er will.» Ryan nahm noch einen Schluck aus dem Glas. «Aber deren Argumente sind kompletter Bullshit. Es gibt nichts Umweltverträglicheres im Kampf gegen Plastik als unser Verfahren. Und Algen sind die natürlichste Sache der Welt.»

«Wir vermuten, dahinter stecken Konkurrenten», sagte Jessica.

«Ach», Melissa hob die Brauen. «Worauf gründet sich der Verdacht?»

Ein Piepton ertönte. Ryan sah auf die Uhr und stand auf. «Ich muss euch leider verlassen. Mein Flieger wartet.» Er wandte sich an Melissa. «Ich reise zurück in die USA. Wenn du noch Fragen hast, die sich direkt an mich richten, meld dich einfach per Mail, in Ordnung?»

Melissa nickte. «Gerne. Gute Reise.»

Ryan schüttelte ihr die Hand und machte sich auf den Weg, leise schloss sich die Glastür hinter ihm.

Jessica rückte ihren Stuhl zurecht. «Wir halten dieses Tierschutzargument für total unglaubwürdig, und wir können uns nicht vorstellen, dass echte Tierschützer damit tatsächlich hier auflaufen würden», erklärte sie. «Unsere Konkurrenz hingegen ist sehr einfallsreich, wenn es darum geht, uns zu schaden. Und gerade solche ethischen Debatten, in denen es um die Umwelt geht, bieten da natürlich einen super Nährboden für schlechte Presse. Auch wenn sie eigentlich keine Angriffsfläche haben.»

«Verstehe.»

«Ich kann dir leider heute nichts zeigen, ich erwarte Gäste, das hat sich etwas spontan ergeben.» Jessica stand ebenfalls auf. «Aber ich habe einen super Begleiter für dich gefunden. Der kann dir alle Fragen beantworten – oder fast alle. Es ist Leon Feininger, du hast ihn bereits kennengelernt.»

«Der IT-Typ?» Es war Melissa einfach herausgerutscht.

Jessica verkniff sich ein Lächeln. «Genau der. Leon ist kompetent und kennt sich aus. Er freut sich darauf, dich zu betreuen.»

Melissa war sich da nicht ganz so sicher, aber sie beherrschte sich und behielt ihre Skepsis für sich. Jessica führte sie in die Kantine zu dem Tisch, an dem Leon schon beim letzten Mal gesessen hatte. Auch jetzt tippte er in seinen Laptop und blickte auf, als Melissa und Jessica auf ihn zukamen.

«Viel Spaß heute.» Die Cyaclean-Geschäftsführerin zwinkerte ihm zu, hob kurz die Hand in Melissas Richtung und ging.

Leon Feininger sagte nichts und schlürfte nur seinen Espresso.

Melissa setzte sich zu ihm. «Na, wie geht's? Hat sich die Aufregung gelegt?»

«Welche Aufregung?» Er nahm einen Keks vom Teller und biss ab.

«Ihr seid doch von Demonstranten belagert worden – diesen *Cosmo-Creatures-Alliance*-Leuten.»

«Ach so.» Er aß den Keks seelenruhig auf. «Ja, aber die sind am Abend wieder verschwunden, es ist nichts passiert.»

Sie deutete auf den Teller. «Darf ich?»

«Meinetwegen.»

«Ich hol mir einen Kaffee.»

«Nur zu.»

«Soll ich dir einen Espresso mitbringen?»

«Nö.»

Sie ging zur Theke und drückte am Automaten die Taste für Cappuccino. Dieser Leon war wirklich der Letzte hier, von dem sie sich ein interessantes Gespräch versprach. Wenn sich ihre Unterhaltung weiter so schleppend entwickelte, würden es ein paar anstrengende Stunden werden. Sie nahm ihre Tasse und einen neuen Teller mit Schoko-Vollkornkeksen und ging zurück zum Tisch.

«Probier die mal.» Sie stellte ihm den Teller vor die Nase.

«Kenn ich schon.»

«Wenigstens einen.»

«Na gut.» Er griff zu. «Also, bringen wir's hinter uns. Was soll ich dir zeigen?»

Sie lächelte. «Vielleicht fangen wir draußen an. Ein wenig Frischluft tut uns gut.»

«Okay.» Er stand auf. «Dann komm mit.»

Sie nahm ihren Cappuccino und noch einen Keks und folgte ihm. Er führte sie im Garten herum und zeigte ihr den Entspannungsbereich, den Brunnen, die Freizeiteinrichtungen für die Angestellten.

Melissa blieb stehen. «Tischtennisplatten hab ich genug gesehen. Ich würde lieber was über die Produktionsabläufe erfahren.»

«Über die Produktionsabläufe also.» Sie glaubte, ein Schmunzeln in seinem Gesicht zu erkennen. «Na dann.»

Er führte sie vorbei an den parkenden Lieferwagen der Handwerker bis zur Grundstücksgrenze. Unterhalb der Uferböschung floss der Rhein.

«Das ist richtig idyllisch, ihr habt eine fantastische Lage.»

Er zuckte die Schultern. «Normalerweise kriegen wir davon nichts mit. Wie du siehst, gibt's hier keine Tische und Stühle, um Pause zu machen.»

«Trotzdem, sieht toll aus.»

«Cyaclean hat diesen Standort nicht wegen der idyllischen Aussicht gewählt. Vielmehr war die Nähe zum Fluss ausschlaggebend.» Leon machte eine unbestimmte Geste zum Ufer. «Wir nutzen das Rheinwasser für unsere Tests. Wir messen den Gehalt an Mikroplastik und leiten das Wasser danach durch unsere Anlage. Die Algen tun ihre Arbeit, wir messen noch mal, und das gereinigte Wasser pumpen wir wieder zurück.»

«Eignet sich das Rheinwasser gut für diese Tests?»

«Leider schon. Dadrin schwimmt ziemlich viel von dem Zeug. Zwischen Basel und Rotterdam – also auch hier, wo wir gerade stehen – ist der Rhein eines der am stärksten mit Mikroplastik verseuchten Gewässer weltweit. Irre, oder?»

Melissa nickte. Sie hielt sich mittlerweile für sehr realistisch, was die Katastrophe Mikroplastik betraf, aber Fakten wie diese schockierten sie nach wie vor. Sie hatte sich in Deutschland immer relativ sicher gefühlt, was Lebensmittel und Gewässer anging, schließlich gab es unzählige Auflagen und Grenzwerte. Ein trügerisches Gefühl, wie sich mehr und mehr herausstellte.

Sie spazierten zurück zu dem Bereich, wo die Handwerker arbeiteten.

«Hier errichten wir gerade ein größeres Lager für Rohstoffe.» Leon klopfte gegen die Stahlgestelle.

Auf Paletten stapelten sich Metallboxen, Fässer und Baumaterial. Leitungen führten von überdimensionalen Edelstahltanks ins Innere des Gebäudes. Aufkleber mit Totenkopfemblem warnten: *Vorsicht – Lebensgefahr.*

Melissa deutete darauf. «Was ist dadrin?»

«Verschiedene technische Gase wie Sauerstoff, Propan und Butan. Es klingt dramatischer, als es ist. Propan und Butan kennt jeder vom Gasgrill zu Hause. Über die Zuleitungen fließen sie direkt ins Labor.» Er deutete auf eine stählerne Schiebetür. «Und durch diese Sicherheitsschleuse schicken wir alle anderen Materialien in die Produktion.»

Er erklärte ihr einige chemische Details, die sie gleich wieder vergaß – stattdessen fiel ihr auf, dass er gar nicht mehr so schlecht gelaunt war wie zuvor. Es schien ihm fast Spaß zu machen, ihr etwas über seine Arbeit und die Abläufe des Projekts zu erzählen.

Sie bogen um eine Ecke. Männer mit Schutzhelm, Sicherheitsbrille und Mundschutz schweißten gerade zwei T-Träger zusammen. Andere beluden die Lieferfahrzeuge mit Werkzeugen und machten sich fertig zur Abfahrt. Ein Schweißer mit einer Werkzeugkiste stand im Weg. Melissa schob sich an ihm vorbei und murmelte eine Entschuldigung. Der Mann fuhr herum, sagte aber nichts, sondern starrte sie nur durch seine Schweißerbrille an. Er murmelte etwas Unfreundliches, das sie durch die Maske nicht verstehen konnte. Wortlos ging sie weiter und folgte Leon. Vielleicht war sie mit ihm doch ganz gut dran.

«Auch die Handwerksbetriebe müssen hohe Sicherheitsstandards erfüllen, sonst lassen wir sie nicht aufs Gelände. Wir wollen vermeiden, dass Pfusch zu Schäden führt – dafür sind die Abläufe zu sensibel.» Er wandte sich zu ihr um. «Bald ist hier Feierabend, danach können wir noch mal ins Labor gehen, dann siehst du die andere Seite der Sicherheitsschleuse. Vielleicht trinken wir vorher noch einen Kaffee. Was meinst du?»

Melissa lächelte und hob die leere Cappuccinotasse. «Klingt gut.»

Sie holten sich in der Kantine zwei Espresso. Leon bestritt die Unterhaltung mit einem Vortrag über die Qualität und richtige Zubereitung von Kaffeebohnen, sie setzte ein interessiertes Gesicht auf und genoss das Getränk.

Nach einer Weile sah er auf die Uhr. «Wir sollten los, wenn wir noch etwas sehen wollen.»

Sie gingen wieder zum Labortrakt, aber diesmal nicht von außen, sondern durch den inneren Zugang. Im Vorraum legten sie Schutzanzüge und Mundschutz an, Leon öffnete die Tür zum Labor mit seiner Chipkarte, und sie traten ein.

Drinnen arbeitete immer noch ein halbes Dutzend Personen, ebenfalls in Schutzanzügen. Einige kontrollierten die Anzeigen der Apparate, andere nahmen Proben von der Inkubatorflüssigkeit.

«Ich dachte, es sei Feierabend?», fragte Melissa.

«Ja, für die Lieferanten und Mitarbeiter in der Zulieferung», sagte Leon. «Auf dieser Seite der Schleuse wird eigentlich immer gearbeitet, Tag und Nacht. Die Tanks werden überwacht, und wenn an einer Stelle die Werte abweichen, muss jemand eingreifen. Sonst verselbstständigt sich das, und der Schaden wäre immens.»

«Kommt das denn vor?»

«Nein, eigentlich nicht. Wenn ein Alarm losgeht, liegt das meistens an den Sensoren, die falsche Daten liefern. Jetzt ganz aktuell hatten wir mal einen Vorfall, da haben die Warnsysteme angeschlagen, und in dem Fall war wohl tatsächlich eine kleine Abweichung in der Zusammensetzung der Lösung festzustellen. Danach haben Axel und Jessica die Systeme zurückgesetzt und die Lösung erneuert. Ich war nicht dabei, das war gestern Nacht, die beiden wurden aus dem Bett geklingelt. Dabei war eigentlich gar nichts Großes, ein kleiner Fehler, ganz leicht zu korrigieren.» Er zuckte die Schultern. «So ist hier das Arbeitsethos, es muss alles perfekt laufen. Unsere Sensoren sind sehr sensibel, das müssen sie auch sein. Und dass in den Testungen mal Abweichungen vorkommen, ist normal. Ist ja alles noch in der Entwicklung.»

Melissa dachte an Jessicas müdes Gesicht – jetzt wusste sie, was dahintersteckte. Sie war froh, selbst in keiner so großen Verantwortungsposition zu sein, dass man sie nachts aus dem Bett holte. Wenn ihr Handy zu ungewöhnlichen Zeiten klingelte, ging es meist um Zoe.

Der Gedanke an die Kleine versetzte ihr einen Stich. Gerade war Tobias mit ihr in Heidelberg – sie freute sich schon darauf, ihre Nichte bald wiederzusehen.

Leon führte sie in einen offenen Lagerraum, der zum Labor gehörte. Überall waren Edelstahltanks und Rohrleitungen zu sehen.

«Das sind die Zwischenspeicher für die Gase, über die wir vorhin gesprochen haben», erklärte er. «Je nach Bedarf zapfen die Kollegen sie an, um die Wachstumsmischung für die Algen herzustellen. Grundsätzlich ist aber alles computergesteuert.»

«Hauptsache, ihr wisst, was das richtige Rezept ist», sagte sie.

Er grinste. «Das ist Betriebsgeheimnis.»

Melissa blieb stehen. «Riecht komisch hier, oder? Also, noch komischer als sonst.» Sie sog die Luft ein, ging ein paar Schritte, schnupperte erneut.

Ein scharfer Luftzug traf sie. Sie konnte nicht ausmachen, woher er kam.

«Merkst du das auch? Ist irgendwo eine Tür offen?»

Er stellte sich neben sie.

«Du hast recht. Irgendetwas stimmt hier nicht.» Er ging noch einen Schritt. «Verdammt ... da muss irgendein Ventil offen sein!»

Für einen Wimpernschlag war er wie erstarrt.

«Alarm!»

Sein Schrei kam aus tiefster Kehle.

Hektisch rannte er zur Wand und schlug auf einen roten Knopf. Sofort blinkten mehrere Warnlichter auf und tauchten die Halle in rotes Licht, eine Sirene ertönte.

Die Labormitarbeiter hoben die Köpfe.

Da öffnete sich die Sicherheitsschleuse nach draußen.

«Was ... was soll das?» Leon sah hektisch zum Ausgang.

Durch den Türspalt sahen sie einen Handwerker mit Schweißerbrille und Schutzmaske. Er hielt einen Schweißbrenner in der Hand. Die blaue Flamme sah aus wie ein Messer.

Dann ging alles ganz schnell.

Leon riss sie mit voller Wucht zu Boden. Melissa schlug mit dem Kopf auf.

Benommen sah sie noch, wie eine riesige Stichflamme von draußen ins Labor schoss.

Sekundenbruchteile später folgte die Explosion.

Sie hatten die Grenze passiert und quälten sich durch den dichten Innenstadtverkehr. Zoe jammerte vor sich hin.

«Sollen wir eine Pause machen, Kleines?» Jürgen Frey rückte den Sicherheitsgurt seiner Enkelin gerade.

«Das lohnt nicht, Paps», sagte Tobias. «Wir fahren durch, es sind nur noch ein paar Kilometer.»

«Genau, schließlich wollen wir pünktlich sein, wir haben einen Termin», assistierte seine Mutter. «Ich bin froh, dass es überhaupt so kurzfristig geklappt hat.»

«Und du meinst, dieser Doktor ist seriös?» Tobias lenkte den Wagen um eine Kurve. Er war bei Weitem nicht überzeugt. Sein Vater hatte den Arzt ausfindig gemacht, eine Empfehlung seines Hausarztes. Laut Website war Dr. Hans Egli spezialisiert auf alternative Heilmethoden für Vergiftungserscheinungen, insbesondere durch Mikroplastik. Der 64-Jährige betrieb eine Privatpraxis im Süden von Basel. Vermutlich war das auch der Mann, den der Politiker Voss beim Gespräch mit Melissa im Kopf gehabt hatte, denn weder Tobias noch seine Schwester hatten einen weiteren Mikroplastikarzt im europäischen Raum gefunden.

«Selbstverständlich! Er hat nur gute Referenzen», antwortete sein Vater. «Selbst in der Heidelberger Uniklinik kennen sie den Namen.»

«Das muss gar nichts heißen.»

«Jetzt sei nicht so negativ», sagte seine Mutter neben ihm. «Gib diesem Arzt eine Chance, mehr verlangen wir nicht. Er soll Zoe untersuchen, wir lassen uns beraten und können dann immer noch entscheiden, was wir machen. Schlechter als deine Hamburger Klinik wird es nicht sein – nur anders.»

«Ich weiß nicht ...»

«Warte es einfach ab.»

«Und die Kosten sind enorm.»

«Mach dir darüber keine Sorgen, mein Junge.» Seine Mutter tätschelte seinen Arm. «Natürlich zahlt das keine Krankenkasse, aber wir haben doch darüber gesprochen: Wir übernehmen die Behandlung. Dein Vater hat das Geld von unserem Konto abgehoben. Und bevor du was sagst – wir sind froh, der Kleinen wenigstens auf diese Weise helfen zu können.»

«Wenn ihr meint.» Tobias wusste, weitere Diskussionen waren sinnlos. Seine Eltern hatten die Entscheidung bereits getroffen. Und es schadete selbstverständlich nicht, sich eine weitere Meinung einzuholen. Auch wenn er selbst überhaupt nichts von solchen Alternativmethoden hielt. Aber in ein paar Tagen stand Zoes nächste Chemo an, und ihm zog sich das Herz zusammen, wenn er an das letzte Mal zurückdachte und daran, wie sehr die starken Medikamente seiner Tochter zugesetzt hatten. Mittlerweile hatte sie sich gut erholt, sie schlief viel, war aber auch oft aufgeweckt und fast so fröhlich, wie es eine Zweijährige sein sollte, wenn sie nicht unter einer tödlichen Krankheit litt. Er wusste, dass die Chemo Zoe mit jedem Zyklus mehr schwächen würde – und er war bereit, nach jedem Strohhalm zu greifen, um das zu umgehen. Auch wenn seine Zweifel an der Methode noch so groß waren.

Allmählich erreichten sie den südlichen Stadtrand von Basel, die Wohnbebauung wurde nun niedriger, Einfamilienhäuser mit Garten bestimmten das Bild. Die angegebene Adresse befand sich in einer ruhigen Anliegerstraße.

Sie hielten vor einem unauffälligen Wohnhaus, eine handgefertigte Keramikplatte am Zaun – *Dr. Hans Egli – alternative Heilverfahren* – zeigte, dass sie richtig waren. Sie stiegen aus, sein Vater nahm Zoe auf den Arm, die interessiert die fremde Umgebung beäugte und leise vor sich hin brabbelte.

Die Gartentür war offen, sie gingen an Kräuterbeeten entlang, dahinter plätscherte ein Brunnen, in dem sich eine Granitkugel drehte. Auf Inseln aus weißem Marmorkies standen Buddha-Statuen, in den Obstbäumen wehten tibetanische Gebetsfahnen.

«Familie Frey aus Heidelberg?» Eine junge Frau im Laborkittel, vermutlich die Assistentin, begrüßte sie am Hauseingang. «Wenn Sie mir bitte folgen wollen.»

Die Frau führte sie durch einen Gang, dessen Wände gerahmte Dankesschreiben von Patienten schmückten, und brachte sie in einen quadratischen Raum. Ringsherum reihten sich Bambusstämme, davor vier Besucherstühle, ebenfalls aus Bambus, der Boden war mit Reisstrohmatten ausgelegt. In der Mitte standen eine Behandlungsliege und ein Behandlungsstuhl. Indirektes Licht in warmen Farben sollte wohl eine beruhigende Atmosphäre erzeugen, von irgendwoher ertönte eine Art Musik mit Regenwaldgeräuschen. Ein feiner Geruch von Waldkräutern erfüllte die Luft.

Tobias setzte sich auf einen der Stühle, seine Eltern taten es ihm nach. Sein Vater nahm Zoe auf den Schoß, die sich immer noch umsah, aber jetzt ganz still war.

Nach zehn Minuten Wartezeit öffnete sich eine Seitentür, und Dr. Egli trat ein. Mit ausgebreiteten Händen begrüßte er sie. Sein Gesicht war sonnengebräunt, er hatte ein gewinnendes Lächeln aufgesetzt.

«Und das ist meine kleine Patientin Zoe.» Er beugte sich zu ihr hinunter und strich ihr übers Haar. «Dann wollen wir mal schauen.»

Er ließ sich auf seinem Behandlungsstuhl nieder und nahm eine Mappe mit Unterlagen von einem kleinen Tischchen. «Vielen Dank, dass Sie mir die Krankenhausbefunde vorab zugesandt haben, das erleichtert vieles.» Er blätterte. «Ja, ja, dieses Mikroplastik ist ein Teufelszeug. Und die Schulmedizin weiß nicht, wie sie damit umgehen soll.» Bedauernd schüttelte er den Kopf. «Aber es gibt eine Lösung. Wir werden das Gift schon aus dem Körper der Kleinen herausbekommen.»

«Was schlagen Sie vor?», fragte Tobias. Das Ganze behagte ihm nicht, am liebsten wäre er sofort wieder heimgefahren. Aber er riss sich zusammen.

«Ich darf vorausschicken, ich konnte mit meiner Methode bereits Hunderten von Patienten helfen. Es ist ein bewährtes Verfahren.»

«Wir haben viel Gutes von Ihnen gehört», beeilte seine Mutter sich zu sagen. «Wir sind froh, dass Sie Zeit für uns haben.»

«Danke, Frau Frey.» Dr. Egli lächelte sie an. «Zufriedene Kunden sind unsere beste Empfehlung. Es ist unsere Leidenschaft und Verantwortung, Menschen wieder gesund zu machen.»

«Wie sieht denn Ihre Therapie für Zoe aus?» Tobias' Vater rutschte auf seinem Stuhl nach vorn. «Können Sie ihr wirklich helfen?»

«Selbstverständlich.» Der Mann schloss die Akte. «Ihr Einverständnis vorausgesetzt, werde ich die Kleine mit Silizium behandeln, genauer gesagt, mit Ortho-Kieselsäure, hochgereinigt und hochkonzentriert – unser Spezialrezept. Das ist die beste Waffe gegen diesen tückischen Feind im Inneren. Das medizinische Silizium, das durch eine Infusion in den Körper geleitet wird, packt die winzigen Plastikpartikel und spült sie aus Leber und Blut.»

«Silizium?» Tobias runzelte die Stirn.

«Ich verstehe Ihre Verwunderung.» Jetzt lächelte Dr. Egli ihn an. «Aber bedenken Sie, wir alle haben das Spurenelement Silizium in unserem Körper, es ist ein natürlicher Teil von uns. Es stärkt unser Immunsystem, es sorgt für kräftigen Haarwuchs, stützt unsere Knochen und Muskeln und liefert den Baustoff für unser Körpergewebe. Das machen wir uns zunutze. Vertrauen Sie mir.»

«Aber hilft es auch beim eigentlichen Problem – Zoes Krebs?» Er konnte seine Skepsis nicht überwinden.

«Sehen Sie, durch die Blutreinigung kann die Leber wieder normal arbeiten. Damit wirkt die Krebsbehandlung viel besser, und auch der Körper selbst kann der Krankheit stärker entgegentreten. So ist eine Heilung um ein Vielfaches wahrscheinlicher. Das funktioniert aber natürlich nicht, wenn die Auslöser noch im Blut sind.»

«Verstehe.» Aber Tobias war immer noch nicht überzeugt. Das sollte wirklich helfen? Er sah seine Eltern an. Sie nickten zustimmend.

«Also gut. Können wir damit denn direkt beginnen?»

«Selbstverständlich, ich habe alles vorbereitet. Wenn Sie die Kleine bitte dorthin platzieren.» Dr. Egli deutete auf die Behandlungsliege. «Ich hole inzwischen die Medizin und die Geräte.»

Tobias hob Zoe hoch, die ängstlich dreinschaute und sich an ihn klammerte. «Papa, dableiben.»

«Ist doch klar, Schatz.» Er setzte sie auf die Liege, holte sich einen Stuhl und stellte ihn neben sie. «Ich halte dir die Hand.»

Der Arzt schob einen Ständer für Infusionen und einen Rollwagen herein. Darauf stand ein elektrisches Gerät. Egli verband Kabel und befestigte zwei Klebesensoren auf Zoes Körper.

«Da fließt ein schwacher elektrischer Strom, ganz harmlos, er unterstützt die Wirkung der Kieselsäure.» Er reinigte Zoes Arm mit Alkohol und setzte die Infusionsnadel an. «Jetzt gibt es einen kleinen Piks, das kennst du schon vom Krankenhaus.»

Tapfer biss Zoe die Zähne zusammen. Tobias schluckte. Ein so kleines Kind sollte nicht so selbstverständlich mit Nadeln umgehen müssen.

«So, alles erledigt, jetzt brauchen wir eine Stunde Geduld.» Egli schien zufrieden. «Ich komme dann wieder zu Ihnen.»

Er verschwand durch die Seitentür.

Die Minuten verstrichen, langsam tropfte die Flüssigkeit aus dem Behälter in den Infusionsschlauch. Zoe hielt ihren Arm ganz gestreckt, sie war den Tränen nahe. Tobias tröstete sie, unterhielt sich leise mit ihr, versuchte sie abzulenken.

Die Zeit schien gar nicht vorüberzugehen.

Er merkte, wie die Verzweiflung wieder in ihm hochkroch, wie sein Körper kribbelte und er schwer Luft bekam in diesem kleinen Raum. Doch er konnte auf keinen Fall nach draußen gehen. Er atmete ruhig ein und aus. Nein, er würde Zoe hier nicht alleine lassen.

Unter keinen Umständen.

Es kam Tobias vor wie eine Ewigkeit, bis Dr. Egli endlich wieder hereinkam, Zoe kurz untersuchte und die Apparaturen entfernte. «Geschafft! Das war eine erfolgreiche Behandlung.»

«Wenn Sie das sagen ...» Tobias wusste, wie skeptisch er wirkte, doch er konnte nichts dagegen tun.

«Und was bedeutet das nun?» Auch seiner Mutter war die Unsicherheit jetzt anzuhören.

«Das bedeutet, dass wir auf einem sehr guten Weg sind. Es braucht mindestens noch drei weitere Behandlungen, bis wir das Blut Ihrer Tochter vom Plastik befreit haben, aber der Anfang ist gemacht. Wenn Sie wollen, kann ich Ihnen außerdem einen Kollegen empfehlen, der Experte für diese Art von Krebstumoren ist, meine Assistentin wird Ihnen seine Karte geben. Bitte vereinbaren Sie mit ihr auch die nächsten Termine. Und ich empfehle für zu Hause, der Kleinen einmal am Tag für eine Stunde einen Kieselstein unter die Zunge zu legen. Das beschleunigt den Heilungsprozess.» Er lächelte in die Runde, dann gab er jedem die Hand. «Schönen Tag noch und gute Heimfahrt.»

Dr. Egli verschwand, und die Assistentin erschien. Sie führte sie in ein Büro, in dem wieder die beruhigende Hintergrundmusik lief.

«Die Rechnung habe ich bereits ausgedruckt. Barzahlung wäre uns am liebsten.»

«Selbstverständlich.» Tobias' Vater las den Ausdruck. Er holte einen Umschlag aus der Tasche und zählte die Geldscheine auf den Tresen. Tobias schluckte.

«Vielen Dank.» Die Assistentin packte das Geld weg. «Übrigens haben wir diese Woche unsere medizinischen Kiesel im Angebot, das Zehnerpack statt 550 Schweizer Franken für nur 390 Franken. Garantiert biologisch und mit Quellwasser gereinigt.» Sie lächelte freundlich.

«Zehn gewöhnliche Steine kosten 390 Franken?» Sein Vater runzelte die Stirn.

Die junge Frau schüttelte den Kopf. «Das sind keine Steine, Herr

Frey, das sind Therapieinstrumente – die reinen Wunderwaffen. Sie werden merken, die wirken prompt. Unsere Patienten schwören darauf.»

DÜSSELDORF

Es regnete. Tropfen trafen sein Gesicht, seine Haare.

Benommen schlug Leon die Augen auf.

Er lag auf dem Boden des Labors, die Sprinkleranlage spritzte Wasser von der Decke. Seine Kleidung war durchnässt. Seine Ohren klingelten noch von der Explosion, ein unangenehmes Pfeifen überlagerte sein Gehör. Wie lange war er weggetreten?

Er wusste es nicht.

Am liebsten wäre er liegen geblieben, darauf hoffend, er müsse nur die Augen schließen und wieder öffnen – und schon wäre alles in Ordnung. Aber die Wahrheit war eine andere. Und er hatte Angst davor, was um ihn herum war.

Es kostete ihn Überwindung, sich aufzurichten. Der Geruch von Verbranntem lag in der Luft. Langsam bewegte er seine Beine, seine Arme. Schmerz stach in seine Rippen. Er tastete seinen Oberkörper ab. Nichts gebrochen, vermutlich nur eine Prellung.

Seine Hände waren blutig, sein Ärmel ebenfalls. Hatte er offene Wunden? Er fand nichts.

Er sah sich um. Die Halle war hell, viel zu hell. Nur langsam setzte sich um ihn herum alles zusammen.

In einiger Entfernung lagen zwei Menschen in Schutzanzügen, ihre Körper waren bedeckt mit Glassplittern. Sie rührten sich nicht. Warum kümmerte sich niemand um sie?

Ein Labormitarbeiter hatte sich hochgerappelt, er saß da und zitterte, schüttelte den Kopf, wie unter Schock.

Überall waren Metallteile und Glas verteilt, Apparaturen und Wände waren mit Ruß bedeckt. Die Sicherheitstür nach draußen stand offen und gab den Blick auf ein brennendes Lieferfahrzeug frei. Von irgendwo hörte er Schreie.

Melissa.

Der Name drängte sich mit aller Macht in sein Gehirn. Was war mit der Journalistin geschehen? Soweit er sich erinnerte, hatte sie vor der Explosion bei ihm gestanden. Er veränderte seine Position, der Schmerz in seinen Rippen raubte ihm für einen Moment den Atem.

Er sah sich um. Neben einem Edelstahltank entdeckte er eine regungslose Person im Schutzanzug. Sie lag auf dem Bauch, die Arme verdreht. Er konnte das Gesicht unter der Kapuze nicht erkennen.

Auf Knien kroch er hin. Behutsam drehte er den Körper um, nahm den Mundschutz ab, seinen eigenen auch.

Es war Melissa.

Ihr Gesicht war blutverschmiert. Ihre Augen geschlossen. Aber sie atmete noch.

Sie lebte. Er war erleichtert. Nicht auszudenken, wenn …

Vorsichtig rüttelte er ihren Arm.

«Melissa – hörst du mich? Kannst du mich verstehen?» Seine Stimme kam ihm selbst leise und weit weg vor.

Keine Reaktion.

«Bitte mach die Augen auf, wenn du kannst.»

Nichts.

Sie musste ohnmächtig sein. Hoffentlich hatte sie keine schlimmen Verletzungen. Woher kam das viele Blut?

«Einen Arzt!», schrie er. «Ich brauche einen Arzt! Sofort!»

Niemand reagierte auf seinen Hilferuf. Er bettete Melissas Kopf auf seine Beine, strich ihr das blutverklebte Haar aus dem Gesicht.

Warum um alles in der Welt kam niemand zu Hilfe?

Er wischte sich das Wasser aus dem Gesicht. Alles rückte in weite Ferne. Er spürte, wie ihm schwindelig wurde, alles um ihn verschwamm. Er schloss die Augen, öffnete sie wieder.

Alles war so still ...

Er wusste nicht, wie lange er so dagesessen hatte, da hörte er weit weg ein Martinshorn. Alles fühlte sich dumpf an, er dachte nur an die junge Frau vor sich, dachte an die letzten Minuten vor dem Knall. War er schuld gewesen, hätte er sie nicht ins Labor führen sollen? Er war für sie verantwortlich gewesen. Wären sie im Freien geblieben, dann ...

Sein Kopf dröhnte. Wieder schloss er die Augen.

Ein mechanisches Geräusch schreckte ihn hoch. Jemand hatte die Sprinkleranlage abgestellt. Feuerwehrmänner stürmten herein, gefolgt von Sanitätern. Auf einmal war das Labor voller Hilfskräfte.

«Können Sie aufstehen?» Ein Mann, der sich als Arzt vorstellte, beugte sich zu ihm herunter, untersuchte seinen Kopf. «Sie haben Schnittwunden, die müssen verbunden werden.»

«Die Frau ... kümmern Sie sich zuerst um die Frau.»

Zwei Männer legten Melissa vorsichtig auf eine Krankentrage und brachten sie hinaus. Danach ließ Leon sich aufhelfen und humpelte ebenfalls nach draußen.

Der Bereich vor der Sicherheitsschleuse sah aus wie ein Schlachtfeld. Umgestürzte Tanks, zerstörte Gitterboxen, ein ausgebranntes Fahrzeug. Und überall verkohlte Trümmer.

Zwei Feuerwehrautos hatten Position bezogen, Einsatzkräfte löschten die letzten Flammen. Sanitätsfahrzeuge transportierten nacheinander die Verletzten ab. Leon sah einen verschlossenen Leichensack.

Im Hintergrund erkannte er eine Gruppe Angestellter, die vom Hauptgebäude auf den Platz schauten. Er konnte ihre Gesichter nicht erkennen. In ihnen musste blanker Horror zu lesen sein.

Der Arzt führte ihn zu einem provisorischen Behandlungsareal. Als Leon sich im Spiegel einer Autoscheibe sah, erschrak er: Sein Gesicht war unter dem Ruß und Blut kaum mehr zu erkennen, Haar und Augenbrauen waren angesengt.

Er ließ sich zittrig auf einen Stuhl sinken.

«Lassen Sie mal sehen.» Der Doktor reinigte Gesicht und Hals, tastete seinen Körper ab. «Sagen Sie, wenn es wehtut.»

Leon ließ die Behandlung über sich ergehen. Bei einigen Berührungen stöhnte er vor Schmerz auf. Der Mann ging zügig und routiniert vor.

«Sie haben Kratzer und Schnittwunden am Kopf, am Hals und an den Armen, es muss aber nichts genäht werden. Außerdem vermutlich eine Rippenprellung und Prellungen am linken Bein. Ich werde Sie verbinden und Ihnen was gegen die Schmerzen geben. Falls es schlimmer werden sollte oder Sie weitere besorgniserregende Symptome wie Schwindel oder Übelkeit wahrnehmen, melden Sie sich im Krankenhaus.» Er legte Tupfer, Schere und Mullbinden bereit.

«Was ist mit Melissa, der jungen Frau, die bei mir war?» Leon brachte kaum mehr als ein Flüstern über die Lippen.

«Sie ist am Leben, aber immer noch bewusstlos. Wir bringen sie für eine eingehende Untersuchung ins Krankenhaus. Danach sehen wir weiter.»

«Ich fahre mit.» Leon versuchte aufzustehen, doch der Mann hielt ihn zurück.

«Das werden Sie nicht. Sie können jetzt nichts für sie tun. Außerdem brauchen wir jeden Platz im Sanitätswagen für die anderen Patienten. Sie sollten nach Hause gehen und sich erholen. Seien Sie froh, dass Sie keine schlimmeren Verletzungen haben – Sie haben noch Glück gehabt.»

Leon hatte keine Kraft zu widersprechen. Er ließ sich verbinden und humpelte zurück ins Gebäude. Es gefiel ihm nicht, Melissa alleinzulassen. Er wusste, dass er sie kaum kannte und sich ihr gegenüber nicht gerade freundlich verhalten hatte, und anfangs war sie ihm auch nicht sonderlich sympathisch gewesen. Aber dennoch fühlte er sich verantwortlich, schließlich waren sie beide zusammen Opfer der Explosion geworden, nur seinetwegen war sie überhaupt in der Halle gewesen. Sein Verstand sagte ihm, er könne jetzt nichts für sie tun. Und doch ...

Axel Turner kam ihm entgegen und blieb stehen, als er ihn erreichte. Er war bleich, der Schrecken stand ihm ins Gesicht geschrieben.

«Wie geht es dir?», fragte er.

«Es ging mir schon mal besser.»

«Das ist so schrecklich, was hier passiert ist.» Turner schüttelte den Kopf. «Ich habe sofort die anderen verständigt. Jessica ist auf dem Weg hierher, Ryan wird seine Reise abbrechen und zurückkommen.» Er sah sich um, wirkte fahrig, als wäre er gedanklich ganz woanders. «Ich muss gleich erst mal die Leute von der externen Qualitätskontrolle ... Das können wir jetzt wohl vergessen.» Abwesend fuhr er sich durchs Haar, bevor er sich wieder fasste. «Egal, ist völlig unwichtig.»

Leon nickte. «Wie schlimm ist es mit den Verletzten?»

«Ich habe noch keinen Überblick, alles ist völlig chaotisch. Aber ich befürchte, nicht alle haben überlebt. Es ist furchtbar, wirklich furchtbar... Die Ärzte tun ihr Möglichstes.»

Nicht alle hatten überlebt.

Leons Mund war trocken. «Wie konnte das passieren?»

«Ich weiß es nicht. Darüber zerbreche ich mir schon die ganze Zeit den Kopf.» Axel Turner runzelte die Stirn. «Es ist mir absolut unerklärlich.»

PRAG, TSCHECHIEN

Nelson sah an den imposanten historischen Gebäuden empor, die an ihm vorbeizogen. Es ärgerte ihn, dass er für den BND zwar viel rumkam, aber immer kaum etwas von den Städten sah, die er besuchte. Immerhin fuhr Diana heute das Auto, und er hatte Zeit, die beeindruckende Stadt zumindest durchs Fenster etwas auf sich wirken zu lassen.

Sie waren direkt von Belgien nach Prag gereist, um hier einige

Mülldeponien zu finden und dort weiterzuermitteln. Inzwischen war in Berlin beim BND auf Hochtouren gearbeitet worden, um die nötigen Verbindungen zu identifizieren, die sie schließlich auf ihr nächstes Ziel gebracht hatten: Die Experten hatten anhand der Fotos, die Nelson geschickt hatte, die Lieferscheine auf den Plastiksäcken der belgischen Recyclingfirma identifiziert. Außerdem bestätigten die chemischen Analysen, dass es derselbe Plastikmüll war wie der auf der *Indian Rosebud.*

Dennoch schien das Recyclingunternehmen nicht die Antworten zu liefern, die sie brauchte. Sie hatten das Bürogebäude weiter im Auge behalten, doch es schien lediglich von Lkw-Fahrern besetzt zu sein, die Räume wirkten nahezu leer, keine Schränke mit Akten oder Dokumenten. Dort war nichts weiter herauszufinden gewesen. Letztendlich war auch der Recyclinghof wohl nur ein Glied in einer Kette, die irgendwo begann – vielleicht an dem Ort, der auf dem Lieferschein stand: eine Mülldeponie in der Nähe von Prag.

Würden sie hier weitere Hinweise auf illegale Aktivitäten finden? Wie hing das alles zusammen? Sie brauchte mehr Handfestes – und darauf hofften sie in Tschechien zu stoßen.

In der Altstadt hatten sie zu Mittag gegessen und waren nun auf dem Weg zu der neu gebauten Müllverbrennungsanlage Černý Diamant s.r.o. außerhalb der Stadt. Sie ließen das historische Zentrum hinter sich und fuhren durch Viertel mit hohen Wohnhäusern und schäbigen Ladenzeilen.

«Was erwartest du eigentlich von diesem Besuch?», fragte er Diana. «Die Anlage wird aussehen wie Hunderte andere in Europa.»

«Nur mal gucken, ob alles mit rechten Dingen zugeht», antwortete sie leichthin. «Aus dieser Firma stammt das Plastik, das illegal verschifft wurde und gerade den Ozean und die Küste mindestens eines Landes katastrophal verschmutzt, das ist schon mal ein Anfang. Ich frage mich, wer sind die Eigentümer? Und wie funktioniert das System illegaler Abfallentsorgung, wer profitiert davon? Vielleicht finden wir da Hinweise.»

Nelson stöhnte. «Langsam habe ich die Nase voll davon, im wahrsten Sinne des Wortes immer nur im Dreck zu wühlen.» Er verzog das Gesicht. «Wir hätten uns einen anderen Fall suchen sollen.»

«Was denn, einen Fall in einer Schokoladenfabrik?» Diana kicherte. «Da wärst du sicher mit vollem Einsatz dabei.»

Sie verließen bewohntes Gebiet, fuhren durch Felder und Waldstücke.

«Hinter der nächsten Biegung müssten wir am Ziel sein.» Nelson ließ das Autofenster herunter. Ein beißender Geruch schlug ihm entgegen. Schnell schloss er das Fenster wieder.

«Ich dachte, Müllverbrennung ist mittlerweile eine saubere Sache.»

«Du Witzbold. Beim Verfeuern entstehen Giftstoffe und Schlacken, das meiste soll herausgefiltert werden, aber der Rest ...»

«... geht in die Luft, in die Atmosphäre, in unsere Lungen.»

Sie nickte. «Und das riecht unangenehm und ist absolut nicht umweltfreundlich. Aber es lässt sich Energie gewinnen und weiterverkaufen – ein lukratives Geschäft.»

«Müll ist echt dreckiges Gold – da passt der Firmenname ‹Černý Diamant – Schwarzer Diamant›.»

«Stimmt, wie originell. Die scheinen es nicht nötig zu haben zu verstecken, was sie hier machen.» Sie bog in eine Seitenstraße. «Tschechien ist das neue Eldorado für diese Art von Geschäften. Hier tummeln sich mittlerweile Unternehmen aus Deutschland, Spanien und Dänemark, die das große Geld wittern. Und dafür auch noch EU-Fördergelder kassieren. Die tschechische Regierung dagegen hat es über Jahre versäumt zu investieren, um von den Abfalldeponien wegzukommen. Obwohl die EU die Entsorgung auf Deponien längst verboten hat, aber daran halten sich hier die wenigsten. Es gibt noch unzählige illegale Plätze, wo das Zeug einfach heimlich abgeladen wird und sich zu riesigen Bergen türmt.»

Vor ihnen tat sich eine flache Landschaft auf, die Fläche schien auf den ersten Blick wie unberührte Natur. Nur die riesige Fabrik zwischen den Wiesen störte. Als sie näher heranfuhren, wurde ein

Industriekomplex mit Sortieranlagen, Zuliefer-Rampen und Müllhäckslern erkennbar. Rauch stieg aus dem Schornstein, ständig fuhren Lastwagen ein und aus.

Sie parkten am Straßenrand. Nelson studierte die Karte.

«Das ist der Laden, den wir suchen. Nach den Unterlagen gehört ein weiteres Waldgrundstück zu der Firma, das ist aber zwei Kilometer von hier entfernt.»

«Schauen wir doch zuerst, was hier passiert.» Diana nahm das Fernglas und beobachtete die Anlage.

«Offenbar normaler Betrieb, soweit ich erkennen kann», sagte sie nach einer Weile.

«Sieh dir die Nummernschilder der Lkw an.»

Sie justierte das Fernglas. «Tatsächlich, die Fahrzeuge kommen nicht nur aus Tschechien, sondern auch aus der Slowakei, aus Österreich und Deutschland. Ein richtiger Mülltourismus.» Diana nahm sich einen Schreibblock und notierte ein paar Kennzeichen. «Gut. Ich denke, wir haben für heute genug gesehen.»

«Hier schon», sagte Nelson. «Aber da wir schon mal vor Ort sind, gucken wir uns das zweite Grundstück auch noch an.»

Diana ließ den Wagen wieder an, und er dirigierte sie anhand der Karte.

Nach zwei Kilometern erreichten sie eine unbefestigte Seitenstraße, die direkt in den Wald führte.

«Hier muss es sein.»

Sie bogen ab. In mehreren Windungen folgten sie dem Schotterweg, bis nur noch Bäume zu sehen waren, die ringsum aufragten. Nach weiteren zweihundert Metern öffnete sich der Wald. Der Weg endete an einer Bodenkante, über die sie nicht hinaussehen konnten.

«Park das Auto etwas versteckt, das schauen wir uns genauer an.»

Das letzte Stück gingen sie zu Fuß. Beißender Geruch umgab sie. Die letzten Schritte machte Nelson vorsichtig, auf alles gefasst. Als er an die Kante trat, blieb ihm dennoch der Atem weg.

«Scheiße.»

Vor ihnen erstreckte sich eine riesige Grube. Es sah surreal aus. Inmitten des Waldes lag sie wie ein Krater, der alles Lebendige zunichtegemacht hatte: eine illegale Müllkippe eines Ausmaßes, das er nicht für möglich gehalten hätte.

Wenn es von dieser Sorte tatsächlich unzählige in Osteuropa gab, war das ein Geschäft mit mafiösen Strukturen: Unternehmen in Deutschland konnten sich ihrer Problemabfälle kostengünstig entledigen, ohne die hohen Umweltschutzauflagen beachten zu müssen. Und kriminelle Organisationen verdienten daran, indem sie den Müll einfach irgendwo im Wald verschwinden ließen. Das Gift der Abfälle sickerte nach und nach in den Boden und gelangte ins Grundwasser, mit dem es dann auf perfide Weise seinen Weg zu den Menschen zurückfand.

Ein Stück weiter führte eine Straße nach unten. Nelson sah durch sein Fernglas. Ein Lkw war zu sehen, der gerade die Ladefläche hochstellte und Abfall auf den Boden kippte.

«Der hat ausschließlich Plastikmüll geladen. Wo das Zeug wohl herkommt?» Er setzte das Fernglas ab. «Wir sollten warten, bis der Lastwagen wieder wegfährt, und ihm dann folgen.»

Sie gingen zurück und stiegen ins Auto. Nach einigen Minuten rauschte der Lkw an ihnen vorbei, Staub wirbelte auf.

«Ein deutsches Kennzeichen.» Diana notierte die Autonummer. «Wir fahren hinterher.»

Der Lkw fuhr in Richtung Hauptstraße. Sie hielten Abstand, blieben im Schutz der Bäume.

«Wir sollten schauen, ob wir irgendetwas erkennen können, was auf den Auftraggeber dieses Mülltransportes schließen lässt.»

«Dazu müssen wir näher ran.»

Der Lastwagen bog auf die Hauptstraße ab und gab sofort Gas.

«Verdammt, ich glaube, er hat uns bemerkt.» Diana schlug auf das Lenkrad. «Und wahrscheinlich glaubt er nicht, dass wir harmlose Urlauber sind, die gern im Wald wandern.»

«Oder im Abfall baden.»

Sie fuhr auf die Hauptstraße und gab ebenfalls Gas. «Der entkommt mir nicht!»

Es dauerte, bis sie aufgeschlossen hatten.

«Überhol ihn, damit wir sehen, wer in der Fahrerkabine sitzt», sagte Nelson.

«Zu Befehl, Herr General!»

Diana drückte das Gaspedal ganz durch und scherte nach links aus.

Der Lkw zog ebenfalls nach links und zwang sie, scharf zu bremsen.

«Scheiße!» Die Wut war Diana anzuhören. «Wenn ich eine Pistole dabeihätte ...»

«Hast du aber nicht.»

«Ich lass mich von dem Typen doch nicht verarschen!»

Sie wartete, bis der Lastwagen wieder auf der rechten Spur war, hupte und startete einen weiteren Versuch.

Dieses Mal gelang es ihnen, auf der linken Spur weiter nach vorn zu kommen. Nelson brachte sich in Position, um Fotos von dem Fahrer zu machen. Kurz vor Höhe der Fahrerkabine scherte der Lkw plötzlich wieder nach links aus.

Es tat einen Schlag, als die Seitenwand des Lasters ihren Wagen traf.

«Festhalten!» Nelson wurde von der Wucht des Aufpralls zur Seite geschleudert.

Der Lkw-Fahrer fuhr wieder auf seine Spur, dann riss er sein Fahrzeug erneut nach links.

Ein Krachen. Ein Schlag.

Nelson versuchte, sich am Armaturenbrett abzustützen, während Diana den Wagen wieder unter Kontrolle bringen wollte. Doch es war zu spät.

Sie kamen von der Fahrbahn ab und flogen in Richtung Seitengraben.

Dann überschlug sich der Wagen.

Memorandum von #cosmocreaturesalliance, verbreitet in den Internetforen von 8kun, reddit und mehreren Tierschutzorganisationen

Genug ist genug!

Der Unfall bei Cyaclean in Düsseldorf beweist die unberechenbaren Gefahren von Algen-Experimenten.

Wir haben bereits davor gewarnt, jetzt ist es passiert: Bei einem Brand auf dem Firmengelände des amerikanischen Multimillionärs Ryan Hill sind manipulierte Algen-Populationen unkontrolliert in die Natur entwichen. Auch der Rhein wurde verseucht.

Wir haben kein Mitleid mit den Tätern – sie haben die Katastrophe selbst heraufbeschworen.

Stoppt den Wahnsinn jetzt!

Bekämpft die Feinde der Natur!

Verhindert, dass Cyaclean weiterproduzieren darf. Wehrt euch mit allen Mitteln!

Euer Kampf ist unser Kampf. Jede Aktion zählt.

Schließt euch uns an!

Tierschutzbewegung Cosmo Creatures Alliance
Wir werden nicht ruhen, bis wir gesiegt haben.

KAPITEL 20
DÜSSELDORF

Die Krankenschwester räumte das Tablett ab. «Sie müssen mehr essen, Frau Frey.» Sie deutete auf den halb vollen Teller mit Schnitzel und Pommes frites. «Sonst kommen Sie nicht zu Kräften.»

Melissa setzte sich in ihrem Bett auf. «Ich bring einfach nicht mehr runter, tut mir leid.»

«Heute bekommen Sie Besuch, das wissen Sie.» Die Schwester lächelte sie an. «Ich bin sicher, das wird Ihnen guttun.»

Sie warf noch einen prüfenden Blick auf Melissas Monitor und verschwand aus dem Krankenzimmer.

Vorsichtig tastete Melissa nach den Verbänden um ihren Kopf und an den Unterarmen. Die Infusionen und Tabletten wirkten, momentan hatte sie keine Schmerzen mehr. Sie sah sich in ihrem Zimmer um. Es war die übliche Standardausstattung in Krankenhäusern: ein Tisch, zwei Stühle, ein Kleiderschrank und ein Nachtkästchen. Ein langweiliger Raum, die einzige Abwechslung bot der Fernseher an der Wand.

Ihr Handy klingelte. Victoria war dran. Das war eine freudige Überraschung.

«Hallo?»

«Hey, ich bin's. Wie geht's dir?» Ihre Freundin klang besorgt.

«Die ersten Stunden waren schlimm, aber jetzt fühle ich mich schon etwas besser. Ich habe eine Platzwunde am Kopf und eine leichte Gehirnerschütterung. Und ein paar Kratzer an den Armen. Alles in allem hab ich echt Glück gehabt. Es hätte viel schlimmer ausgehen können.»

Sie hatte sich erzählen lassen müssen, was vorgefallen war, und es anfangs nicht glauben können. Bei dem Unglück waren mehrere Menschen ums Leben gekommen, und wenn sie im Moment der Explosion etwas anders gestanden hätte, wäre sie unter ihnen. Vielleicht war es auch Leon zu verdanken, der sie zu Boden gerissen hatte, dass sie nicht von der Druckwelle erfasst und tödlich verletzt worden war.

«Morgen besuche ich dich», sagte Victoria. «Ich bring dir was Süßes mit.»

«Das ist lieb. Aber das brauchst du nicht.» Sie zögerte. «Victoria ...»

«Schon gut», sagte ihre Freundin. «Ich habe auch nicht gerade eine Glanzrolle gespielt in der letzten Zeit. Wollen wir's einfach vergessen?»

«Ja, sehr, sehr gerne.»

Melissa war erleichtert. Auch wenn sie sehr beschäftigt gewesen war, hatte der Streit mit Victoria sie nach wie vor belastet und ihr ein schlechtes Gefühl gegeben. Sie hatten sich kaum gesehen, Victoria war ihr aus dem Weg gegangen – aber auch sie selbst hatte es nicht eingesehen, noch mal das Gespräch zu suchen. Besonders jetzt spürte sie, wie sehr sie ihre Freundin vermisst hatte.

«Du musst mich aber nicht besuchen, es ist wirklich langweilig hier, und ich bin auch nicht gerade ...»

«Ich will aber! Ich habe das Gefühl, du könntest jetzt eine Freundin an deiner Seite gebrauchen.»

«Danke, ehrlich.» Melissa lächelte. «Aber ich hoffe, morgen aus der Klinik entlassen zu werden, dann komme ich zurück nach Hamburg.»

«Gut, dann koche ich uns was Leckeres.»

«Das wäre schön.»

Es klopfte an der Tür.

«Du, ich bekomm Besuch. Bis morgen, Victoria.» Melissa beendete das Gespräch.

Die Tür öffnete sich, und sie war überrascht, als Leon hereinkam, in der Hand einen Blumenstrauß. Sein Haar sah angesengt aus, an Hals und Händen klebten Pflaster.

«Hallo», sagte er und räusperte sich. Dann hielt er ihr die Blumen hin. «Für dich.»

«Aber ich hab doch gar nicht Geburtstag?» Sie grinste, es tat etwas weh.

Er sagte nichts, holte nur eine Vase vom Tisch und stellte die Blumen hinein.

Es war eine nette Geste von ihm. Und dabei hieß es immer, diese Software-Typen hätten nur ihre Computer im Kopf.

Er holte sich einen Stuhl und setzte sich neben sie. «Es ... es tut mir leid», begann er. «Gott sei Dank hast du alles gut überstanden. Am Anfang dachte ich, du ... du wachst nicht mehr auf.»

Sie nickte. «Ich hab keinerlei Erinnerung mehr an die Explosion. Totaler Blackout. Ich muss mit dem Kopf gegen einen Tank geknallt sein, sagen die Ärzte.»

«Ich hätte dich nicht ins Labor ...»

«Du brauchst dir keine Vorwürfe zu machen», unterbrach sie ihn. «Keiner hat das vorhersehen können.»

«Aber ich war für dich verantwortlich.»

«Und ich wollte ins Labor.» Sie lächelte. «Ich bin doch kein Kind, das man an die Hand nehmen muss. Wie geht es den Kollegen?», wechselte sie das Thema.

Leon zog eine Seite der *Rheinischen Post* hervor. Ein großes Foto zeigte das Cyaclean-Gelände, eine Rauchfahne war zu sehen, davor mehrere Einsatzwagen. Er las vor: «Brandkatastrophe in Düsseldorf – drei Tote und sechs Verletzte. Zu einem schlimmen Unglück kam es gestern auf dem Gelände der Umweltfirma Cyaclean. Eine Explosion erschütterte die moderne Anlage, mehrere Gebäude und Fahrzeuge fingen Feuer. Da nicht auszuschließen war, ob weiter giftige Dämpfe oder Flüssigkeiten austraten, sperrten die Einsatzkräfte das Areal weitläufig ab. Nach Berichten der Einsatzleitung war insbesondere das Labor des Unternehmens betroffen, in dem neuartige Algen zur Plastikbeseitigung gezüchtet werden. Drei Männer kamen ums Leben, sechs Verletzte wurden ins Krankenhaus gebracht. Die Polizei hat die Ermittlungen aufgenommen. Sie geht von einem Unfall aus. Nach ersten Erkenntnissen wurde die Explosion durch Schweißarbeiten ausgelöst.»

«Drei Tote, das ist furchtbar.» Melissa sank ins Kissen. «Oh Gott ... Wie konnte das passieren?»

«Es ist mir selbst ein Rätsel.» Leon zuckte mit den Schultern. «Ich hab mir den Kopf zerbrochen, aber ich habe keine Antwort.»

«Vermutlich hat der Schweißbrenner die Explosion herbeigeführt.»

«Schon, aber dazu gehört mehr.»

«Was meinst du damit?»

«Wegen einer offenen Flamme allein gibt es keine Kettenreaktion. Es muss etwas anderes dazugekommen sein, ein entzündliches Gas beispielsweise. Davon haben wir im Labor genug gelagert. Aber eigentlich ist das alles mehrfach abgesichert ...» Er schüttelte den Kopf. «Wie auch immer, Fragen bleiben.»

«Wir werden es sicher erfahren, die Polizei kümmert sich darum.»

«Ja, die ermitteln auch schon, aber ich habe ...»

Es klopfte, Leon verstummte. Dann ging die Tür auf, und ein mehrstimmiges *Hallo!* ertönte.

Tobias kam als Erster ins Zimmer, er hatte Zoe auf dem Arm, dahinter folgten Melissas Eltern.

Sie war verblüfft – die beiden hatte sie hier nicht erwartet. Sie freute sich, Vater und Mutter endlich einmal wiederzusehen, und ließ sich von allen vorsichtig in den Arm nehmen.

«Und wer ist der junge Mann?» Ihre Mutter deutete auf Leon. «Dein Freund?»

«Mam, ich bitte dich!» Melissa schüttelte den Kopf. «Das ist Herr Leon Feininger, er arbeitet bei Cyaclean.»

«Schön, Sie kennenzulernen.» Nacheinander schüttelte Leon allen die Hände. Er gab auch Zoe freundlich die Hand. «Endlich treffe ich die kleine Lady persönlich. Ich hab schon viel über dich gelesen.»

Zoe lachte ihn an, und für einen Moment herrschte unangenehme Stille.

«So, nun muss ich aber wieder zurück in die Firma.» Leon schien es plötzlich eilig zu haben, er griff nach seiner Zeitung. «Gute Besserung weiterhin, Melissa. Schönen Tag noch!»

Er lächelte ihr noch einmal zu, und Sekunden später war er weg.

Melissa ließ Zoe neben sich auf dem Bett sitzen und umarmte sie. Das Mädchen wirkte gut gelaunt, dennoch waren die fahle Gesichtsfarbe und die dünnen Arme nicht zu übersehen, unter dem Kleidchen spürte sie die Rippen der Kleinen. Es tat ihr weh, ihre Nichte so zu sehen, aber sie ließ es sich nicht anmerken.

«Weiße Mütze!» Zoe deutete auf Melissas Kopfverband.

Sie nickte. «Cool, oder? Den muss ich aber nicht mehr lange tragen.»

«Kind, nie hätten wir gedacht, dass wir uns im Krankenhaus wiedersehen», sagte ihr Vater und ließ sich auf dem Stuhl nieder, den Leon am Bett zurückgelassen hatte. «Was ist denn geschehen?»

Ausführlich berichtete sie von den Vorfällen und der Diagnose der Ärzte.

«Schlimm, schlimm, schlimm.» Ihre Mutter zog missbilligend die Augenbrauen hoch. «In was du da bei deinem ... deinem Nachrichtenmagazin immer hineingerätst, Kind. Man könnte denken, du arbeitest bei der Feuerwehr.»

«Es war ein Unfall, das kann in jedem Job passieren.» Melissa nahm sich vor, es nicht zum Streit kommen zu lassen. «Aber erzählt ihr doch mal, wie war euer Urlaub?»

«Kannst du deinen Chef nicht bitten, dir andere Aufträge zu geben?», fuhr ihre Mutter fort. «Ihr schreibt doch auf dieser Plattform über alles Mögliche, da müsste sich doch was finden lassen.»

«Genau, mach doch einen Artikel über das Hafenfest», schlug ihr Vater vor. «Oder berichte über die Situation in den Schulen.»

«Mir gefällt das Thema aber.» Melissa verschränkte die Arme. «Es hat eine große gesellschaftliche Relevanz, und das ist mir wichtig.»

«Jaja.» Ihre Mutter klang schon wieder verärgert. «Wir meinen es doch nur gut mit dir. Und eins ist ja wohl sicher, die ...»

«Übrigens, wir waren mit Zoe bei dem Spezialisten in der Schweiz», unterbrach Tobias. «Es war aber eher ein Quacksalber, gegen den Krebs hatte er auch kein Mittel.» Er berichtete von dem Besuch und der seltsamen Behandlung, die angeblich helfen sollte, das Mikroplastik aus Zoes Blut zu bekommen.

«Jetzt übertreibst du aber mit deiner Kritik. Ich finde, sie sieht gar nicht so schlecht aus», sagte ihre Mutter, beugte sich zu Zoe runter und strich ihr übers Haar. «Es war doch ein toller Ausflug, oder?»

«Das klingt aber alles andere als toll.» Melissa musste sich beherrschen, nicht loszuschreien. Was um alles in der Welt hatte ihre Eltern da geritten? Und ihren Bruder, dem war doch eigentlich mehr Vernunft zuzutrauen?

«Sei vorsichtig mit deinen Belehrungen, Melissa.» Die Stimme ihres Vaters war scharf. «Von dir haben wir auch noch keine brauchbaren Vorschläge gehört. Außer die verrückte Idee, Millionensummen von Fremden zu erbetteln. Da könnt ihr genauso gut Lotto spielen.» Er räusperte sich, um sich zu beherrschen. «Ich meine, das bringt doch nichts, Kind. Es ist vertane Zeit.»

«Deshalb haben wir die Dinge in die Hand genommen», ergänzte ihre Mutter und gab sich keine Mühe, ihre Selbstzufriedenheit zu verstecken. «Wir konnten nicht länger warten. Und schau dir Zoe an: Sie sieht zufrieden aus. Geschadet hat es sicher nicht. Die Anschlussbehandlung bei einem Spezialisten für Lebertumore, den Dr. Egli uns empfohlen hat, wird es zeigen.»

Melissa warf Tobias einen Blick zu, der vielsagend eine Braue hob und kaum merklich den Kopf schüttelte.

«Und ums Geld braucht Tobias und du euch keine Gedanken zu machen», fuhr ihr Vater fort. «Wir haben das übernommen. Für unsere einzige Enkelin tun wir alles.»

«Ja, aber …»

«Keinen Widerspruch!» Ihre Mutter hatte wieder diesen herrischen Tonfall, den Melissa nur zu gut aus ihrer Kindheit kannte. «Lass uns nur machen.»

«Ja, wir lassen euch machen», sagte Tobias leise und rieb sich das Gesicht. Die Erschöpfung war ihm anzusehen. «Wie immer lassen wir euch machen.»

«Was soll das denn heißen?», fragte ihre Mutter aufgebracht.

«Hey, beruhigt euch. Jeder in unserer Familie bemüht sich, Zoe zu helfen.» Melissa setzte sich auf. «Jeder auf seine Weise. Wir sind doch eine Familie, oder?»

«Was redest du da. Natürlich sind wir eine Familie, wir sind die Freys», sagte ihr Vater.

«Genau. Ihr solltet nur akzeptieren, dass eure beiden Kinder erwachsen sind. Und dass wir gewisse Dinge alle zusammen entscheiden müssen.»

«Tun wir doch.» Ihre Mutter schüttelte verständnislos den Kopf.

«Dann verstehe ich nicht, wieso ihr Zoe zu irgendeinem Heilpraktiker in die Schweiz schleppt und dafür Geld ausgebt, das wir in eine richtige Therapie stecken könnten!»

«Du meinst die Therapie auf der anderen Seite der Erde, die sie sowieso niemals bekommt?», kommentierte ihr Vater.

Melissa spürte wieder die Wut in sich aufsteigen. Sie sah zu Tobias, der nur noch leer vor sich hin schaute. Wie sollte er als Vater das alles auch aushalten, während es um das Leben seiner Tochter ging?

Sie schaute zu Zoe, die ihren Opa ernst ansah. Wie viel von dem, was sie sprachen, verstand die Kleine?

Melissas Mutter holte eine Packung Kekse aus ihrer Handtasche und legte sie aufs Bett. «Du solltest dich nicht aufregen, Melissa. Werde lieber gesund.» Sie sah zu ihrer Enkelin und lächelte warmherzig. «Wir kümmern uns jetzt um Zoe.»

PRAG, TSCHECHIEN

Es war schmerzhaft, kopfüber in einem Auto zu hängen. Nur der Sicherheitsgurt verhinderte, dass er nach unten auf das Autodach sackte. Nelson spürte den Druck auf seinen Schultern und Hüften. Er zitterte am ganzen Körper. Mehrmals atmete er bewusst ein und aus, es fiel ihm schwer, einen klaren Gedanken zu fassen.

Sie waren von der Fahrbahn gedrängt worden, ihr Wagen hatte sich überschlagen und war in einem Feld unterhalb der Straße auf dem Dach gelandet. Die Airbags waren ausgelöst worden, aber schon wieder in sich zusammengefallen.

«Diana?» Er drehte vorsichtig den Kopf.

Seine Partnerin hing ebenfalls fest, sie war halb aus dem Gurt gerutscht, er konnte ihr Gesicht nicht sehen.

«Alles in Ordnung?»

«Mir ging's schon mal besser.»

Nelson war erleichtert, ihre Stimme zu hören.

«Wir müssen hier raus.» Diana stützte sich ab und tastete nach dem Anschnaller. Kurz darauf hatte sie sich befreit und half ihm bei seinem Sicherheitsgurt. Es klickte. Er war frei.

Die Tür klemmte, er trat mehrmals mit voller Wucht dagegen. Endlich brach sie auf, und er konnte aus dem Wrack krabbeln, Diana kam gleich hinterher.

Benommen richteten sie sich auf und bewegten ihre Glieder, um festzustellen, ob sie verletzt waren.

«Das gibt ein paar ordentliche blaue Flecken», meinte Diana. Sie wischte sich den Schmutz von der Jacke und begutachtete den Riss am Ärmel. «Und die ist ein Fall für die Mülltonne.»

«Wahnsinn, dass wir diesen Crash ohne größere Blessuren überstanden haben. Sicherheitsgurte und Airbags sind doch zu was nütze.» Nelson spürte ein Ziehen im Nacken, doch es schien harmlos zu sein. Er holte ihre Taschen aus dem Auto. «Nur die Kiste hat Totalschaden.»

«Und jetzt?»

«Wir sollten die BND-Außenstelle in Prag kontaktieren, damit sie uns einen Trupp schicken.» Er zog sein Handy heraus. «Es ist zu riskant, die Polizei oder die Notdienste zu rufen.»

Diana nickte. «Eine offizielle Untersuchung ist das Letzte, was wir brauchen. Da hätten wir einiges zu erklären.»

«Krass, dass der Lkw-Fahrer uns einfach abgedrängt hat. Der hätte uns umgebracht, ohne mit der Wimper zu zucken. Dabei kann er nicht mal gewusst haben, wer wir sind, geschweige denn, was wir hier suchen.» Nelson schaute den kurzen Hang hinauf, als könne er den Mann dort noch irgendwo sehen.

«Anscheinend ist das hier die Art, mit Leuten umzugehen, die ihre Nase in Dinge reinstecken, die sie nichts angehen», sagte Diana. «Vielleicht ein Zeichen, dass wir auf der richtigen Spur sind.»

«Vielleicht. Jedenfalls benötigen wir ein neues Auto.» Nelson wählte die Notnummer und schilderte die Lage. Das Gespräch war kurz.

«Jemand ist unterwegs», sagte er zu Diana.

Sie gingen zurück zur Straße. Ein Lieferwagen fuhr rechts ran und stoppte. Der Fahrer kurbelte das Fenster herunter.

«You need help?», fragte der Mann. Offensichtlich hatte er sie als Touristen identifiziert.

«Thanks, no, police is on the way.»

Diana machte das Daumen-hoch-Zeichen. Der Mann fuhr weiter.

Nach weniger als einer halben Stunde fuhren ein Abschleppwagen und ein schwarzes Auto vor. Ein bärtiger Mann mit Sonnenbrille stieg aus dem Wagen.

«Schöner Saustall», sagte er. Sonst nichts.

Er warf Diana den Autoschlüssel zu und gab den zwei Arbeitern im Abschleppwagen ein Zeichen. Dann stapfte er davon in Richtung des kaputten Fahrzeugs.

Diana runzelte die Stirn. «Sehr gesprächig.»

Nelson zuckte die Schultern. «Ist mir fast lieber so.»

Sie stiegen in den Wagen.

«Wir sollten noch mal zurück zur illegalen Müllkippe», sagte er. «Vielleicht können wir da doch noch mehr rausfinden.»

«Langsam geht mir der Fall auf den Keks.» Diana ordnete sich auf der Straße ein. «Ständig stoßen wir auf jemanden, dem unsere Nachforschungen nicht gefallen, lassen uns von bissigen Hunden oder irgendwelchen Wachmännern bedrohen oder haben einen Autounfall. Und das alles nur wegen irgendwelcher Abfallentsorgung.»

«Ja, und die Ausbeute ist bisher auch eher mittelmäßig.» Nelson rief die Fotos auf seinem Handy auf. «Ich schick die Aufnahmen von dem Lkw, der uns attackiert hat, an die Zentrale. Die sollen nach dem Fahrzeug fahnden lassen. Und herausfinden, für welches Unternehmen es fährt.»

Diana bog in den Waldweg ein, der zur Grube führte. Dieses Mal folgten sie dem Weg nach unten zum Grund der Müllkippe. Das Tor war offen, keine anderen Fahrzeuge waren zu sehen. Sie parkten an einer Stelle, die von der Einfahrt nicht sofort einzusehen war, und stiegen aus.

Ein bestialischer Geruch schlug ihnen entgegen.

«Das ist ja ekliger als auf der schlimmsten Autobahntoilette», meinte Diana. «Das nächste Mal nehm ich einen Mundschutz mit.»

«Oder eine Gasmaske.»

Der Boden war aufgeweicht, an einigen Stellen hatten sich Pfützen gebildet.

«Sieht aus, als hätte da jemand Chemikalien über den Abfall verteilt. Eine Genehmigung hatten die sicher nicht.» Diana rümpfte die Nase.

Nelson nahm ein Papiertaschentuch aus der Tasche, befeuchtete es mit der Flüssigkeit und steckte es in einen Beutel. «Vielleicht kann unser Labor was damit anfangen.»

Die entsorgten Materialien sahen aus wie Industriemüll: seltsame Pulver und Erden, Metallstücke, leere Fässer. Die in Haushalten üblichen Abfälle fehlten komplett. Da entdeckte er hinter anderem Müll einen Haufen schwarzer Plastiksäcke.

«Die sehen wir uns an.»

Unauffällig schlichen sie hinüber und untersuchten die Säcke. Adressaufkleber zeigten, dass der Müll eigentlich für die Verbrennungsanlage gedacht war. Nelson riss die Folie auf. Kunststoffschnipsel und winziges Plastikgranulat kamen zum Vorschein.

Diana stöhnte. «Ist denn dieser Scheißplastikmüll überall zu finden?» Sie schüttelte angewidert den Kopf. «Diese komischen Säcke tauchen immer wieder auf, bei dieser merkwürdigen Firma in Belgien, auf der *Indian Rosebud*, jetzt hier – und ich wette mit dir, egal auf welche illegale Müllkippe wir fahren, das Zeug ist auch da.»

«Und es ist anscheinend noch giftiger als gedacht. Hast du die Nachrichten gesehen? Der Plastikabfall der *Indian Rosebud* bedroht jetzt die Fischgründe der Algarve. Überall schwimmt der Dreck, ein Teil ist bereits auf den Meeresgrund gesunken. Die portugiesischen Fischer fürchten um ihre Existenz. Für morgen ist eine riesige Demo in Lissabon geplant. Die Regierung soll konkrete Maßnahmen in die Wege leiten, um den Plastikmüll wieder aus dem Wasser zu holen.»

«Ich fürchte, das ist so gut wie unmöglich.»

«Du sagst es.» Nelson schüttelte sich. «Wir sind mittendrin, wir haben die Scheiße vor der Nase, und trotzdem stehen wir immer noch am Anfang – außer diesem Otto Tietz haben wir bislang keine Anhaltspunkte. Wir wissen nicht, wie die Mechanismen laufen, wer mit wem zusammenarbeitet, wo das Zeug herkommt und wer die illegale Entsorgung organisiert. Fühlt sich an, als sei hier eine internationale Organisation tätig.»

«Genauso sieht es aus.» Diana stöhnte frustriert. «Wir haben bergeweise Müll und keine Ahnung, wer die treibende Kraft hinter alldem ist.»

«Aber immerhin wissen wir jetzt, dass das Ganze viel größer ist, als wir anfangs dachten, es ist ein Riesending.» Nelson steckte einige Proben der Partikel ein. «Firmen entsorgen ihren Müll über eine illegale Entsorgungskette, bewusst oder unbewusst. An irgendeiner Stelle passiert dann die Verpackung und die falsche Registrierung dieses Mülls als Altkleider oder was auch immer, irgendwer organisiert den Abtransport auf Schiffen oder Lkw, die das Zeug an Orte wie diesen oder zu der angeblichen Recyclingfirma in Belgien bringen. Die Leute, die darin verwickelt sind, wissen offenbar Bescheid, dass sie Dreck am Stecken haben. Aber wir kommen an niemanden ran.» Er schulterte seinen Rucksack wieder und sah Diana ernst an. «Das muss sich umgehend ändern.»

DÜSSELDORF

Noch immer parkten Einsatzfahrzeuge vor dem Firmengelände. Polizisten hatten die Unfallstelle mit Absperrband gesichert wie einen Tatort, Kriminalbeamte und Personen in Schutzanzügen liefen umher.

Leon trank seinen Espresso in der Kantine. Der leitende Ermittler, Hauptkommissar Dirk Möller, hatte ihn befragt, er hatte wahrheitsgetreu geantwortet. Doch viel Brauchbares hatte er nicht beisteuern können, die Ereignisse vor der Explosion waren in seinem Gedächtnis nur schemenhaft vorhanden. Sein Eindruck nach dem Gespräch war: Die Polizei ging von einem Unfall aus.

Dennoch machte er sich seine Gedanken. Wie hatte es trotz der immensen Sicherheitsmaßnahmen bei Cyaclean zu dem Brand kommen können? Vermutlich hatte sich ein Ventil des Sauerstofftanks geöffnet – aber wie? Konnte die Steuerungstechnik versagt haben? Oder war ein Labormitarbeiter unachtsam gewesen? Warum war die Sicherheitstür ins Freie nicht geschlossen worden, wie es die internen Vorschriften vorsahen? Und wie konnten harmlose Schweißarbeiten plötzlich so eine Explosion verursachen? Schließlich arbeiteten die externen Handwerker schon seit Tagen an der Baustelle.

Waren mehrere unglückliche Umstände zusammengekommen, die

die Katastrophe ausgelöst hatten? War es menschliches Versagen gewesen? Theoretisch war das natürlich möglich, so was geschah jeden Tag, aber Leon hatte seine Zweifel.

Für seinen Geschmack waren es ein paar Zufälle zu viel.

Und wenn es kein Unfall gewesen war, gab es nur eine Möglichkeit: Jemand hatte die Explosion absichtlich herbeigeführt.

Ein Anschlag.

Der – oder die – Täter müssten ihr Vorhaben schon länger vorbereitet haben, eine spontane Tat hielt er für ausgeschlossen. Außerdem erforderte so ein Anschlag eine Menge Fachwissen und genaue Kenntnisse über den Cyaclean-Standort. Wer könnte solche Informationen geliefert haben? Und warum hatte diese Person ihren Plan ausgerechnet jetzt in die Tat umgesetzt?

Ein Gedanke elektrisierte ihn.

Eigentlich kam nur eine Person infrage.

Melissa Frey.

Sie hatte auf *Daily Flashlight* ausführlich über ihr Projekt berichtet, hatte alles besichtigt und Videos von den Innenräumen gedreht. Hatte sie die Explosion zu verantworten?

Oder hatte ihre Berichterstattung anderen Personen so viele Informationen geliefert, dass sie einen so präzise durchdachten Anschlag hätten durchführen können? Eigentlich war Melissa ja durch die Sicherheitsbestimmungen beschränkt gewesen ...

Er schob die Espressotasse beiseite. Das alles waren nur Theorien. Er hatte keinerlei Beweise, keine Fakten. Nur Vermutungen.

Doch das ließ sich ändern. Er hatte seinen Entschluss längst gefasst. Er würde eigene Nachforschungen anstellen – heimlich. Niemand sollte etwas davon mitbekommen.

«Leon, kannst du kurz in Ryans Büro kommen?» Axel Turner war aufgetaucht.

«Um was geht's?»

«Der Kommissar hat um ein Gespräch gebeten.» Axel sah ihn vielsagend an. «Und Ryan will uns dabeihaben.»

Im Büro des Cyaclean-Chefs saßen außerdem Jessica Weiss und der Kripobeamte Dirk Möller. Er war ein kleiner, drahtiger Mann mit einem ernsten Gesicht und einer Glatze. Schon beim Eintreten merkte Leon, dass die Stimmung gedrückt war. Ryan trommelte mit den Fingern auf seinen Schreibtisch, sein Gesicht wirkte angespannt.

Axel setzte sich, Leon nahm neben ihm Platz.

«Der Herr Hauptkommissar fasst gerade die vorläufigen Ermittlungsergebnisse zusammen», sagte Ryan zur Begrüßung. «Ihr solltet das hören. Du als Sicherheitschef, Axel. Und du, Leon, weil du selbst mittendrin warst. Wir haben eben erst angefangen. Bitte fahren Sie fort, Herr Kommissar.»

«Ich muss vorausschicken, unsere Ermittlungen laufen noch. Wir warten gerade die Bestätigung durch unser forensisches Labor ab und werten die Zeugenbefragungen aus.» Möller machte eine Pause. «Aber nach den vorläufigen Ergebnissen gehen wir von einem tragischen Unfall aus. Wir prüfen noch, ob fehlende Sicherheitsbestimmungen oder eine schuldhafte Pflichtverletzung eine Rolle gespielt haben.»

«Entschuldigung, wie bitte?» Ryan hatte sich aufgerichtet. «Ihre Leute stellen hier das Gelände auf den Kopf, und am Ende soll das alles ein Unfall gewesen sein? Da hätten Sie sich vielleicht etwas mehr Mühe geben sollen.»

Leon hörte die unterdrückte Wut in seiner Stimme. Auch wenn er es nicht zeigte, sein Chef war außer sich – so hatte er ihn noch nie erlebt.

«Glauben Sie mir, bei drei Toten und mehreren Verletzten nehmen wir unsere Arbeit sehr ernst», sagte der Kommissar in ruhigem Tonfall. «Doch die Fakten weisen alle in die gleiche Richtung.»

«Welche Fakten meinen Sie?», fragte Jessica.

«Unsere Fachleute haben festgestellt, dass eine Gasflasche zum Schweißen offenbar umgekippt war und sich in der Sicherheitstür verklemmt hatte. Aus der Flasche strömte Acetylengas, wie es die Arbeiter für ihre Schneidbrenner benutzen.»

«Ja, und?»

«Zugleich entwich, offenbar durch ein undichtes Ventil, Sauerstoff im Labor. Allein die Mischung von Acetylen und Sauerstoff kann Explosionen hervorrufen, wie Sie vermutlich wissen. Aber das ist noch nicht alles.»

Leon wusste, was jetzt kam. Turner neben ihm beugte sich vor.

«Sie haben für Ihre Produktion Wasserstoff gelagert», fuhr Möller fort. «Wahrscheinlich gab es ein Leck im Tank oder in den Zuleitungen. Jedenfalls haben unsere Forensiker Hinweise darauf gefunden.»

«Und ein Gemisch aus Wasserstoff und Sauerstoff ist hochexplosiv.» Axel Turner war blass geworden.

«Genau, da reicht ein Funke. Im Nachhinein ist festzuhalten, es hätte noch sehr viel mehr passieren können.»

«Was kann denn schlimmer sein als drei Tote? Vom Stopp unserer Produktionsanlage mal ganz zu schweigen.» Ryan schlug auf den Tisch. «Verdammt, ich will einfach nicht glauben, dass alles nur eine Verkettung unglücklicher Umstände war! Haben Sie in alle Richtungen ermittelt?»

«Was meinen Sie damit?» Der Kriminalbeamte guckte irritiert.

«Ich meine, ob Sie die Möglichkeit in Erwägung gezogen haben, dass es ein Attentat war! Wir haben viele Feinde, viele Neider! Jemand könnte einen Angriff auf Cyaclean gestartet haben.»

«Wer sollte das sein?»

«Gerade das müssen *Sie* doch herausfinden!» Ryan war noch lauter geworden. «Internationale Terroristen, Konkurrenten, Umweltschützer – was weiß ich.»

«Wir sind allen Spuren nachgegangen und werden das auch weiterhin tun», erklärte Möller ruhig. «Haben Sie konkrete Hinweise oder Spuren?»

«Ich kann doch nicht Ihren Job machen!» Ryan stand auf. «Die Polizei soll der Sache nachgehen! Erst vor Kurzem hatten wir militante Demonstranten vor dem Firmengelände, wenn Sie sich erinnern.»

«Die Demonstration war ordnungsgemäß angemeldet. Und wer demonstriert, begeht im Allgemeinen keine Attentate.» Möller lehnte sich zurück. «Es fehlt ein glaubhaftes Motiv, Herr Hill. Und solange es keine anderen Hinweise gibt, gehen wir von einem bedauerlichen Unfall aus.»

Ryan schüttelte den Kopf und trat ans Fenster. «Das lassen wir uns nicht bieten. Ich will tiefgreifendere Ermittlungen – und wenn ich dafür meine Beziehungen spielen lassen muss.» Er wandte sich um und sah Möller direkt an. «Es gibt Attentäter, die für diesen Schaden verantwortlich sind, da bin ich mir sicher. Und wenn Sie sie nicht finden, werden wir es tun.»

Regierungskreise besorgt über Schutz amerikanischer Auslandsinvestitionen

Bessere Schutzmechanismen und Garantien gefordert

Düsseldorf. Der jüngste Anschlag auf das US-Unternehmen Cyaclean Ltd. in Deutschland (wir berichteten) beunruhigt offenbar die Administration im Weißen Haus. Wie aus Regierungskreisen zu hören ist, sei man besorgt über den Fortgang der Ermittlungen.

«Es ist inakzeptabel, dass die Verantwortlichen nicht konsequenter gegen Verdächtige vorgehen», so ein Regierungsmitglied, «schließlich ist die Bundesrepublik Deutschland ein Fortschrittsland, dem an seinen Innovationen gelegen sein sollte.» Terrorismus müsse in den Anfängen gestoppt, einem Anfangsverdacht in diese Richtung sofort nachgegangen werden. Entschiedenes Vorgehen sei elementar – schon um ein Zeichen zu setzen. Sonst seien amerikanische Wirtschaftsinvestitionen nirgends auf der Welt mehr sicher. Zudem sei es wünschenswert, dass die deutsche Bundesregierung den betroffenen Unternehmen mehr Schutz gewähre.

«Unsere internationalen Unternehmen brauchen die Unterstützung der verantwortlichen Politiker vor Ort», heißt es aus dem Weißen Haus. «Und rechtliche Zusagen, die die Firmen in Fällen wie diesem vor strafrechtlicher Verfolgung und Schadensersatzklagen schützen.»

KAPITEL 21
HAMBURG

Victoria trug die Kaffeekanne und einen Teller mit selbst gemachten Brownies an den Küchentisch und schenkte ein.

«So bin ich noch nie von dir verwöhnt worden.» Melissa nahm sich einen Brownie. «Das können wir jetzt regelmäßig machen.»

«Aktuell spiele ich Krankenschwester, da gelten andere Regeln. Gewöhn dich lieber nicht daran.» Victoria grinste. «Wie geht es deinem Schädel?»

Melissa betastete den Verband an ihrem Kopf. «Morgen nehm ich den Turban ab, ich fühle mich schon wieder ganz fit eigentlich.»

Victoria sah sie skeptisch an. «Solltest du nicht noch einen Tag im Bett bleiben?»

«Geht nicht.» Melissa gähnte. «Ich will unbedingt bei Tobias und Zoe vorbeischauen, gucken, ob ich was helfen kann.»

«Richte ihnen liebe Grüße von mir aus. Dein Bruder macht derzeit echt einiges durch. Es ist bewundernswert, wie er damit umgeht.»

«Das stimmt. Jetzt steht die nächste Chemo an. Dabei hat die Kleine sich von der letzten noch nicht mal ganz erholt.» Melissa rief ein Foto von Zoe auf ihrem Handy auf, das Tobias ihr gestern geschickt hatte, und zeigte es ihrer Freundin.

Victoria sah sie erschrocken an. «Mein Gott, das Mädchen sieht aus wie ein Gespenst. So dünn … Schrecklich.»

Melissa nickte. Sie selbst hatte sich schon fast an den Anblick ihrer Nichte gewöhnt, manchmal meinte sie sogar, kleine Verbesserungen wahrzunehmen, aber Victorias Reaktion zeigte ihr, wie krank Zoe tatsächlich wirkte. «Insgesamt ist die Situation wirklich schlimm, auch wenn es ihr zwischendurch immer mal wieder ganz gut geht. Die bisherigen Behandlungen haben alle nicht angeschlagen, und jetzt die zweite Chemo … Das hat sie letztes Mal schon sehr geschwächt. Es ist so niederschmetternd. Die Vorstellung, dass sie …»

«Hey.» Victoria nahm sie in den Arm. «Noch ist der Kampf nicht verloren, oder?»

Melissa nickte. «Deshalb will ich in die Redaktion. Am liebsten noch heute.»

«Warum so eilig? Du bist doch krankgeschrieben, oder? Und arbeiten kannst du von zu Hause auch.»

«Das ist nicht der Punkt. Ich habe ja schon gearbeitet und den Artikel über die Explosion veröffentlicht. Aber ich will wegen der US-Kliniken für Zoes Alternativbehandlung recherchieren, vielleicht gibt es noch irgendeine Möglichkeit, die ich bisher übersehen habe. Das kann ich in der Redaktion besser. Außerdem muss ich meinem Chef Bericht erstatten, er hat darum gebeten.»

Victoria schüttelte den Kopf. «Wenn dieser Nolan ruft, springst du.»

«Nein, das ist es nicht. Das Thema Cyaclean ist mir einfach wichtig, und ich will wissen, wie wir weiter verfahren nach dem Unfall. Außerdem will ich sehen, ob es einen neuen Auftrag für mich gibt.»

«Schreib doch wieder was über diesen Ryan Hill. Den Typen finde ich spannend.» Victoria schob sich ein Stück Brownie in den Mund. «Endlich mal jemand, der sein Geld für sinnvolle Projekte einsetzt.»

Melissa schnaubte. «Wenn du ein Date willst, ich kann ihn fragen. Falls ich ihn noch mal treffe. Er ist aber verheiratet.»

«Haha. Nein danke. Ich mein ja nur …»

«Schon gut. Ich muss jetzt los.» Melissa stand auf und stopfte ihre Sachen in den Rucksack. «Bist du heute Abend zu Hause?»

«In Wirklichkeit willst du fragen, ob ich uns was Leckeres koche.» Victoria grinste. «Und ich sage dir: Lass dich überraschen.»

• • •

Falls Melissa gedacht hatte, ihr Unfall würde Mitleid bei den Kollegen hervorrufen, so hatte sie sich getäuscht.

«Wie siehst du denn aus?», fragte die Sekretärin belustigt, als sie die Redaktion betrat.

Was für eine Begrüßung, dachte Melissa. Das fing ja gut an.

«Ah, da kommt ja unsere Starjournalistin.» Jan fuhr sich wie immer über seinen rasierten Schädel. «Ein toller Auftritt – wie eine echte Diva, das muss man dir lassen. Du hast die Aufmerksamkeit offenbar besonders nötig.»

«Du kannst mich mal.»

Melissa setzte sich auf ihren Platz. Aus den Augenwinkeln sah sie, wie die anderen im Raum ihr Blicke zuwarfen. Sie ignorierte sie.

«Lass dich nicht ärgern von dem Idioten», sagte Max halblaut und setzte sich neben sie. «Schön, dass du wieder da bist. Aber, ganz ehrlich, du sahst wirklich schon mal besser aus.»

«Danke.»

«Hey, so meinte ich das nicht.»

Sie lächelte ihn an. «Ich weiß, Max, alles gut.»

«Schau, was ich gefunden habe. Das passt zu deinem Thema.» Er gab ihr den Ausdruck einer Internet-Meldung:

Mikroplastik überwindet Blut-Hirn-Schranke

Wissenschaftler der MedUni Wien haben jetzt erstmals bewiesen: Mikroplastik kann die Blut-Hirn-Schranke überwinden, die das Gehirn vor Krankheitserregern und Giftstoffen schützt. Das zeigt das Ergebnis einer Studie, die bei Tieren mit Partikeln aus Polystyrol durchgeführt wurde, einem weitverbreiteten Kunststoff. Winzige Mikroplastikteilchen waren bereits zwei Stunden nach der Aufnahme im Gehirn nachzuweisen. Die Erkenntnis ist bahnbrechend: Die Partikel können Entzündungen, neurologische Störungen und sogar Erkrankungen wie Alzheimer oder Parkinson hervorrufen. Weitere Forschungen, so betont das Institut, stünden noch aus.

«Wahnsinn», sagte Melissa.

Max nickte. «Diese Blut-Hirn-Schranke hält sonst wohl alles Schädliche ab, Viren und Bakterien und so was, aber gegen diese Plastikpartikel kommt sie nicht an. Das heißt, bei jedem von uns besteht das Risiko, dass Kunststoff direkt ins Gehirn wandert. Eine eklige Vorstellung.» Er schüttelte sich. «Übrigens, Nolan hockt in seinem Verschlag. Jetzt wäre eine gute Gelegenheit, mit ihm zu sprechen.»

«Danke. Das werde ich tun.»

Sie stand auf und ging hinüber zu dem Büro mit der Glaswand, das nachträglich von der Halle abgetrennt worden war. Nolan sah sie durch die Scheibe und winkte sie herein.

«Setz dich. Ich hoffe, dir geht es gut.» Er wirkte ehrlich besorgt. «Ryan hat mich persönlich angerufen und sich nach dir erkundigt. Ich soll dir schöne Grüße und gute Besserung ausrichten.»

«Das freut mich.» Sie ließ sich auf einem der Stühle vor seinem Schreibtisch nieder. «Es wird immer besser.»

Ihr Chef betrachtete sie eine Weile schweigend.

«Wer hätte gedacht, dass diese Geschichte so eskaliert», sagte er schließlich. «Es fing ganz harmlos an.»

«Es war ein schrecklicher Unfall. Keiner konnte das vorhersehen.»

«Ryan ist anderer Meinung. Er glaubt an einen Anschlag.»

Melissa brauchte einen Moment, um zu verstehen. «Er meint, es war Absicht?»

Der Gedanke erschreckte sie. Wer hätte Interesse daran, eine Umweltfirma in die Luft zu sprengen und dabei Tote in Kauf zu nehmen?

Nolan nickte. «Es klingt schon abenteuerlich. Andererseits ...»

«Andererseits?»

«Ryan Hill neigt nicht zu Übertreibungen. Und ausschließen kann man die Möglichkeit natürlich nicht.»

«Das stimmt.» Melissa überlegte. «Für *Daily Flashlight* jedenfalls dürfte das Thema erledigt sein. Es wird dauern, bis Cyaclean den Betrieb wieder aufnehmen kann.»

«Täusch dich nicht, Melissa. Ryan ist fest entschlossen, in ein paar

Tagen wieder loszulegen. Sie arbeiten mit Hochdruck an der Reparatur ihrer Anlagen.»

«Ich drücke die Daumen, dass das klappt. Trotzdem – wir haben mit unseren Beiträgen alles ausgeleuchtet. Es gibt nichts mehr zu berichten.»

Nolan beugte sich vor. «Das sehe ich anders, Melissa. Der letzte Artikel über die Explosion und deine Verletzungen hat unsere Klickzahlen durch die Decke gehen lassen. So viele Menschen wie noch nie haben unsere Plattform besucht. Das ist fantastisch! Wir müssen den Schwung nutzen und weiter Gas geben. Wir dürfen jetzt auf keinen Fall nachlassen!»

Melissa zögerte. Ihr behagte das Ganze nicht. Innerlich hatte sie schon mit dem Thema abgeschlossen. Im Krankenhaus hatte sie genug Zeit zum Nachdenken gehabt und war zu dem Schluss gekommen, dass sie mit der Sache eigentlich nichts mehr zu tun haben wollte.

«Ich weiß nicht ... Eigentlich ist Cyaclean in jede Richtung auserzählt, ich habe über die Technologie geschrieben, über die Unternehmensphilosophie, über Ryan selbst, aber auch über die Gegner, die Protestler und den Herrn Voss ... Was soll ich denn noch schreiben?»

«Hallo, wach auf!» Nolan klatschte in die Hände. «Du bist Journalistin, oder nicht? Es ist dein Job, einen neuen Dreh für ein Thema zu finden, das die Leute interessiert. Dir wird schon was einfallen.» Er lehnte sich zurück. «Ich denke da an Personality-Geschichten nach dem Motto: ‹Wie gehen die Angestellten mit diesem schrecklichen Ereignis um?› Und hast du nicht gerade einen Kriminalfall auf dem Silbertablett präsentiert bekommen? Recherchiere! Mach was draus!»

Melissa schwieg.

«Ich stelle mir eine ganze Serie vor. Und du bist die beste Journalistin dafür – schließlich bist du schon mittendrin.»

Als sie immer noch nichts sagte, verschränkte Nolan die Arme und sah sie prüfend an. «Du willst sicher nicht, dass ich Jan statt dir nach Düsseldorf schicken muss.»

Die Vorstellung, der verhasste Kollege würde ihren Platz einnehmen, ließ sie erschaudern. «Nein.»

«Na also. Außerdem bist du das Gesicht dieser Story. Unsere *Flashlight*-Fans kennen dich, auch wegen deines Schicksalsschlags mit deiner Nichte. Sie wollen von *dir* lesen, Melissa. Mach was draus – das ist jetzt deine Chance.»

Memo der Feuerwehr Düsseldorf an das Umweltlabor NRW

Strengste Geheimhaltungsstufe: Veränderungen im Wasser des Rheins
Im Auftrag des Umweltamtes Düsseldorf übermitteln wir Ihnen anbei aktuelle Proben des Rheinwassers zwischen Düsseldorf und Duisburg mit der Bitte um eingehende toxikologische Untersuchung. Es ist davon auszugehen, dass der Rhein in jüngster Vergangenheit einer erheblichen Verunreinigung ausgesetzt gewesen ist, die unter Umständen noch andauert und deren Ursache schnellster Klärung bedarf. Bitte behandeln Sie diesen Auftrag streng vertraulich, Ansprechpartner ist die Arbeitsgruppe Natur und Gewässer des Landes NRW.

KAPITEL 22
BERLIN

Nach der Dusche suchte sich Nelson frische Kleidung heraus. Heute war ein Termin mit Dr. Horn angesetzt, nicht in dessen Büro, wie sonst üblich, sondern im Konferenzraum.

Das wies auf einen besonderen Anlass hin, und er war gespannt, um was es gehen würde. Um ihren aus den Fugen geratenen Einsatz in Prag? Oder war es etwas ganz anderes? Er wusste es nicht.

Die Fahndung nach dem Lkw-Fahrer, der sie in Tschechien von der Straße gedrängt hatte, war bisher im Sande verlaufen. Immerhin hatten sie die Eigentümer-Firma des Fahrzeugs identifizieren können. Der Spur würden sie als Nächstes folgen.

Analysen des Plastikmaterials aus der illegalen Deponie hatten gezeigt, dass der Abfall tatsächlich teilweise identisch war mit dem Müll, den sie im gesunkenen Frachter im Mittelmeer und in der Recyclinganlage in Antwerpen gefunden hatten. Das war immerhin ein Fortschritt: Der Müll schien den gleichen Ursprung zu haben, bestenfalls waren sie dabei, die einzelnen Stationen zu identifizieren, die er auf seinem illegalen Entsorgungsweg passierte. Nur woher er kam, war immer noch unklar.

Gestern spätabends war das Laborergebnis für die Chemikalie, die über den gesamten Abfall versprüht worden war, im E-Mail-Postfach gewesen. Es war laut BND-Laborprotokoll eine Mischung aus Desinfektionsmitteln und einer seltenen hochgiftigen Flüssigkeit.

Nelson seufzte. Manchmal hatte er das Gefühl, es setzte sich etwas zusammen, dann wieder war er frustriert von der Komplexität dieser Ermittlung. Sie hatten noch eine Menge Arbeit vor sich.

Er hängte die Jeans wieder zurück in den Kleiderschrank und wählte stattdessen eine schlichte Stoffhose, dazu ein einfarbiges

Hemd. Das musste reichen, es war schließlich keine Modenschau – auch wenn sein Vorgesetzter für gewöhnlich immer mit Anzug und Krawatte erschien.

In der Küche griff er nach der Zuckerdose mit den aufgemalten Vögeln, nahm den Speicherchip aus dem Versteck und schloss ihn an seinen Computer an. Er rief den Ordner auf, der seine geheimen Recherchen zum Tod seiner Eltern enthielt, und ergänzte ihn durch eine neue Datei, in der er die Ergebnisse seines Ausfluges nach Klagenfurt zusammengefasst hatte.

Es blieb ihm ein Rätsel, als was der alte Kriegsbunker im Wald tatsächlich genutzt worden war – wahrscheinlich war es ein Depot für Waffen oder Drogen gewesen. Dass Interpol nach dem Mieter, Louis Favre, schon so lange ohne Erfolg fahndete, war ungewöhnlich. Suchte man vielleicht nur halbherzig? Wurde er von einem Geheimdienst gedeckt? Nelson dachte an den anderen Mann auf dem Foto, den französischen Agenten, der Kontakte auf höchster Ebene haben musste. Hatte die erfolglose Fahndung etwas mit ihm zu tun?

Auch die entsprechenden Akten beim BND waren dürftig. Zwar reichten Favres dunkle Aktivitäten von Waffen über Auftragsmorde bis zur Söldner-Vermittlung, dennoch waren den Dokumenten keine konkreten Angaben über aktuelle Bewegungsmuster oder Zugriffsversuche zu entnehmen.

Die Frage, wieso seine Eltern ein Foto dieses Mannes versteckt hatten, ließ Nelson keine Ruhe: Was um alles in der Welt hatten sie mit diesem Typen zu schaffen gehabt? Warum hatten sie die Informationen verborgen gehalten?

Ein logischer Schluss wäre: Sein Vater – und seine Mutter – waren in Wirklichkeit nicht die unbescholtenen Inhaber einer kleinen Reparaturwerkstatt in Köln gewesen, für die sie alle gehalten hatten, sondern Teil dubioser Machenschaften. Sie hatten in Kontakt zu einem kriminellen Netzwerk gestanden. Sie hatten mit Kreisen zu tun gehabt, in denen international gesuchte Verbrecher wie Favre verkehrten.

Hatten sie dafür am Ende mit ihrem Leben bezahlen müssen?

Es fiel ihm schwer, diese Gedanken zuzulassen. Es tat ihm fast körperlich weh, sich damit zu beschäftigen. Soweit er sich an seine Kindheit erinnern konnte, waren seine Eltern immer liebevoll gewesen, fürsorglich, um seine Zukunft besorgt. Und doch ...

Es musste eine Seite an ihnen gegeben haben, die er in seiner kindlichen Naivität nicht bemerkt, vielleicht ausgeblendet hatte. Aber was konnte das gewesen sein? Wie sehr er sich auch sein Gehirn zermarterte, er kam zu keinem Ergebnis. Vielleicht bewertete er die mageren Fakten auch falsch, und seine Eltern hatten ganz andere Gründe gehabt, sich mit diesem Kriminellen zu beschäftigen.

Trotzdem konnte er die Dinge nicht auf sich beruhen lassen. Er wollte die Wahrheit herausfinden. Immerhin war es ein Teil seines Lebens, eine Wunde, die einfach nicht verheilen wollte. War er zu fanatisch, zu verbissen? Er hatte darauf keine Antwort. Er wusste nur, er konnte jetzt mit seinen Nachforschungen nicht aufhören.

Die bisherigen Recherchen hatten nur zu neuem Frust geführt. Er beschloss, der Spur Favre intensiver als bisher nachzugehen. Und dafür gab es nur einen Weg: Er musste die Quellen beim BND und dessen Verbindungen zu anderen Geheimdiensten nutzen.

Es war riskant, sein Vorgesetzter war wegen seines Klagenfurt-Ausfluges schon misstrauisch geworden. Aber er musste auf volles Risiko gehen. Es war die einzige Möglichkeit, die Wahrheit herauszufinden.

* * *

Diana erwartete Nelson schon vor der Tür zu ihrem Büro. «Wo bleibst du? Das Meeting fängt in fünf Minuten an.»

«Mein Fahrrad hatte einen Platten, ich musste auf öffentliche Verkehrsmittel umsteigen.»

«Los jetzt!»

Sie eilten hoch ins vierte Stockwerk. Es dauerte, bis sie in den endlosen Fluren der BND-Zentrale den richtigen Raum erreicht hatten. Robert Horn saß bereits am Konferenztisch und hob die Augenbrauen, als sie eintraten.

«Da sind Sie ja endlich.»

«Guten Morgen. Erwarten Sie noch weitere Gäste?», fragte Diana zur Begrüßung.

«Frau Doris Roth, Unterstaatssekretärin im Auswärtigen Amt, hat um den Termin gebeten.» Horn seufzte. «Leider verspätet sie sich.»

Diana sah Nelson vielsagend an. Sie setzten sich.

«Da wir jetzt ein wenig Zeit haben, möchte ich kurz ein anderes Thema ansprechen: Ihren Einsatz in Prag.» Horn richtete seine Krawatte. «Welchen Teil meiner Anweisung haben Sie beide nicht verstanden? Sie sollten vorsichtig vorgehen und keinen Scherbenhaufen hinterlassen.»

«Es war ...», begann Nelson.

«Sparen Sie sich Ihren Atem!» Sein Vorgesetzter fixierte ihn. «Ich will keine Ausreden hören.»

«Wir wurden angegriffen und von der Straße abgedrängt», sekundierte Diana. «Leider konnten wir den Fahrer des Lkw nicht identifizieren, aber wir wissen ...»

Eine Geste Horns brachte sie zum Schweigen.

«Ist doch komisch, dass gerade Sie beide bei Außeneinsätzen immer über die Stränge schlagen.» Er schüttelte den Kopf. «Ich habe eine Rechnung von der Prager Außenstelle erhalten. Über die Kosten, die die Beseitigung der Spuren verursacht hat. Am liebsten würde ich Ihnen die Summe vom Gehalt abziehen. Aber dann müssten Sie beide lange umsonst für den BND arbeiten.»

Nelson war dankbar, dass es in diesem Moment an der Tür klopfte. Gleich darauf betrat eine Frau Mitte vierzig den Raum, gepflegte Erscheinung, cremefarbenes Kostüm.

Horn warf ihnen einen letzten düsteren Blick zu, dann wechselte er mühelos in einen freundlichen Ton, gab Doris Roth die Hand und stellte Nelson und Diana vor. Nach einer kurzen Begrüßung setzte sie sich und strich ihren Blazer glatt.

«Sie waren am Telefon etwas vage, was die Agenda dieses Treffens betrifft», begann Horn.

«Das stimmt, und es hat seine Gründe. Das Außenministerium wollte keinen offiziellen Schriftverkehr initiieren.»

«Also sind die Inhalte vertraulich.»

Doris Roth nickte. «Ich will gleich zur Sache kommen. Wir haben eine Anfrage vom US-Außenministerium. Die Kollegen dort haben uns gebeten, *dringend* gebeten, wenn Sie verstehen, was ich meine, in einer gewissen Sache aktiv zu werden. Um der langjährigen Freundschaft und der guten Beziehungen willen haben wir zugesagt.»

«Um was geht es konkret?» Nelson war neugierig geworden.

«Ein gewisser Ryan Hill, amerikanischer Unternehmer, hat offenbar im US-Außenministerium interveniert, er muss Freunde dort sitzen haben. Er hat sich darüber beschwert, dass die deutschen Behörden nachlässig ermitteln würden, was den Anschlag auf seine Firma in Düsseldorf angeht.»

«Und, trifft das zu?», fragte Horn.

«Das kann ich derzeit nicht beurteilen. Die Kripo hat bei seiner Umweltfirma Cyaclean die Spuren gesichert, nachdem eine Explosion dort großen Schaden angerichtet hat. Sie gehen derzeit von einem Unfall aus. Bedauerlicherweise gab es drei Tote und mehrere Verletzte.»

«Ich habe davon gehört», mischte Diana sich ein. «Was ist an der Arbeit der Polizei auszusetzen?»

«Zunächst erst mal nichts. Es ist nur so, dieser Mister Hill und das amerikanische Außenministerium vermuten, dass es sich um einen terroristischen Anschlag mit internationalem Hintergrund handelt. Sie fordern, formuliert als höfliche Bitte, dass wir weitere Ermittlungen einleiten. Und da kommt der BND ins Spiel.»

«Wir sollen uns also der Sache annehmen.» Horn nickte. «Das machen wir natürlich. Wie Sie wissen, Frau Roth, tun wir dem Auswärtigen Amt gerne einen Gefallen. Was ist aber, wenn unsere Recherchen zu keinem anderen Ergebnis führen?»

«Dann haben wir den Amerikanern wenigstens unseren Goodwill demonstriert.» Sie nickte verbindlich und stand auf. «Leider wartet bereits der nächste Termin auf mich. Ich danke Ihnen für Ihre Zeit.»

Diana wartete, bis die Frau gegangen war.

«Und warum sind ausgerechnet wir dabei?» Sie warf Nelson einen Blick zu. «Das ist ein Fall für eine andere Abteilung im Haus, mit Amerika haben wir nichts zu schaffen.»

«Das sehe ich anders.» Horn beugte sich vor. «Cyaclean ist spezialisiert auf ökologische Abfallbeseitigung, konkret macht die Firma mittels Algen Mikroplastik unschädlich. Es ist ein großes Ding. Und da Sie beide ...»

«Sie meinen, weil wir bereits wegen der illegalen Plastikmüllentsorgung recherchieren, würde dieses Thema zu uns passen? Na fantastisch, das ist eine großartige Idee», machte Nelson seinem Unmut Luft. «Wir sind ja noch nicht genug in Dreck gewatet. Mir stinkt's allmählich!»

«Sie beide sind doch mittlerweile Experten beim Thema Plastikmüll.» Horn erlaubte sich ein Lächeln. «Außerdem kann ich momentan niemand anderen entbehren. Tut mir leid, das bleibt an Ihnen hängen.»

«So ein Scheiß!», entfuhr es Diana.

Horn stand auf. «Seien Sie froh, dass ich Sie nicht auf weitere Müllkippen in irgendwelchen Ecken Europas schicke.» Seine Stimme war schärfer geworden. «Nach dem Vorfall in Prag hätte ich große Lust dazu. Also los, an die Arbeit!»

PINNEBERG

Es war anstrengend, seiner Mutter jeden Tag einen ausführlichen Bericht über Zoe zu liefern und all die Ratschläge und Tipps anzunehmen, die sie für ihn parat hatte. Wenigstens hatte Tobias seine Eltern überzeugen können, zu Hause in Heidelberg zu bleiben und sich auf regelmäßige Telefonate zu beschränken, während er nach Hamburg zurückgekehrt war, um Zoe auf ihren zweiten Chemozyklus vorzubereiten. Heute Morgen war es so weit gewesen, sie hatte die Medikamente verabreicht bekommen, und er hatte wieder neben ihr gesessen und ihre kleine Hand gehalten. Immerhin war es besser gelaufen als beim letzten Mal: Sie hatten das Krankenhaus wenige Stunden später schon wieder verlassen können und waren nun zu Hause.

Die Anrufe seiner Mutter, die sein Handy die letzten Stunden immer wieder hatten aufblinken lassen, ignorierte er und schickte nur eine kurze Nachricht. Er schaffte es heute nicht, vom Zustand seiner Tochter zu erzählen: ihre plötzlichen Hustenanfälle, ihr Wimmern. Immerhin hatte sie sich dieses Mal nicht erbrechen müssen, aber sie war traurig und antriebsschwach. Gerade saß sie vor dem Fernseher und schaute eine Kindersendung, das schien sie abzulenken.

Er dachte an Zoes und seine Videoauftritte für *Daily Flashlight*, seine Hoffnung, damit noch mehr Spendengelder zu generieren. Aber irgendwie verlief das in einer Sackgasse – und er hatte keine rechte Lust mehr, das Ganze fortzusetzen. Es war doch hoffnungslos.

Er erwärmte den Haferbrei in einem Topf, gab Milch und Früchte und Honig hinzu und schmeckte es ab.

«Zoe, es gibt Essen.»

Seine Tochter kam aus dem Wohnzimmer, er hob sie auf den Stuhl und stellte ihr die Schüssel mit dem Brei hin. Vorsichtig probierte sie einen Löffel. Er wartete, wie ihre Reaktion ausfiel.

Sie nahm noch einen Löffel, immerhin schien sie etwas Appetit zu haben. Er war erleichtert, für den Chemotag hatte er das nicht erwartet.

Die nächste halbe Stunde waren sie mit dem Essen beschäftigt. Er beobachtete seine Tochter. Sie wirkte klein und schmal, ihre Wangen hatten Flecken, ihr Haar war dünn geworden. Heute hatte sie ihr Prinzessinnenkleid anziehen wollen, und Tobias hatte es ihr erlaubt – er erlaubte ihr in der letzten Zeit fast alles, was sie sich wünschte. Niemand sollte in ihrem Alter schon so krank sein, und es tat ihm weh, wenn ihn die Realität einholte und er darüber nachdachte, was seiner Tochter schlimmstenfalls bevorstand. Er konnte den Gedanken kaum ertragen.

Als Zoe sich zu keinem weiteren Löffel mehr überreden ließ, drückte Tobias seiner Tochter das Stoffpferd in die Hand. «Zeit für deinen Mittagsschlaf.» Er nahm sie auf den Arm, brachte sie ins Kinderzimmer und legte sie ins Bett.

«Nicht müde», protestierte sie schwach.

«Kleine Mädchen müssen sich erholen.» Er deckte sie zu. «Versuch mal, eine Runde zu schlafen, okay? Wenn du wirklich nicht einschläfst, dann darfst du wieder aufstehen, und wir spielen zusammen. Aber später kommt Tante Melissa vorbei, dann musst du doch ausgeschlafen sein.»

Zoe nickte ernst und drückte ihr Pferd an sich. Tobias lächelte. Seine Kleine wurde vernünftig. Er löschte das Licht und schloss leise die Tür.

Dann brühte er sich einen Kaffee auf, holte seinen Laptop und las E-Mails. Aus Zoes Zimmer blieb es still. Umso besser. Er gönnte sich eine weitere Tasse Kaffee. Danach schaute er ins Kinderzimmer, ob seine Tochter schlief.

Es sah ganz danach aus.

Aber etwas stimmte nicht.

Zoe lag auf dem Rücken, die Augen geschlossen. Aus ihrem Gesicht war alle Farbe entwichen, ihr Körper zuckte schwach. Tobias stürzte zum Bett.

«Zoe, was ist?» Er rüttelte an ihrem Arm, doch das Mädchen reagierte nicht.

«Hallo, Zoe, wach auf.»

Zoes Augen blieben geschlossen. Sie war offensichtlich bewusstlos.

Tobias merkte, wie die Panik in ihm aufstieg. Er lief in die Küche, um sein Handy zu holen. Mit zittrigen Fingern wählte er den Notruf.

· · ·

Die Stunden und Minuten dehnten sich. Tobias kannte die Hektik in der Notaufnahme des Universitätsklinikums Eppendorf, die ewige Warterei. Er fühlte sich wie in der Zeitmaschine zurückgeworfen zu dem Tag, an dem er das erste Mal mit Zoe hier eingeliefert worden war.

Bitte nicht.

Verzweiflung kroch in ihm hoch. Er spürte wieder das Gefühl der Ohnmacht, des Ausgeliefertseins. Der blanken Angst.

Endlich kam die Kinderärztin Dr. Franziska Lorenz aus dem Behandlungsraum.

Er ging auf sie zu.

«Wie geht es meiner Tochter?»

Sie führte ihn zu einem Besucherstuhl und setzte sich neben ihn.

«Zoe hatte einen schweren Rückfall. Die Blutwerte und die Leberwerte sind alarmierend.» Die Ärztin bemühte sich um einen ruhigen, sachlichen Ton. «Wir haben ihr ein Mittel gegeben, um sie zu stabilisieren. Sie wird aber in den nächsten Tagen zur weiteren Beobachtung auf der Intensivstation bleiben müssen.»

«Wird sie ... Könnte sie ...» Sein Hals war trocken, seine Gedanken rasten.

«Herr Frey, wir haben Ihnen bereits bei der ersten Chemotherapie gesagt, dass die Medikamente, die wir ihr geben, sehr stark sind. Wir können gerade noch nicht sagen, ob ihr akuter Zustand auch darauf zurückzuführen ist oder ob es die Krankheit ist, die zuschlägt.» Sie drückte seinen Arm. «Ich wünschte, ich könnte Ihnen etwas anderes sagen: Aber Sie müssen sich auf das Schlimmste einstellen.»

Neu angelegte Computerdatei – Recherchen m.frey

Thema: Great Pacific Garbage Patch – die schwimmende Müll-insel

Der Great Pacific Garbage Patch oder «Pazifische Müllstrudel» ist eine riesige Fläche aus Plastikmüll, die im Pazifik treibt, in einem Gebiet von der Westküste Nordamerikas bis Japan. Das Mikro-plastik des Great Pacific Garbage Patch lässt das Wasser wie eine trübe Brühe aussehen, in der größere Plastikteile schwimmen, die von der Strömung zu einem Müllteppich zusammengetrieben werden. Schätzungen besagen, dass diese Plastikinsel eine Fläche einnimmt, die mehr als viermal so groß ist wie Deutschland. Der Great Pacific Garbage Patch ist nicht der einzige Plastikmüll-strudel im Meer – aber der größte. Im Indischen Ozean und im Atlantik wurden ebenfalls Müllstrudel entdeckt.

Recherche-Memo: Könnte sich der Müll aus dem havarierten Frachter Indian Rosebud im Mittelmeer ebenfalls zu einer schwimmenden Insel aus kleinsten Plastikteilchen zusammenfinden?

KAPITEL 23
DÜSSELDORF

Melissa hatte wieder ein Zimmer in der kleinen Pension im Süden der Stadt genommen. Ihr Gepäck stand noch in einer Ecke, sie hatte sich nicht aufraffen können, ihre Kleidung in den Schrank zu räumen. Der Blick in den Spiegel frustrierte sie: Ihr Haar sah unordentlich aus, ihre Haut war blass.

Apathisch lag sie auf dem Bett und starrte an die Decke. Tobias hatte sie gestern angerufen und die niederschmetternde Nachricht von Zoe mitgeteilt. Am liebsten wäre sie gar nicht erst nach Düsseldorf gefahren, sondern in Hamburg geblieben, aber ihr Bruder meinte, momentan rieten die Ärzte von Besuchen ab, sie solle Düsseldorf nicht absagen.

Es kostete sie Mühe, aufzustehen und die Unterlagen in ihren Rucksack zu packen. Ryan Hill hatte sie um ein Gespräch gebeten – da konnte sie nicht Nein sagen, besonders nach ihrer Absprache mit Nolan. Was auch immer Ryan ihr sagen wollte, es würde sie von den trüben Gedanken ablenken.

Zu Fuß ging sie zur S-Bahn-Station. Unterwegs kaufte sie sich einen Blaubeer-Muffin, sie brauchte jetzt etwas Süßes. Die ganze Fahrt über dachte sie an Zoe und wie die Kleine auf der Intensivstation lag. Und sie konnte nichts tun – nur hoffen. Diese Hilflosigkeit war bedrückend.

Das letzte Stück bis zum Cyaclean-Gelände ging sie zu Fuß. Lkw donnerten vorbei, Lieferwagen kreuzten die Straße. Sie war die einzige Fußgängerin. Ein paar Wagen des Technischen Hilfswerks waren auf dem Weg in Richtung Rhein, ihnen folgte ein Kleinbus mit einem Umweltlogo. Sie sah ihnen hinterher. Eigentlich müsste sie ihrem journalistischen Instinkt folgen und dem nachgehen, um zu sehen, was los war. Resigniert schob sie den Gedanken beiseite. Sie hatte wirklich andere Sorgen. Ein Mann auf einem Mountainbike radelte langsam den Radweg hinauf, ein Motorradfahrer hupte und überholte.

Sie bog in die Zufahrt ein, passierte das Tor, dann lag die moderne Firmenanlage vor ihr. Melissa atmete tief durch. Ihr letzter Besuch hatte schrecklich geendet. Aber sie musste das hinter sich lassen. Sie gab sich einen Ruck, steuerte auf das Gebäude zu und trat durch den Haupteingang.

Nach den Sicherheitschecks nahm sie wie immer ihre Besucherkarte an sich und ging direkt hoch in Ryans Büro. Leon war nirgends zu sehen, auch Jessica Weiss nicht.

«Freut mich, dass du gekommen bist.» Der Cyaclean-Chef kam auf sie zu und umarmte sie.

Melissa war von der ungewohnten Geste überrascht.

«Ich habe gehört, deine Nichte ist wieder im Krankenhaus», fuhr er fort. «Das tut mir leid – für deinen Bruder, für dich, für eure Familie. Als Vater zweier Töchter kann ich eure Verzweiflung nachfühlen.»

«Danke für deine Anteilnahme.» Sie war erstaunt, wie schnell die Neuigkeiten über Zoe bei ihm angekommen waren. Sie hatte gestern kurz mit Nolan gesprochen, weil er Tobias' Anruf mitbekommen hatte. Offenbar hatte ihr Chef Ryan Hill informiert, warum auch immer.

Er deutete auf einen Stuhl, und Melissa setzte sich, er nahm gegenüber Platz.

«Was macht eigentlich eure Fundraising-Aktion für Zoe, wie ist der aktuelle Stand?»

«Sie hat bis heute 395 000 Euro gebracht – ein stolzer Betrag dank deiner großzügigen Spende, aber unterm Strich zu wenig.» Sie schluckte. «Uns läuft die Zeit davon. Es ... es ist zum Verzweifeln.»

Ryan nickte. «Und du, wie geht es dir? Was machen deine Verletzungen?»

«Meine Frisur ist ruiniert.» Melissa versuchte ein Lächeln. «Aber zumindest ist der Verband jetzt ab, und ich habe keine Schmerzen mehr.»

«Freut mich, dass es besser wird. Und dass du deinen Humor nicht verloren hast.»

Ryan stand auf, ging auf und ab, er schien nervös.

«Ist alles in Ordnung?», fragte Melissa.

«Nolan Adams hat mich angerufen und erzählt, ihr plant einen weiteren Bericht.»

Deshalb also hatte ihr Chef mit Ryan gesprochen. «Stimmt.»

Er räusperte sich. «Melissa, ich habe über deine Situation nachgedacht und bin zu einem Entschluss gekommen. Ich möchte dir ein Angebot machen.»

Sie nickte. «Ja?»

«Zunächst einmal fühle ich mich als Chef dieses Unternehmens dafür verantwortlich, dass Menschen bei dem Anschlag auf unser Labor gestorben sind oder verletzt wurden – auch wenn ich momentan nicht wüsste, wie wir dieses Attentat hätten verhindern können.» Er blieb stehen. «Dennoch werde ich alle Opfer beziehungsweise deren Angehörige entschädigen. Ich mache das aus rein persönlichen Motiven und verwende dazu mein Privatvermögen.»

Sie nickte. In der Tat – das war großzügig.

«Mir ist eine Idee gekommen.» Er sah sie fest an. «Bei dir, Melissa, schlage ich vor, ich übernehme sämtliche Behandlungskosten für Zoe in einer amerikanischen Spezialklinik.»

Es war still im Raum. Melissa versuchte zu begreifen, was er gerade gesagt hatte, aber es kam nur langsam bei ihr an.

«Aber ... Aber das ... sind ... zwei Millionen. Du hast doch bereits großzügig gespendet ...»

«Ich weiß. Ich würde mich außerdem um den Transport nach Amerika und die Organisation kümmern – zufällig kenne ich den Chef einer dieser Fachkliniken flüchtig.»

«Das ... das ...» Melissa brach ab. Sie konnte nicht sprechen. Mit einem Mal tat sich eine Chance auf. Für Zoe. Konnte es wirklich sein, dass es doch eine letzte Möglichkeit gab? Sie merkte, wie ihre Augen brannten, und schloss für einen Moment die Lider. Es war still im Raum.

«Eine Bitte hätte ich.» Ryan räusperte sich.

Melissa öffnete die Augen wieder. Offenbar gab es nichts ohne Haken.

«Wir bitten dich, nicht nur einen weiteren Bericht über Cyaclean zu machen, sondern eine ganze Serie. Jessica und ich sind der Meinung, gerade jetzt brauchen wir noch mehr Publizität, um unser Projekt voranzutreiben und uns wieder positiv in die Köpfe der Menschen zu spielen – und du bist mittlerweile die Fachfrau für das Thema, die einzige Expertin. Was hältst du davon?»

Melissa schwieg. Sie dachte an den Politiker Peter Voss, der ihr auch so ein unmoralisches Angebot gemacht hatte. Sie hatte abgelehnt. Denn sie war Journalistin. Und das bedeutete, für Wahrheit und Unabhängigkeit einzustehen. Deshalb hatte sie diesen Beruf gewählt.

«Ich sehe, wie es in deinem Kopf rumort.» Ryan lächelte freundlich. «Was macht dir Probleme bei dem Vorschlag?»

«Ryan, ich bin nicht käuflich», begann sie. «Ich will meine journalistische Unabhängigkeit behalten. Als Lohnschreiberin für Cyaclean zu arbeiten ... das wäre das Gegenteil davon.»

«Das verstehe ich, und deine Position verdient meinen vollen Respekt.» Er nickte. «Aber ich kann deine Bedenken zerstreuen: Du kannst nach wie vor völlig unabhängig berichten. Wir nehmen keinen Einfluss auf deine Themen, wir wollen die Berichte und Videos nicht vorher sehen. Keine Korrekturen, keine Freigabepflicht. Du bist völlig frei in deinen Entscheidungen. Nur dass du überhaupt berichtest, das ist uns wichtig.»

Melissa dachte nach. «Auch wenn ich weiterhin mit Konkurrenten und Gegnern des Projekts spreche und darüber schreibe? Du weißt, gerade die Tierschützer haben Bedenken. Und sie sind nicht die Einzigen.»

«Damit haben wir kein Problem – das gehört zu einer sauberen journalistischen Arbeit. Rede, mit wem du willst.» Ryan zuckte die Achseln. «Wir sind nach wie vor hundertprozentig von unserem Ansatz überzeugt und glauben daran, dass das auch die Öffentlichkeit so sieht. Gegner und Kritiker gibt es überall, damit kommen wir klar.» Er lächelte wieder. «Als Zeichen unseres Vertrauens erhältst du übrigens eine Zugangskarte, mit der du jederzeit und allein in alle Cyaclean-Bereiche hineinkommst. Wir versichern volle Transparenz. Du musst nur darüber schreiben.» Er streckte ihr die Hand hin. «Ist das ein Deal?»

· · ·

Die beiden Besucher liefen schon den ganzen Tag auf dem Gelände herum, ein Mann und eine Frau, Anfang dreißig, beide trugen Freizeitkleidung und wirkten fit und sportlich. Sie machten Fotos, redeten mit Angestellten.

«Sind die von der Kripo?» Leon hielt Axel Turner auf, der sich gerade in der Kantine eine Cola holte. «Die sehen gar nicht nach Polizei aus.»

Der Sicherheitschef zog ihn beiseite.

«Du musst es für dich behalten – das sind zwei Beamte vom Bundesnachrichtendienst aus Berlin», sagte er mit gedämpfter Stimme. «Offiziell laufen Sie unter der Berufsbezeichnung ‹Ermittler›.»

«Wow, richtige Geheimdienstleute im Haus?» Leon war beeindruckt. Irgendwie hatte er sich Spione aber anders vorgestellt. «Was suchen die bei uns?»

«Ryan hat seine Beziehungen spielen lassen und dafür gesorgt, dass dem Verdacht auf einen Anschlag nachgegangen wird», sagte Turner mit gedämpfter Stimme. «Er glaubt keine Sekunde an die Möglichkeit eines Unfalls – und ich auch nicht, um ehrlich zu sein. Dazu gibt es zu viele Ungereimtheiten.»

Leon nickte, das entsprach seinen eigenen Überlegungen. Nach dem Termin mit dem Kommissar hatte er sich schon gedacht, dass Ryan die Sache nicht auf sich beruhen lassen würde – es stellte sich wirklich die Frage, wie bei den vielen Sicherheitsmaßnahmen so ein Unglück hatte geschehen können. Vieles sprach dafür, dass jemand die Explosion absichtlich herbeigeführt hatte. Nur wer?

«Und was kann der BND finden, was die Kriminalpolizei nicht schon entdeckt hat?»

«Es kommt auf den Blickwinkel an.» Axel nahm einen Schluck von seiner Cola. «Wenn man an einen Unfall glaubt, sucht man eher nach Indizien, die das belegen. Vermutet man einen Anschlag, erweitert sich die Perspektive. Für Ryan hat es oberste Priorität, dass die Produktion so schnell wie möglich wieder aufgenommen wird. Wenn der BND die Täter zeitnah schnappt, hilft uns das, zur Tagesordnung zurückzukehren – ohne Auflagen der Behörden befürchten zu müssen. Wenn die Polizei sich hingegen auf einen Unfall festlegt, haben wir hier bald einen Haufen Leute rumlaufen, die unsere Prozesse und Sicherheitssysteme prüfen und den Betrieb lahmlegen. Nur um zu dem Ergebnis zu kommen, dass alles in bester Ordnung ist.» Er nahm noch einen Schluck. «Dass der BND hier ist, ist eine gute Sache, die werden die Ermittlungen in die richtige Richtung lenken.»

Leon sah ihn an. «Was macht dich da so sicher?»

«Sie haben bereits Zugriff auf Computerdateien und alle Überwachungskameras gefordert, zudem die Personalakten von jedem Einzelnen und Listen mit potenziellen Cyaclean-Gegnern. Und Ryan hat ihnen jedmögliche Unterstützung versprochen.»

«Aha.» Leon runzelte die Stirn. «Ich bin gespannt, ob die was finden.»

«Das bin ich auch.» Axel stellte seine Flasche ab. «Ich muss los, bitte behalt das für dich, okay? Bis später.»

Leon holte sich einen Espresso vom Automaten, dazu ein Stück Käsekuchen. Er suchte sich eine ruhige Ecke und startete seinen Laptop. Axels Hinweis auf die internen Computerdateien hatte ihn auf eine Idee gebracht: Ließen sich da Spuren auf den – oder die – Täter finden? Schließlich wurde die Produktion mit Sensoren, Messfühlern, Kameras und Füllstandsanzeigen überwacht, alles war digital dokumentiert.

Er beschloss, der Sache selbst nachzugehen.

«Na, machst du nur noch Pause, oder arbeitest du auch hier und da?»

Überrascht sah er hoch. Vor ihm stand Melissa. Sie grinste.

«Schön, dass du von den Toten auferstanden bist.» Er deutete auf den freien Stuhl neben ihm. «Du kannst dich gerne setzen. Ehrlich gesagt dachte ich nicht, dass du hier noch mal auftauchen würdest.»

Er war froh, sie wiederzusehen. Ihr Gesicht wirkte weniger fahl als im Krankenhaus, sie schien guter Laune.

«Ich soll noch einige Geschichten über Cyaclean machen. Ich habe ein unmoralisches Angebot erhalten», sagte sie mit gesenkter Stimme und berichtete von ihrem Gespräch mit Ryan.

«Die ganze Behandlung? Das ist wirklich ein nobles Angebot, das muss man ihm lassen.» Leon nickte. «Und, hast du schon zugesagt?»

«Noch nicht. Gerade habe ich mit meinem Bruder Tobias telefoniert. Er hat mich gedrängt, das Angebot anzunehmen.»

«Klar, das verstehe ich. Und du kannst berichten, was du willst, hat Ryan gesagt, das klingt doch gut.»

Melissa nickte. «Ich werde wohl zusagen. Auch wenn ich dann noch länger mit dir zu tun habe.» Sie grinste wieder. «Aber ich habe eine Explosion überlebt, da werde ich auch deine schlechte Laune noch ein bisschen aushalten.»

Er musste schmunzeln. «Man gewöhnt sich an alles.»

Sosehr sie ihn anfangs genervt hatte, mittlerweile begann er sie zu mögen, das musste er zugeben. Das schreckliche Erlebnis schien sie ihm irgendwie näher gebracht zu haben, auch wenn er das nicht für möglich gehalten hätte. Er war sich mittlerweile sicher, dass sie mit dem möglichen Anschlag nichts zu tun hatte. Wieso sollte sie das tun, sie hatte kein Motiv – außerdem hätte sie sich dann sicher nicht selbst in Gefahr gebracht.

«Da ich dann jetzt öfter in Düsseldorf bin», unterbrach sie seine Gedanken, «weißt du, wo ich mir ein Fahrrad ausleihen kann? Dann wäre ich von meiner Pension schneller hier.»

«Ich hab ein altes Rad im Keller stehen – das kannst du haben.»

«Danke – aber ich habe ziemlichen Respekt davor, ein Herrenrad zu fahren.»

Er schüttelte den Kopf. «Kein Herrenrad. Es ist das Rad meiner Freundin.»

Melissa sah ihn verdattert an, sie schien diese Antwort nicht erwartet zu haben.

«Das wird sie selber brauchen.»

«Nee, Ex-Freundin. Wir haben uns getrennt, als ich von Stuttgart nach Düsseldorf gezogen bin. Ich hatte es ihr gekauft, aber ...»

«Warum habt ihr euch getrennt?»

Was war das für eine Frage? Fast bereute er, dieses Gespräch angefangen zu haben. Diese neugierigen Journalistinnen wollten wirklich alles wissen.

«Wie es halt so ist: Die Entfernung war einfach zu groß, als Wochenendbeziehung hat es nicht funktioniert. Umziehen wollte sie nicht.»

«Und jetzt hast du eine neue Freundin?», fragte sie und hob herausfordernd eine Augenbraue.

«Was du immer für Fragen stellst – gehört das zu deinem Job?»

Sie schmunzelte. «Ausnahmsweise interessiert es mich privat.»

Er musste lachen. «Und du?»

«Antwortest du immer mit einer Gegenfrage?»

«Nicht immer. Also, wenn du es unbedingt wissen willst: Momentan bin ich Single. Und das ist gut so. Ich mag es.»

«Na wunderbar.»

War das Spott in ihrer Stimme?

Über Melissas Schulter sah er, wie sich die Tür öffnete. Er beugte sich vor. «Dreh dich nicht um», sagte er gedämpft, «gerade sind die zwei BND-Agenten in die Kantine gekommen, die sich als Ermittler ausgeben. Sie befragen alle Angestellten.»

«Wie bitte?» Sie sah ihn überrascht an, und er konnte ihr ansehen, wie sehr sie sich zusammenreißen musste, sich nicht umzudrehen.

«Lass dir nicht anmerken, dass du Bescheid weißt. Und kein Wort zu irgendwem.»

Sie seufzte. «Und ich hatte mich schon auf eine Exklusivgeschichte gefreut – ‹Spione bei Cyaclean› ...»

Die beiden Beamten holten sich einen Kaffee und blickten sich im Saal um. Als sie Leon und Melissa sahen, gingen sie direkt auf sie zu.

«Sie kommen», raunte Leon.

«Guten Tag, Frau Frey, Herr Feininger», sagte die Frau. «Wir sind Nelson Carius und Diana Winkels, wir ermitteln aufgrund der Explosion. Dürfen wir uns setzen?»

«Hallo, bitte.» Leon wies auf die freien Stühle, und die Beamten nahmen Platz. «Woher kennen Sie unsere Namen?», fragte er, obwohl er die Antwort bereits wusste.

«Herr Hill hat uns eine Liste mit Namen und Fotos gegeben, das macht es uns einfacher, bestimmte Personen anzusprechen.»

«Und, wie laufen Ihre Ermittlungen?» Melissa sah die Beamten interessiert an. «Gibt es schon einen Verdächtigen?»

«Wir werten gerade noch alle Fakten und Protokolle aus», sagte Nelson Carius. Er blieb eine konkrete Antwort schuldig.

«Sie beide waren während der Explosion im Labor, wie wir gehört haben.» Diana Winkels zog Notizblock und Stift aus der Tasche. «Wenn Sie uns bitte noch mal exakt alles erzählen, was Sie erlebt und beobachtet haben.»

Die nächste Stunde schilderten Leon und Melissa ihre Erlebnisse. Leon folgte dem Gespräch sehr aufmerksam. Die Fragen der beiden BND-Agenten waren hochprofessionell und machten ihm klar, dass er längst nicht alle Aspekte des Falls bedacht hatte. Das hier würde ihn weiterbringen, wenn er der Sache selbst nachgehen wollte.

Als sie fertig waren, gab ihnen Diana Winkels noch ihre Visitenkarten, die sie als Kriminalbeamte auswiesen. Es mussten Fälschungen sein, um ihren wahren Hintergrund zu verdecken. «Hier unsere Kontaktadressen.»

Beide Agenten gaben ihnen die Hand. «Zögern Sie nicht, uns jederzeit anzurufen, wenn Ihnen noch etwas einfällt – oder sich bei Cyaclean Ungewöhnliches tut.»

LÜBECK

Auf der A 20 nahmen sie die Ausfahrt Lübeck-Süd und fuhren weiter nordwärts. Nach wenigen Kilometern tauchte der Regionalflughafen vor ihnen auf. Tobias suchte einen Parkplatz, stellte den Wagen ab und gab Melissa den Schlüssel.

Sie half ihm, das Gepäck von Zoe und ihren Eltern auszuladen, dann öffnete sie Zoes Tür.

«So, du darfst jetzt das erste Mal in deinem Leben fliegen.» Sie nahm die Kleine vorsichtig auf den Arm, damit die Schläuche an Ort und Stelle blieben, und drückte ihr das Stoffpferd in die Hand.

«Tanja auch fliegen», sagte Zoe leise.

«Genau, wie ein Vogel.» Melissa gab ihr einen Kuss auf die Wange.

Tobias sah seine Tochter an. Zoe war an einen Tropf angeschlossen und hatte eine Maschine bei sich, die ihre Werte ablas. Den Ärzten war es gelungen, sie zu stabilisieren, damit sie die Reise in die Vereinigten Staaten antreten konnte. Im Moment wirkte sie immerhin wach und sah sich um, auch wenn sie blass war und noch schwächer als sonst.

Tobias war klar, dass dieser Zustand nur von kurzer Dauer sein würde. Während Melissa die Reise vorbereitet hatte, hatten die Ärzte versucht, Zoe fit für den Flug zu machen. Er war seiner Tochter nicht von der Seite gewichen und wusste, dass sie die Medikamente, die das alles nun möglich machten, nicht lange würde nehmen können. Eine Ärztin hatte ihm erklärt, dass sie Zoe in eine Art Ausnahmezustand versetzten, in dem ihr Körper Reserven aktivierte, ähnlich wie durch Adrenalin. Nur deshalb wirkte sie so wach, nur deshalb konnte sie nun fliegen.

Ein Arzt würde mit an Bord der Privatmaschine gehen und Zoe im Auge behalten. Dafür hatte Ryan Hill gesorgt, und Tobias war froh darüber – dennoch hatte er darum gebeten, die Autofahrt mit seiner Familie und Zoe allein machen zu dürfen. Er wollte seine Kleine noch einmal bei sich haben, in der Mitte der Menschen, die sie liebten, und an einem Ort, den sie kannte, bevor sie mit ihr auf die andere Seite der Welt flogen. Er hatte keine Ahnung, was sie dort erwarten würde.

«So, die erste Etappe ist geschafft!» Seine Mutter zog ihre Strickjacke an. «Das Abenteuer kann beginnen.»

«Erst mal müssen wir den richtigen Schalter finden.» Sein Vater packte einen Rollkoffer und marschierte los.

Die ganze Familie folgte ihm zum Eingang des kleinen Flughafens.

In der Abflughalle fragten sie nach dem Sonderschalter für Privatjets. Ein Flughafen-Angestellter wies ihnen den Weg.

«Es ist so nett von diesem Herrn Hill, uns mitzunehmen», sagte seine Mutter, während sie durch die Halle gingen. «So können wir Zoe ein Stück begleiten.»

«Das stimmt. Denkt nur daran, euch selbst um eure Rückreise zu kümmern», antwortete Tobias.

Er war froh, dass seine Eltern dabei waren und noch etwas bleiben würden. Für seine Tochter würde das alles eine große Umstellung sein – die fremde Umgebung, die fremden Leute, die fremde Sprache. Vertraute Gesichter waren da eine große Hilfe.

«Wir haben bereits die Route für eine kleine Rundreise ausgearbeitet», sagte sein Vater. «Wenn wir schon in den USA sind, dann nutzen wir das auch aus, und auf diese Weise sind wir in der Nähe, wenn Zoes Behandlung anläuft. Das gibt uns ein besseres Gefühl: Wenn etwas ist, können wir sofort kommen.» Er nickte, wie um sich selbst zu vergewissern. «Und von New York aus fliegen wir zurück.»

«Dahinten winkt uns jemand zu.» Seine Mutter deutete auf einen Mann in Jeans und Jacke.

«Das ist Ryan Hill», sagte Melissa. Sie winkte zurück.

Der Mann, von dem seine Schwester schon so viel erzählt hatte, begrüßte Tobias mit Handschlag, dann seine Eltern und Melissa. Zoe strich er übers dünne Ärmchen.

«Hallo, Zoe, es freut mich, dich kennenzulernen.» Er lächelte. «Herzlich willkommen!» Er wandte sich an die Reisegruppe. «Eine Servicemitarbeiterin hilft Ihnen bei den Formalitäten. Wir treffen uns am Flugzeug. Der Arzt ist schon an Bord.»

Eine Frau führte sie zur Passkontrolle, ein Angestellter nahm ihnen das Gepäck ab, lud es auf einen Trolley und verschwand damit. Sie folgten der Mitarbeiterin nach draußen.

Auf dem Rollfeld blies ein heftiger Wind. Zu Fuß gingen sie die wenigen Meter zu einem zweimotorigen Privatjet.

Tobias' Vater musterte die kleine Maschine anerkennend. «So luxuriös sind wir noch nie verreist. Gibt es an Bord auch Champagner?» Er lachte.

«Das kennt man sonst wirklich nur aus Filmen.» Seine Mutter nickte beeindruckt. «Was das wohl alles kostet ...»

«Mach dir darüber keine Sorgen», sagte Melissa, die Zoe immer noch auf dem Arm hatte und den Infusionsständer neben sich herschob, Tobias trug den Überwachungscomputer. «Es ist alles inklusive. Hauptsache, Zoe hat dort eine Chance, wieder gesund zu werden.»

«Ausnahmsweise sind wir einer Meinung.» Der Gesichtsausdruck seiner Mutter blieb ernst.

Tobias seufzte.

Über die schmale Treppe stiegen sie ein. Ryan Hill erwartete sie in der Kabine. Drinnen gab es zwei gemütliche Sitzreihen mit Tischen. Ein Mann in Jeans und Pullover saß bereits dort und stellte sich als Doktor Feldman vor, er hatte einen amerikanischen Akzent.

«Bitte machen Sie es sich gemütlich.» Ryan Hill wies auf die Ledersessel. «Wenn Sie Wünsche haben, zögern Sie nicht, Sie zu äußern.»

«Warum können Sie nicht mitfliegen?», fragte Tobias' Mutter.

«Die Geschäfte halten mich hier in Deutschland fest», antwortete er. «Für Ihre Ankunft und den Weitertransport in die Klinik ist gesorgt. Ich drücke Zoe fest die Daumen, dass die Behandlung anschlägt und sie wieder gesund wird.»

«Das wünschen wir uns alle. Danke, Mr Hill.» Tobias gab ihm zum Abschied die Hand und hielt sie einen Moment länger fest. «Danke, dass Sie das für uns tun.»

Es war ein Glücksfall, nein, fast ein Wunder, dass seine Tochter nun eine zweite Chance erhielt. Er wusste, Garantien für den Behandlungserfolg gab es nicht. Und doch war er euphorisch, die Zuversicht überwog: Zoe durfte weiterleben, davon war er überzeugt.

«Ich verlasse euch jetzt auch», sagte Melissa, als Ryan Hill verschwunden war. Sie drückte Zoe an sich und hielt sie fest. Erst als ihre Nichte sich aus ihrer Umarmung zu winden begann, ließ sie sie los. Tobias wusste, wie schwer ihr das fiel. Er sah Tränen in den Augen seiner Schwester, die sie wegzublinzeln versuchte.

Sie setzte ihm die Kleine auf den Schoß, klopfte ihm aufmunternd auf die Schulter, nickte Vater und Mutter zu. «Bitte ruft mich regelmäßig an, wie es ihr geht. Ich wünsche euch alles Gute.»

Sie warf Zoe noch einen letzten Blick zu, dann stieg sie aus und ging über das Rollfeld davon.

BERLIN

Nelson rief die Abfragemaske auf und tippte den Namen *Louis Favre* ein. Kein neuer Treffer. Er probierte es mit den Tarnnamen des Waffenhändlers. Ebenfalls Fehlanzeige.

Es war wie verhext: Der Mann schien ein Phantom zu sein, keiner der befreundeten Nachrichtendienste kannte seinen aktuellen Aufenthaltsort. Dabei hätte er ein paar dringende Fragen an ihn. Insbesondere, was er mit seinen Eltern zu schaffen gehabt hatte.

«Scheiße!», rief Nelson. Frustriert wischte er die Computertastatur zur Seite.

«Na, ist der Herr gereizt? Fehlt ihm etwas Süßes, vielleicht ein Schokoriegel?» Diana saß ihm gegenüber an ihrem Schreibtisch und sah ihn fragend an. «Sollen wir eine Pause machen?»

«Ich könnte wirklich einen Kaffee brauchen – und was dazu.» Er schloss die Suchmaske, stand auf und hoffte, seine Partnerin würde nicht weiter nach dem Grund seines Ärgers fragen. «Wollen wir in die Kantine gehen?»

«Ich folge dir gern, ich muss dir sowieso was Spannendes erzählen – aber heute bist du dran mit zahlen.»

Sie gingen durch die Gänge des BND-Gebäudes mit seinen unzähligen identisch aussehenden Türen. Genauso gesichtslos wie seine Angestellten, dachte Nelson. Zumindest die Kantine war aufgehübscht, mit Kunstdrucken an der Wand und Möbeln in warmen Farben.

Sie holten sich einen Kaffee aus dem Automaten, er wählte eine gefüllte Teigtasche, Diana griff sich einen Apfel. Sie hatte eine Mappe mit Ausdrucken mitgebracht, Nelson war gespannt, was drin war.

«Kein Vergleich zu der Cyaclean-Kantine», meinte er, als sie an einem Ecktisch Platz nahmen. «Deren Kuchenauswahl ist einfach fantastisch.»

«Das Obst dort ist bio – und alles umsonst.» Diana seufzte.

«Bei Cyaclean zu ermitteln ist definitiv angenehmer, als auf irgendwelchen Müllkippen herumzulaufen.» Er biss in seine Teigtasche. Die Füllung schmeckte entfernt nach Aprikose. Das war garantiert kein Bio. «Was hältst du von der Attentatsthese dieses Ryan Hill?»

«Der Mann ist auf jeden Fall kein Spinner.» Diana überlegte. «Er verfügt über exzellente Verbindungen, kann große unternehmerische

Erfolge vorweisen und engagiert sich mit viel Geld auf dem Gebiet des Umweltschutzes. So ein Mensch hat naturgemäß viele Feinde.»

«Aber ein Anschlag?» Nelson nahm einen Schluck vom Kaffee. «Wie diese Firma die Algen einsetzt, ist wirklich innovativ. Und wenn es funktioniert, wäre das ein wichtiger Beitrag, den Mikroplastikabfall von unserem Planeten verschwinden zu lassen. Wer könnte da etwas dagegen haben?»

«Es muss ja nicht unbedingt jemand etwas Fundiertes gegen das Verfahren haben», sagte sie. «Noch ist alles in der Versuchsphase, wenn ich das richtig verstanden habe. Und Neider und Konkurrenten wird es genug geben. Ich habe in einer Studie gelesen, dass die Plastikproduktion in den kommenden Jahren weltweit erheblich steigen wird. Das heißt, die produzierenden Großkonzerne werden damit Milliarden verdienen. Ihnen kann ganz und gar nicht daran gelegen sein, dass ein Prominenter wie Ryan Hill die damit verbundene Plastik-Umweltverschmutzung öffentlich kritisiert und ihr Produkt problematisiert. Am Ende könnten die Leute sich doch Gedanken um die Umwelt machen, das kann ja keiner wollen.» Sie verzog ironisch das Gesicht.

«Oder andere Gegner. Denk nur an diese radikale Tierschutzorganisation, die kurz vor der Explosion noch am Werksgelände demonstriert hat.» Nelson schob seine Kaffeetasse beiseite. «Diese *Cosmo Creatures Alliance*, die sollten wir uns wirklich mal näher ansehen. Wer steckt dahinter, was sind ihre eigentlichen Ziele? Die Gruppe scheint neu zu sein –in der Öffentlichkeit tauchte sie bisher nicht auf, zumindest unseren Daten nach.» Er lehnte sich zurück. «Oder ein Insider hat den Anschlag verübt. Es wäre nicht das erste Mal, dass wütende Angestellte sich an ihrem Arbeitgeber rächen.»

«Aber wer sollte dort unzufrieden sein?» Diana schüttelte den Kopf. «Das Arbeitsklima ist offensichtlich hervorragend, die Bezahlung exzellent, das Projekt spannend, das Obst bio – da fehlt mir ein Motiv.»

Nelson zuckte die Schultern. «Wir setzen es zumindest auf die To-do-Liste.»

«Auch die Handwerker und Lieferanten kommen als Täter infrage», meinte Diana. «Vielleicht hat sich jemand als Mitarbeiter ausgegeben und sich auf diese Weise Zutritt zu dem Grundstück verschafft. Es wäre der einfachste Weg.»

«Die Kripo führt vor Ort immer noch Verhöre durch.» Nelson brach noch ein Stück von der Aprikosentasche ab. «Deren Protokolle sollten wir durchackern – und uns die Aufzeichnungen der Überwachungskameras noch mal ansehen.»

«Klingt nach viel Büroarbeit.» Diana legte den abgenagten Rest ihres Apfels auf einen Teller. «Und einen wichtigen Verdächtigen haben wir noch gar nicht erwähnt. Eine weitere Firma im Kampf gegen die Plastikflut.»

«Du meinst diese Innovative Cleaning GmbH, deren Geschäftsführer sich kürzlich noch beim Ministerpräsidenten beschwert hat? Wie hieß der Typ noch mal, Rudolf Hoppe?» Nelson überlegte. «Für diese Firma ist Cyaclean tatsächlich ein gefährlicher Konkurrent, der ihre Existenz bedroht.»

«Und an dieser Stelle wird es interessant.» Diana nahm ihre Mappe vom Schoß und zog ein Blatt Papier hervor. «Es gibt nämlich eine überraschende Verbindung: Dieser Hoppe hält ebenfalls eine Beteiligung an der Prager Müllbeseitigungsanlage.»

«Oha.» Nelson pfiff durch die Zähne. «Und was ist mit der illegalen Deponie in der Nähe, die wir untersucht haben?»

«Fehlanzeige. Laut Auskunft der tschechischen Behörden gehört sie niemandem – das Waldstück ist offiziell Eigentum des Staates. Aber es wird noch besser.» Sie kramte einen weiteren Computerausdruck hervor. «Der Lkw, der uns von der Straße gedrängt hat, ist auf eine Environment Logistics Ltd. zugelassen. Die Firma hat ihren Sitz auf den Bahamas, aber es ist absolut nichts über sie herauszufinden. Meine Datenbankabfrage hat ergeben, dass sie noch weitere 120 Lastwagen besitzt, verteilt auf mehrere europäische Länder.»

«120 Lkw? Das ist verdammt viel für eine Briefkastenfirma. Bestimmt steckt da in Wirklichkeit ein internationaler Logistikkonzern dahinter, der keine Aufmerksamkeit auf sich ziehen will. Aber wem gehört das Unternehmen?» Nelson sah aus dem Fenster. «Hinter der Reederei Cross Shipping von Otto Tietz steckten doch auch Firmen, die auf den Bahamas registriert sind. Ein Zufall?»

«Das habe ich noch nicht rausbekommen. Bekannterweise verweigern die Behörden auf den Bahamas jegliche Auskunft. Ich habe deshalb die CIA um Amtshilfe gebeten, vielleicht finden die einen besseren Zugang zu den Daten. Immerhin wissen wir den Namen des Geschäftsführers der Environment Logistics – er ist auf den Zulassungspapieren aufgeführt. Es ist ein gewisser Bruno Zeissner, 92 Jahre alt, Schweizer Staatsbürger, wohnhaft in Zürich in der Schweiz.»

«Dann sollten wir uns den Herrn schleunigst vorknöpfen, bevor er plötzlich tot ist.» Nelson war zufrieden – endlich machten sie Fortschritte.

«Das wird nicht gehen.»

«Warum?»

«Seine Wohnadresse in Zürich ist ein Altenheim. Ich habe mit der Leiterin der Seniorenresidenz telefoniert.» Diana beugte sich vor. «Und jetzt halt dich fest: Bruno Zeissner ist hochgradig dement und hat einen gesetzlichen Vormund, einen Rechtsanwalt. Den habe ich ebenfalls angerufen. Er fiel aus allen Wolken, als ich ihn mit Fakten konfrontiert habe. Er ist sich sicher: Das muss eine Fälschung sein – jemand missbraucht die Daten von Bruno Zeissner, um einen unverdächtigen Namen für Strohmann-Geschäfte zu haben.»

«Ach.» Nelson nickte anerkennend. «Das ist ja ein Ding. Dann wissen wir also immer noch nicht, wer hinter dieser Environment Logistics steckt, wer also unter dem Tarnnamen Bruno Zeissner die Fäden zieht.»

«So sieht's aus.» Diana schob ihre Unterlagen zusammen und stand auf. «Wie ist der Rat bei solchen kriminellen Strukturen: Follow the money. Das tun wir jetzt auch. Nur folgen wir nicht dem Geld – sondern dem Müll.»

Gemeinsamer öffentlicher Aufruf von Bund Naturschutz, NABU, Cosmo Creatures Alliance, Greenpeace, Earth Defender und WWF an die Bundesregierung in Berlin

Alarmstufe Rot: Bedrohliche Zunahme von Plastikmüll an den Stränden von Nordsee und Ostsee – jetzt helfen nur noch sofortige Notmaßnahmen

Alarmstufe Rot für unsere Meere: Das Plastik bedroht die heimischen Ökosysteme! Und Menschen und Tiere leiden darunter!

Es lässt sich nicht länger beschönigen: Die ökologischen Auswirkungen des Plastikmülls sind auch in der Nord- und Ostsee verheerend. Und täglich nimmt die Verschmutzung besorgniserregend zu.
Gerade die aktuelle Müllkatastrophe im Mittelmeer, die immer größere Ausmaße annimmt, zwingt uns zum Handeln. Mittlerweile sind im Süden Europas Hunderte Quadratkilometer mit Plastikabfällen verseucht.

Neue Studien bringen das Ausmaß der Katastrophe ans Licht:
- An unseren Küsten finden sich 400 Plastikmüllteile je 100 Meter Strandlänge. Dazu kommen Mikroplastikpartikel, die sich in erheblichen Mengen quasi unsichtbar im Sand und im Wasser befinden.
- 94 Prozent der tot aufgefundenen Eissturmvögel haben laut Umweltbundesamt Mikroplastik im Magen. 97 Prozent der Nester von Basstölpeln auf Helgoland bestehen aus Kunststoffen. Die Sterblichkeit dieser Seevögel hat sich dadurch verfünffacht.
- In 69 Prozent der Fischproben in Nord- und Ostsee wurde Mikroplastik nachgewiesen.
- Auch Seehunde, Kegelrobben oder Schweinswale werden Opfer unseres Zivilisationsmülls. Eine Untersuchung des Alfred-Wegener-Instituts für Meeresforschung fasst die Konsequenzen zusammen: Bei fast 90 Prozent der untersuchten Tierarten sind negative Auswirkungen zu beobachten.

- Die Plastikverschmutzung ist nicht nur in die marine Nahrungskette eingedrungen, sondern beeinträchtigt auch ernsthaft die Produktivität der wichtigsten maritimen Ökosysteme.
- Selbst wenn die Plastikverschmutzung heute gestoppt werden könnte, würde sich die Menge an Mikroplastik in den Meeren innerhalb der nächsten 30 Jahre mehr als verdoppeln – unter aktuellen Umständen gehen einige Szenarien sogar von einem 50-fachen Anstieg bis zum Jahr 2100 aus.

Deshalb fordern wir die Bundesregierung auf: Warten Sie nicht, bis alles noch schlimmer wird! Nur einschneidende Maßnahmen können das Artensterben und die Verseuchung durch Mikroplastik eindämmen. Sonst sind die Folgen für Natur und Umwelt, Wirtschaft und Tourismus unabsehbar.

Handeln Sie jetzt!

KAPITEL 24
KIEL

Melissa war überrascht gewesen, wie schnell sie einen Gesprächstermin mit Rudolf Hoppe, dem Geschäftsführer von *Innovative Cleaning*, erhalten hatte. Den ersten Beitrag ihrer Cyaclean-Serie hatte sie bereits veröffentlicht und viel Aufmerksamkeit erregt, in den Kommentarspalten war die Stimmung hochgekocht, und Nolan hatte sich ganz begeistert gezeigt. Nun wollte sie ihre Freiheit nutzen und unbedingt auch kritische Stimmen über Cyaclean bei *Daily Flashlight* zu Wort kommen lassen. Hoppe schien ihr dafür ein guter Gesprächspartner, immerhin hatte sich der Mann öffentlichkeitswirksam beim Ministerpräsidenten Nordrhein-Westfalens beschwert.

Die Firma residierte in einem unscheinbaren lang gezogenen Flachbau am Hafen, lediglich ein Schild wies darauf hin, was sich hinter dem Tor befand: *Innovative Cleaning*. Melissa parkte den Mietwagen direkt vor dem Eingang.

Am Empfangstresen fragte sie nach dem Geschäftsführer, eine Sekretärin führte sie in den ersten Stock in ein nüchtern gehaltenes Büro und bat sie, Platz zu nehmen.

Einige Minuten später kam ein Mann im Anzug herein, der oberste Knopf seines weißen Hemdes war offen, er trug eine Hornbrille. Laut Website war er einundvierzig Jahre alt.

«Moin, Frau Frey. Willkommen im Norden!», begrüßte er sie freundlich. Er wies auf das Tablett mit Getränken. «Bitte bedienen Sie sich.»

Sie schenkte sich ein Mineralwasser ein und legte Handy und Schreibblock auf den Tisch. «Herr Hoppe, wenn Sie einverstanden sind, würde ich unser Gespräch gern aufzeichnen und nachher noch ein kurzes Video drehen.»

Hoppe nickte. «Gern, kein Problem.»

«Sehr gut.» Sie brauchte nur wenige Sekunden, um alles vorzubereiten.

«Lassen Sie uns am besten gleich beginnen. Sie haben mit Ihrem Brief an den Ministerpräsidenten für gehörigen Wirbel gesorgt. Was steckt dahinter? Warum wollen Sie Cyaclean schaden?»

«Wie ich sehe, halten Sie sich nicht mit Small Talk auf, sondern gehen gleich in die Vollen, das gefällt mir.» Rudolf Hoppe lachte. Er machte einen entspannten Eindruck. Vermutlich hatte er mit solchen Fragen gerechnet. «Eine Sache muss ich vorausschicken: Mir ging es in meinem Aufruf nicht um ein spezielles Unternehmen, sondern ums Prinzip. Und ich will auch niemandem schaden. Aber es kann nicht sein, dass deutsche Firmen wie wir gegenüber amerikanischen Konkurrenten im Nachteil sind, und das hier in Deutschland.»

«Dennoch fordern Sie konkret, Cyaclean dichtzumachen. Wenn das nicht eine gezielte Attacke ist, was dann?»

«Ja, weil diese US-Firma gegen Auflagen und Standards verstößt, an die sich hier in Deutschland sonst jeder halten muss. Die Politik rollt denen einen roten Teppich aus, weil ein mächtiger amerikanischer Investor dahintersteht.» Hoppe schüttelte den Kopf. «Cyaclean nennt sich Start-up, dabei gehört es zum Imperium dieses Ryan Hill. Die Innovationen deutscher Unternehmen gelten dagegen nicht, wir werden behandelt wie ein popeliger Handwerksbetrieb. Dabei sollte sich diese Methode von Cyaclean vielleicht auch mal jemand genauer angucken.»

Melissa sah von ihren Notizen auf. «Was genau ist denn schlecht daran, mit Algen Mikroplastik zu beseitigen, wie Cyaclean es tut? Der Prozess läuft vollständig mit natürlichen Stoffen ab – ohne Chemie.»

«Mit Verlaub, das ist ziemlich naiv. Ich habe Ihre Berichte auf *Daily Flashlight* gelesen, Frau Frey. Da lese ich viel Sympathie für die Amis heraus – diese Sympathie teile ich ganz und gar nicht!»

Der Geschäftsführer war das erste Mal energischer geworden. Melissa fragte sich, ob es eine spontane Reaktion war – oder nur gespielt. Sein Vorwurf verletzte sie, denn sie hatte tatsächlich sehr objektiv berichtet. Das, was Cyaclean tat, war eben einfach sinnvoll und richtig. Aber hier ging es nicht um sie.

«Was konkret stört Sie an der Algenmethode?», lenkte sie das Gespräch zum Thema zurück.

«An Algen an sich ist nichts auszusetzen, das System hat Potenzial.»

«Aber?»

Hoppe beugte sich vor. «Frau Frey, Hand aufs Herz: Wissen Sie tatsächlich, ob diese Kleinstlebewesen nicht durch DNA-Veränderungen manipuliert wurden? Kennen Sie den Inhalt der geheimnisvollen Nährlösung? Wissen Sie wirklich, was außer Sauerstoff und Wasserstoff sonst noch zugeleitet wird?»

«Nein, aber …»

«Da haben Sie es», unterbrach er sie. «Es ist wie ein schwarzes Loch, niemand – außer Mister Hill und vielleicht ein paar Handlangern – weiß, was wirklich in der Giftsuppe schwimmt.»

«Haben Sie Beweise für Ihre Behauptungen?»

«Ich muss gar nichts beweisen.» Er verschränkte die Arme. «Das ist Sache des Staatsanwalts. Oder der Aufsichtsbehörden. Die sollten schleunigst in Düsseldorf nach dem Rechten sehen und eine Qualitätskontrolle ansetzen. Besonders nach dieser fürchterlichen Explosion.»

«Machen Sie es sich da nicht zu einfach?» Melissa nahm einen Schluck Wasser. «Vor allem, weil Ihre Firma sich ebenfalls auf dem Gebiet der Plastikmüllaufbereitung engagiert. Es klingt, als wollten Sie einen lästigen Konkurrenten loswerden.»

Hoppe schüttelte den Kopf. «Wir bieten eine Alternative, um Mikroplastik aus dem Wasser zu holen, das stimmt. Aber unsere Methode ist nachprüfbar biologisch und ökologisch. Wir beauftragen teure Lieferanten, und davon gibt es nur eine Handvoll in Deutschland, die die Zutaten und Gerätschaften für unsere Anlage herstellen und garantieren, dass alles den Umweltstandards entspricht.»

«Dennoch sind Sie Ihren Investoren verpflichtet. Die wollen sicher Gewinne sehen – und keine Verluste.»

«Da machen Sie sich mal keine Sorgen.» Er lehnte sich zurück. «Müllentsorgung ist ein einträgliches Geschäft – dafür sorgt unsere Wohlstandsgesellschaft.»

«Wo wir gerade bei Geldgebern sind – wem gehört eigentlich Innovative Cleaning?»

«Einige Anteilseigner, beispielsweise ich, stehen im Handelsregister, andere sind stille Gesellschafter. Über deren Namen will ich nicht sprechen. Wenn Sie wollen, Frau Frey, zeige ich Ihnen stattdessen unsere Produktion. Da können Sie sich selbst ein Bild machen.»

Ihr fiel auf, dass der Geschäftsführer versuchte abzulenken. Dabei würde sie sehr interessieren, wer noch hinter dieser Firma steckte. Aber mehr Informationen waren ihm wohl gerade nicht zu entlocken. Sie machte sich eine Notiz.

«Das würde ich mir gerne ansehen, dann möchte ich auch noch ein paar Fotos machen, wenn Sie erlauben.»

«Einverstanden.» Er stand auf. «Wenn Sie bitte mitkommen.»

Hoppe führte sie nach draußen und um die Halle herum bis zu einer betonierten Hafenmole. Zwei überdimensionierte Rohre führten aus dem Hafenbecken und liefen direkt in das Gebäude.

«Unser System funktioniert wie ein riesiger Staubsauger mit nachgeordneten Reinigungs- und Filtersystemen.» Der Geschäftsführer wies auf die Anlage. «Wir saugen das Wasser direkt aus dem Meer und filtern das Plastik heraus.»

Melissa sah sich um und ließ ihren Blick über die große Hafenanlage wandern. «Warum entnehmen Sie das Wasser gerade von hier?»

«Für unsere Zwecke ist es ideal: In der Kieler Bucht findet sich jede Menge Mikroplastik von der Industrie, den Kreuzfahrtschiffen oder in Form von angeschwemmten Kunststoffen. Das ist das perfekte Testmaterial für die Leistungsfähigkeit unserer Anlage. Kommen Sie, das können wir uns drinnen anschauen.»

Sie gingen in die Halle. Das Geräusch von Turbinen übertönte alles. Die Rohre mündeten in einen Hochbehälter, von dem in mehreren Stufen Leitungen nach unten in weitere Behälter führten.

Hoppe deutete zu einem Seitenausgang, und sie gelangten auf eine Freifläche, in deren Mitte ein großes Wasserbecken eingelassen war. Er schöpfte mit der Hand etwas Wasser und trank einen Schluck.

«Vorher Dreckwasser, jetzt beste Meerwasserqualität.» Er rieb sich die Hände trocken. «Und alles ohne chemische Hilfe, sondern ausschließlich durch mehrere Filterstufen. Wir verwenden nur natürliche Stoffe. Ist das nicht beeindruckend?»

Melissa nickte, das war tatsächlich beeindruckend.

«Aber wenn ich das richtig sehe, bräuchten Sie unzählige solcher Anlagen, allein um das Meer in der Kieler Bucht zu säubern – oder irre ich mich?»

«Das hier ist nur eine Teststrecke. Im großtechnischen Maßstab sieht das natürlich anders aus. Aber ja – mit einer Anlage allein ist es nicht getan.»

«Und was machen Sie mit dem Plastikabfall, den Sie herausgefischt haben?»

«Das holt eine Recyclingfirma ab, die entsorgt die Rückstände umweltgerecht.»

«Wie genau?»

«Darum kümmere ich mich nicht, dafür haben wir Dienstleister engagiert, damit das Plastik in den Recyclingkreislauf eingespeist werden kann. Lassen wir es damit gut sein.» Er wandte sich ab und ging zum Gebäude zurück.

Es war nicht zu übersehen, dass Hoppe die Frage unangenehm war. Würde das von ihm mühsam herausgefischte Plastik über die undurchsichtigen Wege der Müllentsorgung am Ende doch wieder im Meer landen?

Diese Frage würde er ihr mit Sicherheit nicht ehrlich beantworten, vielleicht konnte er es gar nicht.

Melissa schloss zu Hoppe auf. «Nur mal angenommen, die Algenmethode stellt sich als effizienter heraus: Das wäre wohl das Aus für Ihre Idee. Das ganze Projekt wäre dann nur eine teure Fehlinvestition.»

«Glauben Sie mir, Frau Frey, das wird nicht geschehen.» Hoppe lachte. «Die Algen sind nicht effizienter, sie sind ein ebenso großer Schaden wie das Plastik, das werden Sie schon noch sehen. Und was meine Innovation betrifft: Warten Sie nur ab. Am Ende wird die bessere Lösung gewinnen.»

PUTNAM COUNTY, NÖRDLICH VON NEW YORK, USA

Tobias war erleichtert, dass der Flug ohne Zwischenfälle verlaufen war. Ein Fahrer hatte sie am John F. Kennedy International Airport abgeholt und mit einem Kleinbus in den Norden gebracht. Sie waren schon über eine Stunde unterwegs und hatten das städtische Gebiet längst verlassen, nur noch ab und zu tauchten einzelne Siedlungen auf. Bald fuhren sie durch ein einsames Waldstück. Jetzt konnte es nicht mehr weit sein.

Nach einer Weile bog der Fahrer von der Hauptstraße ab in eine unscheinbare Nebenstraße. Tobias wusste nicht, wo genau sie waren, es gab keine Anhaltspunkte. Da tauchte wie aus dem Nichts ein weißer Zaun auf, hinter dem sich eine Waldlichtung öffnete.

Ein Messingschild zeigte, dass sie ihr Ziel erreicht hatten: *Memorial Lincoln Center for Advanced Medicine*. Vor ihnen glitten langsam die zwei Flügel eines Tores auf, und sie fuhren eine geschwungene Einfahrt hinauf, an deren Ende ein imposanter zweistöckiger Bau in Weiß emporragte, ringsherum mehrere Nebengebäude. Der Haupteingang war von Marmorsäulen flankiert, Blumenbeete lockerten die Zufahrt auf. Solche Gebäude kannte Tobias sonst nur aus Filmen.

Als der Wagen hielt, kamen zwei Angestellte herbeigeeilt und halfen beim Entladen des Gepäcks. Tobias stieg aus, hob Zoe aus dem

Sitz und setzte sie in den bereitgestellten Rollstuhl, seine Eltern stiegen ebenfalls aus und sahen sich beeindruckt um.

«Welcome, Frey-Family! My name is Ava Young.» Eine Frau im Hosenanzug kam auf sie zu, ihr Namensschild wies sie als Klinikmanagerin aus, in der Hand hielt sie ein Klemmbrett mit Papieren. Sie gab allen die Hand. «Wie war die Reise?», fragte sie auf Englisch.

«Danke, sehr angenehm.» Tobias stellte seine Eltern und seine Tochter vor.

Ava Young begrüßte Zoe. «Du bist also unsere kleine Patientin.»

Zoe sah die Frau unsicher an, die in einer fremden Sprache redete, sie hatte Mühe, die Augen offen zu halten. Dr. Feldman hatte ihr auf dem Flug etwas zur Beruhigung gegeben, das Mittel tat offenbar noch seine Wirkung.

«Keine Sorge, eine Pflegerin bei uns spricht Deutsch, sie wird sich um Ihre Tochter kümmern», sagte die Managerin an Tobias gewandt. «Vielleicht bringen wir Zoe gleich in ihr Zimmer. Später wird der Chef Sie beide persönlich begrüßen.»

Sie führte sie in einen Nebenflügel. Das kleine Zimmer im Erdgeschoss lag nach hinten mit Blick in den Garten. Ein Kinderbett war in bunten Farben bezogen, die Wände waren mit Bildern von Disneyfiguren dekoriert, Plüschtiere lagen auf dem Kopfkissen.

Tobias setzte seine Tochter aufs Bett. Lustlos griff sich Zoe eine Giraffe, drehte sie von links nach rechts, nahm dann einen Delfin.

«Solange die Kleine abgelenkt ist, räumen wir ihre Sachen in den Schrank.» Seine Mutter klappte den Koffer auf und drückte seinem Vater einen Stapel T-Shirts in die Hand.

«Sie müssten noch verschiedene Formulare zur Anmeldung ausfüllen.» Ava Young wies auf den Tisch. Tobias setzte sich.

«Die Kosten für Aufenthalt und Behandlung übernimmt Ryan Hill, wie Sie wissen», las sie vor. «Er hat Ihnen auch eine Unterkunft außerhalb reserviert. Ein Fahrer bringt Sie später dorthin.»

«Ich kann nicht hierbleiben?» Tobias war überrascht. Er hatte wie selbstverständlich angenommen, bei seiner Tochter zu übernachten.

«Tut uns leid, das geht auf keinen Fall. Sie haben Glück, überhaupt einen Platz für Ihre Zoe bekommen zu haben – Mister Hill sei Dank. Wir haben Anfragen aus aller Welt für unsere innovative Mikroplastikbehandlung, unsere Warteliste ist endlos lang.»

«Aber ich kann doch Zoe nicht allein lassen ...»

«Sie dürfen sie natürlich jederzeit besuchen. Bloß Gästebetten oder gar Gästezimmer können wir nicht bereitstellen, und erfahrungsgemäß glückt die Behandlung auch besser, wenn die Patienten sich vollständig darauf einlassen. Deshalb können Sie leider nicht mit bei uns einziehen. Es tut mir wirklich leid.» Sie legte ihm einige Dokumente hin. «Lesen Sie sich alles in Ruhe durch. Diese Papiere müssten Sie bitte für uns unterschreiben. Das oberste ist eine Haftungsfreistellung.»

Er sah sie fragend an.

«Wie Sie wissen, Mister Frey, führen wir eine experimentelle Behandlung durch. Unsere Methode ist vielversprechend, aber sie ist auch neu. Wir geben keine Garantien und übernehmen keinerlei Haftung, falls unerwünschte Nebenwirkungen oder körperliche Schäden auftreten.»

Tobias schluckte. Die nüchterne Feststellung der Managerin machte ihm nochmals bewusst, wie riskant dieses ganze Unterfangen war. Aber hatte er eine Wahl? Er las sich alles sorgfältig durch. Dann unterschrieb er.

«Hier ein Dokument, mit dem Sie uns die Betreuung Ihres Kindes während des Klinikaufenthalts übertragen. Schließlich ist die Kleine noch minderjährig, und Sie sind Ihr Erziehungsberechtigter. Aber da Sie nicht ständig präsent sein können ...»

Er hörte ihr genau zu und las die Papiere, dann setzte er seine Unterschrift darunter.

«Und hier eine Bestätigung, dass alle Angaben und Krankenbefunde, die Sie uns vorab übermittelt haben, korrekt sind. Dann sind wir mit dem Papierkram durch.»

Sie lächelte, als sie die unterschriebenen Dokumente zurückerhielt.

«Ich wünsche Ihnen und Ihrer Tochter alles Gute. Wenn Sie Fragen haben, kontaktieren Sie mich jederzeit.» Sie gab ihm die Hand. «Bye!» Dann verschwand sie aus dem Zimmer.

Wie benommen blieb Tobias zurück.

«Es ist doch schön hier, oder?» Sein Vater blickte aus der Terrassentür. «Ein gepflegter Garten, kein Straßenlärm. Da kann sich Zoe wunderbar erholen.»

«Zuerst müssen die Ärzte sie gesund machen», sagte seine Mutter. «Ich bete jeden Tag ...»

Tobias verkniff sich einen Kommentar. An Gebete glaubte er ganz und gar nicht. Und die angebliche Heilkraft irgendwelcher Kiesel, die seine Eltern für so Erfolg versprechend gehalten hatten, war ein schlimmer Fehlgriff gewesen. Seit diese Tatsache klar war, hatten auch seine Mutter und sein Vater kein Wort mehr darüber verloren und auf einmal keine Einwände mehr gegen die Behandlung in Amerika gehabt. Es tat ihm leid, dass sie durch ihren Versuch eine Menge Geld verloren hatten. Aber immerhin zogen jetzt alle an einem Strang. Und das gab ihm Sicherheit.

«Ich habe im Internet gelesen, das Krankenhaus wurde erst vor einem Jahr gebaut», sagte sein Vater. «Und der Chefarzt hat vorher in der Mayo-Klinik in Rochester gearbeitet.»

Tobias sah zu seiner Tochter. Zoe schien sich mit der ungewohnten Umgebung zu arrangieren. Sie saß auf dem Bett und ordnete ihre Stofftiere, mehr und mehr sank sie dabei seitlich ins Kissen.

«Tanjas Freunde!» Müde hielt sie ihr Stoffpferd hoch.

«Da freut Tanja sich sicher.» Tobias lächelte und zog ihr die Schuhe aus, damit sie sich gemütlich hinlegen konnte.

Es klopfte an der Tür. Ein Mann in den Fünfzigern trat ein, weißer Kittel, grau meliertes Haar. Tobias kannte ihn von den Fotos auf der Website: Es war Professor Henry Williams, der medizinische Leiter der Klinik. Er begrüßte alle auf Englisch.

«Wie ich höre, hat meine Kollegin Ava Sie bereits empfangen.» Er setzte sich zu Zoe aufs Bett. «Und das ist unsere Patientin. Hallo, Zoe.»

Zoe sah nur kurz auf, bevor sie sich wieder den Stofftieren widmete. Henry Williams lächelte. An Tobias gewandt, sagte er: «Wir werden heute noch mit den Untersuchungen beginnen, wir dürfen keine Zeit verlieren.»

«Professor Williams, sehen Sie nicht doch eine Chance, dass ich im Zimmer meiner Tochter übernachten kann?», fragte Tobias. «Ich möchte nicht von ihr getrennt sein. Sie braucht mich.»

Williams schüttelte bedauernd den Kopf. «Das geht leider nicht, so verständlich Ihr Wunsch auch ist. Unsere Krankenhaus-Statuten sind da eindeutig: Im Sinne höchstmöglicher Effizienz sollen sich unsere Patienten ungestört auf ihre Behandlung konzentrieren. Besonders Kinder lassen sich erfahrungsgemäß leichter auf die Therapie ein, wenn sie nicht durch andere Personen abgelenkt werden. Vom Platzproblem ganz zu schweigen: Es wollen sowieso schon viel mehr Menschen zu uns kommen, als wir aufnehmen können. Wir überlegen bereits, eine weitere Spezialklinik für Mikroplastikerkrankungen zu eröffnen.»

«Dann gibt es doch so viele Menschen mit Zoes Erkrankung?» Tobias' Vater war überrascht. «Das hätte ich nicht gedacht.»

«Unabhängig von der konkreten Erkrankung sind Mikroplastikvergiftungen ein weltweit wachsendes Problem. Wir behandeln Patienten mit Leberkrebs oder Nierenkrebs, mit Lymphomen, Gewebeablagerungen oder Blutvergiftungen – ausgelöst durch kleinste Kunststoffteilchen. Die Mikro- und Nanopartikel kennen keine Grenzen, sie durchdringen jede Zellwand, siedeln sich im Herz an, wahrscheinlich sogar im Gehirn, wo sie das Risiko für neurologische Störungen oder neurodegenerative Erkrankungen erhöhen können, etwa Alzheimer oder Parkinson. Und wir forschen an Möglichkeiten, dieser Art von globaler Endemie Herr zu werden.»

Tobias schluckte. Dieses Scheißzeug machte offenbar weit mehr Menschen krank, als er vermutet hatte.

«Wie sicher ist es denn, dass Sie der Kleinen tatsächlich helfen können?» Der Gesichtsausdruck seiner Mutter verriet Zweifel.

«Garantien gibt es nicht, jeder Patient, jede Patientin reagiert anders auf unsere Behandlung.» Henry Williams erhob sich. «Wir setzen auf eine Kombination von individualisierten Wirkstoffen, von der Immuntherapie bis zur Gentherapie. Es gibt einen neuen Ansatz in der Krebsbekämpfung, bei dem mittels einer Gen-Schere das Erbgut verändert wird. Diese genetisch veränderten Moleküle injizieren wir den Patienten, die Moleküle erkennen die kranken Krebszellen und eliminieren sie. Und auch darüber hinaus gibt es einige sehr vielversprechende Methoden, die wir gezielt einsetzen und sorgfältig auf unsere Patienten zuschneiden. Es liegt eine intensive Zeit vor Ihnen, aber seien Sie beruhigt: Bei den meisten schlägt die Behandlung an – unsere Erfolgsquote kann sich sehen lassen.»

DÜSSELDORF

«Gibt's schon was Neues von der Kripo? Oder von diesen BND-Agenten? Wie stehen die Ermittlungen?» Leon stellte sein Glas neben dem Liegestuhl ab. Der Entspannungsraum war gut gefüllt: Angestellte nutzten die Massagesessel, einige saßen mit Kopfhörern in der Kissenlandschaft, wieder andere hatten es sich auf den Sofas bequem gemacht und unterhielten sich.

«Wir haben bisher keine Rückmeldungen erhalten.» Axel Turner legte sein Sandwich beiseite. «Aber Jessica hat unsere Anwälte eingeschaltet. Die sind vorbereitet, sollte da was auf uns zukommen.»

«Und wann geht es weiter mit der Produktion?»

«Da gibt es gute Neuigkeiten: Die Reparaturen sind morgen abgeschlossen, es sind nur noch letzte Kleinigkeiten abzuarbeiten. Dann ist alles wieder wie vor dem Attentat.» Der Sicherheitschef lächelte. «Wir hatten Glück, dass der Schaden an den Geräten letzten Endes doch kleiner war als befürchtet. Ryan ist zufrieden. Er meint, wir sollten jetzt aufs Gaspedal drücken und die Tests abschließen. In zwei Wochen wird die Qualitätskontrolle nachgeholt, die am Tag nach dem Anschlag hätte stattfinden sollen. Das wird erfolgreich laufen, und damit haben dann auch unsere Gegner weniger zu meckern.»

«Klingt gut. Ich drücke die Daumen, dass weiterhin alles glattläuft.» Leon stand auf. «Ich muss los, es ist noch einiges vorzubereiten. Wir sehen uns.» Er hob die Hand zum Gruß, dann stellte er sein leeres Glas in einen Geschirrständer und machte sich auf den Weg hinüber ins Labor.

Die These von einem Anschlag ließ ihm keine Ruhe. Wie war das möglich? Wo waren die Schwachpunkte bei Cyaclean? Wer könnte so ein Attentat verübt haben? Wer hätte etwas davon?

Es war natürlich nicht seine Aufgabe, solche Fragen zu klären. Aber wenn er der Sache auf den Grund gehen sollte, musste er irgendwo ansetzen. Erzählen würde er vorerst niemandem von seinen Nachforschungen. Erst musste er sich sicher sein, denn mit unausgegorenen Behauptungen wollte er sich nicht blamieren.

Er ließ seinen Blick durchs Labor wandern und ging den Ablauf des Vorfalls noch mal durch, wie ihn die Polizei rekonstruiert hatte. Die Labortür nach draußen hätte jeder blockieren können, eine stählerne Gasflasche reichte dafür aus. Und wenn jemand Gas ins Innere leiten wollte, wäre das ebenso unauffällig möglich gewesen. Eine Reihe Fremdarbeiter hatte zum betreffenden Zeitpunkt auf dem Gelände gearbeitet, Schweißer hatten Gestelle zusammengebaut. Wenn sich jemand mit bösen Absichten unter die Arbeiter gemischt hatte, hätte er genug Gelegenheiten gehabt, einen Anschlag vorzubereiten.

Leon ging zu den Edelstahltanks, in denen Sauerstoff und Wasserstoff gelagert wurden. Angeblich war ein Ventil der Leitungen undicht gewesen und deshalb Gas ausgeströmt. Er drehte an den Armaturen, sie ließen sich einwandfrei bedienen. Hatte jemand absichtlich den Gashahn geöffnet? Nachträglich würde sich das kaum mehr feststellen lassen.

Warum hatten die Messfühler nicht reagiert? Warum hatte es keinen Alarm gegeben? Er nahm die Abdeckungen beiseite und überprüfte mehrere Sensoren. Ihm fiel auf, dass eine dünne transparente Schicht auf der Oberfläche lag. Vorsichtig fuhr er mit dem Finger darüber. Sie fühlte sich hart an. War es eine Ablagerung?

Jedenfalls gehörte es definitiv nicht dorthin.

«Was machst du?»

Erschrocken fuhr er herum.

Hinter ihm stand Jessica, er hatte sie nicht kommen hören.

«Ähh … ich sehe routinemäßig nach, ob alle Messfühler funktionieren. In letzter Zeit machen die Dinger immer wieder Ärger, wie du weißt. Und dann hat die Leitstelle keine Daten.» Leon bemühte sich, ruhig und gelassen zu klingen.

«Wurden die bei der jetzigen Reparatur nicht ausgetauscht?»

«Nicht dass ich wüsste.»

«Ach so.» Sie sah ihn einen Moment seltsam an, sagte aber nichts weiter und ging. Leon sah ihr nach. Was machte sie hier?

Eine merkwürdige Begegnung.

Die restlichen Sensoren kontrollierte er ebenfalls, aber er fand sonst nichts Auffälliges. Die Stahltanks und der Tresor mit den Stahlzylindern und den Reagenzröhrchen mit den täglichen Nährstoffproben waren durch die Explosion beschädigt worden, hatten aber standgehalten.

Nachdenklich ging er zurück zu seinem Arbeitsplatz. Wenn an den Tanks funktional nichts defekt war, deutete alles darauf hin, dass jemand den Sensor absichtlich außer Gefecht gesetzt und die Leitungen manipuliert hatte. Sonst hätte es definitiv einen Alarm gegeben, wenn Gas ausgetreten wäre.

Das hieß, Unbekannte hatten tatsächlich ein Attentat vorbereitet. Sie hatten in Kauf genommen, dass Unschuldige starben. Die Angreifer mussten sich exzellent ausgekannt haben. Waren Insider an dem Verbrechen beteiligt gewesen?

Dieser Verdacht beunruhigte ihn. Wer um alles in der Welt könnte der eigenen Firma schaden wollen? Wem konnte er hier noch trauen?

Ihm kam eine Idee: Er würde die Protokolle im Cyaclean-Computernetzwerk überprüfen. Die Messfühler waren über eine Datenleitung mit der Steuerungszentrale verbunden, um einen zentralen Zugriff auf alle Parameter zu haben und die gesamte Anlage automatisiert betreiben zu können. Und die Daten wurden gespeichert.

Er loggte sich in seinen Computer ein und rief die Einträge vom Tag des Unglücks auf. Nach und nach sah er sie durch. Er fand nichts Auffälliges. Dann ging er systematisch in der Zeit zurück.

Bei den Dateien mit den Messfühlerprotokollen vom Vortag der Explosion blieb er hängen. Ihm fiel auf, dass einige Zeilen fehlten. Hatten die Sensoren zu dem Zeitpunkt keine Daten geliefert? Oder hatte jemand die Einträge absichtlich gelöscht?

Er erinnerte sich an den nächtlichen Alarm, der Jessica aus dem Bett geholt hatte. Das war eigentlich eine Kleinigkeit gewesen, schnell behoben. Aber warum fehlten die Daten?

Er suchte weiter. Auch andere Dateien, so schien es, waren in den Tagen vor dem Unglück manipuliert worden. Einige Ordner fehlten ganz. Um das genauer zu analysieren, brauchte er jedoch eine höhere Sicherheitsfreigabe.

Er musste der Sache nachgehen. Denn was auch immer dahintersteckte – es wirkte bedrohlich.

HAMBURG

Allmählich füllte sich der Raum. Melissa nahm am Ende des Konferenztisches Platz, neben ihrem Kollegen Max, der sich unglücklich den Bauch rieb.

«Was ist mit dir?» Sie stellte ihre Kaffeetasse ab. «Bist du krank?»

«Meine Freundin hat gestern Brokkoli-Lauch-Tarte mit Käse gemacht.»

«Aha.»

«Ich hatte mich eigentlich auf ein kleines Rindersteak gefreut. Von mir aus mit Salat ...»

«Ja, und?»

«Sie ist gerade auf dem Vegetarier-Trip und experimentiert mit neuen Gerichten, die Rezepte hat sie im Internet gefunden.» Er verzog das Gesicht, als hätte er auf eine Zitrone gebissen. «Es schmeckte zum Kotzen. Immer muss ich Versuchskaninchen spielen ...»

Melissa lachte. «Dann hättest du halt was sagen müssen.»

«Bist du verrückt? Das wäre ein Trennungsgrund.»

Nolan kam herein und setzte sich, sofort wurde es still.

«Wir haben einen straffen Themenplan, gehen wir ihn durch», begann er. «Wie sieht's aus, woran arbeitet ihr, was liegt für die Woche an?»

Die Kollegin neben Max begann mit ihren Themenvorschlägen. Nacheinander diskutierten sie die Schwerpunkte für die nächsten Tage und verteilten Aufgaben. Melissa erzählte von ihrer geplanten Cyaclean-Serie.

«Muss *Daily Flashlight* wirklich ständig über diese Firma berichten?» Jan sah in die Runde. «Mir hängt's langsam zum Hals raus.»

«Die Artikel scheinen ganz schön viele Leute zu interessieren», sagte Melissa kühl. Allmählich war sie die ständigen Angriffe des Kollegen gewohnt. «Und es ist keine einseitige Berichterstattung. Erst kürzlich habe ich über einen Konkurrenten geschrieben, auch die Gegner kamen schon zu Wort – das müsste dir aufgefallen sein.»

«Ich kann nicht alles lesen, was du schreibst», sagte er bissig. «Vor allem, wenn's immer dasselbe ist.»

«Apropos Cyaclean – wie läuft denn aktuell unsere Mikroplastikkampagne?», unterbrach Nolan den Wortwechsel und nahm sich seine Ausdrucke vor.

«Die Klickzahlen sind immer noch phänomenal», sagte die Sekretärin.

Er nickte zufrieden. «Das Thema zieht übrigens weite Kreise. Habt ihr das Fernsehinterview mit diesem Anwalt Koch aus Lübeck gesehen? Das ist der Typ, über den wir bereits auf *Daily Flashlight* berichtet haben. Der scheint derzeit überall in den Medien präsent zu sein.»

«Der Mann will mit seinen Prozessen das große Geld verdienen», sagte ein Kollege. «Immerhin verklagt er jetzt die fünf größten deutschen Lebensmittelkonzerne, weil sie ihre Produkte, besonders Fisch und Meeresfrüchte, nicht auf Mikroplastik untersuchen lassen und dadurch angeblich das Leben und die Gesundheit von Millionen Menschen gefährden. Das wird ein großes Ding, sag ich euch.»

Nolan machte sich eine Notiz. «Da sollten wir nachlegen.» Er sah Melissa an. «Und du musst zum erfolgreichen Abschluss der Spendenaktion für deine Nichte unbedingt ein Video von deinem Bruder organisieren, das zeigt, wie Zoe dort in den USA behandelt wird. Das wird ein grandioses Finale!»

Melissa wollte einwenden, dass nicht die Community von *Daily Flashlight*, sondern Ryan Hill das Geld für die Behandlung aufgebracht hatte, unterließ es aber.

«Mach ich», antwortete sie stattdessen.

«Gut, dann ist unser Meeting für heute beendet.» Nolan erhob sich, und alle verließen den Raum.

Als Melissa an der Tür war, sprach er sie an: «Melissa, hast du einen Moment?»

Das hatte sie in der letzten Zeit so oft von ihm gehört, dass sie noch nicht einmal mehr überrascht war. Sie ging zu ihm.

Er wartete, bis sie allein waren, und schloss die Tür.

«Ryan Hill hat mich angerufen, und er hat deinen Bericht über dieses Plastikbeseitigungs-Unternehmen Innovative Cleaning in Kiel erwähnt.»

«Tatsächlich?» Wahrscheinlich sollte es sie auch nicht mehr überraschen, dass ihr Chef und Ryan Hill so rege in Kontakt standen.

«Er hat deinen Stil gelobt.»

«Das freut mich.»

«Und er hat durchblicken lassen, *Daily Flashlight* würde die Firma zu sehr in ein positives Licht rücken. Das sei nicht gerechtfertigt.»

«Das hat er gesagt?» Melissa war über diese Rückmeldung überrascht. «Ryan Hill hat mir ausdrücklich freigestellt, auch über Konkurrenten wie Innovative Cleaning und über Kritik an seinem Projekt zu berichten. Ich habe das extra gefragt, weil ich auf keinen Fall wollte, dass er Einfluss auf meine Berichterstattung nehmen kann. Soll ich jetzt nur noch Jubelarien über Cyaclean verfassen, oder was stellt er sich vor?» Unwillkürlich war sie lauter geworden. Sollte die Beschwerde sie durch die Hintertür nun doch in die gewünschte Richtung lenken?

«Nein, nein, das verstehst du falsch», sagte Nolan. «Du kannst schreiben, was du willst. Das ist Prinzip bei uns, das weißt du. Und ich finde es gut, dass du den Blick ausweitest. Vielleicht könnest du dir auch noch mal diese Umweltgruppe vornehmen, die vor dem Firmengelände demonstriert hat.» Er ging auf und ab. «Aber Ryan hat schon recht: Wir müssen aufpassen, wie stichhaltig die Argumente der Gegenseite tatsächlich sind, bevor wir ihnen hier eine Bühne bieten.»

«Ich hatte schon den Eindruck, dass die Argumente von Herrn Hoppe etwas für sich hatten», sagte Melissa bestimmt. «Ich habe mir da nichts vorzuwerfen. Hat Ryan noch weitere Kritik vorzubringen?»

Nolan schmunzelte. «Nein, das war's.»

«Dann ist ja alles gut. Ich muss zurück an die Arbeit.»

Sie verließ den Raum, bevor der Ärger bei ihr hochkochte, und ließ Nolan stehen.

● ● ●

Melissa traf Victoria wie verabredet in dem Café, in dem sie jobbte. Ihre Freundin brachte ihr einen Cappuccino.

«Na, wie lief's in der Redaktion?» Sie setzte sich mit an den Tisch.

Melissa berichtete von der Diskussion mit Nolan und Ryan Hills Kritik.

«Nimm's gelassen.» Victoria drückte ihren Arm. «Das gehört doch zu deinem Job dazu, oder nicht?»

«Schon, aber …»

«Kein Aber. Du bist unabhängig, du lässt verschiedene Seiten zu Wort kommen. Ich finde, du hast das bisher super gemacht und durch deine Artikel aufgeklärt, auch wenn diese Firma natürlich einen gewissen Teil deiner Berichterstattung eingenommen hat. Es stand noch viel mehr drin, und das ist spannend und wichtig für die Leute, damit sie auf das Plastikproblem aufmerksam werden. Und Cyaclean tut ja etwas Gutes – es ist nicht so, als hättest du über irgendein Verbrecherunternehmen berichtet.»

«Du hast recht.» Die Worte ihrer Freundin trösteten sie.

«Diesen Ryan Hill und seine Umweltprojekte finde ich übrigens nach wie vor spannend.» Victoria beugte sich über den Tisch vor. «Glaubst du, ich könnte mal mit ihm reden?»

«Ach, bist du doch an einem Date interessiert?» Melissa grinste.

Victoria verdrehte die Augen. «Nein, ich würde ihm gern unser Projekt von *Earth Defender* vorstellen.»

«Was versprichst du dir davon?»

«Der Typ unterstützt doch alle möglichen Umweltprojekte.» Victoria zuckte die Schultern. «Vielleicht wäre er bereit, auch *Earth Defender* zu sponsern.»

«Ihr wollt Geld von einem Unternehmer?» Melissa war überrascht. Sie hatte den Aktivismus ihrer Freundin immer als eher antikapitalistisch wahrgenommen.

«Warum nicht? Die meisten Umweltschutzorganisationen brauchen finanzielle Unterstützung. Aktionen kosten Geld, Mitarbeiter kosten Geld, das Material kostet Geld. Besser, dieser Multimillionär fördert uns, statt sein Vermögen in irgendeinen Fußballklub zu stecken. Bei uns weiß er wenigstens, was er kriegt.» Sie lachte.

«Na gut, weil du es bist und ich noch ein kleines schlechtes Gewissen wegen der Sache in Bremen habe. Ich gebe dir seine Kontaktdaten.» Melissa holte ihr Handy heraus und schickte ihr die Mailadresse. «Und wenn wir schon dabei sind: Ich habe auch eine Bitte an dich.» Sie nahm einen Schluck von ihrem Cappuccino.

«Spuck's aus – um was geht es?»

«Könntest du mir bei der Recherche über *Cosmo Creatures Alliance* helfen?»

Victoria runzelte überrascht die Stirn.

«Mir ist diese Organisation ein Rätsel, im Internet habe ich wenig über sie gefunden», erzählte Melissa. «Wer steckt dahinter, wer sind die führenden Köpfe, wo kann ich jemanden von denen treffen? Du bist doch sicher gut verdrahtet in dieser Szene.»

Ihre Mitbewohnerin überlegte. «Okay, ich hör mich um. Aber versprechen kann ich dir nichts.»

Memo: Vertraulicher Zwischenbericht des Umweltlabors NRW an die Vorsitzende der Arbeitsgruppe Natur und Gewässer NRW

Strengste Geheimhaltungsstufe: Ergebnisse der toxikologischen Untersuchung des Rheinwassers

Nach eingehender Untersuchung der übermittelten Proben können wir mitteilen, dass der Rhein durch ein bisher nur grob zu definierendes Gemisch aus toxischen Chemikalien erheblich verunreinigt ist. Die verwendeten Stoffe sind äußerst unüblich und der Forschung in dieser Zusammensetzung nicht geläufig, deshalb dauern die Untersuchungen noch an. Erste Ergebnisse sind besorgniserregend, eine öffentliche Warnung sollte dringend ausgesprochen werden. Es ist mit Auswirkungen auf die natürliche Umgebung und insbesondere den Fischbestand des Rheins zu rechnen, diese Reaktion wird allerdings mit zeitlicher Verzögerung zum Zeitpunkt der Verunreinigung auftreten, da das Gift seine Wirkung auf Lebewesen verhältnismäßig langsam zu entfalten scheint. Weitere Einzelheiten folgen, diese Meldung dient dazu, die zuständigen Stellen in Kenntnis zu setzen, die auf Reinigungseinsätze erheblichen Ausmaßes vorbereitet sein sollten.

KAPITEL 25
COTTBUS

Sie hatten ihr Auto abgestellt und gingen das letzte Stück zu Fuß. Das Gasthaus lag im Norden der Stadt, laut dem Programm auf der Website eines Lokalpolitikers sollte an diesem Abend als Ehrengast der EU-Abgeordnete Dr. Peter Voss sprechen, Gründer und Vorsitzender von *Der Neue Weg*.

Für Nelson und Diana war es *die* Gelegenheit, den Mann endlich persönlich kennenzulernen. Sein Assistent hatte ihre Terminanfragen mehrfach unbeantwortet gelassen. Dann würden sie diesen Dr. Voss eben heute befragen – ohne Anmeldung. Themen gab es genug: nicht zuletzt seine Verwicklungen mit Cyaclean und seine Beziehung zu Rudolf Hoppe, dem Geschäftsführer von Innovative Cleaning.

Laut den Einzelverbindungsnachweisen des Handys von Hoppe hatte er mehrmals in den vergangenen Tagen mit Voss telefoniert. Der Politiker hielt laut Unterlagen – ebenso wie auch der Reeder Otto Tietz – eine stille Beteiligung an Hoppes Firma. Und die Kontobewegungen von Innovative Cleaning zeigten zwei Zahlungen an Voss, deren Anlass unklar war. Noch dubioser war die Überweisung einer Millionensumme von Hoppe an eine Briefkastenfirma in Nigeria. Weder der Zweck noch der Eigentümer der nigerianischen Firma konnten bisher ermittelt werden. Zu Dianas Ärger zeigten die Überwachungsmaßnahmen auch keine Telefonate oder E-Mails zwischen Hoppe und Otto Tietz, dessen Schiff ebenfalls nach Nigeria unterwegs gewesen war, als es sank – somit blieb die geheimnisvolle Verbindung zwischen allen drei Männern undurchsichtig. Irgendwie schienen sie alle im Geschäft mit dem Müll drinzuhängen. Nur was dieses Geschäft genau war, ließ sich nicht so recht benennen, so viel Recherche, Backgroundchecks und technische Überwachungen Nelson und Diana auch veranlassten.

Sie waren am Gasthaus angekommen, ein Schild vor dem Eingang wies auf die Veranstaltung.

«Hier sind wir richtig», meinte Diana. «Wollen wir gleich hineingehen oder bis nach der Party warten und diesen Voss dann abpassen?»

«Hören wir uns doch an, was die Herren zu sagen haben.» Nelson war gespannt, was sie drinnen erwartete.

Sie gingen durch die Wirtsstube in den rückwärtigen Teil der Gaststätte. Vor dem Eingang des Saals war ein Tisch aufgestellt, darauf lagen Werbebroschüren der Partei und allerlei Nippes wie Tassen, Schlüsselanhänger oder Kugelschreiber mit Der-Neue-Weg-Aufdruck.

«Herzlich willkommen», sagte eine junge Frau in Kostüm zu ihnen. «Haben Sie eine Reservierung?»

«Oh, wir wussten nicht, dass man die braucht. Wir sind ganz spontan gekommen, um Herrn Dr. Voss zu hören, wir freuen uns schon sehr darauf.» Diana hatte einen zuckersüßen Tonfall angeschlagen.

«Es geht auch ohne. Sie können sich einfach einen freien Platz suchen.» Die Frau reichte ihnen zwei Formulare. «Hier können Sie der Partei beitreten, Sie brauchen nur Ihre persönlichen Daten einzutragen. Oder Sie spenden gleich per Abbuchungserlaubnis. Einfach unterschreiben.»

«Hat das bis nach der Veranstaltung Zeit?» Nelson lächelte sie an.

«Selbstverständlich. Haben Sie einen guten Abend.»

Den Eingang flankierten zwei schwarz gekleidete Männer in den Dreißigern mit Bürstenhaarschnitt und einem stilisierten Kreuzsymbol als Anstecker am Kragen. Sie musterten Nelson und Diana kritisch.

«Sie sind nicht von hier», sagte der eine in barschem Ton. Es klang wie eine Beleidigung.

«Wir sind Freunde von Peter, ich meine von Herrn Dr. Voss, und extra aus Berlin angereist, um ihn zu unterstützen.» Diana wedelte

mit den Spendenformularen. «Und wir erhoffen uns einen inspirie-
renden Abend.»

Der Mann musterte sie noch einmal kritisch, dann winkte er sie
durch.

An der Stirnseite des Saals war ein Sprecherpodium aufgebaut, an
der Wand hingen Deutschlandfahnen und zwei Reichskriegsflaggen
aus der Kaiserzeit, außerdem mehrere Banner mit Runensymbolen.

Nelson warf Diana einen vielsagenden Blick zu.

«Ich glaube, wir sollten später den Verfassungsschutz informieren»,
raunte sie ihm zu.

Zwei Tischreihen füllten den Raum. Fast alle Plätze waren bereits
besetzt, sie fanden zwei Stühle in der Nähe des Ausgangs. Kellner
servierten Essen und Trinken, Diana bestellte sich einen Apfelsaft,
Nelson ein alkoholfreies Bier.

«Bier ohne Alkohol gibt es hier nicht.» Der Kellner beäugte ihn
misstrauisch.

«Dann ein Pils.»

Das Publikum war gemischt, junge Männer und Senioren in Anzü-
gen oder Freizeitkleidung, Frauen in Kleidern und Kostümen. Einige
der Männer trugen einheitliche schwarze Hemden, die wie Uniformen aussahen. Die meisten schienen sich zu kennen, man diskutierte lautstark untereinander, rief sich quer über den Tisch zu.

«Irgendwie ein komisches Publikum», zischte Nelson.

Diana nickte. Sie stieß ihn an. «Kennst du den Mann in der ersten
Reihe?»

Unauffällig lehnte Nelson sich zur Seite, um besser sehen zu können. Nach den Fotos musste es Rudolf Hoppe sein. «Was macht der
denn hier? Wir sollten die Gelegenheit nutzen und auch mit ihm
reden.»

Diana nickte. «Später.»

Mit einer Viertelstunde Verspätung trat ein Lokalpolitiker ans Pult
und hob die Arme. Die Gespräche verstummten. Er begrüßte die
Anwesenden und kam schnell zur Sache. Leidenschaftlich redete er

über die Probleme der Stadt Cottbus: fehlende Wohnungen, zu viele Ausländer, polnische Billig-Arbeitskräfte. Nelson war nicht überrascht. Etwa diesen Ton hatte er erwartet.

«Und nun zu unserem Ehrengast des Abends», sagte der Mann schließlich. «Er ist extra in unsere schöne Stadt gekommen, um zu Ihnen zu sprechen. Begrüßen Sie mit mir den EU-Abgeordneten, Gründer und Parteivorsitzenden von *Der Neue Weg* – Herrn Doktor Peter Voss!»

Beifall brandete auf, der Lokalpolitiker machte die Bühne frei.

Voss kam aus einem Seitengang und trat ans Pult, knöpfte seine Anzugjacke zu und wartete, bis sich das Publikum beruhigt hatte.

«Herzlich willkommen, verehrte Damen und Herren, liebe Mitstreiter und Kämpfer für ein neues Deutschland!», begann er donnernd. «Sie sind hier, und das zeigt mir, Sie alle spüren, dass es Zeit für einen Umbruch ist.»

Applaus brandete auf. «Jawohl!», riefen einige im Saal.

«Lange genug haben wir tatenlos zugesehen, wie eine elitäre Kaste in Berlin uns Bürger für dumm verkaufen will. Aber jetzt ist Schluss damit!» Voss schlug mit der Faust aufs Pult. «Geredet wurde genug – es ist Zeit zum Handeln!»

«Ja, richtig!», rief Nelsons Tischnachbar.

«Weg mit dem Berliner Pack!», schrie eine Frau ihm gegenüber.

«Genauso ist es in der EU – und als Abgeordneter weiß ich, wovon ich rede», fuhr Voss fort. «Unser Steuergeld wird verschwendet, um Scheinasylanten anzulocken, statt sie in ihre Länder zurückzuschicken, und um Milliarden-Subventionen zu verteilen, die nur ausländischen Firmen zugutekommen. Davon profitieren die Amerikaner, die Chinesen – bloß die Deutschen nicht!»

«Jawohl!»

«Dreht ihnen den Geldhahn zu!»

Voss zog sein Jackett aus und krempelte die Ärmel seines Hemdes hoch. «Wir müssen die Prioritäten zurechtrücken. Deutschland den Deutschen! Deutschland zuerst!»

Johlen, langer Beifall, einige sprangen von ihren Sitzen, reckten die Fäuste in die Höhe.

Nelson wurde unwohl angesichts der aufgeheizten Stimmung. So eine radikale Veranstaltung hatte er nicht erwartet. Die Gewaltbereitschaft war an den Gesichtern der Besucher abzulesen, von ihren Gesten ganz zu schweigen.

«Darum rufe ich euch zu, Kameraden: Steht auf, erhebt eure Stimmen!», dröhnte Voss. «Ich sage euch: Nur Widerstand bringt die da oben zur Vernunft, also kämpft, kämpft an allen Fronten! Geht auf die Straße, zieht vor Gericht, weist unsere Gegner zurecht!»

Eine halbe Stunde machte der Politiker in diesem Stil weiter, angefeuert von einem begeisterten Publikum. Nelson sah immer wieder zu Diana hinüber, die offenbar ebenfalls versuchte, ihre Züge unter Kontrolle zu halten. Sie durften hier nicht auffallen. Rudolf Hoppe, den er nebenbei im Auge behielt, hatte immer wieder höflich geklatscht, schien aber die ganze Zeit über seltsam unberührt.

Nelson war erleichtert, als Voss endlich zum Schluss kam. Am Ende seiner Tirade stand ein Appell: «Deshalb bitte ich euch, schließt euch dem *Neuen Weg* an, unterstützt uns mit Spenden. Danke für euer Kommen.»

Unter Applaus verließ er das Pult, schüttelte noch einigen Gästen die Hände und verschwand dann wieder in einen Gang hinter der Bühne, flankiert von den zwei schwarz Gekleideten mit Bürstenhaarschnitt.

«Was für eine Vorstellung!», flüsterte Diana.

Nelson nickte.

In diesem Moment stand Hoppe auf, sah sich kurz um und ging dann zu einer Seitentür.

«Wir sollten mit den beiden Herren sprechen, bevor sie verschwinden», sagte Nelson.

Sie drängten sich durch die Menschen, arbeiteten sich langsam zu der Tür vor, durch die Hoppe verschwunden war, und schoben sich unauffällig hinterher. Der dahinterliegende Flur war eng und schlecht beleuchtet, es schien der Seitengang der Bühne zu sein. Eine weitere Tür ging davon ab, eine dritte Tür mit der Aufschrift *Notausgang* führte ins Freie.

«Herr Hoppe, einen Moment bitte!»

Der Geschäftsführer von Innovative Cleaning drehte sich um. Er trug einen dunklen Anzug mit Krawatte.

«Ja?»

Sie zeigten ihre BND-Ausweise.

«Wir müssen uns mit Ihnen wegen des Anschlags auf Cyaclean unterhalten», sagte Nelson.

«Und über die Plastikmüllentsorgung mittels der *Indian Rosebud*», ergänzte Diana. «Der gesunkene Frachter gehört zur Reederei Ihres Freundes Otto Tietz, wie Sie sicher wissen.»

«Was soll Ihr überfallartiges Auftreten hier?» Hoppe schien nicht im Geringsten beeindruckt. «Herrn Tietz als meinen Freund zu bezeichnen, ist doch reichlich übertrieben. Wir haben manchmal geschäftlich Kontakt, mehr nicht. Was habe ich mit alldem zu tun?»

«Das fragen wir Sie, Herr Hoppe. Immerhin stammt ein Teil des Plastikabfalls, der gerade das Mittelmeer verdreckt, von einer illegalen Mülldeponie. Und nach unseren Recherchen halten Sie an dem Entsorgungsunternehmen vor Ort eine Beteiligung, ebenso wie Tietz.»

«Moment, Moment.» Hoppe hob mahnend den Finger. «Bitte bringen Sie da nichts durcheinander. Ich besitze lediglich Anteile an der neuen Müllverbrennungsanlage Černý Diamant. Und das ist nicht verboten. Im Gegenteil – durch die Unterstützung eines so modernen Unternehmens tun wir was für die Umwelt, und das passt zu einer Ökofirma wie Innovative Cleaning.»

«Und mit der Müllkippe in der Nähe haben Sie nichts zu tun?» Nelson ließ nicht locker. «Dort, wo tonnenweise Plastikabfälle lagern, verseucht mit einer giftigen Chemikalie?»

«Nein.» Hoppe verschränkte die Arme. «Junger Mann, ich halte mich an die Gesetze.»

«Wenn Sie das sagen. Was wir sehen, sind massive Anzeichen des illegalen Müllhandels – und Sie, Herr Dr. Voss und Herr Tietz stehen damit in Verbindung. Sagt Ihnen das Logistikunternehmen Environment Logistics etwas, mit Sitz auf den Bahamas? Wissen Sie, wer wirklich hinter dem Strohmann Bruno Zeissner steckt?»

«Bruno Zeissner? Sorry, kenn ich nicht. Und das Logistikunternehmen auch nicht.» Er blickte auf seine Armbanduhr. «So gern ich Ihnen auch weiterhelfen würde, ich habe noch andere Verpflichtungen.»

«Einen Moment haben Sie sicher noch. Unterhalten Sie Geschäftsbeziehungen nach Nigeria?» Nelson ließ offen, über welche Informationen der BND verfügte.

«Unser Unternehmen hat viele Geschäftsbeziehungen. Da müssen Sie meine Vertriebsmitarbeiter fragen.»

«Und wie sieht es mit Dr. Voss aus?» Dianas Ton war beiläufig. «Sie scheinen gute Freunde zu sein.» Die Überwachung der Telefondaten legte zumindest eine enge Verbindung nahe.

«Wir kennen uns von früher. Er ist an Innovative Cleaning beteiligt.»

«Bezahlen Sie ihn, steht er auf Ihrer Lohnliste?»

«Meine Dame, unterlassen Sie Ihre Anspielungen!» Hoppe richtete sich zu voller Größe auf. «Als Anteilseigner stehen Herrn Voss natürlich Dividenden zu. Aber das läuft alles nach Recht und Ordnung. Ich kümmere mich nicht um Details. Da fragen Sie besser meine Buchhalter.»

Der Mann war aalglatt. Nelson wollte ihn aus der Reserve locken.

«Sprechen wir über die Explosion bei Cyaclean. Das muss Ihnen doch zupasskommen. Ein Konkurrent ist ausgeschaltet – zumindest wäre davon auszugehen gewesen.»

«Jetzt reicht's mir aber, Ihre Unterstellungen sind unverschämt!» Hoppe war lauter geworden. «Mit dem Anschlag habe ich nichts zu tun! Auch wenn ich mich freuen würde, wenn diese Firma stillgelegt wird, da können sie sicher sein. Die Amerikaner dürfen hier in Deutschland nach Belieben schalten und walten und brauchen keine

Umweltauflagen und behördlichen Qualitätskontrollen zu fürchten. Das ist absolut inakzeptabel!»

«Es gibt sehr wohl staatliche Überprüfungen bei Cyaclean», entgegnete Diana. «Die Firma ist sogar verpflichtet, regelmäßig Proben ihrer Nährlösung aufzubewahren – genauso wie Restaurants oder Kantinen Essensproben für mögliche Kontrollen auf Gesundheitsrisiken archivieren müssen.»

«Lassen Sie sich doch nicht für blöd verkaufen! Das funktioniert doch vorn und hinten nicht – Politiker, Behörden, Aufsichtsämter, die stecken in Düsseldorf alle unter einer Decke.»

«Sind das nur Behauptungen eines neidischen Konkurrenten, oder haben Sie dafür Beweise?»

Hoppe atmete hörbar aus. «Verehrte Dame, mir gefällt nicht, in welche Richtung sich das Gespräch entwickelt. Ob BND oder nicht – wenn Sie mehr wissen wollen, kontaktieren Sie meinen Anwalt.»

«Herr Hoppe, werden Sie belästigt?»

Zwei schwarz Gekleidete waren aufgetaucht. Sie sahen aus wie die Türsteher von vorhin, auch wenn der eine etwas älter, der andere etwas jünger zu sein schien.

«Danke, ich wollte mich gerade verabschieden.» Hoppe drängte sich an Nelson und Diana vorbei und ging grußlos zurück in den Versammlungssaal.

Die beiden Männer kamen näher und bauten sich vor ihnen auf. «Ihr solltet verschwinden.»

«Wir möchten Herrn Dr. Voss sprechen, deswegen sind wir eigentlich hier.» Diana zeigte ihren BND-Dienstausweis.

Der ältere der Männer warf einen kurzen Blick darauf. «Da könnte ja jeder kommen. Solche Ausweise gibt's für ein paar Euro im Internet.»

Nelson ging einen Schritt auf den Mann zu. «Noch mal, falls Sie meine Kollegin nicht verstanden haben: Bitte sagen Sie Herrn Dr. Voss, dass zwei BND-Beamte ihn sprechen wollen.»

«Du hast uns gar nichts zu sagen.» Der jüngere der beiden verschränkte die Arme vor der Brust. «Verschwindet jetzt!»

«Das werden wir sicher nicht tun.» Dianas Stimme war schneidend.

«Was bildest du dir ein?» Der ältere packte sie und drängte sie zurück. In einer fließenden Bewegung fixierte Diana seine Hände und stieß ihr Knie in seinen Unterleib.

Mit einem Stöhnen sackte der Mann zusammen.

Der andere schwarz Gekleidete war bedrohlich auf Nelson zugekommen, jetzt wirbelte er zu seinem Kollegen herum. Nelson nutzte den Moment der Ablenkung und nahm ihn in den Würgegriff.

In diesem Moment ging die Tür auf, und Voss erschien.

«Was ist hier los?»

«Wir müssen dringend mit Ihnen sprechen.» Wieder zeigte Diana ihren Ausweis.

Der Politiker gab den Leibwächtern ein Zeichen, sich zurückzuhalten. Nelson entließ den Mann aus dem Würgegriff, der andere lag immer noch am Boden.

«Kommen Sie herein.»

Sie folgten ihm, er schloss die Tür hinter ihnen. Es war ein kleines Hinterzimmer, ein paar Stühle, ein Tisch.

«Bitte nehmen Sie Platz», sagte Voss. «Solche Überraschungen mag ich gar nicht. Lassen Sie sich das nächste Mal einen Termin geben.»

«Und wir mögen einen solchen Empfang nicht.» Diana zeigte sich unbeeindruckt. «Sie sollten Ihren Jungs bessere Manieren beibringen.»

«Machen Sie es kurz. Um was geht es?» Voss zog sein Jackett an und setzte sich.

«Wir ermitteln wegen des Anschlags auf die Firma Cyaclean», begann Nelson. «Wir haben uns gerade mit Ihrem Freund Rudolf Hoppe unterhalten. Er scheint ein großer Fan von Ihnen zu sein, dass er extra zu einer Ihrer Regionalveranstaltungen reist. Oder wollten Sie beide in Wirklichkeit etwas anderes besprechen? Sie stehen ja in regem Austausch.»

«Ich würde sagen: Das geht Sie nichts an.» Der Politiker verschränkte die Arme. «Wir sind hier ein freies Land. Jeder kann reisen, wohin er will. Jeder kann reden, mit wem er will. Das sollten Sie beim BND doch wissen.»

«Es geht um gewichtige Straftaten, die hier im Raum stehen – terroristische Aktionen, ein Anschlag auf ein Düsseldorfer Unternehmen, Mord, mafiöse Müllentsorgungsstrukturen. Die Liste ist lang.» Diana ließ ihn nicht aus den Augen. «Und da sind wir auf Ihren Namen gestoßen. Liegen wir richtig, wenn wir Sie als Gegner von Cyaclean bezeichnen?»

«Verdächtigen Sie mich, etwas mit der Explosion zu tun zu haben? Das ist lächerlich!»

«Wir verfolgen alle Spuren und sprechen mit Ihnen als möglichem Zeugen», antwortete sie.

«Ticken Sie nicht ganz richtig?» Der Mann hatte eine laute, donnernde Stimme, wie eben noch auf der Bühne. «Ich bin gewählter EU-Abgeordneter. Wie können Sie es wagen, mich mit dieser Sache in Verbindung zu bringen?» Er schüttelte den Kopf. «Und wenn Sie es genau wissen wollen: Zur Tatzeit war ich nicht in Düsseldorf, dafür gibt es Zeugen.»

Klar, ein mit allen Wassern gewaschener Politiker wie Voss würde sich wohl kaum selbst die Hände schmutzig machen, vermutete Nelson.

«Ihre Beschwerden über das Unternehmen sind aktenkundig. Auch auf Ihrer Website nehmen Sie eine sehr klare Haltung zum Thema Cyaclean ein. Da stellen sich Fragen», sagte Diana.

«Es ist mein gutes Recht, Missstände anzuprangern. Und ja, wenn diese Ami-Firma aus Deutschland verschwinden würde, wäre ich glücklich. Ich werde alle legalen Möglichkeiten ausschöpfen, damit das passiert.»

«Das hat Herr Hoppe gerade auch zu uns gesagt, was für ein Zufall.»

Voss lehnte sich zurück. «Weitere Fragen? Sonst sehe ich das Gespräch als beendet.»

«Eine Frage hätte ich noch: Kennen Sie den Reeder und Abfallunternehmer Otto Tietz?»

«Nein, nie gehört.»

«Er hat aber Ihren Namen erwähnt», griff Diana Nelsons Idee auf. Das war gelogen.

«Nun …» Voss zögerte einen winzigen Moment zu lange und merkte es selbst. «Es mag sein, dass ich den Herrn mal bei einer Veranstaltung kennengelernt habe. Aber das bedeutet nichts, in meinem Beruf trifft man viele Leute.»

«Sie haben auch keinerlei Geschäftsbeziehungen mit Herrn Tietz oder seinen Firmen?», fragte Nelson.

«Natürlich nicht. Jetzt reicht's aber.» Voss stand auf. «Dort ist die Tür. Schönen Abend noch.»

Nelson nickte. Sie verließen das Zimmer. Wenige Meter den Gang hinunter standen die beiden Leibwächter. Offenbar hatten die Männer auf sie gewartet. Ihr Gesichtsausdruck verhieß nichts Gutes.

«Wir würden unsere Begegnung von eben gern noch zu Ende bringen», sagte der jüngere. Er streifte sich einen Schlagring über.

Die beiden blockierten den Weg zurück zum Saal. Es gab kein Vorbeikommen.

«Geben Sie den Weg frei», sagte Diana.

Doch die Männer kamen näher.

Nelson nickte ihr zu. Sie brachten sich in Stellung, einen Angriff erwartend, Diana griff in ihre Seitentasche, Nelson tastete nach seinem Teleskopschlagstock.

«Ich stopf dir gleich dein vorlautes Maul!»

Der ältere hatte plötzlich ein Messer in der Hand. Er machte einen Schritt auf Diana zu und holte aus. In einer Schwungbewegung ließ Nelson den Teleskopstock ausfahren und schlug hart zu. Er traf den Arm des Angreifers.

Der Mann schrie auf, hielt aber das Messer weiter umklammert.

Nelson verpasste ihm einen Haken unters Kinn. Den Mann riss es nach hinten, das Messer flog auf den Boden.

Diana machte einen Schritt zurück und tauchte unter dem Schlag des jüngeren Mannes weg. Dann schoss ihr Arm nach vorne.

Ein surrendes Geräusch. Wehrlos klappte der Leibwächter zusammen.

Vom Saal her hörten sie Stimmen, jemand näherte sich.

Diana steckte den Elektroschocker wieder ein. «Ich denke, wir sollten jetzt lieber den Notausgang nehmen.»

MÜNCHEN

«Und du bist ganz sicher, dass wir hier richtig sind?» Melissa blickte hinaus auf die Straße. Sie saß zusammen mit ihrer Freundin Victoria in einem Café im Münchner Stadtteil Schwabing.

«Was heißt schon sicher? Ich hab dir gesagt, es gibt keine Garantien, aber eine gute Freundin hat mir gesteckt, dass *Cosmo Creatures Alliance* hier heute zuschlagen werden.»

Melissa überlegte, welche Art von Freundin Victoria wohl meinte und ob sie mit ihr schlief, aber sie wollte nicht danach fragen, es war ihre Privatsache.

«Eine gewisse Sicherheit wäre aber schon schön, immerhin sind wir extra von Hamburg hergefahren. Die Redaktion erwartet einen Bericht von mir.»

«Du wirst schon auf deine Kosten kommen.» Victoria nippte an ihrem Orangensaft. «Und München ist immer einen Besuch wert, oder?»

«Sehr witzig. Wen von dieser Tierschutzbewegung kennst du persönlich?»

«Anna Jahn, die offizielle Nummer eins. Ich hab sie mal bei einer Veranstaltung getroffen. Aber in Wirklichkeit, heißt es, gibt ein gewisser Eric im Hintergrund den Ton an. Anna ist nur das offizielle Gesicht, hält die Reden, reißt die Menschen mit, tut so, als sei alles legal. Aber die eigentliche Action läuft im Untergrund.»

«Wer ist dieser Eric?»

«Angeblich ein Franzose, aufgewachsen in Genf, er spricht sehr gut Deutsch. Seine Mutter soll eine Deutsche sein.»

Melissa sah aus dem Fenster. Spaziergänger flanierten auf dem Bürgersteig, Autos brausten vorbei. «Ich hab im Internet praktisch nichts über *Cosmo Creatures Alliance* gefunden, die müssen sich erst kürzlich zusammengetan haben.»

«Ja, die Gruppe ist wie aus dem Nichts aufgetaucht», sagte Victoria. «Anna und anscheinend auch die anderen Mitglieder waren vorher in anderen Umweltschutzvereinen aktiv. Jemand muss sie recht großzügig finanzieren, denn die Organisation von Demos und Aktionen kostet viel Geld. Mich würde selbst interessieren, wie sie das machen.»

«Ich kann der Frau ja mal eine offizielle Interview-Anfrage schicken», sagte Melissa. «Das gäbe sicher eine tolle Exklusivgeschichte.»

«Das stimmt, aber ob sie das machen würde ...» Victoria sah auf die Uhr und winkte dem Kellner. «Es ist Zeit, wir sollten los.»

Melissa zahlte und stand auf. «Ich bin gespannt.»

Sie gingen die Leopoldstraße hinauf in Richtung Universität. Ihnen begegneten Hausfrauen mit Einkaufstüten, Studenten und kamerabehängte Touristen – aber niemand, der nach einer militanten Tierschutzgruppe aussah.

«Dort soll die Aktion über die Bühne gehen.» Victoria deutete auf das Siegestor am Kopf der Leopoldstraße, einen klassizistischen Triumphbogen mit einem Löwen-Viergespann und einer Frauenfigur auf dem Dach.

«Ist die Demonstration angemeldet?» Melissa sah sich verstohlen um. Es war nichts Auffälliges zu sehen.

«Nein, es soll eine Spontanaktion werden. Wir sollten uns nach verdächtig unverdächtigen Fahrzeugen umsehen.»

«Du hast ja einschlägige Erfahrung bei so was.» Melissa schmunzelte.

«Stimmt.»

Sie wechselten die Straßenseite. In der nächsten Seitenstraße entdeckte Melissa zwei weiße Kastenwagen ohne Seitenfenster.

«Das werden sie sein.» Victoria stoppte an der Ecke. «Ich verschwinde jetzt.»

«Du willst mich allein lassen?»

«Ich möchte nicht erkannt werden. Wir treffen uns später in der Pension. Viel Glück – und pass auf dich auf.» Sie lief zurück über die Straße, winkte noch einmal und verschwand in Richtung U-Bahn-Station.

Melissa wartete hinter einer Litfaßsäule, unschlüssig, was sie tun sollte. Sie holte ihr Handy heraus und überprüfte die Einstellungen für eine Videoaufnahme. Es war alles bereit.

Nach zehn Minuten ging es los. Plötzlich öffneten sich die rückwärtigen Ladetüren der Lieferwagen. Insgesamt sieben Personen sprangen heraus, vier Männer und drei Frauen. Alle trugen schwarze Sturmhauben. Ein Mann gab Anweisungen.

Melissa hörte einen leichten französischen Akzent heraus. Das musste dieser Eric sein. Sie startete die Videoaufnahme und achtete darauf, dass sie im Schatten der Litfaßsäule blieb. Auf dem kleinen Handybildschirm konnte sie sehen, was passierte.

Zwei der Männer trugen eine Bergsteigerausrüstung mit Helm und Rucksack. Die anderen luden hölzerne Barrieren auf ihre Schultern. Die beiden Bergsteiger rannten zum Siegestor und kletterten erstaunlich geübt an den beiden Außensäulen hoch. Oben angekommen, packten sie ein Banner aus, befestigten es an der Dachkante und entrollten es. Danach kletterten sie genauso schnell wieder nach unten.

Die rote Stoffbahn nahm fast die gesamte Breite des Siegestors ein. In riesigen Lettern stand darauf:

Abgase und Feinstaub – die Bienen-Killer!
Stoppt den Autowahnsinn sofort!

Eric lief auf die Straße, stellte sich den fahrenden Autos entgegen und hob die Hände. Bremsen quietschten, Hupen ertönten. Sofort bildete sich ein Stau, der mit jeder Sekunde länger wurde.

Währenddessen schleppte der Rest der Truppe die Barrieren auf die Straße. Mit einer Spritzflasche verteilten sie Klebstoff auf dem Teer und stellten die Holzgestelle darauf. Sie hängten Plakate auf mit Fotos von Bienen und Parolen wie *Rettet unsere Bienen* und *Kampf den Umweltzerstörern*.

Mit jeder Minute wurde das Chaos größer. Eric war verschwunden, stattdessen sammelten sich Schaulustige auf dem Bürgersteig. Autofahrer stiegen aus und beschimpften die Aktivisten. Melissa dachte an Victoria und die Aktion in Bremen.

Ein Martinshorn ertönte. Zwei Polizeiwagen blieben im Stau stecken, die Beamten rannten zu Fuß auf die Absperrungen zu. Die restlichen Demonstranten zogen sich in die Seitenstraße zu ihren Transportern zurück, die Bergsteiger warfen ihre Ausrüstung in den Laderaum. Offenbar planten sie den sofortigen Rückzug.

«Was machst du hier?»

Melissa spürte einen Stoß in ihren Rücken. Sie wirbelte herum.

Vor ihr stand einer der Vermummten. Es musste Eric sein.

Er schlug ihr das Handy aus der Hand und drückte sie an die Litfaßsäule.

«Lass mich los!» Sie versuchte sich von seinem Griff zu befreien, aber er hielt sie unerbittlich fest. Auf seiner Hand erkannte sie ein Tattoo, ein A in einem Kreis.

«Schnüffelst du hinter mir her?» Sein Gesicht war ganz nah an ihrem. Durch den Ausschnitt seiner Sturmhaube sah sie seine grünen Augen aufblitzen, die Wut darin machte ihr Angst. Sein Atem ging schwer.

«Lass mich los!» Sie trat mit den Beinen nach ihm, aber er reagierte nicht darauf. Er packte sie am Hals und drückte zu.

«Ich weiß genau, warum du mir folgst», zischte er. «Aber von dir wird keiner etwas erfahren.»

Melissa bekam keine Luft mehr. Sie wusste, ihr würde niemand zu Hilfe kommen, ihr Versteck war zu gut gewählt. Weder von der Hauptstraße noch von der Seitenstraße konnte man sie sehen.

Sie spürte seinen harten Griff an ihrem Hals.

Sie kämpfte, versuchte zu schreien, brachte aber nur ein Röcheln heraus.

Ihr wurde schwarz vor Augen.

Zoe – das war ihr letzter Gedanke.

Dann wurde alles dunkel.

PUTNAM COUNTY, NÖRDLICH VON NEW YORK, USA

Der Handyempfang war schlecht, ständig war die Verbindung gestört. Tobias konnte seine Eltern nicht gut verstehen, seine eigenen Sätze kamen wahrscheinlich auch nur bruchstückhaft bei ihnen an. Trotzdem berichtete er in aller Kürze von den ersten Untersuchungen bei Zoe, die Ergebnisse wollten die Ärzte heute bekannt geben.

«Mam, macht euch keine Sorgen, alles wird gut. Ich melde mich, wenn es was Neues gibt», schloss er seinen Bericht.

«Aber vergiss nicht, uns sofort anzurufen!»

«Nein, ich rufe euch an. Ganz sicher. Bis später!» Er legte auf.

Tatsächlich fühlte er sich besser, seit sie in Amerika waren. Das Krankenhaus machte einen hervorragenden Eindruck, Ärzte und Pfleger waren freundlich, seine Tochter war in den besten Händen.

Es gab wieder Hoffnung.

Er wohnte in einer Blockhütte, die Teil einer kleinen Ferienanlage war, etwas abgelegen am Rand eines Wäldchens. Die anderen Häuser schienen unbewohnt, es war kein anderes Auto zu sehen, offenbar war die Anlage eher ein Ort für Wochenendausflüge oder Urlaube. Dafür herrschte himmlische Ruhe.

Seine Unterkunft war einfach, aber gemütlich eingerichtet: zwei Zimmer mit kleiner Küche, ein offener Kamin, davor eine Sitzgruppe. Der Blick nach draußen bot ein Panorama mit grünen Wiesen und einem größeren Wald im Hintergrund. Der Kühlschrank war aufgefüllt, er schüttete Milch in seinen Kaffee, dazu gab es eine Schüssel mit Cornflakes.

Um zehn Uhr würde ihn ein Fahrer zum Krankenhaus bringen und später wieder heimfahren. Am liebsten hätte Tobias ein eigenes Auto gehabt, um die Gegend zu erkunden, wenn er nicht bei Zoe sein konnte – aber er sah ein, man konnte nicht alles haben, und er war Ryan Hill unendlich dankbar für die zweite Chance, die seine Tochter hier bekam.

Ein wirkliches Problem war die Tatsache, dass das *Memorial Lincoln Center* Patientenbesuche während des Tages nur kurz erlaubte, abhängig von den Therapiezyklen. Das Krankenhaus machte da keine Ausnahmen und begründete die Einschränkungen mit den anstrengenden Behandlungen. Die Patienten brauchten Phasen absoluter Ruhe, hieß es. Aber immerhin würde Tobias immer mal wieder kurz bei Zoe vorbeischauen dürfen, das war besser als gar nichts. Und er würde regelmäßig mit ihr telefonieren. Auch wenn sich das wegen des miesen Handyempfangs in der Ferienanlage momentan schwierig gestaltete.

Ungeduldig sah er auf die Uhr. Es war schon eine Viertelstunde nach zehn. Da bog ein Geländewagen um die Ecke und hielt vor dem Blockhaus. Ein Mann mit Chauffeuruniform stieg aus und rief: «Mister Frey?»

Tobias ging hinaus, begrüßte ihn und stieg ein. Die halbstündige Fahrt verlief einsilbig, nach Small Talk übers Wetter und die Gegend fragte der Fahrer, ob er Musik hören dürfte, und wählte einen Sender mit Countrysongs. Tobias war es ganz recht, er war mit seinen Gedanken ohnehin bei Zoe.

Eine Krankenschwester holte ihn am Empfang ab, brachte ihn in Zoes Zimmer und verschwand wieder. Seine Tochter schien zu schlafen. Er gab ihr einen Kuss und strich ihr sanft übers Haar. Zoe öffnete die Augen.

«Papa!» Sie legte ihre Arme um seinen Hals. Er drückte sie an sich.

«Nach Hause, Papa?»

«Das wird noch dauern, Schatz, bis du wieder ganz gesund bist.»

«Nein!» Sie sah ihn traurig an. «Zoe nach Hause!»

«Ich weiß, Zoe, alles ist fremd für dich, aber du musst noch ein wenig durchhalten. Erzähl mal, was hast du denn bisher gemacht?»

Nach und nach bekam er heraus, dass es schon ein paar Untersuchungen gegeben hatte, dass Zoe mit der Schwester im Garten gewesen war und dass das Essen ihr schmeckte. Sogar Eis hatte es zum Nachtisch gegeben.

«Das ist ja toll!» Tobias war erleichtert, seine Tochter machte einen überraschend stabilen Eindruck auf ihn. «Schöne Grüße von Oma und Opa.»

Er erzählte gerade von seiner Blockhütte in der Waldlichtung, als es klopfte und Chefarzt Professor Henry Williams eintrat. Freundlich begrüßte er beide.

«Wie geht's unserer kleinen Patientin?» Er setzte sich ans Bett und untersuchte Zoe.

«Was haben Sie bisher herausgefunden?» Tobias konnte seine Ungeduld nicht verbergen. «Zoe wirkt schon etwas fitter, habe ich den Eindruck. Gibt es eine Heilungschance für sie?»

Williams stand auf. «Wir sind mit den Ergebnissen unserer Untersuchungen ganz zufrieden. Unsere Befunde decken sich im Wesentlichen mit denen aus der Hamburger Uniklinik, nur dass wir daraus andere Behandlungsmöglichkeiten ableiten können, sowohl hinsichtlich der Mikroplastikbelastung als auch hinsichtlich der Krebserkrankung.»

«Und?»

«Mit Ihrer Erlaubnis werden wir morgen mit der nächsten Phase unserer Behandlung beginnen. Ich hatte Ihren Eltern und Ihnen ja bereits erläutert, was wir machen, es ist eine Mischung aus verschiedenen, teilweise hochinnovativen Ansätzen.»

Tobias nickte. «Und die Chancen auf Heilung?»

«Solche Fälle wie den Ihrer Tochter hatten wir schon oft hier. Ich kann keine Garantien geben – Sie wissen, es ist eine experimentelle Behandlung. Aber ich bin guter Dinge, dass unsere Therapie anschlägt.» Der Arzt lächelte. «Zoe wäre nicht die Erste, die unsere Klinik als gesunder Mensch wieder verlässt.»

MÜNCHEN

«Hallo, hören Sie mich?»

Jemand schlug ihr ins Gesicht. Der Schlag war nicht fest, mehr ein Klaps.

Melissa öffnete die Augen. Sie blickte in das Gesicht einer Sanitäterin. Für einen Moment verstand sie nicht. Wo war sie? Was war geschehen?

Sie wollte sich aufrichten, doch die Frau schüttelte den Kopf. «Bleiben Sie ruhig liegen. Ich muss Sie untersuchen.»

Sie maß Puls und Blutdruck, leuchtete ihr mit einer Taschenlampe in die Augen, untersuchte den Hals.

Melissa ließ es geschehen. Sie brauchte eine Weile, um ihre Gedanken zu sortieren. Ihre Arme taten ihr weh, ihr Kopf schmerzte. Langsam drehte sie ihn nach links und nach rechts. Sie lag auf einem Stück öffentlicher Grünfläche bei einer Litfaßsäule. Offensichtlich befand sie sich noch in München.

Allmählich kamen die Erinnerungen zurück: die Aktion von *Cosmo Creatures Alliance* am Siegestor, die Verkehrsblockade, der plötzliche Angriff dieses Eric.

Was hatte den Anführer der Tierschutzbewegung dazu gebracht, sie zu attackieren? Hatte er nicht sogar davon geredet, sie zu kennen? Vielleicht von ihren Berichten und Videos auf *Daily Flashlight*?

«Sie sollten einen Tag zur Beobachtung im Krankenhaus verbringen.» Die Sanitäterin packte ihren Notfallkoffer zusammen. «In der Nebenstraße wartet ein Krankenwagen.»

«Was ... was ist denn?» Ihre Stimme kratzte trocken, aber immerhin funktionierte sie noch.

Sie setzte sich vorsichtig auf. Polizeiautos mit Blaulicht standen am Siegestor, Passanten beobachteten neugierig die Szene. Die Fahrzeuge der Tierschützer waren verschwunden.

«Sie haben Glück gehabt», antwortete die Frau, «all Ihre Vitalfunktionen sind in Ordnung. Nur die Würgemale an Ihrem Hals werden nicht so schnell weggehen. Hätte der Angreifer etwas länger zugedrückt ...»

«Aber ... warum ...»

«Jemand hat den Vorfall gesehen und laut geschrien, andere sind aufmerksam geworden. Daraufhin hat der Mann von Ihnen abgelassen und ist geflohen.»

Die Frau holte ein Handy aus der Tasche und gab es ihr. «Das lag am Boden, vermutlich ist es Ihres.»

«Danke.»

Wackelig stand Melissa auf. Ihr war noch ein wenig schwindelig, unsicher stützte sie sich an der Litfaßsäule ab.

Ein Polizist kam hinzu. «Geht es Ihnen besser? Wie ist Ihr Name?»

«Melissa ... Melissa Frey.»

«Kannten Sie den Angreifer? Wollen Sie Anzeige erstatten?»

«Ich ...» Sie räusperte sich, jedes Wort brannte in ihrem Hals. «Hat die Polizei die Aktivisten verhaftet?»

«Nein, sie konnten flüchten. Die Fahndung nach den Fahrzeugen läuft.»

Sie überlegte. Wenn sie Anzeige erstattete und über diesen Eric aussagte, würde früher oder später herauskommen, dass Victoria ihr geholfen und die Aktivisten verraten hatte – ausgerechnet an eine Journalistin. Selbst wenn ihre Freundin nicht so sauer sein würde wie nach der Sache in Bremen, die Aktivistenszene würde sie im schlimmsten Fall ausgrenzen. Melissa wusste, wie wichtig Victoria ihre Gruppe war, sie konnte das nicht zulassen.

Und sie musste zugeben, dass ein kleiner Teil von ihr der Sache auch selbst auf den Grund gehen wollte.

«Keine Anzeige», sagte sie.

«Sie sollten es sich noch mal überlegen.»

Sie schüttelte den Kopf, sofort durchfuhr sie ein stechender Schmerz. «Ich weiß nicht, wer der Mann war. Es kam alles so ... überraschend.» Sie griff wieder nach der Litfaßsäule, schloss für einen Moment die Augen.

Die Sanitäterin warf dem Beamten einen Blick zu, er schien zu verstehen.

«Melden Sie sich bitte, wenn Ihnen Details einfallen, die uns bei den Ermittlungen weiterhelfen können.» Damit verschwand er.

«Brauchen Sie Hilfe?» Die Sanitäterin stützte sie.

«Danke.» Melissa machte einige Schritte. «Mir geht es schon wieder besser. Ich möchte gern nach Hause. Es tut mir sicher gut, mich erst mal hinzulegen.»

Es waren nicht nur die Schmerzen vom Sturz, das Brennen im Hals, was ihr zu schaffen machte. Auch der Gewaltausbruch dieses Eric hatte sie zutiefst erschreckt. So fühlte es sich also an, wenn man jemandem gegenüberstand, der zu allem bereit war. Die eigene Hilflosigkeit, die körperliche Überlegenheit des Angreifers. Der Schrecken, der jede Faser ihres Körpers ergriffen hatte, der ihre Gedanken immer noch lähmte. Es war das erste Mal, dass sie Angst um ihr Leben gehabt hatte.

Es würde dauern, bis sie sich davon erholte.

Trotzdem war ihr Entschluss gefasst: Sie würde Victoria da nicht mit reinziehen. Sie musste sich selbst darum kümmern. Wozu war sie Journalistin?

Gleichzeitig spürte sie, wie ein beunruhigender Gedanke von ihr Besitz ergriff: Irgendetwas schien sie und diesen Eric zu verbinden, ihr war, als wären sie sich nicht zum ersten Mal begegnet. Doch sosehr sie ihr Gehirn auch zermarterte – sie kam nicht darauf, was es war.

Ein Grund mehr, diesen Typen zu finden – koste es, was es wolle.

DÜSSELDORF

Die Sache mit den fehlenden Daten ließ Leon keine Ruhe. War es ein Fehler, war es Manipulation? Viele Nutzer hatten Zugang zum Cyaclean-Netzwerk – seine Kollegen von der IT-Verwaltung, die Geschäftsführerin, der Sicherheitschef, Ryan Hill selbst. Wo sollte er anfangen?

Und sollte er Ryan über seinen Verdacht informieren?

Nein, zuerst musste er sicher sein, musste handfeste Beweise vorweisen können. Bis dahin war es besser, den Mund zu halten und unauffällig nach Indizien zu suchen. Vielleicht fantasierte er tatsächlich nur, und am Ende stellte sich alles als Zufall heraus. Nichts wäre peinlicher, als wenn er vorher unbedacht über seine Vermutung geredet hätte.

Er hatte hin und her überlegt und war zu dem Ergebnis gekommen, dass er den Vorfall noch einmal genau nachvollziehen musste, anders kam er nicht weiter. Das ganze Gelände war videoüberwacht. War auf den Aufzeichnungen vom Tag des Attentats etwas zu entdecken? Die Kriminalpolizei hatte Kopien erhalten, aber möglicherweise hatten die Beamten etwas übersehen – etwas, das einem Insider wie ihm sofort auffallen würde.

Um an die Dateien zu kommen, musste er heimlich den Netzwerk-Zugang eines Kollegen anzapfen, Johannes Haller, der die Aufsicht über die Sicherheitssoftware und die Überwachungskameras hatte. Das war zwar nicht erlaubt, aber es war möglich.

Leon wartete bis zur Mittagspause, als Johannes zum Essen verschwand. Das Passwort zu finden, war nicht schwierig, denn der Mann hatte die verbreitete Angewohnheit, es auf ein Stück Papier zu schreiben und unter seinem Ablagekorb zu verstecken – Leon hatte mehrmals beobachtet, wie er es hervorholte. Er tastete vorsichtig, fand den kleinen Zettel, setzte sich wieder an seinen Platz und tippte die Ziffern-Buchstaben-Kombination in das Log-in-Feld seines Laptops. Ein Treffer: Sofort erschien der Homescreen des Kollegen auf dem Bildschirm.

Er suchte nach den Videos vom Tag der Explosion und lud sich die Dateien auf sein Laufwerk herunter. Dabei kam ihm die Idee, gleich auch noch die Aufzeichnungen der Tage vor dem Anschlag abzuspeichern.

«Was tust du noch hier?»

Er fuhr herum. Ausgerechnet Johannes war hereingekommen, Leon hatte ihn gar nicht bemerkt. Auf keinen Fall durfte er sich etwas anmerken lassen – und vor allem musste er verhindern, dass der Kollege sich an seinen Arbeitsplatz setzte, solange er unter dessen Namen im Netzwerk unterwegs war und der Zettel mit dem Passwort in seiner Hosentasche pikste.

«Ach, ich … ich wollte gerade meinen Computer herunterfahren und zu euch in die Kantine kommen.» Er tippte einen Befehl ein, und sein Laptop schaltete sich scheinbar ab, während im Hintergrund der Download der Dateien weiterlief. «Ich dachte, du bist schon dort.»

«Hab was vergessen.»

«Ach was.» Leon stand auf und schob seinen Kollegen sanft in Richtung Ausgang. «Seit wann bist du so übereifrig? Das hat doch Zeit. Ich komme mit zum Essen.»

Johannes zögerte.

«Ich würde sowieso gern mit jemandem besprechen, was ich heute über die Ermittlungen der Polizei erfahren habe.» Das war geflunkert, in Wirklichkeit hatte er keine neuen Infos, er würde sich was ausdenken müssen.

«Echt? Was gibt's denn da Neues?»

«Das wirst du nicht glauben. Warte es ab.»

Nach der Mittagspause verdrückte sich Leon in den Garten, setzte sich in einen der Gartenstühle im Halbschatten und trank in Ruhe seinen Espresso. Er checkte die Nachrichten und E-Mails auf seinem Handy, es war nichts dabei, was ihm wichtig erschien. Irgendwie hatte er gehofft, Melissa würde sich melden. Fehlanzeige.

Er sah in Richtung des Rheins. Am Rande hatte er mitbekommen, dass bestimmte Werte im Wasser erhöht waren, das schien jedoch unproblematisch zu sein. Er fragte sich, ob es tatsächlich mit dem Ausfall der Cyaclean-Anlagen zusammenhing, dass die Wasserbelastung aktuell offenbar extremer war als sonst. Genauere Informationen hielten die öffentlichen Stellen bisher noch zurück. Sollte er recht haben, wäre das eine großartige Werbung für ihr Unternehmen und würde die Wirkung ihrer Methode auf beeindruckende Weise belegen. Er machte sich eine Notiz, Jessica Bescheid zu geben, damit sie sich mit einem Sprecher der Stadt in Verbindung setzte – irgendwo musste doch etwas herauszubekommen sein.

Auf seinem Handy scrollte er durch einige Newsmeldungen. Die Katastrophe in Marokko und am Mittelmeer war mittlerweile schon sehr viel weniger präsent. Er glaubte nicht, dass sich die Lage großartig verbessert hatte – wahrscheinlich hatte die Situation einfach nur ihren Neuigkeitswert verloren. Frische Krisen und Bedrohungen nahmen ihren Platz ein, während die armen Menschen immer noch knietief im Müll standen.

Ein Kombi passierte die Sicherheitsschleuse und fuhr vor bis zum Seiteneingang des Labors. Leon hatte das Fahrzeug noch nie zuvor gesehen.

Neugierig ging er hinüber und gab dem Fahrer ein Zeichen, die Scheibe herunterzulassen. «Kann ich Ihnen helfen?»

Der Mann im weißen Arztkittel holte einen Frachtschein heraus. «Eine Lieferung unseres Labors.»

«Sind Sie neu bei uns?»

Der Fahrer nickte. «Wo finde ich Herrn Turner?»

«Einen Moment.» Leon holte sein Handy heraus und schickte dem Sicherheitschef eine Nachricht.

Kurze Zeit später erschien Axel Turner.

«Das nenne ich pünktlich», begrüßte er den Fahrer, der jetzt ausgestiegen war. «Sie können sofort anfangen, die Zylinder auszuladen.» Er führte ihn ins Labor und zeigte ihm den Sicherheitsschrank. «Stellen Sie alles daneben ab, ich räume die Ladung selber ein.»

«Haben wir schon wieder einen neuen Lieferanten für unsere Nährlösung?», fragte Leon Axel gedämpft, als der Mann sich an die Arbeit machte. Er erinnerte sich daran, wie vor Kurzem noch der Lieferant gewechselt worden war, höchstens ein paar Tage vor dem Anschlag.

«Wir haben kurzfristig umdisponiert. Du hast recht, wir hatten gerade jemand Neues, das hat uns wohl kein Glück gebracht. Jetzt möchten wir schnellstmöglich wieder loslegen, aber wegen der Explosion war die alte Lösung unbrauchbar. Deshalb haben wir nach einer Alternative gesucht – und glücklicherweise hat Jessica schnell eine gefunden.»

Leon war überrascht. Die Nährlösung war neben der speziell gezüchteten Algensorte gewissermaßen der Heilige Gral für Cyaclean, geschützt durch Patente und höchste Geheimhaltungsstufen um die genaue Rezeptur. Er wusste, dass die Firma mit einigen wenigen Speziallaboren zusammenarbeitete – warum also schon wieder ein Wechsel, wenn der letzte noch gar nicht lange zurücklag? Hielt man es wirklich für möglich, dass der Lieferant der Nährlösung mit der Explosion in Zusammenhang stand?

Er dachte an die manipulierten Computerdateien. Irgendetwas ging hier vor sich.

«Können die überhaupt unsere hohen Qualitätsstandards erfüllen?»

Axel schien seine Zweifel herauszuhören. «Mach dir keine Gedanken, Leon, das geht in Ordnung. Wir haben uns selbstverständlich alles schriftlich garantieren lassen.»

«Keine weiteren Vorkontrollen?»

«Wie gesagt, es ist alles gecheckt. Jessica hat ihren Segen gegeben.»

«Dann ist ja gut ... Du, ich geh wieder rein. Hab noch zu tun.»

Leon hob die Hand zum Gruß und ging zurück ins Gebäude. In Wirklichkeit war gar nichts gut, diese Änderung im Produktionsplan machte ihm Sorgen. Es waren einfach zu viele merkwürdige Dinge passiert, zuerst der Lieferantenwechsel, dann die Explosion, jetzt ein neuer Lieferantenwechsel, die manipulierten Dateien ...

Er musste der Sache auf den Grund gehen.

Und dazu brauchte er Hilfe.

Vielleicht sollte er Melissa einweihen. Er wusste nicht, woran es lag, aber er hatte das Gefühl, sie war die Einzige, der er momentan vertrauen konnte.

Er musste mit ihr sprechen.

Internes Diskussionspapier der Europäischen Kommission (EU-Kommissarin für Gesundheit und Lebensmittelsicherheit)

Pro und Kontra: Regulierung von Mikroplastik in Lebensmitteln und Trinkwasser
Zusammenfassung des aktuellen Diskussionsstandes

Vorbemerkung: Die unübersehbare Zunahme von Krankheiten, die – mit hoher Wahrscheinlichkeit – auf die unbeabsichtigte Einnahme von Mikroplastik durch Nahrung und Wasser zurückzuführen ist, gibt Anlass zur Sorge und wirft die Frage auf, ob die mit Mikroplastik in Zusammenhang stehenden giftigen Zusatzstoffe einer europaweiten gesetzlichen Regulierung zu unterziehen sind.

Ähnlich umfangreiche Maßnahmen beim Thema Lebensmittelsicherheit – hat die EU-Kommission in der Vergangenheit bereits auf den Weg gebracht, um Bürger und Bürgerinnen zu schützen. Zu erwähnen ist beispielsweise die bereits erfolgreich umgesetzte Regulierung folgender Stoffe:

- Mykotoxine (Aflatoxine, Ochratoxin A, Fusarium-Toxine, Patulin, Citrinin)
- Metalle (Cadmium, Blei, Quecksilber, anorganisches Zinn, Arsen)
- Dioxine und polychlorierte Biphenyle (PCB)
- Polyzyklische aromatische Kohlenwasserstoffe (PAH)
- 3-Monochlorpropandiol
- Melamin
- Erucasäure
- Nitrate

Die Menschen müssen darauf vertrauen können, dass ihre Nahrung sicher und von guter Qualität ist. Deshalb sollte die Prüfung von Wasser und Nahrungsmitteln auf Mikroplastik ebenfalls in die Kontrollverfahren der EU eingebunden werden.

Die aktuelle Praxis gestaltet sich wie folgt: Die Mitgliedsstaaten führen stichprobenartige Analysen von Lebensmitteln und Trinkwasser durch und ergreifen Maßnahmen, wenn die Proben nicht mit den Rechtsvorschriften übereinstimmen. Die EU-Kommission setzt zudem Lebensmittel- und Veterinärämter ein, um die ordnungsgemäße Anwendung der Rechtsvorschriften und Präventionsmaßnahmen zu prüfen. Bei Zuwiderhandlungen drohen Sanktionen.

Jedoch stellen sich Fragen hinsichtlich der Praxistauglichkeit solcher Maßnahmen für Mikroplastik. So wäre Folgendes verbindlich festzulegen:

- Welche Institution soll die Vielzahl der Lebensmittel- und Trinkwasserquellen tatsächlich kontrollieren?
- Welche Nachweisverfahren funktionieren bei Mikroplastik und sollen einheitlich angewandt werden?

Die Lebensmittelindustrie lässt mitteilen, dass ein solch enormer Testaufwand unzumutbar sei, gerade für Produkte aus Nicht-EU-Ländern. Zudem wird darauf hingewiesen, dass die wissenschaftliche Basis zur Schädlichkeit kleiner Kunststoffpartikel noch zu gering ist, auch seien rechtliche Fragen bezüglich der Produkthaftung der Hersteller völlig ungeklärt. Die dominierende Präsenz von Mikroplastik im Alltag mache es unmöglich, eine bindende Zuordnung der Verantwortlichkeiten vorzunehmen.

Weitere Forschung zum Thema Mikroplastik ist deshalb dringend erforderlich.

KAPITEL 26

BERLIN

Zufrieden lehnte Nelson sich in seinem Stuhl zurück. Seine Suchanfrage zeigte endlich Erfolg. Zumindest gab es Hinweise, die Erfolg versprachen. Laut französischem Geheimdienst war ein Mann in Nizza gesehen worden, auf den die Beschreibung von Louis Favre passte. Das klang zwar immer noch ziemlich vage, es gab keine aktuellen Fahndungsfotos, aber für Nelson war es immerhin ein Anfang. Endlich hatte er eine konkrete Spur. Er setzte ein Schreiben an die französischen Kollegen auf, in dem er sie bat, ihn über alle neuen Entwicklungen sofort zu informieren.

Mehr denn je war er überzeugt, dass dieser Waffenhändler, Drogendealer und Söldner-Vermittler die wichtigste Gelenkstelle auf der Suche nach der Wahrheit über seine Eltern war. Wahrscheinlich waren sie mit dem Netzwerk dieses Kriminellen in Berührung gekommen. Wenn jemand etwas über ihren Tod wusste, dann Favre.

«Und, was machen die Recherchen?» Diana stand mit zwei Kaffeetassen in der Bürotür.

«Alles schreit nach einer Pause.» Er klickte seinen Textentwurf weg und holte eine aktuelle Meldung hervor, die er ausgedruckt hatte. «Lies das mal.»

Agence France-Presse

Internationale Allianz von Mittelmeer-Anrainerstaaten
«Kampf gegen Plastikmüll muss für alle Priorität haben»

Tanger/Marokko. Die fünf Länder Marokko, Algerien, Portugal, Spanien und Frankreich haben sich auf eine gemeinsame Initiative geeinigt, um den Kampf gegen die aktuelle Plastikmüll-krise im Mittelmeer aufzunehmen.

«Wir können uns keine Verzögerungen mehr leisten», sagt der marokkanische Außenminister auf einer gemeinsamen Presse-konferenz, «die Umweltschäden sind enorm – die Fischerei-Industrie und der Tourismus leiden bereits jetzt unter dem Plastikteppich im Mittelmeer. Das ist eine Katastrophe enormen Ausmaßes, die in den nächsten Jahren und Jahrzehnten immer weiter wachsen wird.»

Die Außenminister wollen Sofortmaßnahmen einleiten, um eine weitere Ausbreitung des Plastikmülls zu verhindern und das Meer von den Abfällen zu reinigen. Zur Diskussion stehen verschiedene Methoden, das zu bewältigen.

«Dazu brauchen wir einen Hilfsfonds der EU und sofort einsetz-bare Technik», erklärt der französische Außenminister. «Alle An-gebote sind uns derzeit willkommen – Hauptsache, es geschieht möglichst schnell etwas.»

Zudem beschloss das Gremium, den Kampf gegen Müll-Piraterie und illegale Entsorgung zu verschärfen.

«Wer hätte das gedacht, dass die Havarie der *Indian Rosebud* solche Kreise zieht», meinte Nelson.

«Das war nicht vorherzusehen – leider.» Diana legte den Ausdruck beiseite. «Ich habe mir übrigens die weiteren Ermittlungsergebnisse der Düsseldorfer Kripo im Fall Cyaclean angesehen, die Lektüre ist nicht gerade vergnügungssteuerpflichtig.»

«Kann ich mir vorstellen. Für uns was Brauchbares dabei?»

«Die Polizei hat alle Handwerker verhört, die zum Tatzeitpunkt auf dem Gelände waren. Bei keinem fand sich ein Motiv für den An-schlag, die meisten sind schon mehrere Jahre in ihrem Betrieb an-gestellt. Aber es gibt einen interessanten Punkt bei den Angaben.»

«Inwiefern?» Nelson stellte seine Tasse ab.

«Ein Mann, einer der Schweißer, konnte nicht identifiziert werden.

Die Kollegen behaupteten übereinstimmend, sie wüssten nicht, wer diese Person ist und woher sie kommt. Auch der Chef der Handwerksfirma gab an, diesen Mann nicht zusätzlich engagiert zu haben. An dem Tag ist das nicht aufgefallen, es trugen ja alle Masken. Anscheinend findet da kein großer Austausch statt, und es sind auch oft Leiharbeiter dabei, die sich untereinander nicht kennen. Deshalb hat niemand auf den Typen geachtet, erst jetzt im Nachhinein wurden die Männer stutzig.»

«Das ist interessant. Und lass mich raten, niemand hat den Unbekannten seitdem wiedergesehen.»

«Genau.»

«Was ist mit den Überwachungskameras?»

«Eine Person ist nicht zuzuordnen, von der Statur her ein Mann, er trägt die normale Arbeitsmontur, Schweißerbrille und Mundschutz, das Gesicht ist nicht erkennbar. Nicht sehr ergiebig.» Diana seufzte. «Hinzu kommt, die Videos sind unvollständig, immer wieder gibt es kurze Lücken in den Aufzeichnungen. Entweder eine technische Störung ...»

«... oder jemand von den Cyaclean-Angestellten hat nachgeholfen.» Nelson pfiff durch die Zähne. «Da müssen die Kollegen auf jeden Fall nachhaken. Was ergaben die Befragungen sonst?»

«Wie das halt so ist: Keiner kann sich mehr genau erinnern, was vor der Explosion geschehen ist oder wer wo gestanden hat. Und auf das interne Computernetzwerk könnten theoretisch viele zugegriffen haben, um das Videomaterial nachträglich zu manipulieren – die Büros stehen quasi allen offen, und es herrscht ein munteres Kommen und Gehen. Da wäre es leicht, sich in einem unbeobachteten Moment einzuloggen.»

«Vorausgesetzt, man hat ein Passwort.»

«Oder gute Hacker-Fähigkeiten.»

Nelson beugte sich vor. «Und die Demo dieser obskuren Tierschützer *Cosmo Creatures Alliance* vor dem Cyaclean-Gelände?»

«Angemeldet hatte die Demonstration eine gewisse Anna Jahn,

dreiunddreißig Jahre alt, ledig, wohnhaft in Stuttgart. Sie ist zugleich Vorsitzende der Organisation, die übrigens erst vor Kurzem gegründet wurde. Für die Tatzeit hat sie ein Alibi, ebenso wie die meisten anderen. Die Kollegen sind aber noch dran, das zu überprüfen.»

«Da fällt mir was ein. Mir ist beim Datenabgleich der Name Melissa Frey im Zusammenhang mit *Cosmo Creatures Alliance* untergekommen. Warte mal kurz.» Nelson tippte den Namen in die Suchmaske ein. «Da haben wir's: Diese Journalistin, die wir in der Kantine von Cyaclean getroffen haben, wurde von einem unbekannten Mitglied der Tierschutzorganisation bei einer nicht genehmigten Aktion in München angegriffen. Laut dem Polizisten vor Ort wollte sie keine Anzeige erstatten.»

Diana trat neben ihn und sah ihm über die Schulter. «Seltsamer Zufall, oder? Könnte sie was mit dem Anschlag zu tun haben?»

«Du meinst als Mittäterin? Denkbar wäre es, sie hatte freien Zugang zu allen Räumen und war zum Zeitpunkt der Explosion anwesend.»

«Aber sie würde sich doch kaum selbst in die Luft sprengen – wie eine Selbstmordattentäterin sieht sie nicht aus.» Diana schüttelte den Kopf.

«Möglicherweise lief etwas nicht wie geplant, wer weiß.» Nelson zuckte die Schultern. «Vielleicht steckt sie sogar mit diesem Leon Feininger unter einer Decke. Der Typ könnte spielend die internen Netzwerkdaten manipulieren, die Kenntnisse dazu hat er – und den Zugriff ebenfalls.»

«Das stimmt allerdings.» Diana machte sich eine Notiz. «Auf jeden Fall sollten wir die beiden nochmals genauer unter die Lupe nehmen.»

«Ebenso wie diesen unbekannten Schweißer», sagte Nelson. «Da schrillen bei mir die Alarmglocken. Da müssen alle Kollegen noch mal mit Hochdruck ran, das ist unser Hauptverdächtiger. Es muss doch rauszubekommen sein, wer das ist und wie er sich da eingeschleust hat. Wir brauchen dringend eine Fahndung nach dem Mann. Er könnte der Schlüssel zu dem Fall sein.»

«Die Kripo soll alle Handwerker erneut befragen, eine Phantomzeichnung anfertigen und schauen, ob eine spezielle Gesichtserkennungssoftware Resultate liefert. Irgendjemand muss ihn ja ohne Maske gesehen haben. Ich setze das auf die Prioritätenliste – und den Unbekannten auf die Verdächtigenliste.» Dianas Blick war finster. «Dazu diesen Jäger und Hundeliebhaber Otto Tietz, dann Rudolf Hoppe, den Eigentümer von Innovative Cleaning, und dessen Politikerfreund Dr. Peter Voss.»

«Das Trio hat wirklich auf allen Gebieten der Plastikmüllentsorgung seine Finger drin», sagte Nelson. «Aber egal, wie viele Dokumente wir wälzen und wie viele Telefone wir überwachen, wir haben *nichts* gegen sie in der Hand! Das Argument, man werde wohl noch investieren können, wie man will, ist leider nicht auszuhebeln – es ist tatsächlich nicht verwerflich, sich in einem Wirtschaftszweig besonders zu engagieren. Aber diese ganzen Verkettungen und Verwicklungen stinken doch zum Himmel!»

«Das tun sie tatsächlich, ja, und zwar ziemlich bestialisch.» Diana seufzte. «Und wenn du mich fragst, läuft da garantiert vieles illegal, spätestens seit diesem hundertjährigen Strohmann in der Schweiz bin ich mir ganz sicher.»

Nelson nahm einen Schluck kalten Kaffee. «Nur können wir es unseren drei Verbrechern bisher nicht nachweisen.»

«Tietz und Hoppe *müssen* Helfer und Mitwisser haben.» Diana setzte sich auf ihren Schreibtischstuhl und lehnte sich zurück. «Es wäre doch gelacht, wenn wir da nicht jemanden zum Reden bringen könnten.»

«Ich bin mir unsicher.» Nelson überlegte. «Irgendwie habe ich das Gefühl, wir müssen bei den dreien selbst ansetzen. Unser Zusammentreffen mit Rudolf Hoppe beim Auftritt von Voss in Cottbus hat ja leider keine neuen Erkenntnisse gebracht, auch wenn er sich offen gegen Cyaclean positioniert hat. Der Typ ist eine harte Nuss.» Er musterte das Bild von Rudolf Hoppe, das vor ihm auf dem Schreibtisch lag. «Ich halte ihn für eine zentrale Figur in diesem illegalen Plastikmüllnetzwerk.»

«Was haben die Recherchen unserer Kollegen ergeben?»

«Nur dass Hoppe anscheinend Kokain konsumiert. Die Polizei stieß während einer Drogenrazzia in Frankfurt auf ihn, als er gerade Stoff von einem Dealer kaufen wollte. Es kam aber nie zu einer Anklage.»

«Das wäre ein Ansatzpunkt.» Diana richtete sich auf. «Es wäre doch schön, ihn auf frischer Tat beim Drogenkauf zu ertappen und das als Druckmittel zu nutzen. Wir sollten uns mit den Kollegen vom Frankfurter Drogendezernat in Verbindung setzen – und dann steht mal wieder eine schöne Beschattung an.»

«Sehr verlockend.» Nelson grinste. «Ich telefoniere gleich mit den Kollegen.»

«Damit haben wir für Hoppe schon eine Strategie.» Diana betrachtete ihre Kaffeetasse. «Der zweite ausgewiesene Cyaclean-Gegner ist der Politiker Dr. Peter Voss, den wir zusammen mit seinen Schläger-Freunden bereits kennenlernen durften. Wir sollten tiefer nachbohren, welche Art von Verbindung zwischen den beiden besteht. Und ob Otto Tietz da reinpasst.»

Nelson nickte. «Jedenfalls hat Voss seltsam reagiert, als wir ihn darauf angesprochen haben. Welche Interessen verfolgt der Mann wirklich mit seinem Cyaclean-Bashing? Ist er die treibende Kraft – oder nur ein Befehlsempfänger?»

«Das ist hier die Frage. Vielleicht kann Hoppe uns helfen, sie zu beantworten.» Diana prostete ihm symbolisch mit ihrer Kaffeetasse zu. «Lass uns den Weg verfolgen. Ich denke, so kommen wir weiter.»

DÜSSELDORF

Melissa wanderte in ihrem Pensionszimmer hin und her, um besseren Handyempfang zu finden.

«Das liegt nicht an dir», hörte sie Tobias' Stimme aus dem Lautsprecher krächzen, sie konnte ihn schlecht verstehen. «Das Mobilfunknetz in dieser Gegend ist grottenschlecht.»

«Geht es Zoe schon besser?» Sie dachte ständig an die Kleine und fragte sich, wie die Behandlung anschlug.

«Die Ärzte sind optimistisch, das ist die gute Nachricht. Die schlechte Nachricht ist, ich darf sie am Tag nur kurz sehen. Das macht mich wahnsinnig, sag ich dir. Jede Minute mit Zoe ist kostbar.»

«Das ist wirklich krass. Die Arme – ganz allein unter lauter fremden Gesichtern.»

«Du sagst es. Und ich sitze in meiner Blockhütte herum und gehe spazieren.» Tobias seufzte. «Wenigstens funktioniert der Fernseher. Wobei ich in den Nachrichten auch nur Plastik sehe.»

«Haben sich Mam und Paps gemeldet?»

«Ja, regelmäßig, sie sind ja auf der Rundreise. Ich soll dir Grüße von ihnen ausrichten.»

«Oh ... das freut mich.» Melissa war überrascht. «Wenn du Zoe das nächste Mal siehst, gib ihr einen dicken Kuss von mir und sag ihr, ich freu mich, sie bald wieder in die Arme nehmen zu können.»

«Das mach ich. Und ich melde mich, sobald es was Neues gibt.»

«Danke. Halt die Ohren steif da drüben!»

«Wir geben unser Bestes.» Trotz der schlechten Verbindung hörte sie eine Zuversicht in der Stimme ihres Bruders, die sie vermisst hatte. «Bis bald.» Tobias legte auf.

Sie packte ihren Rucksack zusammen, ging hinunter in den Hinterhof und schloss das Fahrrad auf, das ihr Leon überlassen hatte. Es war großzügig von ihm gewesen, und sie wusste das zu schätzen. Überhaupt war er hilfsbereiter und netter, als er auf den ersten Blick gewirkt hatte. Wenn sie an sein schroffes, ablehnendes Verhalten bei ihrem ersten Treffen zurückdachte, schien es jetzt manchmal fast, als würde ihm etwas an ihr liegen.

Der Verkehr war normal, sie schlängelte sich durch die Autos, bis sie zum Radweg kam, und nahm einen Umweg in Kauf, um die schönere Route am Rhein entlang zu genießen. Aber das Wasser war mit

Sichtschutzwänden abgesperrt, ihr fiel ein merkwürdiger Geruch auf. Vielleicht könnte sie auf dem Rückweg herausfinden, was hier los war.

Bei der Ankunft am Haupttor bemerkte sie, dass Cyaclean aufgerüstet hatte: Neue Überwachungskameras waren auf den Eingang gerichtet, eine Videogegensprechanlage forderte Besucher auf, sich auszuweisen. Sie legte ihre Zugangskarte auf das Lesegerät, das Tor öffnete sich.

Melissa stellte ihr Rad ab und ging direkt in die Kantine. Von der Theke holte sie sich einen frisch gepressten Orangensaft und einen griechischen Salat. Leon winkte ihr von seinem Platz aus zu.

«Was macht dein Hals?», sagte er zur Begrüßung. «Ich hab dein Video auf *Daily Flashlight* gesehen.»

Unwillkürlich zog sie ihren Kragen höher. «Sieht man das so deutlich?» Dabei hatte sie extra Abdeckschminke aufgetragen. Sie erzählte ihm ausführlich von dem Vorfall bei der Demo in München.

«Das ist ein Irrer!», entfuhr es Leon. «Du hättest tot sein können!»

«Ich hatte Glück.» Melissa wusste, dass er recht hatte. Die Erinnerung an den Angriff ließ sie auch jetzt noch erschaudern.

«Hat die Polizei schon einen Verdächtigen?»

Sie schüttelte den Kopf. «Ich hab den Beamten nichts von diesem Eric erzählt, sondern beschlossen, mich selbst darum zu kümmern. Es schien, als gäbe es irgendeine Verbindung zwischen uns, und ich muss rausfinden, was es ist.»

«Das ist mutig von dir.» Leon nahm einen Schluck aus seiner Espressotasse. «Wie willst du den Typen aufspüren?»

«Er hat grüne Augen. Und er war mir sehr nah, ich glaube, wenn er noch mal vor mir stünde, würde ich ihn erkennen. Außerdem muss doch irgendjemand wissen, wo man ihn findet.» Melissa war klar, wie vage das alles klang. Aber sie wollte sich von ihrem Entschluss nicht abbringen lassen.

«Wenn Eric überhaupt sein richtiger Name ist. Fallen dir sonst keine Merkmale ein?»

«Groß, schlank. Auf meinem Video ist er von hinten zu sehen.»

«Das Video, das auf der Website steht? Da sind alle viel zu weit entfernt. Sonst nichts?»

Melissa stocherte in ihrem Salat und überlegte.

«Doch, da ist noch was.» Sie richtete sich auf. «Ich fand, er hatte einen winzigen Akzent, wahrscheinlich französisch.»

«Das hilft uns sicher weiter – bei Tausenden Menschen mit französischem Akzent in Deutschland.» Leon grinste.

«Und ich bilde mir ein, eine Tätowierung auf seiner Hand bemerkt zu haben.»

«Ach. Wie sah sie aus?»

«Ein Buchstabe, ein A – glaube ich zumindest.»

«Das ist es!», rief Leon viel zu laut. Einige Cyaclean-Mitarbeiter drehten sich zu ihnen um. «Ich hab bei der Demo vor unserem Gelände jemanden mit genau diesem Tattoo bemerkt», fuhr er mit gedämpfter Stimme fort. «Er war der Anführer der Gruppe, die da demonstriert hat, ich bin mir sicher!»

«Na also, das ist doch ein Anfang.» Melissa war froh, dass Leon sich so für das Thema engagierte. «Der Typ, der mich angegriffen hat, ist der Anführer von *Cosmo Creatures Alliance*, das ist damit doppelt bestätigt. Und der Anführer von *Cosmo Creatures Alliance*, das weiß ich aus sicherer Quelle, heißt Eric.» Sie nickte entschlossen. «Jemand aus der Tierschutzszene wird diesen Eric doch kennen! Ich muss unbedingt Victoria danach fragen, wenn ich sie sehe. Und ich denke die ganze Zeit darüber nach, ob ich den Typ früher schon mal gesehen habe ... Aber ich komme zu keinem Ergebnis.»

«Ich weiß es nicht.» Leon schien zu überlegen. Dann beugte er sich zu ihr rüber und senkte seine Stimme zu einem Flüstern. «Aber ich muss noch über was anderes mit dir sprechen. Reden wir draußen weiter.»

«Warum?» Sie sah sich um.

«Erzähl ich dir draußen», raunte er. Und sagte dann mit normaler Stimme: «Holen wir uns noch einen Espresso, wir haben eine neue Sorte aus dem Hochland Perus erhalten, die schmeckt fantastisch.»

Sie ließen sich zwei frische Tassen aus dem Automaten ein und gingen ins Freie. Leon lotste sie auf eine abseitsgelegene Sitzbank. Niemand sonst war in der Nähe.

«Was ist los? Du tust ja mächtig geheimnisvoll.» Sie balancierte ihre Tasse auf der Untertasse und wünschte, sie hätte ein Tablett mitgenommen.

«Zuerst musst du mir versprechen, niemandem sonst davon zu erzählen. Ich weiß, du bist Journalistin ...»

«... und die können den Mund nicht halten, meinst du?»

«So in etwa.»

Sie runzelte die Stirn. «Also, du redest wirklich wie jemand, der unter Verfolgungswahn leidet.»

«Versprich es!»

«Also gut: Ich verspreche feierlich, nichts ohne deine Erlaubnis preiszugeben.»

«Gut. Ich vertraue dir.» Er schien erleichtert. «Es ist nämlich so, dass ich nicht mehr weiß, wem ich sonst noch trauen kann – vor allem, was die Kollegen und Kolleginnen betrifft.»

Sie sah an seinem Gesichtsausdruck, dass er es ernst meinte. «Erzähl.»

Er berichtete von einigen Nachforschungen, die er angestellt hatte, von fehlenden Dateien auf dem Cyaclean-Server und der neuen Nährstoff-Lieferung, von zwei Lieferantenwechseln vor und nach der Explosion – und von Videoaufnahmen, auf denen bestimmte Zeitfenster fehlten.

«Der Verdacht liegt nahe, dass jemand von Cyaclean mit den Attentätern zusammenarbeitet», schloss er. «Es könnte jeder sein.»

«Ein Verräter innerhalb der Firma – oder eine Verräterin.» Melissa brauchte einen Moment, um die Tragweite seiner Aussage zu begreifen. «Was sollen wir tun?»

«Wir sollten uns die Dateien und Messprotokolle noch mal ansehen – aber nicht hier im Unternehmen. Ich werde Kopien anfertigen. Und ...» Er sah sich um, ob jemand in der Nähe war. «Und wir brauchen frühere Proben der Algen-Nährlösung. Von den Tagen vor der Explosion. Dazu müssen wir uns heute Abend ins Labor schleichen.»

«Du meinst, wir sollen einbrechen?»

«So was in der Art. Aber wir haben ja beide offiziell Zutritt. Deshalb ist es kein Einbruch.» Er stand auf. «Ich muss jetzt an meinen Schreibtisch. Gegen neunzehn Uhr ist ein guter Moment, da machen die Laborarbeiter Pause. Ich werde die Überwachungskameras vorübergehend stilllegen. Niemand wird uns entdecken. Ich schicke dir eine Nachricht aufs Handy, und dann treffen wir uns dort. Einverstanden?»

Melissa zögerte. Dann gab sie sich einen Ruck.

«Einverstanden. Ich komme.»

Um Viertel nach sieben traf sie Leon an der Zutrittsschleuse. Melissa hatte inzwischen an einem Artikel für *Daily Flashlight* gearbeitet und mit Nolan telefoniert. Das ungewohnte Gefühl, heute noch etwas Illegales zu tun, hatte sie die ganze Zeit begleitet und es ihr schwer gemacht, sich zu konzentrieren.

«Momentan ist niemand im Labor, ich hab's gecheckt», sagte Leon. «Die Kameras sind auch aus. Die Luft ist rein.»

Sie stiegen in die Schutzanzüge und setzten Sicherheitsbrillen und Mundschutz auf. Mit seiner Zugangskarte öffnete er die Tür.

Das Surren der Lüftungsanlage war das einzige Geräusch, als sie das Labor betraten. Das Deckenlicht brannte.

«Was genau suchen wir eigentlich?» Melissa sah sich um. Einige Tanks und Leitungen waren offenbar erneuert worden, ebenso die Abdeckungen der Inkubatorbecken.

«Wir suchen Hinweise, ob zum Zeitpunkt der Explosion irgendetwas nicht in Ordnung war. Die Algen-Nährstofflösung in den Becken ist komplett ausgetauscht worden, da ist nichts mehr zu finden.» Melissa fiel auf, dass Leon flüsterte, obwohl sie allein waren.

«Und was dann?»

«Wir nehmen einige Reagenzröhrchen aus dem Tresor mit. Da sind

Flüssigkeitsproben jedes einzelnen Tages drin. Wir packen nur die ein, die vom Datum her interessant sind. Dann lassen wir sie untersuchen. Dazu brauche ich die Hilfe eines Freundes, den kenne ich aus Studienzeiten.»

«Okay.» Sie merkte, dass sie selbst flüsterte.

Leon ging zu dem Stahlschrank mit der Tür aus Panzerglas. Er war verschlossen.

«Wie willst du den öffnen, der ist doch mit einem Code-Schloss gesichert?»

«Das ist leicht – ich habe aufgepasst, welche Kombination Jessica eingegeben hat.» Er drückte die Ziffernfolge auf dem Tastenfeld. Ein Piepsen ertönte, die Tür öffnete sich. «So viel zu unseren Sicherheitsvorkehrungen.» Er zwinkerte ihr zu.

Ein Geräusch aus Richtung der Tür zum Außenbereich ließ sie aufschrecken. Dann war es wieder still, abgesehen vom Summen der Pumpen und Anlagen.

Melissa konnte ihre Nervosität nicht verbergen. «Verschwinden wir besser.»

«Einen Moment noch.» Leon suchte die Reagenzröhrchen mit dem passenden Datums-Code heraus und tauschte sie gegen andere Röhrchen aus seiner Tasche. Sorgfältig verschloss er die Tür wieder und steckte die Originale ein. «So. Lass uns abhauen.»

HAMBURG

«**Guter** Stoff, dein Video über die Demo in München.» Nolan lehnte sich zufrieden zurück. «Mehr davon. Auch Ryan hat mir eine E-Mail geschickt, er ist voller Lob über den Bericht und hat sich erkundigt, wie es dir geht. Konntest du den Angreifer wirklich nicht erkennen?»

«Leider nicht. Der Typ war vermummt.» Melissa fragte sich, warum sich ihr Chef gerade dafür interessierte.

«Und du hast keine bleibenden Verletzungen davongetragen?»

«Gott sei Dank nicht.» Das stimmte nur, wenn man den Schrecken ausblendete, den die Gedanken an jene Minuten immer noch in ihr auslösten. Aber das sagte sie nicht.

«Jedenfalls, bleib dran. Vielleicht schaffst du es, jemanden von dieser schrägen Tierschutzgruppe für ein Statement vor die Kamera zu bekommen. Das wäre gut für die Klickzahlen, unser Publikum lechzt nach neuem Stoff von dir.»

«Habe ich bereits probiert. Aber die Antwort von dieser Anna Jahn ist frustrierend.» Sie holte ihr Handy heraus und las die E-Mail vor: «Liebe Frau Frey, es tut uns leid, wir reden nicht mit der Presse. Wir konzentrieren uns auf den Kampf gegen den Missbrauch von Lebewesen – und Algen sind auch Lebewesen!» Sie sah auf. «Dann folgt ein Sermon über Tierrechte, den ich dir jetzt nicht vorlesen muss, du kannst es dir vorstellen.»

«Bleib weiter dran, nicht aufgeben!» Er nickte bekräftigend. «Du hast dich mittlerweile zur richtigen Marke entwickelt, Melissa, Leute suchen explizit nach deinen Beiträgen. Das ist toll. Also, worauf auch immer du Bock hast, wir können über alles sprechen.»

Melissa steckte ihr Handy wieder ein. «Dann kann ich weiterhin für Recherchen verreisen, nicht nur nach Düsseldorf?»

«Selbstverständlich, solange du nicht in Luxushotels übernachtest.»

Das würde ihr bei der notorischen Sparsamkeit Nolans sowieso nie in den Sinn kommen. Wenn sie an ihre Pension in Düsseldorf dachte … Andererseits konnte sie sich nicht beschweren, sie hatte mittlerweile tatsächlich freie Hand für ihre Arbeit. Was immer noch zu neidischen Kommentaren anderer Kollegen führte, vor allem Jan stänkerte hinter ihrem Rücken. Sie nahm es hin.

«Sag mal, was ist eigentlich mit dem Videobericht über den Krankenhausaufenthalt deiner Nichte in Amerika?», fragte Nolan. «Wir dürfen den Zoe-Fans auf keinen Fall das Happy End vorenthalten. Es wird doch ein Happy End, oder nicht?»

Sie zögerte. «Ich hoffe schon.»

«Dann rede bitte mit deinem Bruder. Ihr steht doch in Kontakt?»

«Ja, klar. Aber er sieht Zoe nicht viel, die Klinik hat da strenge Regeln.»

«Ach, komm schon.» Nolan lächelte sie an. «Eine Kleinigkeit kann er doch sicher für uns drehen.»

«Ich frage ihn.» Sie packte ihre Tasche und stand auf. «Aber versprechen kann ich dir nichts.»

Zu Hause erwartete Victoria sie bereits. Ihre Freundin hatte den Küchentisch festlich gedeckt, mit Weingläsern, zwei Kerzenleuchtern und Stoffservietten. Melissa hatte sie seit München nicht gesehen, sie hatten sich bisher immer verpasst – umso schöner war es nun, so empfangen zu werden.

Victoria nahm sie in den Arm. «Schön, dich wiederzuhaben. Nach allem, was in München passiert ist …» Sie betrachtete die Würgemale an Melissas Hals. «Sieht scheiße aus.»

«Du hättest mich vor zwei Tagen sehen sollen.»

Victoria seufzte. «Irgendwie fühle ich mich schuldig, weil ich dich dort allein gelassen habe.» Sie klang niedergeschlagen.

«Du konntest doch nicht wissen, was dieser Eric für ein Typ ist.»

«*Typ* nennst du ihn? Er ist ein Schwein!», brach es aus ihr heraus. «Erzähl mir jede Einzelheit.»

«Darf ich mich vorher setzen?» Melissa schob sich auf die Küchenbank. «Was hast du denn für ein Festmahl gezaubert?»

Victoria schenkte Rotwein ein, sie prosteten sich zu.

«Es wird ein italienischer Abend. Zuerst Antipasti – die hab ich selbst gekauft. Danach ein grüner Salat mit Gelbe-Rüben-Stücken, Radicchio und meiner speziellen Olivenöl-Honigsoße. Als Hauptgang Spaghetti al pesto mit Tomaten und selbst geriebenem Parmesan. Das Finale furioso wird ein Tiramisu.»

«Ebenfalls selbst gemacht?» Melissa nahm einen weiteren Schluck vom Wein. Er schmeckte angenehm würzig.

Victoria grinste. «Hab ich aus dem Café mitgenommen.»

Während Victoria den ersten und dann den zweiten Gang servierte, schilderte Melissa den Ablauf des Geschehens am Siegestor ab dem Zeitpunkt, als ihre Freundin verschwunden war.

«Wie konnte Eric dich hinter der Litfaßsäule entdecken?» Victoria spießte mit ihrer Gabel ein Salatblatt auf.

«Ich weiß es nicht. Er tauchte plötzlich wie ein Geist auf. Es ist mir auch ein Rätsel, warum er es so auf mich abgesehen hatte. Ich meine, es gehört einiges dazu, jemanden erwürgen zu wollen ...»

«Und du hast der Polizei nichts erzählt?»

Melissa schüttelte den Kopf. «Ich will dem selbst nachgehen.» Sie überlegte. «Er hat etwas davon gesagt, dass ich ihm jetzt nicht mehr gefährlich werden kann ... Er fühlt sich offenbar durch mich bedroht. Aber wieso? Weil ich Journalistin bin?»

«Ich weiß es nicht. Aber Melissa, bitte übernimm dich nicht. Dieser Eric ist gefährlich.»

«Ich weiß. Aber ich habe mich entschieden. Und ich brauche deine Hilfe.»

Ihre Freundin sah sie fragend an.

«Du musst mir helfen, nach diesem Phantom zu suchen. Frag in der Ökoszene nach, aktiviere dein Netzwerk.»

«Du hast leicht reden. Wenn ich mich offen umhöre, erfährt Eric, dass du hinter ihm her bist. Und soviel ich weiß, kennt sowieso keiner seinen Aufenthaltsort.»

«Aber die Mitglieder von *Cosmo Creatures Alliance* müssen doch Kontakt zu ihm haben.»

«Mag sein.» Victoria legte die Gabel beiseite. «Lass trotzdem lieber die Finger davon. Mir ist nicht wohl dabei, andere zu bespitzeln.»

«Victoria, ich bitte dich. Ich muss diesen Typen finden, verstehst du?» Melissa sah ihre Freundin eindringlich an. «Und wenn du mir nicht hilfst, werde ich es allein tun.»

Massenhaftes Fischsterben im Rhein bei Duisburg – Warnung an die Bevölkerung

Szene 1: Bilder von Feuerwehrfahrzeugen, die mit Blaulicht über eine Rheinbrücke fahren. Helfer vom Technischen Hilfswerk ziehen sich Wathosen, Gummihandschutze und Atemschutzmasken an. Neugierige am Rheinufer.

Kommentar aus dem Off: Erschreckende Bilder erreichen uns am heutigen Nachmittag aus Duisburg. Große Mengen von Fischen treiben tot im Wasser und werden zum Teil ans Rheinufer gespült. Das ganze Ausmaß des Fischsterbens ist noch nicht abzusehen. Die Landesregierung Nordrhein-Westfalen hat alle verfügbaren Einsatzkräfte von THW, Feuerwehr und Polizei an den Fluss beordert.

Szene 2: Kameraschwenks über tote Tiere am Ufer. Aufnahmen von verendeten Fischen, im Schilf und auf dem Wasser treibend.

Kommentar aus dem Off: Die Ursache der Katastrophe ist unklar. Wasserproben, die die Behörden entnommen haben, werden aktuell noch in Laboren ausgewertet, gleichzeitig laufen die Säuberungsarbeiten. Die Landesregierung hat eine Taskforce ins Leben gerufen, die alle Maßnahmen koordinieren soll.
Es wird dringend empfohlen, direkten Kontakt mit dem Rheinwasser zu vermeiden und andernfalls die betroffenen Körperstellen sofort gründlich zu reinigen.

Auch Haustiere sollten auf keinen Fall aus dem Fluss trinken oder darin baden. Und vor allem warnen Experten dringend davor, verendete Fische zu berühren.

Szene 3: Interview mit Polizeisprecher Ingo Lehnert vor der Kamera.

Reporter: Herr Lehnert, was können Sie uns zum jetzigen Zeitpunkt über die Situation sagen?
Polizist: Wir stehen noch ganz am Anfang, deshalb kann ich gerade noch keine verbindlichen Aussagen treffen. Wir arbeiten momentan mit Hochdruck daran, die Schäden einzudämmen und den Grund für das Fischsterben zu finden. Wir ermitteln in alle Richtungen.

Reporter: Gibt es bereits erste Erkenntnisse?
Polizist: Wir können nach ersten Untersuchungen davon ausgehen, dass wir es mit einer Vergiftung des Wassers zu tun haben, deren Ursache gegebenenfalls schon einige Tage zurückliegt, während die Folgen in ihrem vollen Ausmaß jetzt erst spürbar werden. Das ist einzigartig, so etwas habe ich in zwanzig Jahren Polizeidienst noch nicht erlebt.

Reporter: Was geschieht als Nächstes?
Polizist: Wir suchen aktuell Freiwillige, die unter fachmännischer Anleitung helfen, die Tierkadaver einzusammeln, damit sie entsorgt werden können. Und wir haben mehrere Labors damit beauftragt, die Fische zu untersuchen und ihre Todesursache festzustellen.

Szene 4: Kommentar des Reporters vor der Kamera.

Reporter: Wir werden aktuell Zeuge einer schlimmen Ökokatastrophe, wie sie unsere Region bisher nicht erlebt hat. Jahrzehnte von Rekultivierungsarbeit am Rhein scheinen mit einem Schlag zunichtegemacht. Die Landesregierung ist jetzt gefordert, schnell zu handeln und die Schuldigen hart zu bestrafen. Wir werden die Entwicklungen verfolgen und natürlich weiter berichten.

KAPITEL 27
FRANKFURT AM MAIN

Sie saßen in einem Auto in einer schäbigen Tiefgarage in einem Randbezirk von Frankfurt. Die Beamten der Drogenfahndung hatten sich am Eingang positioniert, ein Trupp wartete versteckt in einem Einsatzfahrzeug.

«Hoffentlich taucht der Mann heute noch auf, wir warten seit Stunden.» Nelson kauerte auf dem Beifahrersitz. «Was, wenn der Tipp falsch war?»

«Drogendealer sind selten pünktlich. Die Kollegen observieren den Typen.» Diana biss von ihrem belegten Brötchen ab. «Und der Tippgeber ist anscheinend sehr vertrauenswürdig. Wir müssen Geduld haben.»

Dort, wo sie standen, herrschte relative Dunkelheit, die schummrige Beleuchtung reichte nur für zehn Meter Sicht. Hier sollte der Kokain-Handel über die Bühne gehen. Es war ein doppelter Zugriff geplant: Die Kollegen der Drogenfahndung wollten sich um den Dealer kümmern, Nelson und Diana würden Rudolf Hoppe übernehmen.

Denn wegen des Geschäftsführers der Abfallentsorgungsfirma Innovative Cleaning hatten sie diese Aktion überhaupt arrangiert. Wenn sie den Mann bei einer Straftat erwischten, hatten sie ein Druckmittel, ihn zur Kooperation zu bewegen – ansonsten drohte ihm eine sofortige Verhaftung, ein Gerichtsverfahren und am Ende vielleicht Gefängnis. Nachdem sie bei der Befragung Hoppes in Cottbus nicht wirklich weitergekommen waren, war es nun umso praktischer, dass ihre Nachforschungen in Sachen Kokain direkt Früchte getragen hatten: Die Drogenfahndung konnte ein paar Strippen ziehen, und Nelson und Diana waren am frühen Morgen nach Frankfurt aufgebrochen, um Rudolf Hoppe auf frischer Tat zu ertappen.

Wenn er denn auftauchte.

Resigniert öffnete Nelson den nächsten Müsliriegel aus der Packung im Handschuhfach.

Nach einer weiteren halben Stunde war eine Durchsage der Einsatzzentrale aus dem Lautsprecher zu hören: «Alle bereithalten, Zielobjekte finden sich ein.»

Nelson richtete sich auf und überprüfte seine Pistole.

«Pass auf, dass du nicht aus Versehen den Falschen umnietest.» Diana verkniff sich ein Grinsen.

«Langsam werden deine Witzchen über meine Schießkünste langweilig. Beim letzten Training habe ich mich ganz passabel geschlagen.»

«Geht so.»

Ein weißer Geländewagen fuhr ein, drehte eine Runde über die Etage und parkte schließlich. Der Motor erstarb. Niemand stieg aus.

«Das ist Hoppes Auto», flüsterte Nelson. «Ich konnte aber nicht sehen, wer drinsitzt.»

«Das stellt sich früh genug heraus.»

Sie warteten. Einige Minuten später erschien ein grauer Kombi. Das Fahrzeug rollte langsam aus und stellte sich mit laufendem Motor neben den Geländewagen.

«Die Show beginnt.» Diana machte sich klein, um durch die Windschutzscheibe nicht gesehen zu werden, und tastete nach ihrer Waffe.

Zwei weitere Minuten geschah nichts. Nelson befürchtete bereits, der Dealer habe Verdacht geschöpft und wolle wieder abhauen, da stieg ein Mann in den Dreißigern aus, Kurzhaarschnitt und schwarze Lederjacke. Kurz sah er sich um, dann machte er einen Schritt auf den Geländewagen zu.

Im selben Moment stieg Rudolf Hoppe aus. Die Tür zu seinem Fahrzeug ließ er offen stehen. Er ging zu dem Drogendealer, sie wechselten einige Worte.

Der Mann in der Lederjacke griff in seine Tasche und nahm etwas heraus, das Nelson nicht erkennen konnte, Hoppe gab ihm einen kleinen Umschlag, in dem sich wahrscheinlich Geld befand.

«Zugriff!», tönte es aus dem Lautsprecher.

Sekundenbruchteile später war die Tiefgarage taghell erleuchtet. Einsatzkräfte der Drogenfahndung sprangen aus der Deckung, die Hände an ihren Waffen.

«Polizei! Hände hoch und keine Bewegung!»

Blitzschnell hechtete der Drogendealer hinter ein parkendes Fahrzeug. Schüsse fielen, offenbar war der Mann bewaffnet. Er entfernte sich zwischen den parkenden Autos, immer wieder schoss er hinter sich, Autoscheiben splitterten.

Die Polizeibeamten nahmen die Verfolgung auf, einer von ihnen gab einen Warnschuss ab. «Bleiben Sie sofort stehen!»

Der Dealer verschwand hinter einer Betonwand. Die Polizisten liefen hinter ihm her.

Zurück blieb Hoppe, der sich auf den Boden geworfen hatte.

«Jetzt sind wir dran», sagte Nelson.

Doch bevor er die Tür öffnen konnte, lief Hoppe zu seinem Auto und stieg ein. Der Motor heulte auf, er parkte mit quietschenden Reifen aus und gab Gas.

«Der will abhauen!» Diana startete den Motor. «Das wollen wir doch mal sehen.»

Ihr Wagen schoss vor und stand quer zur Fahrbahn. Hoppe kam in einer Vollbremsung zum Stehen.

Nelson sprang aus dem Auto, die Pistole im Anschlag, lief auf den Geländewagen zu und öffnete die Fahrertür.

«Sofort aussteigen!» Er zielte auf Hoppe, der ihn wie erstarrt ansah.

«Sie ... Sie ...» Zögerlich hob er die Hände.

Nelson zerrte den Mann heraus. «Machen Sie keine Dummheiten, das lohnt nicht.»

Er steckte seine Waffe weg und legte Hoppe Handschellen an.

«Herr Hoppe, Sie sind vorläufig festgenommen.» Diana durchsuchte den Mann und stellte ein Tütchen mit weißem Pulver, zwei

Mobiltelefone und seine Geldbörse sicher. Gemeinsam verfrachteten sie ihn auf den Rücksitz des Autos.

Der Einsatzleiter der Drogenfahndung trat hinzu. Von dem Dealer und den Einsatzkräften, die die Verfolgung aufgenommen hatten, war noch immer nichts zu sehen.

«Ist bei Ihnen alles okay?», fragte er mit einem kurzen Blick auf Hoppe.

Diana nickte. «Danke für Ihre Hilfe, wir übernehmen den Mann.»

«Kein Thema.»

Sie stiegen zu Hoppe ins Auto. Er kauerte auf der Rückbank und hielt den Kopf gesenkt. Von dem Mann, der sie in Cottbus hatte abblitzen lassen, war kaum noch etwas übrig. Die selbstsichere Fassade hatte Risse bekommen. Das konnte für ihre Zwecke nur hilfreich sein.

«Das sieht nicht gut aus für Sie, Herr Hoppe», sagte Diana. «Besitz von Kokain, Widerstand gegen die Staatsgewalt in Form eines Fluchtversuchs, und mal sehen, was uns sonst noch an Vergehen einfällt.»

«Ich ... Ich ... Ich will meinen Anwalt sprechen.» Seine Stimme war mehr ein Flüstern.

«Natürlich können Sie Ihren Anwalt anrufen. Aber jetzt unterhalten wir uns erst. Vielleicht hören Sie zu, was wir Ihnen zu sagen haben, denn eventuell gibt es eine Möglichkeit, wie Sie Ihren Kopf aus der Schlinge ziehen können – auch ohne Anwalt.»

Hoppe sah sie an. «Was meinen Sie?»

«Sie sind intelligent genug zu wissen, dass wir Sie wegen Drogenbesitz drankriegen», sagte Diana. «Habe ich recht?»

«Ich ... brauche nur manchmal was zur ... Entspannung. Das ... Das ist doch nicht schlimm, dafür kommt man nicht ins Gefängnis.»

Nelson hielt das flache Paket mit dem weißen Pulver hoch, das sie Hoppe abgenommen hatten. «Bei dieser Menge? Da wartet der Knast auf Sie. Selbst der beste Anwalt wird Sie da nicht mehr rausboxen.»

«Ich ... Ich bin kein Krimineller! Das müssen Sie mir glauben.»

«Das sagen alle Kriminellen», antwortete Diana. «Fakt ist, wir haben Sie auf frischer Tat ertappt.»

«Und wir verdächtigen Sie weiterer Straftaten.»

«Was?» Er schüttelte den Kopf. «Welche Straftaten ...»

Nelson musterte den Mann, der blass geworden war. Wenn ihr Plan aufging, hatte ihr großer Auftritt mit der Drogenfahndung die Karten neu gemischt: Hoppe war in die Ecke gedrängt, sie hatten ein Druckmittel. Außerdem konnte nun der vorbereitete Durchsuchungsbefehl für Hoppes Büro und Privatanwesen exekutiert werden. Die Einsatzkräfte warteten bereits vor Ort, Nelson holte sein Mobiltelefon heraus und gab per Kurzmitteilung den Startschuss zur sofortigen Hausdurchsuchung. In Hoppes Unterlagen musste es irgendwelche Dokumente geben, die sie weiterbrachten – sowohl in den Ermittlungen zur illegalen Müllentsorgung als auch im Fall Cyaclean.

«Sie haben doch einen Brief an den Ministerpräsidenten Nordrhein-Westfalens geschickt, in dem Sie fordern, Ihren Konkurrenten Cyaclean stillzulegen.»

«Ja, aber ...» Hoppe schien über diese Entwicklung des Verhörs überrascht. «Ich habe Ihnen doch bereits in Cottbus erklärt ...»

«Immerhin mussten bei dem Anschlag auf das Unternehmen drei Menschen ihr Leben lassen, viele wurden verletzt», unterbrach ihn Diana. «Glauben Sie, das lassen wir auf sich beruhen? Bei der Liste der möglichen Täter steht Ihr Name ganz oben – Sie als Hauptkonkurrent haben ein starkes Motiv.»

«Ich habe vor allem ein Alibi ...»

«Schon klar, Sie machen sich die Hände nicht selbst schmutzig. Sie sind eher ein Schreibtischtäter.»

«Das ist Unsinn, ich bin unschuldig!» Das erste Mal erhob er die Stimme. «Das müssen Sie mir erst mal beweisen.»

«Darum wird sich im Zweifel der Staatsanwalt kümmern, wenn Sie in Untersuchungshaft sitzen», sagte Nelson.

«Bitte, ich ...»

«Was hat Sie zu diesem Schreiben bewegt? Antworten Sie!»

«Das ... Das war gar nicht meine Idee.»

«Sondern?»

«Das kann ich nicht sagen, ich bin doch nicht lebensmüde!»

Nelson seufzte. «Nichts als Ausreden. Wollen Sie sich ernsthaft als kleiner Befehlsempfänger darstellen? Das ist lächerlich!»

«Dazu ... sage ich nichts.» Trotz lag in seiner Stimme.

«Herr Hoppe, dann lassen Sie uns doch über Ihr lukratives Nebengeschäft sprechen: Wer sind die anderen Figuren, die bei Ihrem Netzwerk illegaler Plastikmüllentsorgung mitmischen? Namen bitte!» Diana war ebenfalls lauter geworden.

«Welches Netzwerk? Haben Sie dafür Belege? Wohl kaum.» Hoppe setzte sich aufrecht hin. Er schien sich vom ersten Schock erholt zu haben.

«Sie sind unzweifelhaft ins Müllgeschäft verwickelt, Sie halten Beteiligungen an verschiedenen Entsorgungsfirmen.» Sie beugte sich zu ihm. «Erzählen Sie uns keine Märchen. Wie hilft der Politiker Voss bei Ihren Geschäften, wie ist der Reeder Otto Tietz involviert? Wie organisieren Sie das Verladen und Verschicken des Plastikmülls am Gesetz vorbei? Welche Rolle spielt Cyaclean?»

«Ich weiß nicht, worauf Sie hinauswollen.» Er schüttelte den Kopf. «Selbst wenn ich jemanden kennen würde, nur mal angenommen, rein hypothetisch: Solche Leute verstehen keinen Spaß, glauben Sie mir. Die können unangenehm werden, sehr unangenehm sogar.»

«Unangenehmer als ein Gefängnisaufenthalt?»

Hoppe zögerte. «Jedenfalls möchte ich von denen niemanden zum Feind haben, auf keinen Fall.»

«Verstehe.» Diana sah ihn an. «Dann reden wir mal Klartext. Sie sind festgenommen wegen eines schweren Verstoßes gegen das Rauschmittelgesetz, das bedeutet Knast. Gerade durchsuchen Kollegen Ihr Haus und Ihre Büroräume, wozu wir damit die Berechtigung haben. Dort werden wir wahrscheinlich Informationen finden, die uns in unseren Ermittlungen weiterbringen.» Sie machte eine Pause, bevor sie weitersprach. «Es gäbe eine Lösung für die Sache mit den Drogen. Eine Lösung, die Sie sogar vor einer Anklage und dem Gefängnis bewahren könnte.»

Hoppe sagte nichts. Bei der Erwähnung der Hausdurchsuchung war er noch blasser geworden.

«Wir schlagen Ihnen einen Deal vor», fuhr Diana fort. «Sie kooperieren umfänglich mit uns, geben uns alle Informationen, die wir verlangen, und im Gegenzug sorgen wir dafür, dass Sie wegen des Kokainkaufs nicht belangt werden. Wir vergessen diese Sache einfach. Wie klingt das für Sie?»

«Keine Anklage wegen des Koks?»

«Keine Anklage wegen des Koks. Wir interessieren uns nur fürs kriminelle Müllgeschäft und den Anschlag auf Cyaclean.»

Der Mann überlegte. «Welche Garantien bekomme ich von Ihnen?»

«Keine», antwortete Nelson. «Sie müssen uns vertrauen. Liefern Sie, was wir wollen, und wir kommen unserem Teil der Abmachung nach. Ansonsten ...»

«Also gut.» Hoppe lehnte sich erschöpft zurück. «Was wollen Sie wissen?»

«Noch mal: Warum bekämpfen Sie und Herr Voss Cyaclean? Warum der Brief?»

Hoppe sah aus dem Fenster ins Dunkel der Tiefgarage. Dann schien er sich einen Ruck zu geben und begann zu sprechen.

«Die Entsorgung von Plastikmüll ist ein Megageschäft. Das gilt besonders für neue umweltfreundliche Verfahren. Aber da werden nur die stärksten Unternehmen überleben. Jeder Konkurrent, der vom Markt verschwindet, ist natürlich ein Erfolg für uns.»

«Und warum schießen Sie ausgerechnet gegen Cyaclean? Es gibt viele Entsorgungsunternehmen.»

«Die Algentechnik der Amerikaner ist vielversprechend, ganz einfach. Das ist die größte Gefahr für meine Firma Innovative Cleaning, ein Störfaktor für unsere ambitionierten Pläne.» Er sah Nelson an. «Aber die Politik zur Kontrolle eines Konkurrenten aufzurufen, ist doch nicht strafbar. Ich lasse doch deswegen keine Menschen umbringen.»

«Vielleicht nicht mit Absicht. Aber wie weit würden Sie gehen?»

Diana ließ ihn nicht aus den Augen. «Vielleicht nehmen Sie und Ihre Helfer durchaus Kollateralschäden in Kauf?»

«Nein, natürlich nicht!» Hoppe klang erschrocken. «Glauben Sie wirklich ...?»

«Wir glauben, Sie erzählen uns nur die Hälfe der Wahrheit. Wir brauchen mehr. Über Cyaclean – und über den illegalen Müllhandel. Sonst kommt es doch zu einer Anklage wegen Drogenbesitzes.» Diana stieg aus und öffnete die hintere Tür. «Wir werden Sie jetzt gehen lassen und uns zeitnah wieder bei Ihnen melden. Wenn wir uns das nächste Mal treffen, haben Sie Unterlagen dabei und etwas mehr zu erzählen.»

«Okay, okay.» Er nickte erschöpft. «Ich suche nach Material und liefere Ihnen etwas. Bekomme ich jetzt meine Handys zurück?»

«Später.» Diana löste ihm die Handschellen. «Erlauben Sie sich keinen Fehler – sonst gilt unser Deal nicht. Strengen Sie sich an.»

Anonymer Post auf der Website 8kun

Amerikanisches Unternehmen vergiftet den Rhein

Unglaubliches passiert derzeit in Deutschland: Der wichtigste Fluss des Landes, der Rhein, wird systematisch vergiftet.

Die Behörden tappen angeblich im Dunkeln. Dabei ist der Schuldige eindeutig identifiziert: Es ist das amerikanische Unternehmen Cyaclean in Düsseldorf, das seinen Dreck ungefiltert in den Rhein leitet – und das schon seit Monaten.

Die Politiker und Behörden decken diese Drecksfirma, helfen bei der Vertuschung.

So kann es nicht weitergehen. Muss erst der letzte Fisch tot im Fluss treiben, bevor die Menschen wach werden?

Wann endlich hört der Wahnsinn auf?

KAPITEL 28
DORTMUND

Melissa kam sich albern vor mit ihrer Tarnung aus Sonnenbrille, Baseballkappe und hochgeschlagenem Kragen. Aber Victoria hatte darauf bestanden. Ihre Freundin trug ebenfalls eine Sonnenbrille und hatte sich die Kapuze ihres Hoodies aufgesetzt.

Sie hatten in der Nordstadt geparkt, etwa hundert Meter entfernt von einer Shishabar, und saßen noch im Auto. Victoria hatte sich umgehört, heute sollte dort ein Treffen der Mitglieder von *Cosmo Creatures Alliance* stattfinden. Womöglich war auch dieser Eric anwesend.

Melissa war froh, dass ihre Freundin ihr nun doch zur Seite stand. Sie hatten nach dem Essen noch lange darüber geredet, wie sie weiter verfahren könnten, und schließlich hatte Victoria ihr ihre Unterstützung zugesagt und auch gleich einige Infos eingeholt, wo die Organisation sich als Nächstes treffen würde. Und hier waren sie nun.

«Wie erkennen wir den Typen?» Melissa beobachtete die Straße. Frauen mit Einkaufstüten gingen vorbei, junge Männer saßen vor den Lokalen, tranken Tee oder rauchten. «Ich habe ihn nur mit Sturmhaube gesehen.»

«Er hat auffällig grüne Augen, hast du gesagt, und eine Tätowierung auf der Hand. Damit kann man ihn doch identifizieren.»

«Ich befürchte, so nah komme ich nicht ran – ansonsten erkennt er mich womöglich. Und auf eine erneute Begegnung wie in München habe ich keine Lust.»

Victoria überlegte. «Also gut, ich mache einen Ein-Personen-Spähtrupp. Mich kennt er nicht.»

Sie stieg aus und schlenderte den Bürgersteig entlang, immer wieder einen Stopp einlegend, um Schaufenster zu betrachten. Allmählich näherte sie sich dem Lokal. Melissa konnte sehen, wie sie durch die Scheibe ins Innere blickte und gleich weiterging. Sie wechselte die Straßenseite und kam über den Umweg zum Auto zurück.

«Also, da hockt tatsächlich ein Trupp junger Leute in einem abgetrennten Nebenraum», sagte sie, nachdem sie wieder eingestiegen war. «Ob Eric dabei ist, konnte ich nicht erkennen. Aber sie haben mich bemerkt, als ich durchs Fenster geguckt habe.»

«Das muss erst mal nichts heißen», sagte Melissa. «Was machen wir jetzt?»

«Wir müssen warten, bis die Mitglieder die Bar verlassen. Dann hängen wir uns an den Mann, den wir für Eric halten, und folgen ihm mit Abstand.»

«Mit dem Auto wird das nicht funktionieren, das wäre viel zu auffällig.» Melissa sah aus dem Fenster. «Wir sollten uns trennen und in der Nähe des Lokals Position beziehen.»

«So machen wir's.»

Sie stiegen aus und gingen auf dem gegenüberliegenden Bürgersteig, bis sie in etwa auf Höhe der Bar waren. Victoria spazierte weiter, Melissa suchte sich einen Platz vor einem Laden für Billigtextilien und tat so, als gehe sie die Pullover an der Kleiderstange durch.

Eine Viertelstunde wartete sie. Nichts passierte.

Sie gab vor, die Nachrichten auf ihrem Handy zu checken, und beobachtete den Eingang des Lokals. Allmählich wurde ihr mulmig, Männer warfen ihr im Vorbeigehen seltsame Blicke zu.

Die Verkäuferin des Textilladens kam heraus und fragte: «Suchen Sie was Bestimmtes?»

«Ich warte auf meinen Freund, er hat sich offenbar verspätet.» Melissa hoffte, dass die Frau die Erklärung schluckte. «Wie sie eben sind, die Männer.»

«Wem sagen Sie das.» Sie lachte und verschwand wieder im Laden.

Das Handy klingelte. Victoria war dran.

«Es tut sich was, ich glaube, sie verlassen die Bar gleich. Wir bleiben in Kontakt.»

Melissa zog ihre Baseballkappe tiefer ins Gesicht. Tatsächlich, etwa ein Dutzend junger Leute kamen jetzt aus dem Lokal. Sie redeten miteinander, umarmten sich zur Verabschiedung.

Doch wer war Eric?

Sie sah einen Mann Mitte dreißig in Jeansjacke, Körpergröße und Gestalt würden passen. Oder war es doch der andere Typ in Sweatshirt und Jeans mit halblangen Haaren, der etwas jünger wirkte?

Sie war verunsichert. Der Mann in Jeansjacke wandte sich nach links, sein Kumpel ging nach rechts.

Was nun?

Melissa entschied sich, dem Älteren zu folgen, und hoffte, Victoria würde den anderen übernehmen. Sie steckte ihr Handy weg, mit dem sie schnell ein paar Bilder von der Gruppe gemacht hatte, und bewegte sich anschließend parallel zu ihm. Er hatte sich nun eine Sonnenbrille aufgesetzt und ging zügig den Bürgersteig hinunter.

Etwa fünfzig Meter folgte sie ihm auf der gegenüberliegenden Seite, immer darauf achtend, nicht zu ihm hinüberzustarren und sich ganz normal zu verhalten. Das war schwieriger als gedacht. Ständig ertappte sie sich dabei, wie sie sich unruhig umblickte, außerdem musste sie ihre Schritte beschleunigen, um dem Unbekannten auf den Fersen zu bleiben.

Der Mann verschwand in einem Geschäft mit Obst und Gemüse, und Melissa vertiefte sich in die Auslage eines Schmuckladens. Als er nach fünf Minuten nicht wieder auftauchte, wurde sie nervös. Hatte er sie bemerkt und war durch einen Hinterausgang verschwunden?

Wohl oder übel würde sie näher ranmüssen. Sie wechselte die Straßenseite, vor dem Schaufenster des Obstgeschäftes tat sie so, als müsse sie einen Anruf entgegennehmen. Ihr Herz schlug bis zum Hals. Nervös nestelte sie an ihrer Sonnenbrille, während sie Belangloses ins Telefon sagte.

Sie wagte einen Blick ins Innere des Ladens. Keine Jeansjacke zu sehen. Sie machte einige Schritte zum Eingang – in diesem Moment kam der Unbekannte heraus. Im Arm hielt er eine Papiertüte mit Obst.

Fast wäre Melissa mit ihm zusammengestoßen, erst im letzten Augenblick wandte sie sich ab und tat so, als prüfte sie das Gemüse in der Auslage vor dem Geschäft. Der Mann musterte sie kurz durch seine Sonnenbrille und ging dann weiter.

Melissa stand wie erstarrt da. Sie hatte das A auf seiner Hand genau gesehen.

Kein Zweifel. Es war Eric.

Ihre Knie zitterten, ihr Atem ging schneller. Sie hatte in das Gesicht des Mannes geblickt, der sie hatte umbringen wollen.

Ich muss ein Foto machen, schoss es ihr durch den Kopf. Doch sie war unfähig, sich zu rühren.

An der nächsten Kreuzung bog Eric nach rechts in eine Seitenstraße ein, ohne sich nochmals umzusehen.

Vermutlich hatte er sie nicht erkannt.

Melissa zwang sich zur Ruhe, atmete tief durch und folgte ihm schnellen Schrittes zur Straßenkreuzung. Vorsichtig lugte sie um die Ecke.

Eric ging weiter den Bürgersteig hinunter. Plötzlich blieb er stehen und sah sich um. Sie schaffte es gerade noch rechtzeitig, ihren Kopf zurückzuziehen.

In diesem Moment rief Victoria an. «Melissa, wo bist du? Ich habe meinen Typen leider verloren.»

«Ich habe ihn gefunden! Diesen Eric. Ich verfolge ihn. Melde mich später.» Sie legte auf.

Als sie wieder in die Seitenstraße sah, war Eric wie vom Erdboden verschluckt.

Wo konnte er stecken? Geschäfte und Lokale gab es hier nicht. War er in einem der Häuser? Dann hatte sie kaum eine Chance.

Ein Kleinwagen fuhr aus einer Parklücke, wendete und kam direkt in ihre Richtung. Sie presste sich an die Hauswand, holte ihr Handy aus der Tasche und tat wieder so, als würde sie telefonieren.

Das Auto hielt an der Kreuzung. Am Steuer saß Eric. Geistesgegenwärtig drückte Melissa den Auslöser der Kamera. Sie wagte es nicht, ihren Angreifer anzusehen.

Sein Motor heulte auf. Dann gab er Gas und verschwand.

DÜSSELDORF

An Arbeit war nicht zu denken. Selbst durch die geschlossenen Türen der Kantine waren Trillerpfeifen, Trommeln und Sprechchöre zu hören, verstärkt durch Lautsprecher.

«Gehen wir nach draußen», sagte Leon zu Melissa, die gerade ihr Tablett zurückstellte. «Das gibt schöne Bilder für dein Nachrichtenportal.»

Sie traten auf den Balkon im ersten Stock, von dem das Gelände und ebenso die Umgebung über den Zaun hinaus zu überblicken war. Melissa ließ den Blick über die Demonstration schweifen, die sich da draußen versammelt hatte. Dicht an dicht standen die Menschen, eine Bühne war aufgebaut, daneben bereiteten sich Redner auf ihren Auftritt vor. Eine Band spielte Musik.

Eine Gemeinschaft aus Gewerkschaften, Organisationen und Umweltbewegungen wie *Greenpeace, Bund Naturschutz, Cosmo Creatures Alliance, Earth Defender* und *WWF* sowie politischen Parteien wie *Der Neue Weg* oder *Die Kommunistische Aktion* hatten zu der Demonstration eingeladen, die Veranstaltung stand unter dem Motto *Rettet den Rhein – stoppt das Tiermorden.*

Obwohl es bisher keine offiziellen Stellungnahmen gab, hatte sich das Gerücht verbreitet, giftiges Abwasser aus der Algenanlage von Cyaclean sei an der Kontaminierung des Rheinwassers und dem massenhaften Fischsterben schuld.

Aus der Menge waren Parolen zu hören:

«Cyaclean – Totengräber des Rheins!»

«Macht den Laden dicht!»

«Umweltkiller vor Gericht!»

Dazu schwenkten die Menschen Plakate, die Bilder von Jessica Weiss hinter Gittern zeigten oder von Ryan Hill als Teufel. Am Rand standen Kamerateams, das Ganze würde nach dem Anschlag auf Cyaclean und den Berichten zur Verschmutzung des Rheins sicher große Aufmerksamkeit bekommen. Die Polizei sicherte das Areal, aber Melissa bezweifelte, dass die Zahl der Beamten tatsächlich reichen würde, sollte es zu gewalttätigen Auseinandersetzungen kommen. Sie wusste, dass mit den Aktivisten nicht zu spaßen war.

Auf dem Cyaclean-Gelände hatte sich ein unangenehmer Geruch ausgebreitet. Die Ursache war klar: Demonstranten hatten mit einem Lkw Schlamm aus dem Rhein vor der Einfahrt ausgekippt und Hunderte toter Fische über den Zaun geworfen. Die Kadaver lagen nun verstreut in der Gartenanlage und verströmten einen fauligen Gestank.

Am Tor prangten zwei Banner mit der Aufschrift

Seht, was ihr angerichtet habt!
Hier arbeiten Ökoverbrecher!

«Wir sollten uns da unten umsehen.»

Melissa wartete keine Antwort ab, sie stieg die Außentreppe hinab und lief in Richtung Tor.

Schnell schloss Leon zu ihr auf. «Bist du sicher? Die Leute da draußen sind nicht unbedingt Fans von Cyaclean, falls es dir entgangen ist. Und mittlerweile sind wir beide durchaus mit dem Laden hier in Verbindung zu bringen.»

«Meine Freundin Victoria ist auch da», sagte sie. «Und ich bin gespannt, ob dieser Eric auftaucht.» Sie hatte Leon von ihrem Ausflug nach Dortmund berichtet.

«Das würde es nicht besser machen», sagte er. «Sei bloß vorsichtig.»

«Unter all den Menschen bin ich sicher.»

Es sollte zuversichtlich klingen, aber das ungute Gefühl in ihrem Magen ließ sich nicht verdrängen. Dieser Eric hatte in München keine Hemmungen gehabt, sie in aller Öffentlichkeit anzugreifen. Wer wusste schon, wie er sich hier verhalten würde, wenn er sie sah.

Sie schlüpfte durch ein kleines Tor hinaus und drängte sich an zwei Polizisten vorbei. Es gab ihr Sicherheit, Leon hinter sich zu wissen. Sie hatte das Gefühl, wenn es hart auf hart kam, würde er nicht kneifen.

Sie schoben sich durch die Menge. Aus den Lautsprechern tönte die Stimme des ersten Redners, eines Gewerkschafters. Er erklärte seine Solidarität mit allen Rhein-Anwohnern und drückte wortgewandt seine Besorgnis über den Umweltschutz in der Region aus.

«Halt, stehen bleiben!»

Die Frauenstimme kam Melissa bekannt vor. Langsam drehten sie sich um, Leon neben ihr war ebenfalls stehen geblieben.

Vor ihnen standen die BND-Agenten Diana Winkels und Nelson Carius, die sie in der Cyaclean-Kantine kennengelernt hatten. Ihr Gesichtsausdruck war streng.

«Ach, hallo. Was machen Sie denn hier?» Leon schien gelassen.

«Ermittlungen. Wir beobachten die Szene vor Ort», sagte Carius. «Und wir wollen uns mit Ihnen unterhalten.»

«Gibt es was Neues?» Melissa wunderte sich über den schroffen Tonfall. «Wir haben doch schon miteinander gesprochen.»

«Die Fragen stellen wir.» Diana Winkels bedeutete ihnen, ihr zu folgen. In einem ruhigeren Bereich am Rand der Menschenmasse blieb sie stehen und wandte sich ihnen wieder zu. «Uns sind einige Ungereimtheiten aufgefallen, das möchten wir klären.»

«Und die wären?» Leon verschränkte die Arme.

«Frau Frey hat offenbar Kontakt in die Ökoszene, war auf einer Demo in München und nimmt jetzt auch hier an der Veranstaltung teil.» Carius hatte sich neben seiner Kollegin positioniert. «Außerdem hat sie stabile Verbindungen ins Innere des Unternehmens Cyaclean. Wir fragen uns, ob das Zufall ist ... oder nicht.»

«Was wollen Sie Melissa unterstellen?», brauste Leon auf. «Sie ist ein *Opfer* des Anschlags bei Cyaclean, schon vergessen?»

Melissa nickte nur. Sie wusste nicht, was sie sagen sollte. Worauf wollte Nelson Carius hinaus?

Diana Winkels hob beschwichtigend die Arme. «Ruhig, Herr Feininger, ich verstehe, dass Sie Ihre Freundin verteidigen wollen», sagte sie. «Aber es ist doch auffällig, dass Frau Frey den militanten *Cosmo-Creatures*-Mann schützt, der sie in München angegriffen hat.»

«Ich schütze den Typen nicht!» Melissa ahnte, worauf die beiden Beamten hinauswollten.

«Sie haben trotz erkennbarer Verletzungen keine Anzeige erstattet, das ist doch seltsam», sagte Carius.

«Nein, das ist nicht seltsam. Ich kann den Typen nicht beschreiben, ich habe keine Ahnung, wer das war – und bei solchen Anzeigen kommt doch sowieso nie was raus.»

«Woher wollen Sie das wissen?»

«Das ist so!»

«Sie beide können uns also keine weiteren Informationen über diesen Unbekannten geben?» Diana Winkels blieb hartnäckig.

Melissa und Leon tauschten einen kurzen Blick.

Er schüttelte den Kopf. «Ich kann nicht weiterhelfen.»

«Ich auch nicht», sagte Melissa bestimmt. «Wie gesagt, ich weiß nicht, wer der Typ war, und ich will den Vorfall am liebsten einfach vergessen.»

Ihr war nicht wohl dabei, die BND-Agenten zu belügen. Aber sie hatte sich in den Kopf gesetzt, die Identität dieses Eric selbst zu enttarnen und erst dann zur Polizei zu gehen.

«Also gut, wir nehmen das zur Kenntnis. Sie wissen, wie Sie uns erreichen können.» Carius gab Melissa noch mal seine Karte.

Die beiden Beamten nickten ihnen zu, dann verschwanden sie wieder.

«Puh! Die waren ganz schön lästig.» Leon schien erleichtert.

Melissa nickte. «Ich hoffe, sie kommen nicht wieder.»

«Wollen wir uns das restliche Demogelände ansehen?»

«Ja, lass uns das machen.»

Sie tauchten ein in die Menge. Mittlerweile hatte die Veranstaltung etwas von einem Volksfest, ringsherum hatten die Umweltorganisationen kleine Stände aufgebaut, an denen sie Broschüren verteilten und Aufkleber, Schlüsselanhänger und bedruckte Tassen verkauften. Einige boten Getränke und vegane Brötchen an. Auf der Bühne war gerade eine Redepause. Eine Rockband spielte einen Song:

> *Rivers run with poison,*
> *killing all in sight.*
> *Seas filled with waste,*
> *destroying our delight.*
> *Water life is dying,*
> *can't you see the haste?*
> *We need to take action,*
> *before it seals our fate.*

Alle Bandmitglieder stimmten im Chor ein:

> *We're on a mission,*
> *to stop this pollution.*
> *Our world is dying,*
> *it's not an illusion.*
> *We won't be silent,*
> *we'll make our voices heard.*
> *We won't stop fighting,*
> *till the waters are clear.*

Hinter der Bühne sah Melissa Dr. Peter Voss stehen, der offenbar auf seinen Auftritt wartete. Er redete mit einem älteren Mann mit Halbglatze – und mit Rudolf Hoppe. Voss hatte sie bemerkt und winkte sie zu sich, Hoppe verschwand mit dem anderen Mann zu einem Stand mit Verpflegung für die Redner.

«Warte kurz», sagte sie zu Leon und ging zu dem Politiker.

«Ahh, da ist ja meine beste Reporterin», rief er ihr zur Begrüßung zu. «Ich hoffe, Sie filmen meine Rede und posten sie auf Ihrer Internetplattform. Da lernen Ihre Fans noch was.»

Melissa überhörte die gönnerhafte Ansprache, Männern wie ihm war nicht mehr zu helfen. «Sie wagen sich direkt auf das Areal Ihrer politischen Feinde?» Sie nickte ihm zu. «Das ist mutig.»

«Natürlich, als Volksvertreter muss ich ganz nah am Geschehen sein. Und *Der Neue Weg* setzt sich für die Bewahrung unserer Natur und unserer Lebensgrundlagen ein, in dem Punkt sind wir uns hier doch alle einig.» Voss grinste. «Außerdem erhält unser Anliegen durch die ganze Medienpräsenz hier wahnsinnig viel Aufmerksamkeit. Das ist gratis Werbung für uns.»

«Woher wollen Sie wissen, dass die Berichterstattung positiv sein wird?»

«Sehen Sie sich doch um, Frau Frey – all die engagierten jungen Menschen, sogar die Gewerkschaften sind mit an Bord. Welcher Medienvertreter würde es in diesem positiven Umfeld wagen, etwas ins schlechte Licht zu rücken? Die Antwort ist: niemand!»

Melissa schüttelte den Kopf. «Das sehe ich anders.»

«Ach was.» Voss winkte ab. «Wie geht es denn eigentlich Ihrer Nichte?» Er beugte sich zu ihr. «Schade, dass unsere Zusammenarbeit bisher nicht zustande gekommen ist. Aber das kann noch werden.» Er lächelte süßlich, und Melissa wich ein paar Zentimeter zurück.

«Ich glaube nicht.»

«Frau Frey, seien Sie vernünftig. Sie sind ein kluger Kopf, eine clevere Journalistin. Sie wissen, wann man das sinkende Schiff verlassen muss. Und Cyaclean wird untergehen, keine Frage. Dafür sorge ich!»

«Ach, und was haben Sie vor? Haben Sie sich deshalb mit Herrn Hoppe und dem anderen Mann getroffen?»

Voss richtete sich auf und lachte schallend. «Darüber können wir ein andermal reden, ich bin gleich dran.» Er wandte sich zum Bühnenaufgang, winkte ihr aber noch einmal zu. «Wir sehen uns bestimmt wieder!»

Melissa sah ihm skeptisch nach.

«Wer war der Typ?», fragte Leon, der neben sie getreten war.

Sie berichtete ihm von dem Gespräch, während sie weiter an den Ständen der Naturschutzorganisationen entlanggingen.

«So ein Arsch.»

«Du sagst es.»

Am Rheinufer hatte sich eine Gruppe Menschen versammelt. Sie grölten und schwenkten *No-Plastic!*-Fahnen. Als Melissa und Leon näher kamen, wussten sie, warum.

Auf dem Fluss lieferten sich drei motorisierte Schlauchboote mit *Earth-Defender*-Bannern eine Verfolgungsjagd mit dem Schiff der Wasserschutzpolizei. Es war ein Katz-und-Maus-Spiel: Immer wieder probierte die Umweltgruppe, zu der Stelle zu gelangen, an der die Cyaclean-Röhren ihr Abwasser in den Rhein ließen. Die Polizei versuchte sie daran zu hindern. Aber sobald die Beamten ein Schlauchboot vertrieben hatten, wagten die beiden anderen einen neuen Vorstoß.

Das Publikum hatte Freude an dem Spektakel. Einer kommentierte die riskanten Manöver wie eine Sportübertragung, andere jubelten, wenn es den *Earth-Defender*-Mitgliedern wieder gelungen war, einen Haken zu schlagen und die Wasserschutzpolizei abzuhängen. Bierdosen wurden zischend geöffnet.

Melissa entdeckte Victoria, die ihr zuwinkte, eine *No-Plastic!*-Fahne in der Hand.

«Na, wie findet ihr unsere Aktion?», fragte sie zur Begrüßung.

«Auf jeden Fall kreativ, würde ich sagen.» Melissa umarmte sie.

«Eure Kapitäne verstehen ihr Handwerk», meinte Leon. «Sie sollten sich bei den Spezialeinheiten der Marine bewerben.» Er lachte.

«Die Konkurrenz ist hart», sagte Victoria. «Jede Gruppe will zeigen, dass sie was Besonderes ist, da muss man sich schon was einfallen lassen.»

«Warum bist du nicht auf dem Wasser?»

«Eine muss ja die Stellung halten.» Sie hob ihr Handy hoch. «Wir brauchen schließlich schöne Videos.»

Sie sahen dem Spektakel einen Moment zu. Es war wirklich spannend, das musste man den Aktivisten lassen.

«So, ich verlasse euch jetzt und geh zurück ins Büro», sagte Leon dann. «Sonst fällt noch auf, dass ich nicht in der Arbeit bin.» Er verabschiedete sich.

Die Rockband auf der Bühne brachte ein neues Lied:

> *Gift von Cyaclean schwimmt im Rhein,*
> *ein Fluss voller Leben, nun voller Pein.*
> *Die Fische sterben, es herrscht der Tod,*
> *den Fluss zu retten, ist unser Gebot.*
> *Naturerhaltung, das ist unser Ziel,*
> *die Welt voller Leben bedeutet uns zu viel.*

«Wollen wir uns die Gruppe anhören?» Melissa deutete auf den Pulk von Menschen, die den Musikern begeistert zujubelten.

«Geht nicht, ich werde hier gebraucht», sagte Victoria. «Vielleicht komme ich später dazu.»

«Hast du jemanden von *Cosmo Creatures Alliance* gesehen?»

«Nur diese Anna Jahn.»

«Gut, dann werde ich mich noch ein wenig allein umschauen, ein paar Kurzvideos für *Daily Flashlight* drehen.» Melissa lächelte ihrer Freundin zu. «Viel Erfolg für euch!»

Sie ging zurück zur Bühne und schob sich in die Menge. Die Band spielte etwas Rockiges, der Bass dröhnte, das Publikum ging mit wie auf einem Festival, es war ein Geschiebe und Geschubse. Melissa hatte Mühe, ihr Gleichgewicht zu halten.

Ob sie die *Cosmo-Creatures*-Chefin Anna Jahn entdecken konnte?

Sie drehte sich in alle Richtungen und ließ ihren Blick über die Gesichter der Menschen wandern. Aber die Frau schien nicht da zu sein.

Da blieb ihr Blick an einem anderen Gesicht hängen.

Den Mann kannte sie.

Eric.

Für einen Moment glaubte sie, ihr Herz bliebe stehen.

Er beobachtete die Bühne, unbeweglich, als würde er die Musik nicht hören. Sein Blick wanderte konzentriert über die Menge vor ihm. Wen suchte er?

Sie konnte nicht anders, als ihn anzustarren. Er stand rechts vor ihr, vielleicht fünf Meter entfernt, hatte kurz geschnittenes schwarzes Haar und trug eine Kapuzenjacke.

Da wandte er den Kopf. Melissa reagierte zu spät. Ihre Blicke streiften sich.

Sie sah schnell weg, tat so, als bewege sie sich im Rhythmus der Musik, und wagte es nicht mehr, in seine Richtung zu blicken.

Hatte er sie erkannt?

Wusste er, dass sie wusste, wer er war?

Nochmals drehte sie wie zufällig ihren Kopf nach rechts.

Er war verschwunden.

Panik kroch in ihr hoch. Sie sah sich hektisch um. Hier in der Menschenmenge war er unsichtbar, er konnte jeden Moment neben ihr stehen.

Aus dem Augenwinkel sah sie eine schwarze Kapuze.

Nichts wie weg hier.

So schnell sie konnte, schob sie sich durch die Menschen, bahnte sich mit den Händen eine Gasse, immer wieder «Entschuldigung» und «Tut mir leid» rufend.

Nach ein paar Metern drehte sie sich um.

Kein Eric zu sehen.

Ihre Erleichterung dauerte genau eine Sekunde.

Plötzlich tauchte er neben ihr auf, wenige Meter entfernt, und fixierte sie.

Zielstrebig bewegte er sich in ihre Richtung.

Sie warf sich gegen die Menschen vor ihr, versuchte, eine Lücke zu finden, durch die sie sich zwängen konnte. Ihr Puls raste, ihr Atem ging stoßweise.

Panisch sah sie zurück. Eric war auf zwei Meter herangekommen. Seine grünen Augen funkelten.

Sie drängte weiter vorwärts, stolperte, fiel auf die Knie. Ein stechender Schmerz durchfuhr sie.

Sollte sie aufgeben, sollte sie jemanden um Hilfe bitten?

Verzweifelt krabbelte sie auf allen vieren weiter – zwischen den Beinen der Zuschauer hindurch, sie kam auf die Füße, ging geduckt. Erstaunlicherweise kam sie auf diese Weise schneller voran. Sie erreichte das Ende der Menschenmenge, sah die Straße vor sich, sah links in der Ferne das Eingangstor von Cyaclean.

Mit letzter Kraft richtete sie sich auf und rannte los.

Offizielles Schreiben – per Boten überbracht

An die
Staatsanwaltschaft Düsseldorf
Fritz-Roeber-Str. 2
40213 Düsseldorf

Strafanzeige gegen die Firma Cyaclean Ltd., vertreten durch Geschäftsführerin Jessica Weiss und Eigentümer Ryan Hill

Sehr geehrte Damen und Herren,

wie den Medienberichten zu entnehmen war, hat ein noch unbekanntes Gift das Rheinwasser verseucht und zu einer Umweltkatastrophe beispiellosen Ausmaßes geführt, zu massenhaftem Fischsterben und zur Kontaminierung des Trinkwassers.
Alle Indizien weisen auf die Firma Cyaclean als Verursacherin hin. Die Firma leitet unbekannte giftige Chemikalien aus ihrer Algenzucht durch Abflussrohre direkt in den Rhein. Das ist kein fahrlässiges Handeln der Verantwortlichen (oder gar ein Unfall), es sind systematische kriminelle Aktionen, dafür gibt es Beweise.
Bitte veranlassen Sie unverzüglich strafrechtliche Ermittlungen.
Infrage kommen unter anderem Straftaten nach

- Paragraf 324 ff. Strafgesetzbuch (Straftaten gegen die Umwelt)
- Paragraf 77 ff. Chemikaliengesetz
- Paragraf 71 ff. Bundesnaturschutzgesetz
- Paragraf 267 ff. Strafgesetzbuch (Urkundenfälschung)

Zu prüfen ist außerdem, ob die Voraussetzungen für eine Klage auf Körperverletzung und fahrlässige Tötung vorliegen, da lebensbedrohliche Auswirkungen der Cyaclean-Stoffe auf Menschen wahrscheinlich sind.

Ich bitte Sie, im Wege der einstweiligen Anordnung den Geschäftsbetrieb der Cyaclean Ltd. in Düsseldorf umgehend einzustellen.

Für Rückfragen stehe ich jederzeit zur Verfügung.

Hochachtungsvoll

Peter Voss

Dr. Peter Voss
Europaabgeordneter *Der Neue Weg*

KAPITEL 29
DÜSSELDORF

Melissa hatte schlecht geschlafen. Die Veranstaltung gestern saß ihr noch in den Knochen, besonders die Erinnerung daran, wie knapp sie diesem Eric entkommen war, war immer noch frisch. Der Mann hatte sie verfolgt und war dann plötzlich verschwunden. Hatte er einen neuen Angriff auf sie geplant? Sie wusste es nicht, und vielleicht wollte sie es auch lieber nicht wissen.

Ihren Artikel über die Demo hatte sie gestern Abend noch hochgeladen und war dann ins Bett gegangen. Den Morgen hatte sie entspannt begonnen, in Ruhe Kaffee getrunken, ein paar Online-kommentare unter ihrem Text überflogen. Es war viel kommentiert worden, aber nichts Überraschendes dabei gewesen. Dann war sie aufgebrochen, um nicht zu spät zu kommen.

Sie öffnete das Tor zum Cyaclean-Gelände, stellte das Fahrrad ab und ging durch den Park. Die Reinigungskräfte hatten ganze Arbeit geleistet, die Fischkadaver waren beseitigt, die Grünanlagen sahen aus wie immer. Nur jenseits des Zauns waren noch deutliche Spuren der Demo zu sehen, die Bühne war noch nicht abgebaut worden, die Mülleimer quollen über, vergessene Banner flatterten im Wind.

Axel Turner fing Melissa gleich am Eingang ab. «Jessica und Ryan wollen dich sprechen. Sofort. Sie warten oben.»

Sie fragte sich, was es so Dringendes gab. Eigentlich hatte sie sich mit Leon treffen wollen, zur Nachbesprechung der Demonstration und um zu planen, wie sie mit ihren Nachforschungen weitermachen sollten.

Sie ging hinauf in den ersten Stock. Die Geschäftsführerin saß bereits in dem verglasten Konferenzraum.

«Hey, wo ist Ryan?», fragte Melissa zur Begrüßung.

«Er schaltet sich gleich per Videokonferenz zu.» Jessica klang unterkühlt. «Nimm Platz.»

«Habt ihr die Demo gut überstanden?», versuchte Melissa die Atmosphäre aufzulockern. «Ich war für *Daily Flashlight* vor Ort.»

«Das habe ich gesehen.» Jessica verschränkte die Arme. «Und?»

«*Und?* Was hast du dir dabei gedacht?»

«Meinst du mein Video und den Artikel über die Demo?»

«Genau den. Bist du von allen guten Geistern verlassen? Wie kannst du nur so ein ... *Zeugs* veröffentlichen?»

Melissa war überrascht vom aggressiven Tonfall der Geschäftsführerin. So hatte sie Jessica noch nie erlebt. Dabei hatte sie sich um eine ausgewogene Darstellung der Vorgänge rund um die Demo bemüht.

«Was gefällt dir nicht an der Veröffentlichung?»

«Wie bitte?» Jessica schüttelte den Kopf, sie schien fassungslos. «Dein Bericht ist einseitig, tendenziös – mit einem Wort: *Bullshit*.»

«Ich habe meine Objektivität gewahrt.» Melissa empfand die Kritik als ungerecht. «Und die Demonstration ist nun mal ein Fakt, darüber muss berichtet werden, und zwar objektiv.»

«Objektiv gesehen, hast du das alles hier mit Füßen getreten!» Jessica war völlig in Rage. «Ich bin für dieses Unternehmen verantwortlich, ich muss dafür geradestehen, wenn es Probleme gibt. Und gerade bist *du* das Problem, Melissa.»

Melissa wusste nicht, was sie sagen sollte, sie war ehrlich überrascht. «Was stört dich konkret an dem Bericht? Ich will es wirklich gern wissen.»

«Jetzt tu nicht so naiv!» Die Geschäftsführerin schlug auf den Tisch. «Schon allein dass du *überhaupt* darüber schreibst, ist eine Botschaft an die Bevölkerung – nämlich, dass an den Vorwürfen gegen Cyaclean was dran sein könnte. Das ist aber nicht der Fall! Weder gibt es offizielle Ermittlungen gegen uns, noch ist die Ursache des Fischsterbens klar.»

«Du schließt also aus, dass es Cyaclean-Abwässer waren?»

«*Natürlich* schließe ich das aus! Die Behörden haben doch Proben aus unseren Inkubatortanks genommen. Und was haben sie entdeckt? Nichts! Null! *Darüber* hättest du berichten können. Und was meinst du, wie viele Betriebe ihr Wasser von Düsseldorf bis Köln in den Rhein leiten? Die illegale Entsorgung von Flüssigkeiten gar nicht eingerechnet. Und unter all den möglichen Verursachern sollen ausgerechnet wir die Schuldigen sein?» Jessicas Stimme war voller Empörung. «Mehrere Untersuchungen zeigen, dass der gesamte Rhein ständig mit allen möglichen Schadstoffen kontaminiert ist – lange vor uns! Gerade wir, die nur biologisch unbedenkliche Stoffe einsetzen? Die den Rhein mit unserem Verfahren sogar von Schadstoffen *befreien*? Schwachsinn. Kompletter Schwachsinn!»

«Aber es ist doch unbestreitbar, und das habe ich auch geschrieben, dass eine Studie der UNESCO vor toxischen Giftalgen warnt, die sich immer mehr in den Meeren ausbreiten.» Melissa fühlte sich zunehmend unwohl mit dem Verlauf des Gesprächs. «Algen sind einfach ein Feld, auf dem die Forschung noch in den Anfängen steckt, Entwicklungen sind nicht abzusehen, Reaktionen der Algen auf bestimmte Einflüsse unberechenbar. Es ist doch möglich, dass eure Algenmutationen hier bei Cyaclean ebenso unerwünschte Wirkungen haben. Und wenn diese Möglichkeit besteht und von öffentlichem Interesse ist, *muss* ich darüber berichten.»

«Melissa, das ist reine Theorie und trifft auf uns nicht zu. Du machst dich zur willigen Helferin unserer Feinde, indem du deren krude Spekulationen brav verbreitest. Das muss dir doch als Journalistin klar sein, oder?» Jessica beugte sich vor. «Du hilfst bei der Verbreitung von Fake News, genau das tust du, und du schadest damit diesem Unternehmen. Und ich werde das nicht dulden. Auf keinen Fall!»

Ein Geräusch vom Monitorlautsprecher an der Wand unterbrach sie. Auf dem Bildschirm erschien übergroß das Gesicht von Ryan Hill.

«Hallo nach Düsseldorf. Ich bin gerade in Paris, entschuldigt die Verspätung.»

«Hey, Ryan.» Jessica lehnte sich zurück und wandte sich dem Bildschirm zu. «Ich spreche gerade mit Melissa über ihren Bericht.»

«Ja, das ist nicht schön.» Die Miene des Cyaclean-Gründers war ernst. «Ich muss leider sagen, ich bin sehr enttäuscht von dir, Melissa.»

Sie blieb still.

«Hilf mir, das zu verstehen. Ich hatte das Gefühl, wir hätten dir bei uns alle Türen geöffnet. Haben wir dir nicht alle Möglichkeiten gegeben, unser Projekt zu begreifen und zu hinterfragen, ja sogar zu kritisieren?»

«Ich ...»

«Du vermittelst mir den Eindruck, als hättest du unsere Mission nicht durchdrungen, als würdest du den Wert unseres Anliegens nicht verstehen.»

«Als ... als Journalistin achte ich ... auf meine Unabhängigkeit.» Melissa hatte Mühe, die Worte zu formulieren, ihr Hals fühlte sich trocken an.

Ryan schüttelte den Kopf. «Als Journalistin solltest du der Wahrheit verpflichtet sein. Und die Wahrheit lautet: Diese ganze sogenannte Demo wurde von unseren Gegnern inszeniert, die uns mit dieser Aktion schaden wollen. Und das ist ihnen gelungen.» Seine Stimme war ruhig. «*Das* wäre ein Thema für dich gewesen. Leider hast du diese Chance verstreichen lassen und bist stattdessen auf ihren Zug aufgesprungen.»

«Ich kann ja nachlegen ...»

«Melissa, du musst dich fragen: Auf welcher Seite stehst du? Du kannst nicht gleichzeitig für uns und gegen uns sein.» Ryan machte eine Pause. «Ich muss sagen, ich dachte, du bist für uns, im Rahmen deiner journalistischen Objektivität. Ich dachte, wir sind ehrlich miteinander. Deshalb habe ich deiner Nichte Zoe geholfen, ihr die teure Behandlung ermöglicht. Deshalb habe ich dir unsere Türen geöffnet. Aber offenbar haben wir uns da falsch verstanden.»

«Ryan, ich ...»

Er unterbrach sie mit einer Handbewegung. «Ich denke, das Gespräch ist beendet. Mach's gut.»

Der Monitor wurde wieder schwarz.

«Das war's für dich.» Jessica stand auf und öffnete die Tür. «Bitte geh. Und gib deine Zugangskarte ab, wenn du das Gebäude verlässt.»

PUTNAM COUNTY, NÖRDLICH VON NEW YORK, USA

Wolken verbargen den Mond, die Schwärze der Nacht beherrschte die Landschaft. Tobias schaltete immer wieder die Taschenlampe an, um den Weg zu finden.

Er hatte sich spät zu seinem üblichen Spaziergang durch den Wald aufgemacht. Die Einsamkeit war ein wenig unheimlich, aber er kannte die Route und genoss die Stille. Kein Rauschen der Baumwipfel störte die Nacht, selbst die Vögel waren verstummt. Er hatte sich angewöhnt, vor dem Zubettgehen noch eine Runde zu gehen, die Lungen mit frischer Luft zu füllen, den Tag ausklingen zu lassen. Auch jetzt wurde ihm wieder bewusst, wie sehr ihm das half, die Ereignisse der letzten Tage zu verarbeiten.

Der neue Arztbericht über Zoe klang überaus optimistisch, das gab ihm Hoffnung und Zuversicht, auch wenn er sie sehr vermisste. Besuche waren immer nur für eine halbe Stunde erlaubt, was ihm schwerfiel. Wie gern hätte er seine Tochter jetzt in den Armen gehalten, ihr Mut zugesprochen. Schlief sie schon in ihrem Krankenzimmer? Hatte sie sich mittlerweile an das Einschlafen in der ungewohnten Umgebung gewöhnt? Sein Eindruck beim letzten Besuch war sehr positiv gewesen, man kümmerte sich bestens um Zoe. Gerade die deutschsprachige Schwester namens Marie schien rund um die Uhr bereitzustehen, und Tobias war überrascht gewesen, wie sehr Zoe ihr bereits vertraute und sich freute, wenn Marie ins Zimmer kam. Er hatte sich länger mit der jungen Frau unterhalten, und sie machte einen sehr verantwortungsbewussten Eindruck, war warmherzig und nett. Tobias verstand, wieso seine Tochter sie mochte.

Mittlerweile sah Zoe auch schon etwas besser aus, obwohl die Therapie anstrengend war. Das könnte mit dem Essen in der Klinik zusammenhängen, hatte Marie ihm erklärt, das auf die Bedürfnisse der Patienten abgestimmt war. Außerdem versuchte sie, mit Zoe draußen zu sein, so viel es ging, und ihr die Zeit so schön wie möglich zu machen.

Heute war es ihm gelungen, seine Eltern telefonisch zu erreichen, die gerade in Washington unterwegs waren. Ihnen ging es gut, sie genossen die Reise und waren froh, dass sich der Gesundheitszustand ihrer Enkelin offenbar besserte. Er hatte versprochen, sich zu melden, wenn es Neues zu berichten gab.

Er hörte ein Geräusch. Es klang wie das Knacken eines Zweiges. Er hielt inne und lauschte.

Stille.

Vielleicht war es ein Wildtier, er hatte bei seinen Wanderungen bereits einen Hirsch und ein paar Hasen gesehen. Langsam ging er weiter, bis er an den Waldrand kam, wo die Blockhütten standen.

Die Umrisse der Ferienhäuser waren nur zu erahnen, nirgends brannte Licht. Nach wie vor schien er der einzige Bewohner hier zu sein. Es war ihm recht. Er freute sich auf ein Glas Wein, mal sehen, was das amerikanische Fernsehprogramm heute bot.

Die Tür zu seiner Hütte war nur angelehnt. Hatte er vergessen, sie richtig zu schließen? Er konnte sich nicht erinnern.

Er ging hinein, tastete nach dem Lichtschalter.

Nichts tat sich.

War der Strom ausgefallen? Er überlegte, ob er irgendwo einen Sicherungskasten gesehen hatte. Hoffentlich war es nur ein harmloser Schaden, hier in der Wildnis würde es eine Ewigkeit dauern, bis ein Handwerker da wäre.

Im Licht seiner Taschenlampe untersuchte er den Schalter, betätigte ihn nochmals. Ohne Ergebnis.

Es nützte nichts, er musste die Sicherungen überprüfen. Er leuchtete den Vorraum ab, konnte aber nirgends einen Kasten entdecken. Vielleicht in der Küche.

Aus dem Wohnzimmer glaubte er ein Geräusch zu hören. Als ob jemand leise eine Schublade schloss.

Er hielt in der Bewegung inne.

«Hello, someone here?», rief er in die Dunkelheit.

Es blieb still.

Hatte er sich geirrt? Diese Einsamkeit konnte einen verrückt machen, man glaubte verdächtige Dinge wahrzunehmen, die sich in Wirklichkeit als harmlos herausstellten.

In der Küche fand er ebenfalls nichts, weder einen Sicherungskasten noch sonst etwas, das den Strom in der Hütte regulieren könnte.

Wieder ein Geräusch.

Dieses Mal war es deutlicher, es klang wie das Knarren einer Diele.

Sein Puls beschleunigte sich.

«Hello?»

Seine Stimme verlor sich im Haus. Er griff sich ein Kochmesser, seine Hände zitterten.

Schritt für Schritt ging er in Richtung Wohnzimmer.

Im Lichtkegel der Taschenlampe öffnete er die Tür.

Er sah die Couch vor sich, die Kommode, den Tisch mit der TV-Fernbedienung darauf. Alles war wie immer.

Nichts Verdächtiges. Er machte noch einen Schritt.

Die Tür hinter ihm fiel zu. Im Augenwinkel sah er eine Bewegung, er fuhr herum. Vor ihm stand eine schemenhafte Gestalt.

Ein Schlag traf seine Hand, die Taschenlampe fiel zu Boden. Der nächste Schlag traf seinen Kopf.

Tobias stürzte zu Boden. Er spürte, wie Blut über seine Schläfe rann. Dann verlor er das Bewusstsein.

WIEN, ÖSTERREICH

Nelson nahm vom Flughafen die U-Bahn ins Zentrum. Er stieg am Stephansplatz aus und bummelte durch die Einkaufsstraßen. Noch hatte er genügend Zeit.

Laut einem abgehörten Telefonat würde sich der gesuchte Waffenhändler und Söldnerführer Louis Favre heute um elf Uhr in der Lobby eines Luxushotels in der Innenstadt mit mehreren Geschäftspartnern treffen. Nelson hatte die Information bei den französischen Geheimdienstkollegen abgegriffen und war vom ersten Moment an wie elektrisiert gewesen. Endlich bestand die Chance, diesem Phantom persönlich gegenüberzutreten. Seine Eltern hatten irgendwie mit Favres Netzwerk zu tun gehabt, das war die naheliegendste Erklärung für ihre Verbindungen zum Bunker im Wald, dessen Koordinaten zusammen mit dem Bild von Favre im Einband des alten Fotoalbums versteckt gewesen waren, und für ihren plötzlichen Tod. Er brauchte endlich Antworten.

Er hatte bei Robert Horn ganz offiziell einen Dienstreiseantrag gestellt und es mit Recherchen zur Plastikmüllmafia begründet. Das einzige Problem war Diana gewesen, die erwartet hatte, dass sie ihn begleiten würde.

«Lohnt nicht, ich muss überhaupt erst mal klären, ob die Gerüchte stimmen», hatte Nelson geantwortet. «Bislang hat sich die Fahndung nach diesem Typen als Fehlschlag erwiesen.»

«Du willst mich nicht dabeihaben.» Diana hatte ihn seltsam angesehen. Er wusste nicht, ob sie ihm misstraute.

«Das ist nicht der Punkt. Ich weiß, wir machen das meiste gemeinsam, aber bei dieser Routineaktion ist das nicht nötig. Du kannst viel besser hierbleiben und dich um die neuen Spuren im illegalen Müllhandel kümmern, da ist einiges aufgelaufen.»

Die Hacker des BND versuchten immer noch, aus den logistischen Informationen, den Kontoverbindungen, Telefon- und E-Mail-Daten der Firmen schlau zu werden, die Diana und Nelson in der Müllermittlung als verdächtig einstuften. Jetzt hatten sie sich mit weiteren Ergebnissen gemeldet: Offenbar war es gelungen, Kontaktaufnahmen zwischen einzelnen Akteuren in ein Netz von Sendemasten einzusortieren, wodurch sich Kommunikationspunkte mit erhöhter Frequenz ermitteln ließen. Man arbeitete gerade daran, daraus ein Muster abzuleiten – wenn das überhaupt möglich war.

Was die Kollegen schon sagen konnten: Es gab weit mehr sogenannte Kommunikationspunkte als anfangs angenommen, teilweise erschloss sich die geografische Lage dieser Orte überhaupt nicht, teilweise waren in der Nähe Industriegebiete, teilweise Entsorgungsunternehmen oder Speditionen zu finden. Aktuell versuchten die Kollegen, die Informationen zu systematisieren.

Nelson war das alles noch viel zu vage, er konnte mit komplizierten technischen Auswertungen wenig anfangen, für ihn war die handfeste Ermittlungsarbeit spannender. Aber in dieser Sache war es offensichtlich, dass sie damit nicht weiterkamen: Die Akteure waren aalglatt.

Die Auswertungen der Unterlagen, die sie bei Hoppe gefunden hatten, liefen noch. Hoppe selbst kam seiner Zusage, sie mit Material zu versorgen, zwar nach, aber aus dem umfangreichen Mailverkehr mit Voss ging – abgesehen von unverbindlicher Kommunikation über die Firma Innovative Cleaning – kaum etwas hervor. Viel weiter waren sie noch nicht gekommen, denn Hoppes Strategie schien zu sein, sie mit ungeordneten Dateien zu überschütten und auf diese Weise Zeit zu schinden.

«Du bist einfach besser darin, diese ganzen Dokumente durchzugehen und sinnvolle Schlüsse zu ziehen», hatte Nelson zu Diana gesagt, die ihn skeptisch ansah. «Ich muss mal hier raus. Wahrscheinlich ist die Sache mit Favre sowieso eine Sackgasse, und ich bin schneller wieder da, als du denkst.»

«Soso.»

Damit war das Thema erledigt gewesen – das hoffte er zumindest.

Er betrat das vornehme Wiener Hotel und suchte sich in der Lobby einen Platz, von dem er einen guten Überblick über die Gäste und den Eingang hatte. Noch hatte er etwas Zeit bis elf. Ein Kellner kam, Nelson bestellte sich eine Wiener Melange und ein Wasser, dazu ein Stück Sachertorte.

Einen richtigen Plan hatte er nicht, was er tun sollte, wenn Favre auftauchte. Er betrachtete das Fahndungsfoto. Die Aufnahme war alt, niemand wusste, wie der Waffenhändler heute aussah. Wie sollte er ihn erkennen? Er setzte darauf, dass Favres Verhalten ihn zu ihm führte oder irgendetwas anderes passieren würde, das ihn verriet.

Als Nelson die Torte aufgegessen und der Kellner den leeren Teller abgeräumt hatte, zeigte die Uhr Viertel nach elf. Die Hotellobby war mittlerweile gut gefüllt. Geschäftsreisende und Urlauber mit ihren Rollkoffern checkten aus, Neuankömmlinge warteten an der Rezeption, die Tische und Sitzecken waren alle besetzt.

Nelson hatte sich mit niemandem abgesprochen, er wusste nicht, ob Kollegen des französischen Geheimdienstes hier waren. Wenn er sich umsah, schien es ihm nicht so, auf ihre interne Kommunikation hatte er nicht zugreifen können. Wahrscheinlich planten die Kollegen, Favre anderswo festzunehmen, nicht am helllichten Tag in einer vollen Hotellobby. Zu groß war die Gefahr, dass die Situation eskalierte und Unbeteiligte zu Schaden kamen – immerhin war der Mann ein gefährlicher Waffenhändler.

Für Nelson hingegen war dieses Setting perfekt. Favre würde ihn allein nicht als Bedrohung wahrnehmen, und er würde keine Aufmerksamkeit auf sich ziehen. Die Chancen auf ein Gespräch standen also nicht schlecht.

Unauffällig sah er sich um. War es der Mann mit Glatze und Rollkragenpullover, der links von ihm mit zwei Frauen saß? Oder der Mann mit Vollbart und sonnengebräunter Haut, der mit drei Arabern in traditionellen Roben diskutierte? Vielleicht der grauhaarige Herr mit Sonnenbrille, der sich gerade über den Tisch beugte, um einem anderen Mann ein Blatt Papier zu überreichen?

Nelson war verwirrt. Er holte sein Handy heraus, schaltete die Videoaufnahme ein, stand auf, hielt das Gerät ans Ohr und redete laut, als ob er gerade eine wichtige Unterhaltung führte. Zugleich drehte er sich langsam um die eigene Achse. Danach setzte er sich wieder, in der Hoffnung, alle Personen gefilmt zu haben, und prüfte die Aufnahme.

Nur aus den Augenwinkeln beobachtete er weiter die Lobby, während er seinen Kaffee austrank. Er bemerkte, wie der Mann mit dem Vollbart ihn mehrmals kurz ansah, bevor er sich wieder seinen arabischen Geschäftspartnern widmete.

Nach zehn Minuten löste sich die Gruppe auf. Die Araber und der Vollbärtige standen auf und schüttelten sich die Hände. Die Araber verschwanden in Richtung Ausgang. Der andere Mann drehte sich kurz zu Nelson um und ging dann gemächlich zu den Aufzügen.

War das Favre? Zumindest war es in Nelsons Augen die einzige Person hier, die infrage kam. Er legte Geld für den Kellner auf den Tisch und wartete, was der Vollbärtige als Nächstes tat.

Der Unbekannte stieg in einen Fahrstuhl, die Tür schloss sich. Nelson sprintete zu den Aufzügen, um zu sehen, in welchem Stockwerk er ausstieg. Die Anzeige blieb bei der Nummer sieben stehen.

Nelson nahm den benachbarten Lift, verhinderte mit einem «Sorry», dass ein Ehepaar ebenfalls einsteigen konnte, und drückte den Schalter für den siebten Stock.

Oben angekommen, öffnete sich die Aufzugtür.

Für einen Moment zögerte Nelson. Was, wenn der Mann bewaffnet war und ihm auflauerte? Er selbst hatte seine Pistole im Halfter, aber ihm war nicht wohl dabei, sie vielleicht benutzen zu müssen.

Er gab sich einen Ruck. Für solche Gedanken war es nun zu spät. Er musste diesen Favre schnappen. Vorsichtig lugte er um die Ecke.

Der Flur war leer.

War der Mann in eines der Zimmer gegangen? Dann hatte er keine Chance, ihn zu finden. Er konnte schließlich nicht an jede Tür klopfen.

Sein Blick fiel auf den Nachbaraufzug, mit dem Favre gefahren war. Laut Anzeige war der Lift nun unten in der Tiefgarage.

Verdammt. Entweder war der Aufzug zufällig in der Sekunde, in der Favre ausgestiegen war, nach ganz unten gerufen worden – was unwahrscheinlich war, denn es gab genug Aufzüge, und mindestens drei waren frei –, oder der Mann hatte ihn ausgetrickst und war sofort wieder nach unten gefahren, ohne auszusteigen.

Favre musste ihn bemerkt haben.

Nelson drückte den Knopf für die Tiefgarage. Er ärgerte sich darüber, dass seine Tarnung offensichtlich nichts getaugt hatte. Aber was hatte er erwartet? Favre war ein Vollprofi, immer auf der Flucht, mit einem sechsten Sinn für Gefahren. Wie sonst hätte er all die Jahre Interpol und den Geheimdiensten anderer Länder entkommen können?

Unten stürmte er aus dem Lift. Der Aufzug nebenan stand noch offen. Wo war der Mann?

Die Lampen der Tiefgarage spendeten nur schummriges Licht. Nelson hielt inne und lauschte, ob er etwas hörte.

Außer dem Brummen eines Ventilators war da nichts.

Hatte er sich geirrt? War Favre in einem anderen Stockwerk ausgestiegen? Er lief die Reihen der parkenden Fahrzeuge ab, immerfort bereit, notfalls in Deckung gehen zu können.

Nichts. Enttäuscht ging er zurück zum Garagenausgang.

Da startete irgendwo ein Motor. Sekunden später tauchte eine dunkle Limousine auf. Sie fuhr mit Vollgas auf ihn zu.

Rasend schnell kam sie näher.

Das gleißende Scheinwerferlicht blendete ihn.

Nelson warf sich zur Seite. Er schlug auf dem Betonboden auf, rollte sich ab. Das Fahrzeug brauste vorbei, fuhr die Rampe hoch und verschwand.

Favre war entkommen.

DÜSSELDORF

«**Das** ist eine große Sauerei, was die mit dir gemacht haben!» Leon konnte sich noch immer nicht beruhigen. Sein Espresso stand unberührt neben ihm. «Von Jessica hätte ich das nie erwartet. Sie hat dich praktisch rausgeworfen.»

«Das trifft es ziemlich gut.» Melissa sah aus dem Fenster des Lokals in der Düsseldorfer Altstadt. Menschen flanierten vorbei, eine Gruppe Jugendlicher kam lachend aus einer Kneipe. «Ich weiß wirklich nicht, was in sie gefahren ist.»

«Sie kriegt Panik, weil die Dinge aus dem Ruder laufen. So was mag Ryan nicht. Bei ihm muss alles nach seinen Vorstellungen funktionieren. Vielleicht hat sie Angst, ihren Job zu verlieren.»

«Mag sein», sagte Melissa, «und ich verstehe auch, dass sie sich irgendwie angegriffen fühlt. Aber diese Reaktion?» Sie schüttelte den Kopf. «Und was, wenn an den Vorwürfen was dran ist? Wenn tatsächlich Cyaclean für das verseuchte Rheinwasser die Verantwortung trägt?»

Leon trank seinen Espresso mit einem Schluck aus. «Deshalb müssen wir so schnell wie möglich zu meinem Freund nach Köln, um ihm die Tagesproben der Nährlösung zu bringen, vielleicht kann er sie analysieren. Danach wissen wir mehr.»

«Ja, ich hab ja jetzt Zeit. Ich nehme sie mit.» Melissa seufzte und rieb sich die Stirn.

«Was ist?»

«Ich stell mir gerade vor, was erst passiert, wenn sie unseren Besuch im Labor und den Diebstahl der archivierten Proben entdecken. Da wird mir ganz übel.»

«Keine Sorge, ich hatte die Überwachungskameras vorübergehend stillgelegt. Du darfst nur mit keinem Menschen darüber reden.» Er sah sie ernst an. «Das ist wichtig, verstehst du? Es muss geheim bleiben, nur zwischen uns beiden. Dann sind wir geschützt.»

«Schon gut, ich werde schon keine Meldung auf *Daily Flashlight* absetzen.» Sie wunderte sich, dass Leon so nervös war. Eigentlich war er es immer, der die Ruhe ausstrahlte.

«Wir sollten uns auch gemeinsam die Dateien und Videos ansehen, die ich vom Firmennetzwerk heruntergeladen habe», fuhr er fort. «Da muss irgendetwas darauf zu finden sein, was uns weiterbringt.»

«Hast du eigentlich keine Bedenken, dass Jessica dich ebenfalls im Visier hat?» Melissa nippte an ihrem Apfelsaft. «Wenn sie dahinterkommt, was du getan hast …»

«Ich bin vorsichtig, glaub mir. Ich verwische meine Spuren ganz gut. Sonst wären sie oder Axel längst aktiv geworden.» Er lächelte. «Es ist lieb, dass du dir Sorgen um mich machst. Aber um dich zu beruhigen: Ich habe vorsichtshalber Urlaub genommen, ich werde dort also die nächste Zeit ohnehin nicht mehr auftauchen.»

Es entstand eine Pause.

Melissa räusperte sich. «Kannst du mit den Fotos von diesem Eric was anfangen? Ich habe Victoria die Aufnahmen ebenfalls geschickt. Er sitzt im Auto, aber man kann ihn trotzdem ganz gut erkennen. Irgendwo muss dieser Typ doch zu finden sein, *jeder* hinterlässt heutzutage Spuren im Internet.»

«Darum kümmere ich mich. Versprochen. Jetzt muss ich aber zurück nach Hause.» Er winkte der Bedienung und bezahlte.

«Sehen wir uns morgen?», fragte er, als er aufstand. «Dann können wir die Videos angucken, und vielleicht bin ich dann schon schlauer, was Eric angeht.»

Melissa nickte. «Gerne.»

Er umarmte sie kurz. Dann griff er nach seinem Rucksack und verließ das Café.

Melissa trat ebenfalls vor die Tür, packte ihre Tasche aufs Rad, schob es durch die Fußgängerzone und fuhr los. Der Autoverkehr hatte zugenommen, andere Radfahrer klingelten und überholten sie. Sie radelte gemächlich, das Gedränge machte sie nervös.

«Hey, pass auf, du Arsch!», rief eine Frau hinter ihr.

Sie drehte sich um und sah einen Radfahrer in hoher Geschwindigkeit auf sich zu rasen, die Frau war vor Schreck vom Fahrrad gesprungen. Der Unbekannte trug seltsamerweise einen Integralhelm, wie ihn Motorradfahrer benutzen. Das getönte Visier verdeckte sein Gesicht.

Auf Höhe von Melissas Gepäckträger bremste er plötzlich ab, beugte sich vor, griff nach ihrer Tasche im Korb und versuchte sie an sich zu reißen. Doch Melissa hatte sie zusätzlich mit zwei Gummizügen gesichert, die am Gepäckträger befestigt waren. Ihr Rad geriet ins Schlingern, gerade noch konnte sie verhindern, dass sie seitlich auf die Hauptstraße fiel. Der Dieb ließ ab.

«Was fällt dir ein? Spinnst du!»

Der Unbekannte unternahm einen zweiten Versuch, zog an der Tasche – und schaffte es, sie aus dem Korb zu zerren. Aber nur kurz, Melissa bekam einen Henkel zu fassen und riss ihre Tasche mit aller Kraft wieder an sich. Der Mann ließ los.

«Hilfe!», schrie sie. «Kann mir jemand helfen?»

Im Verkehrslärm ging ihr Rufen unter, die Autos rauschten direkt an ihr vorbei. Keinen kümmerte es, dass hier gerade ein Überfall geschah.

Noch einmal versuchte der Unbekannte, sie zum Sturz zu bringen. Er trat gegen ihr Hinterrad, wollte in ihren Lenker greifen. Melissa hielt dagegen und schlug ihm auf den Arm. Ihr Rad wackelte bedenklich. Sie kippte gegen ein fahrendes Auto, konnte sich gerade noch abstützen, setzte ein Bein auf den Boden. Sie musste diesen Typen loswerden. Und sie konnte auf keinen Fall Leons Fahrrad zurücklassen.

Aus dem Augenwinkel sah sie, dass der Angreifer ein kleines Messer gezückt hatte und versuchte, näher an sie heranzukommen. Mit letzter Kraft riss sie das Fahrrad nach links und fuhr auf die Hauptstraße.

Quietschende Bremsen, Gehupe.

Jemand ließ das Autofenster herunter und rief: «Bist du lebensmüde?»

Sie antwortete nicht, fuhr quer über die Fahrbahn und betete, dass sie unbeschadet auf der anderen Seite ankam.

Geschafft. Sie hatte den Bürgersteig erreicht. Wieder drehte sie sich um.

Der Angreifer war verschwunden.

Hektisch trat sie in die Pedale, sie wollte so viel Abstand wie möglich zwischen sich und den Unbekannten bringen. Sie nahm mehrere Umwege und radelte in einem großen Bogen zu ihrer Pension, immer wieder nervös die Straße beobachtend, ob ihr nicht doch jemand folgte.

Alles schien unverdächtig. Kein Mann mit Integralhelm zu sehen.

Melissa stellte ihr Fahrrad im Hinterhof ab.

Erst jetzt merkte sie, wie schnell ihr Herz schlug. Ihre Glieder zitterten.

Was war das für ein Typ gewesen? Ein Dieb, der sie zufällig als Opfer auserkoren hatte? Oder wollte er den Inhalt ihrer Tasche und war ihr deshalb bewusst gefolgt?

Je länger sie darüber nachdachte, desto wahrscheinlicher war eine gezielte Attacke. Der Angreifer hätte sogar ihren Tod in Kauf genommen – wie schnell hätte sie bei einem Sturz von einem Auto überfahren werden können. Wahrscheinlich hatte er es sogar darauf angelegt.

Ein anderer Gedanke nahm Form an: War der Unbekannte vielleicht Eric? Von seiner Größe und Statur her würde es passen, aber sie war unsicher.

Langsam ging sie hoch zu ihrem Pensionszimmer und bog um die Ecke des Flurs. Ein weiteres Mal fuhr ihr der Schreck in die Glieder: Die Tür war nur angelehnt. Sie trat näher heran.

Das Schloss war aufgebrochen.

Sollte sie jemanden um Hilfe bitten? Aber wen, die Rezeption war nicht besetzt gewesen. Sie ließ ihre Tasche fallen und lauschte. Von drinnen war nichts zu hören.

«Hallo, ist da jemand?»

Niemand antwortete.

«Hallo», rief sie, dieses Mal lauter.

Keine Reaktion.

Zentimeterweise schob sie die Tür auf, darauf vorbereitet, bei Gefahr sofort zuzuschlagen oder zu flüchten. Ihre Hände zitterten, ihr Atem ging schnell.

Als sie eintrat, sah sie sofort das Chaos.

Jemand hatte ihre Sachen durchwühlt, die Schranktür stand offen, die Kleidung lag auf dem Fußboden, die Matratze war umgedreht, ihre Recherchepapiere im ganzen Zimmer verstreut.

Melissa wich zurück, Tränen schossen ihr in die Augen. Das war zu viel. Erschöpft ließ sie sich auf den Stuhl sinken. Sie saß einfach da, unfähig, sich zu rühren oder einen klaren Gedanken zu fassen.

Nach einer Ewigkeit rappelte sie sich auf und räumte ihre Sachen in ihren Rollkoffer. Keine Sekunde länger würde sie in dieser Pension bleiben.

Soweit sie es überblicken konnte, fehlte nichts. Der Einbrecher musste gezielt nach etwas gesucht haben.

Und sie wusste auch, was es war, auf das er so scharf war. Es gab nur eine Sache von Wert bei ihr: die Reagenzgläschen mit den täglichen Proben der Cyaclean-Nährlösung.

Das war die einzig mögliche Erklärung. Diese Proben waren für jemanden so elementar wichtig, dass derjenige alles tun würde, um sie in seinen Besitz zu bringen.

Sogar töten.

Sie ging mit ihrem Gepäck hinunter zur Rezeption, hinter der jetzt ein junger Mann saß, und legte ihren Schlüssel auf den Tresen.

«Bei mir wurde eingebrochen», sagte sie.

Er schien von der Nachricht nicht sonderlich beeindruckt. «Das geschieht bei uns leider öfter. Ich hab dem Chef schon mehrmals gesagt, er soll bessere Schlösser einbauen. Aber er meint immer: Was wollen die Gäste für diesen Preis schon erwarten?»

Sie nickte. «Haben Sie jemanden hereinkommen sehen, der nicht nach einem Gast aussah?»

«Nö, ich war aber auch eine Zeitlang weg. Was wurde denn gestohlen?»

«Nichts.»

«Dann ist es ja gut. Wollen Sie die Polizei rufen?»

«Ich checke aus.»

Sie ließ sich die Rechnung geben und bezahlte.

«Eine Frage: Kann man auch durch einen Hinterausgang verschwinden?»

«Klar, im Hof nach rechts raus, da geht's in eine Seitenstraße.»

Sie griff ihre Tasche und ihren Koffer, trat in den Hof und schloss ihr Fahrrad auf. Vorsichtig öffnete sie die kleine Satteltasche mit dem Reparaturwerkzeug und tastete nach einem Päckchen, eingehüllt in Luftpolsterfolie.

Erleichtert atmete sie aus. Die Reagenzgläser mit den Proben waren noch da.

Script einer TV-Reportage des spanischen Fernsehsenders Antena 3, Spanien

Hilfswelle rollt an: Gemeinsamer Kampf gegen eine Seuche

Szene 1: Schwenk über die Küste im Norden Marokkos. Einheimische waten knöcheltief in Plastikmüll und sammeln mit Rechen und Käschern den Abfall ein.

Kommentator aus dem Off: Dieser Strand ist seit Wochen von Plastik überflutet. Nordöstlich dieser Stelle sank das Frachtschiff *Indian Rosebud*. Seine Ladung, ausschließlich Plastikmüll, gelangte ins Wasser und bescherte dem Mittelmeer eine nie da gewesene Umweltkatastrophe. Marokko ist mit Abstand am härtesten getroffen, kleinere Mengen Müll wurden auch an die Küsten anderer Länder gespült. Seit Tag eins sind Einheimische, Freiwillige von Hilfsorganisationen und Mitglieder von Armee und Feuerwehr damit beschäftigt, die Abfälle einzusammeln.

Szene 2: Strand von Marbella in Spanien. Bagger des Militärs schieben Sand zusammen, sieben Plastikteile heraus und heben den Müll auf bereitgestellte Lastwagen.

Szene 3: Strand an der Algarve. Junge Frauen und Männer sammeln Plastikreste in Müllsäcken, andere Helfer schichten sie zu einem Haufen, bereit für den Abtransport.

Kommentar aus dem Off: Auch mit technischem Gerät und neuartigen Verfahren versuchen Organisationen und Unternehmen, den an der Meeresoberfläche schwimmenden Kunststoffabfall zu beseitigen, noch bevor er angespült wird.

Szene 4: Aufblasbare Schläuche bilden einen Ring um eine kleine Insel aus Plastikmüll. Mittels überdimensionaler Röhren saugt ein Schiff den Müll in den Laderaum.

Szene 5: Algerische Fischer in kleinen Booten werfen ihre Netze an Stellen aus, an denen Plastikmüll schwimmt. Die Männer holen die Netze wieder ein und ziehen ihren Fischfang samt Kunststoffabfall an Bord.

Kommentar aus dem Off: Die Welle der Hilfsbereitschaft ist bemerkenswert. Es scheint, als seien die Menschen der Mittelmeerländer nun aufgewacht. Aber es werden noch viele solcher Anstrengungen nötig sein, um den Schaden der Havarie zu beseitigen. Insbesondere in Marokko ist ein Ende der Aufräumarbeiten nicht abzusehen.

Tobias schlug die Augen auf. Er spürte einen stechenden Schmerz in seinem Körper – und an seinem Kopf. Er tastete nach der Stelle. Getrocknetes Blut klebte im Haar. Langsam richtete er sich auf.

Er befand sich immer noch in seiner Blockhütte. Alles schien auf den ersten Blick unberührt. Draußen war es hell.

Schlagartig kam die Erinnerung zurück: sein abendlicher Spaziergang im Wald, der Unbekannte, der hinter der Tür gelauert hatte. Der Schlag.

Auf wackeligen Beinen schleppte er sich ins Bad. Sein Spiegelbild erschreckte ihn – er war bleich, Blut klebte ihm im Gesicht und auf dem Hemd. Er ließ sich warmes Wasser ein und wusch sich, so gut es ging. Danach suchte er Verbandsmaterial, fand aber nichts.

Die Polizei – er musste die Polizei verständigen. Er suchte in seinem Rucksack nach dem Handy. Dort war nichts. Hatte er es verlegt? Er suchte in der Küche, im Schlafzimmer, im Bad.

Nichts.

Hatte es der Einbrecher auf seine Wertsachen abgesehen?

Nochmals durchsuchte er jeden Winkel in der Hütte. Sein Mobiltelefon war weg. Sein Laptop ebenfalls.

Und was am schlimmsten war: Seine Geldbörse fehlte – mit ihr alles Bargeld, die Kreditkarten, die Ausweise.

«Scheiße!», entfuhr es ihm.

Ohne Handy, Geld und Dokumente war er hilflos, wie sollte er reisen, wie bezahlen? Schlagartig wurde ihm bewusst, wie ausgeliefert man in einem fremden Land war, wenn man sich nicht ausweisen konnte. Wenn man nicht mal einen Cent in der Tasche hatte.

Obwohl er wusste, dass er allein in der Feriensiedlung war, klopfte er an jede Tür, in der Hoffnung, wider Erwarten doch jemanden anzutreffen. Aber niemand öffnete. Es war zum Verzweifeln.

Er war allein hier draußen im Wald, ohne Mitarbeiter, an die er sich wenden konnte, ohne Telefon, ohne Auto. Auch sein Fahrer würde nicht kommen, um ihn abzuholen, wenn er ihn nicht anrief. Er musste sich selbst helfen, musste raus aus dieser Einsamkeit.

Im Haus suchte er ein paar Sachen zusammen und stopfte sie in den Rucksack, steckte eine Flasche Wasser ein und ging los. Sein Ziel war, sich zur Hauptstraße durchzuschlagen und von dort weiter zur Klinik. Die Angestellten würden ihm helfen.

Der Weg war anstrengend, sein Körper schwach, der Schmerz pochte in seinem Kopf. Nach einer gefühlten Ewigkeit hatte er die Straße endlich erreicht. Leider kam nur alle paar Minuten ein Auto vorbei. Er streckte jedes Mal den Arm heraus und den Daumen nach oben, ein altes Zeichen für Tramper, von dem er hoffte, dass es auch in Amerika bekannt war.

Ein Fahrer nach dem anderen ignorierte ihn, manche gaben sogar extra Gas, vermutlich aus Angst vor einem Überfall. Erst nach einer halben Stunde hielt ein Trucker. Tobias stieg in den Lkw und beschrieb seine Lage und wohin er wollte.

Der Fahrer sagte nur «Oh, Jesus!» und fuhr los. Zehn Minuten später setzte er Tobias an der Zufahrt zum *Memorial Lincoln Center for Advanced Medicine* ab.

«Thank you very much!» Tobias hob zum Abschied schwach den Arm, kletterte aus dem Truck und ging zum Eingang.

Die Schwester am Empfang sah ihn entgeistert an.

«Sehe ich so schlimm aus?», fragte er auf Englisch.

«Well – yes, Sir.»

Er berichtete von dem Einbruch, dem Angriff auf ihn und dem Diebstahl seiner Wertsachen.

Aufmerksam hörte sie zu. «Ich rufe die Polizei, die wird Sie abholen und mit Ihnen in die Feriensiedlung fahren», sagte sie dann.

«Danke. Hören Sie, ich müsste dringend telefonieren – und etwas Bargeld bräuchte ich auch.»

«Das bekommen wir hin.» Sie nickte. «Aber zuerst müssen wir Sie medizinisch versorgen. Kommen Sie mit.»

Sie führte ihn in ein Behandlungszimmer.

«Bitte legen Sie sich dorthin.» Sie deutete auf die Liege. «Einen Moment noch.»

Die Frau verschwand und kam nach zehn Minuten mit Professor Henry Williams zurück. Er gab Tobias die Hand.

«Die Kollegin hat mir schon von dem Überfall berichtet. Dass so was in unserer Gegend geschieht – unfassbar.» Er streifte sich Handschuhe über, dann untersuchte er Tobias' Kopfwunde. «Die müssen wir nähen, das ist schnell geschehen.»

Er tupfte vorsichtig ein Betäubungsmittel auf. Die nächsten Minuten war er mit Nadel und OP-Faden beschäftigt.

«So, schon erledigt, Herr Frey. Bleiben Sie noch ein paar Minuten liegen, bis sich Ihr Blutdruck wieder normalisiert hat. Meine Kollegin hilft Ihnen danach mit Ihren anderen Wünschen weiter.»

«Herr Professor, eine Bitte», begann Tobias. «Ich weiß, es ist außerhalb der regulären Besuchszeiten. Aber da ich nun schon da bin ... Dürfte ich meine Tochter Zoe kurz sehen?»

Henry Williams und die Schwester tauschten einen Blick.

«Ich bin verwirrt», antwortete der Chefarzt zögerlich. «Sie haben doch selbst veranlasst, dass die Kleine abgeholt wird. Ich bedaure das, denn die Behandlung ist noch nicht abgeschlossen ...»

«Was ... Was?» Tobias sah beide entgeistert an. «Wie meinen Sie das, abgeholt wird?»

«Dass sie die Klinik verlässt.» Der Arzt sah ihn ernst an. «Herr Frey, Ihre Tochter ist nicht mehr bei uns im Krankenhaus.»

Meldung auf dem News-Portal saechsische.de

Schwerer Autounfall – ein Mann gestorben

Zu einem folgenschweren Unfall kam es gestern Nacht auf einer Landstraße außerhalb von Dresden. Ein Fahrzeug kam von der Fahrbahn ab und
kollidierte mit einem Baum.

Die Einsatzkräfte waren schnell zur Stelle, dennoch kam für den Fahrer
jede Hilfe zu spät. Er verstarb noch am Unfallort.

Wie es zu dem Unfall kam, ist noch unklar. Die Landstraße führt auf diesem
Streckenabschnitt geradeaus.

«Zum jetzigen Zeitpunkt lässt sich nichts ausschließen», so die Polizei-
Pressestelle. Die Polizei hat weitere Ermittlungen aufgenommen.

Bei dem Verunglückten handelt es sich nach unbestätigten Meldungen um
den Politiker Dr. Peter Voss, EU-Abgeordneter und Gründer der Splitterpartei *Der Neue Weg*.

KAPITEL 31

PUTNAM COUNTY, NÖRDLICH VON NEW YORK, USA

Tobias sprang auf und riss dabei die Behandlungsliege um. Die medizinischen Geräte fielen klirrend zu Boden.

«Was sagen Sie?», brachte er heraus. Sein Gehirn weigerte sich, die Worte des Chefarztes zu verarbeiten. «Zoe ist weg?»

«Yes, Sir – auf Ihren Wunsch hin.» Professor Henry Williams wirkte verunsichert. «Sie haben veranlasst, dass Zoes Behandlung abgebrochen wird. Und wir haben Ihre Anordnungen selbstverständlich befolgt.»

Tobias spürte eine überwältigende Panik in sich aufsteigen. «Welche Anordnungen? Sind Sie verrückt?», schrie er den Arzt an. «Nie im Leben, ich wiederhole: *Nie* würde ich meine Tochter abholen lassen, sie soll in Ihrer Klinik *gesund* werden, gerade deshalb sind wir doch nach Amerika gekommen!»

«Aber ... Aber wir haben es schriftlich ...»

«Bullshit! Wo ist meine Tochter?»

In Tobias' Kopf rauschte es, er konnte keinen klaren Gedanken fassen. Sein Herz raste, seine Hände zitterten. Er musste in einem Albtraum feststecken, gleich würde er erwachen, und alles würde sein wie vorher. Aber der angespannte Blick des Chefarztes sagte ihm: Er träumte nicht.

Die Katastrophe war real. Jemand hatte seine Tochter abgeholt. Jemand hatte Zoe entführt.

«Wir werden das gleich klären, Mister Frey.» Henry Williams gab der Schwester die Anweisung, die Klinikmanagerin zu holen und alle Unterlagen mitzubringen. «Und bitte schnell.»

Die Frau verschwand.

«Es kann nur ein Missverständnis sein.» Der Chefarzt schüttelte den Kopf. «Bei uns läuft alles korrekt ...»

«In diesem Fall nicht! Zoe ist verschwunden. Hier sind Kriminelle am Werk!»

Tobias verstand nicht, was hier vor sich ging, seine Gedanken rasten jetzt: Warum hatten Unbekannte seine Tochter mitgenommen? Wollten sie Lösegeld erpressen? Oder hatten sie Schlimmeres mit dem kleinen Mädchen vor, planten sie, sich an Zoe zu vergehen? Ihm wurde schlecht bei dem Gedanken, er musste sich auf der Fensterbank abstützen.

Die Managerin Ava Young kam herein, unter dem Arm ein Bündel Computerausdrucke.

«Guten Tag, Mister Frey.» Sie streckte ihm die Hand hin, er schüttelte sie zitternd. «Machen Sie sich keine Sorgen, die Sache lässt sich sicher aufklären.» Sie blätterte in ihren Unterlagen. «Also, gestern hat jemand angerufen und angekündigt, die Patientin Zoe Frey am späten Abend abholen zu lassen. Wir sollten das Kind bis dahin für die Reise vorbereiten.»

«Wer hat angerufen? Was war die Begründung?» Er konnte nicht glauben, was er hörte.

«Ich war selbst am Telefon. Es war eine Dame mit Akzent. Sie sagte, sie sei Ihre Frau, Zoe solle unverzüglich nach Hause kommen, Sie hätten gemeinsam entschieden, die Behandlung abzubrechen. Ich habe einige Daten zur Identitätsprüfung abgefragt, wir haben ja das Informationsblatt Ihrer Frau bekommen, zur Überprüfung etwaiger Vorerkrankungen, und der Datenabgleich war erfolgreich, außerdem wurde uns ein Ausweisdokument zugeschickt. Einen Grund hat sie nicht genannt, und es ist nicht an uns nachzufragen. Wir respektieren die Entscheidung unserer Kunden.»

«Hören Sie, meine Frau ist tot! Wie kann Ihnen das nicht ins Auge gesprungen sein auf ihrem *Informationsblatt*?» Tobias wusste nicht mehr, ob diese Information auf dem Bogen überhaupt abgefragt worden war, aber es war ihm egal. Er begann im Zimmer auf und ab zu gehen, damit er nicht die Kontrolle verlor. «Wie klang die Frau?»

«Ich ... Ich weiß nicht. Ich denke, der Akzent war deutsch.»

«Warum haben Sie mich nicht angerufen?»

«Ähh ... für uns war die Sache klar, der Auftrag war unmissverständlich.»

«Das kann doch nicht wahr sein!», schrie er. «Und wie ging es weiter?»

«Spätabends kam ein Mann in einem Van und nahm Ihre Tochter mit. Er richtete Zoe schöne Grüße von Ihnen aus und erklärte, dass er sie gleich zu Ihnen und Ihrer ... Frau bringen würde.»

«Was er nicht getan hat, verdammt noch mal!» Tobias war außer sich. «Wie konnten Sie dem Typen glauben?»

«Der Mann hatte eine unterschriebene Vollmacht von Ihnen dabei, wies sich mit seiner ID-Card als Mister Russell Brown aus und zeigte mir zur Beglaubigung Ihren Ausweis – das Original.»

«Den er mir kurz vorher gestohlen hatte.»

Die Managerin gab ihm ein Blatt. Es war eine schriftliche Erklärung, dass seine Tochter Zoe Frey an den Abholer übergeben werden durfte. Darunter seine Unterschrift.

«Das ist eine Fälschung! Ich habe so etwas nie veranlasst oder unterschrieben.»

Langsam dämmerte ihm, dass die ganze Aktion koordiniert gewesen war. Der Einbruch in die Blockhütte, der Überfall auf ihn – das alles war Teil eines Plans, um ihn vorübergehend handlungsunfähig zu machen. Es hatte gedauert, bis er sich erholt und dann jemanden gefunden hatte, der ihn zur Klinik brachte. Diese Zeitspanne hatte der Täter genutzt.

Und der Plan war aufgegangen.

«Wir haben bereits die Polizei verständigt. Die werden sich um den Fall kümmern.» Ava Young sah ihn betroffen an. «So leid es uns tut – wir können da jetzt wenig machen.»

«Was reden Sie? Was soll das heißen, Sie können wenig machen?»

Tobias stützte sich auf die Behandlungsliege. «Meine Tochter war in *Ihrer* Obhut. *Sie* haben sie einem Fremden übergeben und damit Ihre Sorgfaltspflicht verletzt, das ist doch eindeutig!»

«Das sehe ich anders.» Die Managerin überreichte ihm mehrere Computerausdrucke. «Sie haben uns weitreichende Vollmachten gegeben, was die Betreuung Ihrer Tochter betrifft. Damit haben wir Entscheidungsfreiheit in vielen Bereichen. Und diese Unterschriften sind garantiert echt, schließlich habe ich Sie damals selbst unterschreiben lassen, erinnern Sie sich?»

«Das ist doch purer Wahnsinn!», schrie Tobias.

«Bitte, bitte, jetzt keinen Streit! Beruhigen wir uns bitte», mischte sich Henry Williams ein. «Es geht schließlich um Ihre Tochter, Mister Frey, wir sind auf Ihrer Seite. Was können wir für Sie tun?»

Tobias holte tief Luft und wandte sich dem Arzt zu. Er musste jetzt klar denken.

«Also. Ich müsste dringend telefonieren. Und da der Einbrecher meine Kreditkarten und Ausweise mitgenommen hat, bräuchte ich Geld.»

«Selbstverständlich können Sie unser Telefon so lange wie nötig benutzen. Und ich kann Ihnen alles Cash geben, das ich habe.» Er holte seine Geldbörse heraus und drückte ihm etwa dreißig Dollar in die Hand. «Viel ist es nicht, das tut mir leid. Ich zahle sonst nur mit Karte.»

«Danke – aber damit komme ich nicht weit.» Tobias wandte sich an Ava Young. «Könnten Sie das Büro von Ryan Hill anrufen, damit er bürgt oder eine Geldauszahlung anweist? Vielleicht geht das hier im Institut, schließlich kommt er für die Kosten von Zoes Behandlung auf.»

Die Managerin nickte. «Ich kümmere mich darum.»

DRESDEN

Nelson und Diana hatten ihr Fahrzeug am Straßenrand geparkt. Im Radio liefen die Nachrichten. Der Sprecher berichtete, dass die Lübecker Anwaltskanzlei Dr. Koch & Partner weitere Klagen gegen international tätige Lebensmittelkonzerne in Europa eingereicht hatte. Man wolle die Unternehmen zwingen, Verantwortung für ihre angebliche Fahrlässigkeit zu übernehmen, Lebensmittel ohne eine Prüfung auf giftiges Mikroplastik zu verarbeiten und zu verkaufen. Der Chef der Kanzlei, Dr. Herbert Koch, sagte, er werde nicht eher ruhen, bis die Verantwortlichen zur Rechenschaft gezogen seien und die Konzerne überfälligen Schadensersatz leisteten. Das sei man den zahlreichen Opfern schuldig.

«Der Mann hat sich wirklich in das Thema verbissen.» Diana schaltete das Radio aus.

Die Rettungskräfte waren längst verschwunden, ebenso die Polizei. Jetzt hatten sie ihre Ruhe und konnten ungestört die Stelle untersuchen, an der Peter Voss verunglückt war. Eine Gruppe Urlauber radelte vorbei und winkte ihnen zu. Ein Lkw brauste vorüber, danach zwei Autos.

«Die Strecke verläuft wirklich kerzengerade», sagte Diana. «Zum Unfallzeitpunkt war die Fahrbahn trocken. Warum also zieht sein Fahrzeug nach rechts und kracht gegen einen der Bäume?»

«Drogen? Alkohol? Selbstmord?» Nelson zuckte die Schultern. «Alles denkbar. Keine Bremsspuren.»

«Und weit und breit keine Überwachungskamera zu sehen.»

Er winkte ab. «Auf Nebenstraßen findet man die selten. Aber schon seltsam, das alles.»

«Wir werden ja gleich den aktuellen Ermittlungsstand erfahren, der Kollege von der Verkehrspolizei erwartet unseren Besuch. Da können wir unsere Fragen loswerden.»

An der Stauffenbergallee im Norden Dresdens fanden sie einen Parkplatz direkt neben dem Gebäude der Verkehrspolizeiinspektion. Die Frau am Empfang führte sie in den ersten Stock in einen schlichten Besprechungsraum.

Gleich darauf trat ein Mann mittleren Alters in Polizeiuniform ein.

«Frau Winkels, Herr Carius? Mein Name ist Stefan Krug. Bitte nehmen Sie Platz.» Er setzte sich ebenfalls und legte einen Aktenordner auf den Tisch. «Ich muss gestehen, ich war überrascht über Ihren Anruf. Es kommt nicht alle Tage vor, dass sich der Bundesnachrichtendienst für einen Verkehrsunfall interessiert.»

«Danke, dass der Termin so kurzfristig geklappt hat», sagte Diana. «Das Unfallopfer, der Politiker Dr. Peter Voss, ist uns im Rahmen internationaler Ermittlungen aufgefallen, es geht um die illegale Entsorgung von Plastikmüll. Deshalb sind wir neugierig.»

«Was hat die Blutprobe ergeben?», fragte Nelson.

«Der Mann hatte keine illegalen Substanzen im Blut und einen Alkoholwert von 0,2 Promille – also nichts, was den Unfall erklären würde. Aber wir sind auf etwas anderes gestoßen.» Krug schlug den Ordner auf und zeigte ihnen mehrere Fotos. «Das sind die Aufnahmen vom Unfallfahrzeug, die die Kollegen vor Ort gemacht haben.»

Die Bilder zeigten eine Oberklasse-Limousine, die halb frontal, halb seitlich gegen den Baum geprallt sein musste. Die Frontscheibe war zerstört, die linke Seite stark eingedrückt.

«Beachten Sie bitte die Nahaufnahme der Fahrertür.» Krug tippte auf das entsprechende Foto. «Sehen Sie die roten Farbspuren auf dem Lack des Autos?»

In der Tat waren feine Linien zu sehen, als ob jemand die Tür gestreift hätte.

«Soll das heißen, ein zweites Fahrzeug war an dem Unfall beteiligt?» Nelson sah sich das Bild genauer an. «Und der – oder die – andere hat anschließend Fahrerflucht begangen?»

«Wir reden mittlerweile nicht mehr von Fahrerflucht.» Krug machte eine Pause. «Wir gehen durchaus davon aus, es hier mit Mord zu tun zu haben.»

Nelson atmete hörbar aus. Das gab ihren Ermittlungen eine neue Richtung. Wer wollte Voss tot sehen? Was war das Motiv? Und, für ihn die wichtigste Frage: Hing die Tat mit den Vorgängen um Cyaclean zusammen? Oder war Voss jemandem aus dem kriminellen Plastikmüllnetzwerk in die Quere gekommen? Schließlich war der Politiker an mehr als einer Entsorgungsfirma beteiligt und pflegte engen Kontakt zu Rudolf Hoppe. Und er hatte sich auf der Düsseldorfer Demo gegen Cyaclean nicht nur mit Hoppe, sondern auch mit Otto Tietz unterhalten, wie die Polizeivideos vor Ort gezeigt hatten. Das war der letzte öffentliche Auftritt von Voss gewesen.

«Mord also», sagte Diana. «Welche Beweise haben Sie?»

«Nach unserer vorläufigen Rekonstruktion hat ein rotes Fahrzeug das Fahrzeug des Opfers absichtlich von der Fahrbahn gedrängt, woraufhin das Auto mit einem Baum kollidiert ist. Sehen Sie sich die Innenaufnahmen an.»

Er legte weitere Fotos auf den Tisch. Sie zeigten den Toten im Fahrzeug aus verschiedenen Perspektiven.

Nelson wendete den Blick ab. Irgendwie erinnerte ihn das Ganze an den Fall seiner Eltern, auch wenn sie auf ganz andere Weise gestorben waren.

«Sie sehen, der Frontairbag hat ausgelöst. Eigentlich hätte der Mann den Zusammenprall überleben müssen.» Der Polizist beugte sich vor. «Hat er aber nicht. Die Position des Leichnams im Fahrersitz ist überdies seltsam verdreht. Unsere Vermutung: Da hat jemand Gewalt angewendet. Der Staatsanwalt hat kurzfristig eine Obduktion angeordnet.»

«Und die Ergebnisse?»

Er schob ein neues Dokument über den Tisch.

«Der Bericht ist noch vorläufig, demnach starb der Mann an einem Bruch der Halswirbelsäule. Die Spuren weisen darauf hin, dass jemand nachgeholfen hat, etwa mit einem Tritt. Jetzt liegen die Akten bei der Kripo.»

«Danke für die Infos.» Diana nickte dem Polizeibeamten zu. «Ich denke, wir übernehmen den Fall.»

HAMBURG

Melissa hielt das Telefon so fest in ihrer Hand, dass ihre Finger schmerzten. Sie musste sich zwingen, den Bericht ihres Bruders weiter anzuhören. Doch in ihren Ohren rauschte es, sie war wie gelähmt.

Zoe war verschwunden.

Jemand hatte ihre Nichte einfach so mitgenommen. Und niemand wusste, wo sie steckte. Ob sie überhaupt noch ... Melissa konnte den Gedanken nicht zu Ende denken.

Dass die kleine Zoe nun in den Händen unbekannter Entführer war – das war eine unerträgliche Vorstellung. Das durfte nicht sein. Das konnte nicht sein. Das alles musste sich irgendwie aufklären.

Aber was, wenn nicht?

«Was sagt die Polizei?» Sie hörte, wie ihre Stimme zitterte.

«Sie stehen noch am Anfang ihrer Ermittlungen.» Tobias klang kraftlos. «Sie haben die Überwachungskameras gecheckt – bisher ohne Ergebnis. Leider sind auf dem Gelände der Klinik kaum welche angebracht. Es läuft die Suche nach einem dunklen Van, aber die Beschreibung des Fahrzeugs ist vage, das Kennzeichen fehlt, die Beamten haben keine große Hoffnung.»

«Und weiter? Es wird doch jemand die Entführung beobachtet haben? Der Mann, der Zoe abgeholt hat, muss doch zu identifizieren sein!»

«Es gibt Beschreibungen vom Täter: weiß, etwa vierzig Jahre alt, groß, sportliche Figur. Ich vermute, das ist der gleiche Typ, der mich in der Blockhütte überfallen hat. Die Polizei hat eine Fahndung rausgegeben. Aber die Angaben passen auf viele Menschen. Als Nächstes soll ein Phantombild erstellt werden.»

«Lösegeldforderungen gibt es nicht?»

«Leider nein – das wäre in der jetzigen Situation wenigstens ein Hinweis, dass die Kleine noch ...» Seine Stimme brach ab.

Melissa schluckte. «Und ... Und wie geht es jetzt weiter?»

«Auf jeden Fall bleibe ich vorerst hier. Vielleicht finden sie Zoe schnell. Man kann nur hoffen.»

«Das wünsche ich mir auch.» Sie war den Tränen nahe.

«Außerdem habe ich kein Geld und keine Ausweisdokumente», sagte Tobias. «Deshalb muss ich warten, bis Paps und Mam da sind. Ich habe mit ihnen telefoniert. Sie brechen ihre Rundreise ab und kommen, so schnell es geht.»

Melissa konnte sich vorstellen, wie sehr die Nachricht ihre Eltern getroffen hatte. «Wenn du sie wieder sprichst, richte ihnen schöne Grüße von mir aus.»

«Mach ich.» Tobias räusperte sich hörbar. «Du, ich habe noch eine große Bitte an dich.»

«Um was geht's?»

«Ruf bitte die Chefin von Cyaclean an und frag sie, ob sie uns hilft. Oder diesen Ryan Hill. Die haben schließlich großen Einfluss.»

Melissa zögerte. «Also ... der Zeitpunkt ist gerade nicht so gut.» Sie berichtete von ihrem Rauswurf bei Cyaclean. «Und Jessica Weiss war alles andere als freundlich zu mir. Sie wird nicht begeistert sein, wenn ich sie anrufe.»

«Mein Gott, Melissa!» Ihr Bruder war laut geworden. «Dann sieh zu, dass du das wieder geradebiegst!»

«Ja, aber ...»

«Nichts aber! Da gibt es nichts zu überlegen! Und überhaupt, warum verärgerst du die Leute, von denen wir gerade komplett abhängig sind? Zoes Leben liegt in deren Händen, verdammt!»

Melissa schloss die Augen und ließ die Luft aus ihren Lungen. Ein Streit untereinander war das Letzte, was sie beide gerade brauchten. «Tobias, ich bin Journalistin, ich habe da einfach meine Arbeit gemacht. Das war vorher kommuniziert. Und Jessica Weiss wird sowieso nichts unternehmen können, um Zoe zurückzuholen, was sollte sie auch tun?»

Tobias schwieg einen Moment. Als er wieder zu sprechen begann, schien er sich um Beherrschung zu bemühen. «Melissa, als dein Bruder bitte ich dich inständig: Versuch es wenigstens. Wir sollten alles probieren. Wir müssen Zoe schnellstens finden, sonst ...»

Er hatte recht, das wusste sie. Sie brauchten Hilfe. Und deshalb würde sie mit der Cyaclean-Geschäftsführerin telefonieren, auch wenn es ihr verdammt schwerfiel.

«Okay, ich mach's.»

«Danke. Bis bald.» Er legte auf.

Melissa blieb regungslos auf dem Sofa sitzen, das Telefon in der Hand, und starrte die Wand an. Bilder von Zoe erschienen in ihrer Erinnerung: ihr Lächeln, ihre strahlenden Augen, die gemeinsamen Spaziergänge. Was hatte die Kleine alles mitmachen müssen – endlose Untersuchungen mit der Schreckensdiagnose Leberkrebs, ausgelöst durch das giftige Plastik in ihrem Körper, die langen Tage auf der Intensivstation, die Reise in ein fremdes Land für eine neue Behandlung.

Und jetzt? Sollte alles vergebens gewesen sein?

Melissa schüttelte den Kopf. Sie konnte es nicht länger aufschieben. Benommen wählte sie die Nummer der Cyaclean-Geschäftsführerin.

«Jessica Weiss, hallo.»

«Ich bin's, Melissa Frey.»

«Aha, dich hätte ich nicht erwartet.» Jessicas Ton war kühl.

Melissa saß ein Kloß im Hals. Sie musste mehrmals schlucken, bevor sie sprechen konnte. «Jessica, es geht um Zoe. Sie wurde aus der Klinik entführt. Ich brauche deine Hilfe.»

Einen Moment war Stille in der Leitung.

«Gut, wir sollten uns unterhalten. Aber nicht am Telefon. Wir treffen uns persönlich.»

BONN

Zu dieser frühen Tageszeit waren kaum Besucher auf dem Alten Friedhof. Melissa ging den Weg bis zur Georgskapelle. Die Luft war klar und rein, eine angenehme Stille lag über dem Park. Jessica Weiss hatte darauf bestanden, sich nicht im Büro von Cyaclean zu treffen, sondern an diesem Ort unweit des Bonner Hauptbahnhofs.

Die Kapelle war ein abweisender Bau aus Tuffstein mit einer schmalen Eingangstür und kleinen Fenstern. Melissa betrat den Innenraum, ihre Schritte hallten auf dem Steinboden. Vier Säulen stützten das Gewölbe, der Altar trug ein schlichtes Kreuz. Reihen mit modernen Stühlen füllten den Raum.

Melissa war allein. Sie setzte sich und ließ die Atmosphäre auf sich wirken. Sie dachte an Tobias, dachte an Zoe. Sie konnte nicht beten, und doch hoffte sie, wenn es einen Allmächtigen gäbe, dann müsste er jetzt alles zum Guten wenden.

Das bevorstehende Gespräch bereitete ihr Sorgen, sie war in der ungewohnten Rolle als Bittstellerin, und sie wusste nicht, ob Jessica ihr helfen konnte – und wollte. Aber sie musste es versuchen, um ihrer Nichte willen.

«Schön hier, nicht?» Die Stimme hallte in den Gemäuern. Melissa drehte sich um. Jessica stand an der Tür. «Und so ruhig. Da hat man Zeit zum Nachdenken und kann ungestört reden.»

Sie kam herein und setzte sich neben Melissa, ließ aber einen Stuhl zwischen ihnen frei.

«Ich bin oft hier, wenn ich auf andere Gedanken kommen will», fuhr sie fort. «Dieses Gebäude ist für mich ein Symbol.»

«Ein Symbol wofür?», fragte Melissa heiser.

«Wusstest du, dass diese Kapelle im Mittelalter woanders stand?» Jessicas Stimme war ruhig. «Im neunzehnten Jahrhundert haben es Techniker in einem Kraftakt geschafft, das Gebäude abzutragen und hier an dieser Stelle wieder zu errichten. Eine Meisterleistung, die vorher für unmöglich gehalten wurde.» Mit einer ausholenden Geste umfasste sie den Innenraum. «Genauso sehe ich unser Cyaclean-Projekt: Niemand hat daran geglaubt, und jetzt ist es dank unserer genialen Innovationen Wirklichkeit geworden. Die Möglichkeit, eines der größten globalen Probleme zu lösen, ist in greifbare Nähe gerückt. Eine Meisterleistung der Neuzeit.»

Melissa schwieg und wartete, wohin sich die Unterhaltung entwickeln würde.

«Zugleich ist das alte Gemäuer ein Symbol der Widerstandskraft. Es hat Jahrhunderte überdauert, Stürmen und Zerstörung standgehalten. Auch unsere Mission wird allen Angriffen trotzen, Feinde werden ihr nichts anhaben können.» Sie sah Melissa an, ihr Blick war eisig. «Es ist meine Bestimmung, das Projekt zu schützen. Dafür bin ich angetreten, dafür kämpfe ich. Auch du wirst es nicht zu Fall bringen, Melissa.»

Die Feindseligkeit, die von ihr ausging, erschreckte Melissa. Sie spürte den Hass dieser Frau, ihren Fanatismus. Darauf war sie nicht vorbereitet gewesen.

«Ich … Ich … finde euer Projekt doch gut, glaub mir.» Das Reden fiel ihr schwer. «Es ist eine große Innovation, das weiß ich. Aber ich bin hier, weil ich dich bitten wollte, bei der Suche nach meiner Nichte Zoe zu helfen, sie …»

«Ich habe schon gehört, dass die Kleine verschwunden ist. Ryans Büro hat mich informiert, dein Bruder hat sich an ihn gewandt.»

«Und?»

Jessica schüttelte den Kopf. «Was meinst du, was ich tun soll? Entführungen passieren nun mal – gerade in den USA. Wartet die Ermittlungsergebnisse der Polizei ab.»

«Wir *können* nicht warten – Zoe ist krank und braucht medizinische Betreuung. Sonst stirbt sie!» Melissa merkte, wie ihre Stimme brach. Hastig wischte sie die Tränen weg, die über ihre Wangen strömten.

«Du verlangst viel von mir.»

«Ich bitte dich darum ...»

Jessica stand auf und drehte sich zu ihr. «Vielleicht könnte ich tatsächlich einige Dinge in Bewegung setzen.»

Melissa nickte.

«Aber ich habe Bedingungen.»

«Was denn?»

Jessica verschränkte die Arme. «Ich erwarte Gegenleistungen.»

Melissa schwieg.

«Du weißt, was ich will.»

«Nein, weiß ich nicht. Sag's mir.»

«Stell dich nicht so blöd an!» Jessicas Stimme explodierte. «Du bist eine intelligente Frau, also verkauf uns beide nicht für dumm!»

Der plötzliche Wutausbruch ließ Melissa zusammenzucken.

Jessica baute sich vor ihr auf. «Um es ganz klar zu sagen: Ich will die Tagesproben zurück, die du und dein Freund Leon aus dem Labor gestohlen habt.»

«Was ...» Melissa war überrumpelt. Jessica wusste Bescheid.

«Ihr beide seid nicht so smart, wie ihr glaubt. Dachtet, ihr habt die Überwachungskameras ausgeschaltet. Glaubst du, Axel Turner und ich hätten nicht bemerkt, was ihr bei uns so treibt? Wir hatten einen Verdacht, deshalb haben wir das Überwachungssystem erweitert. Um Kameras im Laborbereich, die nicht an das Firmennetzwerk angeschlossen sind und von denen sonst niemand weiß.»

Sie holte ihr Handy aus der Tasche, rief eine Datei auf und hielt Melissa das Gerät vor die Nase. Es war ein Video, aufgenommen von einer versteckten Überwachungskamera. Die Aufnahme zeigte Leon und sie, wie sie den Stahlschrank an der Wand öffneten und einige der Reagenzgläser austauschten.

«Und jetzt gibst du mir die Tagesproben – sofort.» Jessicas Stimme war nicht mehr laut, sondern von leiser, eisiger Kälte.

Melissa überlegte fieberhaft, was sie sagen sollte. «Ich ... Ich habe die Reagenzgläschen nicht, die ...»

«Du willst mich wohl verarschen!», unterbrach Jessica sie. «Wir *wissen*, dass du sie hast. Glaubst du, das hier ist ein Spiel, Melissa? Dir ist offenbar nicht bewusst, um was es hier geht.» Sie beugte sich zu ihr herunter. «Ich werde alles tun, um Cyaclean zu schützen. *Alles*, verstehst du? Und du wirst mich nicht daran hindern.» Sie richtete sich wieder auf. «Du hattest deine Chance. Du hättest dich kooperativ zeigen können – und alles wäre gut ausgegangen. Aber du wählst einen anderen Weg: Du stellst dich gegen uns. Und deshalb zeige ich dir, dass ich es ernst meine.»

«Jessica, bitte, lass uns vernünftig reden», brachte Melissa heraus. Sie hörte, wie verzweifelt sie klang. «Rufen wir doch Ryan an und fragen ihn, was er zu der Sache meint, schließlich ...»

«*Ich* bin für die Firma verantwortlich! *Ich* entscheide, was richtig ist!» Jessicas Stimme hallte in der Kapelle wider. «Also pass auf, was ich dir jetzt sage.» Sie ging bis zum Altar und drehte sich dort zu Melissa um. «Wir machen einen Deal.»

«Ja?»

«Du lieferst uns die gestohlenen Laborproben. Dafür bekommst du Zoe zurück.»

Kalt und unumstößlich stand der Satz im Raum. Melissa glaubte nicht richtig zu hören. Ihr Verstand weigerte sich, die Information zu verarbeiten. Alles drehte sich, ihr Atem ging schneller, ihr wurde schwindlig.

«Dein Bruder und du – ihr wollt die Kleine samt ihrem süßen Stoffpferdchen Tanja doch wieder in die Arme schließen, oder?»

Tanja – den Namen für Zoes Lieblingsstofftier hatte Melissa niemandem gegenüber erwähnt. Woher wusste Jessica davon?

«*Du* hast Zoe entführen lassen.» Melissa brachte kaum mehr als ein Flüstern heraus.

«Na, na, das sind aber heftige Anschuldigungen, die du nicht beweisen kannst.» Jessica setzte ein boshaftes Lächeln auf. «Glaub mir, das Schicksal von Zoe liegt mir am Herzen. Jetzt liegt ihr Leben in deiner Hand.»

Melissa schüttelte fassungslos den Kopf.

«Ich will jedes einzelne der Originalröhrchen samt Originalinhalt zurück. Unbeschädigt. Versiegelt. Ich sage dir, wo du es hinbringen sollst. Und versuch nicht, mich auszutricksen.»

«Und welche Garantien habe ich, dass Zoe wieder freikommt?»

Jessica sah sie mitleidig an. «Du wirst mir ein Stück weit vertrauen müssen, auch wenn es dir schwerfällt. Glaub mir, die Kleine interessiert mich nicht – warum sollte ich ihr etwas antun?» Sie kam näher und blieb vor Melissa stehen. «Also, haben wir einen Deal?»

Melissa fühlte sich, als habe ihr jemand in den Magen geschlagen. Sie konnte nicht klar denken, konnte nicht begreifen, was hier gerade passierte. Nur eine Erkenntnis legte sich kalt um ihren Hals und raubte ihr den Atem. Jessica hatte sie in der Hand. Und was noch viel schlimmer war: Sie konnte über Zoes Leben entscheiden.

«Ja.» Melissas Stimme hatte alle Kraft verloren.

«Ich habe dich nicht verstanden.»

«Ja!»

«Gut.» Jessica schritt zum Ausgang der Kapelle, sah ein letztes Mal über die Schulter, dann öffnete sie die schwere Tür. «Keine Polizei, zu niemandem ein Wort. Und beeil dich – ich melde mich bald wieder bei dir.»

Mit einem Krachen fiel die Tür ins Schloss.

Jessica war längst gegangen. Von draußen waren Stimmen von Friedhofsbesuchern zu hören, dazwischen Vogelgezwitscher. Melissa saß immer noch zusammengesunken auf ihrem Stuhl, eine traurige Figur im Halbdunkel der Kapelle. Sie hatte jedes Gefühl für Zeit verloren. Wie lange war sie schon hier – zehn Minuten, eine Stunde, zwei Stunden?

Das Gotteshaus hatte für sie nichts Tröstliches – im Gegenteil: Es war, als wäre sie umgeben von einer düsteren Bedrohung, die alles überschattete. Als wäre das Böse in Gestalt von Jessica Weiss noch immer da.

Melissa atmete wieder normal, ihr Herzschlag hatte sich beruhigt, die Tränen waren getrocknet. Doch das Gefühl völliger Verzweiflung hatte jede Faser ihres Körpers ergriffen. Um sie herum nur Düsternis und Leere. Sie war zerstört, besiegt. Zu Boden gegangen durch einen Hieb, den sie nicht erwartet hatte. Die Frau, von der sie sich Hilfe erhofft hatte, hatte den entscheidenden Schlag ausgeführt – und war nun die triumphierende Siegerin.

Jessica hatte nicht geblufft. Ihr war ohne Frage alles zuzutrauen. Sie verfügte über das entsprechende Netzwerk, die nötige Rücksichtslosigkeit und den Durchsetzungswillen. Und sie war getrieben von einem erschreckenden Fanatismus.

Melissa erinnerte sich daran, dass ihr Bruder von einer Frau berichtet hatte, die mit deutschem Akzent in der Klinik angerufen und die Abholung von Zoe angekündigt hatte. Das war Jessica gewesen.

Und offensichtlich war alles nur zu einem einzigen Zweck geschehen: Die Attacke des unbekannten Radfahrers auf sie, die Durchsuchung ihres Pensionszimmers, die Entführung von Zoe – alles zielte einzig und allein darauf ab, die Laborproben zurückzuerhalten. Offenbar waren der Inhalt und seine Geheimhaltung elementar wichtig für die Existenz von Cyaclean. Niemand durfte die Proben untersuchen, niemand durfte sie auch nur besitzen. Melissa dachte an Leon. War er auch in Gefahr?

Ihre Gedanken rasten, während ihr Körper wie gelähmt war. Die vage Hoffnung, Zoe lebend wiederzusehen, war ein leiser, aber spürbarer Trost. Die Kleine lebte. Und sie konnte sie heimholen. Dafür musste sie eben zu Kreuze kriechen, ihre Überzeugungen über Bord werfen. Es war der einzige Weg.

Wie groß sie noch vor Kurzem von ihren journalistischen Idealen getönt hatte. Wie sie betont hatte, wie wichtig ihr Objektivität und

Unabhängigkeit waren. Das war Vergangenheit. Die Realität hatte sie eingeholt.

Wie hatte sie nur so naiv sein können zu glauben, sie könne auf ihre Fähigkeiten vertrauen und die Lage allein in den Griff bekommen? Von ihrer Verbindung zu Cyaclean profitieren, Zoe retten und eine erfolgreiche, unabhängige Journalistin werden? Sie hatte gerade eine Gegnerin erlebt, die viel mächtiger war als sie. Und skrupelloser. Die über Leichen gehen würde.

Der Kampf war verloren. Melissa würde tun, was Jessica von ihr verlangte. Sie wollte Zoe zurück, sie wollte die Gewalt stoppen.

Das alles musste ein Ende haben.

Polizei bittet um Mithilfe in einer Mordermittlung: Rotes Auto gesucht

Dresden. Eine überraschende Wendung zeichnet sich im Todesfall von Dr. Peter Voss ab, EU-Abgeordneter und Gründer der Splitterpartei *Der neue Weg*. Der Politiker war am vergangenen Montag mit seinem Auto auf gerader Strecke von der Straße abgekommen und gegen einen Baum geprallt. Ursprünglich gingen die Behörden von einem Unfall aus. Nun schließt die Kriminalpolizei ein Gewaltverbrechen nicht mehr aus.

«Wir ermitteln derzeit in alle Richtungen», so ein Polizeisprecher.

Er bittet in diesem Zusammenhang die Bevölkerung um Mithilfe: Wer hat ein rotes Fahrzeug, Marke unbekannt, im Raum Dresden gesehen, das an der rechten Seite Beschädigungen aufweist, die auf eine Kollision schließen lassen?

Sachdienliche Hinweise bitte an jede Polizeidienststelle.

KAPITEL 32
KÖLN

Melissa hatte sich kurzfristig in den Zug gesetzt und die Fahrkarte bar bezahlt. Sie hatte niemandem von ihrer Reise erzählt. Ihr Handy hatte sie zu Hause gelassen und nutzte stattdessen das alte Telefon von Victoria, ein verstaubtes Nokia-Gerät ohne Internetzugang.

All diese Vorsichtsmaßnahmen hatte ihr Leon ans Herz gelegt, nachdem sie ihm von dem Treffen mit Jessica berichtet hatte. Sie hatte beschlossen, die Drohung der Cyaclean-Geschäftsführerin in diesem Fall zu ignorieren und ihn einzuweihen. Egal, was passierte, sie konnte das hier nicht allein durchstehen.

Er war alarmiert gewesen, hatte schnell ein paar Sachen zusammengepackt und seine Wohnung sofort verlassen. Sie hatten vereinbart, sich bei Leons Freund Florian in Köln zu treffen, der in einem Chemielabor an der Uni arbeitete.

Im Zug musterte Melissa immer wieder die anderen Fahrgäste: Sah jemand aus wie ein Verfolger, der hinter ihr her war? Wurde sie beobachtet? Die Sorge, erneut angegriffen zu werden, ließ ihr keine ruhige Minute.

Bei ihrer Ankunft blieb sie auf dem Weg zur U-Bahn inmitten der Menge, fuhr eine Station in eine Richtung und wechselte dann spontan die Linie. Die Strecke von der Haltestelle zu Florians Wohnung verlängerte sie durch mehrere Umwege und wartete dann zehn Minuten vor dem Eingang, die Straße aufmerksam im Blick, bis sie das Mietshaus im Norden der Stadt betrat.

«Hereinspaziert!», begrüßte sie ein blonder Mann Mitte dreißig an der Tür. «Ich bin Florian. Leon ist schon da.»

Es war eine geräumige Junggesellenwohnung mit einer Wohn-

küche, einem Schlafzimmer, einem Gästezimmer, einem Wohnzimmer und einem Arbeitsraum, vollgestopft mit Computern und
technischem Gerät. Die Einrichtung war auf das Notwendigste beschränkt, gerahmte Fotografien aus Urlaubsländern zeugten von der
Reiselust des Bewohners.

«Ist dir jemand gefolgt?» Leon kam aus dem Bad, umarmte sie kurz
und lehnte sich an die Küchenanrichte.

Melissa schüttelte den Kopf. «Ich glaube nicht.»

«Fühlt euch wie zu Hause.» Florian deutete auf die Kaffeekanne
und den Kühlschrank. «Ich verschwinde in mein Arbeitszimmer,
habe noch zu tun.»

Er durchquerte den Flur und schloss die gegenüberliegende Tür
hinter sich.

«Leider hat Flo keine Espressomaschine.» Leon schenkte ihnen
beiden Kaffee ein, stellte Milch und Zucker auf den Tisch. Wortlos
tranken sie ein paar Schlucke.

«Ich muss sagen, ich war echt schockiert, als du mich angerufen
hast», begann Leon. «Jessica – das hätte ich nie gedacht! Ich bin erst
mal von daheim verschwunden und hergekommen. Es ist ein saublö-
des Gefühl, wenn jemand hinter einem her ist.»

«Wem sagst du das.»

«Ja. Stimmt.» Er räusperte sich. «Nun berichte noch mal ganz genau, was Jessica gesagt hat.»

Melissa erzählte ausführlich von Zoes Entführung, von den Drohungen und der Erpressung. «Sie will die Laborproben zurück. Unge-
öffnet.» Vorsichtig holte sie die Luftpolsterfolie mit den versiegelten
Reagenzgläschen hervor. «Sie meldet sich bald, wann und wo die
Übergabe stattfinden soll.»

Leon nahm ihr das Päckchen ab. «Ich hol mal Florian, vielleicht
hat er eine Idee, wie wir den Inhalt dennoch analysieren können.» Er
verschwand im Arbeitszimmer und kam mit seinem Freund wieder.
Gemeinsam packten sie die Laborproben aus.

Florian untersuchte sie gründlich.

«Sorry, ich kann nichts für euch tun, wenn ich die Reagenzröhrchen nicht öffnen darf» , sagte er dann und zuckte bedauernd die Achseln. «Es gäbe zwar komplizierte technische Verfahren, die Flüssigkeiten von außen durch das Reagenzglas zu untersuchen, ich denke da an Methoden mit Laserlicht und Spektralanalyse oder eine Röntgenfluoreszenz-Untersuchung. Aber bei uns gibt es diese teuren Spezialapparaturen nicht. Und es ist zweifelhaft, ob überhaupt brauchbare Resultate herauskommen würden.»

«Mist! Ich hatte fest darauf vertraut, dass du uns helfen kannst.» Leon war sichtbar enttäuscht. «Wir haben ja nicht viel Zeit ...»

«Tut mir leid, aber so einfach, wie ihr euch das vorstellt, ist das nicht. Ich muss jetzt zurück an den Rechner. Ruft mich, wenn ihr was braucht.» Florian verschwand wieder in seinem Arbeitszimmer.

«Was machen wir jetzt?», fragte Leon.

«Was wohl? Ich bringe Jessica die Proben. Sonst stirbt Zoe ...»

«Du willst also aufgeben?»

«Ja natürlich!» Sie schüttelte den Kopf. «Was bleibt mir anderes übrig? Diesem Gegner bin ich nicht gewachsen.» Melissa spürte, wie ihr die Tränen kamen, und schluckte hart dagegen an.

Leon berührte ihren Arm. «Hey, alles wird gut. So kenne ich dich gar nicht.»

«Wie meinst du das?»

«Na, sonst habe ich dich immer nur kämpferisch erlebt, mit dem festen Glauben an dich selbst und deine Grundsätze. Das war sehr beeindruckend. Aber jetzt ...»

«Du hast leicht reden», fuhr Melissa ihn an. «Es geht um Zoe. Was soll ich da allein ausrichten?»

«Du bist nicht allein, Melissa. Du hast mich, du hast deine Freundin Victoria. Du hast deine Familie. Und wir können uns mehr Mitstreiter holen.» Seine Stimme war eindringlich. «Wer sagt denn, dass wir gegen Jessica keine Chance haben? Überleg doch!»

Sie betrachtete schweigend ihre Tasse. Leon hatte einen Punkt bei ihr getroffen. Wollte sie wirklich alles aufgeben, woran sie glaubte?

Sich erpressen lassen, die Augen vor dem Unrecht verschließen, das hier geschah, und vor der Vertuschung, die offenbar bei Cyaclean stattfand? Sie würde sich Vorwürfe machen, nicht jetzt, aber sicher später, nicht alles Menschenmögliche unternommen zu haben, um Gerechtigkeit zu erreichen. Vielleicht hatte er recht. Sie musste sich Helfer suchen, sie musste anderen vertrauen. Es gab nicht nur einen Weg, Zoe zu retten.

«Also gut, was sollen wir tun?» Sie richtete sich auf. «Ich gebe uns einen einzigen Versuch. Aber die Sicherheit meiner Nichte darf zu keiner Zeit gefährdet werden. Und wir müssen uns beeilen!»

«Sehr gut!» Entschlossen stand Leon auf. «Dann legen wir los!» Er holte einen Schreibblock und Stifte. «Machen wir einen Plan.»

BERLIN

«Wie ist der aktuelle Ermittlungsstand zu Peter Voss?» Nelson sah seine Kollegin an, die ihm an ihrem Schreibtisch gegenübersaß.

«Moment.» Diana rief eine Datei auf. «Nach dem Fahndungsaufruf gingen über fünfzig Hinweise ein, aber keine heiße Spur dabei.»

«Ja, das überrascht mich nicht. Der Aufruf war ja eher vage», sagte Nelson und fuhr sich durchs Haar. «Gibt es was Neues zum Motiv? Der Mann hatte sicher jede Menge Feinde – gerade in der Politik, aber auch bei Cyaclean, und vermutlich gibt es da noch ein paar kriminelle Figuren im Plastikmüllnetzwerk, mit denen nicht zu spaßen ist.»

«Die Kripo prüft noch, wer ein Alibi hat, und wertet die Hinweise aus. Das kann dauern. Eine Spur haben wir aber: Voss hatte die Behörden kürzlich aufgefordert, sofort tätig zu werden und Strafanzeige gegen Cyaclean zu stellen. In seinem Schreiben war die Rede von Beweisen für die Vergiftung des Rheins.»

«Ist man seiner Aufforderung, das Unternehmen genauer zu überprüfen, eigentlich jemals nachgekommen?», fragte Nelson.

«Das musste man gar nicht, das Unternehmen wurde ohnehin regelmäßig überprüft, und eigentlich wusste Voss das auch. Ebenso wie Hoppe, der ja Ähnliches gefordert hat. Das war alles nur Stimmungsmache. Die letzte Qualitätskontrolle konnte wegen der Explosion nicht stattfinden, aber ansonsten wurden von offizieller Stelle immer wieder Proben genommen – alles in Ordnung.»

Nelson nickte. «Auf jeden Fall ist seltsam, dass Voss kurz vor seinem Tod noch auf der Cyaclean-Demo in Düsseldorf war und sich dort mit Rudolf Hoppe und Otto Tietz unterhalten hat. Es besteht wohl kein Zweifel mehr, dass diese drei Personen etwas im Schilde führen.»

«Dass wir Hoppe in dieser Richtung bisher nichts nachweisen können, ärgert mich.» Diana schnitt eine Grimasse. «Der Mann hat uns mit Nonsens überschüttet, aber bisher nichts Brauchbares geliefert. Stattdessen kam ein Schreiben von seinem Anwalt, in dem er Hoppes Geschäftsunterlagen und seine beiden Handys zurückfordert, die von uns beschlagnahmt wurden. Ich habe das Gefühl, wir müssen Hoppe noch mehr unter Druck setzen.»

«Haben unsere Spezialisten denn etwas Neues zutage gefördert?»

«Der aktuelle Bericht der Kollegen ist frisch reingekommen.» Diana rief eine Datei auf ihrem Computer auf und überflog die Unterlagen. «Da schau her!» Die Überraschung war ihr anzusehen. «Dieser Herr Hoppe hat über sein Unternehmen Innovative Cleaning jetzt kürzlich noch mehrmals sechsstellige Eurobeträge an eine Firma in Nigeria überwiesen, angeblich ‹Hilfestellung bei Logistikfragen›, wie es in den Geschäftspapieren heißt. Aber es bleibt unklar, was die Gegenleistung konkret war.»

«Wahrscheinlich für die illegale Entsorgung des Plastikmülls.» Nelson lehnte sich zurück. «Was haben die Kollegen über die nigerianische Firma herausgefunden?»

«Es ist mal wieder eine Scheinfirma, die Hintermänner sind nicht bekannt. Und Amtshilfe bei der Polizei vor Ort braucht man gar nicht probieren ...» Diana rief ein neues Dokument auf. «Aber ich glaube, dieser Ansatz mit den Kommunikationspunkten ist vielversprechend, die Kollegen können ihr Netz immer weiter mit anderen Daten unterfüttern, schau mal hier.» Sie drehte ihren Monitor zu Nelson, darauf reihten sich Listen und Tabellen, einige Felder waren farbig hinterlegt. «Herr Hoppe scheint intensive Geschäftsbeziehungen zu mehreren internationalen Entsorgungsunternehmen zu unterhalten. Jedenfalls legen das die frisch ausgewerteten Überweisungen und Recyclingaufträge nahe. Außerdem hat die Polizei in Hoppes Haus, versteckt in einem Spülkasten im Bad, einen Schlüssel gefunden, wasserdicht eingewickelt. Eine handgeschriebene Nummer auf einem Zettel lag bei. Unsere Experten vermuten, dass der Schlüssel zu einem Bankschließfach gehört, und recherchieren gerade, welches Geldhaus infrage kommt. Den Schlüssel schicken Sie uns per Hauspost.»

«Und die beiden Handys, gibt es da schon Ergebnisse? Es riecht verdächtig, wenn man gleich zwei Mobiltelefone hat.»

«Die Auswertung des offiziellen Diensthandys ergab wenig, die Daten hatten unsere Hacker sich längst beschafft.» Diana scrollte durch die Listen. «Alles seriöse Gesprächspartner, nichts Auffälliges. Er hatte mehrmals Kontakt zu Peter Voss, aber das ist nicht überraschend.» Sie wechselte zu einem anderen Dokument. «Dafür verspricht das zweite Mobiltelefon, ein Wegwerfgerät mit nicht registrierter SIM-Karte, mehr Aufschluss. Hoppe telefonierte mehrmals mit Nigeria, führte Gespräche mit verschiedenen Personen in Deutschland, Tschechien, Frankreich, der Schweiz und Belgien. Und mit den Bahamas. Keiner der Angerufenen ist ausfindig zu machen – offensichtlich haben sie ebenfalls Einweg-Handys benutzt, die nicht nachzuverfolgen sind. Aber das Spannende ist: Die Telefondaten und die angefunkten Sendemasten passen perfekt in das Netz aus Kommunikationspunkten, das die Kollegen durch ihre Analysen sichtbar gemacht haben. Zwischen diesen einzelnen Punkten bestehen verschiedenste Verbindungen: Logistik, Geldflüsse, Kontaktaufnahmen. Und Hoppe mittendrin!»

«Na, wer sagt's denn!» Nelson nickte. Je länger sie sich mit diesem Herrn beschäftigten, desto mehr Spuren führten zu ihm.

Es klopfte, und eine Kollegin steckte den Kopf herein. Sie reichte Nelson ein längliches Paket.

«Danke, wunderbar», sagte er und wartete, bis sie die Tür wieder hinter sich geschlossen hatte, bevor er sich an Diana wandte. «Und damit auch ich mir die Bedeutung der ganzen theoretischen Daten endlich besser vorstellen kann, habe ich hier was richtig Spannendes.» Er holte eine Papierrolle hervor, breitete sie aus und pinnte sie an die Wand. Es war ein riesiges Poster. «Das haben mir die Kollegen freundlicherweise ausgedruckt.»

Der Ausdruck zeigte eine Karte von Europa. In einigen Ländern waren rote und blaue Punkte eingezeichnet. Über allem lagen dünne Verbindungslinien, die sich wie ein Spinnennetz über die ganze Karte ausbreiteten. Einige Linien liefen ins Leere, andere kreuzten sich an bestimmten Punkten.

«Was du siehst, sind die Routen der 120 Lastwagen, die zur Firma Environment Logistics gehören ...»

«... deren Strohmann dieser Zürcher Altenheimbewohner Bruno Zeissner ist.»

«Genau. Unseren Spezialisten ist es gelungen, die GPS-Daten jedes einzelnen Lkw auszulesen. Sobald sie einmal im System waren, war das gar nicht so schwer, meinten die, denn mittlerweile haben die meisten Speditionen GPS-Sender in den Fahrzeugen montiert, so auch diese Environment Logistics. Damit lassen sich Ladung und Fahrer besser steuern.»

«Besser überwachen, meinst du.»

«Du sagst es. Die Vielzahl der Fahrtrouten scheint auf den ersten Blick verwirrend. Man sieht, die Lastwagen sind grenzüberschreitend unterwegs. Sie decken ganz Europa ab.»

«Und was verbirgt sich hinter den Punkten, wo sich die Linien treffen?»

Nelson deutete auf eine Stelle. «Blaue Punkte, wie hier der Hafen von Nizza, bedeuten, dass die Kollegen das Ziel der Lkw genau bestimmen konnten. Es sind Müllverbrennungsanlagen, Recyclingfirmen oder Logistik-Drehkreuze, verstreut über die Länder.» Er wies auf die roten Punkte. «Diese Stellen konnten die Experten noch nicht identifizieren. Was aber spannend ist: Die blauen Punkte fügen sich nahezu perfekt in das Netz aus Geldflüssen und Kontaktaufnahmen ein, das irgendwo in diesen riesigen Tabellen und Datensätzen versteckt ist: die Kommunikationspunkte.»

«Wahnsinn.» Diana atmete hörbar aus. Staunend betrachteten sie beide das Plakat. Vor ihnen lag die Visualisierung ihres Falls, das Abbild eines riesigen Netzwerks. Nelson entdeckte die Mülldeponie in Tschechien und das angebliche Recyclingunternehmen in Belgien, die sie persönlich besucht hatten. Auch Innovative Cleaning war blau markiert.

«Das ist aber auch eine verdammt große Menge roter Punkte», sagte Diana. «Könnten illegale Plastikmülldeponien sein ...»

Nelsons Handy klingelte. Eine unterdrückte Nummer.

«Ja?»

«Hier spricht Melissa Frey. Leon Feininger ist bei mir. Wir müssen mit Ihnen reden.»

Er war überrascht. «Worum geht es?»

«Nicht auf diesem Weg. Wir melden uns gleich via Videokonferenz unter einer verschlüsselten Internetverbindung. Ist das okay für Sie?»

«Kein Thema.»

Nelson legte auf, winkte seine Kollegin zu sich und schaltete seinen Monitor ein. Nach zwei Minuten poppte eine Mail in seinem Postfach auf, darin ein Link. Er klickte, Sekunden später erschien das Videobild. Die beiden saßen offenbar in einer Wohnküche.

«Wo sind Sie?», fragte Diana zur Begrüßung. «Und warum so konspirativ?»

«Das werden Sie gleich verstehen», tönte es aus dem Lautsprecher, die Stimme von Leon Feininger. «Wir bitten Sie um Ihre Hilfe. Wir sind an einem Punkt, an dem wir allein nicht mehr weiterkommen.»

Das war neu. Beide hatten sich bisher zwar nicht unkooperativ gezeigt, aber sie hatten die Ermittlungen auch nicht wirklich unterstützt. Nelson hatte eher das Gefühl gehabt, dass Leon Feininger und Melissa Frey eine eigene Agenda verfolgten, und fragte sich, was den plötzlichen Meinungswandel ausgelöst hatte.

«Um was geht es denn?»

«Es geht um Informationen, die mit Cyaclean zu tun haben und mit kriminellen Machenschaften, aber in anderer Form, als Sie jetzt wahrscheinlich denken. Eine Bedingung habe ich», sagte Melissa Frey. «Wir möchten gern über Ihre Ermittlungsergebnisse informiert werden, wenn Sie mit den Informationen arbeiten, die wir Ihnen jetzt geben – zumindest über die wichtigen.»

«Sie werden verstehen, dass wir uns darauf nicht einlassen können», antwortete Diana. «Wir sind eine Behörde der Staatssicherheit, unsere Ermittlungen sind streng geheim.»

«Bitte – es geht um das Leben meiner Nichte Zoe.» Melissa Frey sah ihnen flehend vom Monitor entgegen.

Nelson und Diana sahen sich an.

«Also gut, wir sehen, was wir tun können. Aber wir versprechen nichts. Legen Sie los!»

Die nächste halbe Stunde berichteten die beiden von einer Entführung in den USA, von Verwicklungen rund um Cyaclean, von ernsten Drohungen der Geschäftsführerin und mehreren Anschlägen auf Melissa Frey.

«Puh», sagte Nelson, als sie fertig waren. Er war beeindruckt. Wenn das alles stimmte ...

«Das sind schwere Anschuldigungen», stimmte Diana zu. «Ich vermute, Sie haben keinerlei Beweise.»

«Wir haben die Laborproben», antwortete Leon Feininger. «Es *muss* etwas damit sein. Vielleicht steckt darin der Grund für das verseuchte Rheinwasser. Sonst würde Jessica nicht solche Anstrengungen unternehmen, sie unversehrt zurückzubekommen.»

«Und wir haben Videos von diesem Eric», ergänzte Melissa Frey.

«Überlassen Sie uns für kurze Zeit die Reagenzgläser», sagte Diana. «Wir haben Spezialisten für so was. Sie erhalten sie unversehrt zurück.»

«Aber Jessica will die Proben haben. Sie nennt vermutlich schon bald einen Treffpunkt für die Übergabe. Ich kann dort nicht mit leeren Händen erscheinen ...»

«Keine Sorge, Sie kriegen die Reagenzgläschen innerhalb einer Stunde zurück. Versprochen. Ich maile Ihnen Instruktionen zur Übergabe an einen BND-Agenten, und zwar gleich nach unserem Gespräch.»

«Wenn Sie meinen ...» In Melissa Freys Gesicht war Zweifel zu erkennen.

«Und schicken Sie uns die Fotos von diesem Eric.» Nelson nickte in die Videokamera. «Wir sagen Ihnen so bald wie möglich, was wir herausgefunden haben.»

«Na gut.» Feininger nickte entschlossen. «Danke für Ihre Hilfe. Wir melden uns wieder.»

Das Videobild wurde schwarz.

«Und, was hältst du davon?» Nelson sah seine Kollegin an.

«Ich glaube denen», sagte Diana schlicht. «Hoffentlich spielen sie nicht die Helden. Diese Organisation ist offenbar höllisch gefährlich.»

«Sollen wir die Kripo einschalten?»

Sie schüttelte den Kopf. «Wir werden sie später informieren. Es geht um internationale Verwicklungen. Und haben wir nicht den Auftrag von unserem Chef, uns persönlich um Cyaclean zu kümmern?» Sie lächelte ihn an. «Das ist unser Fall. Also los, lass uns keine Zeit verlieren.»

KÖLN

Als das Gespräch zu Ende war, atmete Leon tief durch, dann holte er Florian aus dem Arbeitszimmer.

«Wir brauchen deine Hilfe. Wir haben jemanden gefunden, der die Flüssigkeit innerhalb von einer Stunde untersuchen kann, ohne die Versiegelung zu beschädigen. Danach brauchen wir die Röhrchen dringend wieder zurück.» Er verschwieg, dass es sich um einen Fachmann des BND handelte. «Könntest du das Päckchen gleich bei dieser Adresse abgeben und danach wieder abholen?» Er drückte Florian einen Zettel in die Hand, darauf die Anschrift, die Nelson Carius ihnen geschickt hatte. «Achte darauf, dass dir keiner folgt – und zu niemandem ein Wort.»

«Wow, das klingt aufregend!» Sein Freund grinste, wurde aber gleich wieder ernst. «Wird erledigt. Ich muss sowieso wieder in die Uni, das mache ich vorher.»

Er griff nach seinem Rucksack, stopfte das Päckchen mit den Reagenzgläsern hinein und verließ die Wohnung.

Leon goss sich eine frische Tasse Kaffee ein. Er genoss es, allein mit Melissa am Tisch zu sitzen. Sie war anders als andere Frauen, die er kannte. Etwas daran gefiel ihm sehr.

«Was guckst du?» Sie sah ihn an.

«Ähh … Ich überlege gerade, was wir als Nächstes tun sollten.»

«Weißt du, was mir die ganze Zeit nicht aus dem Kopf geht?» Melissa stellte ihre Tasse ab.

«Erzähl.»

«Was die Rolle von Ryan Hill bei alldem ist: Weiß er über die kriminellen Machenschaften seiner Geschäftsführerin Bescheid? Und wenn nicht, sollten wir ihn dann nicht darüber informieren? Er könnte uns helfen.»

«Da hast du einen Punkt.»

Leon dachte darüber nach, wie er den Mann die letzten Jahre erlebt hatte. Für ihn war Ryan ein Visionär, stark, großzügig gegenüber seinen Mitarbeitern, durchsetzungsfähig, aber immer auf der Seite von Recht und Gesetz.

«Offen gesagt, halte ich es einzig für plausibel, dass Jessica durchgedreht ist und einen Alleingang gestartet hat. Ryan hat Verpflichtungen überall auf der Welt, er hat Geschäftsbeziehungen, Unternehmen – warum sollte er sich gerade um Details bei Cyaclean kümmern? Das kann er gar nicht schaffen, deshalb lässt er seinem Management so große Freiheiten.»

Melissa nickte. «Dann ist es das Beste, wir rufen ihn an. Wir brauchen jede Unterstützung, die wir kriegen können.»

Leon holte den Laptop und richtete einen verschlüsselten Internet-Telefonanschluss ein. Sie wählten die Nummer in New York.

«Ryan Hills Büro», meldete sich eine Frauenstimme.

«Mein Name ist Melissa Frey aus Deutschland. Ich würde gern Ryan sprechen», sagte sie auf Englisch.

«Tut mir leid, Frau Frey. Ryan ist gerade im Urlaub in Kanada und will nur in Notfällen gestört werden. Darf ich etwas ausrichten?»

Melissa zögerte. «Ja, er möchte mich bitte zurückrufen. Schnellstmöglich.»

«Ich richte es ihm gerne aus, sobald er sich meldet.»

«Danke schön.»

Leon trennte die Verbindung. «Ich bin gespannt, wie sich das Ganze entwickelt. Was meinst du, sehen wir uns die Videos der Überwachungskameras an, die ich heimlich vom Cyaclean-Server heruntergeladen habe, bis Florian zurückkommt? Ich habe natürlich schon grob durchgeschaut, aber vier Augen sehen ja bekanntlich mehr als zwei.»

«Ich hoffe, mir fallen meine zwei Augen dabei nicht zu.» Melissa versuchte ein Lächeln. «Aber meinetwegen.»

Leon lächelte zurück. Er wusste, er konnte sich kaum vorstellen, unter welchem Druck sie stand. Bis jetzt hatte Jessica sich nicht bei Melissa gemeldet, sie musste fix und fertig sein vor Sorge um Zoe.

Sein Magen verkrampfte sich. Hatten sie sich zu viel zugemutet? Was, wenn Jessica mitbekommen hatte, dass Melissa sich nicht an die Abmachung hielt? Was, wenn das Ganze schiefging?

Um sich abzulenken, riefen sie die nächste Stunde unzählige Dateien auf und sichteten die Aufnahmen der Kameras auf dem Firmengelände vom Tag der Explosion. Obwohl sie oft zurückspulten und sich einige Stellen mehrmals ansahen, konnten sie auf den Videos nichts Verdächtiges entdecken.

«Das hat doch die Polizei auch alles schon gecheckt», meinte Melissa. «Wir machen uns umsonst Arbeit.»

«Gut, dann sehen wir uns die Aufzeichnungen in der Woche vor dem Anschlag an.» Leon rief einen neuen Ordner auf. Er merkte, wie mutlos sie war, aber er wollte nicht aufgeben.

Wieder ließ er einzelne Sequenzen abspielen. Doch so genau er auch hinschaute, ihm sprang einfach nichts ins Auge, es war alles wie immer.

Nach anderthalb Stunden kam Florian und brachte ihnen die Laborproben zurück. «Ich muss wieder zur Arbeit, wir können uns später unterhalten. Ich bin wirklich gespannt, was hinter eurer geheimnisvollen Aktion steckt.» Er grinste, dann winkte er kurz und verschwand wieder.

Leon und Melissa machten eine Pause. Sie holte Orangensaft und entdeckte zwei Schokoriegel im Küchenschrank. Dann erzählte sie von Zoe, von ihrem Bruder und ihrem schwierigen Verhältnis zu ihren Eltern.

Er hörte zu. Es war das erste Mal, dass sie ausgiebig über Themen sprachen, die nichts mit dem Job zu tun hatten. Die Vorbehalte, die Melissas Eltern offenbar gegen sie und ihren Beruf hatten, ärgerten ihn. Er selbst fand es beeindruckend, was sie leistete und mit welcher Überzeugung sie hinter ihrer Arbeit stand.

«Okay, genug gequatscht. Eine Runde noch.» Melissa seufzte.

Sie waren immer weiter in der Zeit zurückgegangen und nun bei den Videos angelangt, die eine Woche vor dem Anschlag aufgenommen worden waren. Wieder flimmerten Figuren über den Bildschirm, die Cyaclean betraten oder verließen, Handwerker, die ihre Fahrzeuge beluden.

«Halt!», rief Melissa plötzlich.

Er zuckte zusammen. «Was ist?»

«Spul noch mal zehn Sekunden zurück und achte auf den Seiteneingang.»

«Okay, warte ... hier.»

Die Aufnahmen am späten Abend zeigten einen Mann in Monteurskluft, der auf das seitliche Tor zuging. Eine Frau stand dort, sie hatte offenbar auf ihn gewartet. Sie umarmte ihn, dann gingen sie mit einigem Abstand in Richtung Hauptgebäude.

«Verdammt, das ist Jessica!»

«Ja», flüsterte Melissa. «Und der Mann ist Eric.»

Leon spulte wieder und wieder zurück, sah sich die Bilder immer wieder an. Gesicht, Größe, Statur – alles passte. «Du hast recht. Das darf nicht wahr sein. Die beiden ...»

«Sehen wir uns noch mal die Videos von den Arbeitern am Tag des Attentats an.» Melissa wirkte aufgeregt. «Ich habe einen Verdacht.»

Sie gingen die Sequenzen durch. Ein Mann fiel ihnen auf, der den gleichen Monteursanzug trug wie auf der vorherigen Aufnahme. Nur hatte er dieses Mal einen Helm, eine Schweißerbrille und eine Schutzmaske auf.

Sein Gesicht war nicht zu sehen. Doch Statur und Größe blieben unverkennbar: Der Mann war Eric.

KAPITEL 33
GENF, SCHWEIZ

Das Gebäude der *Safes Fidelity* lag am Place Ruth-Bösiger, in der Nähe des nördlichen Rhone-Ufers. Das Unternehmen vermietete Schließfächer an Firmen und Privatpersonen. Die BND-Spezialisten hatten herausgefunden, dass der bei Hoppe beschlagnahmte Schlüssel und die zugehörige Identifikationsnummer zu diesem Anbieter gehörten.

«Dann wollen wir mal.» Diana und Nelson betraten die Geschäftsräume im Erdgeschoss und steuerten auf den Empfangstresen zu.

«Sie wünschen?» Eine etwa vierzigjährige Frau mit schwarzer Designerbrille sah sie aufmerksam an.

«Guten Tag, wir benötigen Zugang zu unserem Schließfach.» Diana zeigte der Frau den Schlüssel.

«Ihre Zugangsnummer bitte.»

Nelson nannte die Ziffernfolge, die auf Hoppes Zettel stand. Er betete, dass es auch wirklich die richtige Nummer war.

Die Frau tippte die Zahlen in den Computer. «Und jetzt bitte zusätzlich den Namen zur Identifikation.»

Er sah Diana an. Damit hatten sie nicht gerechnet: Es gab ein zusätzliches Kennwort, einen Namen. Sie waren ohne Unterstützung der Schweizer Behörden hier, ihr Vorgesetzter in Berlin hatte ihnen dafür grünes Licht gegeben. Jetzt kam es darauf an.

«Ähh ...» Diana zögerte. «Hoppe ... Rudolf Hoppe.»

Die Angestellte schüttelte den Kopf. «Das ist leider nicht korrekt.»

«Das kommt davon, wenn man versucht, sich die vielen Kennwörter zu merken», begann Nelson. Sein Gehirn arbeitete auf Hochtouren. Welcher Name konnte es sein? «Innovative Cleaning», sagte er aufs Geratewohl.

«Das ist falsch.» Die Frau blickte sie prüfend an. «Sind Sie überhaupt zum Zutritt berechtigt?»

«Verzeihen Sie, mein Mann ist sehr zerstreut, ständig vergisst er was oder lässt was liegen», sagte Diana im Plauderton und lachte. «Sagen Sie, können wir nicht vielleicht auch so an unser Fach? Wir haben doch die Nummer und den Schlüssel.»

«Das geht auf keinen Fall.»

Nelson überlegte fieberhaft. In Gedanken ging er die bekannten Namen durch. Sie waren in der Schweiz, vielleicht …

«Bruno Zeissner», sagte er. Der Strohmann aus dem Altenheim in Zürich.

Die Frau nickte. «Bitte folgen Sie mir.»

Sie führte sie durch zwei gesicherte Gänge in den hinteren Bereich des Gebäudes bis zu einer Tür aus Gitterstahl. Dahinter war ein lang gezogener Raum mit Schließfächern zu sehen, in der Mitte ein Stahltisch.

«Einen Moment.» Sie sperrte mit einem Spezialschlüssel auf, und sie traten ein. Diana reichte ihr Hoppes Schlüssel. Die Angestellte steckte ihn in das Schloss eines Schließfaches in der Ecke des Raumes, schob ihren Schlüssel in das zweite Schloss daneben, der Mechanismus klickte, und die Tür sprang auf.

«Ich lasse Sie jetzt allein. Wenn Sie Fragen oder Wünsche haben, melden Sie sich.» Die Frau verschwand.

«Das war knapp.» Diana öffnete die Tür des Schließfaches, zog eine Stahlbox heraus, etwa doppelt so groß wie ein Schuhkarton, und stellte sie auf den Tisch.

Nelson klappte den Deckel auf und breitete den Inhalt vor ihnen aus. Es waren bündelweise Geldscheine: Schweizer Franken, Euro, Dollar.

«Das reicht für einen längeren Urlaub», meinte er. «Oder es dient zur Bestechung.»

«Und was machen wir damit?» Diana hielt einen USB-Stick hoch.

«Mitnehmen. Das ist vermutlich ein Fall für unsere IT-Experten.

Das Geld lassen wir hier.» Nelson packte die Banknoten wieder zurück ins Schließfach. «Damit könnte bewiesen sein, dass hinter dem Namen Bruno Zeissner in Wirklichkeit Rudolf Hoppe steckt.»

«Sieht so aus. Und ich bin gespannt, was auf dem Stick ist», sagte Diana. «Aber jetzt müssen wir zuerst zu unserem nächsten Termin.»

Sie verließen das Gebäude, gingen zurück zu ihrem Mietwagen und machten sich auf den Weg. Die Dependance des Schweizer *Nachrichtendienstes des Bundes, abgekürzt NDB,* war in einer Seitenstraße im Südosten von Genf zu finden. Das Klingelschild *Immobilienbüro* zeigte ihnen, dass sie richtig waren.

Ein Mann Anfang sechzig mit Hornbrille empfing sie und führte sie in einen Besprechungsraum im Erdgeschoss. Er stellte sich als Adam Meyer vor.

«Ihre Anfrage kam überraschend, aber wir helfen den deutschen Kollegen natürlich gern. Wie wir Ihnen bereits mitgeteilt hatten, gab es einen Treffer in unserer Datenbank.»

Diana hatte die aktuellen Fotos von Eric an die befreundeten Nachrichtendienste und an Interpol verschickt, und die Schweizer Kollegen hatten sich umgehend zurückgemeldet. Nelson nahm am Besprechungstisch Platz, sie setzte sich neben ihn.

«Wir sind gespannt.»

Adam Meyer öffnete einen schmalen Ordner mit dem Aufdruck *Geheim.*

«Ich muss vorausschicken, offiziell dürften wir diese Unterlagen gar nicht haben. Aber durch ein Versehen …», er grinste, «… durch ein Versehen sind sie erhalten geblieben.»

«Wie schön.» Diana lächelte ihn an.

«Also, hier haben wir ihn. Der Mann heißt Eric Legrand, achtunddreißig Jahre alt, französischer Staatsbürger, geboren in Lyon. Eltern Bankangestellte. Hat einige Semester Wirtschaft und Sozialwissenschaften hier in Genf studiert, aber vorzeitig abgebrochen. Seine weiteren Aufenthaltsorte danach sind unbekannt.»

«Wie sind Sie auf Eric gestoßen?», fragte Nelson.

«Gewissermaßen indirekt. Die französische und die Schweizer Polizei sind in einer grenzüberschreitenden Gemeinschaftsaktion gegen mutmaßliche Chemikalien-Schmuggler vorgegangen. Im Zuge dessen gab es einen Einsatz bei einer schweren gewaltsamen Auseinandersetzung, beteiligt war ein Konvoi von Schmuggelfahrzeugen. Die Kollegen fanden zahlreiche Behälter mit giftigen Substanzen und Stahlzylinder mit genehmigungspflichtigen Bakterienkulturen. Es gab eine Gruppe von Aktivisten, die die Schmuggler von der Straße abgedrängt und bedroht hat. Legrand war unter ihnen.»

«Und?»

«Er behauptete, nichts mit den anderen Personen zu tun zu haben und nur als Fahrer gebucht gewesen zu sein. Man konnte ihm das Gegenteil nicht beweisen, es kam zu keiner Anklage, und eigentlich war das ja auch nicht Gegenstand der Untersuchung. Sein Anwalt erzwang die Löschung von Legrands Daten.»

«Warum hatten Sie eine Kopie?»

«Na ja, wir haben seine Geschichte nicht geglaubt und ihn eine Zeitlang beobachtet. Derartige Unterlagen archivieren wir natürlich.» Der NDB-Agent reichte ihnen die Ausdrucke. «Für Sie – mit freundlichen Grüßen.»

Die Bilder zeigten einen jungen Mann – unverkennbar Eric.

«Von einem Tattoo steht hier nichts», sagte Diana.

Meyer zuckte die Schultern. «Das ist alles, was wir an Fakten haben.»

«Von Aktionen gegen Plastikmüll ist auch nirgends die Rede.» Nelson blätterte durch die schmale Akte.

«Das Ganze ist auch Jahre her. Wir haben die Beobachtung des Herrn längst eingestellt, weil er seitdem nicht mehr auffällig wurde.»

Nelson nickte. «Oder Eric Legrand hat es seitdem einfach besser verstanden, sich zu tarnen.»

«Dürfen wir Sie noch um einen Gefallen bitten?» Diana lächelte Adam Meyer an. «Könnten Sie uns Aufnahmen von den Überwachungskameras rund um die Safes Fidelity am Place Ruth-Bösiger besorgen? Wir verfolgen eine weitere Spur.»

«Was konkret suchen Sie?»

«Wir suchen eine oder mehrere Personen. Darf ich Ihnen Fotos der bislang bekannten Verdächtigen schicken? Vielleicht kann Ihre Gesichtserkennungssoftware jemanden von ihnen identifizieren, der zu den Schließfächern wollte.»

Meyer nickte. «Natürlich. Ich sehe, was ich tun kann.»

Ihr letztes Ziel war eine der nicht identifizierten Stellen nördlich von Genf, gekennzeichnet in der Landkarte des Lkw-Abfallrouten-Netzwerks als roter Punkt. Da sie bereits in der Nähe waren, wollten sie der Sache gleich selbst auf den Grund gehen – war es eine weitere illegale Müllkippe? Oder war dort tatsächlich nichts zu finden?

Sie warteten auf eine Meldung vom BND, wann wieder ein Lastwagen diese Stelle ansteuerte. Die Nachricht kam schnell: Sie konnten losfahren. Eilig liefen sie zu ihrem Auto und gaben die Koordinaten ins Navigationssystem ein.

Diana fuhr in Richtung Norden. Das Navi führte sie weg von der Hauptstraße, hinauf in die Berge des Naturparks Jura vaudois in Richtung der französischen Grenze. Wälder wechselten sich ab mit Wiesen und Tälern, es war eine Postkartenidylle. Nelson fragte sich, was sie an ihrem Ziel erwarten würde, die Natur um sie herum sah gesund und unberührt aus. Nach einigen Kilometern gelangten sie auf eine Schotterpiste, von dort mussten sie abbiegen in einen Forstweg, der sie in ein Waldstück führte. Die Route endete an einem Geländeabriss, es war nicht zu erkennen, was dahinterlag.

Schon von fern bemerkten sie den Lastwagen, der rückwärts an den Rand rangiert hatte und sich gerade anschickte, seine Fracht von der Ladefläche zu kippen.

«So eine Sauerei. Wenigstens haben wir ihn auf frischer Tat ertappt.» Diana gab Gas. Steine flogen, Dreck spritzte auf. «Da greifen wir ein.»

Sie bremste scharf vor dem Lkw. Nelson musste sich am Armaturenbrett festhalten.

«Als was treten wir hier auf?»

«Wir geben keine Auskunft.»

Sie zog ihre Pistole heraus, stieg aus und lief zum Lkw. Er folgte ihr. Jetzt konnte er sehen, dass hinter der Kante eine Schlucht abfiel, darin rauschte ein kleiner Fluss – zumindest war hier mal frisches Wasser geflossen, jetzt war alles von Müll verstopft.

Der Fahrer, ein Mann in den Fünfzigern mit Baseballkappe und Holzfällerhemd, stand neben der Ladefläche und starrte sie an.

«Sofort aufhören!» Diana richtete ihre Pistole auf ihn. «Bleiben Sie, wo Sie sind.»

Nelson baute sich seitlich von dem Fahrer auf, damit er nicht fliehen konnte. Der Mann schien überrascht, aber er stoppte den Abladeprozess. «Was ... was wollen Sie?» Er sprach mit französischem Akzent.

«Die Fragen stellen wir.» Diana ging einen Schritt auf ihn zu. «Wer ist Ihr Auftraggeber? Woher stammt die Ladung?»

Es war unübersehbar – die schwarzen Abfallsäcke, der beißende Geruch von Chemikalien: Hier wurde illegal Plastikmüll entsorgt.

«Ich ... ich bin nur ein einfacher Arbeiter, ein Lkw-Fahrer. Ich tue, was man mir sagt. Ich weiß von nichts.»

«Her mit Ihrem Mobiltelefon.»

Der Mann gab Diana widerwillig das Gerät. «Ich sage nichts, ich bin nur ein Arbeiter und mache, was man mir aufträgt.»

Nelson machte Fotos und nahm Proben von der Ladung, dann durchsuchte er die Fahrerkabine. Er fand mehrere Computerausdrucke und eine Karte mit Fahrtrouten und steckte alles ein.

«Verschwinden wir von hier», rief er Diana zu. «Den Rest sollen die örtlichen Behörden erledigen.»

Er nahm sein Mobiltelefon und wählte die Schweizer Notrufnummer der Polizei.

PUTNAM COUNTY, NÖRDLICH VON NEW YORK, USA

«**Was** machen wir denn jetzt?» Seine Mutter bestrich eine Scheibe Ciabatta mit Butter. «Sollen wir den ganzen Tag hierbleiben und warten, dass etwas passiert?»

Tobias saß mit ihr und seinem Vater im Restaurant eines kleinen Hotels in der Nähe der Klinik.

«Wir warten auf die Polizei», antwortete er. «Sie wollen sich in einer halben Stunde mit uns treffen, dann sehen wir weiter.»

«Ich habe das Gefühl, die Behörden treten auf der Stelle.» Sein Vater schüttelte den Kopf. «Vielleicht sollten wir nach Deutschland zurückkehren und dort warten, unsere deutsche Polizei …»

«Auf keinen Fall», unterbrach ihn Tobias. «Solange die Chance besteht, dass sie Zoe finden, rühre ich mich nicht vom Fleck!»

«Wir wollen unsere Enkelin doch auch wieder in die Arme schließen.» Seine Mutter tätschelte seinen Arm. «Diese Ungewissheit ist schrecklich, ich weiß. Das zermürbt einen.»

«Ich frage mich dauernd, wie es der Kleinen wohl gehen mag, jetzt, da sie keine Medikamente mehr erhält …» Sein Vater starrte aus dem Fenster.

«Ich hoffe das Beste», antwortete Tobias. Der Gedanke daran, wie seine Tochter leiden musste, allein in den Händen von Kriminellen, schnürte ihm den Hals zu.

«Zumindest solltest du dich schleunigst um Ersatzpapiere kümmern, Tobias», meinte sein Vater. «Ohne deinen Pass und deine Dokumente kannst du gar nicht ausreisen. Wir müssen das deutsche Konsulat in New York kontaktieren.»

Er nickte. «Ich habe schon eine Terminanfrage gestellt. Übrigens hat Melissa am Telefon gesagt, der Bundesnachrichtendienst würde sich in die Ermittlungen einschalten. Das sind doch gute Nachrichten. Wir brauchen jede Hilfe, die wir kriegen können.»

«Ja, das stimmt», sagte seine Mutter. Ihm fiel auf, dass sie sich einen kritischen Kommentar gegen Melissa diesmal sparte.

Schweigend tranken seine Eltern ihren Kaffee. Die Zeit verging zäh.

Als die meisten anderen Gäste bereits aufgestanden waren und Tobias das Warten kaum mehr aushielt, trat die Bedienung an ihren Tisch und sagte, ein Police Officer warte draußen am Empfang. Tobias sprang sofort auf und eilte ihr nach, seine Eltern dicht hinter sich.

In der Lobby begrüßte sie ein untersetzter Mann in amerikanischer Polizeiuniform und mit Kappe. Er bedeutete ihnen, ihm zu folgen, sie setzten sich in eine Besprechungsecke.

«Wie angekündigt erhalten Sie von uns ein Update über den Stand der Ermittlungen», begann der Polizist. «Wenn Ihnen etwas unklar ist, fragen Sie einfach. Ich beantworte alles, so gut es geht.»

Tobias nickte.

«Über die Befragungen des Klinikpersonals und die Auswertungen der Kameras sind sie ja bereits informiert», sagte er. «Wir überwachen weiterhin sämtliche Ausfallstraßen, die Flughäfen und Bahnstationen. Zudem haben wir einen Aufruf auf den lokalen Fernsehsendern gestartet, ob jemand verdächtige Beobachtungen gemacht oder Zoe gesehen hat.»

«Gab es schon Resonanz?», fragte Tobias' Vater.

«Wir hatten Dutzende Anrufe», antwortete der Police Officer. «Wir sind allen Hinweisen nachgegangen, leider bisher ohne Erfolg. Mal hat der Anrufer Ihre Tochter mit jemand anderem verwechselt, mal war es schlicht Fehlalarm. Aber wir bleiben dran.»

«Bringt es was, eine Belohnung auszuloben für jemanden, der sachdienliche Hinweise liefert?», fragte Tobias' Mutter.

«Einen Versuch wäre es wert. Aber der Betrag müsste erheblich sein, damit Komplizen des Entführers sich vielleicht ködern lassen.»

«Wir werden darüber nachdenken», sagte sein Vater. «Und der Entführer selbst – dieser ominöse Mister Brown –, was ist mit ihm?»

«Russell Brown ist ein Fake, der Ausweis des Mannes war gefälscht. Wir wissen noch nicht, wer der Typ tatsächlich ist. Das erschwert die

Fahndung. Wir haben mithilfe des Krankenhauspersonals eine Phantomzeichnung erstellen lassen, das ist die Grundlage. Unsere Datenbanken lieferten aber leider bislang keinen Treffer.»

«Was ist mit dem Auto?» Tobias' Mutter schüttelte den Kopf. «Jemand muss doch den Van gesehen haben.»

«Die Beschreibung des Fahrzeugs ist zu vage, es gibt kein Autokennzeichen. Was meinen Sie, wie viele Autos von diesem Typ sich auf unseren Straßen bewegen? Da müsste uns schon ein Glückstreffer gelingen.»

«Dann haben wir also gar nichts Handfestes?» Der Bericht deprimierte Tobias zutiefst. Es war zum Verzweifeln – nicht das kleinste Lebenszeichen seiner Tochter. Sie war wie vom Erdboden verschluckt.

«Nun, wir haben mittlerweile das FBI eingeschaltet», sagte der Police Officer. «Die drehen jetzt jeden Stein um. Die werden was finden, glauben Sie mir.»

KÖLN

«**Wenigstens** halten sich Carius und Winkels an die Abmachungen, sie haben unverzüglich Material geliefert.» Leon scrollte auf seinem Bildschirm.

Nelson hatte ihnen die Ergebnisse des Labors direkt weitergeleitet, wie besprochen. Die Untersuchungen der Reagenzgläschen hatten bisher leider kein konkretes Ergebnis gebracht – es sah so aus, als wäre die Algensuppe darin mit einem starken Gift versetzt, aber die Analysen liefen noch.

Die Experten betonten in ihren Erläuterungen, dass für ein handfestes Ergebnis eine tatsächliche Untersuchung der Flüssigkeit unabdingbar sei. Sie hatten zwar Aufnahmen gemacht und Daten gesichert, mit denen sie nun weiterarbeiten würden, doch der Appell war deutlich: Die Flüssigkeiten mussten nochmal ins Labor, um sie wirklich zu analysieren, wenn die Bedrohungssituation und die Entführung vorbei waren. Für Melissa hieß das, dass sie die Röhrchen zwar als Tauschmittel gegen Zoe bereithalten durfte, falls Jessica sich meldete, dass die Proben aber bestenfalls in ihrem Besitz bleiben sollten, um sie danach an den BND zu übergeben. Sie könnten wichtiges Beweismaterial im Fall Cyaclean enthalten.

Doch obwohl sie die Wahrheit über das Unternehmen unbedingt ans Licht zu bringen wollte, war Melissa eine Sache glasklar: Wenn es hart auf hart kam, würde sie die Proben gegen Zoe eintauschen. Auch wenn der Beweis dann verloren wäre, das Leben ihrer Nichte war es, das zählte.

Leon scrollte durch die Dateien auf seinem Laptop. Carius hatte nicht nur die Daten des Labors weitergeleitet, ebenso gab es nun handfeste Informationen zu Eric. Leon ging sie durch. «Endlich haben wir einen Namen. Das hilft uns weiter.»

«Was willst du tun?» Melissa saß neben ihm und starrte auf den Bildschirm.

«Ich werde mit den neuen Daten eine kombinierte Suche starten – Gesichtserkennung, Fotos und soziale Netzwerke. Erfahrungsgemäß landet man damit immer einen Treffer.»

«Wollen wir nicht warten, was Diana Winkels und Nelson Carius sonst noch aufdecken?»

«Wer weiß, wie deren Prioritäten in dem Fall aussehen.» Leon schüttelte den Kopf. «Wir verlassen uns erst mal auf meine Recherchen. Es kann einen Moment dauern, aber warte ab.»

Er rief ein Spezialprogramm auf, lud die aktuellen Aufnahmen von Eric hoch und tippte verschiedene Begriffe in die Suchmaske.

«Los geht's.» Er drückte die Eingabetaste. Ein Ladesymbol erschien, es ging nur langsam voran.

«In der Zeit kann ich ja mit meinem Bruder telefonieren.»

Melissa verzog sich in die Küche und goss sich eine frische Tasse

Kaffee ein. Sie hatte ein paar Nachrichten mit Tobias hin und her geschickt, sich aber bisher nicht getraut, ihn noch mal anzurufen. Zu groß waren ihre Selbstvorwürfe. Sie war schuld, dass Zoe entführt worden war, sie hatte ihrer Familie das alles eingebrockt, indem sie die falschen Leute verärgert hatte. Und das alles nur für ihren beschissenen Job.

Tobias glaubte, dass sie Jessica um Hilfe gebeten hatte. Allmählich wunderte er sich sicher, warum sich nichts tat. Sollte sie ihm und ihren Eltern von den neuen Entwicklungen berichten, von Jessicas Erpressung und ihrer Drohung? Aber was würde das ändern? Von Amerika aus konnten sie nichts unternehmen, es würde im Gegenteil nur ihre Angst steigern.

Sie beschloss anzurufen, aber nichts von der Erpressung zu erzählen.

Zögernd wählte sie die Nummer. Ihre Mutter war dran.

«Hallo, Melissa. Schön, dass du anrufst. Tobias ist gerade im Bad», sagte sie.

«Hallo, Mama. Wie geht es euch? Gibt es Neuigkeiten?» Melissa wunderte sich über die freundliche Begrüßung. Es machte ihr Hoffnung, dass das Gespräch ohne Streit verlaufen würde. Den konnten sie gerade alle nicht gebrauchen.

«Wir haben uns in ein Hotel einquartiert und sitzen herum und warten.» Sie hörte ihrer Mutter die Erschöpfung an. Wahrscheinlich klang Melissa selbst ganz ähnlich, von Tobias ganz zu schweigen.

«Der Bundesnachrichtendienst unterstützt uns, hat Tobias das erzählt?», sagte sie. «Sie sind guter Dinge, dass Zoe lebt und wohlauf ist.»

Das war gelogen. Niemand wusste in Wahrheit, wo ihre Nichte war und wie es ihr ging – auch der BND nicht. Aber Melissa wollte verhindern, dass ihre Eltern und ihr Bruder völlig verzweifelten. Es bestand Hoffnung, Zoe lebend zurückzubekommen, das war das Einzige, was zählte.

«Wir haben mit der Polizei gesprochen.» Ihre Mutter erzählte vom

Stand der Ermittlungen vor Ort und dass das FBI sich eingeschaltet hatte.

«Das ist doch gut! Ihr werdet sehen, die Beamten finden was.»

Es sollte zuversichtlich klingen, aber Melissa war skeptisch. Mit jeder Stunde, die seit der Tat verstrich, sanken die Chancen, noch brauchbare Spuren zu entdecken, hatten die BND-Agenten gesagt.

«Melissa, hier ruft jemand anders an, wir telefonieren wieder», sagte ihre Mutter. «Bis bald. Und Grüße von Paps und deinem Bruder.»

Sie hatte das Gespräch beendet.

«Ich hab was!», rief Leon aus dem Arbeitszimmer.

Sie ging hinüber und setzte sich zu ihm.

Er rief einige Dateien auf. «Das sind Bilder von einer Demo in Zürich – schon etliche Jahre alt.»

«Und?»

Leon deutete auf eine Person. «Guck dir den Typen ganz links an.»

«Ich kann nichts erkennen.»

«Moment.» Er gab einen Befehl ein, gleich darauf erschien der Ausschnitt als Großaufnahme.

«Das ist Eric!» Melissas Puls beschleunigte sich. «Das Foto ist ein wenig unscharf, aber er ist es!»

«Ich habe noch mehr davon.» Leon holte weitere Bilder auf den Monitor. Sie zeigten Eric wieder inmitten einer Gruppe von Personen, diesmal auf einer anderen Demonstration.

«Moment, kannst du bitte diese Aufnahme auch vergrößern?»

«Wird gemacht.» Die Köpfe der Menschen waren nun im Ausschnitt zu sehen.

Melissa beugte sich vor. Ein Gesicht kam ihr bekannt vor.

«Die Frau neben Eric – ist das nicht Jessica?» Sie deutete auf die Person.

«Ja, tatsächlich – sieht aus wie eine jüngere Version von ihr. Aber es ist eindeutig Jessica.»

«Dann kennen sich die beiden also bereits aus früheren Zeiten.»

«Sieht ganz so aus.» Leon rief einige alte Artikel auf. «Laut Berichten von damals ging es um Proteste gegen einen Autobahnbau. Eingeladen hatten verschiedene Umweltgruppen, aber auch ein sogenannter schwarzer Block mit Radikalen hat sich angeschlossen. Die Demo lief aus dem Ruder, einzelne Protestler warfen Brandsätze, es gab Dutzende Verletzte, ein Polizist verbrannte in einem Auto. Die Täter wurden nie gefasst.»

Melissa sah Leon an. «Eric und Jessica tragen auf dem Foto auch schwarze Klamotten. Ob das Zufall ist?»

«Ich weiß es nicht.»

«Ich auch nicht. Aber ich kenne jemanden, der uns weiterhelfen kann.»

. . .

Leon rutschte auf seinem Stuhl hin und her. «Hoffentlich hält sie sich an unsere Abmachung. Bei unserem Anruf klang sie äußerst abweisend.»

Melissa nickte. «Ich hoffe auch.»

Der Name, den Victoria ihnen genannt hatte, gehörte zu einer Frau, die derzeit in Zürich lebte. Zuerst hatte ihre Freundin sich geweigert, ihnen einen Kontakt in die Umweltszene der Schweiz herzustellen.

«Das musst du verstehen, Melissa, wir sind eine verschworene Gemeinschaft. Viele halten ihre Identität geheim oder sind längst nicht mehr aktiv. Es würde wie Verrat aussehen, Namen und Kontaktadressen rauszugeben.»

Am Ende hatte sie sich aber doch überreden lassen und zugesagt, ihnen zu helfen. Schließlich ging es um Zoe, und Melissa hatte versprochen, die Daten nicht weiterzugeben und danach zu vernichten. Außerdem drängte die Zeit, Melissa rechnete jeden Moment mit einer Nachricht von Jessica, dann wäre alles zu spät.

Das hatte Victoria schließlich überzeugt. «Aber du musst mir versprechen, die Identität der Frau niemals preiszugeben. Sonst redet sie nicht mit euch.»

Melissa hatte es versprochen. Sie hatte kurz mit Nora Keller telefoniert, und diese hatte sich schließlich bereit erklärt, per Videokonferenz mit ihnen zu reden.

Endlich erschien ein Bild auf dem Monitor. Leon schaltete den Ton ein. «Guten Tag, Frau Keller, schöne Grüße aus Köln.»

Melissa winkte in die Kamera. Ihre Gesprächspartnerin war eine Frau in den Vierzigern, das Haar zu einem Pferdeschwanz gebunden. Im Hintergrund war eine Küchenzeile zu erkennen. Flaschen und Töpfe standen darauf.

«Grüezi aus Zürich. Meine Tochter kommt gleich aus der Schule, ich habe also nur kurz Zeit für euch. Und ich will nicht, dass mein Name irgendwo auftaucht, verstanden?»

«Das geht selbstverständlich klar», antwortete Melissa. «Dann kommen wir gleich zur Sache. Wir suchen Informationen zu einem Mann namens Eric Legrand. Er soll früher auf Demos in der Schweiz aufgetreten sein.»

«Warum interessiert ihr euch für ihn?»

«Ich wurde in München auf einer Demo von ihm angegriffen, und vor Kurzem hat er mich verfolgt. Ich frage mich, ob das bei ihm Methode hat. Der Typ macht mir Angst, ehrlich gesagt.»

«Das ist typisch für Eric», meinte Nora.

«Wieso?»

«Ich muss vorausschicken, ich kenne ihn nur flüchtig. Damals war er Teil unserer Gruppe, wir trafen uns zu Protesten und zogen einige echt krasse Aktionen durch.» Sie seufzte. «Das habe ich längst hinter mir gelassen, aber im Rückblick gesehen, waren wir wirklich hart drauf.»

«Wie zeigte sich das?»

«Bei jeder Demo gab es Krawalle, und wir haben uns immer ins Kampfgetümmel gestürzt. Es ging fast nie ohne Verletzte aus. Und

Eric stand jedes Mal an vorderster Front. Deshalb hatte er bei uns den Spitznamen ‹Der Wikinger›.»

«Der Wikinger? Warum das?», frage Leon.

«Weil er sich besonders gewalttätig und radikal verhielt. Ich hatte den Eindruck, er legte es direkt auf die physische Konfrontation an – ohne Rücksicht auf Verluste.»

«Gehörte er zum schwarzen Block, wie man es damals nannte?»

«Wir alle waren Teil davon. Aber Eric …» Sie schüttelte den Kopf. «Eric trieb es zu heftig. Er hat sich superfrüh ein A auf seine Hand tätowieren lassen – das Zeichen für Anarchie. Für ihn waren alle anderen die Gegner. Und die musste man mit Gewalt bekämpfen, meinte er, ganz nach dem Motto ‹Macht kaputt, was euch kaputt macht›. Das war einer der Gründe, warum ich damals ausgestiegen bin, vor allem nach dem Vorfall mit den Molotowcocktails …»

«Du meinst die Brandsätze, die bei einer Demo zum Tod eines Polizisten geführt hatten?», unterbrach Melissa.

Nora nickte. «Das war mir zu viel. Unschuldige kamen zu Schaden. Aber Eric sagte, Kollateralschäden seien bei solchen Kämpfen unvermeidlich.»

«Hat er den entscheidenden Brandsatz geworfen?» Melissa blickte fest in die Kamera.

«Ich weiß es nicht. Es wäre möglich. Er war jedenfalls in der Nähe des Polizeiautos.»

«Und was ist mit Jessica Weiss? Wir haben sie auf Fotos zusammen mit Eric gesehen. Kennst du sie?», fragte Leon.

«Ja. Die beiden haben sich auf einer Demo kennengelernt. Sie waren zusammen – ein Liebespaar, wie man so schön sagt.»

«Ach.» Leon sah Melissa überrascht an. «Wie ging es weiter?»

«Ich habe die beiden aus den Augen verloren. Jessica nahm irgendwann den Job als Geschäftsführerin von Greenpeace Schweiz an. Eric ist danach von der Bildfläche verschwunden, hat seine Social-Media-Accounts gelöscht.»

«Wie war damals sein Alias im Internet?», fragte Leon.

«Ich glaube, Wikinger PowerA – oder so ähnlich. Ich habe ihn seit jener Zeit nie mehr gesehen oder gesprochen. Das alles liegt hinter mir.» Sie sah sich um. «Meine Tochter kommt nach Hause. Ich muss jetzt Schluss machen.»

Melissa nickte. «Vielen Dank, du hast uns sehr geholfen.»

«Keine Ursache. Viel Glück, passt auf euch auf.»

Das Fenster wurde schwarz.

Vertraulicher Vorabbericht des Umweltlabors NRW an den Minister-
präsidenten Nordrhein-Westfalens

Erste Ergebnisse der Rhein-Analyse: Hohe Dosierung an Mikroplastik und toxischen Stoffen

Das Labor hat auftragsgemäß weitere Proben des Rheinwassers an verschiedenen Stellen zwischen Köln und Duisburg entnommen und analysiert. Zudem wurden aus dem Fluss gefischte Kadaver von Rotauge, Barsch, Brachse, Hecht, Rapfen, Zander, Wels, Karpfen, Aal und Güster forensisch und chemisch untersucht.
Unsere Analysen brachten folgende Ergebnisse:

In den Fischkadavern:
- hohe Mikroplastikbelastung in Magen und Gewebe
- zugleich verschiedene toxische chemische Verbindungen im System, angelagert an Algen

Im Wasser des Rheins:
- Mikroplastik und Giftstoffe in verdünnter Konzentration
- verschiedene toxische chemische Verbindungen, angelagert an Algen
- chemische Verbindungen hochtoxischer und in Deutschland verbotener Stoffe
- Kontaminierung des Wassers konnte erst ab Düsseldorf bis Duisburg gemessen werden

Eine erste Auflistung der gefundenen Stoffe findet sich im Anhang. Es ist festzuhalten, dass dies vorläufige Ergebnisse sind. Gerade die toxischen Stoffe werden aktuell noch einer Detailanalyse unterzogen. Dazu sind weitere Untersuchungen erforderlich.

KAPITEL 34
KÖLN

«**Hallo,** ihr Lieben», Florian kam durch die Wohnungstür und stellte seinen Rucksack ab. «Da bin ich wieder.» Er öffnete den Kühlschrank und räumte einige Einkäufe ein, darunter viele Becher Erdbeerjoghurt, wie Melissa auffiel. «Musst du eigentlich gar nicht ins Büro?», fragte er Leon.

Leon zuckte die Schultern. «Ich habe Urlaub.»

«Wie schön für dich. Übrigens, falls es dir bei Cyaclean langweilig wird – oder dir die Leute nicht mehr ganz so sympathisch sind –, die Uni sucht noch fähige Mitarbeiter.» Er grinste.

Leon schnaubte. «Ich denk darüber nach – später.»

«Wir werden deine Gastfreundschaft nicht mehr lange beanspruchen», sagte Melissa. Es war nett von Florian gewesen, sie aufzunehmen. Aber allmählich wurde es Zeit, in die Offensive zu gehen. Sie konnten sich nicht länger in Köln verstecken und seelenruhig auf eine Nachricht von Jessica warten.

«Macht euch darüber keinen Kopf. Solange noch was im Kühlschrank ist ... Und Platz ist in meiner Bude genug.»

Er nahm sich einen Joghurt und verschwand im Büro.

«Was deinen Urlaub angeht», wandte Melissa sich an Leon. «Jessica weiß doch, dass du am Diebstahl der Reagenzgläschen beteiligt warst, hat sie dich nicht längst rausgeworfen?»

«Sie hat mir eine Mail geschrieben, um einen Termin zu vereinbaren, ich denke mal, dass es genau darum geht», sagte Leon und schmunzelte. «Ich habe pro forma zugesagt, aber ich werde natürlich nicht erscheinen. Und bis sie mir ordentlich kündigt, bin ich zumindest formell noch Mitarbeiter bei Cyaclean – was sicher nicht von Nachteil für uns ist.»

«Wenn du meinst.» Melissa seufzte. «Ich frage mich, wann sie sich wegen der Übergabe meldet. Wir sollten unsere nächsten Schritte planen. Kannst du noch mal in meine Mails gehen?»

«Klar.»

Leon tippte mittlerweile routiniert ihr Passwort ein, so oft hatte er ihr Mailpostfach seit gestern geöffnet. Jedes Mal war Melissa starr vor Angst, was sie dort erwarten würde. Bisher hatte es nichts Neues gegeben – jetzt war eine persönliche Mail da, die ganz oben stand. Sie spürte Übelkeit in sich aufsteigen.

Aber die Nachricht war nicht von Jessica. Sie war von Ryan.

Er bat dringend um Rückruf, angegeben war eine Festnetznummer in Kanada.

Leon checkte die Nummer. «Sie gehört zu einem Luxushotel in Quebec. Es ist eine Durchwahl, wahrscheinlich direkt auf sein Zimmer. Du solltest da sofort anrufen. Ich bin gespannt, was der Mann zu sagen hat.»

Melissa atmete tief durch. «Okay, aber ich tue so, als ob ich allein bin. Stell die Verbindung über eine sichere Leitung her. Hoffentlich ist er schon wach.»

Sie ließen es mehrmals klingeln. Endlich meldete sich eine verschlafene Stimme.

«Ryan Hill, hallo?»

«Melissa Frey aus Deutschland. Guten Morgen, Ryan. Ich hoffe, ich störe nicht.»

«Keineswegs.» Er räusperte sich. «Danke für deinen Rückruf. Ich bin noch im Urlaub. Du kannst dir denken, warum ich mit dir sprechen wollte.»

Melissa zögerte. «Ich denke schon, ja.»

«Mein Büro hat mich über deinen Anruf informiert und von der Entführung deiner Nichte erzählt. Das ist schrecklich.» Er klang ehrlich betroffen. «Ich dachte, diese Klinik sei sicher. Das ist ein Schock für uns alle. Gibt es etwas Neues, was sagt dein Bruder?»

Melissa berichtete von ihrem letzten Telefonat nach Amerika und dass das FBI noch keine konkreten Spuren hatte. Den BND erwähnte sie nicht.

«Ich werde mit den Behörden vor Ort reden. Vielleicht sollte man einen neuen Aufruf starten mit einem Foto von Zoe und einer Belohnung für Hinweise, die zum Auffinden des Mädchens führen. Ich kümmere mich darum.»

«Danke, dass du das für uns tust.» Melissa zögerte. Sie wusste nicht, wie viel Ryan wusste, auf welcher Seite er stand. Aber es blieb ihr nichts anderes übrig, als ihn mit der Wahrheit zu konfrontieren und zu schauen, was passierte.

«Ryan», begann sie, «es gibt etwas, das du wissen solltest. Jessica Weiss steckt hinter der Entführung. Sie hat das alles eingefädelt.»

Es war still in der Leitung.

«Melissa, spinnst du?», sagte Ryan dann. «Du verdächtigst wirklich Jessica, die Entführung geplant zu haben?» Er war lauter geworden. «Das ist lächerlich, glaub mir. Jessica würde so etwas niemals tun. Wie zur Hölle *kommst* du darauf?»

Melissa erzählte vom Treffen mit der Geschäftsführerin und ihrer Drohung, wenn sie die Laborproben nicht zurückbekäme, würde Zoe etwas zustoßen. Den Diebstahl der Reagenzgläser konnte sie dabei nicht auslassen. Zögernd gestand sie, dass sie und Leon ins Labor eingedrungen waren und Proben mitgenommen hatten – um zu untersuchen, ob es Veränderungen gab, die mit der Explosion in Zusammenhang stehen könnten.

«Du bist doch selbst von einem Anschlag ausgegangen. Und aus demselben Grund wollten wir die Flüssigkeit untersuchen», schloss sie ihren Bericht. «Dann ist Zoe entführt worden, und dahinter steckt Jessica. Sie will Zoe gegen die versiegelten Proben tauschen.»

«Ich bin total verwirrt», sagte Ryan nach einer Pause. «Mir hat Jessica was anderes berichtet: Du und dein Freund Leon habt Reagenzgläser aus dem Labor entwendet, und sie möchte die Proben zurück. Und das ist wohl legitim, oder nicht? Schließlich sind sie Eigentum von Cyaclean. Und sie sind sehr wichtig für uns, zur Dokumentation unserer Entwicklung. Diebstahl ist kein Kavaliersdelikt. Aber ich habe zu Jessica gesagt, ich will keine Anzeige bei der Polizei. Gib die Reagenzgläser zurück – und die Sache ist für mich erledigt.»

«Dann hat Jessica dir nicht die ganze Wahrheit gesagt», widersprach Melissa und bemühte sich, ruhig zu bleiben. «Was ist denn mit den Proben, wovor hat sie Angst?»

«Angst?» Ein Lachen war zu hören. «Ich befürchte, du nimmst die Sache zu ernst. Es sind nur die täglichen Proben der Algenlösung, das machen wir zur eigenen Qualitätskontrolle, wie du weißt. Und nein, das hat nichts mit dem Fischsterben im Rhein zu tun, um die Frage gleich vorwegzunehmen. Ich habe mehrere unabhängige Sachverständige beauftragt, den Fall zu prüfen. Unsere Algen-Inkubatorlösung ist völlig unbedenklich. Die Experten haben keinerlei Giftstoffe darin gefunden. Auch in unserem Abwasser nicht, das wir in den Rhein leiten. Die Ergebnisse bestätigen unser Produktionsverfahren.» Ryan sprach mit ruhiger Stimme. «Glaub mir: Wir kontrollieren den Prozess der Mikroplastikbeseitigung durch Algen schon seit Jahren – da ist immer alles sauber vonstattengegangen. Und so wird es ohne Frage auch in Zukunft sein.»

«Jessica ist offenbar anderer Meinung, irgendetwas in diesen Proben scheint so wichtig zu sein, dass sie völlig ausgerastet ist.» Melissa verschwieg die ersten Ergebnisse des BND, sie brauchte Ryan auf ihrer Seite. «Ich denke mir das doch nicht aus! Ich habe ihr ins Gesicht gesehen, als sie gesagt hat, dass sie Zoe freigibt, wenn wir die Proben zurückgeben, *sie* steckt hinter der Entführung!»

«Offen gesagt, zum jetzigen Zeitpunkt tue ich mich schwer, deine Geschichte zu glauben», sagte Ryan. «Ich vertraue Jessica, sie hat sich immer als ehrliche und zuverlässige Mitarbeiterin erwiesen. Ich kann mir sie einfach nicht als kriminelle Kidnapperin vorstellen, sorry! Hast du weitere Beweise? Dann schicke ich sie gleich der Polizei. So aber hört sich das alles einfach zu abenteuerlich an, Melissa.»

«Ryan, wieso sollte ich mir das denn bitte ausdenken?» Melissa hörte, wie verzweifelt sie klang.

«Das weiß ich nicht, und ich kann es von hier aus auch nicht klären. Ich reise so schnell wie möglich nach Deutschland. Dort werde ich der Sache höchstpersönlich nachgehen. Ist das okay für dich?»

«Ja, aber ...»

«Ich melde mich sofort bei dir, wenn ich im Lande bin. Versprochen. Bis dann.»

Ryan beendete das Gespräch.

«Das ist verrückt», meinte Leon. «Der Mann weiß offenbar nicht, was in seinem Unternehmen vor sich geht.»

«Und nun?»

«Wir müssen Jessica auf den Zahn fühlen. Und Ryan hat recht: Wir brauchen handfeste Beweise.»

«Wie willst du das anstellen?»

Er sah sie fest an. «Na, ganz einfach: Wir brechen heute Nacht bei Cyaclean ein.»

100 000 Dollar Belohnung!

Zweijähriges Mädchen verschwunden – wer hat etwas gesehen?

Die zweijährige Zoe Frey ist vor drei Tagen aus dem *Memorial Lincoln Center for Advanced Medicine* verschwunden. Ein weißer Mann hat sie in einem dunklen Van abgeholt, seitdem fehlt jede Spur. Das Mädchen ist schmal, hat blonde Haare und trägt einen rosa Schlafanzug. Bei sich hat sie möglicherweise ein Stoffpferd. Ein Bild ist auf der Website der Polizei zu finden.

Wer hat das Mädchen gesehen?
Wer hat etwas Verdächtiges beobachtet?
Wer hat etwas gehört?

Hinweise, die zum Auffinden des Mädchens führen, werden mit einer Belohnung in Höhe von

100 000 Dollar

honoriert.
Die Angehörigen und die Polizei bitten um Meldung an eine Polizeidienststelle oder das Büro von Ryan Hill, New York City.

KAPITEL 35
BERLIN

Nelson wartete, bis Diana aus dem Büro war. Dann rief er die Suchmaske auf und tippte *Louis Favre* ein.

Es gab keine neuen Treffer. Trotz der aktuellen Fotos, die Nelson in Wien von Favre gemacht und in die Datenbanken eingegeben hatte, war der Mann immer noch unauffindbar. Dennoch blieb Nelson optimistisch. Endlich hatte er eine Spur, endlich kannten die Ermittlungsbehörden Favres Gesicht. Die Fahndung lief, es war nur noch eine Frage der Zeit. Er brannte darauf, diesem Mann endlich von Angesicht zu Angesicht gegenüberzustehen und ihn nach der Verbindung zu seinen Eltern und deren rätselhaftem Tod zu fragen. Mittlerweile war er sich sicher, dass der Mann ihm Auskunft geben konnte. Beim letzten Mal hatte er ihn verpasst, aber nächstes Mal würde es funktionieren.

«Was gibt es Neues?» Diana balancierte zwei Kaffeebecher in einer Papphalterung herein.

Schnell drückte Nelson den Bildschirminhalt weg und öffnete ein anderes Fenster. Er hielt eine Überraschung für seine Kollegin parat.

«Gerade sind gute Nachrichten hereingekommen – du hättest lieber Champagner mitbringen sollen.» Er drehte den Bildschirm so, dass sie mitlesen konnte. «Unsere Arbeit hat sich gelohnt, es gibt einen entscheidenden Durchbruch.»

«Du machst mich neugierig, lass hören.»

«Wir haben Rudolf Hoppe geknackt, endlich liegen Beweise vor, die Auswertungen der beschlagnahmten Firmendateien von Innovative Cleaning und der anderen Unterlagen sind eindeutig.»

«Yeeeeess!» Diana machte eine Faust. «Dann brauchen wir ihn wegen der Drogengeschichte nicht länger unter Druck zu setzen? Das war bisher sowieso ein Misserfolg, der Typ ist zu gewieft.»

«Du sagst es. Aber das nützt ihm jetzt nichts mehr. Wir haben definitiven Mailverkehr und Logistikpläne für die illegale Plastikentsorgung, da kommt er nicht mehr raus.»

«Was ist mit dem USB-Stick, den wir im Schließfach in Genf gefunden haben?»

«Die Verschlüsselung ist sehr aufwendig, unsere Experten arbeiten noch daran.»

«Und die Videoaufnahmen vor Ort, um die Person zu identifizieren, die hinter dem Strohmann Bruno Zeissner steckt?»

«Die Schweizer Kollegen haben noch nichts geliefert. Aber auch so ist klar: Rudolf Hoppe ist unser Mann.» Nelson lehnte sich zurück und ließ den Blick über die große Europakarte an der Wand schweifen. «Er ist der Pate der Plastikmüllmafia, er betreibt das weitverzweigte illegale Entsorgungsnetzwerk in Europa. Das ist völlig irre.» Er öffnete einige Dateien auf seinem Bildschirm und zeigte mehrere Abrechnungen und Aufträge von Innovative Cleaning. «Diese Firma, die mehrheitlich Hoppe gehört ...»

«... und an der Peter Voss und Otto Tietz Anteile halten beziehungsweise hielten ...»

«... diese Firma steht im Zentrum des Netzwerks. Es ist die perfekte Tarnung: Niemand verdächtigt ein Unternehmen, das sich der umweltfreundlichen Entsorgung von Plastikmüll annimmt und dazu forscht. Innovative Cleaning ist die Schaltzentrale, von dort aus können sie nicht nur alles steuern, was in ihrem riesigen Entsorgungsnetzwerk passiert, sie können auch Chemikalien bestellen, die sie dann an andere Akteure der Kette weitervermitteln, und Speziallabore beauftragen, ohne Aufsehen zur erregen. Man würde immer denken, das alles diene dem Kampf gegen das Plastik.»

«Haben wir auch einen Beweis für die Verbindung zu Cyaclean?»

«Sogar doppelt.» Nelson zeigte ihr mehrere Dokumente, unterzeichnet von Hoppe. «Sie haben genau dem Labor Aufträge erteilt, das auch die Nährstofflösung für Cyaclean produziert und geliefert hat. Kurz vor dem Anschlag hat Hoppe das Labor noch besucht, das geht aus Mails hervor. Und wenig später hat Cyaclean dieses Labor von der Produzentenliste gestrichen.»

«Das kann kein Zufall sein …» Diana überlegte. «Dann waren Hoppe und seine Leute nicht für den Anschlag und die Explosion selbst zuständig, sondern für etwas, das vorher passiert ist und das mit der Nährstofflösung zu tun hatte.»

Nelson nickte. «Hoppe hat es offenbar geschafft, während seines Besuchs bei dem Labor die Cyaclean-Nährstofflösung zu vergiften.» Er zeigte Videoaufnahmen der Überwachungskamera im Außenbereich vor dem Labor. Darauf war Hoppe zu sehen, wie er das Gebäude betrat und nach einer halben Stunde wieder verließ. «Das Material haben uns die Kollegen vor Ort besorgt. Da Hoppe bereits Auftraggeber war, konnte er sich leicht unter einem Vorwand Zutritt verschaffen. Und er kannte sich offenbar aus, wusste, was zu tun war. Aber das ist noch nicht alles. Pass auf.»

Nelson rief die forensischen Analysen der BND-Kollegen zu den Chemikalienproben auf, die sie bei den illegalen Plastikmülldeponien genommen hatten, und zu den Proben aus dem Rhein und den toten Fischen. «Fällt dir was auf?»

Diana überflog die Berichte. «Das gibt's doch nicht! Der toxische Grundstoff ist bei allen Proben fast identisch. Also hat Hoppe die Nährstofflösung mit Chemikalien aus den Deponien des Müllnetzwerks versetzt und dann an Cyaclean liefern lassen.»

Nelson nickte. «Genauso sieht es aus.»

«Und wie passt der Tod des Komplizen Peter Voss da hinein?»

«Das wissen wir noch nicht. Er hatte auf jeden Fall den Auftrag, Druck auf die Behörden zu machen, um auf diesem Weg Cyaclean zu Fall zu bringen. Ich sehe aber nicht, warum Hoppe ihn hätte umbringen lassen sollen.»

«Das finden wir noch heraus», sagte Diana. «Jedenfalls hat Hoppe ein vollständig autarkes Netzwerk illegaler Plastikmüllentsorgung aufgebaut – ein goldenes Geschäft, quer über Europa und vorbei an den Aufsichtsbehörden und der Polizei.» Sie nickte anerkennend. «Wenn es nicht so kriminell wäre, müsste man ihm Respekt zollen für diese Leistung.»

«Du sagst es. Vom Mülleimer bis zur Müllkippe – alles aus einer Hand, einschließlich Einsammeln, Transportieren und Entsorgen. Oder Verbrennen. Oder er lässt den Dreck nach Nigeria verschiffen, wie es mit der *Indian Rosebud* geschehen ist. Wer ihn beauftragt, spart sich riesige Mengen Steuern – und Hoppe verdient sich damit dumm und dämlich.»

«Und weil er auch an legalen Recyclingunternehmen beteiligt ist, kann er auf diese Weise wunderbar die Spuren verwischen. Denn offiziell wird der Plastikmüll immer an seriöse Firmen geliefert. Aber dort kommt nur eine winzige Menge an. Der große Rest …»

Nelson klatschte in die Hände. «Dann sollten wir keine Sekunde länger warten, wir sollten Rudolf Hoppe festnehmen lassen – und uns auch diesen Otto Tietz noch mal vornehmen.»

«Das tun wir.» Diana seufzte. «Aber bei aller Freude – wir haben noch ein anderes ungelöstes Problem, das genauso dringend ist: die Entführung der Nichte von Melissa Frey. Wenn sie recht hat mit ihren Anschuldigungen, dann sollten wir uns jetzt in erster Linie darauf konzentrieren.»

Nelson nickte. «Das sehe ich auch so – insbesondere müssen wir die möglichen Täter Eric Legrand und Jessica Weiss ins Visier nehmen. Die neuen Informationen, die Leon Feininger uns geschickt hat, legen ja eine Komplizenschaft nahe.»

«Den aktuellen Wohnsitz von Eric Legrand hat die Polizei immer noch nicht ermittelt – der Mann bleibt ein Phantom.» Diana kritzelte auf ihren Notizblock. «Ich überlege die ganze Zeit, was ich als Entführer tun würde, wenn ich ein Kind aus einem US-Krankenhaus entführen wollte.»

«Und?»

«Wäre es nicht logisch, die Kleine so schnell wie möglich weit wegzuschaffen, bevor der amerikanische Polizeiapparat anläuft und die Gefahr für den Täter schlagartig steigt, gefasst zu werden? Denk nur an die Straßensperren, die engmaschigen Kontrollen, die Fahndungsaufrufe ...»

«Du hast recht. Ich würde Zoe sofort außer Landes schaffen, dann müsste ich nicht länger fürchten, dass mir das FBI schon fast im Nacken sitzt», sagte Nelson.

Diana setzte sich auf. «Nehmen wir mal an, der Täter hat das Mädchen in ein anderes Land gebracht. Wie würde so etwas ablaufen?»

«Am schnellsten und sichersten ginge es mit einem kleinen Privatflugzeug.» Nelson fand den Gedanken naheliegend. «Und wenn wir die Story mit der Erpressung der Cyaclean-Geschäftsführerin ernst nehmen – Tausch der Laborproben gegen Zoe –, dann könnte das Mädchen vielleicht sogar bereits in Deutschland sein. Oder in einem Nachbarland. Denn Jessica Weiss als Deutsche hätte hier am ehesten die Möglichkeiten, Zoe zu verstecken. Bevor sie sie innerhalb der USA verschwinden lässt, wo sie keine Kontrolle hat und nicht eingreifen kann, wäre es doch einfacher, sie nach Deutschland zu fliegen und die Sache selbst in die Hand zu nehmen. Zumal dann auch die Übergabe mit Melissa Frey leichter zu organisieren wäre.»

«Oder Jessica Weiss blufft und will Melissa Frey in eine Falle locken.»

«Das kann natürlich auch sein.» Nelson zuckte mit den Achseln. «Wir sollten mit ihr und Feininger über diese Idee und unseren Stand der Recherche sprechen.»

«Ja, lass uns das tun. Und wir sollten diese These weiterverfolgen: Wurde Zoe sofort nach der Entführung nach Europa ausgeflogen? Mit welchem Flugzeug? Wo könnte sie hier versteckt sein? Das Rätsel müsste doch zu lösen sein.» Diana klang hellwach. «Wir sollten die amerikanischen Behörden um Amtshilfe bitten und zum Datum der Entführung alle Abflüge kleiner Maschinen von Putnam County und den angrenzenden Bundesstaaten checken, die in Frage kommen könnten.»

Nelson stand auf. «Na dann los!»

DÜSSELDORF

Sie standen nun schon eine halbe Stunde in einem Hauseingang, von dem sie einen guten Blick in die Seitenstraße im Osten der Stadt hatten. Es war weit nach Mitternacht. Gelegentlich war ein Auto zu hören, ein angetrunkener Mann torkelte an ihnen vorbei, er beachtete sie nicht.

«Wie lange sollen wir noch warten?», flüsterte Melissa Leon ins Ohr. «Es ist niemand zu sehen.»

«Besser, wir sind vorsichtig.» Leon beobachtete weiter den Eingang zu dem Gebäude, in dem er seine Wohnung hatte. «Wer weiß, ob dieser Eric oder sonst jemand uns auflauert.»

Nach weiteren zehn Minuten trat Melissa auf den Bürgersteig. «Jetzt reicht es aber – komm!»

«Ja, ist ja gut.»

Er drückte ihr seine Autoschlüssel in die Hand. «Der Wagen steht in der Parallelstraße, etwa auf dieser Höhe. Pass auf, dass dich niemand sieht, und fahr in zehn Minuten vor, wie besprochen.»

«Zu Befehl, Herr General.» Der Spott in ihrer Stimme war nicht zu überhören. Das machte ihm nichts aus – im Gegenteil, er war froh, dass sie ihren Humor nicht verloren hatte in ihrer Situation.

Er lief zur Hofdurchfahrt des Nachbargebäudes. Von dort musste er nur durch ein kleines Zwischentor, für das er glücklicherweise die Schlüssel hatte, um in den Hinterhof seines Wohnhauses zu gelangen. Eine Treppe führte hinunter in die Kellerräume. Er sperrte sein Abteil auf, suchte sein altes Schlauchboot, den Blasebalg und das Paddel und trug alles hinaus. Ein Farbspray von seiner Werkzeugbank steckte er ebenfalls ein.

Melissa wartete schon mit laufendem Motor im Innenhof des Nachbarhauses. Selbst wenn jemand sein Wohngebäude observierte, konnte es durchaus sein, dass sie ungesehen davonkamen. Er warf die Ausrüstung in den Kofferraum und stieg vorne ein.

«Wir fahren ans Rheinufer», sagte er. «Ich sage dir, wo es lang-geht.»

Melissa lenkte den Wagen durch die nächtliche Stadt. Es herrschte kaum Verkehr, sie kamen ohne weitere Störungen voran und fanden einen Parkplatz im Gewerbegebiet nahe am Wasser.

«Beobachte die Straße, falls jemand kommt.» Er packte das Schlauchboot aus und pumpte es auf.

«Ich hoffe, das geht gut.» Melissa stand neben dem Auto und sah ihm zu. Sie wirkte nervös. «Wir dürfen jetzt keine Fehler machen, du weißt, was auf dem Spiel steht.»

«Ich weiß. Ich denke auch die ganze Zeit an Zoe.»

Sie zog den Reißverschluss ihrer Jacke zu. Er bemerkte, wie ihre Hände zitterten.

«Mach dir keine Sorgen. Wir schaffen das.» Es sollte beruhigend klingen, aber es gelang ihm nicht ganz.

Die letzten Tage hatten seine alten Gewissheiten zerstört: Der Traumarbeitgeber Cyaclean, der möglicherweise giftige Abwässer in den Rhein leitete, die Geschäftsführerin, die sich als Kriminelle entpuppte.

Wer war gut, wer war böse? Er wusste es nicht mehr, seine un-erschütterliche Sicherheit, sich auf seinen Instinkt verlassen zu können, war dahin. Und die Gewaltbereitschaft der Gegenseite er-schreckte ihn.

Worum kämpften sie hier? Was war es wert, dafür zu morden?

Er zog den Blasebalg ab und schloss das Ventil. «Komm, hilf mir», flüsterte er Melissa zu. Gemeinsam griffen sie das Schlauchboot und trugen es zum Rheinufer.

«Ist das groß genug für uns beide?» Sie sah ihn zweifelnd an. «Be-sonders stabil sieht es nicht aus.»

«Das wird schon passen.» Er überprüfte die Nähte und das Paddel. «Es schaukelt ein wenig, aber du wirst dich daran gewöhnen.»

«Hoffentlich bleibt das Ding dicht, sonst gehen wir unter.»

«Die Luft wird halten.»

Er bemühte sich um Zuversicht, doch ganz wohl war auch ihm nicht. Das letzte Mal hatte er das Schlauchboot vor drei Jahren benutzt. Seitdem hatte es im Keller gelegen.

Melissa sah skeptisch auf das dunkle Wasser des Rheins. «Meinst du wirklich, dass das hier die unauffälligste Art ist, aufs Gelände zu kommen?»

«Ja, glaub mir», sagte er. «Hinten am Wasser steht kein Zaun. Und es gibt nur eine Überwachungskamera, die mit dem Alarmsystem verbunden ist – und deren toten Winkel ich kenne. So gelangen wir gefahrlos bis zum Cyaclean-Gebäude.»

Sie hörten Motorengeräusche vom Wasser. Kurz darauf wanderte das Licht eines Suchscheinwerfers über den Strand.

«Hinlegen!» Er riss Melissa zu Boden.

Der Lichtschein ging über sie hinweg, das Motorengeräusch wurde schwächer.

Vorsichtig hob er den Kopf. Das Boot der Wasserschutzpolizei war weitergefahren.

Sie warteten einige Minuten.

«Du kannst mich loslassen», flüsterte Melissa.

Erst jetzt bemerkte er, dass er sie immer noch festhielt.

«Oh. Sorry.» Er half ihr auf.

«Kein Problem.» Es entstand eine Pause. «Ich muss dir was sagen, Leon, auch wenn es vielleicht gerade nicht der passende Moment ist.» Melissa sah ihn an. «Ich bin echt froh, dass du mir hilfst, einfach so, und mich nicht allein lässt. Du bist ... Ich weiß nicht, was ich ohne dich machen würde.»

«Danke.» Er fragte sich, was genau sie ihm damit sagen wollte, aber er fand, er sollte jetzt nicht nachhaken.

Sie stiegen in das Schlauchboot. Melissa rutschte hin und her, bis sie eine Sitzposition gefunden hatte, die ihm genug Platz zum Paddeln ließ. Ganz dicht am Ufer nahm er Fahrt auf. Es ging überraschend gut.

Nach einiger Zeit kam das Cyaclean-Gelände ins Blickfeld. Markant waren die Abflussrohre, die ins Wasser ragten und in denen sich der Mond spiegelte.

«Da müssen wir hin», flüsterte er.

Es dauerte, bis sie eine perfekte Stelle zum Anlanden gefunden hatten, denn sie mussten im Bogen ans Ufer fahren, um von der Kamera nicht erfasst zu werden. Dann setzten sie vorne sanft auf dem Sand auf. Behutsam zogen sie das Schlauchboot hoch und deponierten es in einer Kuhle.

Ein modriger Geruch lag in der Luft. Leon hörte das Rauschen des Abwassers, das aus den Rohren in den Rhein floss. Er wunderte sich darüber, denn er hatte geglaubt, Cyaclean hätte die Produktion wegen der Vorfälle noch eingestellt.

«Warte hier.»

Er robbte etwa zehn Meter am Boden entlang, um den Erfassungswinkel der Kamera besser überblicken zu können. Dann richtete er sich auf, rannte geduckt im toten Winkel bis zur hinteren Mauer des Laborgebäudes und kletterte hinauf. Mit seiner Spraydose färbte er die Linse der Kamera ein und machte sie damit blind.

Er winkte Melissa zu sich und wartete, bis sie bei ihm war. Sie schoben sich an der Wand entlang zu einem Seiteneingang. Dort setzte er eine zweite Überwachungskamera außer Gefecht.

«Und wie kommen wir hinein?», flüsterte Melissa.

Er zog eine Chipkarte heraus. «Das ist eine Kopie, die ich heimlich von der Zugangskarte meines Kollegen gezogen habe. Sie müsste funktionieren.»

Er hielt die Karte ans Lesegerät, und es surrte, als sich die Tür öffnete.

«Wer sagt's denn.»

Es war stockdunkel. Leon traute sich nicht, das Licht anzumachen. Stattdessen ließ er kurz seine Taschenlampe aufleuchten, um sich zu orientieren. Sie befanden sich in einem der Gänge im hinteren Teil des Erdgeschosses, von dem mehrere Vorratsräume abgingen. In diesem Teil des Gebäudes war er selten unterwegs, aber dieser

Eingang war der einzige, den sie ungesehen hatten erreichen können.

«Wir müssen erst die Überwachungskameras im Innern ausschalten», flüsterte er. «Ich weiß, wo der Hauptverteiler für die Datenkabel ist. Komm mit.»

Die Stille war unheimlich. Er spürte, wie schnell sein Herz schlug, er konnte sich nicht erinnern, schon einmal so nervös gewesen zu sein.

Sie gingen zu einer Seitentür am Ende des Gangs. Er öffnete sie, dahinter befand sich ein Raum mit Schaltkästen, blinkenden Servern und Unmengen an Kabeln, die von der Wand und vom Boden in die Geräte führten. Er hoffte inständig, dass die zusätzlichen Kameras, von denen Jessica beim Treffen mit Melissa gesprochen hatte, wirklich nur im Labor installiert worden waren, um die Tanks zu überwachen, und nicht im gesamten Gebäude. Falls doch, wäre all der Aufwand umsonst. Andererseits war es mittlerweile wahrscheinlich ohnehin egal, ob sie bei einem Einbruch gefilmt wurden oder nicht, sie hatten weit größere Probleme, und Jessica auch.

Es dauerte fast zehn Minuten, bis er endlich den richtigen Verteiler gefunden hatte. «So, geschafft.»

Sie schlichen weiter direkt in die Kantine. Hier reichte das Straßenlicht von draußen, um sich zu orientieren.

Er gab Melissa ein Zeichen, ihm zu folgen. Sie nahmen die Treppe in den ersten Stock, bei jedem Schritt darauf achtend, unnötige Geräusche zu vermeiden. Vor der Tür zu Jessicas Büro hielten sie.

Langsam drückte er die Klinke nach unten. Die Tür war nicht verschlossen. Er atmete auf.

«Durchsuch du die Schränke, ich seh mir ihre Computerdateien an.»

Melissa nickte und machte sich an die Arbeit.

Leon setzte sich an den Schreibtisch, schaltete den Laptop ein, steckte einen Speicherchip an und betete, dass die Geschäftsführerin ihre Zugangsdaten nicht geändert hatte, sonst musste er ein Spezialprogramm laufen lassen. Und das würde dauern. Jessicas Passwort hatte er einmal auf einem Notizzettel unter ihrer Computertastatur entdeckt, es war lächerlich einfach für die Geschäftsführerin eines so großen Unternehmens. Er tippte die Kombination aus Wörtern und Zahlen ein.

Treffer. Nach zwei Sekunden zeigte der Bildschirm ihre persönliche Benutzeroberfläche.

Er durchsuchte ihren E-Mail-Verkehr und lud eine Kopie auf den Speicherchip. Ebenso verfuhr er mit Dateien, die ihm verdächtig vorkamen.

«Ich finde nichts Besonderes», sagte Melissa hinter ihm. «Nur der übliche Papierkram: Rechnungen, Memos, Lieferscheine.»

«Mach zur Vorsicht ein paar Fotos von den Dokumenten. Ich glaube, ich habe alles.» Er wartete noch, bis das Download-Symbol auf Grün sprang, dann zog Leon den Speicherchip aus dem Computer und gab ihn Melissa. «Wir können uns wieder verdrücken.»

«Das werdet ihr nicht tun», sagte eine kalte Stimme.

Plötzlich ging das Licht an. Vor ihnen stand ein Mann.

Es war Eric Legrand.

«Ihr werdet diesen Raum nicht mehr verlassen.» In seiner Hand blitzte ein Messer auf. «Dafür werde ich sorgen.»

Leons Gedanken rasten. Wie war der Typ hereingekommen? Warum hatten sie ihn nicht gehört?

Eric schien seine Gedanken zu erraten. «Glaubt ihr wirklich, wir sind so blöd und treffen keine Vorkehrungen, falls ihr die wahnwitzige Idee habt, hier noch mal aufzutauchen?» Er ließ ein hohles Lachen hören. «Wir haben ein paar weitere Überwachungskameras installiert in unseren schönen Gartenanlagen – die laufen ganz unabhängig vom Firmennetzwerk und passen auf, dass niemand auf die wahnwitzige Idee kommt, hier einzubrechen und herumzupfuschen. Die Bewegungssensoren haben mir einen Alarm direkt auf mein Handy geschickt, da wart ihr noch nicht mal drin.»

Er ging zwei Schritte auf Leon zu. Sein Grinsen verzerrte sein Gesicht zu einer boshaften Maske. «Erstaunlich, was die Technik heutzutage alles möglich macht, nicht wahr?»

«Verschwinde lieber, wir wissen, wer du bist, Eric Legrand», rief Melissa. Ihre Stimme zitterte. «Die Polizei sucht dich bereits.»

«Was du nicht sagst. Jetzt fürchte ich mich aber.» Wieder dieses Lachen.

Er kam einen Schritt näher. Eric stand jetzt direkt vor Leon, in der Hand immer noch das Messer.

Leon konzentrierte sich auf die glänzende Klinge. Eric würde jede Sekunde zustechen.

«Und jetzt her mit dem Speicherchip.» Er hielt die Hand auf.

«Okay, okay.» Leon trat einen Schritt zurück und tat so, als suche er etwas am Schreibtisch. Er packte die Computertastatur und schlug mit aller Kraft zu.

Krachend traf er Erics Handgelenk.

Der Mann schrie auf, das Messer fiel zu Boden. Melissa sprang geistesgegenwärtig hinzu und kickte die Waffe mit dem Fuß unter den Schreibtisch.

«Melissa, hau ab!» Leon warf sich gegen den Angreifer und versuchte ihn festzuhalten.

Eric reagierte erstaunlich schnell und stieß ihn gegen die Glaswand. Die Scheibe splitterte. Leon spürte, wie sich ein Stück Glas in seinen Arm bohrte. Er glaubte, keine Luft mehr zu bekommen. Sein Griff um Erics Arm lockerte sich.

Das nutzte Eric aus.

Ein Schlag traf Leon in die Magengrube. Ein zweiter auf die Brust. Stechender Schmerz durchfuhr seinen Körper. Er hob schützend die Arme, doch Eric ließ unerbittlich Schläge auf ihn niederprasseln.

Leon sackte zusammen, fiel auf die Knie. Er konnte keinen klaren Gedanken fassen.

Es war aus.

Da traf ihn ein Schlag an der Schläfe, und alles wurde schwarz.

KAPITEL 36
PUTNAM COUNTY, NÖRDLICH VON NEW YORK, USA

Tobias druckte die Liste mit den Regionalflughäfen der Gegend aus – es war ein knappes Dutzend, mehr als gedacht. Ein Beamter des Bundesnachrichtendienstes, ein gewisser Nelson Carius, hatte angerufen. Er hatte die Telefonnummer von Melissa erhalten.

Carius hatte ihn über den Verdacht informiert, dass Zoe mit einem Privatflugzeug abtransportiert worden sein könnte, ihn zum Prozedere bei ihrer Ankunft in Amerika befragt und nach Beobachtungen, die er vielleicht gemacht hatte. Ob ihm und seinen Eltern irgendetwas aufgefallen wäre, das jetzt helfen könnte. Der Bundesnachrichtendienst würde in diese Richtung weiterermitteln, Flugdaten abfragen und dabei insbesondere die Verbindungen nach Deutschland in den Blick nehmen.

Tobias hatte seit Zoes Entführung kaum geschlafen und war in jeder Minute in Gedanken bei seiner Tochter. Oft hatte er in den letzten Monaten Verzweiflung gespürt, aber diese Situation übertraf alles, was er bisher hatte durchmachen müssen. Er fühlte sich leer, sein Körper hatte auf bloßes Funktionieren umgestellt.

Dennoch spürte er, dass das hier in all dem Horror eine gute Nachricht war. Es bedeutete, seine Tochter war wahrscheinlich noch am Leben – und vielleicht sogar bereits in Deutschland.

Nelson Carius hatte gesagt, dass er aufmerksam sein und sein Umfeld beobachten solle und dass er sich sofort melden müsse, wenn ihm etwas merkwürdig vorkäme. Tobias wusste, dass Carius und seine Kollegin gerade noch in Deutschland ermittelten – offenbar verfolgten sie einen konkreten Ermittlungsansatz, von dem Carius ihm noch nicht berichten konnte.

Das hieß, neben dem FBI und der amerikanischen Polizei, die ihre eigenen Spuren verfolgten, gab es hier gerade nur eine Person, die den BND von Amerika aus unterstützen konnte. Und das war er, Tobias.

Er spürte, wie ihm diese Rolle Kraft gab. Er spürte den festen Willen in sich, alles zu tun, um dem BND zu helfen, Zoe zu finden. Vor allem aber befreite ihn diese neue Aufgabe von der Last, untätig herumzusitzen und auf Ergebnisse der Polizei zu warten. Bisher war die Hoffnung auf die lokalen Ermittler vergeblich gewesen: Trotz Ryan Hills öffentlichem Aufruf zur Mithilfe und der hohen Belohnung hatte sich keine neue Spur ergeben, die sie weiterbrachte.

Tobias faltete die Liste mit den Flugverbindungen zusammen und steckte sie ein, dann verließ er den Copyshop und ging über die Straße zurück zum Hotel.

Seine Eltern warteten bereits im Frühstücksraum.

«Kann es losgehen?» Sein Vater vertilgte die Reste von Rührei, Bacon und gegrillten Würstchen auf seinem Teller.

«Ja.» Tobias zeigte die Airport-Liste. «Am besten sehen wir uns alle nacheinander an.»

«Gut. Wenigstens kommen wir hier mal raus.» Seine Mutter sah müde und erschöpft aus. Auch sie hatte offenbar nicht viel Schlaf bekommen. «Ich habe dieses Hotel langsam satt.»

Sie nahmen den Mietwagen der Eltern und fuhren los in Richtung Norden. Ihr erstes Ziel war der *Sky Acres Airport*, eingebettet zwischen Wiesen und Wäldern.

«Hier könnte man glatt Urlaub machen», meinte seine Mutter.

Sie stoppten vor dem Hauptgebäude und gingen hinein. Ein Mann saß im Büro. Tobias stellte seine Eltern und sich vor, erklärte, warum sie hier waren, und fragte ihn, ob er sich erinnern könnte, ein kleines Mädchen und einen Mann gesehen zu haben, die von diesem Flughafen geflogen sind. Er zeigte ein Foto von Zoe.

«Tut mir leid.» Der Angestellte schüttelte den Kopf. «Das Kind wäre mir sicher aufgefallen. Ich kann Ihnen nicht weiterhelfen. Aber viel Erfolg bei der Suche!»

«Das war enttäuschend», meinte sein Vater, als sie wieder ins Auto stiegen und weiterfuhren. «Meinst du wirklich, dass das nicht besser die Behörden machen sollten, herumfahren und Leute befragen? Wer sagt denn, dass diese Flughafenangestellten uns nicht frech ins Gesicht lügen? Und dann haben wir gar nichts gewonnen.»

«Jetzt sei nicht so negativ», entgegnete seine Mutter. «Wir haben erst angefangen.»

Doch auch die nächsten Regionalflughäfen waren ein Fehlschlag – niemand hatte Zoe gesehen. Nach dem sechsten Airport war Tobias frustriert. Er hatte fest daran geglaubt, auf der richtigen Fährte zu sein und den BND unterstützen zu können. Hatte er sich überschätzt?

Sie überquerten den Hudson River und folgten der Landstraße 209. Der *Wurtsboro Airport* lag nördlich der gleichnamigen Ortschaft, versteckt zwischen Hügeln und Wald.

Ihren Mietwagen stellten sie auf den Parkplatz, sonst standen dort nur ein Truck und ein Van. Einige Flugzeughallen und Nebengebäude waren zu sehen, im Freien befanden sich Segelflieger und einmotorige Propellermaschinen auf der Wiese aneinandergereiht. Die amerikanische Fahne flatterte im Wind.

Es war seltsam still. Das Tor zur Rollbahn stand offen, sie gingen hinein und wussten nicht so recht, was sie tun sollten. Niemand war zu sehen.

«Hallo, jemand da?», rief Tobias auf Englisch. Keine Antwort.

Da hörten sie Lärm aus einer der Hallen, als ob jemand eine Schleifmaschine benutzte. Sie gingen hinein. Eine Frau mit Schutzbrille bearbeitete gerade ein Stahlrohr. Als sie Tobias und seine Eltern sah, schaltete sie die Maschine ab.

«Sind Sie Kunden von Jim?» Sie schien überrascht, sie hier anzutreffen.

«Ähh … nein. Wir kommen wegen einer anderen Sache.» Tobias schilderte ihr Anliegen und zeigte das Foto von Zoe.

«Ein süßes Mädchen.» Sie schüttelte den Kopf. «Aber ich habe sie nicht gesehen, sorry.»

Tobias nickte. Wenn er ehrlich zu sich selbst war, hatte er nicht viel anderes erwartet. Seine Hoffnung schwand weiter. Am Ende hatte sein Vater recht: Jeder dieser Leute konnte ihnen einfach ins Gesicht lügen, sie hatten keine Garantie, dass irgendjemand hier die Wahrheit sagte.

«Danke für Ihre Mühe.» Sie wandten sich zum Gehen.

Als sie fast draußen waren, lief ihnen die Frau hinterher.

«Moment noch.»

Tobias drehte sich um.

Sie nahm ihre Schutzbrille ab. «Ich erinnere mich, dass Jim erzählt hat, dass er vor Kurzem einen Kunden mit einem Kleinkind geflogen hat. Er war ganz stolz darauf, weil der Mann sehr gut gezahlt hat.»

«Wer ist Jim?», fragte Tobias' Vater.

«Er ist Hobbypilot und bietet Rundflüge und dergleichen für zahlende Kunden an. Wenn Sie etwas warten wollen, können Sie gleich selbst mit ihm reden. Er müsste bald zurück sein.»

Tobias war wie elektrisiert. «Ja, das machen wir.»

Sie setzten sich in den Schatten auf eine Stufe. Die Minuten vergingen zäh. Nach einer Viertelstunde sahen sie einen Geländewagen, der zur Nebenhalle fuhr. Ein Mann Anfang vierzig stieg aus. Er trug eine Lederjacke und hatte kurz geschnittenes dunkles Haar.

«Jim?» Tobias ging auf ihn zu. Seine Eltern folgten ihm.

«Ja?» Der Mann wartete, bis sie bei ihm waren.

Tobias stellte sich vor, zeigte ihm Zoes Foto und erklärte ihm, dass sie auf der Suche nach seiner Tochter waren.

Jim betrachtete die Aufnahme. «Na klar, das Mädchen habe ich geflogen. Ein Mann hat mich engagiert.»

«Sie haben sie geflogen?» Tobias spürte, wie sein Herz in seiner Brust hämmerte, Adrenalin schoss durch seinen Körper. «Sie sind sich ganz sicher? Wohin wollte der Mann?»

«Ja, ich bin sicher. Ich erinnere mich deshalb so genau, weil der Kunde kurzfristig gebucht hatte und 3000 Dollar in bar springen ließ.

Er sagte, das Mädchen sei schwer krank und müsse sofort ins Krankenhaus gebracht werden.»

«Wie sah der Mann aus? Wohin wollte er?»

Jim zuckte die Schultern. «Was soll ich sagen – Durchschnittstyp, Mitte vierzig, seriöse Erscheinung. Das Mädchen schien zu schlafen, er trug es auf dem Arm. Wir flogen zum Newark International Airport.»

«Und dann?»

«Nach der Landung brachte ich ihn zu dem Bereich, wo die Privatflugzeuge standen. Er stieg um in einen der Langstrecken-Jets.»

«Wissen Sie, wohin er danach wollte?»

«Das hat er nicht gesagt – und ich habe auch nicht danach gefragt, sondern bin sofort wieder zurückgeflogen.»

Tobias nickte. Er atmete tief durch. «Danke, Jim. Sie wissen gar nicht, wie sehr Sie uns geholfen haben.»

Er konnte es kaum fassen. Sie hatten eine Spur.

«Wissen Sie, was seltsam an dem Typen war?» Jim kratzte sich am Kopf.

«Nein, was?»

«Er kam mit einem Van, das dunkle Auto, das draußen auf dem Parkplatz steht. Er sagte, er holt den Van am nächsten Tag ab. Aber bis heute ist er nicht wieder aufgetaucht.»

HAMBURG

«**Na,** wie war dein Urlaub?», begrüßte sie Redaktionskollege Jan mit Häme in der Stimme.

«Verzieh dich.» Melissa ging zu ihrem Arbeitsplatz, setzte sich neben ihren Kollegen Max. Sie wollte nur kurz mit Nolan reden und dann gleich wieder verschwinden.

«Sieh dich vor, der Chef ist nicht gut auf dich zu sprechen», rief Jan ihr hinterher. «Was hast du jetzt wieder verbockt?»

Sie sparte sich eine Antwort und schaltete stattdessen ihren Computer ein.

«Nimm's nicht persönlich.» Max tätschelte ihren Arm. «Der Typ ist ein Arschloch, dem ist nicht mehr zu helfen.»

«Du sagst es.»

Tatsächlich hatte sie von Nolan Adams seit mehreren Tagen nichts mehr gehört. Seit Zoes Verschwinden hatte sie keinen Kopf für die Arbeit gehabt und Mails aus dieser Richtung ignoriert, es war aber auch nichts Wichtiges eingegangen, vor allem keine Mail von ihrem Chef – bis jetzt. Er hatte eine Besprechung angesetzt, ohne weitere Erklärung. Weswegen auch immer er wütend auf sie war, sie glaubte nicht, dass sie das noch irgendwie würde schocken können.

Es war viel passiert seit ihrem Entschluss, sich mit dem Thema Plastik auseinanderzusetzen. Sie war nicht mehr die neue Kollegin, die sich beweisen musste. Sie hatte sich verändert.

Sie scrollte durch ihr Postfach. Ihr Bruder hatte ihr eine E-Mail geschickt, in der er von den neuesten Entwicklungen berichtete. Sie hatte sie schon vor Stunden gelesen, jetzt überflog sie sie noch mal. Dann war Zoe also vermutlich bereits in Deutschland – oder in einem anderen Land. Tobias hatte angekündigt, mit ihren Eltern zurückzufliegen, sobald sich dieser Verdacht weiter erhärtete. Das würde auch erklären, warum Jessica sich noch nicht gemeldet hatte, obwohl seit ihrem Treffen in der Kapelle schon mehr als 36 Stunden vergangen waren: Wenn sie Zoe persönlich gegen die Laborproben eintauschen wollte, musste sie sie zuerst herbringen. Und offenbar war sie sich sicher, dass Melissa in der Zwischenzeit nicht auf dumme Gedanken kommen würde.

Sie antwortete ihrem Bruder und schrieb, dass Leon seit ihrem Einbruch bei Cyaclean in der vergangenen Nacht vermisst wurde. In knappen Worten schilderte sie, wie sie die Flucht aus dem Büro der Geschäftsführerin ergriffen hatte und dann zum Schlauchboot gerannt, zurück zu Leons Auto gepaddelt und in Panik weggefahren war. Noch immer hatte sie den Schrecken nicht überwunden, als sie Leon bewusstlos am Boden gesehen hatte, wie Eric versucht hatte, sie zu packen ... Es waren Horrorbilder in ihrem Kopf.

Erst in der Düsseldorfer Innenstadt hatte sie sich beruhigen können, hatte Nelson Carius angerufen und ihn um Hilfe gebeten. Der BND-Agent, den sie wahrscheinlich aus dem Bett geholt hatte, hatte sofort eine Ringfahndung der Polizei veranlasst samt Straßensperren und Kontrollen der Ausfallstraßen – bisher ohne Erfolg. Auch die Durchsuchung des Cyaclean-Geländes hatte nichts gebracht. Leon und Eric waren spurlos verschwunden.

Melissa hatte kaum geschlafen. Sie war noch in derselben Nacht nach Hamburg gefahren, hatte sich im Auto verschanzt und war dann am Morgen in die Redaktion gekommen, auch wenn es das Letzte war, wonach sie sich fühlte.

Ihre Gedanken kreisten ständig um Leon. Wo war er? Wie mochte es ihm gehen? Ihr wurde übel bei der Vorstellung, er könnte nicht mehr am Leben sein.

Das konnte nicht sein. Das durfte nicht sein.

Mehr und mehr wurde ihr bewusst, wie viel er ihr bedeutete, wie sehr sie seine Freundschaft und seine Nähe genossen hatte. Bei ihm fühlte sie sich sicher. Und das sollte jetzt vorbei sein?

Sie schüttelte den Kopf. Sie würde nicht aufgeben, bis sie Leon gefunden hatte.

Und mit ihm Eric.

Als Eric Legrand ihr in Jessicas Büro gegenübergestanden hatte, war ihr mit einem Mal alles klar geworden. Die ganze Zeit hatte sie sich den Kopf zerbrochen, was diesen Mann an ihr interessierte, warum er sie verfolgte, wieso er sie hatte töten wollen. Sie hatte keine Ahnung gehabt, was sie zu seiner Zielscheibe machte. Und sie war der festen Überzeugung gewesen, Eric Legrand vor der Demo in München noch nie in ihrem Leben gesehen zu haben. Aber das stimmte nicht.

Sie hatte ihn schon einmal gesehen. Sie hatte ihn nur nicht erkannt. Aber er hatte sie erkannt. Und er hatte wahrscheinlich in diesem Moment den Entschluss gefasst, sie aus dem Weg zu räumen. Weil er glaubte, sie wüsste die Wahrheit, sie wäre die einzige Zeugin, die ihm gefährlich werden könnte.

Er war der Attentäter, der Cyaclean in die Luft gejagt hatte. Und er war der Mann mit Schweißerbrille und Mundschutz, mit dem sie auf dem Firmengelände zusammengestoßen war. Am Tag der Explosion.

Und er war der Unbekannte, der sie in Düsseldorf angegriffen hatte, als sie mit dem Fahrrad unterwegs gewesen war. Er hatte es auf die Reagenzröhrchen abgesehen, die Laborproben, die so wichtig waren, dass Menschen entführt und schlimmstenfalls getötet wurden.

«Melissa, ich wäre jetzt so weit.» Nolan unterbrach ihre Gedanken. Er winkte sie zu sich.

«Lass dich nicht unterkriegen!», flüsterte Max ihr zu.

Sie ging in sein Büro und schloss die Tür.

«Setz dich.»

«Danke. Ich wollte sowieso mit dir reden, wegen einer neuen Aktion auf *Daily Flashlight* – Arbeitstitel ‹Wo ist Zoe?›», begann sie. «Aus dem Ganzen ist mittlerweile eine Kriminalgeschichte geworden – und ich möchte die Öffentlichkeit nutzen, um Hinweise zu sammeln, um ...»

Mit einer Handbewegung brachte ihr Chef sie zum Schweigen.

«Melissa, was hast du dir nur dabei gedacht?» Nolans Gesicht war ernst. «Wie kannst du in ein Büro einbrechen? Ich habe einen Anruf von Jessica Weiss erhalten. Was ist in dich gefahren?»

Melissa fühlte sich, als hätte er ihr in den Magen geschlagen.

«Es ... es ... war ein Notfall, Nolan. Das Leben meiner Nichte steht auf dem Spiel. Jessica ist eine Kriminelle! Ich brauchte Beweise, um ...»

«Das ist Sache der Ermittlungsbehörden und nicht dein Job», unterbrach er sie. «Wo kommen wir hin, wenn jeder glaubt, selbst Polizei spielen zu können? Du hast eindeutig eine Grenze überschritten!»

Melissa atmete tief ein. «Es war notwendig», sagte sie dann. «Und ich stehe dazu. Da laufen schlimme Dinge, und ich werde nicht danebenstehen und zugucken.»

Nolan schüttelte den Kopf. «Melissa. Ich hatte so große Hoffnungen in dich. Aber irgendwie hast du nicht das richtige Verständnis für diesen Beruf.» Er seufzte. «So leid es mir tut, ich muss daraus Konsequenzen ziehen, ich hoffe, du verstehst das.»

«Was meinst du damit?»

«Du packst deine Sachen zusammen und verlässt diese Redaktion – und zwar sofort. Du bist nicht länger Teil unseres Teams. Ich werde von heute an auf deine Dienste verzichten.»

● ● ●

Zu Hause in ihrer Wohnung legte sich Melissa wie betäubt auf ihr Bett. Nolan hatte sie entlassen. Das hätte sie nie für möglich gehalten. Im Gegenteil hatte sie geglaubt, mit ihren Beiträgen vielleicht bald zur Redakteurin befördert zu werden – zumindest bis die jüngsten Ereignisse alles verändert hatten.

Eigentlich sollte sie woanders sein als in ihrer Wohnung, sich vor Eric verstecken, der aus Panik, dass sie ihn verraten würde, wahrscheinlich immer noch hinter ihr her war – aber in diesem Moment war ihr alles egal. Sie konnte nicht mehr. Die letzten Tage waren zu viel für sie gewesen. Sie fühlte sich schwach und ausgelaugt, alle Kraft war aus ihr gewichen.

Sie schaltete ihr Handy ein. Keine Nachricht von Leon. Sie schloss die Augen.

«Hallo, pennst du?»

Melissa fuhr hoch. Sie musste kurz eingeschlafen sein. Victoria saß an ihrem Bett und schüttelte sie.

«Was ist los mit dir?» Sie klang besorgt.

«Ach, Vicky.» Melissa sah sie an. «Alles geht den Bach runter ...» Plötzlich kamen ihr die Tränen, und sie konnte sie nicht aufhalten. Schluchzen schüttelte sie, als würde all die Verzweiflung, die sie in den letzten Tagen verdrängt hatte, jetzt über sie hereinbrechen. Zoes Entführung, Jessicas Drohung, der Einbruch, die Begegnung mit Eric und zuletzt auch noch Leons Verschwinden. Es war, als hätte sich eine Welle aus Wut und Trauer angestaut, gegen die sie nicht mehr ankam.

Ihre Freundin nahm sie in den Arm und hielt sie fest. Erst als Melissa sich etwas beruhigt hatte, ließ sie sie wieder los. «Erzähl.»

Melissa war froh, jemanden zu haben, die ihr zuhörte. Sie redete sich alles von der Seele, berichtete von ihrem Einbruch, von Leon und von Nolans Rauswurf.

«Was, er hat dich gefeuert? Spinnt der?» Victoria sah sie ungläubig an. «Das ist ja noch die Krönung nach dem ganzen Haufen Scheiße, der da passiert ist ...»

Melissa schniefte. «Gerade mach ich mir mehr Sorgen um Zoe und um Leon.» Sie richtete sich auf. «Und dieses verdammte Mikroplastik schwimmt immer noch in meinem Blut!» Sie musste fast lachen, als ihr klar wurde, dass sie daran in den letzten Wochen kaum einen Gedanken verschwendet hatte bei all dem Wahnsinn, der passiert war.

«Da weiß ich ein gutes Gegenmittel.» Victoria erhob sich. «Ich hole zwei Gläser und eine Flasche Wein, und wir treffen uns in der Küche. Manchmal kann ein Gläschen helfen, die Dinge klarer zu sehen.»

«Danke, für mich nichts.» Melissa rappelte sich vom Bett hoch, ging ins Bad, wusch sich das Gesicht und setzte sich zu ihrer Mitbewohnerin an den Tisch.

«Auf eine bessere Zukunft.» Victoria prostete ihr zu, Melissa blieb bei Mineralwasser. «Was wirst du jetzt tun?»

«Ich weiß es nicht.»

Sie musste warten, was Jessica als Nächstes tat. Bereit sein, jederzeit zu einer Übergabe aufzubrechen.

«Du darfst auf keinen Fall aufgeben. Versprich es mir.»

«Ich versprech's.» Melissa nippte an ihrem Wasser.

Noch einmal ging sie mit Victoria die letzten Tage durch, hörte zu, was ihre Freundin über die Entwicklungen dachte. Es half ihr, sich zu sortieren, und vielleicht lag es am Wasser, aber für den Moment hatte sie tatsächlich das Gefühl, etwas klarer zu sehen.

Nach einem Glas Wein stand Victoria auf. «Tut mir leid, ich muss noch zur Arbeit. Lenk dich ab, beschäftige dich mit was. Das bringt dich auf andere Gedanken.» Sie gab ihr einen Kuss auf die Wange. «Bis nachher.»

Wenig später fiel die Tür hinter ihr ins Schloss.

Melissa machte sich einen starken Kaffee, das Warten auf Jessicas Nachricht zerrte an ihren Nerven. Sie holte sich ihren Laptop und schaltete ihn ein. Immer noch spürte sie in der Hosentasche den Speicherchip, den Leon ihr im letzten Moment in die Hand gedrückt hatte.

Sie steckte ihn in den Laptop und wählte auf dem Bildschirm das Symbol für den Datenträger aus. Nacheinander klickte sie die Ordner an, die Leon von Jessicas Computer kopiert hatte.

Ein Teil waren Geschäftsschreiben an Zulieferer. Langweiliges Zeugs. Nur manche Mails erregten ihre Aufmerksamkeit. Es ging um den Wechsel des Lieferanten der Algenlösung. Melissa klickte sich durch den Schriftverkehr, durch Auftragsbestätigungen und Rechnungen. Bei einer E-Mail blieb sie hängen. Vorangegangen war eine automatisierte Meldung, offenbar hatte frühmorgens eine Abweichung im System dazu geführt, dass ein Alarm losging. In einer internen Mail, die nur Stunden später verfasst wurde, wies Jessica den Sicherheitschef Axel Turner an, die Nährlösungslieferungen des aktuellen Labors sofort zu stoppen, und rief ihn zu einer Besprechung in ihr Büro, es klang sehr dringend.

Melissa checkte die Daten, verglich sie mit ihren eigenen Recherchedateien auf ihrem Computer. Das war in der Nacht vor ihrem zweiten Besuch bei Cyaclean gewesen, als Leon sie herumgeführt hatte. Sie erinnerte sich noch, dass er von einem Alarm gesprochen und erzählt hatte, dass das ab und zu mal vorkäme und nichts weiter dabei sei. Hier las sich das ganz anders.

Sie klickte weiter. Noch am selben Tag war eine E-Mail des Labors eingegangen, das die Algen-Nährlösung produzierte, der Chef persönlich bezog sich auf ein Telefonat, das offenbar vorher stattgefunden hatte: Er weise die Anschuldigungen mit aller Vehemenz zurück – seine Nährlösung sei einwandfrei, eine toxische Kontamination sei unmöglich. Mögliche Schäden, die entstanden seien, könnten nur auf externe Sabotage zurückzuführen sein. Man distanziere sich von jeglicher Verantwortung.

Melissa wurde heiß. Sie las sich alles noch mal durch, machte sich Notizen. Fand eine weitere automatisierte Meldung, dass die Algenflüssigkeit nun erfolgreich erneuert worden sei. Teil für Teil setzte sich das Puzzle zusammen.

Vor sich hatte sie die Lösung des Rätsels, an dem sich die Behörden und das Land NRW seit Wochen die Zähne ausbissen: Hinter diesen kryptischen Nachrichten lag der Grund für das Fischsterben. Es war die einzige logische Erklärung: Offenbar hatte eine verunreinigte Nährlösung die komplette Algenproduktion unbrauchbar gemacht. Um den Fehler zu vertuschen, hatte man die gesamte verdorbene Algensuppe in den Inkubatorbecken einfach abgelassen und ausgetauscht. Die giftige Flüssigkeit landete im Abwasser und führte im Rhein zu den bekannten katastrophalen Folgen.

Melissa war wie elektrisiert. Sie sah sich weitere E-Mails und Dokumente an und versuchte die Abläufe zu rekonstruieren. Immer weiter ging sie in der Zeit zurück.

In einem Schreiben, das an einem Dienstag zwei Wochen zuvor eingegangen war, kündigten die Behörden eine kurzfristige Qualitätskontrolle bei Cyaclean an: «Wir planen diesen zusätzlichen Termin in unseren Kontrollrhythmus ein, um Bedenken in der Öffentlichkeit zu zerstreuen», wie es hieß. Melissa dachte an das Schreiben von Dr. Voss. Sie hatten sich also tatsächlich von ihm unter Druck setzen lassen.

Sie warf einen Blick auf das festgelegte Datum.

Es war der Tag nach der Explosion.

Zwei Tage nachdem die vergiftete Nährstofflösung den nächtlichen Alarm ausgelöst hatte. Die Kontrolle war für den Tag geplant gewesen, als Melissa im Krankenhaus lag, als Leon ihr Blumen gebracht hatte. Als drei Labormitarbeiter gerade ihr Leben verloren hatten. Und das nur aus einem einzigen Grund, der ihr immer klarer wurde.

Der Anschlag sollte dazu dienen, den Einsatz der toxischen Nährstofflösung zu vertuschen und Zeit zu gewinnen. Auf keinen Fall durfte eine Qualitätskontrolle Proben der Algensuppe nehmen, die unter Umständen noch Reste der Lösung enthielt, noch nicht einmal die kleinste Spur des Gifts durfte gefunden werden.

Deshalb hatte man alles in die Luft gejagt.

Und der Plan war aufgegangen: Sofort nach dem Desaster hatte Jessica bei einem anderen Speziallabor eine neue Nährlösung bestellt, Leitungen und Behälter teilweise ausgetauscht und die Produktion umgehend wieder hochfahren lassen. Deshalb fanden die Kontrolleure und Gutachter, die Ryan und die Polizei engagiert hatten, später keine verdächtigen Stoffe mehr – alles war unbedenklich. Und das musste so sein, andernfalls hätte Cyaclean die sofortige Schließung gedroht, das Ende des Projekts wäre unausweichlich gewesen, ein Scherbenhaufen für Ryan und das gesamte Unternehmen. Und ein drohender Milliardenverlust.

Melissa hatte keinen Zweifel daran, wer hinter alldem steckte: Jessica Weiss. Und ihr Freund Eric, den Melissa am Tag der Explosion auf dem Cyaclean-Gelände gesehen hatte.

Jessica hatte Tote in Kauf genommen, hatte sich immer mehr in ihre düsteren Machenschaften verstrickt – bis hin zu Zoes Entführung. Denn hier lag der simple Grund, wieso sie die Proben aus jenen Tagen unbedingt zurückbrauchte: Sie waren nun der einzige Beweis, dass bei Cyaclean etwas furchtbar schiefgelaufen und Gift in die Tanks gelangt war. Offensichtlich hatte sie es versäumt, diese Beweismittel rechtzeitig beiseitezuräumen – Leon und Melissa waren ihr mit dem Einbruch im Labor und dem Diebstahl der Röhrchen zuvorgekommen. Vielleicht hatte sich Jessica auch in falscher Sicherheit gewogen und angenommen, dass niemand auf die Idee kommen würde, nach den Proben zu fragen, schließlich war eine Verbindung mit der Explosion überhaupt nicht naheliegend. Oder sie hatte sie noch austauschen wollen. Wie auch immer – diese Nachlässigkeit war ein schwerer Fehler gewesen.

Melissa war wie im Fieber. Immer tiefer grub sie sich in die Dokumente: Sie wollte nun die ganze Wahrheit ans Licht bringen.

In einem gesonderten Ordner fand sie einen gespeicherten E-Mail-Verkehr, der wohl nicht über das Firmennetzwerk gelaufen war. Dort waren Schreiben zwischen Jessica und Eric Legrand zu finden. Offensichtlich pflegten die beiden weiterhin eine Liebesbeziehung, trafen sich regelmäßig. Und eindeutig war Eric derjenige, der für die schmutzigen Jobs zuständig war.

Es gab Unmengen an Schriftverkehr, aus dem Melissa nichts ableiten konnte. Doch über einige E-Mails an Jessica stolperte sie. Sie kannte den Absender. Der Inhalt war brisant – Befehle, Handlungsanweisungen, Drohungen.

Je mehr sie las, desto erschrockener wurde sie.

Das änderte alles.

Sie klappte ihren Laptop zu. Nun wusste sie, was zu tun war.

In diesem Moment klingelte ihr Handy. Auf dem Bildschirm stand «Anrufer anonym». Zitternd nahm Melissa ab.

Es war Jessica.

RHEINUFER

Dunkelheit.

Schmerz.

Aufruhr im Gehirn, die Gedanken wirr.

Leon öffnete die Augen. Seine Schläfe pochte.

Er wollte seinen Kopf nach Wunden abtasten, aber er konnte sich nicht bewegen.

Er registrierte, dass er auf einem Bett lag, Hände und Beine gefesselt. Er versuchte zu atmen, aber ein Stück Stoff steckte in seinem Mund, fixiert mit Klebeband, und er bekam nur mühsam Luft.

Langsam normalisierten sich seine Sinne.

Das Letzte, an das er sich erinnern konnte, war der Kampf mit Eric im Büro von Cyaclean, der Schlag auf die Schläfe.

Wie lange war er bewusstlos gewesen? Wo war er hier?

Vorsichtig drehte er den Kopf. Mit dem Knebel fiel auch das schwer. Offensichtlich befand er sich in einem Wohnmobil. Die Fenster und der Fahrbereich waren mit Jalousien abgedunkelt, doch durch die Ritzen drang Licht herein. Es musste Tag sein.

Von draußen hörte er Verkehrslärm, eine Schiffssirene und ein Plätschern wie von Wellen. Er nahm an, das Wohnmobil stand irgendwo am Rheinufer, vielleicht in einem Gewerbegebiet. Vermutlich hatte Eric es in der Nähe des Cyaclean-Geländes geparkt und ihn bewusstlos hergebracht. Und dann? War er mit ihm weitergefahren? Wie weit war er jetzt von Cyaclean entfernt? Waren sie noch in Düsseldorf?

Das Innere des Wohnmobils war komplett ausgestattet mit dem Bett, einem Klapptisch, einer Sitzbank, einer kleinen Küche und Vorratsschränken. Benutztes Geschirr war in der Spüle zu sehen, Bierflaschen in einer Ecke, alte Pizzakartons stapelten sich. An einem Haken mehrere Hemden und Hosen.

Nun wurde Leon klar, warum niemand Eric zu fassen bekam, warum nie jemand seine Adresse herausgefunden hatte: Der Mann hatte keine feste Wohnung, sondern lebte in diesem Camper. Wahrscheinlich immer unterwegs, ständig woanders.

Ein ideales Versteck für einen Kriminellen.

Er schloss die Augen.

Melissa.

Ihr Name schoss ihm durch den Kopf.

Was war mit ihr geschehen? Hatte sie fliehen können? War sie unverletzt? Beim Gedanken an sie verkrampfte sich sein Herz. Er hätte sie da nicht mit hineinziehen dürfen. Der Einbruch war seine Idee gewesen, er hatte Beweise gegen Jessica Weiss sammeln wollen.

Eine selten dumme Idee. Sie waren in eine Falle getappt.

Und nun lag er hier, gefesselt, einem Fanatiker ausgeliefert. Er versuchte seine Hände zu befreien, riss an den Kabelbindern, aber sie schnitten nur umso tiefer in seine Haut.

Die Tür ging auf, Eric kam herein.

«Gib dir keine Mühe.»

Er schloss die Tür gleich wieder hinter sich, dann lugte er durch die Schlitze der Jalousien, um zu sehen, ob ihm jemand gefolgt war. Er setzte sich auf die Bank und betrachtete Leon wortlos.

Leon fühlte sich unter dem abschätzigen Blick seines Entführers unwohl. Er war ihm wehrlos ausgeliefert. Konnte er Eric überzeugen, ihn freizulassen?

Und wenn nicht ...? Er spürte die Angst in sich hochsteigen.

«Soso, du bist aufgewacht, wie schön», sagte Eric schließlich, beugte sich vor und riss ihm das Klebeband vom Mund. Leon würgte den Stoffklumpen heraus. Endlich konnte er frei atmen.

«Versuch gar nicht erst zu schreien oder um Hilfe zu rufen», sagte Eric. «Wir sind hier an einem abgelegenen Ort, keiner wird dich hören.»

«Ich muss aufs Klo.» Das stimmte zwar nicht, aber Leon hoffte, so vielleicht von seinen Fesseln loszukommen.

«Vergiss es.» Ein hässliches Lachen. «Du kannst dir gerne in die Hose machen, ist mir egal.»

«Was soll das, Eric? Was soll dieser ganze Scheiß, was hast du mit dieser Firma zu schaffen, gegen die du demonstrierst?»

Wieder dieses Lachen. «Du bist ein Witzbold, Leon, das muss ich schon sagen.»

Die Überheblichkeit dieses Typen widerte Leon an. Er spürte Wut in sich aufsteigen. «Wo ist Melissa? Was hast du mit ihr angestellt?» Er setzte sich auf, so gut es mit seinen Fesseln ging.

«Die Schlampe ist entkommen, aber das ist mir recht. Sie hat noch einen Termin mit Jessica.»

Die Nachricht beruhigte Leon. Melissa lebte, sie war frei. «Und du bist der Handlanger von Jessica?», probierte er es mit einer Provokation, um den Mann aus der Reserve zu locken. «Du bringst Leute um, erledigst die Drecksarbeit, oder? Ich frage mich, warum. Für die Algen? Oder wegen der guten alten Zeiten?»

Als Antwort schlug ihm Eric mit der flachen Hand ins Gesicht. Leon wurde nach hinten geschleudert, in seinen Ohren rauschte es.

«Nenn mich nie wieder Handlanger!» Erics Stimme war schneidend kalt. «Du bist nicht in der Position, hier groß rumzutönen. Sei vorsichtig – sonst kriegst du gleich noch was aufs Maul!»

Benommen versuchte sich Leon wieder aufzurichten. Sein Gesicht brannte. «Dennoch», brachte er hervor. «Lohnt es sich, für Cyaclean zu töten?»

«Du willst es also wirklich wissen.» Der Mann beugte sich vor. «Also gut, du kannst sowieso nichts mehr weitererzählen, deshalb sage ich dir was.» Er lächelte verklärt. «Es ist wie im Krieg, weißt du? Für die richtige Sache müssen Opfer gebracht werden. Menschen sterben, jeden Tag – im Krankenhaus, im Straßenverkehr. Oder eben für eine bahnbrechende Methode, die Menschheit von Mikroplastik zu befreien.»

«Eine Methode, die aktuell den Rhein vergiftet», sagte Leon trocken.

«Du kannst die Fische ja fragen, wie der Cocktail geschmeckt hat, wenn du demnächst selbst auf dem Grund liegst.» Erics Lächeln war verschwunden, er sah Leon todernst an. «Es war alles perfekt, wir waren schon so weit gekommen, wir waren auf der Zielgeraden. Aber dann ist ein einziges Mal etwas schiefgegangen, ein *einziges* Mal! Damit hatten wir nicht gerechnet, da mussten wir improvisieren.»

Improvisieren? Leon war sich nicht sicher, ob er verstand, worauf Eric hinauswollte. Aber das einzig Wichtige war, dass er ihn beschäftigt hielt – bis ihm ein Weg einfiel, wie er aus dieser Situation rauskam.

«Ich find's auch scheiße, was mit dem Rhein passiert ist, glaub mir!» Eric stand auf, er war lauter geworden. «Aber hier geht es um etwas viel Größeres, verstehst du? Solange keiner beweisen kann, dass Cyaclean der Verursacher ist, sind wir auf der sicheren Seite. Und deswegen brauchen wir die beschissenen Laborproben, die ihr gestohlen habt.» Er setzte sich wieder. «Sie müssen verschwinden. Keine Proben – keine Probleme. So einfach ist das.»

«Und wegen dieser scheiß Proben entführt ihr ein *Kind*?» Leon war fassungslos. «Sag mal, merkst du noch irgendwas? Wie kommt man auf so einen Schwachsinn? Ist dir jedes Mittel recht, um deiner langjährigen Freundin zu helfen? Oder sollte ich besser sagen: deiner Geliebten?»

Eric verzog das Gesicht. «Du kannst es nennen, wie du willst. Jessica und ich sind Seelenverwandte. Wir kennen uns ewig, wir haben Seite an Seite gekämpft. Uns verbindet so viel mehr als nur eine grandiose Idee. Aber das verstehst du nicht – und deine Melissa auch nicht.»

«Wozu hast du dich dann noch in dieser Umweltgruppe *Cosmo Creatures Alliance* engagiert, an ihren Demos teilgenommen?»

«Ich habe der Gruppe versprochen, für sie da zu sein. Und ich halte meine Versprechen. Außerdem kann ich die *Alliance*-Leute für meine Zwecke einspannen, sie sind bei Bedarf meine Armee, verstehst du?» Erics Lächeln war zurück, es machte Leon nur noch wütender.

«Ich verstehe nur, dass ihr alle Menschen aus dem Weg räumt, die euch gefährlich werden können. Wie bei dem Politiker Peter Voss. Der geht doch auch auf dein Konto, oder nicht?»

«Dieser Vollidiot hat sich eingebildet, uns mit seiner Stimmungsmache und jetzt mit der Anzeige bei der Staatsanwaltschaft einen Knüppel zwischen die Beine werfen zu können. Ich hab dafür gesorgt, dass er nie mehr reden kann. Damit ist seine Anzeige hinfällig. Eine elegante Lösung, oder nicht?» Er verschränkte selbstgefällig die Arme.

Leon schwieg. Der Typ ging wirklich über Leichen. Trotzdem hatte er ihn noch nicht umgebracht. Eric schien etwas von ihm zu wollen. Das war seine einzige Chance, eine winzige Hoffnung, dass er doch am Leben blieb.

«Du fragst dich, wieso du noch nicht tot bist, was?» Eric beugte sich vor und kam ihm mit seinem Gesicht ganz nah. «Ich will von dir nur eins wissen: Wo sind die Laborproben jetzt? Hast du sie oder deine Freundin? Verrate es mir, und ich lasse dich vielleicht gehen.»

Leon wusste, der Mann würde ihn nicht gehen lassen.

«Keine Ahnung.»

«Bitte, mach es mir nicht so schwer.» Eric rückte noch näher an ihn heran. «Ich frage dich nochmals: Wo sind die Röhrchen?»

«Ich weiß es nicht.»

Blitzschnell schlug Eric zu.

Der Faustschlag traf Leon in den Magen. Er krümmte sich, ihm wurde übel, und er glaubte, sich gleich übergeben zu müssen.

«Verarsch mich nicht! Wo habt ihr die Proben versteckt? Rede, verdammt noch mal!» Spucketröpfchen trafen Leon im Gesicht.

«Du kannst so oft zuschlagen, wie du willst», stöhnte er. «Ich weiß es nicht.»

Leon schrie, während Eric ihn mit harten Schlägen bearbeitete. Er versuchte sich wegzudrehen, doch sein Peiniger richtete ihn immer wieder auf und schlug erneut zu. Leon fühlte das Blut in seinem Mund, sein ganzer Körper schmerzte, er war nicht mehr fähig, einen klaren Gedanken zu fassen.

«Hör auf», brachte er hervor.

Eric ließ sich wieder auf seinen Stuhl fallen. «Hast du schon genug? Ich höre.»

«Ich hab die Proben nicht», flüsterte er. «Ich weiß nicht, wo sie sind.»

«Wenn du sie nicht hast, wird deine kleine Freundin sie haben. Wo hat die Schlampe sie versteckt? Sag es!»

«Ich ... Ich weiß es nicht.» Leon tat sich schwer, die Worte zu formen. Was mochte nun geschehen? Drohte ihm der Tod?

Er dachte an Melissa, dachte an seine Eltern. Wie gern hätte er noch mit ihnen gesprochen, all die Dinge gesagt, die er längst sagen wollte. Sollte er in diesem Wohnmobil sterben?

«Das war die falsche Antwort, mein Junge.» Eric stand auf und holte eine Tüte aus dem Schrank. «Ist das nicht Ironie – eine Plastiktüte?» Er lachte. «So ein dreckiger, böser Stoff, was? Wir sollten ihn verbieten.»

Er packte Leon und zog ihm die Tüte über den Kopf.

«Überleg dir, ob du nicht doch reden willst.»

Mit unerbittlicher Kraft drückte er die Tüte zusammen.

Leon wand sich in seinen Fesseln. Das Plastik klebte an seinem Gesicht. Seine Lunge gierte nach Luft. Er versuchte verzweifelt einzuatmen, aber saugte nur die Folie ein. Er spürte, wie jede Zelle seines Körpers nach Sauerstoff schrie.

War das das Ende?

Er sah in das verschwommene Gesicht Erics. Dann wurde er ohnmächtig.

KAPITEL 37
NEUSS

Nelson und Diana kletterten durch die Hecktür in den unauffälligen Van in der Seitenstraße eines Wohngebietes.

«Gibt's was Neues?» Diana setzte sich neben den Einsatzleiter des Polizei-Sonderkommandos.

«Nach wie vor ruhig, keine Bewegung hinter den Fensterscheiben.» Er deutete auf den Überwachungsmonitor, der ein Einfamilienhaus etwa hundert Meter entfernt zeigte.

«Ist die Frau überhaupt zu Hause?»

«Wir haben Jessica Weiss gestern Abend hineingehen sehen. Ein Kind hatte sie nicht dabei», antwortete der Beamte. «Seitdem ist sie nicht wieder herausgekommen.»

«Und die Ringfahndung nach Eric Legrand und Leon Feininger?» Nelson machte sich Sorgen, weil die Polizei diesen Eric bisher nicht hatte ausfindig machen können – obwohl nach Melissa Freys Flucht vom Cyaclean-Gelände und ihrem Alarmanruf umfassende Straßensperren eingerichtet worden waren und die Einsatzkräfte jedes Fahrzeug kontrollierten. Bei der Untersuchung des Tatortes waren Blutspuren von Leon Feininger gefunden worden, ebenso gab es Spuren eines Kampfes. War Feininger verletzt? Lebte er überhaupt noch? Und was hatte dieser Eric als Nächstes vor? Nelson traute ihm alles zu.

Sie mussten ihn stoppen, ebenso seine Partnerin und Mitverschwörerin Jessica Weiss. Durch die Hinweise von Melissa Frey und Leon Feininger und die Nachricht von Tobias Frey, dass Zoe höchstwahrscheinlich tatsächlich ausgeflogen worden war, hatte sich der Verdacht gegen sie erhärtet. Die Frau war gefährlich, das spürte Nelson. Sie wusste, was sie wollte. Und sie hatte Legrand, der es mit allen Mitteln für sie durchsetzte.

«Bisher haben wir leider noch keine Vollzugsmeldung», berichtete der Einsatzleiter. «Aber weit kann der Kerl nicht sein. Ich glaube nicht, dass er es aus Düsseldorf rausgeschafft hat – vermutlich sitzt die Ratte in einem Versteck irgendwo in der Stadt.»

Nelson musterte die Bilder auf den Monitoren. Diana und er hatten die Überwachung des Privathauses von Jessica Weiss hier in Neuss angeordnet und sich einen Durchsuchungsbeschluss besorgt, um auf diesem Wege Aufschluss über den Aufenthaltsort von Melissa Freys Nichte Zoe zu erhalten. Sie würden die Frau heimlich beschatten, wenn sie ihr Haus verließ. Vielleicht führte sie sie zu Zoes Versteck.

Doch seit Stunden tat sich nichts.

«Und wenn sie uns entwischt ist?» Diana runzelte die Stirn.

«Unwahrscheinlich.» Der Beamte schüttelte den Kopf. «Ihr Auto steht noch in der Einfahrt.»

«Auszuschließen ist es dennoch nicht. Wir müssen sichergehen, dass wir nicht umsonst auf der Lauer liegen, uns läuft die Zeit davon», sagte Nelson. «Könnte einer Ihrer Beamten klingeln – vielleicht getarnt als Pizzabote oder Paketzusteller?»

Der Einsatzleiter nickte. «Das lässt sich machen.» Er gab einige Befehle über das Funkgerät durch. Eine Viertelstunde später klingelte ein Mann mit einem Päckchen in der Hand an Jessica Weiss' Eingangstür.

Niemand öffnete.

Er probierte es noch mal. Ohne Erfolg.

Der Mann ging ums Haus herum und verschwand aus dem Blickfeld der Kamera. «Ich versuche es an der Terrassentür», klang seine Stimme aus einem Funkgerät. Ein Klopfen war zu hören. «Eine Lieferung für Frau Weiss, ist jemand zu Hause?», sagte er lauter. Keine Antwort.

«Ich versuche, durch die Fenster zu sehen», gab er durch. Rascheln war zu hören. Dann, wenig später: «Niemand zu sehen – der Vogel ist ausgeflogen.»

«Dann sollten wir nicht länger warten und das Haus durchsuchen.»

Diana klang verärgert, und auch Nelson war nicht glücklich darüber, dass sie durch die Gelassenheit der Polizei offenbar Zeit verloren hatten.

Er öffnete die Tür des Vans und trat hinaus, bevor er sich noch einmal zu dem Polizisten umwandte. «Bitte schicken Sie Ihre Kollegen. Und halten Sie den Durchsuchungsbefehl bereit.»

Dann folgte er Diana.

Es dauerte nur eine Minute, bis ein Spezialist die Tür geöffnet hatte. Ein Trupp Beamter betrat das Haus, sicherte das Gebäude und verteilte sich in den Zimmern. Jessica war nicht zu Hause. Wie auch immer sie entkommen war.

Die nächste Stunde filzten die Einsatzkräfte sämtliche Räume.

«Hier haben wir was», rief ein Beamter. Diana und Nelson eilten in ein Zimmer im ersten Stock, das offensichtlich Jessicas privater Arbeitsplatz war: ein Schreibtisch aus Glas, darauf Monitor und Computer, an den Wänden Regale mit Büchern und Akten.

Auf dem Tisch hatte der Mann Teile von Dokumenten aus dem Papierkorb zu ordnen versucht. «Das sollten Sie sich ansehen.»

Diana und Nelson untersuchten die Papiere, die nachlässig zerknüllt und zerrissen waren. Sie glätteten die Blätter und puzzelten, wie die Stücke zusammenpassten, es war eine vertrackte Tüftelei. Nelson probierte, die Teile anhand der Risskanten zu ordnen, Diana konzentrierte sich eher auf die Zeilen, die nach und nach ganze Sätze ergaben. Langsam kamen sie voran.

«Wer sagt's denn!» Diana legte das letzte Stück an seinen Platz und ließ einen zufriedenen Blick über das Ergebnis wandern.

Es waren Computerausdrucke. Drei Blätter zeigten Flugverbindungen zu Zielen in Afrika und Asien, etwa in den Sudan, den Jemen und nach Mali.

«Da will jemand abhauen in ein Land, wo keine Strafverfolgung zu befürchten ist», stellte Nelson fest. «Die Frau hat richtig Dreck am Stecken.» Er wandte sich an den Beamten. «Das ändert die Sachlage. Wir müssen eine große Fahndung nach ihr rausgeben und die Fahndung nach Legrand ebenfalls auf Flughäfen im Ausland ausweiten. Jessica Weiss darf uns nicht entwischen. Ihr Telefon wird bereits überwacht – möglicherweise finden wir auf diesem Weg eine Spur.»

«Und da haben wir einen weiteren Beweis, dass Jessica bei der Entführung von Zoe Frey eine wichtige Rolle spielt.» Diana zeigte auf zwei weitere Papiere, auf denen Charterfirmen in Deutschland, Frankreich und Belgien aufgelistet waren, die Privatjets vermieteten. Sie deutete auf einen Namen. «Von dieser Charterfirma wurde der Jet angemietet, der Zoe nach Europa gebracht hat.»

«Was macht Sie da so sicher?», fragte der Leiter der Kriminalpolizei, der in diesem Moment den Raum betrat.

«Wir haben die Flugnummer eines Privatjets, der von Boston nach Brüssel gestartet ist. Jedoch ist das Flugzeug nicht in Brüssel gelandet, sondern änderte kurz vor der Landung seinen Kurs nach Lüttich in Belgien, das näher an der deutschen Grenze liegt. Dieser kleinere Flughafen wird nicht so lückenlos mit Videokameras überwacht wie der in Brüssel.» Diana holte ihr Handy heraus und rief eine Datei auf. «Durch die Flugüberwachung haben wir den Jet in Lüttich gefunden – abgestellt in einem Randbereich. Geholfen haben uns dabei tatsächlich sogenannte Plane Spotter, die als Hobby jede Flugbewegung verfolgen, die Jets fotografieren und dann auf ihre Websites stellen.» Sie zeigte eine etwas unscharfe Aufnahme auf dem Mobiltelefon. Darauf war ein Mann zu sehen, der offenbar gerade einen Privatjet verlassen hatte und ein kleines Mädchen in einem Rollstuhl vor sich herschob. Diana vergrößerte das Bild. «Das Foto haben wir auf so einer Website gefunden. Die Kleine ist eindeutig Zoe.»

«Die Zollbeamten in Lüttich haben den Ausweis des Mannes kontrolliert», sagte Nelson. «Darauf heißt er Russell Brown, 44 Jahre alt – aber wahrscheinlich ist der Pass eine Fälschung. Er hat angegeben, seine Tochter Avery zur Behandlung nach Aachen bringen zu wollen.»

«Vermutlich sind beide nie dort angekommen», meinte der Beamte.

Nelson nickte. «Leider haben wir kein Kennzeichen und kein Bild von dem Fahrzeug, mit dem sie weitergereist sind. Wir haben alle Krankenhäuser im Umkreis kontaktiert – nirgends ist ein Mädchen eingeliefert worden, deren Beschreibung auf Zoe passt.»

«Was wir wissen, ist, dass sie in Lüttich gelandet ist und sich also auf europäischem, vielleicht sogar auf deutschem Boden befindet», sagte Diana. «Das ist einerseits gut, andererseits kommen wir von da aus gerade nicht weiter.»

«Es ist nicht viel mehr als ein grober Anhaltspunkt.» Der Leiter der Kriminalpolizei sah sie abwechselnd an. «Ich hoffe, dass Sie noch mehr herausfinden. Wenn Sie weitere Unterstützung brauchen, melden Sie sich gerne.»

Nelson bedankte sich. Wenn er ehrlich war, war er sich nicht sicher, ob ihre Suche nach dem Mädchen erfolgreich sein würde. Es gab in der Region einfach zu viele mögliche Verstecke. Aber immerhin: Es sah alles danach aus, dass Zoe noch am Leben war – zumindest war sie lebend in Lüttich gelandet.

«Bitte informieren Sie die relevanten Stellen über diese neuen Entwicklungen», sagte Diana zu dem Beamten. «Und halten Sie uns auf dem Laufenden, wenn Sie hier auf weitere Hinweise stoßen.»

Nelson und Diana verabschiedeten sich, verließen das Haus der Geschäftsführerin und gingen zum Auto.

«Und jetzt?», fragte Diana, als sie eingestiegen waren.

«Wir warten auf die Übergabe der Laborproben an Jessica. Melissa Frey hat zugesagt, Bescheid zu geben, sobald sie Kontakt mit ihr aufnimmt.»

«Diese Jessica muss aus der Deckung kommen – dann schnappen wir sie.» Diana nickte entschlossen. «Ich werde ihr mit Vergnügen Handschellen anlegen.»

Nelsons Handy piepte. Es waren gleich mehrere neue Nachrichten aufgelaufen. Er rief die Dateien auf. Eine kam von den Spezialisten beim BND, die endlich den USB-Stick vom Genfer Schließfach entschlüsselt hatten. Er öffnete die Datei und sah sich die Dokumente an.

«Das ist der Hammer», sagte er verblüfft. «Guck dir das an.» Er zeigte Diana den Inhalt und beobachtete die Veränderung in ihrem Gesicht, während sie las.

«Das ändert alles.» Sie schüttelte den Kopf. «Wir haben uns geirrt.»

Die andere Datei auf seinem Handy kam vom Schweizer Geheimdienst-Kollegen, den sie in Genf getroffen hatten. Er hatte ihnen Fotos von den Überwachungskameras bei der Schließfachfirma geschickt. Die Aufnahmen zeigten eine Person beim Betreten und Verlassen des Gebäudes.

«Mein Gott.» Dianas Stimme war ein Flüstern. «Das fasse ich einfach nicht.»

BONN

Melissa war nervös. Ständig sah sie sich um, ob sie beobachtet wurde. Sie hatte sich kurzfristig entschlossen, den beiden BND-Beamten doch nichts von ihrer Aktion zu sagen – zu groß war ihre Angst, etwas könnte schieflaufen. Nun war sie auf sich allein gestellt.

Der Himmel war wolkenverhangen, Regen lag in der Luft. Sie betrat den Alten Friedhof. Was würde sie erwarten? Unangenehme Erinnerungen an das erste Treffen mit Jessica wurden wach. Verstohlen musterte sie die Umgebung. Eine alte Frau ging vorbei, in der Hand eine Gießkanne. Ein Rentner kniete an einem Grab und zupfte Unkraut aus der Erde. Niemand beachtete sie.

Jessica hatte darauf bestanden, sich zur Übergabe der Laborproben wieder in der Georgskapelle zu treffen. «Komm allein, bring die Röhrchen mit und versuch bloß keine Tricks», hatte sie am Telefon gesagt. Die Rufnummer war unterdrückt gewesen, aber die kalte Stimme war unverkennbar. «Lass dein Handy zu Hause. Und keine elektronischen Ortungsgeräte an deinem Körper. Wenn du mich reinlegen willst oder plötzlich die Polizei auftaucht, dann wirst du Zoe nie mehr wiedersehen – ich schwöre es.»

«Bevor ich dir die Proben übergebe, will ich einen Beweis, dass meine Nichte noch lebt», hatte Melissa gefordert. «Oder es wird nichts aus dem Deal.»

«Keine Sorge, den Beweis liefere ich dir. Also, um sechzehn Uhr am Treffpunkt.»

Langsam ging Melissa über den Friedhof, die Umhängetasche mit den Laborproben drückte sie fest an sich. Sie sah auf die Armbanduhr. Noch fünf Minuten. Die Kapelle kam in ihr Blickfeld.

Jessica war nicht zu sehen.

Sollte sie hineingehen? Unschlüssig blieb sie vor der Eingangstür stehen. Es kostete sie alle Kraft, ruhig zu bleiben. Ihre Hände zitterten, ihr Herz schlug wie verrückt. Sie hatte sich auf eine hochgefährliche Situation mit ungewissem Ausgang eingelassen. Jessica war zu allem fähig – das hatte sie bereits bewiesen. Aber Melissa musste das Risiko eingehen, es war die einzige Chance, Zoe zurückzubekommen.

Sie drückte die schwere Tür auf. Der Innenraum war leer. Die kleinen Fenster ließen nur wenig Licht herein. Es roch modrig. Sie setzte sich auf einen der Stühle und wartete.

Die Zeit verging langsam.

Sie sah auf die Uhr. Eine Viertelstunde war vergangen, Jessica war immer noch nicht da. Hatte sie Verdacht geschöpft? Wusste sie, dass Melissa über alles Bescheid wusste? Ihr Magen verkrampfte sich. Zoes Bild tauchte vor ihrem inneren Auge auf, wie sie klein und schwach in einem dunklen Raum saß, allein und verlassen.

Sie stand auf und ging nervös hin und her. Da fiel ihr am Altar, direkt unter dem Kreuz, ein Gegenstand auf.

Es war ein Briefumschlag. *Melissa* stand darauf.

Zitternd öffnete sie den Umschlag und nahm das gefaltete Blatt Papier heraus. Es war eine kurze Nachricht:

Verlasse sofort die Kapelle und gehe zum Budafok-park. Pass auf, dass dir niemand folgt.

Suche einen Umschlag mit deinem Namen im Mülleimer beim Windeckbunker.

Hastig lief Melissa hinaus und fragte eine Frau, die ihr entgegenkam, nach dem kürzesten Weg zum Park. Sie verfluchte sich, weil ihr der Umschlag so spät aufgefallen war.

Es waren nur wenige Minuten bis zu der Parkanlage, ein kleines Stück Grün mit einem Spielplatz, eingezwängt zwischen Straßen und Bürogebäuden. Eine Gruppe Jungs spielte Fußball, ein Mann in abgewetzter Kleidung schob einen Einkaufswagen mit leeren Flaschen. Im Hintergrund erhob sich der Betonklotz des alten Wehrmachtsbunkers.

Melissa suchte nach dem Mülleimer. Sie fand ihn etwas abseits des Wegs, zugemüllt mit Pizzakartons und Papiertüten eines Schnellimbisses. Nacheinander holte sie die Reste heraus und untersuchte jedes einzelne Stück.

Ein Umschlag war nicht dabei.

Erneut wühlte sie sich durch den Abfall, mittlerweile waren die Papierreste überall am Boden zerstreut.

Keine Nachricht von Jessica.

Sie sah sich um. Die Jugendlichen hatten mittlerweile aufgehört zu spielen und beobachteten sie. Auch der Mann mit dem Einkaufswagen war stehen geblieben.

Das konnte nicht sein. Sie musste den falschen Mülleimer erwischt haben. Hektisch sah sie sich um und entdeckte näher am Bunker einen zweiten Abfallkorb. Sie spürte, wie das Adrenalin durch ihre Adern pumpte. Wie viel Zeit hatte sie noch? Schnell raffte sie den Müll grob zusammen und stopfte ihn wieder zurück, dann rannte sie los.

Der andere Behälter war gefüllt mit leeren Bierflaschen. Melissa räumte sie heraus. Darunter lag ein weißer Luftpolsterumschlag mit ihrem Namen. Mit zitternden Fingern öffnete sie ihn und zog ein Mobiltelefon heraus. Es war eingeschaltet.

«Hey, was soll das?»

Der Mann mit dem Einkaufswagen hatte sich hinter ihr aufgebaut.

Melissa sah ihn irritiert an. «Wie bitte?»

«Unverschämt, meine Flaschen zu klauen!» Seine Stimme war voller Zorn. «Die gehören mir. Alle!»

«Ich will Ihre Flaschen gar nicht, Sie dürfen alles behalten.»

«Und das Handy ist auch meins!» Der Mann kam näher und stand jetzt direkt vor ihr.

Sie wich zurück. «Tut mir leid, das Handy ist für mich gedacht.»

Die Jungs mit dem Fußball waren herangekommen, jetzt umringten sie Melissa und den Mann. Offenbar witterten sie ein aufregendes Spektakel.

«Alter, das ist so uncool, dem armen Mann seinen Besitz wegzunehmen», sagte einer. «Haben Sie vor gar nichts Respekt?»

«Genau, das würde ich mir nicht gefallen lassen», rief ein anderer dem Flaschensammler zu. «Hol dir zurück, was dir gehört!»

«Gib das Handy her, los jetzt!»

Der Mann griff nach dem Telefon, Melissa konnte gerade noch ihren Arm wegziehen und es in der Tasche verschwinden lassen. Sie wollte gehen, aber die Jugendlichen hielten sie auf.

«Wir könnten auch ein Handy gebrauchen», sagte ein Junge und grinste. «Also, was ist? Rück es raus!»

Melissa sah sich um. Ihr lief die Zeit davon. Sie musste hier weg, längst hätte sie Jessica anrufen sollen.

«Okay, okay, ihr habt gewonnen.» Sie griff in die Tasche, holte aber nicht das Handy, sondern ihr Portemonnaie heraus, nahm ein paar Scheine und warf sie auf den Boden. Ihr Ablenkungsmanöver funktionierte, sofort stürzten sich die Jugendlichen darauf. Es kam zu einer Rangelei, die auch den Pfandflaschensammler kurz ablenkte.

Das nutzte Melissa, um zu verschwinden. An der Budapester Straße rief sie die einzige Nummer an, die abgespeichert war.

Jessica meldete sich. «Was machst du so lange?» Sie klang ungehalten. «Ich wollte die ganze Sache schon abbrechen.»

«Ich wurde aufgehalten.»

«Aufgehalten also.» Jessica lachte schrill. «Denk dran: Ich habe dich im Auge. Keine Polizei. Niemand darf dir folgen.»

«Ich weiß.»

«Also, pass auf: Lauf zum Bonner Hauptbahnhof. In fünf Minuten melde ich mich wieder. In *genau* fünf Minuten. Ich beobachte dich.»

Sie legte auf.

Melissa sprintete los, auch wenn sie keine Ahnung hatte, wo dieses Verwirrspiel enden würde. Aber ihr blieb keine Wahl. Der Hauptbahnhof war ausgeschildert, sie rannte quer durch die Fußgängerzone.

Atemlos erreichte sie den Bahnhof. Das Telefon klingelte.

«Du hast genau eine Minute, die nächste Straßenbahn Linie 66 nach Bad Honnef zu nehmen. Sieh zu, dass du sie erwischst. Ich melde mich wieder.»

Melissa rannte zur Haltestelle. Die Anzeigetafel zeigte das richtige Gleis. Sie schaffte es gerade noch, in die Bahn zu springen. Hinter ihr schloss sich die Tür.

Hoffentlich kontrolliert jetzt niemand die Fahrkarten, dachte sie. Sie hatte keine Zeit für Diskussionen mit einem Schaffner. Unauffällig musterte sie die übrigen Fahrgäste – Jessica war nicht dabei.

Die Tram querte den Rhein und schaukelte in Richtung Süden. Menschen stiegen ein und aus, keiner beachtete sie. Melissa sah aus dem Fenster. Die Dichte der Bebauung nahm ab, zwischen den Häusern zeigte sich immer mehr Grün.

Wo würde sie aussteigen? Und wie sollte sie sich verhalten, wenn sie Jessica gegenüberstand? Sie wusste, sie konnte in eine Falle laufen, ihr Leben war in Gefahr. Diese Frau würde vor nichts zurückschrecken. Aber was waren die Alternativen?

Es gab keine.

Die Straßenbahn fuhr in den Bahnhof Oberkassel ein. Wieder klingelte das Telefon.

«Steig aus.»

Jessica legte wieder auf.

Melissa verließ die Tram. Unschlüssig umrundete sie das Bahnhofsgebäude. Auf einem Parkplatz standen mehrere Autos, ein Gehweg führte weg, flankiert von Bäumen und Büschen. Das Handy klingelte.

«Folge dem Weg.»

Melissa gehorchte. Auf der einen Seite verliefen die Gleise, die andere Seite war eine Wand aus Grün, die Häuser dahinter waren nur zu erahnen. Kein Mensch war zu sehen.

Sie ging geradeaus, nur dumpf nahm sie Vogelgezwitscher wahr. Es kam ihr vor, als befände sie sich in einem Tunnel. Wie unwirklich, dass die Welt um sie herum einfach weiterlief, während sie auf dem Weg war, ihrer kleinen Nichte das Leben zu retten. Zoe, von der sie nur hoffen konnte, dass sie noch nicht tot war. Wie hatte all das passieren können?

Plötzlich trat eine Frau direkt vor ihr auf den Weg.

«Hallo, Melissa.» Jessica kam näher.

Melissa wurde klar, sie musste die ganze Zeit hier auf sie gewartet haben. Vermutlich hatte sie ihre Bewegungen durch eine Ortungssoftware auf dem Handy beobachtet.

«Dir ist niemand gefolgt?»

«Wie du siehst, bin ich allein hier. Wo ist Zoe?» Sie bemühte sich um eine feste Stimme, doch es gelang ihr nicht.

«Mach das Handy aus.»

Jessica holte ein kleines Gerät aus ihrer Tasche, eine Art Miniscanner, schaltete es ein und hielt es in Melissas Richtung. Langsam bewegte sie es an ihrem Körper auf und ab.

«Du bist sauber. Tatsächlich keine elektronischen Abhörgeräte und keine Peilsender.» Zufrieden steckte sie den Apparat wieder weg. «Hast du die Ware?»

Melissa hob ihre Umhängetasche. «Hier drin. Aber zuerst will ich einen Beweis, dass meine Nichte noch lebt und dass es ihr gut geht.»

Sie sah sich unauffällig um. Es waren keine anderen Personen zu sehen. Offenbar war Jessica tatsächlich allein gekommen. Sie musste sich sicher fühlen. Was nicht verwunderlich war: Sie hatte schließlich Zoe.

«Der Kleinen geht es bestens», sagte sie selbstgefällig. «Wir haben ihr kein Haar gekrümmt.»

«Warum benutzt du ein kleines Mädchen als Geisel?», brach es aus Melissa heraus. «Bei allen deinen Untaten – das ist die mieseste Aktion, die ich mir denken kann. Das Kind ist *krank*, Jessica, verstehst du das? Zoe braucht Medikamente, sie muss versorgt werden, sie kann nicht einfach ...» Sie brach ab. Sie musste vorsichtig sein, nicht die Kontrolle zu verlieren. Egal wie wütend sie war, das würde ihr hier nichts bringen. Diese Frau war eiskalt.

«Du kapierst überhaupt nichts, Melissa.» Jessica ließ ein falsches Lachen hören. «Zoe interessiert mich im Grunde nicht, das habe ich dir schon mal gesagt, erinnerst du dich? Auch du bist mir letztlich egal.»

«Warum hast du sie dann kidnappen lassen?», fragte Melissa, obwohl sie die Antwort bereits wusste.

«Weil sie mir nützt, ganz einfach. Sie ist das perfekte Druckmittel, um zu bekommen, was ich will. Wärt ihr beide, du und Leon Feininger, der Verräter, nicht in so einer dummen Aktion ins Labor eingebrochen und hättet nicht die Proben der Nährstofflösung gestohlen – dann wäre alles anders gelaufen, und wir beide stünden heute nicht hier.»

«Und das ist es wert? Menschenleben für eine Innovation?» Melissa spürte Tränen der Wut, die ihr in die Augen stiegen. «Eric und du – müsst ihr denn über Leichen gehen, um euer Projekt zu retten?»

«Ach Mädchen, sei nicht naiv. Eric und ich haben immer mit vollem Einsatz gespielt, solange wir uns kennen. Das ist unser Naturell, das verbindet uns. Und die Beseitigung von Mikroplastik durch das Cyaclean-Verfahren ist eine Chance, die man als Geschäftsführerin nur einmal im Leben erhält. Dadurch wird man berühmt. Und man verdient sehr viel Geld. Glaubst du wirklich, ich lasse mich auf meinem Weg zum großen Erfolg von zwei kleinen Möchtegernhelden aufhalten?» Sie lächelte. «Da kennst du mich schlecht.»

Die Kälte ihrer Stimme jagte Melissa einen Schauer über den Rücken. «Was habt ihr mit Leon gemacht? Ist er noch am Leben?»

«Darum kümmert sich Eric. Ich befürchte, dein kleiner Toyboy weilt nicht mehr lange unter uns.»

«Du ... du ...!» Melissa war wie gelähmt vor Wut und Verzweiflung. Sie verspürte den unaufhaltsamen Drang, sich auf Jessica zu stürzen, doch ihr Verstand hielt sie zurück. Sie musste Zoe retten, um nichts anderes ging es hier.

Jessica schien zu ahnen, was in ihr vorging. «Beherrsch dich. Zu deinem eigenen Besten. Und zeig mir die Ware.»

Melissa trat einen Schritt zurück, holte die Reagenzgläschen aus der Tasche und hielt sie für einen Moment ins Licht. Danach steckte sie die Proben sofort wieder zurück.

«Und jetzt der Beweis, dass Zoe lebt.»

Jessica nahm ihr Mobiltelefon, wählte eine Nummer und wartete, bis ein Bild erschien. Sie hielt Melissa den Bildschirm entgegen. «Hier ist sie. Du kannst jetzt mit ihr sprechen.»

Sie hatte ein Videotelefonat aktiviert. Auf dem Display war Zoe in einem Rollstuhl zu sehen. Sie wirkte müde, aber unverletzt. Sie befand sich in einem kleinen Raum oder einer Ecke eines Raumes, durch das Fenster hinter ihr war ein Waldstück zu sehen. Fast schien es, als seien die Wände leicht schief.

«Hallo, Zoe, Liebes, hörst du mich?» Melissa schrie es fast heraus. Erleichterung und Panik lösten eine Welle an Emotionen in ihr aus. Angestaute Tränen rannen ihr die Wangen herunter. «Zoe!»

Es dauerte ein wenig, bis die Kleine reagierte.

«Melissa, heim ...» Zoe streckte ihre Hand nach dem Bildschirm aus. «Melissa, abholen ...»

«Das ist genug.» Jessica unterbrach die Verbindung. «Jetzt gib mir die Laborproben.»

«Wo finde ich Zoe?» Melissa wischte ihre Tränen weg. «Wie weiß ich, ob du Wort hältst?»

«Du wirst mir wohl oder übel vertrauen müssen.» Jessica kam näher. «Ich schicke dir die Navigationsdaten ihres Aufenthaltsortes, wenn ich in Sicherheit bin.» Sie stand nun direkt vor Melissa und streckte die Hand aus. «Gib her.»

Plötzlich klang lautes Gelächter zu ihnen herüber. Jessica hielt inne.

Melissa hörte es auch. Es kam vom Weg hinter ihr.

Gleichzeitig blickten sie dorthin.

Ein junges Pärchen kam aus einem Gartentor, der junge Mann hatte den Arm um seine Freundin gelegt.

Er grinste schief. «Sorry, wir ... wir wollten eure Unterhaltung nicht stören. Klingt ja ziemlich dramatisch ...»

Melissa wandte sich wieder Jessica zu, in deren Gesicht sich etwas verändert hatte. «Gehen Sie ruhig weiter!» Ihre Stimme war schrill. «So war das nicht geplant, Melissa», zischte sie. «Gib mir die Proben!»

Sie griff nach der Tasche, doch Melissa wich zurück. Im Bruchteil einer Sekunde traf sie eine Entscheidung. Sie holte aus und trat mit aller Kraft gegen Jessicas Knie.

Jessica schrie auf. Sie taumelte, stürzte, rappelte sich hoch. Stolperte den Weg hinunter.

«Das wirst du bereuen, Melissa!», rief sie, bevor sie seitlich in einen Pfad verschwand. «Du wirst Zoe nie mehr wiedersehen!»

Sekunden später waren Motorengeräusche zu hören, und Jessica war fort.

RHEINUFER

Leon schlug die Augen auf. Sein Kopf schmerzte. Ein unerträglicher Hustenreiz quälte ihn, aber der Knebel, der wieder in seinem Mund befestigt war, machte das Husten unmöglich.

Wie lange war er bewusstlos gewesen? Ein wenig Licht drang durch die geschlossenen Jalousien und zeigte ihm, dass es immer noch Tag sein musste. Weit weg hörte er Straßenverkehr, in der Nähe erklangen Schiffssirenen.

Langsam richtete er sich auf. Er war allein. Er befand sich weiterhin auf dem Bett in dem Wohnmobil, Hände und Füße mit Kabelbindern fixiert. Ein Seil verband seine Fesseln mit einem Rohr, das an der Wand des Wohnwagens verlief.

Erics Angriff steckte ihm noch in den Gliedern. Mit Schrecken erinnerte er sich an die Panik, als der Mann ihm eine Plastiktüte über den Kopf gezogen hatte, als er verzweifelt nach Luft gierte.

Eric hatte ihn nicht getötet – noch nicht. Leon machte sich keine Illusionen: Der Mann würde ihn umbringen, sobald die Laborproben in den Händen seiner Freundin Jessica waren. Bis dahin würde er ihn schlagen, ihm eine Tüte über den Kopf ziehen, bis er bewusstlos wurde, und wer weiß, welche Foltermethoden ihm noch in den Sinn kamen. Vielleicht hatte Melissa die Röhrchen bereits übergeben. Leon hoffte inständig, dass ihr dabei nichts zugestoßen war. Der Gedanke, sie zu verlieren, war ihm unerträglich.

Er sah sich um. Die Zeit drängte. Eric konnte jeden Moment zurückkommen und sein Werk vollenden. Doch Leon würde sich nicht von ihm zu Tode quälen lassen. Er würde ums Überleben kämpfen. Was hatte er schon zu verlieren?

Er musste etwas finden, womit er sich von seinen Fesseln befreien konnte.

Es kostete ihn Mühe, sich auf die Beine zu stellen und trotz zusammengebundener Hände und Füße das Gleichgewicht zu halten.

In kleinen Hüpfern bewegte er sich vorwärts entlang der Rohrleitung, an die er gefesselt war. Das Seil erlaubte es gerade, den niedrigen Vorratsschrank zu erreichen.

Mit Kopf und Nase versuchte er die Schranktür zu öffnen, mehrfach drückte er gegen den kleinen Griff, der die Tür verschlossen hielt, damit sie während der Fahrt nicht aufschwang. Nach wenigen Minuten schaffte er es endlich. Der winzige Erfolg gab ihm neue Energie. Im Innern fanden sich Packungen von Nudeln und Müsli, ein paar Kunststoffbecher und Teller – alles untauglich.

Als Nächstes machte er sich an der Schublade darüber zu schaffen. Zu seiner Enttäuschung lagen darin nur einige Gabeln und Löffel, ein Flaschenöffner, aber kein Messer – offenbar hatte Eric die scharfen Gegenstände vorsichtshalber entfernt.

Leon sah sich um. Der Herd brachte ihn auf eine Idee. Er wurde mit Gas betrieben, eine entsprechende Stahlflasche entdeckte er im Unterschrank. Ihm gelang es unter schmerzhaften Verrenkungen, das Öffnungsventil mit den Füßen zu erreichen und aufzudrehen. Er drückte den Knopf der Piezozündung, und tatsächlich: Nach mehreren Versuchen erklang ein Zischen, und eine Flamme leuchtete aus dem Brennerkopf der Herdplatte.

Bingo!

Leon jubelte innerlich. Jetzt begann der schwierigste Teil. Er stellte sich an den Herd, sammelte sich einen Moment – dann zog er mit aller Kraft am Seil, mit dem er fixiert war, und hielt seine Handfesseln über die Flamme.

Sofort spürte er die Hitze, die seine Haut verbrannte. Der Schmerz war schier unerträglich. Er wand sich, schrie, aber der Knebel in seinem Mund ließ den Laut nur gedämpft heraus.

Nach Sekunden, die sich wie Minuten anfühlten, war das Plastik des Kabelbinders geschmolzen, er konnte seine Arme befreien. Seine Hände waren wund und mit Brandblasen übersät, die sich anfühlten wie glühende Kohle auf seiner Haut. Aber er war frei.

Er riss den Knebel aus dem Mund, atmete tief durch, als würde er seine Lungen das erste Mal mit frischer Luft füllen. Danach entledigte er sich seiner Fußfesseln.

«Was machst du da?»

Erics Stimme hinter ihm. Er hatte ihn nicht kommen hören.

Leon wirbelte herum.

Aber es war zu spät.

Eric hatte die Situation sofort erfasst und warf sich auf ihn.

Leon krachte gegen den Schrank. Benommen richtete er sich wieder auf.

Aus den Augenwinkeln sah er, wie sein Gegner zum Schlag ausholte. Er versuchte, die Faust mit den Händen abzuwehren. Aber Eric traf ihn in den Bauch, griff seine verletzten Hände und quetschte sie zusammen.

Der Schmerz durchfuhr Leon wie ein elektrischer Schlag. Er schrie auf.

Eric packte ihn am Hals und drückte zu.

«Hast du gedacht, deine kleine Befreiungsnummer bringt was?» Leon spürte Erics Atem direkt in seinem Gesicht, die klaren grünen Augen waren nur Zentimeter vor seinen. «Glaubst du wirklich, du entkommst mir?»

Als Antwort brachte Leon nur ein Röcheln heraus. Er versuchte, Erics Arm wegzuschieben und den Griff zu lösen, doch jede Berührung tat ihm weh.

«Winde dich nur!» Eric lachte. «Es hilft dir nichts. Gleich wird dein Schmerz für immer vorbei sein. Ich erlöse dich. Versprochen.»

Er drückte noch fester zu.

Leon suchte fieberhaft einen Ausweg, in seinem Gehirn wirbelten die Gedanken durcheinander. Die Umgebung verschwamm vor seinen Augen.

Er musste einsehen, er war verloren.

Er würde sterben. Gleich hier.

«Du sollst mir in die Augen sehen, wenn du abkratzt.» Eric zog ihn näher zu sich. «Ich will den Moment genießen.»

Leon sammelte all seine Kraft und versuchte, sich nach vorne zu werfen. Es gelang ihm nicht. Doch für einen Augenblick lockerte sich Erics Griff.

Er erinnerte sich an die Küchenschublade. Mit letzter Kraft packte er die kleinen Finger seines Gegners und riss sie auseinander. Es knackte hässlich.

Eric schrie, ließ los, setzte aber gleich wieder zum Angriff an.

Leon taumelte zurück. Seine Hand tastete nach der Schublade, zog sie auf. Er bekam eine Gabel zu fassen und stach zu. Sein Blick wurde wieder klarer. Er sah, dass er getroffen hatte.

Einen Wimpernschlag lang begriff Eric nicht, was geschehen war.

Er wollte die Gabel aus seinem Hals ziehen, doch Leon sprang nach vorne. Er prallte mit seinem Gegner zusammen. Beide fielen zu Boden, er kam auf Eric zu liegen, umklammerte dessen Arme.

Blut quoll aus Erics Halswunde. Der Blutfluss wurde stärker, bald war das Blut überall – auf ihrer Kleidung, am Boden, Leon spürte die warme Flüssigkeit an seinen wunden Händen.

Sein Gesicht war nur wenige Zentimeter von Erics Gesicht entfernt. Sie sahen sich direkt in die Augen.

Keiner sagte ein Wort.

Eric schien nur langsam zu begreifen, dass ihn das Leben verließ. Er wehrte sich nicht mehr dagegen, sondern hatte diesen entrückten Blick, aus dem reine Verwunderung sprach.

Leon fühlte sich leer, müde. Er wusste nicht, wie lange er seinen Gegner so festhielt.

Erst als er die starren Augen sah, drang es in sein Gehirn.

Der Mann war tot.

KAPITEL 38
BAD WIESSEE

Nelson gähnte. Er blickte auf die Uhr: 5.25 Uhr.

«Ich kann mich nicht daran erinnern, wann ich das letzte Mal so früh aufgestanden bin.» Er nahm einen weiteren Schluck aus seinem Kaffeebecher. «Und dann auch noch für die Arbeit. Das ist geradezu unmenschlich.»

«So ist das Agentenleben. Du wirst dich daran gewöhnen. Verrückt eigentlich, dass das nicht längst passiert ist – wir haben dich wohl zu sehr geschont.»

Diana starrte unverwandt aus dem Fenster ihres Einsatzfahrzeugs zu dem schmiedeeisernen Eingangstor, hinter dem die Kieseinfahrt begann. Im Garten war durch die Bäume undeutlich das Wohnhaus zu sehen. Nirgends brannte Licht, alles schien ruhig. Eine Deutschlandflagge wehte an einem Mast.

«5.30 Uhr. Wir starten die Aktion», tönte die Stimme des Einsatzleiters aus dem Lautsprecher.

«Na dann los.» Diana überprüfte ihre Waffe. «Ich freue mich schon drauf, unseren Freund wiederzusehen.»

Sie stiegen aus und folgten dem Trupp vermummter Gestalten vom Einsatzkommando. Die Beamten machten sich am Schloss des Eingangstors zu schaffen und öffneten es mit einem Spezialgerät.

Wütendes Gebell ertönte, zwei Schatten kamen um die Ecke.

«Castor und Pollux», murmelte Nelson. «Unsere Lieblinge.»

Ein Polizist feuerte zwei Schüsse aus einem Betäubungsgewehr ab. Die beiden Rottweiler jaulten auf. Nach wenigen Sekunden sackten sie zusammen und blieben bewusstlos auf dem Rasen liegen.

Die Beamten stürmten durch das Tor und die Einfahrt hinauf, ihre Waffen im Anschlag.

Da ertönte ein Schuss.

Eine Kugel pfiff über sie hinweg.

Sofort gingen alle in Deckung, gleichzeitig fächerten sich die Einsatzkräfte auf, wie in einer lang geübten Choreografie, und liefen geduckt auf das Wohnhaus zu.

«Halt, stehen bleiben!», durchschnitt eine Stimme die Luft. «Verschwinden Sie von meinem Grundstück! Ich weiß mich zu verteidigen.» Auf der Terrasse stand Otto Tietz und feuerte weitere Schüsse mit einem Jagdgewehr ab. «Verschwindet, verdammtes Pack!»

«Hier spricht die Polizei. Herr Tietz, legen Sie sofort die Waffe nieder», tönte es aus einem Megafon. «Ich wiederhole: Legen Sie die Waffe nieder, oder wir schießen.»

«Jeder kann behaupten, dass er von der Polizei ist», schrie Tietz. «Das ist ein billiger Trick!»

Er hielt sein Gewehr weiter schussbereit.

Einer der Beamten feuerte einen Warnschuss ab.

Nelson arbeitete sich näher an die Terrasse heran, blieb aber in Deckung. «Herr Tietz, hier sind Nelson Carius und Diana Winkels. Wir kennen uns bereits. Nehmen Sie die Waffe herunter.»

Tietz zögerte, er schien mit sich zu hadern. Dann senkte er das Gewehr.

Nelson richtete sich auf. «Das ist ein Polizeieinsatz. Leisten Sie keinen Widerstand. Es hat keinen Zweck.»

Tietz schien zu überlegen. «Schon gut», sagte er dann und legte sein Gewehr ab.

Sofort rannten drei Spezialkräfte auf ihn zu, überwältigten ihn und untersuchten ihn auf weitere Waffen.

«Schaffen Sie den Mann ins Haus.» Diana war hinzugekommen, sie und Nelson gingen hinterher ins Wohnzimmer.

Jemand drückte auf den Lichtschalter. Erst jetzt sah Nelson, dass Tietz nur einen Flanellschlafanzug trug. Die Beamten drückten den Mann aufs Sofa, er ließ es widerwillig geschehen.

Der Raum sah noch genauso aus wie vor einigen Wochen, als sie zum ersten Mal hier gewesen waren: die altmodische Einrichtung, die Trophäen an den Wänden. Es hatte sich nichts verändert.

«Bleiben Sie auf der Couch sitzen und rühren Sie sich nicht», sagte Diana im Befehlston. «Unsere Spezialkräfte verstehen keinen Spaß, glauben Sie mir.»

Zwei Beamte postierten sich links und rechts von Tietz. Nelson und Diana setzten sich ihm gegenüber in die Sessel.

«Was wollen Sie hier? Sie sind unrechtmäßig in mein Anwesen eingedrungen. Ich werde Sie verklagen, das ist Ihnen hoffentlich klar.» Tietz gab sich unbeeindruckt.

«Wir haben eine richterliche Durchsuchungsanordnung.» Diana reichte ihm das Papier. «Es geht um Ihren illegalen Handel mit Müll – und die Sabotage von Cyaclean.»

Tietz las das Papier und warf es auf den Tisch. «Und wegen dieser Lappalie tauchen Sie in Kompaniestärke hier auf und spielen Wilder Westen?»

«Nicht nur das.» Nelson gab ihm ein weiteres Dokument. «Hier ist zusätzlich ein Haftbefehl.»

«Was ...?» Die selbstbewusste Fassade des Mannes bekam erstmals Risse. «So ein Unsinn! Was werfen Sie mir vor?»

«Das ist eine lange Liste», sagte Diana. «Die wichtigsten Punkte: Umweltverbrechen, Zollvergehen und Steuerhinterziehung, das allein reicht für mehrere Jahre Gefängnis. Außerdem ist zu prüfen, ob gegen das Arbeitsrecht verstoßen wurde, und es liegen verschiedene Verbrechen im Bereich des illegalen Handels im europäischen Raum auf dem Tisch.»

Nelson beobachtete den Mann. Sein Gesicht war fahl geworden.

«Und das Wichtigste: Wir kriegen Sie auch wegen des Untergangs des Frachtschiffes *Indian Rosebud* dran», fügte er hinzu. «Aufgrund Ihrer Aufträge sind Teile des Mittelmeers über Jahrzehnte mit Plastikmüll verseucht. Und das Entscheidende: Sie sind mitverantwortlich für den Tod von dreizehn Besatzungsmitgliedern. Dieses Verbrechen bleibt nicht ungesühnt.»

«Ich habe mit alldem nichts zu tun ...» Tietz versuchte sichtbar, seine Fassung zu bewahren. «Ich bin nur ein ganz gewöhnlicher Reeder. Sie können mir nichts beweisen, Sie ...»

«Und ob wir das können.» Diana beugte sich vor. «Wir haben den Inhalt auf dem USB-Stick entschlüsselt, den wir in Ihrem Schließfach in Genf gefunden haben. Sie sind geliefert, Herr Tietz. Oder sollen wir lieber sagen, Herr Zeissner?»

Tietz schluckte. «Ein Schließfach in Genf? Kenne ich nicht.»

«Pech für Sie, dass die Aufnahmen der Überwachungskamera in Genf zeigen, wie Sie das Gebäude der Schließfachfirma betreten und wieder verlassen.» Nelson legte Überwachungsbilder auf den Tisch. «Wir haben alles, Herr Tietz, Sie müssen sich die Mühe nicht machen. *Sie* sind das Mastermind des illegalen Plastikentsorgungsnetzwerkes. *Sie* sind der eigentliche Müllpate, der im Hintergrund die Fäden gezogen hat. Über Jahre haben sie heimlich eine illegale Müllentsorgungskette aufgebaut, von der Abholung bis zur Verwertung, vorbei an den offiziellen Stellen. Sie konnten Ihren Kunden versprechen, jeden Dreck verschwinden zu lassen – dafür kassierten Sie hohe Summen.»

«So ein Schwachsinn!», rief Tietz. «Sie bluffen doch ... Gar nichts haben Sie in den Händen. Alles Vermutungen. Lächerlich!»

«Da täuschen Sie sich. Die entschlüsselten Dokumente auf dem USB-Stick sind unter anderem von Ihnen persönlich unterschriebene Verträge. Diese Unterlagen beweisen: *Sie* sind in Wirklichkeit Bruno Zeissner, Sie haben diesen Tarnnamen benutzt, um Ihre Geschäfte abwickeln zu können, ohne dass irgendetwas zu Ihnen zurückzuverfolgen ist.» Nelson konnte seine Genugtuung nicht verbergen. «Die Verträge zeigen außerdem, dass Rudolf Hoppe in Wirklichkeit nur auf Ihre Weisung und in Ihrem Auftrag handelte. Er leitete die Firma Innovative Cleaning, die Sie als offizielle Schaltzentrale Ihres Netzwerks etabliert haben. Hoppe war quasi ein Werkzeug für Sie. Und dafür haben Sie ihn fürstlich entlohnt. Ein cleverer Schachzug – so konnten Sie im Hintergrund bleiben, Hoppe war die Figur, die nach außen hin in Erscheinung trat und für Sie die Arbeit erledigte – die Drecksarbeit, im wahrsten Sinne des Wortes. Eine perfekte Tarnung für Sie, Herr Tietz, während Sie Ihr Imperium vergrößerten.»

«Übrigens, Ihr Komplize wird ebenfalls gerade verhaftet», sagte Diana. «Wir werden Hoppe Strafminderung in Aussicht stellen. Es würde mich sehr wundern, wenn er nicht gegen Sie aussagt.»

«Der Mann ist ein notorischer Lügner, das weiß doch jeder!» Tietz wollte aufspringen, doch seine Bewacher drückten ihn zurück aufs Sofa. «Hoppe ist ein Krimineller. Jetzt will er mir alles in die Schuhe schieben, um seine Haut zu retten, da steht doch Aussage gegen Aussage!»

Nelson schüttelte den Kopf. «Das ist Pech, Herr Tietz, denn, wie gesagt, haben wir umfassende Beweise. Und noch größeres Pech ist, dass den Behörden William Johnson ins Netz gegangen ist.»

«Was? ... William ... Ich meine, Mister Johnson ist aufgetaucht?» Der Müllunternehmer fuhr sich mit den Händen übers Gesicht. «Das ... das ...»

«Die portugiesische Polizei hat ihn geschnappt.» Nelson verschränkte die Arme. «Sie glauben gar nicht, wie gern er eine Aussage gemacht hat. Und er hat Sie schwer belastet, wie Sie sich offenbar schon denken können. Das wird Ihnen das Genick brechen, Herr Tietz.»

«Ich möchte meinen Anwalt sprechen.»

«Den werden Sie auch brauchen.» Diana erhob sich. «Herr Tietz, stehen Sie auf!»

«Das ... Nein ...»

Seine Bewacher zerrten ihn hoch.

«Die Hände auf den Rücken.»

Diana ließ die Handschellen klicken. Sie sah zufrieden aus.

«Und jetzt begleiten Sie uns bitte. Ihre netten Hunde lassen wir hier.»

MÖNCHENGLADBACH

Melissa wartete im Airport-Terminal. Sie war mit Zug und Bus angereist, nachdem Ryan Hill sie überraschend angerufen hatte. Sobald sein Flieger landete, würde sie ihn hier treffen. Und dann würde das alles hoffentlich bald ein Ende haben.

Sie hatte kaum geschlafen. Nachdem der erste Versuch einer Übergabe so dramatisch gescheitert war, hatte sie sich schwere Vorwürfe gemacht. Sie hatte Jessica in die Flucht geschlagen und war dabei einem reinen Instinkt gefolgt: Wenn sie ihr die Proben übergeben hätte, hätte sie keine Sicherheit mehr gehabt, Zoe jemals wiederzusehen. Der Auftritt des Pärchens hatte Jessica so aus dem Konzept gebracht, dass Melissa ihren einzigen Trumpf in diesem Moment nicht aus der Hand geben konnte. Die Frau war unberechenbar. Und sie hatte unmissverständlich klargemacht, dass Zoe ihr völlig egal war. Ihr war alles zuzutrauen.

Aber die Schuld, die auf Melissa lastete, wog noch viel schwerer. Sie war es schließlich gewesen, die alle in diese schreckliche Sache reingezogen hatte: Ihretwegen war Zoe überhaupt erst entführt worden, ihretwegen war der BND involviert, und ihretwegen war Leon in Jessicas Büro gewesen, sodass Eric ihn hatte überwältigen und ebenfalls entführen können. Das alles war ganz allein ihre Schuld. Und sie würde es wieder in Ordnung bringen.

Als Jessica weg war, hatte Melissa kurz mit dem jungen Pärchen gesprochen, die Situation mit Familienstreitigkeiten begründet und war dann in ein Hotel gefahren. Gestern Abend hatte sie Ryan angerufen und ihm alles erzählt. Er hatte ihr endlich seine Unterstützung zugesagt und sich schockiert über Jessicas Verhalten und die neuesten Entwicklungen gezeigt. Melissa erfuhr, dass Ryan seit ihrem letzten Telefonat immer wieder selbst versucht hatte, mit Jessica Kontakt aufzunehmen, aber gescheitert war – bis sie sich dann, nach dem Treffen mit Melissa, doch zurückgemeldet hatte. Offenbar war ihr Wahnsinn nun endlich auch zu ihm durchgedrungen. Am Ende des Gesprächs stand der Wunsch nach einem neuen Übergabeversuch.

Melissa hatte das Telefon fest umklammert gehalten. «Warum hat sie es sich anders überlegt?» Die grausame Ankündigung, sie werde Zoe nie wiedersehen, war ihr immer noch im Ohr und verursachte ihr Gänsehaut, wenn sie daran zurückdachte.

«Ich habe lange auf sie eingeredet, habe ihr gesagt, es war nicht deine Schuld, dass die Übergabe gescheitert ist, und gefordert, sie soll Zoe freilassen. Ohne Bedingungen. Sonst zerstört sie unwiderruflich den Erfolg unseres gemeinsamen Projekts – und das kann nicht in ihrem Sinne sein. Aber sie besteht auf der Übergabe der Proben.»

«Ich gebe ihr, was sie möchte, Hauptsache, dieser Albtraum hat endlich ein Ende.»

«Ich werde dich begleiten. Und ich glaube, wir sollten uns an ihre Forderungen halten: keine Polizei. Es steht einfach zu viel auf dem Spiel – niemand will, dass Zoe etwas passiert. Ich verspreche dir, ich werde dafür sorgen, dass alles gut geht. Und dass Jessica ihre gerechte Strafe bekommt.»

Jetzt stand Melissa im Terminal und sah sich unschlüssig um. Ryan hatte ihr einen Treffpunkt genannt, den sie auch auf Anhieb gefunden hatte, aber er schien noch nicht hier zu sein.

«Melissa!», rief eine Stimme.

Sie drehte sich um. Ryan kam aus dem Ankunftsbereich und winkte ihr zu.

«Die ganze Sache ist schrecklich», sagte er zur Begrüßung. «Ich hätte nie geglaubt, dass Jessica so mein Vertrauen missbrauchen könnte. Du hattest recht, es tut mir leid, dass ich anfangs so skeptisch war.»

«Hallo, Ryan.» Melissa ließ zu, dass er sie zur Begrüßung kurz umarmte. «Danke, dass du gekommen bist. Hauptsache, wir haben Zoe bald zurück.»

Ryan nickte. «Das werden wir.»

Sie gingen zusammen hinaus zum Parkplatz, wo bereits ein Bote wartete, der Ryan die Schlüssel für einen Mietwagen übergab. Es war ein unauffälliger, schwarzer Kleinwagen.

«Also fahren wir los.» Ryan deponierte seine Tasche auf dem Rücksitz und setzte sich ans Steuer.

«Wohin geht's?» Melissa nahm auf dem Beifahrersitz Platz.

«Offen gesagt, weiß ich das selbst nicht.» Er wirkte gestresst und nervös, immer wieder sah er sich um. «Jessica hat noch mal angerufen und meinte, sie würde uns das Ziel rechtzeitig nennen. Sie will aber sichergehen und besteht deshalb darauf, dass nur wir beide kommen – keine Polizei, keine Peilsender, unsere normalen Handys dürfen wir nicht dabeihaben, das hatte ich dir ja schon gesagt. Können wir ihr das zusagen?»

Melissa nickte. «Ich bin allein, mein Handy ist nicht hier, niemand weiß von diesem Ausflug.»

«Gut, greif mal bitte vorn in meine Reisetasche.»

Melissa holte ein Wegwerfhandy hervor, es war bereits eingeschaltet.

«Das hat sie am Flughafen für mich hinterlegen lassen», sagte Ryan, nahm es ihr ab und legte es aufs Armaturenbrett. «Ich bin gespannt, was sie damit vorhat.»

Melissa fühlte sich ganz und gar nicht wohl. Die Vorstellung, erneut auf Jessica zu treffen und ihr ausgeliefert zu sein, machte ihr Angst. Doch sie musste diese Angst überwinden, sich der Gefahr stellen. Das war sie Zoe schuldig.

«Und die Laborproben, hast du die dabei?» Ryan lenkte das Fahrzeug vom Parkplatz.

Melissa holte die Fläschchen aus ihrer Umhängetasche und zeigte sie ihm. «Alles wie besprochen.»

«Gut. Jetzt warten wir auf Jessicas Anruf.»

Kaum drei Minuten später klingelte das Wegwerfhandy. Er stellte auf Lautsprecher.

«Ja?»

«Seid ihr allein? Keine Polizei?» Jessicas Stimme.

«Ja.»

«Fahrt auf der Autobahn in Richtung Aachen. Und keine Tricks. Ich melde mich.»

Sie fuhren schweigend. Melissa erwartete, dass sie noch mehrmals anrufen, die Route ändern und sie in verschiedene Richtungen lotsen würde. Aber nichts geschah.

Erst als sie kurz vor Aachen waren, meldete Jessica sich wieder.

«Ist euch niemand gefolgt?»

Ryan sah Melissa fragend an. Sie schüttelte den Kopf.

«Wir denken nicht.»

«Gut. Ich schicke dir jetzt Koordinaten zur Navigation aufs Handy. Nehmt den schnellsten Weg dorthin.»

Gleich danach poppte eine Nachricht auf dem Mobiltelefon auf. Melissa startete die Navigation.

Sie umfuhren die Stadt und überquerten die niederländische Grenze. Die Stimmung war angespannt. Melissa sah aus dem Fenster in die Landschaft, mal kamen kleine Ortschaften in Sicht, dann waren sie wieder inmitten von Äckern und Wiesen. Ihre Gedanken rasten. Wo mochte Zoe versteckt sein? Wer war bei ihr? Hatte man ihr wirklich nicht wehgetan? Sie spürte, wie ihr Herz ihr bis zum Hals schlug. Sie öffnete die Fensterscheibe ein Stück, die frische Luft tat ihr gut. Sie brauchte jetzt einen klaren Kopf.

Wenig später bog Ryan von der Hauptstraße in eine schmalere Straße ein, die in ein Waldgebiet führte. Er drosselte das Tempo und sah sich um.

«Laut Navi müsste irgendwo hier eine Abzweigung sein.»

Sie fuhren langsam weiter, bis sie nach fünfzig Metern auf der linken Seite einen unscheinbaren Feldweg bemerkten.

«Das ist es.»

Der Weg war mit Erde und Laub bedeckt und schlängelte sich durch den Wald, das Auto ruckelte heftig. Die Hauptstraße war durch Melissas offenes Fenster längst nicht mehr zu sehen oder zu hören. Die Fahrt endete unvermittelt an einem Schlagbaum.

Sie stiegen aus und gingen zu Fuß weiter, der Waldweg verengte sich zu einem Pfad und mündete wenig später in einer kleinen Lichtung mit einem Ferienhaus und einer Veranda.

Das musste es sein.

«Ganz ruhig», flüsterte Ryan. «Lass mich reden.»

Sie blieben vor der Veranda stehen.

«Jessica, wir sind hier, wie vereinbart», rief Ryan.

Sie warteten.

«Jessica?»

Minutenlang geschah nichts. Melissa überlegte schon, selbst zu versuchen, in das Gebäude einzudringen, als sich plötzlich die Eingangstür öffnete.

Jessica erschien, gekleidet in Wanderhose und Fleecejacke.

«Bleibt, wo ihr seid», sagte sie statt einer Begrüßung.

«Wo ist Zoe? Ich will sie sehen!» Melissa versuchte, an Jessica vorbei ins Gebäude zu schauen. Die Frau schien allein zu sein.

«Zeig mir zuerst die Ware.»

Ryan hob beschwichtigend die Arme. «Jessica, sie hat die Laborproben dabei. Lass es gut sein.»

«Sie soll sie mir zeigen.»

Melissa griff in ihre Tasche, nahm die Proben heraus und hielt sie hoch, sodass Jessica sie sehen konnte. «Hier sind sie. Jetzt bist du dran.»

Sie nickte. «Ich hole die Kleine.»

Sie verschwand ins Haus, und Melissa musste all ihre Selbstbeherrschung aufbringen, um ihr nicht hinterherzustürmen.

«Ganz ruhig», raunte Ryan neben ihr. «Wir haben es gleich geschafft.»

Nach einigen Minuten, die sich wie eine Ewigkeit anfühlten, kam Jessica mit Zoe auf dem Arm zurück. Das Mädchen wirkte schwach, es konnte die Augen kaum offen halten. Zoes kleiner Kopf lag schwer an Jessicas Schulter. Hatte die Frau ihr ein Beruhigungsmittel gegeben?

«Zoe!» Melissa ging auf Jessica zu und streckte die Arme nach ihrer Nichte aus.

«Bleib stehen, verdammt noch mal!», schrie Jessica. Sie wollte sich wegdrehen, aber Ryan sprang vor und hielt sie fest. «Lass mich los!» Jessica versuchte sich loszureißen, blieb mit ihrem Fuß an einer Wurzel hängen, drohte zu stürzen.

«Zoe!» Melissa griff nach der Kleinen, bekam sie zu fassen und fing sie auf. Sie schloss sie in ihre Arme. So lange hatte sie auf diesen Moment gewartet, so viel Schmerz und Angst fielen von ihr ab. Sie lief einige Schritte zu einem Baumstumpf in der Nähe und setzte sich mit Zoe darauf, versuchte zu atmen, nach Luft zu ringen.

Aus dem Augenwinkel nahm sie wahr, dass Jessica sich wieder aufgerichtet hatte und auf sie zukam.

Dann hörte sie aus der Ferne ein leises *Plopp*.

Sie fuhr herum und sah, wie es Jessica nach hinten riss. Auf ihrer Stirn klaffte eine offene Wunde.

Melissa richtete sich entsetzt auf. Es dauerte einen Wimpernschlag, bis sie begriff: Die Frau war nicht mehr am Leben.

«Scharfschützen!», schrie Ryan. «Wir müssen in Deckung gehen.»

Er entriss Melissa das Mädchen und trug es ins Haus. Zoe schrie auf. Melissa rannte hinterher, stürzte die Stufen zur Veranda hoch, in den Flur, dann schlug Ryan die Tür hinter ihr zu.

«Bleib weg von den Fenstern.» Er setzte Zoe auf einen Stuhl. «Irgendetwas ist schiefgegangen. Aber das bekommen wir hin, alles gut. Sieh nach, ob in der obersten Schublade der Kommode ein Feldstecher ist.»

Zoe war jetzt wieder seltsam unbeteiligt, sie hatte die Augen geschlossen, als würde sie schlafen.

Melissa sah sich um. Sie befanden sich in einer Küche, in der ein Tischchen und eine Küchenzeile hellblau angestrichen waren. Rechts von ihr war das Bad, daneben die Tür zu einem Zimmer, in dem ein Sofa und ein Bett standen. Sie erkannte die Ecke, in der Zoe während ihres kurzen Videotelefonats gesessen hatte. Dann sah sie Ryan an, der hektisch in Richtung Kommode deutete.

Ryan, der extra aus Kanada gekommen war, um ihr zu helfen.

Um ein Kind zu retten, das aus einer Klinik entführt wurde, die er bezahlt hatte. Wo es von Mitarbeitern betreut worden war, die er kannte. Und hinter dieser Entführung steckte niemand Geringeres als seine Geschäftsführerin – die Geschäftsführerin seiner Firma, deren bahnbrechende Technologie nicht nur die Zukunft der Erde verändern konnte. Sie würde ihn zu einem der einflussreichsten Männer der Welt machen.

Und für ihn gab es nur eine Person, die dem im Weg stand.

Melissa zog die Schublade auf und gab ihm das Fernglas.

«Du warst schon mal hier, stimmt's?» Ihre Stimme war ihr fremd, sie klang ruhig, während ihr Herz raste. «Du weißt, wo das Fernglas liegt.»

Ryan sah sie seltsam an. In seinem Blick veränderte sich etwas.

Und dann verzog sich seine ernste Miene langsam zu einem boshaften Lächeln.

Melissa wich zurück, Ryan folgte ihr, stellte sich hinter den Stuhl, auf dem Zoe saß. Er griff in seine Tasche und zog ein Springmesser hervor. Mit einem Knopfdruck ließ er die Klinge herausspringen und hielt sie Zoe an den Hals.

Melissa spürte, wie sich eine Kälte in ihr ausbreitete, die sie noch nie gefühlt hatte. Jetzt begann er, der Teil ihres Plans, den sie nicht hatte planen können. Denn jetzt stand nicht mehr Jessica vor ihr.

Jetzt war ihr Gegner ein anderer.

«Das ist hier also eine abgekartete Sache – du und Jessica, ihr steckt unter einer Decke.» Sie bewegte sich langsam an der Wand entlang, sodass der Tisch zwischen ihr und Ryan stand. «Ich bin auf E-Mails zwischen euch gestoßen, die Leon und ich bei unserem Einbruch in ihrem Büro gefunden haben. Es ist nicht Jessica, die hier die Fäden zieht. Du bist es, stimmt's?»

Ryan musterte sie interessiert. «Was glaubst du denn, Melissa: dass ich nicht weiß, was in meiner Firma vor sich geht? Ich bin der Boss, ich schaffe an. Das ist doch klar.» Er strich Zoe übers Haar. «Es war alles Teil eines Plans, sogar die kleine Lady hier. *Meines* Plans.»

«Der Tod unschuldiger Menschen gehörte also auch dazu? Und die Entführung eines Kleinkindes?»

«Ach, weißt du, nur Kleingeister lassen sich von solchen Lappalien aufhalten», sagte er. «Wenn du Großes erreichen willst, musst du bereit sein, Opfer in Kauf zu nehmen. Und Kollateralschäden. Dieses Spiel verlangt einen hohen Einsatz. Aber das Ziel rechtfertigt alles.»

«Dieses *Spiel*?» Melissa hörte, wie schrill ihre Stimme klang. «Wir reden über Mord und Entführung! Und das alles nur wegen deines bescheuerten Algenverfahrens?»

«Nein, das siehst du falsch.» Ryan fuhr liebevoll mit dem Finger über Zoes Gesicht. Das Mädchen reagierte nicht. Regungslos saß es auf dem Stuhl, die Augen geschlossen, sein Atem ging ruhig. «Ich hätte dich für klüger gehalten, Melissa. Sieh auf das große Ganze: Mit Cyaclean stehen wir kurz vor dem Durchbruch, wir haben eine Möglichkeit entwickelt, die Menschheit endgültig vom Plastikmüll zu befreien und unserem Planeten die Natur zurückzugeben.» Er beugte sich über den Tisch zu ihr, seine Augen leuchteten. «Meine Erfindung ist *einzigartig*, sie wird die Welt verändern – wie einst die Entdeckung der Elektrizität oder des Penicillin.»

«Du weißt nicht, was du redest, Ryan. Euer Verfahren funktioniert nicht, es vergiftet das Wasser und tötet Fische.»

«Das war nur ein vorübergehender Rückschritt, wir sind längst wieder zu altem Glanz zurückgekehrt. Darum kann ich auch nicht zulassen, dass unser Projekt durch irgendwelche Kleinigkeiten vernichtet wird.» Ryan nahm Zoe auf den Arm, ging mit dem Feldstecher zum Fenster und spähte hinaus. «Niemand zu sehen.» Er drehte sich wieder zu Melissa. «Deshalb brauche ich die Proben, Melissa! Eure Dummheit, sie aus dem Labor zu stehlen, hat meine Notmaßnahme mit Zoe doch erst provoziert. Sie war – und ist – mein Druckmittel.» Er sah das Mädchen an und lächelte. «Ich mag die Kleine. Ich wäre untröstlich, wenn sie zu Schaden kommen würde. Also gib mir die Röhrchen, und alles wird gut.»

Es kostete Melissa große Beherrschung hinzusehen, wie er das Leben ihrer Nichte bedrohte, die Wut zu unterdrücken, die in ihr kochte, nicht über den Tisch zu stürzen und auf ihn einzuschlagen. Sie wusste, wenn sie ihm die Proben jetzt gab, würde er sie vernichten und den wichtigsten Beweis gegen seine Firma unwiederbringlich zerstören.

«Du wirst hier nicht rauskommen, das muss dir klar sein», sagte sie stattdessen bemüht ruhig. «Einsatzkräfte eines Spezialkommandos warten draußen, ich hatte den BND informiert. Mehrere Männer haben gerade ihre Waffen auf dich gerichtet und sind bereit zu schießen. Also lass Zoe jetzt gehen – und du bleibst am Leben.»

«Und wenn nicht, bin ich tot?» Ryan lachte laut. «Ist das deine Strategie? Glaubst du, die Scharfschützen ballern einfach drauflos, wenn ich die Kleine auf dem Arm habe? Niemals.» Er sah wieder aus dem Fenster. «Ich frage mich nur, wie die Polizei diesen Ort so schnell finden konnte.»

«Das kann ich dir sagen.» Melissa sah ihn hasserfüllt an. «Leon hat Jessicas Freund Eric heute früh bei einem Kampf getötet. Auf Erics Handy fanden sich mehrere Telefonate mit einer unbekannten Nummer. Der BND konnte schnell ermitteln, bei welchen Funkmasten das andere Handy eingeloggt gewesen war. Eine Peilung führte zu dieser Hütte. Das war offensichtlich ein Treffer.»

Ryan nickte langsam. «Funkmasten also. Soso.»

«Das hast du dir selbst eingebrockt, als du darauf bestanden hast, den BND einzubeziehen – ein schwerer Fehler.»

«Wir wollten damit sicherstellen, dass die Ermittlungen möglichst schnell zum Abschluss kommen und Cyaclean weiterarbeiten kann. Unter allen Umständen musste der Eindruck vermieden werden, die Explosion sei ein Unfall gewesen. Die Behörden hätten unsere Produktion auf unabsehbare Zeit stillgelegt, sie hätten uns haftbar gemacht. Deshalb sollte der BND unsere Konkurrenten unter die Lupe nehmen und sie verdächtigen. Leider hat das nicht ganz geklappt, anscheinend sind alle Ermittler völlig unfähig, egal, von welcher Behörde – aber das ist jetzt auch egal.»

Melissa überlegte fieberhaft, welchen Schritt er als Nächstes machen würde. Sie musste verhindern, dass er Zoe wehtat, und das Gespräch aufrechterhalten.

Plötzlich klang von draußen eine Lautsprecherdurchsage herein: «Ryan Hill, hier spricht die Polizei, geben Sie auf. Lassen Sie Melissa Frey und das Mädchen gehen und kommen Sie mit erhobenen Händen heraus. Ich wiederhole: Geben Sie auf!»

«Und was machen wir jetzt?» Ryan schien von der Entwicklung nicht besonders beeindruckt. Er legte sein Messer an Zoes Hals. «Na komm, meine kleine Lebensversicherung. Dabei habe ich doch so viel Geld in dich investiert, weil ich wollte, dass du lebst ...»

«Nein, nicht!» Melissa schrie auf.

«Hör auf, so eine hysterische Zicke zu sein», sagte Ryan abschätzig. «Du gehst jetzt raus und sagst deinen Freunden, sie sollen sich zurückziehen. Sonst gibt es hier ein Unglück.» Er bohrte die Messerspitze leicht in Zoes Haut.

«Nein, nicht! Bitte tu ihr nichts!» Melissa glaubte, gleich den Verstand zu verlieren.

«Dann geh, verdammt noch mal, vor die Tür und sorg dafür, dass die Polizei verschwindet! Mach jetzt, sonst ...!»

Sie hatte keinen Zweifel, dass Ryan es ernst meinte. «Okay, ich tu's. Lass bitte Zoe in Ruhe.»

Vorsichtig öffnete sie die Eingangstür und rief: «Ich bin's, Melissa Frey. Bitte nicht schießen!»

Mit weichen Knien machte sie einige Schritte nach draußen. Sie hob die Hände. «Ryan Hill hat Zoe in seiner Gewalt. Ziehen Sie sich zurück, sonst wird er sie umbringen. Bitte!»

Eine Zeitlang geschah nichts. Berieten sich die Einsatzkräfte? Planten sie gar einen neuen Befreiungsversuch?

Sie rief, so laut sie konnte: «Hallo, hören Sie: Es ist wichtig, dass Sie verschwinden. Sie gefährden sonst das Leben meiner Nichte!»

Nach weiteren quälenden Sekunden ertönte eine Stimme aus einem Megafon. «Ryan Hill, die Polizei zieht sich vollständig zurück. Hören Sie, wir brechen die Aktion ab. Tun Sie dem Mädchen nichts.»

Wie aus dem Boden gewachsen erschienen plötzlich Männer in Kampfuniformen, sie hatten sich im Gras und hinter Bäumen versteckt. Nach und nach verschwanden sie in entgegengesetzter Richtung.

Dann war alles wieder still und verlassen.

Melissa lief zurück ins Haus. Ryan Hill stand mit Zoe seitlich am Fenster und beobachtete den Rückzug durch sein Fernglas. «Brav, brav. Die Polizei, dein Freund und Helfer – sie hauen tatsächlich ab.» Er klang zufrieden. «Gut gemacht, Melissa. Du siehst, von mir kannst du noch was lernen.»

Gemächlich ging er in die Mitte des Raumes, Zoe im Arm, das Messer blitzte in seiner Hand. Er schlug einen Teppich zurück, eine Falltür kam zum Vorschein. Er öffnete sie. Eine schmale Treppe verschwand in der Tiefe.

«Da unten führt ein Tunnel in den Wald. Ein sicherer Fluchtweg, vor langer Zeit angelegt. Du siehst, Melissa, ich bin auf alles vorbereitet. Und deshalb werden wir beide, die kleine Zoe und ich, nun verschwinden.»

«Nein!» Melissa stürzte um den Tisch herum. Sie achtete darauf, nicht in Reichweite seines Messers zu gelangen. «Du kannst die Laborproben haben, aber lass Zoe zurück. Bitte! Ich warte auch, bis du in Sicherheit bist.»

«Sorry, aber ich fürchte, du musst mir ein letztes Mal vertrauen.» Ryan lächelte. «Du gibst mir jetzt die Röhrchen, ich verschwinde mit der Kleinen durch den Tunnel und verspreche dir, sie im Wald zurückzulassen. Natürlich bei guter Gesundheit.»

Melissa zögerte. Hatte sie eine Wahl? Zoes Leben war ihr wichtiger als alles andere auf der Welt. Lieber würde sie diesen Verbrecher mit dem zentralen Beweismittel ziehen lassen, als etwas zu riskieren. Aufhalten konnte sie ihn ohnehin nicht, die Einsatzkräfte hatten sich zurückgezogen, dieser Tunnel führte wer weiß wohin. Es war zu spät.

Sie warf ihm die Tasche mit den Laborproben zu. Ryan nahm die

Röhrchen und prüfte sie. «Es sind tatsächlich die echten. Und noch versiegelt.» Er nickte anerkennend. «Eine vernünftige Entscheidung.»

Zufrieden steckte er die Proben ein, packte Zoe und nahm die ersten Stufen der Treppe. Dann wandte er sich noch einmal um.

«Du wartest zehn Minuten, Melissa. Ich warne dich: Ruf bloß nicht vorher die Polizisten zurück, du würdest es bereuen.»

Melissa nickte. «Ich warte», flüsterte sie.

Ryan schaltete eine Taschenlampe ein und verschwand mit Zoe in der Dunkelheit. Die Falltür schloss er hinter sich.

Melissa zitterte vor Sorge, Panik, Angst. Bebend setzte sie sich auf einen Stuhl.

Nach sechs Minuten hielt sie es nicht mehr aus. Doch statt die Eingangstür zu öffnen und das SEK hereinzurufen, das sicher irgendwo in der Umgebung Position bezogen hatte, stemmte sie die Falltür wieder auf und kletterte ebenfalls nach unten.

Blind tastete sie sich voran. Der Tunnel war eng und niedrig, Holzbalken stützten die Decke. Nach etwa fünfzig Metern sah sie schwaches Licht.

Ein Motorrad war zu hören.

Gebückt rannte sie los, tastete sich vorwärts, stürzte, rappelte sich wieder auf. Stürzte ins Freie.

Der Tunnel mündete mitten im Wald.

Melissa sah sich um. Ryan war offenbar geflohen. Er musste an dieser Stelle ein Fluchtfahrzeug deponiert haben. Er hatte das alles von vorn bis hinten geplant.

Hektisch lief Melissa um die Tunnelöffnung herum, suchte die Umgebung ab. Dann sah sie sie.

Zoe saß auf einer Decke in einer Kuhle vor einem Baumstamm. Sie schien unversehrt.

«Meine Kleine!» Voller Erleichterung ging Melissa in die Knie, zog das Mädchen an sich.

Zoe schlug die Augen auf. «Melissa», sagte sie kaum hörbar. «Zoe nach Hause.»

KAPITEL 39
BERLIN

«**Was** Neues von Interpol? Haben sie Ryan Hill mittlerweile aufgespürt?» Nelson nahm einen Schluck von seinem Kaffee. «Ich verstehe nicht, wie er uns entwischen konnte. Das ist doch Scheiße!»

«Die internationale Fahndung läuft.» Diana scrollte auf ihrem Bildschirm. «Er hatte den Fluchtweg genau vorbereitet: Der Tunnel, das Geländemotorrad – das war alles gut geplant. Sogar Jessica Weiss hätte er mitnehmen können» Sie reichte Nelson einen Ausdruck. «Soweit wir das rekonstruieren können, ist Ryan Hill zum Regional-Flugplatz Aachen-Merzbrück gefahren und dort in eine kleine Sportmaschine gestiegen. Zumindest legen das die Aussagen von Zeugen nahe. Aber statt auf Kurs in Richtung des angegebenen Ziels Brüssel zu bleiben, verließ die Maschine irgendwann die Route. Wo Ryan tatsächlich gelandet und wie er weitergereist ist – das versuchen die Behörden gerade noch herauszubekommen.»

«Kurz gesagt: Er ist untergetaucht.»

Sie nickte. «Wenigstens haben wir das Kind wieder. Die Zusammenarbeit mit den holländischen Kollegen hat ja eher mittelmäßig geklappt, dass das Einsatzkommando nicht zum Zugriff gekommen ist, ärgert mich immer noch. Die Befreiung von Zoe ist allein Melissa Frey zu verdanken. Dass sie sich als Lockvogel zur Verfügung gestellt hat, war sehr mutig von ihr.»

«Und es war sauknapp.» Nelson war immer noch wütend. «Es war riskant, aus der Distanz auf Jessica Weiss zu schießen, der Scharfschütze hätte das Kind treffen können.»

«Das mag sein. Manchmal laufen die Dinge anders als geplant.» Diana sah ihn ernst an. «Aber wir haben gründlich gearbeitet, und wir haben bekommen, was wir wollten. Wir haben das Kind – auch wenn die Proben verloren sind.» Sie seufzte. «Ich hätte die Flüssigkeit so gern noch richtig analysiert, um das Ganze wirklich beweisen zu können. Die bisherigen Ergebnisse durch die äußeren Analysen sind ja noch viel zu vage.»

«Das stimmt nicht ganz.» Nelson lehnte sich zurück. «Unsere Experten haben die neuen Erkenntnisse aus der detaillierteren Auswertung eben geschickt, ich hatte ja um einen Abgleich mit den toxischen Stoffen im Rhein gebeten. Natürlich kann man ohne Zugriff auf die Flüssigkeit nicht mit Sicherheit sagen, dass die Giftstoffe identisch sind, aber eine Übereinstimmung ist zumindest wahrscheinlich, meinen die Kollegen, sie haben ihre Analysen der Flüssigkeit genau dokumentiert. Das ist zwar kein Beweis, aber es ist immerhin etwas. Und so hat sich der Einbruch von Feininger und Frey doch ein wenig gelohnt, auch wenn die Proben selbst mittlerweile ganz sicher vernichtet sind.»

«Stimmt, das ist immerhin etwas. Und die Durchsuchungen von Eric Legrands Wohnmobil und Jessicas Haus und Auto bringen bestimmt weitere Hinweise. Das gesammelte Material wird gerade ausgewertet.» Diana wirkte zufrieden. «Wahnsinn, dieser Eric. Den Mord an dem Politiker Peter Voss hat er höchstpersönlich ausgeführt. Er wollte einen weiteren Gegner von Cyaclean unschädlich machen. Wer weiß, wie viele noch gefolgt wären.»

«Was geschieht jetzt mit dem Laden?», fragte Nelson.

«Die Behörden haben die sofortige Stilllegung des Betriebs angeordnet. Daraufhin hat das Unternehmen Konkurs angemeldet.» Diana schüttelte den Kopf. «Warte mal ab, bis diese ganze Sache mit der Verschmutzung des Rheins erst bewiesen ist, dazu noch ein Attentat, Mord, Kidnapping, fahrlässige Tötung – und das alles wegen eines Verfahrens, Plastikmüll unschädlich zu machen.»

«Rede das nicht klein.» Nelson richtete sich auf. «Eins habe ich im Laufe unserer Ermittlungen mitgekriegt: Diese Kunststoffreste sind überall. Nicht nur um uns herum, sondern sogar in uns drin. Ich hoffe inständig, es gibt wirklich irgendwann eine Methode, uns davon zu befreien.»

«Okay, du hast recht, ich stimme dir zu. Dann aber bitte mit weniger Drama als dieses Mal.» Sie lachte. «Mich freut am meisten, dass wir diesen Müllpaten Otto Tietz hinter Gitter bringen konnten. Der Ermittlungsrichter hat eine Freilassung auf Kaution gerade abgelehnt. Die Beweise sind zu erdrückend.»

«Statt einer Gefängnisstrafe sollte man Tietz dazu zwingen, eigenhändig den ganzen Dreck der *Indian Rosebud* aufzusammeln, der sich an den Küsten und im Mittelmeer verteilt», sagte Nelson düster. «Das würde lebenslänglich für ihn bedeuten.»

Diana seufzte. «Ja, es wird Jahre dauern, bis der gesamte Plastikmüll beseitigt ist – von den immensen Kosten ganz zu schweigen. Und alles, was bereits auf den Meeresgrund gesunken ist, wird da wohl für immer bleiben. Das macht mich so wütend ...»

«Wenigstens sind die Verantwortlichen festgesetzt. William Johnson, der Kapitän der *Indian Rosebud*, hat in Polizeigewahrsam bestimmt seinen Ersten Offizier Naumann wiedergetroffen.» Nelson schnaubte. «Auch wenn ich für Naumann fast hoffe, dass die Strafe milde ausfällt. Der war ja eigentlich ganz harmlos. Aber darum soll sich die Staatsanwaltschaft kümmern.»

Diana schob einige Papiere zusammen und stand auf. «Leider muss ich jetzt los, ich hab noch was zu erledigen – morgen früh sind wir ja beim Chef vorgeladen, um vom Abschluss des Falls zu berichten. Denkst du dran?»

Nelson nickte. «Wie könnte ich das vergessen, Horn findet sicher wieder irgendetwas, das nicht zu seiner Zufriedenheit gelaufen ist.»

«Da hast du wahrscheinlich recht», sagte Diana und grinste. «Bis morgen.»

«Schönen Abend dir.»

Kaum war sie verschwunden, rief Nelson auf seinem Bildschirm die Eilnachricht auf, die gerade von einem französischen Kollegen in eine digitale Akte hochgeladen worden war:

Festnahme Louis Favre gescheitert
Unsere Einsatzkräfte hatten das Zielobjekt in einem
Hochhaus lokalisiert. Beim Sturm auf das vermute-
te Versteck Favres kam es zu einem unerwarteten
Schusswechsel mit seinen Komplizen, bei dem zwei
Männer von unserem Trupp eliminiert wurden.
Favre konnte fliehen. Wir haben eine weitere Groß-
fahndung eingeleitet.

Nelson hieb mit der Faust auf den Schreibtisch. Es war frustrierend.

Er war sich so sicher gewesen, diesen Favre bald endlich persön-
lich verhören zu können. Nun verlor sich die Spur wieder. Und sein
Vorwand, wieso er mit den ausländischen Geheimdiensten über den
Mann in Kontakt stand, würde bald auch nicht mehr tragen: Die
Müllermittlung war auf dem besten Wege, abgeschlossen zu werden.
Auch wenn die Welt da draußen weiterhin am Plastik erstickte, als
Tarnung für seine persönlichen Nachforschungen war das Thema
bald verbraucht. Er würde sich etwas Neues überlegen müssen. Aber
er würde nicht aufgeben. Er würde weitersuchen, würde weiter alles
probieren, um hinter das Geheimnis zu kommen.

Der Gedanke tröstete ihn nur bedingt. Er stand auf und beschloss,
nach Hause zu radeln. Genug für heute. Er packte seine Sachen, holte
sein Fahrrad aus dem Keller, schob es nach draußen und stieg auf.

Gemächlich fuhr er die Straßen entlang, sog die frische Luft ein.
Mehr und mehr fiel der Frust von ihm ab. Sie hatten einen Erfolg zu
verbuchen. Ein Kind war gerettet worden.

Vor seinem Wohnhaus stellte er das Fahrrad ab. Er nahm seine
Tasche, sperrte die Eingangstür auf und trat in den Hausflur. Seine
Wohnungstür war nur zugezogen. Hatte er vergessen abzuschließen?

In der Wohnung ließ er seine Tasche fallen, als er hinter sich ein
Geräusch hörte, wie das Scharfstellen einer Waffe.

Er erstarrte.

«Nicht bewegen, wenn Ihnen Ihr Leben lieb ist.» Die Stimme hatte einen französischen Akzent. Der Unbekannte musste ihm aufgelauert haben.

Die Wohnungstür fiel ins Schloss. Er stand im Halbdunkel und wagte sich nicht zu rühren. Was um alles in der Welt ...?

«Machen Sie keine Dummheiten. Und jetzt langsam umdrehen.»

Nelson tat wie befohlen. In der Ecke stand ein Mann mit Vollbart, eine Pistole in der Hand.

Es war Louis Favre.

+++

Neues globales Powerhouse entsteht: Anwaltskanzlei Koch arbeitet mit der US-Law Firm Shattler, Maine & Rodgers zusammen

Lübeck. Die Rechtsanwaltskanzlei Dr. Koch & Partner gibt hiermit bekannt, eine gemeinsame Absichtserklärung mit der renommierten amerikanischen Kanzlei Shattler, Maine & Rodgers (New York) unterschrieben zu haben.

Ziel dieses Joint Ventures ist es, die weltweit größten Konzerne auf dem Gebiet der Plastikverpackung und Kunststoffproduktion zu verklagen, um sie für die von ihnen mitverursachten Schäden durch Plastikmüll verantwortlich zu machen.

«Das ist ein Meilenstein auf dem Weg zu einer sauberen Umwelt und intakten Meeresökosystemen», sagt Dr. Herbert Koch. «Wir wollen einen Beitrag dazu leisten, die Allgemeinheit von dieser Plastikplage zu befreien.»

Sein neuer Partner stimmt ihm zu: «Es kann nicht länger angehen, dass Unternehmen die Folgekosten ihrer schädlichen Produktion den Steuerzahlern aufhalsen», so Peter Shattler. «Die Bürger haben ein Recht, die Konzerne für ihr Tun in die Pflicht zu nehmen und Schadensersatz einzufordern.»

Deutschland und die USA stehen an der Spitze der Länder, die weltweit am meisten Plastikmüll verursachen. Erste Klagen sollen in wenigen Monaten vor Gericht verhandelt werden.

+++

KAPITEL 40

PINNEBERG

Melissa nahm einen Schluck von ihrem Kaffee. Ihre Mutter hatte Apfelkuchen gebacken und verteilte ihn auf die Teller. Tobias schenkte seinem Vater und Victoria ebenfalls Kaffee ein, Leon wollte lieber ein Glas Orangensaft. Sie lauschte den angeregten Gesprächen, während das Sonnenlicht warm durch die Fenster ins Wohnzimmer fiel. Zufrieden ließ sie ihren Blick über die Menschen am Tisch gleiten. Alle hatten in den letzten Wochen viel durchgemacht, und sie war stolz und erleichtert, dass alles so gut ausgegangen war.

Auf ihrem Kinderstuhl saß Zoe und gluckste. In der Hand hielt sie das neue Stoffpferd, das Victoria ihr geschenkt hatte. Endlich war sie wieder zu Hause. Sie fühlte sich sichtlich wohl als Mittelpunkt der Familie und der Gäste. Noch immer sah sie blass und mitgenommen aus und brauchte mehr Nähe als zuvor, aber sie hatte viel geschlafen in den letzten Tagen, erholte sich gut, und es schien jeden Tag ein kleines Stück bergauf zu gehen.

Melissas Handy klingelte. Sie ging in den Nebenraum und nahm das Gespräch an. «Hallo?»

«Gratuliere, Melissa. Das war ein klasse Job von dir. Meine Glückwünsche.» Es war ihr ehemaliger Chef, *Daily-Flashlight*-Redaktionsleiter Nolan Adams. «Wer hätte das gedacht, dass dieser Ryan Hill ein solcher Krimineller ist. Ich habe mich echt von ihm blenden lassen. Wie wahrscheinlich die meisten, was?»

Melissa antwortete nicht.

«Warum ich eigentlich anrufe, wir alle in der Redaktion sind beeindruckt von dem, was du geleistet hast. Ich wollte dir vorschlagen: Komm doch zurück. Du kriegst einen Job als leitende Redakteurin –

natürlich in Festanstellung. Über das Gehalt reden wir noch, es wird dich auf jeden Fall zufriedenstellen. Was meinst du?»

Melissa musste fast lachen, so absurd war die Vorstellung.

«Danke nein», antwortete sie stattdessen. «Und alles Gute für dich, Nolan.»

Sie legte auf und ging zurück ins Wohnzimmer.

«Wer hat angerufen?», fragte Victoria sie.

«Jemand aus der Vergangenheit. Nichts Wichtiges.»

«Willst du nicht auch ein Stück Apfelkuchen?» Ihre Mutter reichte ihr einen Teller. «Es ist doch dein Lieblingskuchen, ich habe ihn extra gebacken.»

Sie nahm den Teller entgegen. «Das ist lieb, Mam.»

Ihre Mutter lächelte. «Und wegen unseres Streits ...» Sie räusperte sich. Es fiel ihr sichtlich schwer, das Thema anzusprechen.

Melissa stellte den Teller ab und umarmte sie. «Vergiss es, Mam. Was zählt, ist die Gegenwart. Und die Zukunft.»

Sie meinte es wirklich so. Die vergangenen Wochen hatten ihr gezeigt: Sie war nicht allein. Die Familie, ihre Freunde – sie konnte auf sie bauen. Nur das zählte.

Leon versuchte verzweifelt, mit seinen dick eingebundenen Händen das Glas Orangensaft zu greifen. Melissa ging zur Küchenschublade, holte einen bunten Papierstrohhalm von Zoe, steckte ihn in das Glas und hielt es ihm an den Mund, damit er trinken konnte.

«Du solltest auf Krankenpflegerin umschulen», sagte er nach einigen Schlucken. «Du hast Talent.»

«Dann könnte sie auch gleich die blauen Flecken an deinem Hals behandeln.» Tobias grinste. «Sind das Knutschflecken von meiner Schwester?»

«Schön wär's.» Leon wurde rot, als er begriff, was er gesagt hatte, und bedachte sie mit einem Seitenblick. «Leider sind das unschöne Erinnerungen an meinen Aufenthalt in Erics Wohnmobil.»

«Keine Sorge, ich kümmere mich um dich, mit solchen Flecken kenne ich mich aus.» Melissa schmunzelte und strich über seinen Arm.

«Und was machst du jetzt, Leon, deinen Job bist du ja los?» Tobias wurde ernst.

Leon nickte. «Ja, das stimmt.»

«Du klingst überhaupt nicht besorgt.»

«Bin ich auch nicht. Mittlerweile überschlagen sich die Konkurrenten mit Übernahme-Angeboten für Cyaclean, habe ich gehört. Jeder will das innovative Verfahren weiterentwickeln. Dafür brauchen sie Leute mit Erfahrung – wie mich.» Er zuckte die Schultern. «So oder so wäre es spannend, an neuen Forschungsprojekten mitzuarbeiten, um endlich Lösungen für das Mikroplastikproblem zu finden. Auch wenn Ryan und Jessica es am Ende vor die Wand gefahren haben, der Ansatz ist total vielversprechend, und ich würde mich freuen, wenn jemand mit mehr Verantwortungsbewusstsein das Ganze weiterführen würde und ich dabei sein dürfte.»

«Ja, es ist aufregend, was in diesem Feld passiert», sagte Melissa. «Ich bin auch gespannt, was sich in der Medizin tut. Ich wäre jedenfalls froh, wenn ich wüsste, dass der Dreck nicht mehr durch meine Adern fließt.» Sie spießte einen Brocken Apfelkuchen auf. «Oder wenn es etwas zur Vorbeugung gäbe.»

Ihr Vater hob für Zoe das Stoffpferd auf, das auf den Boden gefallen war. «Und was wird jetzt mit Zoe? Ich meine, die Klinik in Amerika ...»

«Da gibt es tatsächlich Neuigkeiten. Gestern kamen die Ergebnisse von der aktuellen Untersuchung der Uniklinik in Hamburg», sagte Tobias.

«Und?»

«Zwar mussten wir unsere experimentelle Behandlung in den USA vorzeitig abbrechen, aber sie scheint trotzdem sehr erfolgreich gewesen zu sein. Ich finde, man merkt Zoe richtig an, wie viel besser es ihr geht, nicht zuletzt durch den Wegfall der Chemomedikamente. Die Krebsmarker haben sich deutlich verbessert, auch wenn sie noch lange nicht verschwunden sind. Und die Zahl der Mikroplastikpartikel hat sich ebenfalls radikal vermindert. Das macht doch Hoffnung, oder?»

«Das ist wirklich toll.» Melissa musste schlucken. Tobias hatte ihr gestern schon von der neuen Entwicklung berichtet, dennoch trieben die guten Nachrichten ihr auch jetzt noch Tränen in die Augen.

«Das ist großartig», sagte ihre Mutter. Melissa sah auch ihre Augen verdächtig glänzen. «Du und Zoe könntet doch zu uns nach Heidelberg ziehen. Wir kümmern uns liebend gern um unsere Enkelin – und du sparst die Miete für diese Wohnung.»

«Oh ...» Tobias zögerte. «Das ist eine schöne Idee, aber vorerst wird daraus nichts. Denn es gibt seit heute noch eine gute Nachricht.» Er holte ein Schreiben aus dem Schrank. «Das ist ein offizieller Brief vom *Memorial Lincoln Center for Advanced Medicine* in den USA. Die Klinik lädt uns nach Amerika ein. Sie wollen Zoe weiterbehandeln – umsonst. Auch die Kosten für Transport und Unterkunft übernehmen sie.»

«Das ist ja fantastisch!» Ihre Mutter strahlte.

«Das ist es wirklich.» Melissa nahm Zoe aus ihrem Kinderstuhl, setzte sie sich auf den Schoß und drückte sie fest. «Siehst du, jetzt wird doch noch alles gut.»

«Die haben bloß Angst davor, von Tobias auf Schadensersatz verklagt zu werden – schließlich haben sie eindeutig ihre Aufsichtspflicht verletzt», meinte ihr Vater. «Man liest doch ständig, welche horrenden Summen da in den USA gefordert werden.»

«Mag sein. Was auch immer der Grund ist – wichtig ist nur eins: Es besteht eine Chance, dass Zoe wieder ganz gesund wird.» Tobias lächelte. «Wir fliegen in zwei Tagen.»

«Und du, Melissa, was planst du?» Ihre Mutter sah sie fragend an.

«Puh.» Sie holte tief Luft. «Erst einmal muss ich mich von alldem dringend erholen. Vielleicht lasse ich mich von Leon überreden und fahre mit ihm gemeinsam in den Urlaub.» Sie stieß ihn liebevoll an. «Und dann sehen wir weiter.»

Melissa fühlte sich befreit und zufrieden. Ein großer Teil ihrer Sorgen war Vergangenheit. Und sie musste niemandem mehr etwas beweisen. Sie hatte gelernt, auf ihre Fähigkeiten zu vertrauen.

Irgendwann würde sie sich bei einer neuen Zeitung bewerben. Sie würde wieder schreiben, ihren journalistischen Grundsätzen treu sein und über die Verhältnisse in der Welt aufklären. Aber jetzt war ein Moment zum Durchatmen.

Sie sah in die Runde, zu ihren Eltern, Leon und Victoria, Tobias und Zoe, und sie musste lächeln.

Was immer die Zukunft bringen würde – sie war bereit.